옮긴이 김소연

경북 안동에서 태어났다. 한국외국어대학에서 프랑스어를 전공하고, 현재 출판 기획자 겸 번역자로 활동하고 있다. 옮긴 책으로 『우부메의 여름』, 『망량의 상자』, 『웃는 이에몬』 등의 교고쿠 나쓰히코 작품들과 『음양사』, 『샤바케』, 『집지기가 들려주는 기이한 이야기』, 미야베 미유키의 『마술은 속삭인다』, 『외딴집』, 『혼조 후카가와의 기이한 이야기』, 『괴이』, 『흔들리는 바위』, 『흑백』, 덴도 아라타의 『영원의 아이』, 마쓰모토 세이초의 『짐승의 길』 등이 있으며 독특한 색깔의 일본 문학을 꾸준히 소개, 번역할 계획이다.

ANJU
by MIYABE Miyuki
Copyright © 2010 MIYABE Miyuki
All rights reserved.

Originally published in Japan by CHUOKORON-SHINSHA, INC., Tokyo.
Korean translation rights arranged with OSAWA OFFICE, Japan
through THE SAKAI AGENCY and SHINWON AGENCY CO.

이 책의 한국어판 저작권은 THE SAKAI AGENCY와 신원 에이전시를 통해
MIYABE Miyuki와의 독점계약으로 도서출판 북스피어에 있습니다.
저작권법에 의해 한국 내에서 보호를 받는 저작물이므로 무단전재와 무단복제를 금합니다.

* 이 도서의 국립중앙도서관 출판시도서목록(CIP)은 e-CIP홈페이지(http://www.nl.go.kr/ecip)와 국가자료공동목록시스템(http://www.nl.go.kr/kolisnet)에서 이용하실 수 있습니다.(CIP제어번호: CIP2012003525)

차례

　　서章 별난 괴담 대회　　　　　007
1　달아나는 물　　　　　　　　　015
2　덤불 속에서 바늘 천 개　　　　141
3　안주 晤齦　　　　　　　　　　287
4　으르렁거리는 부처　　　　　　463
　　별난 괴담 대회, 그 후　　　　555

† **일러두기**
본문의 모든 주는 옮긴이 주입니다.

序　난담회
　　서별괴대
　　　　・

あんじゅう

주머니 가게 미시마야는 에도 간다 스지카이몬 앞의 미시마초 한 귀퉁이에 자리 잡고 있다.

동네 이름을 그대로 가게 이름으로 삼은 점에서도 쉽게 알 수 있지만, 주인 이헤에가 봇짐장수로 시작해 당대에 혼자 힘으로 일으킨 가게이다. 그래도 간판을 내건 지 십일 년이나 지나 지금은 주머니로 유명한 두 가게, 이케노하타나카초의 에치카와와 혼초의 마루카쿠에 이어 손꼽힐 정도로 번성하고 있고, 자그마하지만 에도의 풍류인들에게도 잘 알려진 가게가 되었다.

올가을 초, 이 바쁜 가게에 이헤에의 조카딸인 오치카라는 소녀가 왔다. 이헤에의 형의 하나뿐인 딸로 나이는 열일곱이고, 본가인 가와사키 역참의 여관 '마루센'으로부터 예절 견습이라는 명목으로 이헤에와 그의 아내 오타미에게 맡겨졌다.

본래 유복한 상가에서 예절 견습을 위해 친척의 딸을 맡는다고 하면 아직 시집을 안 간 소녀를 에도 물로 씻겨 주는 게 도리이고, 노래며 춤, 다도와 꽃꽂이 등을 가르치는 건 물론, 연극 구경이며 신불 참배를 위한 유람조차도 견문을 넓히는 일에 들어간다. 그러나 오치카는 하녀처럼 일하기를 원했다. 매일 몸이 가루가 되도록 바쁘게 일하며 보내고 싶다, 본가 마루센에서도 결코 아가씨처럼 살진 않았다, 여관 장사는 본래 그런 법이라 일하는 데에는 몸이 익숙하다면서.

이헤에와 오타미도 오치카의 마음을 이해했다. 아직 미색의 냄새조차 옅은 조카딸이 혼자서 에도에 올라오게 된 사정이 사정이었기 때문이다.

오치카는 소꿉친구이기도 한 요시스케라는 약혼자를 잃은 지 얼마 안 되었다. 평범한 죽음이 아니었다. 살해당했다. 게다가 범인은 어릴 때부터 오치카와 한 지붕 아래에서 남매처럼 친하게 살아온 남자다. 이름은 마쓰타로. 그는 요시스케를 해친 후 곧 자신의 목숨도 끊었다.

질투와 실의와 상심이 일으킨 비극이다. 오치카는 마음에 크게 상처를 입고, 혼자 살아남았다는 죄책감에 스스로를 탓했다. 이헤에와 오타미가 가을의 도래와 함께 맞아들인 아이는 그러한 어두운 그늘에 싸여 웃지도 않는 소녀였던 것이다.

사람은 몸을 움직이고 있노라면 잡생각을 잊는다. 그렇기 때문에 오치카는 일하고 싶어 했다. 동시에 이는 엄격하게 가르침을 받고 일을 함으로써 스스로를 벌하고 싶다, 벌해 달라는 절실한 바람이기도 했다.

이헤에와 오타미는 장황하게 오치카를 설득하거나, 종기를 건드리듯이 조심스럽게 대하지는 않았다. 고생을 많이 해서 세상 물정에 훤한 부부는 그래 봤자 부질없을 뿐이며, 처음부터 통하지 않을 줄 알고 있었기 때문이다.

부부는 오치카가 하녀로 일하도록 배려했다. 어떻게 해서라도 오치카의 괴로운 과거를 캐고 싶어 하는 입이 험한 어린 하녀들은 내보내고, 경험 많은 고참 하녀 오시마만을 남겨 두어 오치카가 마음껏 바쁘게 지낼 수 있는 무대까지 만들어 주었다. 이런 때에는 본인이 하고 싶은 대로 내버려 두는 게 제일 좋은 약이다.

이 무렵 오타미는 오치카가 함부로 요시스케의 뒤를 쫓는다거나 스스로를 탓한 나머지 앓아눕지 않고, 사건이 벌어졌던 곳을 떠나 에도로 온 걸 참으로 잘한 일이라 생각했다. 게다가 같이 지내보니 알겠다. 이 소녀는 꽤나 심지가 굳다. 강인하다고 느낄 정도다. 이는 실로 바람직한 성향이다.

슬픈 일이 있다고 해서 그때마다 죽는다면 목숨이 몇 개라도 모자라다. 오치카에게 일어난 일은 엄청난 불행이지만, 불행한 걸로 따지자면 세상에는 훨씬 더 가혹한 일도 있다. 그래도 살아가는 것이 사람이라는 존재다. 오치카라면 틀림없이 그 사실을 깨닫는 날이 오리라.

한편 이헤에는, 숙부가 나이 어린 조카딸을 걱정하는 것이다 보니 아무래도 오타미만큼 담대하게 생각할 수는 없었다. 이런 부분이 남자와 여자의 차이이기도 하다. 쾌활하고 대범한 척은 하고 있어도, 외곬이 된 듯 눈코 뜰 새 없이 바쁘게 일하며 매일을 보내는 오치카를 보면 가슴이 아팠다.

무언가 좀 더 해 줄 수 있는 일은 없을까.

그러던 차에 우연히 이혜에가 초대한 손님을 오치카가 접대해야 하는 일이 생겼다. 부득이하게도 부부에게 급한 볼일이 생겼기 때문이다. 손님은 이혜에의 바둑 친구였다.

바둑은 이혜에가 늦게 배운 도락이다. 그런 만큼 병이 깊어서 그는 미시마야 안에 '흑백의 방'이라는 장소를 만들고, 틈을 내어 호적수와 겨루기를 즐기곤 했다.

그날은 이혜에의 급한 용무 때문에 흑백의 싸움은 치러지지 못했다. 오치카는 이혜에 대신 사과하기 위해 하녀에서 주인의 조카딸로 탈바꿈하고 손님 앞에 나서, 부담스러운 이 역할을 뜻밖에 잘 해냈고, 근사하게 마무리 지었다.

귀가한 이혜에는 조카로부터 손님이 옛날 일을 털어놓아 주었다는 이야기를 한바탕 듣고 놀랐다. 슬프고 무섭고, 또 기이하고 신기한 이야기였기 때문이다.

이혜에는 생각했다. 이것은 인연이다. 그가 친하게 지내 온 바둑 친구가, 얼굴을 처음 마주한 오치카에게 오랫동안 몰래 숨겨 왔던 옛 상처를 보여 주고 이야기했다. 오치카에게 그런 것을 불러들이는 무언가가 있었을지도 모른다. 둘 사이에 서로 통하는 게 있었을지도 모른다. 이 사람에게라면 이야기해도 된다고. 어느 쪽이건 이는 신의 인도이리라.

손님이 돌아간 후 침울해하는 오치카의 모습이 그때까지와는 조금 달라 보인 점도 이혜에의 마음을 격려했다. 오치카는 다람쥐 쳇

바퀴 돌리듯 끊임없이 자신만 탓하던 걸 멈추고 열심히 생각에 잠겨 있었다.

이혜에는 깨달았다. 지금의 오치카에게 위로나 격려보다는 오히려 이러한 형태로 세상에 귀를 기울이는 일이 더 필요하지 않을까.

그는 물건을 파는 상인이다. 한번 결정하면 행동이 빠르고, 수배도 잘한다. 당장 단골 직업소개꾼을 불러, 주머니 가게 미시마야에도 전역에서 신기한 이야기를 모으고 있다는 소문을 여기저기에 내 달라고 부탁했다. 비밀은 단단히 지키겠습니다, 오랜 세월 가슴속에만 넣어 두었던 일을 남몰래 이야기하고 싶은 분은 부디 미시마야를 찾아 주십시오—하고.

이렇게 해서 한 번에 한 사람씩, 하나의 이야기를 하는 괴담 대회가 시작되었던 것이다.

아는 달나물・

あんじゅう

"숙부님도 참, 아직도 계속하실 생각이셔요?"

섣달이 시작되어 분주하기도 하고, 그런 분주함 때문에 묘하게 마음이 들뜨는 듯한 아침의 일이다.

오치카로서는 부모 곁을 떠나 처음으로 맞이하는 연말이다. 미시마야는 오치카가 자란 본가의 여관과는 전혀 다른 장사를 한다. 에도 시중의 번창하는 가게이니만큼 이달 안에 처리해 두어야 할 일들이 있다거나, 정월 준비를 하는 데도 가도 부근의 여관에는 없는 규칙이 있을지도 모른다. 배우고 익혀야 할 일이 많을 것 같아, 새삼 다스키_{일할 때 옷소매를 걷어 올려 고정하기 위해 어깨에 묶는 끈}를 바르게 고쳐 매는 듯한 기분으로 아침밥을 먹고 있을 때 숙부 이헤에가 갑자기 말했다. 오늘 두시에 흑백의 방에 손님을 두 분 초대했다고.

"아직도라니 무슨 말이냐, 아직도라니."

밥상 위의 음식을 밥알 하나 남기지 않고 깨끗하게 비운 뒤 유유히 차를 마시고 있던 이헤에가 자못 의외라는 듯이 눈썹을 추켜세운다.

"당연히 계속해야지. 대체 내가 언제 그랬단 말이냐. 오치카, 백 가지 괴담 대회는 이제 끝이다, 라고."

하지만—하며 오치카는 입술을 살짝 삐죽거렸다.

"지난 두 달 동안 네가 들은 이야기는 겨우 다섯 개다. 그것도 너 자신의 이야기를 셈에 넣어서 말이지. 백 개까지 가려면 얼마나 더 모자란다고 생각하느냐."

"모자라는 걸로 치면 도깨비도 웃을 정도지."

숙모 오타미가 도깨비보다 먼저 웃음을 터뜨리면서 말을 보탠다.

"이 정도 뺄셈이라면 신타도 틀리지 않을 게다. 앞으로 아흔다섯 개구나, 오치카."

신타는 가게의 견습 점원이다. 올봄, 일꾼들이 교체되는 시기에 고용살이를 하러 들어온 신참으로 나이는 열한 살. 아직 철없는 아이이긴 하지만 오타미와 오시마에게 단단히 가르침을 받아, 모든 사람들에게 이리저리 불려 다니면서도 열심히 일하고 있다. 다만 아무리 해도 읽고 쓰기와 주산을 잘 익히지 못한다. 그래서 이런 때에도 예로 언급되는 것이다.

"저는 이제 일단락된 줄 알았어요."

이헤에가 말한 대로, 오치카는 신기한 이야기를 듣고 모으면서 자신의 이야기도 풀어 놓았다. 들어 준 사람은 하녀 오시마이고, 장소는 손님들과 마찬가지로 흑백의 방이다.

덕분에 오치카의 마음속에서는 하나의 매듭이 지어졌다. 이헤에도 알고 있다."

"네 마음이 안정된 건 물론 경사스러운 일이야. 하지만 말이다."

오타미와 시선을 맞추며 말을 잇는다.

"도안 씨가 이 일에 엄청나게 몰두하고 있단다. 그것도 뭐, 이쪽에서 부탁할 때 특별히 공을 들였기 때문이지만 말이다."

도안은 미시마야에 출입하는 직업소개꾼이다. 간다 묘진시타에 가게를 가지고 있는 대머리 노인으로, 기름진 두꺼비 같은 얼굴을 하고 있다. 다만 사람을 보는 눈은 확실하고 발도 넓다.

"도안 씨의 가게에서 우리 가게를 찾아올 손님이 순서를 기다리고 있다는구나. 이쪽에서 꺼낸 이야기이니, 최소한 그 손님들만이라도 맞아들여야지. 나도 거북하잖니."

에도 전역의 신기한 이야기를 모으고 싶으니 알아봐 주게—라는 이헤에의 의뢰를 받고, 도안 노인은 가와라방야에도 시대에 찰흙에 글자나 그림을 새겨서 기와처럼 구운 인쇄판을 가와라방이라고 하며, 가와라방야는 이 가와라방으로 인쇄한 사건 등을 소리 내어 읽으며 팔러 다니던 사람을 말한다나 오캇피키관리로 일하는 무사들의 수하. 범인을 수색하거나 체포할 때 앞잡이 노릇을 했다의 수하들에게까지 알아보고 다녔다. 덕분에 한때 미시마야에는 그런 이들이 문지방이 닳도록 드나들어, 고용살이 일꾼들은 눈을 휘둥그렇게 떠야 했다. 충의밖에 모르는 대행수 야소스케는 대체 우리 가게에 무슨 일이 일어나고 있는 거냐며 얼굴이 창백해졌다.

"색다른 신부 수업 정도로 여기고, 조금만 더 계속해 보렴, 오치카."

처음에는 남편이 즉흥적으로 벌인 일에 걱정스러운 얼굴을 했던 오타미도 지금은 그런 말을 한다.

"너는 아무래도 이야기를 잘 들어 주는 성격인 것 같으니 말이다. 게다가 손님을 맞이하면 예쁘게 차려입는 보람도 있지 않니."

이헤에와 오타미는 아들이 둘 있지만, 지금은 다 남의 가게 밥을 먹기 위해 미시마야를 떠나 있다. 적적한 오타미에게 오치카는 딸을 대신하기에 딱이다.

"손님의 수만큼 새 옷을 맞춰 줄 수도 있어. 기대가 되는구나."

오타미는 완전히 신이 나고 말았다. 이래서는 반대해 봐야 소용이 없다.

마음을 다잡았다고 해서 하녀 일까지 그만둔 건 아니며, 아무 일도 하지 않는 더부살이 아가씨가 될 마음은 전혀 없다. 오치카는 오후까지 오시마와 둘이서 바쁘게 시간을 보냈다. 미시마야에서는 주인 부부가 앞장서서 일한다. 게다가 오타미는 집 안 관리와 주머니 만드는 일을 둘 다 해내고 있기 때문에, 식사 때 외에는 잡담할 시간도 없다.

"오치카 씨, 이제 옷을 갈아입지 않으면 늦어요."

두시를 알리는 종소리를 듣고 오시마가 정신을 차린 듯이 오치카를 재촉했다. 겨우 점심상 설거지가 끝난 참이다. 미시마야는 출퇴근하는 직인들까지 합쳐 식구가 열 명이라, 하루에 세 번 밥상을 차리는 일만도 상당하다.

오치카는 서둘러 자신에게 주어진 세 평짜리 방으로 돌아가 장롱을 열었다. 하녀에서 주인의 조카로 변하는 것이니, 앞치마와 다스키를 벗는 정도로는 부족하다. 기모노와 띠 및 속옷 위에 덧대는 깃도 바꾸고, 유이와타*일본식 올림머리의 일종. 올린 머리의 중앙을 홀치기염색한 천으로 묶은 미혼 여성의 머리 모양 중 하나이다로 묶은 머리에는 붉은 산호 비녀를 꽂았다.

요즘은 오타미가 가끔씩 이 머리를 도읍의 유복한 상가 아가씨들 사이에서 유행하고 있는 도진마게에도 시대 말기에서 메이지 시대에 걸쳐 소녀들 사이에서 유행한, 틀어 올리는 머리 모양로 바꾸면 어떻겠느냐고 권한다. 도진마게는 얌전한 모모와레열여섯, 열일곱 살 소녀들이 주로 했던 머리 모양으로, 머리를 좌우로 갈라 고리를 만들어 뒤통수에 붙이고 살짝 부풀린 것나 유이와타와 달리 머리카락 앞이 벌어져서 가노코홀치기염색을 한 얼룩무늬 천. 여기서는 머리카락을 묶는 천을 말한다가 똑똑히 보이는 화려한 머리 모양이다. 자연히 가노코의 색깔이나 무늬, 재질에도 경쟁적으로 공을 들이게 된다. 물론 하녀에게 어울리는 머리 모양은 아니다. 오타미도 알면서 넌지시 떠보는 것이다. 하녀 고용살이를 그만두고 정말로 우리 딸이 되어 버리라고. 흑백의 방에 오는 손님의 수만큼 기모노를 맞춰 주겠다는 생각도 뿌리는 같다.

숙부나 숙모나, 미시마야를 이만큼 일으키기까지는 고생이 많았을 것이다. 가난도 겪었으리라. 지금도 결코 사치스러운 생활을 하고 있지는 않다. 쓸데없는 낭비는 이헤에와도 오타미와도 인연이 없는 말이다.

그래도 오치카는 사치를 부리게 해 주고 싶다, 오치카를 예쁘게 꾸며 주고 싶다는 바람은 숙부와 숙모의 배려와 다정함에서 기인한다. 오치카가 젊은 아가씨다운 밝은 모습을 되찾길 바라는 것이다.

고맙다. 기쁘다. 숙부와 숙모의 마음은 충분히 가슴에 와 닿는다. 하지만 마음 깊은 곳에서 손을 모아 바라는 듯한 기분으로, 오치카는 생각한다.

─나한테 아직 그런 건 허락되지 않아.

이렇게 준비를 하는 것도 어디까지나 손님에게 실례를 저질러서는 안 되기 때문이다.

오치카는 흑백의 방으로 가기 위해 서둘러 복도로 돌아가다가 마침 그 방에서 나와 막 당지 문을 닫은 오시마와 맞닥뜨렸다.

"아, 아가씨."

이 하녀는 오치카가 손님을 맞이하기 위한 옷으로 갈아입으면 호칭도 바꾼다.

"손님이 벌써 오셨나 보군요."

"네, 안내해 드린 참인데요."

오시마는 목소리를 낮추며 몸을 앞으로 수그렸다.

"오늘 오신 분은 별나요."

오시마가 몇 살인지는 오치카도 정확히 모른다. 오치카보다 스무 살은 위가 아닐까 짐작하고 있을 뿐이다. 키가 크고 통통하기는 하지만, 여자치고는 상당히 뚜렷한 얼굴 생김새이기 때문에 젊었을 때부터 늙어 보였다고 본인이 웃으며 말한 적이 있다.

"별나다니……."

이상한 분이냐고 묻자, 오시마가 고개를 젓는다.

"겉모습은 흔한 가게 점원이에요. 나이로 보아 어딘가의 대행수님이겠지요."

어린 견습 점원을 데리고 왔다고 한다.

"종자인가 보지요."

"종자라면 함께 방에 들이지는 않아요. 바깥에서 기다리게 하거나, 나중에 데리러 오게 하는 법이지요. 우리 가게의 신타도 그렇잖아요?"

오시마의 말이 옳다. 그러고 보니 이혜에도 오늘은 손님을 두 분 청했다고 말했다.

"안에 대행수님과 견습 점원이 나란히 앉아 있나요?"

"네. 게다가 왠지 분위기가."

대행수 쪽이 견습 점원을 어려워하는 듯 보인다고 한다.

"이렇게, 곁눈질을 하고 말이지요. 견습 점원은 어리둥절해하고 있을 뿐이지만요."

아직 교육이 안 되어 있는 아이예요, 하고 의아해하면서도 오시마는 흥미를 느끼는 모양이다.

"어쩌면 무언가 이야기에 흥취를 돋우기 위해서인지도 모르지요. 들려주실 내용과 관련이 있을지도 몰라요" 하고 오치카는 말했다. "어쨌거나 만나 보지 않고서는 알 수 없어요."

예, 하고 오시마는 물러나 길을 터 주었다.

"아가씨, 아주 예쁘셔요. 하지만 오늘 이야기할 사람이 그 견습 점원이라면, 돼지 목에 진주 목걸이네요."

표현이 절묘하다. 오치카가 저도 모르게 웃으며 오시마의 어깨를 손가락으로 밀자, 오시마도 소리 죽여 웃었다.

복도에서 한 평쯤 되는 곁방으로 들어가, 오치카는 당지 문 앞에 정좌했다.

"실례하겠습니다."

안에 어린아이가 있다고 들었기 때문에 저도 모르게 목소리가 부드러워졌다. 평소에는 주인 이혜의 대리이기 때문에, 흑백의 방에는 가능한 한 의연한 태도로 들어가려고 노력하는 오치카다.
"들어오십시오."
남자의 쉰 목소리가 대답한다.
오치카는 당지 문을 열었다. 흑백의 방은 남향이고, 유키미 장지_{장지 바깥 풍경을 방 안에서 구경하기 위해, 일부분을 위아래로 밀어 여닫을 수 있게 만든 장지. 중세 이후로 설경을 감상하는 풍속에서 비롯되었다} 바깥에는 정원이 있다. 지금은 닫혀 있는 장지에 섣달 오후의 햇빛이 부드럽게 비쳐든다.
두 손님은 도코노마_{일본 건축에서 다다미방 정면에 바닥을 한 층 높여 만들어 놓은 곳으로, 벽에는 족자를 걸고 바닥에 도자기나 꽃병을 장식한다}를 등지고 있었다. 오치카와 똑같이 무릎을 단정히 모아 정좌하고 있다. 각자의 옆에 숯이 빨갛게 피어오르는 아리타 도자기_{사가 현 서부에 있는 마을인 아리타에서 생산되는 도자기} 손화로가 놓여 있다.
오시마의 말대로 가게 점원처럼 보이는 손님들이다. 고참 대행수와 견습 점원 같다. 다른 조합은 좀처럼 떠오르지 않는다. 노인과 손자라면 지나치게 평범할 테고.
"미시마야 이헤에의 대리, 오치카라고 합니다. 주인의 조카딸이 됩니다."
오치카는 손을 짚고 깊이 머리를 숙였다.
고참 대행수 같은 남자는 후사고로라고 자신을 소개했다. 그러고는 옆의 아이에게 인사를 하라고 재촉한다.
"이 녀석은 저희 가게의 견습 점원인 소메마쓰라고 합니다."
정작 소개받은 당사자인 소메마쓰에게는 재촉을 한 정도로는 통하지 않는다.
"얼른 인사를 하지 못하겠느냐."

작은 목소리로 꾸짖자 그제야 꾸벅 머리를 숙였다.

그 몸짓에 얄미운 구석은 없었다. 오시마가 감정한 대로 아직 예의범절을 모르는 것이리라. 길이가 짧은 줄무늬 기모노에 야로마게 에도 시대 머리 모양 중 하나. 머리 중간의 머리카락을 가늘게 민 것, 또는 앞머리를 남기고 머리 한가운데 부분만 민 것을 말하기도 하며, 나중에는 뜻이 변하여 이마에서 머리 한가운데에 걸쳐 머리카락을 민 것을 가리켰다. 본래는 가부키의 소년 배우가 앞머리를 민 것에서 유래하였다를 하기는 하였으나 나들이옷을 입었기 때문에 앞치마는 걸치지 않았고, 그래서 더욱 시골뜨기처럼 보인다. 뺨에 진흙이 묻어 있어도 이상하지 않을 정도다.

오치카는 그에게 미소를 지었다. 그러자 아이의 눈이 휘둥그레졌다. 누군가가 웃음을 지어 주는 게 처음이라는 듯이.

소메마쓰라니, 견습 점원 아이치고는 멋있는 이름이다.

어느 정도 규모가 있는 상가商家는 대대로 주인이 같은 이름을 세습해 가는 관례가 있다. 미시마야에서도 지금은 일을 배우러 나가 있는 맏아들 이이치로가 집안을 물려받게 되면 2대째 이헤에라는 이름을 쓰게 된다.

그와는 별개로 가게에 따라서는, 무언가 길흉을 가린다는 등의 이유로 고용살이 일꾼에게도 특정한 이름을 붙일 때가 있다. 소메마쓰도 비슷한 경우일지 모른다.

마침 잘되었다, 소메마쓰라는 이름으로 이야기의 물꼬를 터 보자고 생각했을 때, "미시마야 님" 하고 후사고로가 오치카를 부른다. 쉰 목소리와는 반대로 오치카를 바라보는 후사고로의 눈에는 예상하지도 못한 힘이 있었다. 하오리기모노 위에 입는 짧은 겉옷. 에도 시대에는 큰 상가의 대행수 이상의 지위를 가진 자만 입을 수 있다는 암묵적인 제한이 있었다고도 한다를 걸친 모습도 익숙해 보인다.

"도안에게서 이 댁의 방식이라고 할까요, 괴담 대회의 규칙에 대한 이야기는 듣고 왔습니다."

"고맙습니다."

"그러니 이야기를 들으시는 분이 아가씨라는 사실은 알고 있습니다. 지금의 미시마야 주인장께 이런 괴짜들을 일일이 나서서 상대하실 여유는 없으실 테니까요. 정말이지, 가게가 번성하고 있으니 다행스러운 일입니다."

말투에 따끔하니 가시가 있다.

"다만 저희 가게나 주인의 이름은 말씀드릴 수 없습니다. 얘기하지 않아도 되겠지요."

"조금도 상관없습니다. 부디 좋을 대로 하시지요."

오치카는 다시 한 번 머리를 숙여 보였다.

"다만 이야기를 해 주시는 이상 이것저것 다 덮어놓고 하시다 보면 불편할 수도 있습니다. 지장이 없도록, 이 자리에서만 쓸 이름을 붙여 주셔도 된답니다."

미시마야가 흑백의 방에서 손님으로부터 듣고 싶어 하는 것은 여러분이 어디에 사는 누구인가가 아니라 이야기의 내용입니다. 지금까지도 몇 번인가 시작하기에 앞서 말해 온 사항이기 때문에, 오치카는 막힘없이 설명했다. 비꼬는 마음은 털끝만큼도 없었다.

그런데도 후사고로는 심기가 상한 듯 씁쓸한 말투가 되었다.

"도안이 보증하는 일이라 믿고 찾아왔습니다만."

아가씨—하며 갑자기 노기를 띤다.

"참으로, 거짓이 아니라, 당신이 어떻게든 해 주시는 거지요?"

이 말에는 오치카 쪽이 어리둥절할 차례였다.

"예?"

"아니, 그러니까 당신이 만사 해결해 주시는 거지요? 저는 그렇게 듣고 찾아왔습니다."

해결이라니 무슨 소리일까.

"제가 무엇을 해결한다는 말씀이신지요."

후사고로는 순식간에 초조한 표정이 되었다. "말머리를 돌리지 마십시오. 이래 봬도 저는 바쁜 몸이고, 가나이야는."

말해 버리고 나서 앗 하며 입을 다문다.

오치카는 생긋 웃었다.

"이 이야기에 나오는 가게의 이름은 가나이야라고 하는군요. 알겠습니다."

후사고로는 몹시 언짢은 얼굴이다. 소메마쓰는 여전히 눈을 동그랗게 뜬 채 둘을 번갈아 바라보고 있다. 악의라곤 조금도 없다.

"그 가나이야의, 어떤 분이신지."

"대행수입니다."

주칠을 한 주판을 맡고 있지요, 하고 계속 씁쓸한 얼굴을 한 채 그때만은 약간 거들먹거리며 말했다.

후사고로에게는 자명한 사실일 테지만, 오치카에게 '주칠을 한 주판'은 귀에 익지 않은 말이었다. 훌륭한 주판이라는 뜻으로, 말하자면 가게의 돈이 들고 나는 일을 감독하는 대행수의 지위를 나타내는 은어가 아닐까 짐작하는 정도다.

주머니 가게나 방물 가게에서는 이런 말을 쓰지 않는다. 본가가 하고 있는 여관업에서도 그렇다. 그러니 가나이야는 그 이외의 업종인 모양이다.

오치카는 흑백의 방에서 이야기를 듣는 역할 외에도, 들은 이야기를 나중에 이헤에에게 전하는 역할도 맡고 있다. 궁금한 점은 그때 숙부에게 물어봐야겠다.

후사고로가 몹시 풍채가 당당한 대행수라는 점도, 가나이야의 업종과 관련이 있을지도 모르지. 우리 가게의 대행수인 야소스케 씨도 견실한 사람이고 미시마야에서 중책을 맡고 있지만, 이런 관록은 갖고 있지 않은걸.

"어쨌거나 저는 가게를 위해 일말의 희망을 걸어 보자는 마음으로, 이곳을 찾아뵐 순서를 기다리고 있었습니다. 그러니 부탁드립니다."

후사고로의 말에 오치카는 더욱더 당혹스러웠다. 도안은 무슨 말로 이 괴담 대회를 소문내고 있는 걸까.

"가나이야 씨." 오치카가 앉은 자세를 가다듬으며 말했다. "아무래도 뭔가 오해하신 모양이네요."

"뭐라고요?"

"저희들은 분명히 신기한 이야기를 듣고 모으고 있습니다. 하지만 정말로 듣기만, 얘기를 듣기만 합니다. 무언가 어려움을 해소해 드리거나, 수수께끼를 풀어 드리지는 않아요. 만일 도안 씨가 가나이야 쪽에 그렇게 말했다면, 틀린 말입니다."

이미 언짢아하고 있던 후사고로는 분명하게 노기를 띠었다. "아니, 제가 들은 말과 다르잖습니까!"

"그래서 뭔가 오해하셨다고 말씀드린 거예요."

오치카는 부드럽고 정중하게 말했다. 그러자 일방적으로 열을 올리던 후사고로는 더욱 눈을 치켜떴다.

"이래서야 마치 속은 것 같군요."

그가 그렇게 내뱉은 순간이었다.

소메마쓰가 아래를 향해 풋 하고 웃었다.

역시 악의는 없고 그저 어린아이가 솔직하게 재미있어할 뿐인, 간질간질한 웃음이다. 앞서 놀라지만 않았다면 오치카도 따라서 웃음을 터뜨리고 말았을지도 모른다.

"이, 이."

그러나 후사고로는 새빨개졌다.

"왜 웃는 게냐, 이 멍청한 놈! 도대체가, 전부 네가 잘못한 일 아니냐."

당장이라도 소메마쓰의 목덜미를 움켜쥐고, 쳐든 손으로 때리려는 기세다. 난폭한 행동에 손화로가 뒤집어질 뻔했다.

오치카는 말리려고 끼어들었다. 순간적인 일이라 거리낌이 없었을지도 모른다. 후사고로와 소메마쓰 사이에 끼어들어서, 등으로 소메마쓰를 가리는 모양새가 되었다.

"그러지 마셔요, 대행수님."

세간에서는 연장자가 종종 나이 어린 고용살이 일꾼을 때리기도 한다. 예의범절을 가르치기 위해서라는 풍조도 있다. 하지만 미시마야에서는 금지된 일이다. 이헤에도, 오타미도 체벌을 무엇보다 싫어한다. 체벌하지 않고서는 고용살이 일꾼에게 예의범절을 가르칠 수 없다면, 이는 우선 부리는 사람에게 도리에 어긋난 데가 있기 때문이라고 생각한다.

"다른 곳에서라면 몰라도 미시마야 안에서 그러시면 곤란해요!"

오치카의 제지에도, 화가 난 나머지 부들부들 떨고 있던 후사고로는 기세를 멈추지 못했다. 소메마쓰를 미처 때리지 못한 손을 주체하지 못해 어떻게 하나 봤더니, "아아, 정말이지!" 하고 중얼거리며 자신의 이마를 세게 때린다. 흠칫 놀랄 정도로 좋은 소리가 울렸다.

"대체 어째서 이런 꼴사나운 처지가 되었단 말인가."

새어 나온 목소리는 가슴이 뭉개져 가는 듯한 괴로움으로 쉬어 있었다.

정신을 차려 보니 등 뒤에 있던 소메마쓰가 오치카의 띠에 매달려 있다. 그 자세 그대로 작게 말한다.

"용서해 주세요, 대행수님."

저도 일부러 그러는 게 아니니까요.

오치카는 천천히 고개를 틀어, 어깨 너머로 등 뒤에 있는 아이의 얼굴을 보았다.

소메마쓰는 커다란 눈을 가졌다. 입이 반쯤 벌어져 있어서 빠진 이가 훤히 보인다. 비슷한 또래인 신타에 비해, 작고 색깔이 나쁜 이가 듬성듬성 나 있다. 촌뜨기인 이 아이가 가나이야에 오기 전에 얼마나 가난하게 살았는지, 그 사이로 비쳐 보이는 듯싶다.

"지금 뭐라고 했니?"

그 물음에 소메마쓰는 눈을 내리깔았다. 두려워한다기보다는 갑자기 부끄러워졌는지, 오치카의 띠에서 손을 떼고 몸을 움츠렸다.

"혹시 오늘 이야기를 해 주실 분은 여기 계시는 견습 점원님이 아니신가요."

오치카는 다시 후사고로를 돌아보았다. 풍채가 좋은 대행수의 빨갰던 얼굴이 푸르죽죽해져 있다. 이쪽도 부끄러워하는 모양이다.

"죄송합니다. 터무니없는 실수를 저질렀군요."

오치카의 가슴은 아직도 두근거렸지만, 이를 얼굴에는 드러내지 않는 요령을 조금은 익혔다.

"제게 사과하실 필요는 없어요. 게다가 이곳에서 일어난 일, 이곳에서 말씀하신 내용은 결코 바깥으로 새 나가지 않는답니다. 안심하셔요."

손화로의 위치를 바로잡고 나서, 오치카도 이들의 맞은편으로 돌아갔다. 조금 전보다 약간 더 소메마쓰 쪽으로 가깝게 앉았다. 소메마쓰가 아직도 몸을 움츠리고 있었기 때문이다.

"그보다 차는 어떠신지요. 하녀를 불러도 될까요?"

후사고로는 기모노의 옷깃을 가다듬으며 말없이 고개를 끄덕였다. 이마에 식은땀이 배어 있다.

"과자도 있으니까."

소메마쓰에게 미소를 짓고, 오치카는 손뼉을 쳐서 오시마를 불렀다. 이 방에서는 손님에게 다과를 낼 적당한 시기를 가늠하기가 어렵다. 어떤 식으로든 손님의 이야기를 중간에 끊게 되면 흑백의 방의 닫혀 있는 분위기가 흐트러질 수도 있기 때문이다. 그 점은 오치카도 잘 알고, 오시마도 이해하고 있다.

이윽고 다과 쟁반을 든 오시마가 연극이라도 하듯 하느작거리며 흑백의 방으로 들어왔다. 슬쩍 오치카에게 눈짓을 하는 모양새를 보니, 신기한 조합의 손님들에게 흥미와 불안을 느끼고 복도에서 엿들은 모양이다.
―참 싫은 영감이네요.
다 큰 어른이면서 갑자기 노기를 드러내며 아이를 때리려 한 후사고로가 마음에 들지 않는 것이다. 오치카도 표정으로 달랬다.
오치카 옆에는 손님의 손화로보다 훨씬 큰 화로가 놓여 있다. 오시마는 거기에 삼발이를 놓고 주전자를 얹더니, 또 하느작하느작 물러갔다. 목례를 한 뒤 당지 문을 닫을 때 소메마쓰를 찬찬히 살피듯이 바라보았는데, 마침 나이 많은 하녀의 품위 있는 행동거지를 정신없이 바라보던 아이의 시선과 눈길을 딱 마주치고 말았다. 서로 눈을 깜박이며 서둘러 고개를 숙이는 모습이 재미있다. 양쪽 다 장난꾸러기 아이 같다.
"자, 먹으렴." 오치카는 소메마쓰에게 과자를 권했다. "여기서는 너도 손님이니까 사양하지 않아도 돼."
작은 칠기 접시에 앙증맞게 담겨 있는 것은 미시마야가 자주 이용하는 근처 과자 가게의 만주다.
"이제 제철은 지났지만 이 과자 가게에서는 아직도 밤 만주를 만든단다. 먹어 봐. 한가운데에 커다란 밤이 들어 있어."
소메마쓰는 침을 삼키는 듯한 얼굴을 했다. 당장이라도 손을 대고 싶은 표정인데 곁눈질로 후사고로의 얼굴을 살핀다. 당사자인 대행수는 완전히 차분해진 얼굴을 회지접어서 품에 지니는 종이. 가지고 다니며 휴지로 쓰거나 시가(詩歌) 등을 썼다로 닦고 있었다.
 오치카는 알아차렸다. 이 후사고로라는 사람도 평소 이렇게 뻣성을 내는 사람은 아닌 듯하다. 이렇게 흐트러진 데에는 무엇인지는 모르지만 어지간히 난처한 사정이 있는 게 틀림없다.
 아무래도 밤 만주 앞에서 손을 꼼지락거리고 있는 시골뜨기 견습 점원 아이가 원인인 것 같다. 연륜이 쌓인 대행수이기 때문에 더더욱 그것이 밉살스럽고 답답하여, 그만 머리에 피가 오르고 마는 게 아닐까.
 "분명히 도안은,"
 부모의 원수라도 만난 듯이 찻잔을 노려보던 후사고로가 얼굴을 들고 숨을 한 번 내쉬더니 말했다.
 "이곳에서 수수께끼를 풀어 줄 거라는 식의 말은 하지 않았을지도 모릅니다. 제 지레짐작이었을 수도 있지요. 여기서 이야기를 해 보면 무언가 실마리가 잡힐지도 모른다고 말했던 것 같습니다."
 고집스럽게 변명하는 말투지만 침착함을 되찾아 간다.
 "하지만 미시마야는 호리에초의 에치고야와 친하게 지내고 계시지요?"
 호리에초의 에치고야는 나막신 도매상이다. 미시마야는 이 가게와 손을 잡고 다양한 모양새의 나막신 끈을 팔기 시작한 참인데, 이것이 또 평판이 괜찮다.
 오치카가 예, 하며 고개를 끄덕이자, 후사고로가 말했다.
 "에치고야에는 오랫동안 앓아누워 있던 사람이 있지요. 안주인의 사촌인지 시누이인지, 친척뻘 되는."

"예, 알아요."

오타카라는 여자다. 이 별난 괴담 대회에서 두 번째로 이야기를 들려준 사람으로, 이야기를 함으로써 더욱 불가사의한 상황에 빠졌다가 다섯 번째 이야기에서 가까스로 빠져나올 수 있었다. 말하자면 두 번째와 다섯 번째 이야기는 이어져 있고, 오치카는 다섯 번째 이야기에서 오타카와 함께 이야기의 핵심이라고 할 수 있는 장소까지 몸을 가져갔다.

묘한 표현이기는 하지만 그렇게밖에 말할 수 없다. 발길을 옮겨서 간 게 아니기 때문이다. 잠시 동안, 이 세상의 바깥이면서 아직 저세상은 아닌 곳에 가 있었다. 그러고 나서 오타카와 함께 돌아왔다. 그런 체험을 했던 것이다.

"그 사람이 근자에 깨끗이 나았다고요."

"예."

"그게 미시마야 덕분이라고 소문으로 들었습니다. 그래서—,"

그래서 지레짐작해 버렸다는 말을 하고 싶은 것이리라.

에치고야의 오타카 이야기가 그렇게 소문이 나다니, 오치카로서는 놀라운 일이었다.

"잘 알고 계시네요. 에치고야의 일이 그렇게 널리 알려졌나요?"

흥분이 식어 어깨를 축 늘어뜨렸던 후사고로는 문득 다시 기세를 되찾은 듯했다.

"세간에 널리 알려진 건 아닙니다. 물론 에치고야에서 말을 퍼뜨리고 있는 것도 아니고요. 오히려 숨기고 계신 모양이더군요. 하지만 저희는 다른 곳에 알려지지 않은 일들을 알아 두어야 할 필요가 있는 장사를 하는지라……. 그러니 소문이라고 할 수는 없으려나요."

뭐라고 해야 할까, 라며 자문자답한다. 세간에 알려지지 않은 일들을 알기 위해서 간자(間者)를 부리고 있다는 말로도 들린다. 가나이야는 무엇을 파는 가게일까.

"어쨌거나 그런 사정이 있는지라, 그만 다급하게 달려들고 말았습니다. 용서하십시오."

깨닫고 보니 어느새 소메마쓰가 밤 만주를 입안 가득 넣고 또 어리둥절해하고 있다.

"맛있지?"

오치카가 묻자 뺨을 만주로 부풀린 채 고개를 끄덕인다. 당황해하며 손으로 입을 막는 모습이 귀엽다.

"잘 알겠습니다."

오치카는 생긋 웃으며 대답하고 나서 진지한 얼굴을 했다.

"그건 그렇고 가나이야는 매우 곤란한 처지에 놓인 모양이군요. 여기 있는 견습 점원이 가게 안에서 무언가 문제를 일으키고 있다는 뜻인지요."

나쁜 짓을 하고 있다고 말하려다가 직전에 말을 바꾸었다. 아까 소메마쓰가 "일부러 그러는 게 아니에요"라고 했던 말이 문득 떠올랐기 때문이다.

"예, 문제도 그냥 문제가 아니라 큰 문제입니다."

내려가 있던 후사고로의 어깨가 가게의 기둥다운 탄력을 되찾았다. 소메마쓰를 보는 눈에도 험악한 기색이 돌아온다.

"한데 믿어 주실지."

상대방을 탐색하는 듯한 표정에, 오치카는 입을 다물고 진지한 얼굴을 하는 것으로 답을 대신했다.

"엉뚱하고 희한한 일입니다."

후사고로는 더욱 오치카를 시험하듯이 거듭 강조한다. 잠시 침묵이 흘렀다. 그러자, "내가" 하고 소메마쓰가 입을 열었다.

"너는 입 다물고 있어라."

후사고로가 윽박지르듯이 말했으나, 이번에는 소메마쓰도 움츠러들지 않고 오치카 쪽으로 시선을 향했다. 도움을 청하는 눈빛이다.

오치카는 아이에게 고개를 끄덕이고, "네 이야기도 나중에 꼭 들어 줄게"라고 말했다.

"이 녀석은 거짓말밖에 하지 않습니다."

후사고로는 소메마쓰가 미워 죽겠나 보다. 한번 흥분했던 게 가라앉으면서 오히려 고삐가 풀렸으리라.

"지어낸 이야기와, 자신에게 유리한 거짓말만 하는 놈입니다."

"하지만 이렇게 데려오셨잖아요."

후사고로는 굽히지 않았다. "이 녀석을 미시마야로 데려와야 제 이야기가 설득력을 가지리라 여겼기 때문입니다. 그러지 않으면 믿기지 않을 정도로 이상한 이야기거든요. 예, 눈으로 직접 보셔야 합니다."

그런 말을 들어도 소메마쓰는 평범한 어린아이로밖에 보이지 않는다.

"눈으로 무얼 보아야 하나요?"

물이—하고 후사고로는 무겁게 말했다.

"물이, 달아납니다."

오치카도 희한한 이야기에는 익숙해져 있다. 후사고로가 떨었던 호들갑만큼 무겁게 받아들여지지는 않는다.

"어디에서 달아나나요?" 하고 멍청하게 대꾸하고 말았다.

후사고로는 진지하기 짝이 없었다. 목소리에 다시 노기가 섞인다. "우물에서도 물독에서도 화기花器에서도, 집 안의 모든 장소에서 달아나고 맙니다."

소메마쓰가 있는 집 안에서는, 이라고 덧붙인다.

"이 녀석이 가까이 가면 우물에서, 물독에서 또 물이 달아납니다. 달아나서 바싹 말라 버립니다."

분한 듯이 내뱉는 후사고로에게 오치카는 저도 모르게 제일 먼저 떠오른 말을 느긋한 투로 꺼내고 말았다.

"참 불편하겠네요."

소메마쓰가 고개를 푹 숙였다. 웃음을 참으려 한다는 것을 오치카도 눈치챘다.

후사고로는 다시 도깨비 같은 얼굴이 되었다.

"웃을 일이 아닙니다! 하룻밤이라도 이 녀석을 집에 두어 보십시오. 얼마나 번거로운지, 미시마야에서도 뼈저리게 깨달을 테니."

이럴 때 정면에서 야단스럽게 말하면 말할수록 우스워지는 게 사람의 심리다. 오치카도 웃음을 참을 수 없게 되었기 때문에 소메마쓰를 향해 웃기로 했다.

"그런 마술 같은 장난을 치고 있니?"

소메마쓰는 고개를 휘휘 저었다. 제대로 대답하지 못하겠느냐고 후사고로가 꾸짖는다.

"아니, 괜찮아요. 그렇게 야단치시면 말을 하기가 어려워집니다."

걸핏하면 화를 내는 대행수를 달래고, 오치카는 무릎걸음으로 소메마쓰에게 한 발짝 다가갔다.

"장난은 아니지?"

소메마쓰는 응 하며 고개를 끄덕였다.

"무언가 요령이 있니? 정말로 마술은 아니고? 마술 알지? 곡예장에 간 적이 있나 모르겠다."

소메마쓰도 오치카 쪽으로 약간 몸을 가까이했다.

"수예水藝칼끝에서 물을 뿜어내는 등, 물을 가지고 하는 곡예나 예술는 본 적이 있어요."

"그래. 어디에서 보았는데?"

"큰 강가에, 가건물이 잔뜩 있는 곳."

"료고쿠 대로大路 말이구나. 너는 아직 에도의 지리에 대해서는 잘 모르나 보다."

"에도에 온 지 겨우 보름밖에 안 되었습니다." 후사고로는 홀로 화를 내고 있다. "얼마나 긴 보름이었는지!"

멋대로 열을 내게 내버려 두자.

"수예를 보러 갈 때 누가 데려가 주었니."

"도미한 씨. 수예 재주꾼의 물도 달아나는지 한번 보자면서."

오치카는 눈을 크게 떴다. "달아났니?"

"달아났어요."

소메마쓰는 약간 의기양양한 모양이다.

"도미한 씨도 깜짝 놀라서, 너는 역시 진짜 오히데리 씨라고."

도미한은 사람의 이름이리라 짐작이 가지만, '오히데리 씨'라면 다르다.

"오히데리 씨라니, 그게 뭔데?"

"신." 소메마쓰는 태연하게 대답했다. "나한테 붙어 있어."

어지간한 오치카도 놀랐다. 이 아이에게는 신이 깃들어 있다는 뜻일까.

"어딘가의 토지신일까요?"

오치카는 후사고로를 돌아보며 물었다. 대행수는 입을 시옷자로 다물고 있다.

"이 녀석이 살던 마을의 산신이랍니다."

벌을 내리는 신이에요, 하고 딱 잘라 말한다. "가뭄과 갈수渴水를 일으키는 나쁜 신입니다. 그래서 엄중하게 봉인되어 있었는데, 이 녀석이 밖으로 내보내고 말았지요. 그리고 이 녀석에게 씌어 버렸습니다."

터무니없는 꼬마 놈이다. 그 터무니없는 짐을 가나이야에 떠넘기신 도베 님도 도베 님이라며, 또 새로운 이름이 나왔다.

생활하는 데 물은 반드시 필요한데, 모처럼 우물에서 길어 온 물이 길어 오는 족족 어디론가 사라져 버린다면 밥을 지을 때도 손을 씻을 때도 목을 축일 때도 불편하기 짝이 없으리라. 게다가 물을 긷는 우물까지 마른다면, 사람의 생사와도 관련되는 큰일이다.

이야기대로라면 후사고로가 있는 가나이야는 지난 보름 동안 자못 심한 일을 당한 셈이 된다. 그러니 화를 내는 것은 이해가 가지만, 벌을 내리는 신에게 씌었다는 엉뚱한 이야기는 조금 천천히 하는 편이 좋았으련만.

"소메마쓰, 아니, 소메야."

"네." 벌어진 이에 밤 찌꺼기를 붙인 채 소메마쓰가 몹시 순순히 고개를 끄덕인다.

"내가 잠시 대행수님과 얘기를 나누는 동안, 우리 부엌에서 기다려 주지 않을래? 복도로 나가서 왼쪽 막다른 곳이란다. 아까 그 하녀가 있을 테니, 무언가 용무가 있으면 도와드리겠습니다, 라고 말해 보렴."

"누나가 그렇게 시켰다고 말해도 돼요?"

오치카의 "응" 하는 대답과 함께, 대행수가 호통을 쳤다.

"아가씨라고 부르지 못해!"

소메마쓰는 듣지 않는다. "아까 그 아주머니한테 말하면 되지요?"

"그 사람은 오시마 씨야. 아주머니라고 부르면 무서워진단다."

소메마쓰는 어린아이답게 깔깔 웃으며 벌떡 일어섰다.

"우리 가게에는 신타라는 견습 점원이 있어. 너와 비슷한 나이니까 그 아이가 뭔가 도와 달라고 하면 사이좋게 도와주렴."

"예, 알겠습니다."

그렇게 말하며 당지에 손을 대다가 빙글 돌아본다. "누―아가씨."

"왜 그러니."

"그 주전자."

오치카 옆에 놓인 화로 위를 가리킨다.

"치워 두는 게 좋겠어요."

물이 지나치게 끓지 않도록 오시마가 화로의 숯에 재를 뿌리고 갔다. 그래도 주전자 주둥이 끝에서는 엷은 김이 나오고 있다.

"물이 달아나니까 위험하거든요."

말씨는 서툴지만 진지했다.

"그리고 저기 꽃이 장식되어 있는 곳도."

도코노마에 꽃꽂이해 놓은 소국으로 손가락을 옮긴다.

"분명 이미 말랐을 테니까."

그릇이 작으면 빨리 말라요.

시골뜨기 아이의 고지식한 눈을 보고 오치카는 고개를 끄덕였다. 그러고는 소메마쓰가 방에서 나가자마자 몸을 돌려 화로의 주전자 손잡이를 들어 보았다.

앗!

가볍다. 바닥에 조금 남아 있을 뿐이다. 차를 더 내기 위한 물이니, 오시마가 주전자를 가득 채워 두고 갔을 텐데. 끓고 있었다고 해도 이렇게까지 물이 줄어들 정도로 시간이 지나지는 않았다.

서둘러 도코노마에 놓은 세토아이치 현 서북부에 있는 도시로 예로부터 요업이 발달했다산 도자기 화기로 다가갔다. 이쪽은 물이 적은 정도가 아니다. 완전히 말랐다. 소국을 꽂은 침봉이 드러나 있다.

"보십시오, 제가 말씀드린 대로지요."

후사고로가 약간 심술궂게 말한다. 입가는 웃음으로 일그러져 있다.

"두고 보십시오. 부엌에서도 소란이 일어날 겁니다."

오치카는 물기가 없는 화기 바닥을 손가락으로 문지르며 후사고로의 얼굴을 보았다. 그러고 나서 또 화기로 시선을 떨어뜨리고, 다시 후사고로를 보았다.

"제 탓이 아니에요. 그 꼬마 놈입니다."

겁을 먹는 모습이 어른스럽지 못하다.

"놀랐어요." 오치카는 후우 하고 숨을 내쉬었다. "정말 깜짝 놀랐어요."

"녀석을 데려온 보람이 있군요."

"이 소국은 제가 꽂은 거예요. 점심식사 후에."

"그러니까 소메마쓰의 짓이라니까요."

"물을 몹시 잘 먹는 국화일까요."

"그럴 리가 없잖습니까!"

알고 있다. 후사고로가 너무 얄밉게 웃어서 이쪽도 농담을 해 주었을 뿐이다.

일단 화기를 원래대로 해 놓고, 오치카는 이야기를 꺼냈다.

"그 아이는 어디에서 왔나요? 아니, 마을 이름은 말하지 않으셔도 돼요."

"조슈_{현재의 군마 현을 가리키는 별칭} 북쪽의 산속입니다."

산, 산, 산밖에 없는 땅이라고 한다.

"논밭은 적지만 소나무와 삼나무가 많이 나는 산지라서요. 삼나무는 집을 짓는 데에 쓰이고, 소나무는 정원수로도 가치가 있습니다. 모양이 좋지요."

그 지방의 쇼야_{에도 시대에 마을의 사무를 맡아보던 사람, 오늘날로 치면 면장}로 가나하시라는 가문이 있다.

"신군죽은 도쿠가와 이에야스에 대한 높임말 이에야스 공이 관동에 왔을 때일본을 통일한 도요토미 히데요시는 1590년에 도쿠가와 이에야스를 중앙 정치에서 떼어 놓고자 관동(에도 일대)으로 보냈다부터 이어져 내려온 오래된 가문입니다. 이 집안이 가나이야의 조상이지요."

관리하는 땅의 생산물이 나무이다 보니, 가나하시 가는 옛날부터 목재 도매상과 관계가 깊었다. 그래서 분가 중 하나가 에도로 나와, 지금의 장사를 시작하게 되었다고 한다. 메이레키明曆 대화재메이레키 3년(1657) 정월, 에도 성 혼마루를 비롯해 시가지의 대부분이 불탄 큰 화재. 사망자가 십만여 명에 이르렀다가 계기였다고 하니 이쪽도 오래되었다.

"하지만 가나이야는 목재상이."

"아니지요. 가나하시란 이름도 가명입니다. 캐묻지는 마십시오."

후사고로는 에헴 하고 헛기침을 했다.

"소메마쓰는 그 가나하시 가의 고용살이 일꾼이 낳은 자식입니다."

칠 남매 중 막내란다.

"아비는 마구간지기, 어미는 하녀입니다. 부모 모두, 뭐, 말보다는 똑똑하겠지 싶은 정도의 사람들입니다만."

심한 말이다.

산촌의 쇼야라고 해도, 전용 마구간을 가지고 있다면 가나하시 가는 상당한 부자이리라.

"다른 아이들도 모두 가나하시 가를 모시고 있나요?"

"나무꾼이나 숯지기가 된 녀석도 있고, 소작인으로 일하는 녀석도 있습니다. 물론 그래도 가나하시 가를 따르는 이들이라는 것은 마찬가지지요."

가나하시 가 덕분에 먹고사는 신분이라고, 후사고로는 덧붙였다.

"그런데 소메마쓰만 에도로 올라왔나요?"

"그러니까 그게 도베 님의 지시였습니다."

도베 님은 야마부교의 수하 요리키^{부교쇼 소속 중급 무사. 하급 무사인 도신을 부리며 치안을 담당한다} 중 한 분이라고 한다. 야마부교는 산림을 관할하는 직책이고, 나무가 생산물인 지방이라면 그 권한이 상당히 클 수밖에 없다. 쇼야에게 위엄이 서는 것도 당연하다.

오치카는 산촌의 생활을 직접 보지는 못했지만, 역참에서 태어나고 자랐기 때문에 인연이 없는 지방의 일이라도 알게 되는 경우가 많다. 가와사키는 도카이도 가도에서도 손꼽히는 큰 여관 마을이라, 전국에서 수많은 사람들이 지난다. 그들이 '마루센'에 묵으며 제각기 하는 잡담을 어설프게 듣기만 해도, 아마 평생 찾아갈 일이 없을 먼 지방의 관습이나 풍속, 산물에 대해서 나름대로 알게 된다.

"소메마쓰를 에도로 데려온 도미한 씨라는 분은."

"가나하시 가의 가신입니다. 야마가시라고 하는데 말이지요. 산속에서 일하는 사람들을 감독하는 직책을 맡고 있습니다."

"중요한 직책이군요."

그런 도미한이 소메마쓰만을 위해 일손을 놓고 에도로 올라온 것이다. 야마부교의 요리키가 지시하러 등장하지를 않나, 중요한 가신이 함께 따라오지를 않나, 소메마쓰는 가나하시 가의 도련님보다도 후한 대접을 받은 듯하다.

"그야 당연하지요. 저 녀석은 가는 곳마다 물이 달아나는 재앙을 부르니까요, 고이 대접할 수밖에 없지요."

에도의 상가 아가씨는 짐작도 가지 않겠지만요, 하고 또 얄미운 말투로 덧붙인다.

"산이 많은 지방에서 물이 마른다는 것은 참으로 무시무시한 재앙입니다. 우물이 마르면 물장수를 부르면 된다는 문제가 아니지요."

에도에서도, 우물에서 물을 뜰 수 없게 되면 큰일이다. 실제로 후사고로도 가나이야가 물 때문에 곤란에 처해 있으니 차례를 기다리면서까지 이곳에 온 것이리라.

뭐, 말대답을 해 봐야 소용없다. 오치카는 흘려듣기로 하고 되물었다.

"그렇게 물이 많이 말랐나요?"

"그렇답니다."

과장스럽게 눈을 부릅뜨는 후사고로지만, 그도 그 자리에서 직접 목격한 건 아닌 모양이다. 도미한에게서 한 다리 건너 들은 게 분명하다.

"저택의 우물도 마르고, 용수用水도 마르고, 소메마쓰가 장작을 주우러 산에 들어가면 그 녀석이 어슬렁거린 주변의 샘물도 마릅니다."

"계속 말라 있나요?"

"며칠은 물이 돌아오지 않았답니다. 소메마쓰를 광에 가두고 절대로 물에 가까이 가지 못하게 감시해도, 당장은 물이 다시 차지 않았다고 했습니다."

소메마쓰에게 씌고 말았다는 '오히데리 씨'는 그 지방의 신이기 때문에 토박이 땅에서는 힘이 강하다. 에도에서는 그래도 그 정도는 못 된다는 뜻일까.

게다가 또 하나, 물에 관해서라면 에도는 다른 곳과 사정이 다르다.

"에도의 우물은 수도水道로 물이 채워지니, 아무리 오히데리 씨라도 뿌리째 말려 버리기는 무리일지도 모르겠네요."

그렇다. 에도는 물을 대기가 어려운 땅이고, 그렇기 때문에 막부에서는 일찍부터 수도 설비를 만들었다. 오치카가 사는 간다 미시마초 역시 간다 상수에서 끌어온 수돗물을 우물에 받아서 쓰고 있다.

그런 에도 시중에서도 지난 십 년 동안 지하수를 퍼서 쓰는 우물이 늘었다고 한다. 다만 꽤 깊이 파야 해서, 수고도 들고 돈도 든다. 파서 물이 나오기는 했는데 바닷물이 섞여 있어서 식용으로는 적합하지 않은 경우도 있다.

수돗물로 아기를 목욕시킨다는 점은 에도 사람들의 자랑거리지만, 한편으로 허세와 오기이기도 하다. 뿌리부터 에도 사람이 아닌 오치카에게는 그렇게 생각된다.

고집으로 일그러졌던 후사고로의 눈썹 사이가 처음으로 누그러졌다.

─흠, 이 아가씨는 의외로 말귀를 잘 알아듣는군.

"그렇습니다. 그래서 도베 님도 소메마쓰는 에도로 보내야 한다고 판단을 내리셨지요."

그리고 소메마쓰를 보낼 곳으로 가나이야가 뽑혔다.

"터무니없이 불운한 제비를 뽑고 말았습니다."

화를 내던 후사고로가 지금은 낙심한다. 조금 불쌍한 모습이다.

"처음에 이야기를 들었을 때는 우리도 반신반의하는 마음이었습니다. 시골 사람들은 미신을 잘 믿으니까요. 어쩌다 보니 물이 말랐는데 그걸 오로지 이 아이 탓이라 굳게 믿었을 뿐일 거라고도 짐작했지요."

그러나 가나이야에서도 물은 멋지게 달아났다.

"물독이나 주전자나 화기의 물은 정말로 달아나는—말라 버리는 것이겠지만, 수돗물이나 샘물은 마른다기보다는 길을 트는 게 아닐까요. 소메마쓰가 가까이 가면 잠시 흐름이 바뀐다고 할까." 오치카도 의견을 내 보았다.

산의 샘물 역시 간다 상수보다 더 말리기 힘들 것 같다.

"글쎄요, 이치는 모릅니다."

단순한 항변이 아니라 후사고로는 정말로 그런 이치야 아무래도 상관없다는 표정이다.

"어쨌거나 도베 님이 에도의 수도에 대해 알고 계시는 바람에, 가나이야는 저 역병신을 떠맡게 되고 말았습니다."

꼭 좀 어떻게 해 주실 수 없겠느냐고, 다시 윽박지른다.

"저희 힘으로도 딱히 방법은 없어 보이지만, 우선 잠시 동안 소메마쓰를 미시마야에서 맡아 데리고 있으면 어떨까요."

오치카의 제안에 후사고로는 솔직하게 놀란 얼굴을 했다.

"세상에, 아가씨, 역병신을 직접 맡겠다는 말씀이십니까."

당신 혼자 생각해서 결정해도 되는 일이 아니지 않느냐고, 의심스럽다는 듯이 덧붙인다.

"저는 주인 이헤에의 대리입니다. 제가 그렇게 하기로 결정한 일은 그대로 주인어른의 뜻이라고 생각하셔도 됩니다."

오치카도 즉흥적으로 떠올린 제안이다. 전망이 있을 리 없다. 다만—.

"미시마야에서도 수도 우물물이 달아나는지 확인해 보고 싶기도 하고요."

소메마쓰에 대한 후사고로의 태도나, 아까 격노하던 모습을 보면 저 아이는 가나이야에서 심한 취급을 받고 있음이 분명하다. 물에 가까이 가지 못하도록 한곳에 갇혀 있는 정도라면 그나마 낫지만, 노성을 듣거나 얻어맞는 일도 종종 있지 않을까.

소메마쓰는 후사고로의 어른스럽지 못한 꾸중에 저도 모르게 웃음을 터뜨렸을 정도로 근성이 있는 아이인데도, 얻어맞을 뻔했을 때는 진심으로 무서워했다. 이는 단지 위협을 받고 있을 뿐만이 아니라 정말로 맞은 적이 있기 때문일 거라고 오치카는 짐작했다. 그렇다면 이야기만 듣고 못 본 척해 버리기도 힘들다. 분명 이쪽의 꿈자리가 뒤숭숭해지리라.

"그렇게 말씀하신다면 가나이야에서는 조금도 상관이 없습니다만."

어쨌거나 견습 점원으로는 전혀 도움이 되지 않는 놈이라고 한다.

"지난 보름 동안 일을 알려 주지도, 올바른 행동거지를 가르치지도 않았으니까요. 예의범절도 모릅니다. 산원숭이 그대로지요."

"그렇다면 산에서 도읍으로 내려온 아기 원숭이를 한 마리 키운다고 여기도록 할게요."

오치카는 생글생글 웃으며 그렇게 말했다.

후사고로를 보내고, 오치카가 안채로 돌아가 보니 부엌문 부근에 소메마쓰가 앉아 있다. 쪼그려 앉은 채 양손으로 뺨을 누르고 있는 모습이, 아무래도 심심한 모양이다.
"소메야, 잠시 이쪽으로 와 보렴."
말을 걸자 소메마쓰는 일어섰다. 옆에 빗자루와 쓰레받기가 세워져 있다. 부엌문 바깥쪽 부근이 깨끗하게 청소되어 있다.
"청소해 주었네. 고마워."
그때 소메마쓰 바로 뒤에서 신타가 불쑥 얼굴을 내밀었다.
"어머나, 둘이 같이 있었니?"
벌써 사이가 좋아졌구나, 하고 말하려는데 신타가 소메마쓰를 밀쳐내다시피 하며 쏜살같이 달려왔다. 봉당으로 올라서는 곳에 있던 오치카의 옷자락에 그대로 매달릴 듯한 기세다.
"아, 아가, 아가씨!"
오치카는 몸을 굽혀 신타를 받아내 주었다. 미시마야의 견습 점원은 창백해진 얼굴에 눈을 이리저리 헤매고 있다.
"저, 저 녀석, 터무니없는 놈이에요."
손을 뒤로 돌려 소메마쓰에게 손가락을 들이댄다. "빨래 너는 곳의 기둥에 앉아 있던 참새를, 돌을 던져서 떨어뜨렸어요!"
소메마쓰는 토라진 얼굴을 하고 휙 등을 돌렸다. 부엌 바깥은 뒤뜰이다. 보통은 빨래를 너는데, 참새가 자주 날아온다. 오시마와 오치카가 푸성귀 조각 따위를 주기 때문이다.

"참새도 돌처럼 뚝 떨어지더니, 움찔움찔 떨다가 죽고 말았어요."
당장이라도 울음을 터뜨릴 기색이다. 신타는 참새들이 찾아오는 것을 기대했다. 봄이 되면 아기 참새를 볼 수 있지 않을까 이야기한 적도 있다.
"그래, 가엾은 짓을 했구나. 하지만 울지 마. 남자잖아."
가게 쪽으로 가서 일을 도와주고 오렴, 하고 오치카는 신타를 일으켰다. 그와는 반대로 신을 신고 소메마쓰에게 다가간다. 하지만 그 전에 방향을 바꾸어 부엌의 물독 뚜껑을 열어 보았다.
이 부엌에는 물독이 세 개 있다. 오른쪽에 있는 물독에는 마시는 물이 담겨 있고, 가운데 물독의 물은 밥 지을 때, 왼쪽에 있는 물독의 물은 식재료 등을 씻을 때 사용한다. 순서대로 뚜껑을 열어 보고 오치카는 그때마다 후우 하고 한숨을 쉬었다.
셋 다 물이 거의 사라지고 없다.
마시는 물이 담긴 물독과 밥 지을 때 쓰는 물독에는 물이 탁해지는 것을 막고 더러움을 제거하기 위한 자갈이 들어 있다. 아침에 물을 가득 채우고, 점심식사 후에 또 물을 길어다 채워서 사용한 만큼 보충해 두는 게 이 집의 습관이라, 지금은 팔 할 이상의 물이 남아 있어야 한다.
그런데 두 개의 물독에서 자갈이 보인다. 세 번째 물독에서는, 오치카가 소매를 걷고 팔을 넣어 보니 손목까지도 젖지 않고 매끈한 바닥에 손이 닿았다.
오치카가 뚜껑을 닫고 돌아보니 소메마쓰가 이쪽을 보고 있다. 그러다가 서둘러 등을 돌린다. 이번에는 오치카의 눈에서 도망치려는 듯한 몸짓이었다.

"오히데리 씨는 목이 마르신 걸까."

그래서 이렇게 물을 마셔 버리는 걸까, 하고 혼잣말처럼 말해 보았다.

"우물은 어떨까. 소메마쓰, 나랑 같이 보러 가 줄래? 우물이 아직 무사하다면 둘이서 물을 긷자꾸나."

오치카는 성큼성큼 걸어 부엌의 문지방을 타넘었다. 소메마쓰는 움직이지 않는다.

"왜 그러니? 도와주렴."

"아가씨, 그런 옷차림으로 물을 길어요?"

과연, 오치카는 손님을 맞이하기 위해 치장을 한 상태다.

"옷이 젖으면 말리면 되지. 더러워지는 것도 아니고."

오치카는 옷자락을 띠 끝에 끼워 넣고, 웃으며 대꾸했다. 소메마쓰는 입을 삐죽거리며 고개를 숙이더니 불평하는 투로 짧게 물었다.

"대행수님은?"

"가나이야의 대행수님이라면 돌아가셨어. 너는 오늘부터 미시마야의 고용살이 일꾼이란다."

소메마쓰의 얼굴에 정직하게 깜짝 놀랐다는 표정이 떠올랐다.

"나를 여기 있게 해 주는 거예요?"

"응."

"어째서?"

오치카는 반대로 되물었다. "가나이야로 돌아가고 싶니?"

소메마쓰는 입을 더욱 삐죽거렸다. 이번에는 불평불만 때문이 아

달아나는 물 • 51

니라 거듭 놀랐기 때문이다.

"왜 그런 걸 물어요?"

"그렇구나, 물어봐야 소용없겠지. 가나이야에서는 더 이상 너를 데리고 있을 수 없다고 하셨으니까."

소메마쓰가 어떤 얼굴을 하는지, 오치카는 자세히 살폈다. 그는 몇 번이나 눈을 깜박이더니 입 끝을 시옷자로 늘어뜨렸다.

"그 가게에 있지 않으면, 나 도미한 씨한테 혼나."

"멋대로 군다고?"

오치카의 물음이 완전히 빗나간 모양이다. 소메마쓰가 작은 목소리로 이렇게 말을 이은 것이다.

"절대로 마을로 돌아와서는 안 된다 캤거든요."

고향 이야기가 나왔기 때문인지, 소메마쓰의 입에서 사투리가 튀어나왔다.

"우리도 너를 마을로 돌려보내지는 않을 거야. 그러면 도미한 씨의 명령을 어겼다고 볼 수 없지. 다른 가게로 옮겼을 뿐이야."

청소를 잘하는구나, 하고 오치카는 말했다. "꼼꼼하게 잘 쓸었네. 누군가한테 청소하는 방법을 배웠니?"

누나한테, 하고 소메마쓰는 대답했다. 아직도 아래를 내려다본 채, 토라진 듯이 콧김이 거칠다.

"좋은 누나구나. 자, 우선 빗자루와 쓰레받기를 정리하렴. 그리고 참새는 어디에 있지?"

"아까 신타라는 애가 어디론가 가져갔어요."

무덤을 만들어 준다면서.

"참새는 벼를 망친단 말이에요. 녀석들은 눈이 좋아서, 한 마리가 먹이를 발견하면 금세 떼로 몰려와요. 그러니까 눈에 띄면 떨어뜨려야지 안 그러면 큰일 난다고."

장난으로 한 짓이 아니라고 항변하고 있다.

오치카는 생긋 웃으며 고개를 끄덕였다. "너희 고향에서는 그렇구나."

하지만 에도에서는 참새를 그렇게까지 눈엣가시로 여기지 않는다고 가르쳐 주었다. 오히려 아껴 준다고.

"그러니까 다음부터는 참새를 봐도 떨어뜨리면 안 돼. 그리고 지금 한 이야기를 나중에 신타에게도 해 주고, 미안하다고 말해야 한다."

소메마쓰는 고개를 아래로 향한 채 여전히 입을 다물고 있다.

"이런 걸 두고, 그 고장에서 살려면 그곳의 풍속을 따르라고 하는 거야. 알겠지?"

오치카가 갑자기 엄하게 말하자 소메마쓰도 그제야 모기 소리 같은 목소리로 예, 하고 대답한다.

오치카는 물을 푸기 위한 들통을 들고, 소메마쓰와 함께 우물가로 향했다. 옆집인 바늘 도매상 스미요시야와 공동으로 사용하는 우물이다.

수돗물은 상수로부터 땅 밑의 돌로 된 관이나 나무로 된 관을 흘러, 마스(물을 끌어오는 관의 접합부에 설치한 상자)에서 나뉘어서 대나무통을 통해 각각의 우물로 흘러든다. 먼지를 막기 위한 지붕을 인, 커다란 통 같은 우물 속을 들여다볼 때 오치카는 저도 모르게 숨을 멈추고 말았다.

달아나는 물 • 53

이번에도 완전히 말라 있다면 우리 가게뿐만 아니라 이웃에도 큰 폐를 끼치게 된다.

다행히 우물에는 물이 가득 차 있었다. 대나무통에서도 새 물이 졸졸 흘러든다.

저도 모르게 안도의 숨을 내쉬었다.

"다들 우물, 우물 하는데."

소메마쓰가 또 불만스러운 얼굴을 한다.

"이런 건 우물이 아니야. 그냥 물을 담아 두는 통이잖아요."

천연 지하수 우물만 보아 온 이 아이에게, 에도의 우물은 분명히 수지가 맞지 않는 물건일 것이다.

"그렇지. 하지만 물의 고마움은 어디에서나 마찬가지야."

수도의 구조를 가르쳐 주고, 둘이서 들통에 물을 긷는다. 우물과 부엌을 왔다 갔다 하며 섣달의 차가운 바람 속에서 세 개의 물독을 가득 채웠을 무렵에는 오치카의 손이 곱아 있었다.

소메마쓰는 별로 추워 보이지도 않는다. 코끝이 빨개졌을 뿐이다.

게다가 이 아이는 상당히 기운이 세다.

힘들어하는 기색이 전혀 없이 물을 긷는다.

부엌에서 한숨 돌리며, 오치카는 말했다.

"지금은 아직 무사하지만, 이렇게 네가 가까이 왔으니 앞으로 저 우물의 물도 달아날까?"

아무런 사심 없는 물음이었지만 소메마쓰는 자신을 탓한다고 여긴 모양이다.

"나, 일부러 그러는 게 아니에요."

"응, 알아."

하지만 어떨까. 오치카는 고개를 갸웃거렸다.

"너에게 붙어 있는 오히데리 씨는 신이잖니. 그렇다면 사람의 소원을 들어 주시기도 하겠지. 네가 소원을 빌면 물을 마르게 하는 일을 멈춰 주시지 않을까?"

지금까지 그의 마을에서도 가나이야에서도, 이런 말을 한 사람은 없었던 모양이다. 소메마쓰는 매우 놀란 기색이다.

"소원을 빈다고?"

"빌어야지. 상대는 신이니까."

해 보자, 하며 오치카는 소메마쓰를 다시 흑백의 방으로 데려갔다.

"자, 앉으렴. 이번에는 도코노마 쪽을 향해서 앉는 거야."

도코노마에는 아까의 그 화기가 놓여 있는 것 말고도 죽림칠현竹林七賢을 그린 수묵화 족자가 걸려 있다.

"여기에다 대고 비는 거예요?"

소메마쓰가 이상하다는 듯이 족자를 본다.

"저 그림은 숙부님이 눈동냥으로 배워서 그리셨대. 아무리 칠현이라도 얼마나 영험할지는 의심스럽지."

이헤에는 도락을 그다지 즐기지 않는 사람이라, 바둑에 빠지기 전까지는 다른 사람의 권유로 무언가를 시작해도 오래간 예가 없었다고 한다. 수묵화도 그중 하나이고, 따라서 이 족자는 귀중하다면 귀중하지만 그 뿐에 불과하다.

"오히데리 씨는 네 안에 계시니까, 여기" 하며 오치카는 심장 위에 손바닥을 댔다. "네 진심이 있는 곳을 향해서 비는 거야."

소메마쓰는 눈동냥으로 배운 몸짓으로, 그러나 이혜에가 그린 수묵화보다는 훨씬 마음을 담은 듯싶게 눈을 감고 양손을 모았다.

잠시 후, 그가 눈을 반짝 떴기 때문에 오치카는 물었다. "소원을 빌었니? 오히데리 씨가 뭐라고 하시든?"

순간 소메마쓰가 입을 삐죽거린다.

"그런 표정만 하고 있으면 그런 얼굴이 되고 말걸."

불만스러워서라기보다, 요령이 없는 소메마쓰는 변함없는 표정으로 입만 쏙 집어넣었다.

"너, 재미있는 애구나."

웃는 오치카를 뚫어져라 쳐다보며 소메마쓰는 주먹으로 코밑을 북북 문질렀다.

"아가씨는 이상해."

"응, 조금 특이할지도 모르지."

나는 흑백의 방에서 들은 이야기와 내가 한 이야기를 등에 짊어지고 있으니까.

"내 말을 믿어요?"

"믿어."

여전히 물이 없는 화기에 꽂힌 소국에 시선을 보내며 오치카는 깊이 고개를 끄덕여 보였다.

"오히데리 씨는 아무 말도 하지 않았어요."

하지만 나, 빌어 봤어.

"물이 없어지면 모두 곤란하니까. 나도 그 정도는 알아요. 하지만 마을에서는 나, 진심으로 오히데리 씨한테 빌어 본 적이 없었어요. 오히데리 씨는 화가 났는데, 모두 그걸 알아차리지 못하고 계속 오히데리 씨를 함부로 대해 왔으니까 벌을 받은 거라고 생각했거든."

의외의 이야기가 튀어나왔다.

"오히데리 씨는 화가 나셨니?"

"응. 오랫동안 갇혀서 방치되었으니까."

가뭄과 갈수를 가져오는 나쁜 신이라 엄중하게 봉인되어 있었다고, 후사고로는 이야기했다.

"무서운 신이라 공들여 모신 게 아니었어?"

"사당은 있었지만. 썩어서 기운 것 같은 도리이〈신사 입구에 세운 두 기둥의 문. 이 문 안으로 들어서면 거기서부터는 신의 영역이라고 믿었다〉가 서 있었어요. 공물도 없고, 어지럽혀져 있었어."

이렇게 소메마쓰는 이야기를 시작했다.

조슈 북쪽에 있는 이 마을의 이름은 고노기小野木라고 한다.

본래는 마을뿐만 아니라, 산이 끝없이 이어져 있는 이 땅 전체를 가리키는 지명으로 옛날에는 한자를 庚之木라고 썼다. 쇠를 단련하는 불을 피우기 위한 나무라는 의미란다. 그렇다면 어떤 나무라도 상관이 없는 셈이고, 말하자면 고노기는 베어서 태우는 정도밖에 쓸모가 없는 잡목의 산이라는 뜻이다.

소메마쓰가 이렇게 술술 이야기하며 손끝으로 허공에 한자도 써 보였기 때문에 오치카는 매우 놀랐다.

"누구한테 배웠니?"

"오히데리 씨" 하고 소메마쓰는 대답했다. "나는 글을 배운 적이 없고, 절에서 하는 서당에도 간 적이 없어서 아무것도 몰랐어. 전부 오히데리 씨가 가르쳐 주었어요."

여기서 오치카는 그만 지레짐작하고 말았다. 그렇다면 황폐해질 대로 황폐해졌다는 '오히데리 씨'의 사당에도 네기는 있던 모양이라고.

"네기는 어떤 사람인데?"

소메마쓰는 어리둥절해했다. "네기가 뭐예요?"

"신관 말이야. 신을 모시는 일을 하는 사람이란다."

"오히데리 씨의 사당에는 사람 따윈 없다니까요."

초조해하는 듯한 대답에 오치카도 자신의 착각을 깨달았다. 어? 하고 생각했다.

"그러면 너는 오히데리 씨한테—신한테 직접 여러 가지를 배웠다는 거구나."

소메마쓰가 선뜻 고개를 끄덕인다. 세상에.

"혹시 너는 오히데리 씨와, 지금 나랑 이렇게 하는 것처럼 이야기를 나눌 수 있니?"

소메마쓰가 신에게 씌어 그 신이 몸에 깃들어 있다는 것은, 뭐라 할까, 일방적인 관계이리라 여기고 있었다. 그래서 아까도 가슴속을 향해 빌어 보라고 말한 것이다.

"……할 수 있어."

작은 목소리로 대답하고 소메마쓰는 입을 시옷자로 다물었다.

"그러면 뭐 안 돼요? 이상해요? 오히데리 씨는 늘 나랑 같이 있어. 지금도 있어. 아가씨의 이야기도 듣고 있어요."

"알았다. 이제 방해하지 않을게. 미안해. 오히데리 씨한테도 사과드릴게요."

"역시 아가씨는 몰라."

고집스러운 눈매로, 소메마쓰는 자신의 무릎을 노려보았다. 그러다가 들으라는 듯이 중얼중얼 화를 낸다.

"도미한 씨가 말한 대로야. 고노기의 이야기는 고노기 사람밖에 이해하지 못해. 타지 사람한테 말해 봐야 비웃음을 당하거나 꾸짖음을 듣거나 둘 중 하나랬지."

"하지만 대행수님은 믿었지 않니? 가나이야는 타지 사람이 아닌 거네."

이 말이 역효과를 낳았다. 소메마쓰는 더욱 부루퉁해진 얼굴이다. 어쩔 수 없다. 공격하는 방법을 바꾸자.

"네 진짜 이름은 뭐니?"

부루퉁한 채 "헤이타" 하고 짧게 대답한다.

"그래. 가나이야에는 견습 점원을 소메마쓰라고 부르는 관습이 있나 보구나. 우리 가게에서는 그런 귀찮은 짓은 하지 않는데."

그럼 헤이타 씨, 하고 오치카는 앉은 자세를 고치며 머리를 숙였다. "모쪼록 부탁드립니다. 이야기를 계속해 주셔요."

헤이타는 눈치를 살피듯이 오치카를 쳐다보았다. 오치카는 생긋 웃어 주었다.

"오히데리 씨는 언제 처음 만났니?"

여기서는 오치카의 웃는 얼굴이 이겼다. 헤이타는 할 수 없다는 표정을 지으며 양보했다.

"엄청 더울 때. 으음."

하짓날이라고 한다.

"쇼야님 집에서, 아버지가 보살피던 말이 다이바^{頽馬}말이 갑자기 몸을 움츠리며 움직이지 않게 되는 일 또는 말이 급사하는 일을 다이바(頹馬)라 하며, 그런 짓을 하는 미녀 형상의 일본 요괴가 다이바에게 당했어요."

고노기에서는 한여름에 '다이바'에게 당하는 말이 생긴다.

"목재를 싣고 걷다 보면, 갑자기 히힝 거리면서 뒷발로 서서 빙글빙글 돌다가 짐을 떨어뜨리고 달려가 버려요. 내버려 두면 십 리나 달려가 버려서, 숨이 차서 죽고 말지요."

오치카는 본래 여관에서 자라서 천만다행이라고 생각했다. 다이바는 모르지만, 비슷한 이야기라면 마루센에 묵던 손님에게서 들은 기억이 있다.

"그거, 말에게 나쁜 짓을 하는 요괴지? 나는 '기바^{馬魔}'라고 들었는데."

헤이타의 얼굴이 확 밝아졌다.

"알아요?"

"응. 본 적은 없지만."

마부가 두려워하는 마물이다. 이것이 덮쳐들면 마부는 곧장 말의 귀를 잘라 피를 흘리게 해서 말이 정신을 차리게 해 주어야 한다고 들었다.

"고노기에서도 그렇게 해요. 말은 귀를 자르면 제일 아프니까."

에도에도 나오는구나, 하고 헤이타가 감탄한다. 기분도 나아졌나

보다. 오치카는 웃었다.

"에도에서는 못 들어 본 이야기야. 나도 여관인 고향집에서 손님한테 들었지."

"아가씨, 이 집의 딸이 아니에요?"

"그래. 가와사키에 있는 여관집 딸이란다. 이곳에는 그냥 신세를 지고 있을 뿐이야."

헤이타는 새삼 오치카를 찬찬히 살펴보았다.

"이상하네."

"이상하지. 그래서, 다이바가 나타나서 어떻게 했니?"

헤이타는 조금 당황했다. 눈이 이리저리 움직인다. 이야기의 흐름을 놓치고 만 모양이다. 말에 비유하자니 가엾은 기분도 들지만, 이 아이의 이야기를 듣기 위해서는 이쪽이 고삐를 쥐고 있는 게 중요하겠다고 오치카는 생각했다.

"아버지가 보살피던 말이 다이바에게 당해서 큰일이 났다면서?"

"으, 응. 그래서,"

말은 등에 짐을 실은 채 맹렬하게 달려 나가 마부를 따돌리고 산길로 뛰어들더니 모습을 감추고 말았다.

"다이바에게 당한 말의 시체에서는 또 다이바가 나오니까, 어떻게 해서라도 찾아내야 해요."

야마가시라인 도미한의 수배로 마을 남자들이 모두 나서서 찾게 되었다.

"나도 불려 나가서 산에 들어갔지요."

말을 찾아 산을 뒤진 것이다.

"어린아이인 너도 불려 갔으니 어른들이 너를 그만큼 의지하고 있었구나."

"나, 아버지한테도 비밀로 하고 가끔 도미한 씨를 따라서 산에 들어가곤 했거든."

헤이타에게 야마가시라인 도미한은 중요한 인물인 모양이다. 오치카는 마음에 담아 두었다.

"그래서 그때도 도미한 씨랑 같이 있었는데―."

산을 수색하기 시작한 뒤 두 시간쯤 지났을 무렵, 문득 정신을 차린 헤이타는 사람들과 멀어지고 말았음을 깨달았다.

갑자기 식은땀이 솟았다.

대낮이니 그냥 사람들과 헤어졌을 뿐이라면 헤이타도 당황하지는 않는다. 하지만 헤이타가 놀란 까닭은 지금까지 혼자서는 물론이거니와 도미한을 따라서도 발을 들여놓은 적이 없는, 본 적이 없는 곳에 와 있었기 때문이다.

―대체 나는 어디를 어떻게 걸어왔을까?

둘러보니, 잡목림 아래의 덤불 속으로 가늘게 이어지는 짐승 길이었다.

무거운 목재를 나르며 산길을 걷는 고노기의 말들은 지푸라기로 짠 신 비슷한 것을 신는다. 또 이 무렵의 고노기는 맑은 날씨가 잇달아서 땅바닥은 단단하게 바싹 말라 있었다. 따라서 말발굽 흔적이 잘 생기지 않았고, 발자국은 단서가 되지 못한다. 도미한은 집에서 키우는 말은 덤불을 싫어하니 아무리 좁은 곳이거나, 가파른 경사라도, 길을 따라서 찾으라고 말했다.

그의 가르침에서 벗어나지는 않았다. 그런데 어째서 혼자가 되었을까.

어~이, 하고 불러 보아도 잡목림 저편에서 대답하는 목소리는 없었다. 높은 새소리가 오가고 있을 뿐이다.

도망친 말은 하야라는 이름으로, 헤이타가 망아지 때부터 보살펴 왔다. 그래서 헤이타를 잘 따른다. 싸우기만 하는 형제들보다 훨씬 사이가 좋다. 하야가 다이바에게 당했다는 말을 들었을 때, 헤이타는 울상을 지었을 정도다.

어른들은 짐만 걱정하고 있지만 헤이타는 하야의 몸이 더 걱정되었다. 다이바에게 당하고 달려 나가서 살아난 말은 없다고 하지만, 만에 하나라는 요행도 있다. 하야는 튼튼한 말이다. 달리는 동안에 다이바가 떨어져 나가고, 어디에선가 제정신으로 돌아와 불안해하고 있을지도 모른다.

그래서 헤이타는 하야의 이름을 부르며 정신없이 산을 헤치고 들어왔다. 앞뒤를 살필 겨를이 없었다.

양손을 통 모양으로 만들어 입가에 대고, 이번에는 길게 하야를 불러 보았다.

흙먼지투성이인 여름의 수풀은 쥐 죽은 듯 조용하다.

어쨌거나 조금 더 전망이 좋은 곳으로 나가 보자. 덤불을 헤치기 위한 낫을 추슬러 들고, 헤이타는 짐승 길을 더듬어 가기 시작했다. 완만한 오르막길로, 좌우에서 나뭇가지가 튀어나와 있지만 시야를 가로막을 정도는 아니다. 머리 위에는 푸른 하늘이 또렷하게 펼쳐져 있어 마음도 든든하다. 나아가다 보니 식은땀도 산을 걷느라 흘리는 땀으로 바뀌었다.

 짐승 길은 이윽고 낮은 풀에 가려지게 되었다. 길의 한쪽 면이 크게 무너져 절벽이 된 곳도 나타났다. 경사도 가팔라진다. 이대로 가다가는 나도 큰일 나려나, 되돌아가는 편이 나을까. 말도 이런 길을 올라가지는 못하리라 생각하기 시작했을 무렵이다.

 푸릉!

 콧김 소리를 듣고, 헤이타는 펄쩍 뛰어오르듯이 걸음을 멈추었다.

 "하야?"

 하야야~, 하고 큰 소리로 불렀다.

 대답하듯이 푸르푸르푸릉, 하고 말이 소리 높여 운다. 분명히 들린다!

 "하야, 하야 맞지!"

 그 무렵 헤이타는 이미 걷는다기보다는 두 손과 발을 써서 기어오르다시피 나아가야만 했다. 그래도 힘을 내서 올라갔다.

 드디어 끝까지 올라가 땀에 젖은 얼굴을 들자, 돌연 덤불이 사라졌다. 바싹 마른 고목이 늘어서 있고, 그 안쪽으로 길이 나 있다. 어디인지 짐작조차 가지 않는 산의 꼭대기로 나온 모양이다.

 나무들 사이로 하야의 다갈색 털이 보인다.

 "하야!"

 한 번 부르고 달려가자, 하야도 헤이타의 목소리를 알아들은 듯하다. 고개를 흔들고 꼬리를 흔들며 다리를 바꾸어 딛는다.

 "하야, 하야, 한참 찾았어!"

 발밑은 맨땅에서 자갈길로 바뀌어 있었다. 큼직한 자갈에 발이 걸려 넘어질 뻔하면서도, 헤이타는 쏜살같이 하야 곁으로 달려갔다. 말도 헤이타에게 달려왔다.

"너, 왜 이런 곳까지."

목의 고삐를 잡다가 헤이타는 처음으로 깨달았다. 여기는 뭘까?

―도리이가 있다.

본래는 껍질을 벗긴 하얀 나무였겠지만 빗물이 스미고 썩어서 진흙 같은 색깔로 바뀐 낡은 도리이다. 혼자서는 서 있을 수 없는 부상자처럼 오른쪽으로 크게 기울어 있다. 짙은 초록색 이끼가 여기저기 달라붙어 고헤이_{신전에 올리거나 신전에서 불제에 쓰는, 막대기 끝에 가늘고 길게 자른 흰 종이나 천을 끼운 것}처럼 늘어져 있었다.

도리이 안쪽으로 반쯤 무너진 사당이 보인다. 바위를 파내고, 그 안에 작은 사당을 지었다. 자세히 살펴보니 촛대나 산보_{신불 또는 귀인에게 물건을 올리거나 의식 때 물건을 얹는 네모난 나무 쟁반} 같은 것이 나뒹굴고 있다.

이런 곳에 신사가 있단 말인가. 헤이타는 전혀 몰랐다. 이토록 초라해진 모습으로 보아 마을의 어른들도 아마 모르고 있으리라. 알았다면 손질 정도는 조금 더 했을 텐데.

하야가 얌전하게 헤이타의 얼굴에 콧등을 문지른다. 다이바는 완전히 떨어져 나간 모양이다. 목을 문질러 주자 기쁜 듯이 꼬리를 흔든다.

몸 어디에도 상처는 없다. 다리도 멀쩡해 보인다. 다이바를 떨쳐 내려면 말의 몸에서 피를 흘리게 해야 한다는데, 하야는 다친 데 하나 없다.

"너, 용케 무사했구나."

목을 끌어안고 얼굴을 바싹 붙여 말을 걸자, 하야가 부드러운 눈을 깜박였다. 콧김이 따뜻하다. 평소와 똑같은 하야, 누구보다도 헤이타를 따르는 하야다.

등의 짐은 어떻게 되었을까 하고, 겨우 떠올렸다. 살펴보니 도리이 옆에 지게째 털썩 떨어져 있다. 짐을 묶은 끈도 그대로다. 에도로 보내려고 한 질 좋은 목재가 바닥에 나뒹굴고 있다.

그렇다면 하야는 이곳에 올라올 때까지 짐을 지고 있었다는 뜻이 된다. 누군가가 다이바를 쫓아내고 하야를 달래어 짐을 내려 줬나.

하지만 누가.

"ㅡ이곳의 신인가?"

설마 하고 생각하면서도, 저도 모르게 소리 내어 물어보았다.

"그래. 나다."

어디에선가 여자아이의 목소리가 대답했다.

"여자아이?"

열심히 이야기를 듣던 오치카가 저도 모르게 끼어들자, 이야기하는 데 몰두해 있던 헤이타도 그 목소리를 듣고 제정신으로 돌아온 모양이다.

"응. 키도 나이도, 나랑 비슷해 보였어요."

어둑어둑한 사당을 등지고 오도카니 쪼그려 앉아 있다. 언제 나타났는지, 어디에서 나왔는지는 알 수가 없다. 돌아보니 거기에 있었다고 한다.

"이마와 귀를 덮은 머리카락을 반듯하게 잘랐는데, 그 머리카락은 새까맸고, 땀도 흘리지 않았어요. 머리카락이 뺨에 살랑살랑 닿아 있었어. 그걸 이렇게" 하며 헤이타는 갑자기 고개를 옆으로 흔들었다.

"흩날리면서 내 쪽을 보고 있었어요. 도토리처럼 눈이 커다랬어요."

즉 예뻤다는 얘기이리라. 헤이타의 말투에도 저절로 미소가 지어진다.

"얇고 하얀 기모노에, 띠도 하얀색이었어요. 그냥 자르기만 한 무명천 같은 띠였어요. 기모노는 헐렁헐렁하고, 소매도 옷자락도 길었어요. 헐렁하게 남아돌았어요."

여자아이의 다리는 기모노에 가려서 보이지 않았다. 그래도 상당히 가냘프고 야위었음을 알아볼 수 있었다.

옷만이 아니다. 여자아이의 피부 색깔도 비쳐 보일 만큼 하얗다.

일 년 내내 진흙을 바른 듯 거무데데하고, 이 계절이라면 더더욱 무두질한 가죽처럼 볕에 그을어 있는 게 마을의 아이들이다. 그래서 헤이타는 순간, 이 아이는 상당히 높은 집안의 자식이 틀림없다고 생각했다.

"너, 하인은 없어?"

그렇게 묻자 여자아이가 머리카락을 바람에 나부끼면서 자못 불만스러운 듯이 입을 삐죽인다.

"있을 리가. 나는 계속 혼자다."

"하지만……."

이런 곳에 살고 있을 리는 없다.

"대체 어디에서 온 거야?"

곤란해하는 헤이타를 힐끗 쳐다보며, 여자아이는 사랑스럽고 갸름한 턱 끝으로 하야 쪽을 향해 턱짓을 하더니, "네 말이냐?" 하고 물었다.

"쇼야님의 말이야."

"가나하시의 말이로군."

여자아이는 얄밉다는 투로 내뱉었다.

"그렇다면 다이바를 쫓아 주지 말걸 그랬네. 가나하시의 말은 모두 죽어 버렸으면 좋겠다."

헤이타는 곤혹을 뛰어넘어 다리가 풀릴 뻔했다. 쇼야님을 함부로 부르고, 게다가 나쁜 말로 욕을 한다. 이 아이는 대체 누구일까.

"너, 도베 님의 아이니?"

헤이타에게 쇼야님보다 높은 사람은 고노기를 관할하는 요리키 도베 님이다. 그보다 위로는 야마부교가 있고 제일 꼭대기에는 다이묘님봉록 일만 석 이상인 무사 또는 그 집안을 가리킴이 있지만, 다이묘님이 계신 성은 멀고 헤이타는 아직 가 본 적조차 없어서 어느 쪽도 떠오르지 않았다.

"도베?"

그늘에 있는데도 불구하고, 순간 여자아이의 눈이 깊이 빛났다.

"도베 따윈 모른다. 지금의 다이칸에도 시대에 막부의 직할지를 다스리던 지방관. 또는 다이묘가 연공 징수와 지방 행정을 맡게 하던 관리은 누구지? 아직 사에키 가문인가? 에몬노스케의 목은 아직 떨어지지 않았느냐?"

헤이타는 더욱더 알 수가 없었다. 이는 나중에 이야기를 자세히 맞춰 나가다가 알게 되었는데, 이 땅에서도 옛날에는 다이칸 제도를 활용한 적이 있었다. 그런데 폐해가 많았다. 기질이 사납고 탐욕스러운 사람이 그 지방의 권력을 한 손에 쥘 수 있는 다이칸 자리에 앉자 산과 마을 사람들을 사사로운 일에 이용하며 권세를 자랑했고, 또 착취를 당해 궁해진 주민들이 들고일어선 적도 있는 바람에 다이묘 가문에 아무런 득이 되지 못한다는 이유로 야마부교 직할인 지금의 제도로 고쳐진 게 대략 백 년은 된 일이다. 그 사이에 다이묘의 번藩 다이묘가 지배했던 영역, 혹은 그 통치 기구이 바뀌면서 다른 다이묘로 교체되었고, 정변도 있었다.

물론 겨우 열한 살인 헤이타로서는 알 도리가 없는 일이다. 여자아이가 그런 먼 옛날의 이야기를 하고 있는 줄은 꿈에도 몰랐기 때문에, 그냥 도베 님을 거리낌 없이 함부로 부르는 태도를 보고 훨씬 더 대단한 집안의 아이인가 짐작했을 따름이다.

그렇다면 큰일이다. 이 애는 이상한 말을 늘어놓고 있지만, 요는 산에서 길을 잃은 미아다. 헤이타는 그렇게 생각했다.

"네가 하야를 구해 줬구나?"

여자아이가 코끝을 반짝 위로 쳐들고 말한다.

"그럼 어쩔 테냐."

"그렇다면 하야 등에 타. 내가 쇼야님한테 데려다 줄게."

가나하시 가로 데려가면 여자아이의 정체도 집안도 알 수 있겠지. 높은 사람의 대단한 아이이니 쇼야님이라면 알고 계시리라.

그러자 여자아이는 처음으로 겁먹은 얼굴을 했다. 살짝 몸을 움츠린다.

"가나하시는 싫다."

눈은 아까와 똑같이 화가 나 있다.

"게다가 나는 떠날 수 없어."

이것이 있으니까―하며, 비스듬한 눈길로 뒤쪽의 작은 사당을 바라보았다.

"이거라니."

헤이타는 전혀 알아들을 수가 없었다. 무너져 가는 작은 사당과 썩은 도리이, 공물도 꽃 한 송이도 없는 낡은 신사. 이런 곳에 사는 사람이 있을까.

"여기가 네 집이라는 거야?"

"아니." 여자아이는 초조해하기 시작했다. "나도 좋아서 이런 곳에 있는 게 아니다. 하지만 가나하시 때문에 여기서 나갈 수가 없어."

이 아이는 쇼야님이 버린 아이일까, 하고 헤이타는 또 엉뚱한 방향으로 머리를 굴렸다. 이를 어찌하랴, 지혜도 경험도 부족하다. 생각하는 것은 눈앞의 일뿐이다.

"하지만 나는 쇼야님께 하야가 무사하다는 사실을 알리고 서둘러 되돌아와야 해, 짐이 버려져 있으니까."

헤이타의 힘으로는 하야에게 목재를 실을 수 없다.

"너, 가나하시의 하인이니?"

"우리 아버지는 쇼야님의 마구간지기야."

나는 마부라고, 헤이타는 조금 크게 말했다. 사실은 아직 혼자서 말을 끄는 일도 허락받지 못했다.

"흐음."

여자아이는 헤이타를 위에서 아래까지 다시 살피며 눈을 가늘게 뜨더니, 땅바닥에 떨어져 있는 목재 더미를 보았다.
"그래? 그렇다면 마침 잘되었구나. 가나하시의 짐이라면 내가 받도록 하지."
어? 하고 헤이타는 눈을 깜박였다.
"이것은 쇼야님이 부교님한테 바치는 목재야. 에도로 보내는 거라고."
"가나하시의 물건이라면 내 것이야. 가나하시의 공물이지. 받아주마."
뜻밖에도 갈라진 듯한 소리를 내며, 여자아이는 짧게 웃었다. 이때만은 갑자기 노파처럼 보였다.
헤이타는 등이 오싹했다.
"좋아, 말은 돌려주지."
그 대신—하고, 여자아이는 스르륵 일어섰다. 그러는가 싶더니 헤이타가 숨 한 번 쉴 사이도 없었는데 바로 옆에 바싹 붙어 있다.
헤이타는 깜짝 놀라서 눈을 부릅떴다. 언제 움직였을까?
여자아이는 하얀 기모노의 긴 소매 속에서 손을 뻗더니 땀과 흙으로 더러워진 헤이타의 상박을 꽉 잡았다. 그렇게 힘이 세 보이지도 않는데, 헤이타는 꼼짝도 할 수 없었다. 엉덩이는 뒤로 빼고 있지만 그 자리에서 움직일 수가 없다.
여자아이는 헤이타에게 얼굴을 가까이 들이밀고, 눈동자 밑바닥을 들여다보는 듯한 시선으로 속삭였다.
"내 이야기를 가나하시한테 하면 안 된다. 길 잃은 말을 발견했다, 짐은 말이 어디에선가 떨어뜨려 버렸다. 말해도 되는 내용은 그것뿐이다."

이렇게 가까이서 말하고 있는데도 여자아이의 호흡은 헤이타의 뺨에 와 닿지 않는다. 헤이타의 팔을 잡고 있는 손에도 온기가 전혀 없다.

"그리고 너는 다시 이곳으로 오는 거다. 가나하시한테도 마을 놈들한테도 말하지 말고, 너 혼자서 오너라. 알겠지?"

나는 네가 마음에 들었어, 하며 여자아이는 씩 웃었다.

"산에 지지 않고 이곳에 올라올 수 있었다니, 정말 칭찬할 만하다. 이 말을 퍽 예뻐했나 보지. 너는 좋은 마부다. 칭찬의 뜻으로 이 말은 두 번 다시 다이바에게 당하지 않도록 지켜 주마."

그러니 너도 내 말대로 해야 해―.

"너무 오래 기다리게 하지 마라. 이삼일 안에 꼭 다시 올라와야 한다."

어르듯이 달콤하게 속삭이더니, 갑자기 눈꼬리를 추켜올리며 빈손을 뻗어 정확하게 하야를 가리켰다.

"약속을 깨면 이 말의 생간을 꺼낼 테다. 네 눈알을 파낼 수도 있지. 나는 한번 만진 것에게는 어떤 일이든지 할 수 있으니까. 너도 말도, 어디에 있든 도망칠 수 없어."

헤이타는 홀린 듯이 그저 멍하니 고개를 끄덕였다.

"너, 이름이 뭐지."

"헤, 헤이타."

"그래? 그러면 헤이타, 가거라."

입술을 오므리고, 여자아이는 헤이타의 귀에 후우 하고 숨을 불어넣었다. 순간 헤이타는 어질어질해져서 자리에 주저앉고 말았다.

정신이 들어 보니 여자아이의 모습은 사라지고 없었다. 옆에서는 하야가 느긋하게 머리를 늘어뜨리고 있다. 헤이타는 떨리는 무릎을 달래며 간신히 일어서서 하야의 고삐를 잡았다.

그 후 어떻게 산을 내려왔는지는 기억나지 않는다. 마을까지 가기도 전에 산지기들을 거느린 도미한과 마주쳤다.

"나, 도미한 씨의 얼굴을 본 순간 쓰러지고 말았대요. 도미한 씨는 나를 업고 돌아와 주었어요."

마을로 돌아와서도 헤이타는 만 하루 동안 정신없이 잤다. 깨어 보니 일어설 수 없을 정도로 배가 고팠다.

"도미한 씨도 아버지도, 어떻게 하야를 발견했는지 꼬치꼬치 물었어요."

헤이타는 머리가 완전히 흐려져서 처음에는 제대로 말도 할 수 없었다. 밥을 먹고 점차 정신이 들자 하야가 떠올랐지만, 산의 사당에서 만난 여자아이의 모습과 목소리도 되살아났다.

물론 무서운 약속도.

"그래서 나, 여자아이가 시킨 것밖에 말하지 않았어요."

사정을 모르는 도미한과 아버지도 지어낸 수상쩍은 이야기라고는 생각하지 않았을 테다. 하야도 헤이타도 운이 좋았다는 걸로 이 일은 일단락이 되었다.

헤이타 혼자서 공포를 끌어안게 되었다.

"정말 무서웠겠구나. 가엾게도."

달아나는 물 • 73

오치카는 솜털이 반짝이는 헤이타의 뺨이 흠칫거리며 떨리는 것을 보고, 그렇게 말하지 않을 수 없었다.

"―응."

헤이타는 고개를 끄덕이고, 스스로도 뺨이 신경 쓰이는지 주먹으로 아무렇게나 문질렀다.

"하지만 왠지…… 그 애를 만났던 일이 재미있었어."

오치카는 미소를 지었다. 이 나이라도 남자란 그런 것일까.

"게다가 하야의 은인이기도 하고."

"그렇구나. 하지만 다시 혼자서 산에 들어간다는 약속을 당장은 지키기가 어려웠겠지. 아버지와 도미한 씨 등의 눈을 속여야 하지 않았니?"

"그렇지는 않았어요. 모두 나 따윈 그렇게 걱정하지는 않았으니까."

마을의 어른들은 바쁘다.

"하지만 나는 아무래도 이상해서, 도미한 씨한테 물어보았어요."

도미한 씨는 마을에 다이칸님이 있었다는 사실을 아는지. 그 다이칸님 중에서 사에키 에몬노스케라는 사람이 있었는지.

"도미한 씨가 뭐라고 하든?"

"굉장히 놀라던데요."

―헤이타 너, 어떻게 그런 일을 알고 있는 게냐? 다이칸님이 계셨던 건 나도 태어나기 전의 일인데.

오치카는 약간 몸을 내밀고 헤이타 쪽으로 얼굴을 가까이했다.

"뭐라고 변명했니?"

"산길에서 쓰러졌을 때 그런 꿈을 꾸었다고."

산의 신이 내게 꿈을 보여 준 걸까요, 하고 말했다고 한다.

"대단하구나. 용케 그런 생각을 해냈네!"

칭찬을 받고 헤이타는 순간 기쁜 얼굴을 했지만, 곧 남자아이다운 허세를 되찾았다.

"산에는 여러 가지 신기한 일이 있거든. 이상한 일은 대개 산의 신 때문이에요. 아가씨는 산의 아이가 아니라서 모를 뿐이에요."

한 방 먹었다.

"도미한 씨는 다이칸님의 이름까지는 모른대요. 쇼야님 댁에 있는 오래된 문서를 보면 적혀 있을지도 모른다고 했어요."

"가나하시 가는 그렇게나 오래된 집안이구나."

"응. 도미한 씨도 그렇게 말했어. 그리고 가르쳐 주었지요."

—이 근처의 산은 옛날에는 보잘것없는 잡목림만 울창한, 쓸모가 없는 산이었지. 그런데 쇼야님의 조상이 땅을 개간해서 비옥하게 하고 삼나무와 소나무를 심는 등 고생에 고생을 거듭해서 지금처럼 훌륭한 나무가 나는 산지로 만들었단다.

과연, 이제 후사고로의 이야기와 앞뒤가 맞는다. 가나하시 가가 위정자가 바뀌어도 대대로 고노기에서 권세를 지켜 올 수 있었던 까닭은 그런 공이 있기 때문이다.

헤이타는 벼락공부로 익힌 지식을 머리에 넣고, 다시 산의 사당으로 올라갔다. 하야 사건이 있고 사흘 후의 일이다.

"길을 잃을지도 모른다고 걱정했지만,"

도미한 일행과 헤어졌던 곳 근처에 접어들자, 마치 실에 묶여 끌려가는 양 자연스럽게 발이 움직였다고 한다.

그날도 하늘은 몹시 맑고 더웠다. 남풍이 나뭇잎을 소란스럽게 흔들었다.

헤이타가 기울어진 도리이를 지나 사당 쪽으로 걸어가자, "왔느냐" 하고 뒤에서 목소리가 들렸다. 돌아보니 하얀 기모노를 입은 여자아이가 서 있었다. 이번에도 역시 갑자기 나타났다.

"약속을 지켰구나. 대단하다, 대단해."

"네가 하야의 생간을 뽑겠다고 위협하니까 그렇지."

헤이타는 강경한 태도로 대꾸했다. 사실을 말하면 다시 여자아이를 만날 수 있어서 안심했고, 조금 기쁘기도 했다. 도미한에게 한 변명만이 아니라, 헤이타 자신도 그게 전부 꿈이 아닐까 싶은 기분을 느낀 적이 있기 때문이다.

여자아이의 머리카락은 오늘도 산뜻하게 바람에 흔들렸다. 눈동자도 여전히 크고 맑다.

"위협이 아니다. 정말로 할 수 있어."

이쪽으로 오너라, 하며 여자아이는 헤이타의 팔을 잡았다. 그러고는 헤이타의 가슴, 심장 위에 손바닥을 댔다.

갑작스러운 행동에 헤이타가 굳어 있자, "음, 쓸데없는 말은 하지 않았군" 하고 말하며 만족스럽다는 듯이 웃었다.

"뭐야."

"너를 만져 보면 네 마음을 알 수 있지. 거짓말을 해도 전부 다 알 수 있다."

헤이타에게서 떨어진 여자아이가 사당으로 다가갔다. 그때 헤이타는 처음으로 여자아이가 걷는 모습을 본 셈인데, 그게 아무래도 평범하게 '걷는' 동작과는 다르게 보였다.

여자아이의 다리는 보이지 않았다. 기모노 속의 움직임을 알 수 있을 뿐이다.

한 발 한 발 다리를 교대로 움직이고 있는 것처럼 보이지 않았다. 좀 더 확실히 말하자면, 다리가 둘 있는 듯 보이지가 않았다. 그렇다고 해서 한쪽 다리로 뛰는 깽깽이걸음과도 전혀 다르다.

꾸불꾸불.

민달팽이 따위가 기어가듯이 나아가고 있는 것처럼 보였다. 여자아이의 가냘픈 어깨도, 자그마하고 모양 좋은 머리도 거기에 따라 좌우로 흔들린다.

또 헤이타의 등에 오싹하니 소름이 끼쳤다.

여자아이는 헤이타에게 등을 돌리고 기모노 소매를 걷어 올리더니 사당 안쪽에 손을 집어넣었다.

"야, 뭐하는 거야. 그런 곳을 어지럽히면 안 돼."

여자아이는 태연자약하게 사당에서 무언가를 꺼냈다. 작은 주먹에 단단히 움켜쥐고 있는 것은 아무래도 낡은 부적 다발인 듯하다.

"헤이타, 자."

여자아이는 그것을 헤이타에게 내밀었다.

"가져가거라. 몰래 숨겨 둬야 한다. 그리고 가나하시 가의 부뚜막에서 불태워 재로 만드는 거야. 그 재를 내게 가져다 다오."

헤이타는 손을 내밀지 않았다. 일부러 두 손을 등 뒤로 돌리고 고개를 붕붕 저었다.

"뭐야, 내 말을 듣지 않겠다는 거냐."

하야의 생간을 뽑을 테다, 하고 위협한다.

"싫어."

"어째서 싫지. 하야를 아끼지 않는 거냐. 네 눈알도 아깝지 않다는 거냐."

"그건 이 사당에 있는 신의 부적이잖아."

만지면 안 돼. 가지고 나가서 태워 버리다니, 당치도 않아. 헤이타는 여자아이를 노려보았다.

"내가 괜찮다고 하잖아."

여자아이는 조금도 흔들리지 않는다. 헤이타의 분노와 공포가 한계를 넘었다.

"너, 대체 뭐야? 아무리 대단한 집의 아이라도 산의 신을 거역하면 벌을 받는다고!"

배 속에 힘을 주고 있는 힘껏 소리를 내어 강하게 말할 작정이었다. 그런데도 여자아이는 부적을 움켜쥔 주먹을 내민 채, 재미있다는 듯이 소리 내어 웃기 시작했다. 이번에는 사흘 전의 그 노파 같은 목소리가 아니었다. 발랄하고 사랑스러운, 겉모습 그대로 소녀의 웃음소리다.

다시 위협을 받는 것보다 더 효과가 있었다. 헤이타는 맥이 풀렸고, 긴장도 풀리고 말았다.

"걱정하지 마라. 그러니까 내가 바로 그 신이야. 이 사당은 가나하시가 나를 위해서 지은 사당이지."

도리이도, 신사도 전부 다 그렇다.

"네가 신?"
"그렇다. 처음 만났을 때 말했잖아?"
 분명히 그랬다. 사흘 전, 이곳의 신이 하야를 구해 주었느냐는 헤이타의 농담에 여자아이는 이렇게 대답을 하며 나타났던 것이다. 그래, 나다, 하고.
 그때는 무심코 넘겼다. 누가 그런 말을 진심으로 받아들이겠는가. 진심으로 받아들일 리가 없다.
 헤이타의 입을 뚫고 나온 물음은, "뭐라고 하는 신인데?"였다.
 깨닫고 보니 지금까지 여자아이의 이름도 묻지 않았다.
"글쎄."
 여자아이는 눈부신 듯, 그리운 듯한 눈빛을 띠었다.
"지금의 고노기 사람들은 나를 뭐라고 부를까."
 나를 기억하는 사람이 있긴 있을까, 하고 혼잣말처럼 중얼거린다.
"너도 가나하시의 하인이라면, 그 집에서 들은 적이 없느냐."
 오히데리 씨, 라고.
"아니면 '시로코 님'. 어느 쪽이든 들어 본 적은 없느냐."
 헤이타는 둘 다 처음 들었다.
"몰라."
 여자아이는 불량스럽게도 혀를 찼다.
"칫. 은혜도 모르는 가나하시 놈."
 욕설을 내뱉는 말투와는 반대로 부적을 쥔 여자아이의 팔이 갑자기 힘을 잃고 축 늘어졌다. 작은 얼굴도 아래를 향했다. 그 모습은 자못 분해 보였고, 애처롭고 슬프게도 보였다.

헤이타는 가슴이 울렁거렸다.

"그런 얼굴 하지 마……."

어떻게 해서든 위로해 주어야 한다는 생각이 들고 말았다. 이를 의협심이라고 하는 걸까.

"헤이타."

여자아이는 고개를 숙인 채 헤이타를 불렀다.

"고노기의 아이는 오히데리 씨의 사연을 배우지 않느냐? 시로코 님의 옛날이야기를 듣지 않느냐?"

"양쪽 다 들은 적 없어."

쳐다보니 여자아이의 눈구석에 살짝 눈물이 고여 있다. 헤이타는 더욱더 당황하여 손을 놓고 있을 뿐이다.

"우, 울지 말라니까."

여자아이의 눈에서 눈물이 툭 떨어졌다.

"나는 여기에서 나가고 싶다. 이제 이런 곳에 혼자 갇혀 있는 건 질색이다."

"어떻게 하면 나갈 수 있는데?"

헤이타가 저도 모르게 몸을 앞으로 내민다.

"그러니까." 여자아이는 즉시 그 부적 다발을 헤이타의 코앞에 내밀었다.

"이것을 태워 재로 만들어서 내게 다오. 그러면 나는 이곳에서 떠날 수 있다. 너라면 가나하시의 부뚜막에 가까이 갈 수 있겠지?"

기세에 밀려 (동시에 여자아이의 눈물에도 밀려) 헤이타는 부적을 받아 들고 말았다.

순간 여자아이의 얼굴에 웃음이 돌아왔다.

"그러면 되었다. 자, 얼른 가나하시로 돌아가. 절대로 내 말을 어겨서는 안 된다."

이런, 곤란해졌다.

나는 쇼야님의 마부라는 둥, 허세를 부린 것이 잘못이다. 마구간지기의 아이일 뿐인 헤이타는 가나하시 가의 부뚜막에 가까이 가기는커녕, 부엌문으로 드나드는 일조차 어렵다.

가나하시 가의 부엌에서는 하루 종일 누군가가 일을 하고 있다. 헤이타가 어슬렁거렸다간 훔쳐 먹을 음식을 노린다는 의심이나 받을 게 뻔하다. 하녀들에게 야단을 맞거나 쫓겨나는 정도라면 그나마 낫지만, 붙잡혀 가서 호되게 혼이 나고 게다가 그 벌이 아버지한테까지 미친다면 돌이킬 수 없게 되고 만다.

낡은 부적을 품속 깊숙이 집어넣고, 헤이타는 매일 혼자서 고민하게 되었다. 이번만은 도미한에게조차 아무 말도 할 수 없다.

헛되이 시간이 흘러가는 동안, 헤이타의 초조함과 공포는 쌓여 갔다. 날이 저물어 불을 켤 무렵이 되면 오늘이야말로 하야의 생간이 뽑히고 마는 날이 아닐까 하고 무서워진다. 밤이 되면 얇은 이불 밑에서 자신의 눈알이 도려내지는 꿈을 꾼다. 아침이 와서 잠이 깨면 이번에는 펄쩍 뛰어오르듯이 일어나 가나하시 가의 마구간으로 달려간다. 하야가 무사한지 확인할 때까지는 살아 있는 기분도 들지 않았다.

―오히데리 씨인지, 시로코 님인지.

마음속으로 필사적으로 불렀다.

―성급하게 굴지 말아 줘. 나, 약속을 지키려 하고 있으니까. 정말 지키려고 하니까.

그때의 마음을 이야기하는 헤이타의 얼굴에 절박한 표정이 되살아난다. 가까이서 지켜보던 오치카는 그 기특한 마음을 흐뭇해했다. 하지만 섣불리 웃어서는 안 된다고 생각하며 눈매와 입매를 다잡고 있었다.

"한 가지 물어도 될까?"

헤이타는 눈을 깜박이며 오치카를 보았다.

"어딘가 다른 곳의, 예를 들면 너희 집 부뚜막에서 부적을 태워 재로 만들어서 가져가겠다는 생각은 하지 않았니?"

"속이라고?"

"응, 그렇지."

헤이타의 눈이 휘둥그레졌다. "아가씨, 무슨 말을 하는 거예요! 약속은 깨면 안 돼. 한번 약속했으면 지켜야지."

즉 그런 방법을 쓸 생각은 애당초 없었다.

"너는 참 대단하구나." 오치카는 말했다.

오히데리 씨는 다 꿰뚫어 보니까 속일 수 없다거나, 그런 짓을 했다가 들키면 무섭다거나, 그런 말이 아니었다.

약속은 지켜야 한다. 훌륭한 말이 아닌가.

"뭐, 뭐가."

헤이타가 수줍어하며 기세가 죽었기 때문에, 오치카도 마음껏 웃는 얼굴을 할 수 있었다.

"신의를 중요하게 여기는 훌륭한 남자라고 감탄한 거야. 그러니까 또 토라지지 마."

"아가씨는 이상해."

이상해도 괜찮아.

"코밑을 그렇게 벅벅 문지르지 마. 피부가 벗겨지잖니. 그래서 결국 어떻게 했니? 어떤 방법을 써서 가나하시 님의 부뚜막에 가까이 갔지?"

궁리도 책략도 없었다. 다만 운이 좋았을 뿐이다. 부적을 가지고 돌아오고 나서 열흘 후의 일이다.

"쇼야님의 집에 여름 감기가 돌았거든요. 쇼야님도 마님도, 아드님들까지 모조리 앓아눕고 말았어."

당연히 저택 안은 야단법석이었다. 하인들도 하녀들도 바빴고, 병자를 간호하기 위해 부엌에서는 밤낮을 가리지 않고 계속 물을 끓였다.

"나는 아버지한테 말했어요. 힘든 때니까 나도 뭔가 돕겠다고. 도미한 씨한테도 말했어요."

병자가 늘고 상태가 오래 이어지면 간호하는 어른들도 지친다. 이래저래 일손이 모자라게 된다. 비상시이니 까다롭게 굴 수도 없다. 이렇게 해서 헤이타는 순조롭게 부뚜막의 불을 지키는 일을 할 수 있게 되었다.

"그래도 부적의 재를 가지고 사당으로 갈 수 있기까지는 보름이나 걸리고 말았어요."

이번에도 실에 이끌리다시피 산을 올라갔고, 식은땀을 흠뻑 흘렸다.

세 번째로 만난 그 여자아이는, 헤이타가 보기에 그가 사당에 올라오기 아주 조금 전까지, 여태껏―.

―울고 있었나?

쪼그려 앉아 울상을 짓고 있었던 것처럼 보였다. 눈도 콧등도 빨갰다.

헤이타를 보자 기모노의 긴 소매를 휭겨 올리며 일어섰다. 그러고는 또 예의 몸을 구불거리는 것 같은 묘한 움직임으로 다가왔다.

"얼마나 기다리게 하는 거야!"

갑자기 뺨을 맞았다. 그래도 헤이타는 기뻤고, 여자아이의 우는 얼굴을 보고 코끝이 찡했다.

아아, 약속을 지킬 수 있어서 다행이다.

"여기."

허리에 매단, 낡은 수건으로 만든 조잡한 주머니를 내밀었다. 부적을 태운 재가 가득 차 있다.

여자아이는 헤이타의 손에서 주머니를 낚아챘다. 입구를 묶은 끈을 끊어낼 듯이 세게 잡아당겨 열더니, 손을 집어넣어 재를 움켜쥔다.

"분명히 가나하시의 부뚜막에서 태웠겠지?"

"응. 나―."

경위를 이야기하려는 헤이타에겐 눈길도 주지 않고, 여자아이는 손안의 재를 자신의 얼굴에 문질러 바르기 시작했다. 부적을 태운 재는 새하얗고 둥실둥실 가벼워서, 재라기보다 깃털 같았다. 하지만 여자아이가 이마며 뺨에 문지르자 그것은 순식간에 새까맣게 변해

갔다.

"너, 뭘 하는 거야."

여자아이는 듣지 않았다. 정신없이 목덜미와 어깨에도 재를 바르기 시작한다. 기모노까지 벗으려 해서 헤이타의 식은땀이 단숨에 날아갔다.

"무얼 그리 멍하니 있느냐. 거들어!"

여자아이는 띠를 푼 뒤 기모노를 벗고 알몸뚱이가 되었다.

"내 등에 재를 발라!"

그렇게 말하며 뒤로 돌아 주었으니 그나마 다행이었다. 또 눈이 어질어질하다.

쭉 기모노에 가려져 있던 여자아이의 다리는 두 쪽 다 있었다.

"하지만 발목 부근이 묶여 있었어요. 역시 하얀색 끈으로, 하나로 꽉 묶여 있더라고요."

그래서 그렇게 움직였구나, 하고 헤이타는 어질어질한 가운데 납득했다.

"자, 이제 됐다!"

온몸에 빈틈없이 재를 발라 새까매진 여자아이가 소리 높여 외친 그때였다.

사당에서 바람이 불어 나왔다.

어린아이지만 산에 익숙한 헤이타도 경험한 적이 없는 갑작스러운 돌풍이었다. 저도 모르게 몸을 수그리고 손으로 얼굴을 덮었다.

헤이타 뒤에서 소리를 내며 도리이가 무너졌다. 안쪽에서 신사가 굴러 나와, 땅바닥에 떨어져서 산산조각으로 부서지는가 싶더니, 돌풍에 휩쓸려 날아올랐다. 낡은 산보도 굴러가 보이지 않게 되었다. 게다가 지난번 이후 계속 같은 자리에 놓여 있던 목재도, 묶은 끈이 헐렁해지더니 생물처럼 혼자서 멋대로 굴러가 버린다. 마치 바람에 손이나 손가락이 있고, 의지가 있어서 그렇게 하는 것 같았다.

자갈이며 돌이 솟구쳐 서로 어지러이 날아다녀, 헤이타는 눈을 뜨고 있을 수가 없었다. 몸을 구부리고 있는데도 바람에 쓸려 날아갈 것 같아서 땅바닥에 엎드려 등을 웅크렸다. 무언가가 날아가면서 어깨를 스치고 갔다.

이윽고—.

갑작스러운 돌풍은 갑작스럽게 그쳤다. 자갈 하나가 헤이타의 뒤통수를 툭 쳤고, 주위가 조용해졌다.

머뭇머뭇 머리를 들고 몸을 일으켜 본다.

여자아이의 모습은 사라지고 없었다.

사당은 무너졌고, 바위벽은 갈라져 원래의 형태를 잃었다. 도리이 또한 이미 흔적도 없다.

여름 하늘은 파랗고, 올려다보는 헤이타의 콧등에 닿을 듯한 곳에 구름 조각이 떠 있다.

등 뒤에서 누군가가 목덜미에 스르륵 팔을 둘렀다. 여자아이의 목소리가 귓가에서 들렸다.

"자, 나를 마을로 데려가거라."

모습은 보이지 않는다. 하지만 헤이타에게 닿은 손이, 몸이, 다리가 느껴진다. 여자아이가 헤이타에게 업힌 것이다.

"잠시 네 몸을 빌리기로 하마. 그 대신 네게 재미있는 일을 시켜 주지."

자, 일어서. 여자아이의 재촉에 헤이타는 비틀거리며 일어섰다. 등에 업힌 여자아이의 무게를 전혀 느끼지 못했다. 그러나 감촉은 또렷하다.

"오히데리 씨의 산 달리기다. 얼굴을 똑바로 들고, 눈을 뜨고 있도록 해."

사람의 몸으로는 할 수 없는 일이지!

다음 순간, 헤이타는 달리고 있었다. 달리고 또 달려, 올라온 길을 뛰어 내려간다. 채찍질을 흠씬 당한 하야보다도 빠르다. 그러면서도 길에서는 벗어나지 않고, 앞을 가로막는 나뭇가지는 재빨리 피하고, 짐승 길의 불룩 튀어나온 부분이나 절벽 가장자리 때문에 발이 휘청이는 일도 없다.

달리고 있다. 달리고 있을 것이다. 하지만 다리가 움직이는 느낌이 들지 않는다. 발바닥에도 땅이 닿지 않는다. 게다가 이 속도는, 거의 날고 있는 듯한 느낌이다. 아닌가. 오히려—.

—미끄러지고 있다?

크고 미끄럽고 매끈한 무언가로 변해, 몸으로 산의 경사면을 곧장 미끄러져 내려가는 것만 같다.

등에서 여자아이가 웃고 있다. 즐거운 듯이 가볍게, 노래하듯이 웃고 있다. 그러고는 큰 소리로 외친다.

"자, 이것이 산 달리기다! 오히데리 씨가 산을 내려간다!"

어느새 헤이타도 함께 웃고, 노래하고, 소리치고 있었다. 오히데리 씨가 산을 내려간다, 오히데리 씨가 산을 내려간다!

바람을 맞으며, 바람을 타고, 헤이타의 머릿속은 새하얘지고 정신은 아득해졌다.

―아아, 목이 마르다.

물이 필요하다, 물을 마시고 싶다.

눈을 떠 보니 집의 이부자리 속이었다. 머리맡에서 어머니가 창백한 얼굴을 하고 있었다.

재를 들고 산에 올라간 뒤, 만 하루가 지난 참이다. 그리고 가나하시 가와 고노기 마을에서는 물이 달아난다는 소동이 시작되고 있었다.

이헤에가 그린 죽림칠현을 등지고, 헤이타는 혼이 빠져나가 버린 모습으로 멍하니 있다.

이야기를 하다 보니 기억이 되살아나 멍해진 것이다. 취해 있는 것이다. 가까이서 아이의 눈동자를 들여다본 오치카는 그 눈동자가 떨리고 있음을 알아챘다. 겁을 먹었기 때문이 아니다. 또 달리고 있다. 헤이타의 머리와 마음은 또 산 달리기를 하고 있는 것이다.

사람의 몸으로는 불가능한 속도로 산을 뛰어 내려간다. 노래하면서 웃으면서, 미끄러지듯이.

"괜찮니?"

살며시 팔을 두드리자 헤이타의 눈꺼풀이 천천히 내려가고, 그 움직임이 깜박임으로 바뀌고, 얼굴에 생기가 돌아왔다.

"어라? 나⋯⋯."

오치카는 헤이타에게 백비탕_{맹탕으로 끓인 물}을 내 주었다.

"떠올리기만 해도 또 마음을 사로잡히고 마는 일이었구나."

헤이타는 부끄럽다는 표정을 지으며 목을 움츠렸다. 찻잔을 들려는 손놀림이 불안정하다.

"네가 산에서 돌아와 두 번째로 앓아누웠으니, 아버지도 어머니도 걱정을 많이 하셨겠다."

"응. 하지만."

헤이타가 정신을 차리고 무사한 듯하자, 부모님도 깊이 마음 쓰지는 않았다. 더위를 먹었거나 배탈이겠지. 그렇게 마구 빨빨거리고 돌아다니니까 아픈 거다.

물론 헤이타에게만 신경을 쓸 수 없던 탓도 있다.

"물이 없어져 버린다면서, 벌써 마을 전체가 난리 법석이었거든요."

"그래서 털어놓았니? 오히데리 씨에 대해서."

헤이타는 눈을 내리깔고 고개를 저었다.

"오히데리 씨가 아무한테도 말하지 말라고."

내 여기에서—하며 손바닥으로 살며시 가슴을 누른다.

"여기가 아니라 머릿속에 있는 것 같은 기분이 들 때도 있지만."

"지금도?"

"응."

고개를 끄덕였지만, 조금 자신이 없어 보이는 얼굴이다.

"에도로 올라오고 나서는 오히데리 씨가 말을 하지 않게 되어 버렸으니까. 고노기에 있을 때는 자주 이야기했는데."

쓸쓸한 듯 눈에 그늘이 졌다.

"그때는 집에서 눈을 떴더니 어머니가 곁에서 사라진 순간 내 가슴속에서 말을 하기 시작했어요."

―하루 만에 정신이 들었느냐. 너, 내 눈에 들 만하구나.

"산 달리기를 하면 어른 남자라도 사흘은 일어나지 못한대요."

헤이타는 물론 목소리의 주인인 여자아이를 찾았다. 이불을 몸에 둘둘 감은 채 주위를 두리번거리고 있자니 여자아이가 웃었다.

―한동안 네 몸을 빌리겠다고 했지 않느냐. 너는 요리시로_{신령이 이끌려 와서 머무는 물건. 보통 나무나 돌 등인데, 이것을 신령 대신으로 삼아 모신}다.

밥을 먹어라. 물을 마셔라. 더 기운을 내서 여기저기 다니자. 네가 가는 곳에서 물이 달아날 것이다.

―고노기의 나무를 전부 없애 주지. 내가 다 마셔 주마.

그제야 헤이타는 여자아이가 정말로 신이라는 사실을, '오히데리 씨'의 사연을, 고노기 땅과의 인연을 깊이 알게 되었다.

"옛~날 옛날, 쇼야님의 조상님이 고노기의 산을 개간했을 때,"

나무를 심는 사람들을 고민하게 한 것은 매년 봄과 가을에 이 주위 일대를 덮치는 강한 비와, 그 후에 일어나는 뎃포미즈_{폭우로 갑자기 세차게 밀어닥치는 산골짝의 물}였다.

"특히 뎃포미즈는 무서웠대요. 아가씨, 뎃포미즈가 뭔지 알아요?"

"강이 넘치는 거잖아?"

오치카의 대답에 헤이타는 엄한 얼굴로 고개를 저었다.

"아니에요. 그냥 큰물이 나는 것만이 아니라고요."

장마로 강 상류의 수량이 늘고 산의 지반이 약해져 토사가 무너져 내리거나 나무들이 쓰러진다. 물이 불어서 굵어진 강의 흐름은 토사며 쓰러진 나무들을 휩쓸어 밀어내지만, "강이 굽어 있는 곳이나 좁은 습지에서는 완전히 밀어낼 수 없거든요."

그러면 토사나 쓰러진 나무가 거기에 쌓여, 강을 막는 모양새가 된다.

"계속 막고 있으면 괜찮아요. 저수지가 될 뿐이니까. 하지만 그렇게 강을 막는 것은 제대로 된 둑이 아니에요. 진흙과 나무가 겹쳐 쌓여서 우연히 그렇게 된 셈이니까 산 위쪽에서 빗물이 계속 흘러오면 언젠가는 물줄기를 막아낼 수 없게 되어 버리지요."

그렇게 단숨에 무너져 넘치면, 산을 쿵쾅거리며 뛰어 내려와 마을이 있는 산기슭의 들판까지 덮친다. 이것이 뎃포미즈다. 단순히 물이 많은 게 아니라 토사와 쓰러진 나무도 섞여 있기 때문에 더욱 무섭다. 뎃포미즈에 당하면 논밭도 인가도 순식간에 잠겨 버린다.

"뎃포미즈는 장마나 강한 비가 그쳐 하늘이 맑게 개고, 땅바닥 같은 데가 말랐을 때쯤에 일어나요. 여울이나 강을 따라서 올 때가 많지만, 전혀 엉뚱한 곳에서 일어나는 경우도 있고."

산사태가 일어나고 거기에 빗물이 고이면, 어느 곳이든지 조건이 갖추어지기 때문이다. 그렇구나.

"하지만 뎃포미즈가 오기까지 조금이라도 시간이 있다면, 앞질러서 뭔가 손을 쓸 수는 없을까."

무리예요, 하며 헤이타는 고개를 저었다.

"사람의 손으로는 강물을 막은 토사와 나무들을 어떻게도 할 수 없어요."

작은 규모라면 일손을 모아 조금씩 물을 퍼내거나, 흐름을 막고 있는 토사나 쓰러진 나무를 치워서 처리할 수 있다. 하지만 그러려면 우선 장소를 알아야 하고, 안다고 해도 큰비가 온 후에 산에 들어가 거기까지 순조롭게 도착할 수 있을지 어떨지가 문제다. 도착한다고 해도 발 디딜 곳이 마땅치 않으면 위험하기만 할 뿐이다.

"게다가 괜히 강물을 막고 있는 토사와 나무들을 건드렸다가 오히려 뎃포미즈를 부를 수도 있으니까."

고노기에서는 정말로 그런 불행한 사례가 일어났다고 한다.

"어렵구나……."

오치카는 저도 모르게 팔짱을 끼고 말았다.

"옛날 고노기에서는, 뎃포미즈 때문에 모처럼 심은 소나무나 삼나무를 몇 번이나 잃었어요. 마을도 망가지고 사람이 많이 죽었대요."

본래 고노기는 나무가 풍부한 산자락이고 강은 몇 줄기로 나뉘어 있어 여울도, 물이 솟아나는 곳도 많다. 그런데도 잡목의 산으로 남아 오랫동안 정착해 사는 사람이 없었던 까닭은 뎃포미즈가 일어나기 쉬운 지형 때문이었다고 한다.

"결국 산의 신께 부탁할 수밖에 없다는 얘기가 나왔어요."

그러나 마을에는 아직 고노기 땅에 대해 자세히 아는 사람이 없었다. 그렇다, 이 무렵 고노기는 아직 '고노기庚之木'였다. 주변에 흩어져 있는 마을이나, 몇 겹으로 겹쳐 있는 산 너머에서 사금을 캘 수 있는 땅에 정착해 풀무질을 하며 생계를 이어 가던 산의 주민들에게 의지해, 고노기의 산에는 '오시로白 님'이라 불리는 누시숲이나 늪 등에 예로부터 살며 신령이 붙어 있다고 하는 동물님이 존재한다는 사실을 겨우 알아냈다.

"그래서 산기슭에 오시로 님을 모시는 훌륭한 신사를 짓고, 일부러 조카마치城下町 다이묘가 사는 성 아래에 조성된 마을에서 영험하다고 평판이 난 수험자일본 고래의 산악신앙에 불교와 도교 등을 가미한 종파인 수험도를 닦는 사람를 모셔 왔어요."

"오시로 님의 힘으로 호우가 내리지 않게 해 달라고 빌었구나."

아니에요, 하고 헤이타는 주먹으로 오치카를 툭 치는 듯한 시늉을 했다.

"아가씨, 역시 모르는군요. 비가 내리지 않으면 숲도 밭도 말라 버리잖아요."

"그러니까 적당한 비만 내려 주셔요, 하고 빈 것이 아니니?"

"비에 적당한 게 어디 있어요."

그게 아니라 뎃포미즈가 일어나지 않게 해 달라고 빌었어요, 라고 한다.

"그건 어렵지 않을까."

"별것도 아니에요. 강물을 막는 토사나 나무가 생기면, 거기에 고인 물을 오시로 님이 모조리 마셔 주면 되니까요."

앗 하고 생각했다. 분명히 이치로 따지자면 통한다.

"본래 산에 있는 것은 전부 오시로 님의 소유예요. 그러니까 빗물도 마셔 달라고 할 수 있지요. 오시로 님의 배 속으로 돌아가는 것뿐이니까."

새로 지은 신사에서 수험자가 호마부동명왕, 애염명왕 등을 본존으로 하여 그 앞에 단을 쌓고 화로를 마련하여, 호마목(護摩木)을 태우면서 재앙과 악업을 없애 줄 것을 기도하는 밀교 의식의 불을 피우고 기도를 바친 지 닷새째 되던 날 밤, 달밤의 산이 갑자기 술렁거렸다.

"오시로 님의 첫 번째 산 달리기였어요."

누시가 산을 내려와 마을의 신사로 들어갔다. 사람들의 기원이 닿은 것이다.

"오히데리 씨는—이때는 아직 오시로 님이었지만, 모두 그야말로 정성을 다해 기도하니까 뭐, 들어줄까 하고 생각했대요."

헤이타는 함께 노는 친구의 이야기라도 하는 양 말했다. 그 눈이 밝고, 뺨은 자랑스러운 듯이 상기되어 있다.

"쇼야님의 조상님이랑 모여 있던 고노기의 사람들이 모두 보았어요."

신사 안쪽에 앉은, 하얀 기모노에 하얀 띠를 매고 검은 머리카락을 흐트러뜨린 사랑스러운 여자아이의 모습을.

"누시님은 어린아이의 모습이라고 해서 '시로코白子 님'이라고 부르게 되었어요."

그 후로 고노기에선 뎃포미즈가 뚝 그쳤다. 아무리 호우가 내리고 큰 웅덩이가 생겨도, 고인 물은 하룻밤이 지나기도 전에 깨끗하게 마른다.

산의 개간은 순조롭게 진행되었다. 뎃포미즈만 없으면, 수맥이 풍부한 산은 보물 산이다. 십 년, 이십 년, 삼십 년이 지나는 동안 고노기庚之木는 고노기小野木가 되었다. 마을은 번성했다. 가나하시 가의 재력도 늘었다. 마을의 수호신인 시로코 님의 신사는 더욱더 극진히 모시게 되었다.

"시로코 님은 쇼야님 집의 신도 되었어요."

가나하시 가의 번영은 시로코 님의 수호 덕분이니 산의 신 및 마을의 신뿐만 아니라 집의 신, 저택의 신으로도 숭앙을 받게 된 것이리라.

고노기가 만들어 내는 부(富)가 다이묘의 눈에도 들어, 이 무렵에는 다이칸이 설치되기도 했다. 가나하시 가는 쇼야로서 정식으로 이 땅을 관리하도록 인정받게 되었다.

만사형통이었다.

"그런데 뭐가 문제지?"

오치카의 물음에 헤이타의 눈동자에서 빛이 슥 사라졌다. 불안한 듯이 손가락을 움직인다.

"신사를 만들고, 으음, 오십칠 년이 지난 해의 가을 초에,"

고노기 일대에서 큰 지진이 일어났다.

"주위 산의 모양이나 강의 흐름이 바뀌어 버릴 정도의 지진이었대요."

훌륭한 나무가 자라는 숲은 뼈아픈 타격을 입었다. 사람 또한 많이 죽었다. 가나하시 가의 저택도, 불측하게도 시로코 님의 신사까지도 무너졌다.

고노기 사람들이 당황하고 겁에 질린 건 말할 필요도 없다. 가을은 장마와 호우가 내리는 계절이다. 지진에 이어 뎃포미즈까지 온다면 마을은 궤멸이다. 하지만 지금은 쇼야의 저택까지 쓰러진 판이다. 신사도 무너진 잔해를 치우는 정도가 고작이고, 그조차 일손이 모자랐다.

"이 신사에서는 시로코 님의 이름과 옷에서 연유해 얇고 새하얀 천을 신체(神體)로 삼고 있었는데" 하고 헤이타는 말했다. "신사가 무너져 버렸을 때 천도 상자째 찌부러져서, 더러워지고 찢어졌어요."

그래도 가나하시 가에서는 어떻게든 그것을 꺼내어 가까이에 두고 모시기로 했다. 땅이 무너지면서 조카마치나 다른 촌락으로 통하는 길이 막혀 당시의 고노기는 완전히 고립되어 있었고 그 때문에 신체에 바칠 등불도 모자랄 정도였다고 한다. 지진으로 우물물이 탁해져서 더러워진 그 천을 빨 수도 없었다.

시로코 님이 화를 내시지 않으면 좋겠는데—.

집을 잃은 사람들이 판잣집에 찢어진 거적을 씌우고 여진에 떨면서 사는 동안, 날씨가 기울기 시작했다. 비구름이 몰려온 것이다.

큰 지진이 일어나고 닷새 후, 고노기 땅에 비가 내렸다. 사흘 밤낮을 계속해서 내리는 장맛비였다. 마을 사람들은 여전히 무너져 있는 신사에 기도를 하며 시로코 님의 가호를 비는 것 말고는 방법이 없었다.

그러나 뎃포미즈는 일어나지 않았다.

다행이다, 신사가 없어졌어도 시로코 님의 가호는 있구나. 마을 사람들은 가슴을 쓸어내렸다.

시간이 흐르고, 그럭저럭 마을의 복구가 진행되는 동안에 다음 비가 왔다. 이번에는 하루 만에 그쳤지만 장대비 같은 비였다.

그래도 뎃포미즈는 일어나지 않았다.

아니, 사실을 말하면 일어나지 않은 게 아니다. 이 무렵에는 드디어 길도 복구되었고, 다른 촌락과 왕래도 이루어졌기 때문에 금세 소문이 들어왔다.

산 하나 건너편에서 뎃포미즈가 있었다고.

"고노기에서는 넘어가기 힘든 방향인데, 가파른 산등성이라서 나무를 심지 않은 곳이었어요."

고노기에서 보면 상관없는 장소인 셈이다.

"옛날에는 광석을 캐는 사람들이 들어가 살았던 적도 있지만, 이미 광석을 다 캐 버려서요. 짐승과 새만 살고 있었어요."

그때의 뎃포미즈는 과거에 고노기를 덮친 것과 비교하면 상당히 작은 규모였다고 한다. 그래도 마을을 직격했다면 또 피해가 생겼으리라.

"시로코 님이 뎃포미즈를 면하게 해 주셨다면서, 마을에서는 또 기도를 올렸어요."

기도하고 또 기도하며 감사했다. 그 감사가 드디어 이듬해 봄에 새 신사를 짓는 일로도 이어졌다. 하기야 원래와 같은 훌륭한 신사에는 도저히 미치지 못하는 임시 신사이기는 했지만, 마을 사람들의 마음이 없었다면 그나마도 이루어지지 못했을 것이다.

그리고 그 후로 이야기는 더디게 흘러간다. 일 년은커녕 오 년, 십 년, 이십 년을 한데 묶은 이야기가 된다.

헤이타는 왠지 말하기 곤란한 듯한 말투가 되었다.

"고노기에서는 계속 뎃포미즈가 일어나지 않았어요, 아가씨."

"그 긴 세월 동안, 계속?"

"응, 계속."

비가 많은 땅이라는 사실은 변함이 없다. 산으로 이어져 있는 다른 땅, 다른 마을에서는 뎃포미즈를 겪었다. 다만 고노기는 피해를 당하지 않게 되었다. 마을은 조금씩 풍요를 되찾아 갔다.

"쇼야님도 대가 바뀌어서 새로운 분이 쇼야님이 되었어요."

제일 먼저 누가 꺼낸 말인지는 모른다. 안다고 해도, 그건 그 사람 혼자만의 생각이 아니라 마을 사람 전부—똑똑한 사람에서부터 멍청한 사람까지, 모두의 머리와 가슴속에서 어렴풋이 떠오르고 있던 생각을 우연히 그 누군가가 입 밖으로 꺼냈을 뿐이다.

그 지진으로 고노기를 둘러싼 산은 모양이 바뀌었다. 지형이 바뀐 것이다.

"그래서 뎃포미즈를 면할 수 있게 된 게 아닐까 하고."

실제로 여울의 흐름이나 수맥에도 변화가 일어났다. 지진 전에는 풍부했던 샘물이 몇 군데 말라 버렸거나, 우물을 쓸 수 없게 되었거나, 새 우물을 파기 위해 미즈미를 해야 했다.

"'미즈미'란, 이 근처를 파면 우물을 만들 수 있겠다 하고 장소를 찾아 짐작하는 일을 말해요. 고노기에서는 지진이 일어나기 전에는 한 번도 한 적이 없대요. 어디를 파도 물이 나왔으니까."

고노기는 이전보다 물이 부족한 땅이 되었다. 그러나 뎃포미즈의 공포에서는 해방된 것이다.

"그건 시로코 님의 가호가 아니야?"

그렇게 묻는 오치카를, 헤이타는 밑에서 슬쩍 살피는 눈빛으로 바라보았다.

"나는 그렇게 생각해요."

하지만 당시의 고노기 어른들은 그렇게 생각하지 않았다.

"시로코 님의 신사는, 여러 가지로 돈을 쓸 다른 일들이 있어서 그때도 아직 임시 신사였어요."

지진이 일어나고 스물아홉 해가 지나 있었다.

"아무리 그래도 이대로 두면 께름칙하지 않겠냐고, 쇼야님의 집에 모두 모여서 상의를 했는데, 그때."

—이제 그렇게까지 시로코 님을 모실 필요도 없겠지.

마침내 그런 말이 튀어나왔다.

"시로코 님은 산의 누시예요."

"응, 그렇지."

"누시란, 사실은 신이 아니래요. 누시는 산의 짐승이니까."

나이를 먹은 짐승이다. 산에서 제일 높은 짐승이다. 고노기에서는 그것을 신으로 떠받들어 왔다. 소원을 들어주었기 때문이다.

하지만 따지고 보면 신은 아니다.

시로코 님은 분명히 뎃포미즈를 막아 주었다. 뎃포미즈를 일으킬지 모를 웅덩이가 생기면, 거기에 고인 물을 마셔 주었다.

뒤집어 보자면 시로코 님이 해 준 일은 겨우 그 정도다.

"왜냐하면 지진은 막지 못했으니까요."

왜냐하면 지진은 산을 다스리는 '진짜 신'이 일으킨 것이기 때문이다.

이유는 붙이기 나름이다.

"이쯤에서 시로코 님을 산으로 돌려보내자는 얘기가 나왔어요."

오치카는 생각했다. 산적의 습격을 받을 걱정이 없어졌으니 호위가 필요 없게 되었다는 것과 마찬가지가 아닌가.

"다이칸님도 새 신사를 짓는 일을 허락하지 않았어요."

마을의 신사라 해도, 신사를 짓는 비용을 쇼야가 부담한다고 해도 다이칸의 허가가 없으면 지을 수 없다.

 마을의 어른들이 갖다 붙인 이유에, 고노기가 만들어 내는 부를 조금이라도 많이 빨아올리고 싶은 다이칸의—나아가서는 다이묘의 욕심이 더해진 것이다.

 "잠깐만." 오치카는 손가락을 하나 세웠다. "당시 다이칸님의 이름, 내가 맞혀 볼까?"

 사에키 에몬노스케지?

 헤이타는 거북한 표정으로 고개를 끄덕였다. "도미한 씨는 도미한 씨의 할아버지한테서 훌륭한 다이칸님이었다고 들었대요."

 "하지만 시로코 님에 대해서는 가볍게 여겼구나."

 "뎃포미즈가 무섭다는 사실을 절실하게 알지 못했던 거예요."

 그건 새로운 쇼야도 마찬가지 아니었을까.

 "그러면 네가 발견한 사당은 마을 사람들이 시로코 님을 산으로 돌려보내기 위해서 만든 거였구나."

 "응. 앞으로는 여기가 시로코 님의 집입니다, 하고."

 산의 누시는 납득했을까. 이런, 이제야 겨우 귀찮은 경비원 역할에서 해방되었구나, 하고 기뻐했을까.

 한번 신으로 마을 사람들에게 떠받들어진 적이 있는, 어린 여자아이의 모습을 빌린 누시는.

 그렇게 엿장수 마음대로는 되지 않았다.

 "시로코 님은 기분이 상하고 말았어요."

 헤이타의 말투를 듣고 있으면 마치 소꿉친구의 이야기라도 하는 것 같다.

"너무 제멋대로잖아요."

괘씸하다며 화가 나신 것이다. 여자아이이니 토라진 건지도 모른다.

"신체인 천을 사당으로 옮겼더니, 고노기의 물이 거의 바로 마르게 되어 버렸대요."

우물이 마르고 샘물이 마르고 관개용수가 마른다.

"시로코 님이 전부 마셔 버린 거예요."

집 안의 물독까지 텅 빈다.

특히 쇼야인 가나하시 가는 피해가 막심했다. 시로코 님을 저택의 신, 집의 신으로 모신 적이 있는 집안이라 시로코 님의 분노도 격렬했던 모양이다. 찻잔의 물도 순식간에 사라졌다고 하니 엄청나다.

헤이타가 코로 한숨을 내쉰다.

"그때 쇼야님만이라도 죄송했다고 사과를 하고 다시 시로코 님을 소중하게 대했으면 좋았을 텐데."

사람은 이기적인 생물이다. 소원을 들어주고 편의를 보아주는 동안에는 고마워하고 말을 들어 주지 않게 되면 꺼려한다.

"어차피 짐승이라고, 이치가 통하지 않는다면서."

삼십 년 전, 그보다 옛날에 시로코 님에게 소원을 빌기 위해서 불렀던 수험자를 이번에는 시로코 님을 봉인하기 위해 불러들였다.

"그 무렵이었어요. 시로코 님을 '오히데리 씨'라고 부르게 된 것은."

시로코 님이 물을 차례차례 마셔 버렸기 때문에 고노기만은 마치 가뭄을 만난 듯한 풍경으로 변하고 말아, 다들 그렇게 부르게 된 것

이다_{히데리는 가뭄, 한발이라는 뜻.}

"씨가 붙은 것만으로도 그나마 다행이네."

말허리를 꺾을 생각은 아니었지만 오치카는 그렇게 말했다. 헤이타는 픗 하고 웃었다.

"오히데리 씨는 '님'이 아닌 게 경망스럽다면서 화를 냈어요."

아무리 화를 내도 오히데리 씨는 수험자의 힘에는 이길 수 없었다. 임시 신사는 부서졌다. 오히데리 씨는 산의 사당에 갇혔고, 그 후로 긴 세월을 그곳에서 지내게 되었다.

점차, 까마득히 잊혀 가면서.

전부 도미한조차 태어나기 전의 일이다. 헤이타가 우연히 찾아간 사당이 황폐해질 대로 황폐해져 있던 것도 무리는 아니다.

어느새 헤이타는 그에게 깃든 오히데리 씨를 위로하려는 듯이 작은 손으로 가슴을 어루만지고 있다. 오치카도 그 몸짓을 따라 자신의 가슴에 손바닥을 대고 생각했다.

오히데리 씨는 왜 수험자를 이길 수 없었을까. 영력이 약했기 때문일까. 어차피 짐승이었기 때문일까. 사람들의 믿음이 떠나면 아무리 부아가 치밀어도 맥없이 물러날 수밖에 없는 걸까.

"고노기는 지금도 뎃포미즈를 당하지 않아요."

헤이타는 낮게 중얼거렸다.

"마을에 훌륭한 신사가 있지만, 그곳의 신은 뭔가 어려운 한자만 늘어놓은 이름의 신이에요."

그 수험자는 이것이야말로 예로부터 이 땅의 신이라고 신탁을 내렸다고 한다.

"그런 곳에, 너는 올여름 오히데리 씨를 데리고 돌아가고 만 거로구나."

그러자 고노기에서는 다시 물이 마르기 시작했고, 사람들은 그제야 아득히 먼 옛날에 봉인한 작은 '신'을 경악과 낭패와 함께 떠올린 것이다.

"하지만 너무하네."

오치카는 저도 모르게 팔짱을 꼈다.

"이번만은 죄송했다고 사과하면 좋았을 텐데. 지금까지의 무례를 용서해 달라고 말이야."

그러나 고노기 사람들이, 가나하시 가가, 야마부교의 요리키가, 아마도 지혜로운 분일 도베 님이 한 일은 그 반대였다. 오히데리 씨를 사악한 존재로 규정하고 헤이타와 함께 에도로 쫓아내 버렸다.

"나도 쇼야님한테 사당을 고치고 공물을 바치며 열심히 기도해 달라고 말했어요."

덮어놓고 꾸중만 들었다고 한다.

"꾸짖지 않은 분은 도미한 씨뿐이었어요."

도미한은 헤이타를 귀여워해 주었고, 그의 할아버지에게서 옛날에 이 땅에 나타났던 시로코 님이 매우 귀여운 모습이었다는 얘기를 들어서 기억하고 있었다.

"우리의 누시님은, 누시님이지만 어린아이니까, 어른들이 어른스럽게 행동하고 이치에 맞게 부탁을 해야 하지 않겠느냐고, 곁에서 말을 거들어 주었지만,"

보람은 없었다. 그래서 도미한은 최소한의 의리로 마을에서 쫓겨

나는 헤이타를 따라와 주었다고 한다.

"하지만 오히데리 씨도 용케 너와 함께 왔구나."

산의 누시라면 땅에서 쫓겨나는 게 더욱 화가 났으리라.

"나도 모르겠어요. 하지만 오히데리 씨는 계속 나랑 같이 있어요."

떠날 기미는 전혀 없다고 한다.

"에도 구경을 하고 싶었는지도 모르지."

헤이타는 진지하게 생각에 잠겼다. 미안해, 농담이었을 뿐이야, 하고 오치카가 사과하기 전에, "물이 더 많이 있는 곳으로 가고 싶었던 건지도 몰라요" 하고 마음속을 향해 묻듯이, 살짝 고개를 갸웃거리며 말했다.

"나도 만일 오히데리 씨가 없는데 혼자서 에도로 와야 했다면 쓸쓸해서 견딜 수 없었을 테고."

헤이타가 '혼자'였다면 애초에 에도로 쫓겨나는 일은 없었을 테니, 앞뒤가 맞지 않는다. 하지만 지금 그 말은 오치카의 마음에 따뜻하게 스며들었다.

"오히데리 씨와 사이가 좋구나."

헤이타는 수줍어했다. 여자아이와 사이좋게 지내는 모습을 어른에게 놀림받은 남자아이의 얼굴이다.

"지금 오히데리 씨는 뭔가 말씀하고 계시니?"

말씀이 있다면 듣겠습니다, 하며 오치카는 헤이타 쪽으로 귀를 기울여 보았다.

"―물이 필요하대요."

"알았어. 잠깐 기다리렴."

오치카는 흑백의 방을 떠나 빠른 걸음으로 부엌으로 향했다. 물독을 들여다본다. 물은 가득 차 있다. 이어서 우물가로 달려갔다. 마침 오시마가 보인다. 푸성귀를 소쿠리에 쌓아올려 놓고, 물을 뿌려 씻고 있는 참이다.

"오시마 씨, 우물 쓸 수 있지요?"

오시마는 어리둥절해했다. 됐어요, 됐어요, 하며 오치카는 웃었다.

헤이타의 오히데리 씨는 헤이타의 소원을 듣고 참아 준 것이다.

목이 많이 마를 터이다. 오치카는 양쪽 옷자락을 띠 사이에 끼워 넣고, 들통 가득 물을 펐다.

그날 밤.

저녁 식사 자리에서 오치카는 숙부와 숙모에게 헤이타와 오히데리 씨의 이야기를 했다.

헤이타는 신타와 밥을 먹고 나서, 그 밤부터 신타와 같은 방에서 자게 되었다. 오치카와 숙부, 숙모가 아직 밥상을 둘러싸고 있을 때 목욕탕에서 돌아왔다며 둘이서 얼굴을 보이러 왔는데, 그 분위기로 미루어 아직 서로가 서로를 주의 깊게 곁눈질로 살피고 있는 모양이다.

"강아지와 강아지가 서로의 냄새를 맡고 있는 모습과 똑같구나."

그럼 다음에는 서로 물어뜯거나 짖으려나, 하고 이헤에가 심술궂게 평한다.

"그건 그렇고, 이번에도 역시 꽤나 괴로운 이야기네."

가끔 젓가락질을 하는 것도 잊고 오치카의 이야기를 열심히 듣던 오타미는 먼 산을 바라보는 듯한 눈을 하고 있다.

"부모 곁을 떠나 먼 곳에서 에도로 올라온 일만으로도 마음이 불안했을 텐데, 그런 힘든 짐까지 짊어지고……."

숙모는 기승스러운 사람이지만, 특히 어린아이의 이야기만 나오면 약한 모습을 보이곤 한다.

"뭐, 걱정할 일 없어. 우리가 잘 보살펴 주면 되지."

미시마야에서는 밤이 되어도 물이 달아나는 일은 없었다. 오히데리 씨는 계속 참아 주고 있다.

오치카는 헤이타와 신타가 있는 두 평 반짜리 방에 물독을 하나 두기로 했다. 두 견습 점원이 제일 처음 힘을 합쳐 한 일은 그 물독을 부엌에서 옮기는 일이었다.

헤이타에게는 물이 적어지면 언제든지 우물에서 마음대로 물을 길어다 채워도 된다고 말해 두었다. 그래도 밤 동안에 텅 비고 말 테니, 아침에는 제일 먼저 물을 길으러 가야 한다, 하고.

사정을 모르는 신타는 방에 있는 물독을 으스스하게도, 우스꽝스럽게도 느꼈을 것이다. 헤이타는 그 이유를 먼저 이야기할까. 둘이 마음을 터놓는 계기가 될지도 모르는 일이어서, 오치카는 일부러 신타에게는 아무 말도 하지 않았다.

"저렇게 아무 일 없이 목욕탕에서 돌아온 걸 보면, 오히데리 씨는 더운 물은 싫어하나 보다."

이헤에는 느긋한 소리만 늘어놓는다.

"뭣하면 가게에도 집 안에도, 여기저기에 물독을 놓아두면 오히데리 씨도 기뻐하시지 않을까."

"싫어요, 꼭 비라도 새는 것 같잖아요."

그 물독에 하루 종일 물을 채우고 다녀야 한다면 수고도 많이 들 테고.

"저도 그게 걱정이에요" 하고 오치카는 말했다. "헤이타를 맡아 주신 건 정말 고마운 일이지만, 우리 가게는 저 아이가 고용살이하기 좋은 곳은 아니라고 생각해요."

오치카는 헤이타의 말이 마음에 걸렸다.

―오히데리 씨는 물이 더 많이 있는 곳으로 가고 싶었던 건지도 몰라요.

"오히데리 씨가 헤이타에게 깃든 채 순순히 에도로 온 까닭도, 고노기 땅이 옛날처럼 물이 풍부한 땅이 아니게 되었음을 알았기 때문이 아닐까요."

"물이 많이 있는 곳이 아니면 진짜 힘을 발휘할 수 없는 건지도 모르겠구나" 하며 오타미도 고개를 끄덕인다. "말의 생간을 뽑겠다느니 헤이타의 눈알을 파내겠다느니, 그런 무서운 말도 전부 위협이겠지. 고노기에 있을 때, 오히데리 씨는 그런 힘은 이미 없었을지도 몰라."

이헤에는 턱 끝을 꼬집으면서, "음" 하고 대답했다. "그건 오타미의 말이 옳겠지. 오히데리 씨는 고노기 사람들에게 벌을 줄 수도 없었던 셈이고."

그러다가 문득 오치카에게 시선을 향하더니, "어째서라고 생각하느냐?" 하고 물었다.

오치카보다 먼저 오타미가 대답했다. "그러니까, 오히데리 씨가 가진 힘의 원천은 물이니까 그렇지요."

"그뿐일까."

오치카는 흑백의 방에서도 떠올렸던 생각을 말했다. "고노기 사람들의 신심이 떠나 버린 게 가장 큰 원인이 아닐까요."

"신심이라." 이헤에는 중얼거렸다.

"마을 사람들이 싫어하게 된 것?" 오타미도 바쁘게 생각하고 있다. "사람들이 등을 돌린 일."

미움받고 꺼리는 존재가 되는 건 신에게도 괴로울 일이다.

"그럴까. 하지만 벌을 내리는 신이야말로 가장 힘이 강한 신이라고 하지. 고노기 사람들도 헤이타와 함께 산을 내려온 오히데리 씨가 물을 모조리 마셔 버려서 크게 두려워했을 테고."

이헤에는 무슨 말을 하고 싶은 걸까. 오치카는 오타미와 얼굴을 마주 보았다.

"오히데리 씨는 울보지." 이헤에는 미소를 지으며 말했다. "이런 곳에 혼자 갇혀 있는 건 이제 질색이라며 울었고, 헤이타가 부적의 재를 가지고 세 번째로 산에 있는 사당에 올라갔을 때는 기다리다 못해 울상을 짓고 있었어."

작은 여자아이의 우는 얼굴이 헤이타의 마음을 크게 흔들었다.

"그 세 번째 때 오히데리 씨가 지은 울상이 내게는 너무나도 슬프게 여겨지는구나. 어쩌면 오히데리 씨는 헤이타가 명령을 잊고, 이제 돌아오지 않을지도 모른다고 여겼던 게 아닐까."

오랫동안 잊혔던 누시님은, 이번에도 역시 잊히고 헤이타에게 버림받고 말았다고.

"하지만 헤이타는 성실한 아이였어. 약속을 제대로 지켰지. 그래서 오히데리 씨는 헤이타를 태우고 '산 달리기'를 할 수 있었던 게다."

그렇게 해서 고노기로 돌아왔다. 고노기에서 또 물을 마셔 보임으로써 오랜 망각에서도 귀환한 것이다.

"고노기 사람들도 오히데리 씨를 떠올렸다……." 오치카는 말했다. "덕분에 오히데리 씨는 힘을 되찾을 수 있었다. 숙부님은 그렇게 말씀하시고 싶은 거지요?"

"음. 하지만 그렇게 되지는 않았다. 오히데리 씨는 헤이타와 함께 맥없이 고노기 땅에서 쫓겨나고 말았지."

본래—하고 이헤에는 천장으로 시선을 들었다.

"신이든 인간이든 대개 마음이 있는 존재라면 언제가 가장 쓸쓸할까."

아무도 자신을 필요로 하지 않을 때란다.

"삼십 년 전, 오히데리 씨가 수험자에게 진 까닭은 그래서야."

올여름에도 고노기 사람들을 놀라게 하고 곤란하게 할 수는 있었지만 그 이상의 일은 할 수 없었던 것도 이 때문이다.

"이제 고노기는 오히데리 씨를 필요로 하지 않게 되었어. 삼십 년 전이나 지금이나, 이 사실은 전혀 달라지지 않았지. 그래서 오히데리 씨는 진짜 힘을 되찾지 못하는 거다."

"필요라니—그게 바로 신심이잖아요" 하고 오타미가 끼어들었다.

"신심 자체는 아니지. 하지만 신심의 근원이 되는 것이오."

이헤에가 하려는 말의 의도를 오치카도 어렴풋이 알게 되었다. 쓸쓸한 오히데리 씨. 그 오히데리 씨의 눈물에 마음이 약해진 헤이타. 지금도 몰래 오히데리 씨와 함께 있는 헤이타.

필요로 하고, 필요한 존재가 된다. 이를 헤이타는 그 아이 나름대로 '물이 많이 있는 곳'이라는 말로 표현했는지도 모른다.

"앞으로 헤이타가 어떻게 해야 할지를 생각하려면, 그 점이 중요하다는 기분이 드는구나."

뭐, 당장은 우리 집에서 예의범절을 가르쳐 주자꾸나, 하고 이헤에는 또 느긋한 말투로 돌아와 말했다. "우선은 신타와 마음이 맞으면 좋겠는데."

"남자아이니까요, 한두 번은 맞붙어 싸움이라도 하면 돼요. 그게 제일 빠른 길이지요."

만일 헤이타가 또 참새를 떨어뜨리기라도 한다면 이번에는 울지만 말고 덤벼들어서 쓰러뜨리라고, 신타를 부추겨 볼까.

"우리 가게에선 그 애를 그냥 헤이타라고 불러도 되겠지요. 소메 마쓰라니, 견습 점원에게는 이상한 이름이에요."

아아, 그거, 하며 이헤에는 활짝 웃었다. "선대 주인인지 지금 주인인지 모르겠지만 가나이야의 나리에게는 단골 게이샤도 있는 게 아닐까. 그 이름을 견습 점원에게 붙여서, 실수로 부르더라도 지장이 없도록 하려는 꾀일 수도 있지."

오타미는 웃고 있지만 오치카는 약간 기가 막혔다. 만일 그게 사실이라면 남자라는 존재는 구제불능이다.

"숙부님, 가나이야는 무엇을 파는 가게라고 생각하세요?"

오치카는 '주칠을 한 주판'의 뜻이 마음에 걸렸지만, 이혜에도 모른다고 한다.

"가나이야 안에서 쓰는 은어겠지."

"후사고로라는 사람은 으스대기를 좋아하는 성격으로 보이니 각별한 뜻은 없을지도 몰라. 너무 무겁게 생각할 필요 없다."

오타미는 눈썹을 찌푸리며 말했다. 이 숙모는 어린아이에게 금세 손을 쳐드는 남자를 몹시 싫어한다.

그리고 그날 밤이 깊었을 때의 일이다.

미시마야 사람들은 심상치 않은 비명에 잠에서 깼다. 한 번이 아니라 두 번, 세 번 비명이 울린다. 고래고래 소리를 지를 뿐 말을 이룬 건 아니지만 신타의 목소리가 틀림없다.

곧 주인 부부와 오치카, 대행수 야소스케, 하녀 오시마, 잠에 취한 채 허둥대던 이 다섯은 좁은 복도에서 이마를 부딪힐 뻔하기도 하고 몸으로 밀기도 하고 앞서거니 뒤서거니 하면서, 신타와 헤이타가 자는 두 평 반짜리 방으로 달려갔다.

"신타!"

제일 먼저 당지 문을 열어젖힌 이는 야소스케다. 처음에는 기세가 등등했던 오시마는, 복도에서 일동이 경단처럼 한 덩어리가 된 동안에도 계속된 신타의 비명 때문에 이 무렵에는 거의 다리가 풀려 있었다.

오치카는 두 번째로 들어갔다.

옛날에는 헛방이었던지라 창문이 없는 두 평 반짜리 방에는 빛도 새어 들지 않는다.

"신타? 신타, 왜 그러니?"

야소스케가 손으로 더듬으며 안으로 들어가자, "대행수님!" 하고 신타가 몸으로 달려들었기 때문에 그를 받아낸 야소스케는 벌렁 자빠지고 말았다. 오치카는 야소스케에게 다리가 걸린 모양새로 앞으로 고꾸라졌다. 꺅 하고 소리를 지르며 쓰러진 눈앞에 헤이타의 얼굴이 있었다. 작은 달님처럼 하얀 얼굴로 무릎을 껴안고 둥글게 웅크려 있다.

야소스케를 껴안은 신타는, 그러고도 여전히 버둥거리면서 뜻을 알 수 없는 비명을 지르고 있다. 끊임없이 뒤를 가리키며, 저거, 저거, 저게, 저게, 하고 거품을 물듯이 소리칠 뿐이다.

오치카가 놓아둔 물독이다.

"물독이 어쨌다는 게냐? 신타, 정신 차려."

오타미가 신타를 안고 이를 딱딱 부딪치며 떨고 있는 그에게 일갈했다.

"오시마, 신타를 안으로 데려가자꾸나."

옷을 갈아입혀 줘, 라고 말한다. 보니 신타가 오줌을 지렸다. 여자들이 바쁘게 신타를 끌고 나갔다.

이헤에는 왠지 웃고 있다. 못내 참을 수가 없다는 표정이다. 어지간한 오치카도 기가 막혔지만 숙부가 헤이타를 바라보고 있음을 깨닫고 시선을 돌렸다.

헤이타는 아랫입술을 쑥 내밀고 몹시 못마땅한 표정을 짓고 있다.

"—무슨 일이 있었니?"

저 녀석이 잘못한 거야, 하고 헤이타는 부루퉁하게 말했다. 얼마쯤 변명하는 말투다.

"측간까지 가는 게 귀찮다면서."

물독 안에 소변을 보려고 했다고요.

"모처럼 오히데리 씨가 기분 좋게 들어가 있었는데 깨워 버렸어. 그게 아니라도 머리 꼭대기에 누가 소변을 보려고 하면 누구든지 화가 나지 않겠어요?"

오히데리 씨의 잘못이 아니에요.

결국 이헤에가 웃음을 터뜨렸다. 배를 잡고 웃는다. 헤이타도 입을 비죽 내민 채 에헤헤 하고 웃기 시작했다.

오치카는 살며시 물독을 가리켰다.

"지금도 계시니?"

헤이타는 고개를 저었다.

"이제 나와 버렸어요. 나랑 같이 있어요."

오치카는 무릎걸음으로 다가가 물독 안을 들여다보았다. 간신히 어둠에 익숙해진 눈에, 바닥에 약간 남은 물이 보였다.

"오히데리 씨도 엄청난 재난을 겪을 뻔했구나."

이헤에는 너무 웃어서 눈에 눈물이 고인 채, 가까스로 호흡을 가다듬었다.

"기분 나빠 하시지 말고 주무시라고, 네가 잘 부탁해 다오."

응—하고 헤이타가 머리를 숙인다.

"그런데 대행수님은 어떻게 된 거예요?"

야소스케다. 아직도 벌렁 자빠져 있다.

"허리가, 허리가" 하며 신음하고 있었다.

물독 안에서 여자아이가 스르륵 나왔다고 한다.
헤이타가 이야기한 대로 신타가 본 오히데리 씨는 가지런히 자른 머리카락에 커다란 눈동자를 가진, 사랑스러운 얼굴인 모양이다.
하지만 '스르륵'이라는 것이 핵심이다.
"배꼽 위로는, 우리와 똑같았지만."
다리가 없었다.
"민달팽이나 뱀처럼 이렇게, 스르륵 하고 나왔어요. 삶은 달걀처럼 새하얗고 살짝 비쳐 보이는 것이, 꿈틀꿈틀."
그 하반신을 꿈틀거리다시피 하며 물독에서 나오더니 커다란 눈에 노기를 담았다.
—이놈아!
신타에게 고함을 쳤다고 한다.
죽을 만큼 무서웠던 신타에게는 안된 일이지만 일동은 다시 웃었다. 웃을 수 없었던 이는 허리가 아픈 야소스케뿐이다.
오히데리 씨의 진짜 모습은 아무래도 뱀의 형상인가 보다. 산의 누시님은 거대한 뱀인 것이다. 헤이타가 만난 사당에서는 틀림없이 다리가 있었으며 하나로 묶인 상태였다고 하지만, 이는 부적으로 그곳에 묶여 있었다는 표시에 지나지 않으리라.
그러고 보니 헤이타는 '산 달리기' 때 달리는 게 아니라 미끄러지는 것 같았다고 얘기하지 않았던가.
오치카는 새삼 감탄했다. 커다랗고 새하얀 뱀이 등에 어린아이를 태우고, 잡목을 부러뜨리고 풀을 쓰러뜨리며 바람과 함께 산에서 마을로 내려간다―.

"사과의 뜻으로 날이 밝으면 제일 먼저 저 물독을 구석구석까지 깨끗하게 닦아 주렴. 그리고 이제 두 번 다시 안 그러겠다고 맹세하고 용서를 받도록 해."

이윽고 이헤에는 견습 점원의 머리 두 개를 나란히 세워 놓고 꿀밤을 먹이며 타일렀다.

"너희들, 이제 비긴 거다. 헤이타는 신타에게 참새를 떨어뜨린 일을 사과해라. 신타는 헤이타에게, 오히데리 씨한테 무례를 저지른 일을 사과하고. 알겠지?"

두 아이는 거북한 듯이 서로 미안하다고 말했다.

먼저 씩 웃은 쪽은 헤이타다.

신타는 여전히 뺨이 굳어 있다. 그러자 헤이타가 신타의 귓가에 얼굴을 가까이하고 무언가 속삭였다. 신타의 눈이 동그래졌다.

"정말이야?"

응, 하고 헤이타는 진지한 얼굴로 고개를 끄덕였다.

다음에는 둘이서 얼굴을 마주 보며 웃었다.

이튿날 아침, 오치카가 일어나 보니 두 견습 점원은 서로 도와 물독을 닦고 열심히 물을 긷고 있었다.

나중에 오치카는 몰래 신타를 불러서 물었다. "어젯밤에 헤이타가 네게 뭐라고 말했니? 다른 사람들한테는 비밀로 할 테니 가르쳐 주렴."

헤이타는 그에게 이렇게 말했다고 한다.

―나도 처음에 오히데리 씨가 나를 노려봤을 때는 오줌을 쌌어.

오치카도 간밤의 이헤에처럼 데굴데굴 구르며 웃고 말았다.

이렇게 해서 헤이타는 미시마야에 녹아들었다. 가나이야의 후사고로는 제멋대로 자랐다, 도움이 되지 않는다고 욕했지만, 일을 시켜 보니 그렇지 않았다. 힘도 세고, 대답도 잘하고, 부지런히 일한다. 신타에게 당해내지 못하는 것은 예의범절뿐이다.

운 나쁘게 허리를 다쳐 며칠 앓아누운 야소스케를 간병한 사람도 헤이타였다. 이 대행수는 마르고 몸집이 작아서, "괜찮아요, 대행수님? 측간이라면 내가 업어서 데려다 줄게"라는 말을 듣는 등, 친절한 보살핌을 받았다.

사흘이 지나고, 닷새가 지나고, 열흘이 지났다. 보름이 지나도 미시마야에서 물이 달아나는 일은 전혀 없었다. 오히데리 씨는 헤이타가 새로운 고용살이 가게에 익숙해졌다는 사실을 알고 기뻐하는지도 모른다. 계속 참아 주고 있다. 두 평 반짜리 방의 물독은 하루에 몇 번이나 비기 때문에, 오치카는 신경 써서 물을 채우도록 했다. 부엌과 복도 구석에도 오히데리 씨를 위한 물독을 새로 두었다.

조금 유감스러운 점은, 난 아직 오히데리 씨를 만나지 못했다는 것이지―.

물을 채우는 김에 들여다보아도 반짝이는 물밖에 보이지 않았다.

견습 점원이 한 명 늘어난 미시마야는 탈 없이 새해를 맞았다.

새해 인사를 다니고 찾아오는 손님을 응대하느라 정신없는 초사흘이 지나고, 새해 첫 장사도 큰 성황이라 분주한 가운데 다음 날이

나나쿠사_{정월 이렛날. 미나리, 광대나물, 떡쑥, 냉이, 별꽃, 순무, 무 등 봄의 대표적인 일곱 가지 식물을 짓이겨 죽(나나쿠사가유)을 만들어 먹으면 만병을 예방한다는 풍습이 있다} 명절인 날의 일이었다.

가나이야의 후사고로가 찾아왔다.

"저희도 새해 손님으로 바빠서요."

인사도 하는 둥 마는 둥 하며, 험악한 데가 있는 말투로 입을 연다.

"미시마야에 기운 센 견습 점원이 한 명 늘었다는 소문을 들었습니다."

흑백의 방 도코노마에는 아직도 소나무와 죽절초_{소나무와 죽절초는 정월을 장식하는 대표적인 식물이다}가 장식되어 있다. 후사고로는 그 화기에도 힐끗 시선을 던졌다.

"한편 미시마야와 그 이웃에서 물이 마른다, 물이 달아난다는 소문은 전혀 들려오지 않더군요."

그게 분하다는 얼굴이다.

"아무래도 소메마쓰의 성가신 습성은 사라진 모양이군요. 미시마야에서 고쳐 주셨으니 사례는 충분히 하겠습니다."

이제 소메마쓰를 돌려주시지요.

"그는 저희 고용살이 일꾼입니다."

외람된 말씀이지만, 하며 오치카는 앉은 자세를 바르게 했다. "작년 말에 그 아이는 미시마야에서 맡기로 했을 텐데요."

"맡겼지요. 그 습성을 감당할 수 없으니 어쩔 수 없었던 일입니다."

나았다면 이야기가 다르지요, 라고 한다.

달아나는 물 • 117

"소메마쓰의 품삯이건 식비이건, 미시마야에서 든 비용은 지불하겠습니다."

"돈을 말씀드리는 게 아닙니다."

모처럼 이 집에 익숙해졌고 신타라는 친구도 생긴 참이다. 또 떼어 놓다니, 잔인하지 않은가 싶어 오치카는 강경하게 버텼다.

"자, 자, 아가씨."

후사고로는 갑자기 오치카의 기분을 맞추려는 듯한 표정을 지었다.

"천한 마부 아이 때문에 저와 당신이 말다툼을 하는 건 어른스럽지 못해요. 소메마쓰는 본래 가나하시 가에 고용된 자입니다. 부모도 자식도 가나하시 가를 모시는 게 분수에 맞는 일이지요."

헤이타는 천하지 않다.

"가나하시 가에서 그렇게 하기를 바라고 계시나요?"

"이치지요. 조리가 그렇다는 말입니다."

이번에는 타이르는 말투다.

"아직 어린 아가씨는 모르시겠지만 돈 거래와 고용살이 일꾼 거래에는, 상인의 중요한 도리라는 것이 있습니다. 그 도리를 제쳐 놓고 일일이 고용살이 일꾼 편에 서신다면 아가씨, 그러다가는 그들이 우습게 여기게 됩니다."

새해 벽두부터 화를 내고 싶지는 않았지만 오치카는 발끈했다.

"그렇다면 저보다 상인의 도리를 잘 알고 계시는 숙부님께 물어보고 오지요!"

그렇게 내뱉고 나와 손을 뒤로 돌려 당지 문을 닫았다. 복도를 너무 쿵쿵거리며 걸어서, 오시마가 무슨 일인가 하고 내다보았을 정도다.
 그러나 의외로 이혜에는 이렇게 말했다.
 "그러면 헤이타를 돌려 드려라."
 "숙부님!"
 그래, 그래—하고 이쪽에서도 오치카를 달랜다. "분명히 상황으로 따져 볼 때 헤이타를 가나이야에 돌려보내는 게 조리에 맞는다면 조리에 맞는다. 그렇게 도깨비 같은 표정은 짓지 마라, 오치카. 그런 얼굴이 되어 버리면 곤란하잖니."
 언젠가 헤이타에게 했던 말이 자신에게 돌아오고 말았다.
 "그 아이의 앞으로의 장래에 대해선 나도 생각하는 중이라 했지? 이것도 그 생각 중 하나란다. 걱정하지 마라."
 자신만만하다.
 "가나이야에는 이곳에서 있었던 일을 가르쳐 주지 않아도 된다. 헤이타에게는 가나이야에 한번 인사를 하러 돌아가는 것뿐이라고, 내가 이야기하마."
 "그렇게 무책임하게."
 "무책임한 게 아니야. 두고 보렴. 그 아이는 당장이라도 우리 집으로 돌아올 테니까."
 헤이타에게는 지금도 오히데리 씨가 붙어 있으니까.
 "숙부님, 대체 무슨 생각이세요?"
 오치카는 의아해했다.
 "글쎄. 오히데리 씨가 생각하기에 달려 있지."

묘하게 즐거운 듯이 이혜에가 품에 손을 집어넣는다.

"나도 후사고로라는 사람한테는 조금 부아가 치미는 데가 있지만, 어떤 벌을 줄지는 오히데리 씨한테 맡겨 보지 않겠니."

헤이타는 이혜에의 명령에 거역하지 않았다. 정말로 인사를 하러 돌아가는 것뿐이라고 믿었다고는 생각하지 않는다. 그래도 순순히 따랐다.

가나이야의 후사고로에게 이끌려 가는 뒷모습은 쓸쓸해 보였다. 헤이타를 황망히 전송한 오치카는 역시 되돌아가서 숙부와 다시 담판을 짓고 싶은 마음을 참기가 힘들었다.

신타는 놀라고, 풀이 죽었다. 짧은 시간 동안 둘은 완전히 사이가 좋아졌다.

"조만간 오히데리 씨랑 제대로 만나게 해 주겠다고 했는데."

반쯤 울상을 지으며 나나쿠사가유도 제대로 먹지 않았을 정도다.

"헤이타가 가나이야에서 또 괴롭힘을 당하지는 않을까요, 아가씨."

오시마도 야소스케도 똑같이 걱정하고 있다. 성실한 야소스케는 이 일로 신타가 이혜에를 원망스럽게 생각하지 않도록 굳이 나서서 설교를 했지만, 오치카와 둘이 있게 되자 "나리도 참 무슨 생각을 하시는 걸까요" 라고 의아하다는 듯이 말하며 낡은 허리를 문질렀다.

그리고 이틀 후 아침의 일이다.

미시마야 앞은 벌써 북적거리기 시작했다. 오치카와 오시마가 안채 청소를 마치고 한숨 돌렸을 때, 신타가 안색을 바꾸고 달려왔다.

"아, 아가씨. 곰이 왔어요!"

곰처럼 커다란 남자가 오치카를 만나고 싶다며 가게 앞을 찾아왔다고 한다.

순간 퍼뜩 떠오르는 생각이 있어, 오치카도 가게 앞으로 달려 나갔다. '곰'은 야소스케가 응대하는 중이었고, 반짝거리는 미시마야의 물건에 넋을 잃어야 할 손님들이 놀란 듯이 입을 벌리고 이 커다란 남자와 자그마한 대행수의 조합을 구경하고 있다.

"혹시 가나하시 가의 도미한 씨 되시는지요."

넘겨짚어 본 거다. 시루시반텐옷깃이나 등에 옥호, 가문 등을 표시한 한텐(직공이나 점원 등이 입는 간단한 상의)에 모모히키남성용 바지 차림, 탄탄한 어깨와 목, 털이 많은 팔에 더부룩한 눈썹, 무두질한 가죽처럼 볕에 그을린 얼굴.

올려다보아야 할 정도로 덩치가 큰 남자는 꾸벅 머리를 숙였다. 흙냄새가 확 풍겨 오는 듯한 느낌이다.

"예, 제가 도미한입니다."

아무리 권해도 도미한은 미시마야의 방으로 들어오려 하지 않았다. 그럴 만한 신분이 아니라면서.

오치카는 부엌문을 통해 그를 안내하여 부엌에서 마주하기로 했다. 헤이타를 걱정하던 오시마도 함께 있다.

"헤이타에 대해서, 이곳 분들이 매우 많이 걱정해 주셨다 카더군요. 고맙습니다."

도미한의 말에도 약간 사투리가 있다.

"그 녀석은 지금 제가 묵는 여관에서 기다리고 있습니다."

후카가와 구로에초에 위치한 상인 여관이라고 한다. 그 부근에는 목재상이 많다.

"헤이타가 또 가나이야에서 쫓겨났나요?"

오시마가 서둘러 묻는다. 도미한은 송구스럽다는 표정으로 머리를 긁적이더니, "그렇게 되었습니다. 그래서 제가 데리고 돌아가게 되었는데, 그 전에 이곳에 고맙다는 인사를 드려야겠다 카는 생각이 들어서요"라고 말했다.

"헤이타는 무사한가요? 또 엄하게 벌을 받았나요? 고노기로 돌아가는 건 본인도 승낙한 일입니까?"

오시마가 더욱 서두르며 물어서 오치카가 달랬다.

"그렇게 다그쳐 물으시면 안 돼요. 순서대로 묻도록 하지요."

예—하고 도미한은 커다란 몸으로 공손한 자세를 취하며, 볕에 그을어 자잘한 주름이 잔뜩 진 눈가를 누그러뜨리고 오치카를 보았다.

"아가씨는 헤이타가 말했던 대로의 분이시군요."

지난 닷샛날, 도미한은 고노기에서 올라왔다. 가나이야에 새해 인사를 한다는 명목으로 주인에게 부탁해 허락을 받은 것이다. 물론 헤이타가 마음에 걸려서다.

그런데 헤이타는 없었다. 미시마야가 맡았기 때문이다. 도미한은 그간의 사정과 가나이야에서도 역시 물이 달아났다는 사실을 대행수 후사고로에게서 들었다.

"그분은 성가시던 차에 잘 쫓아냈다는 듯이 말씀하셨습니다."

그러나 도미한은 달랐다.

"설마 당신도 이치니 조리니 하는 말씀을 하시려는 건 아니겠지요."

아직도 기세가 죽지 않은 오시마가 날카롭게 캐묻자 도미한은 쓴

웃음으로 대답했다.

"그런 딱딱한 이야기가 아닙니다. 저는 다만 이곳에선 헤이타가 폐를 끼치지 않았다면, 혹시 오히데리 씨가 얌전해졌는지도 모른다고 생각했습니다. 어쩌면 미시마야에서 오히데리 씨를 얌전하게 만드는 무슨 방법을 쓰셨는지도 모르겠다고요."

미시마야에서도 물이 달아난다면 곤란하기는 가나이야와 마찬가지다. 그렇다면, 하고 도미한은 생각했다.

"대행수님으로부터 미시마야의 아가씨는 신기한 이야기에 익숙하시며, 그 불가사의를 풀어내는 모양이라는 말도 들었기 때문에 더욱 그랬지요."

그러니까 그 점은 오해라는데, 후사고로는 아직도 그런 말을 하고 있나 보다.

"게다가 가나하시의 주인께서도, 에도에서 헤이타의 상태가 안정되었다면 한번 데려오라고 분부하시기도 했고요."

고노기의 쇼야는 결코 고용살이 일꾼에게 가혹한 사람이 아니다. 헤이타도 가엾게 여겼다. '물이 달아난다'는 진기한 일만 수습된다면 부모 곁으로 돌려보내 주고 싶다는 생각을 했다.

"어머나." 오시마가 눈을 빙글 움직였다. "저는 또, 쇼야님들은 모두 소작인이나 고용살이 일꾼에게는 도깨비처럼 무서운 사람인 줄로만 알았어요."

오치카는 웃었지만 실은 웃을 수 없었다. 자신도 왠지 그런 식으로 생각하고 있었다.

그러나 도미한이 그 이야기를 후사고로에게 꺼내자, 주칠을 한 주판을 맡고 있다는 대행수는 전혀 다르게 받아들였다. 가나하시 가의 의향이 '헤이타를 돌려보내라'는 것이라면, 그저 곧장 그렇게 해야 한다는 식으로.

"그래서 대행수님이 자기가 미시마야에 가서 헤이타를 데려오겠다 카시면서."

이런 걸 두고 융통성이 없다고 한다.

"저 같은 시골뜨기가 담판을 지으려고 해 봐야 소용없다 카시더군요."

―당신이 가면 미시마야가 하는 말에 넘어갈 뿐이오.

후사고로라는 남자는 속이 좁다. 헤이타 때문에 곤란에 처했을 때는 미시마야에 맡겨서 눈앞의 어려운 일이 해결되었다고, 아아, 성가셨는데 잘되었다고 생각한다. 그런데 가나하시 가에서 조금 다른 말을 하자, 이번에는 그쪽에만 열중해서 자신이 맡긴 헤이타를 마치 미시마야가 속여서 빼앗았다 여기기 시작하고 다짜고짜 되찾으려 한다. 그래서 그런 위압적인 말투였으리라.

가게 점원의 이런 속 좁은 마음과 충의를 다하는 마음은 종이 한 장 차이다. 무작정 나쁘다고만 할 수는 없지만, 성가신 사내다.

"그리고 그저께, 엿샛날에 헤이타를 데리고 돌아오셨습니다."

헤이타는 풀이 죽어 있었고, 도미한의 얼굴을 봐도, 그가 "고노기로 돌아갈 수 있을지도 모른다"고 말해도 기뻐하지 않았다고 한다.

게다가 헤이타가 돌아오자 곧 가나이야에서는 다시 물이 달아나기 시작했다.

오히데리 씨가 화가 나셨다. 가나이야와 가나하시 가에는 아직 화를 내고 계시는 것이다.

"저도 말렸지만."

도미한은 괴로운 듯이 말을 흐렸다.

"후사고로 씨가 또 화를 내며 헤이타에게 벌을 주셨군요?"

오치카의 물음에 도미한은 덥수룩한 눈썹을 팔자로 축 늘어뜨리며 고개를 끄덕였다.

이때 도미한도 가나이야에 묵고 있었다. 곧장 헤이타를 데리고 나가 다른 곳에 여관을 잡아야겠다고 생각할 새도 없이, 후사고로는 헤이타를 몹시 때리고 야단치다 종국에는 손발을 묶어 뒤뜰 창고에 던져 넣었다.

말리는 도미한을, "너도 가나하시 님과 가나이야에 해를 끼칠 셈이냐!" 하고 꾸짖었다고 한다.

"저는 밤에 몰래 잠자리를 빠져나와 창고로 갔습니다."

창고 문에는 거창한 자물쇠가 걸려 있어서 도미한은 열어 줄 수가 없었다. 말을 걸어 보니 헤이타의 가느다란 목소리가 들려왔다. 아아, 살아 있구나 싶어 우선은 안심이 되었다.

그러나 헤이타는 약해져 있었다. 몸이나 마음이 약해진 게 아니라 몹시 곤란해했다는 뜻이다.

―어떻게 하지요, 도미한 씨.

오히데리 씨는 더욱 격노하고 계시다.

―이대로는 대행수님이 위험해요.

오치카는 오시마와 눈을 마주 보았다. 오시마가 오치카에게 바싹 몸을 기댄다.

"위험하다니, 어떻게 위험한데요?"

그건 도미한도 알 수 없었다. 어쨌거나 상대는 산의 누시님이다. 영력이 있다.

―오히데리 씨는 어디에 있느냐?

―나한테서 나가 버렸어. 불러도 대답이 없어요.

헤이타는 헤이타대로 만일 오히데리 씨가 대행수님에게 심한 짓을 한다면, 여기는 에도이고 고노기의 조카마치보다 더 강한 수험자가 있을지도 모르니 이번에야말로 오히데리 씨가 퇴치당하고 말지도 모른다고 그쪽을 걱정하는 중이었다.

"그래서 어떻게 하셨습니까." 오시마가 오치카의 팔꿈치를 붙잡으면서 재촉한다.

"어떻게도 할 수 없었지요. 저는 헤이타와 둘이서 어쩔 줄 몰라 하고 있었습니다."

그러는 동안에 가나이야 안채에서 시끄러운 목소리가 났다. 후사고로의 목소리처럼 들렸는데, 괴상하게 뒤집어진 목소리로, "살려 줘, 살려 줘!" 하고 두 번 고함치는가 싶더니 뚝 끊겼다.

도미한은 덧문을 부술 듯이 안채로 돌아가, 복도를 달려갔다. 며칠 전에 미시마야에서 일어난 것과 비슷한 소동이 가나이야에서도 일어난 셈이다.

달려간 후사고로의 방에서, 도미한은 보았다.

"한 아름은 될 것 같은 두꺼운 몸통에," 하며 양손으로 크기를 나타내 보인다. "길이는 여섯 자가 넘는 새하얗고 커다란 뱀이 대행수님을 머리부터 삼키고 있었습니다."

뱀의 입에서 후사고로의 손이 나와 있다. 허공을 움켜쥐는 듯한 자세로 굳어 있다. 얼어붙은 채 지켜보는 가나이야 사람들 앞에서, 큰 뱀은 붉은 혀를 슬쩍 내밀더니 손끝까지 삼켜 버렸다.

—꺼억.

큰 뱀은 만족스러운 듯이 숨을 내쉬었다. 어린아이의 주먹만 해 보이는 그 눈이 형형하게 빛났다. 그 빛에 사람들은 앗 하고 몸을 젖 히는가 싶더니 모두 정신을 잃고 말았다.

정신을 차렸을 때 큰 뱀은 사라지고 없었다.

"저희는 아침까지 살아 있는 기분이 아니었습니다."

불을 켜고 큰 뱀을 찾자, 대행수를 구해야 한다는 목소리만은 있 었지만 아무도 일어서지 못했다.

"도미한 씨도?"

오치카가 묻자 덩치 큰 남자는 우물거렸다.

"저는……."

"조금도 움직일 수 없던 건 아니었겠지요."

도미한은 노련한 야마가시라다. 산에서 일어나는 일, 산의 누시에 대해서라면 지식이 있다. 가나이야의 에도 사람들과는 근성도 다를 것이다. 겁에 질려서 꼼짝도 할 수 없었을 리가 없다.

"그럴 때는…… 소란을 피워 봐야 소용없다고 생각했거든요."

오시마가 우와아 하며 덜덜 떨었다.

아침이 되고 해님이 비쳐들자, 가나이야 사람들도 겨우 생기를 되 찾고 움직이기 시작했다. 머지않아 이번에는 우물가에서 하녀의 찢 어지는 목소리가 들려왔다.

짐작 가는 바가 있던 도미한은 사람들을 그 자리에 붙들어 두고 혼자서 우물가로 달려갔다.

완전히 마른 우물 옆에 후사고로가 쓰러져 있었다.

"오히데리 씨가 토해낸 것이지요."

후사고로는 핏기가 없고 몸이 차가웠지만 숨은 붙어 있었다. 그러나 알몸이었다. 속옷 하나 걸치고 있지 않았다.

게다가―.

"털이, 말이지요."

"털이?" 하고 오치카와 오시마는 한목소리로 물었다. "어떻게 되었는데요?"

"완전히 사라지고 없었습니다."

온몸의 털이란 털이 전부 사라져서 매끈매끈했다. 머리털도 눈썹도 수염도, 정강이 털까지도 사라지고 없었다.

털이―하고 오시마가 멍하니 중얼거렸다.

"매끈매끈?"

그리고 나서 마치 불이라도 뿜을 듯이 와락 웃음을 터뜨렸다. 고개를 젖히며 웃고, 몸을 비틀며 웃고, 배를 안고 웃는다.

같이 웃어 버린 오치카도, 역시 마음이 켕겼다. 오시마 씨도 참, 하며 타일렀지만 그래도 오시마의 웃음은 그치지 않았다.

"죄, 죄송합니다."

너무 웃어서 눈물을 흘리면서 사과한다.

"아니…… 저도 놀라 나자빠질 뻔했으니까요."

도미한도 조심스럽게 웃고 있다.

"지금 후사고로 씨는 어떻게 되셨나요?"

"오늘 아침에 겨우 정신을 차렸고 목숨에는 지장이 없는 모양입니다."

대답도 또렷하게 하고 팔다리도 잘 움직인다. 다만 큰 뱀에게 삼켜진 전후의 일은 전혀 기억하지 못했다.

"그러면 그…… 털이 없어져 버린 일에 대해서도."

어떻게 된 일인지 몰라 혼란스러워하고 있다고 한다. 주위 사람들도 설명하기 곤란해하는 모양이다.

겨우 웃음을 그친 오시마가 여기서 또 풋 하고 웃음을 터뜨렸다.

"눈을 떠 보니, 매끈매끈."

"오시마 씨, 못됐어요."

"네네, 죄송해요."

도미한은 헤이타를 데리고 가나이야를 나와, 지금 머무르고 있는 여관에 자리를 잡았다. 헤이타는 치료가 필요할 만한 상처는 입지 않았지만 밥을 먹이고 쉬게 하는 중이라고 한다.

거기까지 듣고 나자 이제 오치카가 마음에 걸리는 일은 한 가지밖에 없었다.

"오히데리 씨는?"

도미한은 훌륭한 어른이, 실은 기쁘지만 그 기쁨을 겉으로 드러내서는 안 된다는 사실을 알고 있을 때 하는, 애써 꾸며낸 듯이 무척 진지한 얼굴을 했다.

"돌아와서 헤이타와 함께 있습니다."

"헤이타가 그렇게 말하는 것이지요?"

"예. 그 녀석은 오히데리 씨를 야무지게 꾸짖더군요."

―그런 짓을 하면 안 돼.

"이번에야말로 퇴치당하고 말 거야, 하고."

그 모습이 눈에 떠오르는 것 같아서, 이번에는 셋 다 거침없이 웃었다.

도미한은 커다란 손으로 커다란 얼굴을 닦고는 어깨의 짐을 내려놓은 듯이 숨을 한 번 내쉬었다.

"처음 고노기에서 소동이 시작되었을 때는 저도 간담이 서늘했습니다. 오히데리 씨가 이대로 계속 깃들어 있으면, 자칫하다 헤이타가 죽임을 당하고 말지도 모른다고 생각했거든요. 하지만 헤이타와 에도로 오게 되고 계속 함께 있다 보니, 그 녀석과 오히데리 씨는 완전히 사이가 좋아져서 헤어지면 둘 다 쓸쓸해지리라는 사실을 알게 되었습니다."

그 사실을 깨닫자 앞으로의 헤이타의 장래가 걱정되기는 했지만 끙끙거리며 고민할 일은 없어졌다. 에도는 넓다. 고노기와는 다르다. 어떻게든 되리라고 여긴 것이다.

"그래서 두 분이서 수예를 보러 가셨던 거군요."

도미한은 몹시 당황했다. "헤이타 녀석이 그런 말씀까지 드리던가요."

수예 재주꾼에게는 미안한 일이지만 오치카도 함께 구경해 보고 싶었다.

"하지만 제가 그렇게 안이하게 판단한 탓에 헤이타가 벌을 받게 되었으니, 가엾은 짓을 했습니다."

"가나이야가 나쁜 거예요." 오시마가 사정없이 말한다. "헤이타의 얘기를 제대로 듣고, 오히데리 씨한테도 정중하게 부탁하면 됐을 텐데. 우리 가게에서는 그런 문제로 곤란한 일은 전혀 없었으니까요."

가나이야에서는 이렇게 된 이상 정말로 더는 헤이타를 여기에 둘 수 없다고 말한다. 그래서 도미한은 고노기로 돌아가려고 한 것이지만, "그 전에 헤이타가 신세를 진 이 댁에, 고맙다는 인사 한마디라도 드리고 싶어서요"라고 한다.

오치카는 후사고로가 헤이타를 데리고 돌아가려 했을 때 이헤에가 했던 수수께끼 같은 말을 도미한에게 설명했다.

"그러면 이 댁 나리께서는 눈치채고 계셨군요."

헤이타가 또 가나이야에서 괴롭힘을 당하면 오히데리 씨가 잠자코 있지 않으리라는 것을.

"아무래도 숙부님은 헤이타의 장래에 대해서도 생각하고 계시는 모양이에요."

오치카는 무릎을 가지런히 모으고 앉은 자세를 바로 했다.

"어떠신가요, 도미한 씨. 이번에야말로 정말로, 헤이타를 이 미시마야에 맡겨 주시면 안 될까요. 쇼야인 가나하시 님께는 간다 미시마야의 주인 이헤에라는 자가 헤이타의 보증인이 되어 제대로 뒤를 보아 주겠다고 하고, 허락을 받을 수는 없을까요."

오시마가 눈을 빛내며 몸을 내밀었다.

"헤이타도 에도에 있고 싶을 거예요. 이대로 오히데리 씨를 고노기로 데리고 돌아가도 도로 아미타불이 될 뿐이니까요."

도미한은 오래 생각하지 않았다. 그 눈빛이 온화하다.

"실은 헤이타도 허락해 주신다면 다시 이 댁에서 일하고 싶어 하는 눈치였습니다."

부엌의 개수대 그늘에서 덜컹 소리가 났다. 셋이 돌아보니 신타가 넘어져 있었다. 가만히 숨어서 엿듣고 있다가 일어서려 하니 다리가 저린 모양이다.

"잘됐구나, 신타."

오시마가 놀리듯이 말을 걸었다.

"또 헤이타와 싸울 수 있겠어!"

신타는 부끄러움을 감추려는 듯 웃으면서 달아났.

그로부터 두 시간도 지나지 않아, 헤이타는 미시마야로 돌아왔다. 도미한은 그 길로 고노기를 향해 출발했다.

가가미비라키설에 신불에게 올렸던 가가미모치 떡을 내려서 떡국이나 단팥죽으로 만들어 먹는 행사. 정월 십일일이나 이십일 때 헤이타와 신타는 서로 경쟁하며 단팥죽을 배 터지게 먹었다. 오히데리 씨의 취향은 알 수 없지만, 오치카는 작은 밥그릇에 담은 단팥죽을 두 평 반짜리 방의 물독 곁에 놓아 보았다. 다음 날 아침에 보니 그릇이 비어 있었다. 단것을 싫어하진 않는 모양이다.

당장은 고노기로부터 소식이 없었다. 도미한도 모습을 보이지 않는다. 헤이타는 미시마야에서 일을 배우며 신타와 함께 바쁘고 즐거운 나날을 보냈다. 오히데리 씨에게도 용서를 받았는지 차가운 진눈깨비가 내린 날 아침에 신타가 그 물독을 향해, "오늘은 엄청 추울 테니까 물을 좀 데울까요?" 하고 말을 걸고 있는 모습을, 오치카는 보았다.

그러는 사이에 겨우 고노기에서 서찰이 도착했다.

야마가시라는 혹독한 겨울에야말로 할 일이 많은 모양이다. 도미한은 고노기를 떠날 수 없어서 서찰을 보냈다. 거기에는 쇼야 가나하시 가가 보낸 화려한 허가장도 동봉되어 있었다. 헤이타를 정식으로 미시마야 이헤에게 맡긴다는 내용이다.

"잘됐구나" 하고 말하면서 오치카는 다른 걱정을 했다. "하지만 헤이타, 이제는 쉽게 고노기로 돌아갈 수 없어졌어. 아버지 어머니를 만나지 못할 텐데, 괜찮겠니?"

헤이타는 당찼다. 짧은 시간에 완전히 에도의 고용살이 일꾼다워졌다.

"돌아가도 나 때문에 아버지 어머니가 주눅이 든다면 아무 소용도 없는걸요. 에도에서 조금이라도 돈을 벌 수 있게 되면 부모님한테 보낼 거야."

이 무렵 직업소개꾼 도안 노인이 미시마야를 찾아왔다. 이헤에가 부른 모양이다. 곧장 그의 방으로 들어가 소곤소곤 이야기를 나눈다. 그러는가 싶더니, 주머니를 만드는 직인들에게 도시락을 가져다주거나 장작을 패거나 청소를 하는 등 부지런히 일하고 있는 헤이타의 모습을 그늘에서 살피기도 했다.

오치카를 만나자, "아아, 아가씨" 하고 인사한다.

오치카도 정중하게 인사했다.

"저 아이의 장래가 결정될 때까지는 지금의 이야기가 계속되고 있는 셈이라, 다음 신기한 이야기를 해 줄 사람은 저희 가게에서 기다리게 해 두었습니다."

정말로 그렇게 순서를 기다리고 있는 걸까, 오치카는 아직 믿을 수가 없다.

도안 노인도 대머리다. 언제 만나도 기름을 바른 것처럼 반질반질 빛난다.

"숙부님은 도안 씨에게 무엇을 부탁하시던가요."

기름칠 머리를 한 노인은 두꺼비처럼 웃었다. 그야말로 누시 같다.

"그건 이헤에 씨한테 물으십시오."

오치카는 한 가지 더 궁금한 점이 있었다.

"캐물어서는 안 되지만 신경이 쓰이네요. 가나이야는 무슨 장사를 하나요?"

전당포라고, 직업소개꾼은 선선히 대답했다.

"가나하시 씨는 고노기의 훌륭한 나무로 큰돈을 벌어, 에도에서 전당포의 영업권을 사셨습니다. 가나이야는 가나하시 가의 분가에 해당하지요."

그러고는 갑자기 끈적끈적한 말투가 되어 오치카에게 충고했다. "뭐야, 돈놀이꾼인가, 하고 깔보는 듯한 얼굴을 하셨는데, 그러면 안 되지요. 게다가 그런 장사를 하는 곳에서는 오히려 고용살이 일 꾼의 교육에 까다롭게 구는 게 좋아요."

후사고로도 그냥 심술쟁이는 아닌 것이다.

"에도 사람이 토지신이라는 존재에 익숙하지 않다 보니 가볍게 여기고 실수를 저지른 거지요. 그걸 웃음거리로 삼아서도 안 돼요. 어떻게 하다가 신을 화나게 할지는 알 수 없으니."

신기한 이야기를 듣고 모으는 일을 하다 보면 더욱 그렇지.

설교를 늘어놓고 나서, 이번에는 술에 취한 두꺼비처럼 웃는다.

"후사고로 씨도 어지간히 질린 모양인지 그 후로 아랫사람들한테 조금 다정해졌다더구먼."

고맙습니다, 하고 오치카는 머리를 숙였다.

그러고 나서 며칠 후의 일이다. 이헤에가 오치카와 헤이타를 방으로 불렀다.

"다름이 아니라, 헤이타의 장래에 관한 일이다."

헤이타는 약간 몸을 움츠렸다. 오치카도 놀랐다.

"이대로 미시마야에 있으면 안 될 이유가 있나요?"

"헤이타에게 안 될 까닭은 없지. 우리한테도 없다."

하지만 오히데리 씨한테는 있을 거라고, 이헤에는 말했다.

"헤이타, 네가 전에 말했다지. 오히데리 씨는 물이 더 많이 있는 곳으로 가고 싶어 하는 것 같다고."

헤이타는 불안한 듯이 오치카를 보고 나서 고개를 끄덕였다. "예, 그렇게 말씀드렸습니다."

물이 많이 있는 곳—그건 곧 오히데리 씨를 필요로 하는 곳이다.

"그래서 내가 방법을 생각해 보았는데."

이헤에의 얼굴에 장난꾸러기 아이 같은 웃음이 퍼졌다.

"너, 뱃사공이 될 생각은 없느냐?"

에도의 뱃사공들은 초키_{에도 시대에 하천에서 널리 사용된 경쾌하고 빠른 배. 길쭉하고 뱃머리가 뾰족하며 지붕이 없다. 고기잡이나 놀잇배로 쓰였음}나 거룻배로 사람과 짐을 실어 강이나 해자를 오간다. 야카타부네_{지붕이 있는 놀잇배}나 불꽃놀이 배로 많은 사람들을 즐겁게 해 주는 일도 한다.

"산이 많은 고노기에서는 생각할 수 없는 일이겠지만, 이 에도에서는 수로가 길이나 마찬가지란다. 이 근처의 좁은 해자도, 저기의 큰 강도 모두 그렇지."

이혜에의 바둑 친구 중 한 명으로, 후카가와 강에서 거룻배의 선장을 맡고 있는 사람이 있다. 헤이타를 그곳에 보내지 않겠느냐는 이야기가 나왔다고 한다.

"평소에는 간장이나 소금을 실은 배를 몰지만, 후카가와 근처의 뱃사공의 역할은 그것만이 아니다. 여기 간다는 지대가 높으니 당장은 실감이 나지 않을 테지만 말이야. 그 부근은 매립지라 호우가 내리면 금세 큰물이 나지. 마치부교쇼에도 시대에 시중의 행정, 사법, 소방, 경찰 등의 직무를 맡아보던 마치부교를 설치한 곳가 있는 혼조 후카가와에는 구지라부네라는 특별 제작한 배가 있는데, 큰 홍수가 났을 때 사람을 구하거나 물가의 방비를 단단히 하는 등 중요한 역할을 맡고 있어. 그 때문에 실력이 좋은 뱃사공이 필요하단다."

너도 그렇게 되어 보지 않겠니.

"오히데리 씨라는 강한 아군도 있고."

분명히 오히데리 씨라면 큰 폭풍우 속에서도 뱃사공이 안전하게 배를 몰 수 있도록 도와줄 것이다. 큰 홍수가 나면 재빨리 그 물을 마셔 줄 것이다.

오치카는 마음의 눈이 뜨이는 기분이었다.

오히데리 씨를 필요로 하는 곳.

"처음에는 견습이야. 뱃사공은 모두 성미가 거치니 우리 가게보다 힘들기도 하겠지. 남자답지 못하면 할 수 없는 일이다. 하지만 너라면 할 수 있을 거라고, 나는 생각한다."

오치카는 헤이타를 보았다. 헤이타는 아직도 몸을 움츠리고 있지만 아까와는 표정이 달라진 듯한 기분이 든다.

"나리는 제가 그렇게 하면 오히데리 씨도 기뻐할 거라고 생각하세요?"

이혜에는 익살맞게 양쪽 눈썹을 오르락내리락했다. "글쎄다. 그건 네가 오히데리 씨한테 여쭤 보면 되겠지."

커다란 눈동자에, 코끝을 반짝 쳐든 여자아이는 어떻게 대답할까.

헤이타는 하룻밤 동안 생각했다. 신타와도 상의한 모양이다.

이튿날, 이혜에게 대답했다.

"저, 뱃사공이 될래요. 꼭 될 수 있도록 열심히 노력하겠습니다."

이 이야기를 매듭지을 때는 도안이 끼어들었다. 헤이타는 미시마야 사람들과의 작별을 아쉬워하며 후카가와로 향했다.

오치카는 결국 오히데리 씨와는 만나지 못한 채 헤어졌다.

그날 밤 저녁 식사 때, 이혜에는 헤이타의 일을 축하하자며 웬일로 반주를 곁들였다.

"오히데리 씨가 바닷물이라도 힘들지 않다고 하신다면, 어부가 되는 방법도 있었는데."

예의 느긋한 말투로 즐거운 듯이 말한다.

"시나가와 부근의 하마자시키_{바닷가에 지어 바다를 조망할 수 있게 만든 집. 시나가와에는 역참이 있어 여관도 많았기 때문에 숙박을 위해 찾아오는 손님들을 즐겁게 해 주기 위한 오락 시설이 많았는데, 하마자시키도 그중 하나였다}로 보낼 생각도 했단다. 한사리 때이더라도 조개 캐기를 즐길 수 있을 것 같지 않니."

"숙부님도 참, 그런 말씀만 하시고."

오치카는 오타미와 함께 웃었다.

"하지만 조금 마음에 걸려요."

오타미는 어머니 같은 눈을 하고 있다.

"헤이타와 오히데리 씨는 앞으로도 계속 함께 있을까요. 아니, 함께 있어도 되는 걸까요."

사람과 누시다. 사람과, 작긴 해도 신이다.

"언젠가는 헤어지게 되겠지." 이혜에는 말했다. "그 아이가 자라서 가까운 곳에 있는 살아 있는 여자의 붉은 게다시_{여자가 옷자락을 올리고 걸을 때 속치마가 드러나지 않게 속치마 위에 겹쳐 입는 옷}에 눈길이 끌릴 만한 나이가 되면 말이오."

신이란 존재는 사람의 그런 속기俗氣를 싫어할 테니까.

"그렇다고 해서 너무 슬퍼하는 것도 또 이치에 맞지 않을 테지. 사람과 사람도 만나면 언젠가는 헤어지는 법이오."

"오히데리 씨 또한, 정말로 오히데리 씨를 필요로 하는 곳에 자리를 잡으면 헤이타와 헤어져도 더 이상 쓸쓸하지 않을 테니까요."

오치카는 자연스럽게 미소를 지었다. 언젠가 하얀 기모노를 입은 여자아이가 헤이타에게 이렇게 말하며 손을 흔드는 모습을 떠올리며.

—이제 너는 내가 없어도 괜찮겠구나.

안녕이다, 하고.

안녕이 가장 괴로웠던 것은 신타다. 헤이타가 떠나고 보름 정도는 차마 볼 수도 없을 만큼 침울해했다. 이제 쓸모가 없어진 두 평 반짜리 방의 물독을 치울 때에는 한숨만 쉬었다.

이 이야기의 진정한 매듭은 훨씬 더 나중에 지어지게 될 듯하다. 헤이타가 한 사람 몫을 해내게 되고, 그가 시원스럽게 모는 배에 미시마야 사람들이 올라탈 때쯤.

"그때는 헤이타가 평소에 어떤 배를 탔든, 야카타부네를 몰아 달라고 하자꾸나. 맛있는 음식을 가득 싣고, 즐겁게 놀면서 먹는 거야."

오치카는 그렇게 말하며 신타를 격려했다.

그 보답인지, 신타는 다른 사람들에게는 말하지 않은 비밀 하나를 이야기해 주었다.

"헤이타가 저를 오히데리 씨와 만나게 해 준 적이 있어요."

신타는 한밤중에 오히데리 씨가 두 평 반짜리 방의 물독에 들어가 있는 모습을 보았다는 것이다.

죽을 만큼 놀랐던 그때와는 달랐다.

─지금이라면 오히데리 씨가 네게 얼굴을 보여 줘도 된대.

신타는 헤이타의 재촉을 받으며, 불빛도 없는 두 평 반짜리 방에서 머뭇머뭇 물독 속을 들여다보았다.

"어떤 여자아이였니?"

귀를 가까이 대고 작은 목소리로 되묻는 오치카에게, 신타도 더욱 목소리를 낮추고, 하지만 억누를 수 없는 희색을 드러내며 손짓 발짓으로 이렇게 말했다. "눈이 동그랗고, 뺨이 눈처럼 하얗고, 가지런히 자른 머리카락이 이마에서 살랑살랑 흔들리고 있었어요."

몹시 예뻤다고 한다.
사랑스러운 존재에 대해서 이야기할 때, 이야기하는 사람도 사랑스러워진다. 신타의 뺨은 상기되고, 수줍어하면서도 자랑스러워하는 것 같기도 해서 오치카도 간질간질한 기분이 들고 말았다.
물독 속의 오히데리 씨는 새치름한 얼굴이었다.
―뭐야, 네가 내게 소변을 누려고 했던 벌 받을 꼬마냐.
그러고는 입을 삐죽거렸지만, 곧 웃었다고 한다.
천 개의 방울을 흔드는 것 같은, 아름다운 목소리로.

불 서 늘 개
덤 에
속 바
천 ・

あんじゅう

헤이타가 떠난 미시마야는 어딘지 모르게 쓸쓸해졌다.

헤이타가 오기 전으로 돌아갔을 뿐이니 맥이 빠졌다고 하는 편이 맞을까. 야소스케와 오시마는 물론이고 작업장의 직인들조차, "그 기운 넘치는 아이는 어떻게 지내고 있을까" 하며 그리워한다.

겨우 회복한 신타는 오히려 어른들보다 참을성이 좋은지 매일매일 일하는 모습에 변함이 없다. 그래도 이헤에와 오타미는 지금까지 신타가 연장자들에게만 에워싸여 왔고 또래 아이가 곁에 없다는 사실을 돌아보게 되었는지, 그를 근처 습자소에 보내 주기로 결정했다.

"친구도 생길 테고, 그 김에 어려워하는 읽고 쓰기나 주판 실력도 단련할 수 있다면 일석이조일 테지."

상가의 자식이 아니라, 견습 점원으로 고용살이를 하는 아이가 일터에서 습자소에 다니는 일은 드물다. 좀처럼 우습게 여길 수 없는 금액의 수업료와 사례품이 드니까. 이헤에는 그 비용을 내 주겠다는 것이다.

신타는 아침 일을 마치고 점심식사 때까지의 딱 정해진 시간 동안 습자소에 다니기로 했다. 그래도 실제로 다니기 시작하면 그 사이 미시마야에서는 일손이 부족해질 게 뻔하다.

"그래서 말이다, 오치카. 하녀를 하나 더 들일까 하는데."

숙부 부부가 말을 꺼냈다. 오치카는 떨떠름해할 이유가 없었지만, "하지만 숙부님. 저도 지금까지 하던 대로 일하게 해 주셔요"라고 대답하고 말았다.

이를 기회로 아가씨가 되라고 한다면 참을 수 없다.

이헤에는 쓴웃음을 지었다. "그렇게 나올 줄 알았다. 알았다, 알았어."

새 하녀에 대해선 이미 도안 노인한테 부탁해 두었다고 한다.

"그 사람은 좀처럼 여자 고용살이 일꾼은 소개하지 않지만 말이다. 우리는 특별히 봐주겠다고 하더구나."

—아무튼 어려운 아가씨가 계시니까.

라고 말했다고 한다.

"까다롭다니, 저 말인가요?"

"어렵다고 했어."

어느 쪽이든 그 두꺼비 할아버지가 할 법한 말이기는 하다.

"견습 점원을 늘리면 어떨까요. 신타에게 좋은 동무가 될 텐데요."

"신타에게는, 누가 오든 헤이타와 오히데리 씨를 당해낼 수 없지 않겠니."

분명히 그 말이 옳다.

"게다가 그 애도 밖에 나가 보는 편이 좋아. 그리고 장사와 직접 관련되는 고용살이 일꾼을 아들들과의 상의 없이 늘리고 싶지는 않고."

그 녀석들이 힘들어질 테니까.

숙부님은 그렇게 생각하고 계셨나 하고 오치카는 조금 놀랐다.

미시마야의 장래에 관한 일이다. 지금 이헤에의 말투로 보아서는 의외로 가까이 다가와 있다는 느낌이다. 실은 전혀 이상한 일은 아니다. 이이치로와 도미지로라는 두 아들은 어엿한 어른이 되었고, 지금은 다른 가게의 밥을 먹으며 일을 배우고 있지만 언제 돌아오더라도 이상하지 않다.

다만 오치카는 미시마야를 아들들에게 맡기고 느긋하게 편안한 은퇴 생활을 보내는 이헤에와 오타미를 상상할 수가 없다. 틀림없이 아들들과 함께 장사에 힘쓸 것이다.

―만일 그렇게 되면.

오치카는 어떻게 해야 할까.

둘이 미시마야로 돌아오면 이이치로한테도 도미지로한테도 금세 혼사가 거론되리라. 그게 수순이기 때문이다.

미시마야는 며느리 둘을 맞이하게 된다. 그때 오치카는 어떤 얼굴을 하면 될까.

오치카는 사촌에 해당하는 두 사람과 딱 한 번 만난 적이 있다. 에도에 올라왔을 때 오치카를 보러 와 주었던 것이다. 숙부와 숙모를 닮아 다정한 사람들이었다.

그러니 사촌들과 지내기가 힘들다거나 함께 있기 거북하지는 않을 거라고 생각한다. 다만 두 사촌에게 아내가 생긴다면 얘기가 다르다. 오치카는 시누이의 입장이 될지도 모른다. 참으로 하기 힘든 역할이다. 웬만하면 피하고 싶은 사태다.

미시마야에 자리를 잡은 지 반년이 지났다. 흑백의 방에서 괴담을 듣는 이상한 역할에도 "숙부님, 또 해야 하나요?" 하고 농을 하지만 실은 흥미를 느끼는 오치카였다.

사람은 마음이라는 그릇에 여러 가지 이야기를 남몰래 간직하고 있다. 그 그릇에서 넘쳐 나오는 말을 접함으로써 오치카는 지금까지 본 적이 없는 것을, 평범하게 살았다면 평생 볼 일이 없었을 것을 볼 수 있었다.

거기에 끌리고 있다.

앞으로의 일은 생각해 보지도 않았다―기보다 지금까지의 오치카에게는 미시마야 내부의 사정을 살필 만한 여유가 없었다고도 할 수 있다.

정신을 차려 보니 이혜에가 잠든 아기 고양이라도 보듯이 오치카를 바라보고 있다.

"너도 그렇게 제정신으로 돌아온 것 같은 얼굴을 하게 되었구나."

좋은 일이야, 하며 웃는다.

"하지만 그런 걱정을 하기에는 아직 이르다. 우리 아들들도 한동안은 오치카 너와 한 지붕 아래에서 사이좋은 사촌으로 살아 보고 싶을 테니, 혼인은 아직 멀었어."

꿰뚫어 보고 계셨던 모양이다.

"너를 만난 후에 도미지로는 빨리 집으로 돌아오고 싶다며 난리였으니 말이다. 둘 다 너를 마음에 들어 했지."

오치카는 작게 헛기침을 하며 앉은 자세를 바로 했다.

"그래서 용건은 이것뿐이신가요?"

이헤에도 시치미를 떼는 표정을 짓는다.

"흑백의 방은 한동안 내가 바둑을 두는 데 쓸 테니 말이다. 너는 기분 전환이라도 하러 좀 나가 보면 어떻겠니."

가메이도의 우메야시키에도 시대 가메이도 천신 신사 근처에 있었던, 매화 저택이라는 뜻의 대표적인 꽃놀이 행락지. 메이지 43년(1910)에 일어난 홍수로 없어지고 그 터를 알리는 비석만 남아 있다를 아느냐?

"정월도 이제 끝나 가지. 딱 그 매화 숲을 구경하기 좋을 때다. 와룡매臥龍梅도 멋있을 테지."

용이 몸을 꿈틀거리는 것처럼 가지를 낮게 뻗은, 유명한 매화 고목이 있다고 한다.

"분명히 볼 만하겠지만 숙부님, 딱히 기분 전환을 하지 않아도 저는 상관없어요."

이헤에는 과장스럽게 눈을 부릅떴다. "누가 네 기분 전환이라고 했니?"

신타를 위해서라고 한다.

"그 아이를 함께 데리고 나가 다오. 물론 기분 전환만 하라는 건 아니다. 신타가 수행 종자로서 제 몫을 해낼 수 있도록 가르쳐 주라는 게야."

"그거라면 저보다 숙모님이."

덤불 속에서 바늘 천 개 • 147

"오타미와 나는 우소카에_{신사에 참배하러 온 사람들이 나무로 만든 피리새를 서로 교환하거나 신관이 낡은 것을 다른 걸로 바꿔 주는 의식. 피리새를 뜻하는 '우소'가 '거짓(우소)'과 발음이 같아, 작년의 불행을 거짓으로 돌린다는 의미가 있다} 때 가메이도 천신님을 참배하고 올해의 매화 구경은 다 했단다."

오치카는 의심스러웠다. 숙부님의 눈 속에 장난기가 반짝거리며 뛰놀고 있다.

"저와 신타 둘이서 가라는 말씀은 아니지요?"

"눈치가 빠르구나. 그래, 같이 가자는 사람이 있단다."

에치고야의 오타카가 세이타로와 매화 구경을 가는데 같이 가면 어떻겠느냐고 했단다.

"오타카 씨와는 새해 인사만 잠시 나눈 정도고, 느긋하게 만나지 못했잖니. 매화 구경을 하고 맛있는 음식도 먹고 수다나 실컷 떨다 오렴. 준비는 전부 에치고야에서 해 주신다니까."

역시 이미 다 계획된 일이었다.

"오타미는 우메야시키에 다녀온 기념 선물로 매실 장아찌를 받았으면 하니 말이다."

숙모님도 동의한 상태다. 그렇다면 별수 없다.

"알겠어요. 가도록 할게요."

"별로 즐겁지 않나 보구나" 하며 이헤에가 놀리는 얼굴을 한다.

"아니, 아니에요."

"외출은 이달 그믐날이나 다음 달 초하루, 둘 중 하루일 게다."

오치카는 이헤에의 방을 나와 다스키를 고쳐 매고 길게 한숨을 쉬었다.

에치고야는 호리에초에 위치한 나막신 도매상이다. 세이타로는 그 집 도련님이고, 오타카는 그와 피로 이어져 있지는 않지만 누이 같은 사람이다.

가나이야의 후사고로도 언급했지만 이 둘은 흑백의 방을 통해 오치카와 인연을 맺었다. 그 결과 미시마야와 에치고야도 친분이 생겨, 미시마야가 모양을 내어 만든 나막신 끈을 에치고야로 납품하거나 에치고야의 물건을 미시마야에서 소매로 파는 등 장사 면에서도 친밀한 거래를 계속하고 있다.

오치카는 함께 신기한 경험을 한 덕분에 오타카와 친해졌다. 주위 사람들로부터 둘이 자매 같다는 말을 듣기도 하는데, 스스로도 그렇게 보여도 이상하지 않겠다고 생각할 정도다. 세이타로의 진지한 사람 됨됨이 또한 호감이 가며 오타카와 그의 정다운 모습 역시 보기 아름다운 광경이다.

그래도 한숨이 나오고 마는 데에는 오치카 나름의 이유가 있다.

오타카는 소녀 시절에 어느 사연 깊은 저택에 씌었다. 그녀의 마음은 그 저택에 붙들려, 몸은 어른이 되었지만 마음은 여전히 소녀인 채로 십오 년 이상의 세월이 지났다.

작년 구월, 미시마야를 찾아와 흑백의 방에서 오치카에게 자신의 이야기를 해 주었을 때 오타카는 저택에 씌어 조종당하고 있었다. 저택에 깃든 어둑어둑한 것이 오타카를 통해 오치카에게 유혹의 손길을 뻗어 왔다고 할 수 있다.

다행히 오치카와 오타카는 서로 의지하여 그 저택에서 도망쳤고, 깃들 것을 잃은 저택은 붕괴하여 사라졌다. 그 후 오타카는 자기 자신을 되찾았다. 후사고로도 말했다시피 '깨끗이 나은' 것이다.

에치고야에서는 그야말로 오타카의 기분을 전환해 주고 기운을 북돋워 주기 위해, 산천 유람이나 연극 관람에 데려 가거나, 새 옷을 지어 주거나, 또는 무언가를 배우러 다니게 하면서 멈추어 있던 세월 동안 오타카가 맛보지 못한 모든 것을 되찾아 주려 한다. 오타카도 거기에 잘 응하고 있다.

오치카는 가끔 그런 오타카를 만나 친교를 다지고 위로를 받아 왔다. 오타카가 인생을 되찾음으로써 오치카에게도 얼마나 위로가 되었는지 모른다. 따라서 오타카가 막 회복되었을 무렵에는 자주 에치고야를 찾아갔고, 그만큼 함께 일하는 오시마한테는 꽤나 폐를 끼치고 말았다.

이래서는 안 되겠다고 깨달은 시점에 마침 헤이타가 와서 좋은 기회가 되었다. 새해 인사를 하러 간 이후 오치카가 에치고야에 얼굴을 내밀지 않은 것도 그러한 사정 때문이다.

사실 오타카는 그 저택에 사로잡혀 있던 동안의 일들을 거의 잊어버렸다. 잃어버린 가족에 대해서도 기억하지 못한다. 혼자서 쭉 어딘가 먼 곳에 가 있다가 겨우 돌아오게 되었다는 기억밖에 없다.

그래도 오타카는 오치카에 대해서만은 그 '어딘가 먼 곳'에서 만나 자신과 함께 이곳으로 돌아온 사람이라는 식으로 기억하고 있고, 그래서 친근함을 느낀다. 이유 따위 없이, 오치카 씨는 나의 몹시 소중한 친구라는 기분이 든다고 말한다.

둘이서 친밀하게 이야기하고 있노라면 오타카 쪽에서, 그 먼 곳에 있는 동안 나는 무엇을 하고 있었을까, 오치카 씨와 함께 무엇을 했고, 어떻게 돌아오게 된 걸까, 하고 물을 때도 있다.

오치카는 에치고야 사람들과 상의하여 오타카의 물음에 "나도 잘 기억이 나지 않아요"라고 대답하기로 했다. 오타카에게 망각은 일종의 자비일지도 모른다고 여겼기 때문이다. 굳이 떠올리게 하는 건 가혹한 일이다.

그래서 에치고야에서는 오타카한테, 너는 오랫동안 가미카쿠시_{어린 아이 등이 갑자기 행방불명이 되는 것. 신령의 소행으로 믿었다}를 당했다고 일러 주었고 오타카도 그럭저럭 납득했다.

요즘 들어 오치카는 이런 생각을 하게 되었다. 오타카와의 유대는 이대로 조금씩 느슨해지는 게 좋다. 무작정 잘라내 버리는 일은 없겠지만, 조금씩 느슨해지고 멀어져 서로가 각자의 생활을 단단히 다져 나가는 데에 전념하는 편이 양쪽 모두에게 바람직하지 않을까.

오치카가 위로를 받기 위해 언제까지나 오타카에게 헛되이 달라붙어 있는 건 잘못이다.

—흑백의 방의 이야기는.

듣고 버리고, 이야기하고 버리고.

그게 올바른 자세가 아닐까.

이는 이헤에도 오타미도 안다. 오치카의 생각대로 하라고 인정해 주고 있기도 하다.

따라서 방금 이헤에가 놀리는 얼굴로 "별로 즐겁지 않나 보구나"라고 한 데에는 다른 이유가 있다. 이헤에의 입가는 웃음을 띠었지만, 오치카에게는 중요한 이유다. 오타카와의 유대 운운하는 것보다 더 무거울지도 모른다.

세이타로의 문제다.

오타카가 회복하고 거의 얼마 지나지 않아, 에치고야로부터 오치카를 그의 아내로 달라는 청이 들어왔다. 이쪽 얘기가 나막신 끈 판매에 관한 논의를 매듭짓는 것보다 더 빨랐을 정도다.

오치카에게도 청천벽력 같은 일은 아니었다. 오타카를 데리고 돌아올 수 있던 데에는 세이타로의 힘이 컸다. 그가 오타카를 생각하고, 오치카에게 의지하면서도 걱정해 준 일은 여전히 고마웠다. 그 힘이 있었기 때문에 오타카와 오치카는 저택으로부터 돌아올 수 있었다.

그러나 그게 혼담으로 이어지게 된다면 이야기는 다르다.

세이타로가 싫다는 뜻은 아니다. 다만 지금의 오치카는 아직 그런 기분을 느낄 만한 여유가 없다. '아직'이라는 말조차 허울일 뿐이고, 앞으로 언제가 되어야 그런 기분이 들 수 있을지조차 알 수 없다. 평생 들지 못할지도 모른다.

이 혼담에 매우 적극적이었던 것은 에치고야의 주인 부부였고, 그래서 소문도 순식간에 났다. 한편 오치카의 괴로운 과거를 알고 있는 세이타로는 조심스러워했다. 하지만 그가 보내는 호의는 오치카도 느낄 수 있었다. 그런 만큼 미안하고, 변명도 궁했다.

결국, 이런 경우에는 이헤에보다 의지가 되는 오타미가 끼어들어 오치카한테는 시간이 조금 더 필요하다고 말해 준 덕분에 이 갑작스러운 혼담은 사라졌다. 아니, 사라졌다기보다 잠시 미루어졌다. 장사에 관한 일도 있고, 오치카 또한 에치고야의 두 사람과 갑자기 인연을 끊을 생각은 없었으니까.

―하지만 말이지.

다 함께 모여서 매화 구경을 가자니.

잠시 미루어 둔 이야기는 언제든지 꺼낼 수 있는 것이다.

오랜만에 오타카와 찬찬히 얘기할 수 있다고 생각하면 기쁘지만 세이타로와 얼굴을 마주하기란 아무래도 거북하다. 이 점이 오치카가 한숨을 쉬고 이헤에가 놀리는 얼굴을 하는 까닭이다.

이헤에의 입장에서 보자면, 출가를 한 몸도 아니니까 오치카에게 하나쯤 그런 흥거운 고민이 있어도 좋지 않겠나 싶었으리라. 오타미도 분명 같은 생각일 테고. 그러고 보니 오시마조차 "너무 고지식하게 고민하지 마셔요. 이런 일은 고민한다고 해결되는 일이 아니니까요" 하고 즐거운 듯이 웃으며 말했던 적이 있다.

―나한테도 오히데리 씨가 있어 주면 좋을 텐데.

오치카에게도 세이타로에게도, "이것 봐! 너희들은 아직 이르다!" 하고 큰 소리로 꾸짖어 주면 좋을 텐데.

그런 생각을 하며 혼자 웃고 있으려니 조금 기분이 나아진다.

우메야시키 나들이는 이월 초하루로 정해졌다. 그날이 가까워지자 오타미는 오치카가 입을 옷을 정하느라 야단법석을 피웠다.

"가메이도에 갈 때는 기타짓켄가와 강을 배로 건너가야 한단다. 네 얼굴색과 강물 색에 잘 어울리는 색깔을 골라야겠구나."

매화 구경을 가는 옷차림이니까 매화 무늬는 촌스럽다. 그러자 오시마도 거기에 끼어들어, 홍매 무늬의 고소데_{소매가 좁은 기모노}를 입은 아가씨가 우메야시키에 있으면 매화의 정령이 내려선 것처럼 보여서 오히려 운치가 있지 않습니까. 그것도 그러네. 하지만 매화만 빼 다른 꽃무늬도 좋지 않을까. 진짜 매화와 나란히 서면, 백화요란온갖 꽃이 흐드러지게 핌의 풍경이 될 거야. 이참에 아가씨를 미시마야의 간판 아가씨로 내세워 장신구도 사치스럽게 갖추지요. 오시마도 참, 그런 일을 내가 허투루 처리할 거라고 생각하느냐 운운.

상황이 부풀어 오르기만 할 뿐 정리가 되지 않아, 마지막에는 오치카가 스스로 정했다.

이월 초하루는 몹시 맑았다.
바람은 아직 차고 하늘의 빛깔도 이른 봄답게 딱딱한 데가 있었다. 살얼음이 막 가신 물의 빛깔이다.

오치카는 지리멘바탕이 오글오글한 평직 비단 바탕에 요로케 무늬씨실 또는 날실을 왜곡시켜 직물 표면에 파도 모양의 줄무늬를 짜낸 것가 자잘하게 들어간 기모노를 입고 두 줄로 된 겐조하카타(현재의 후쿠오카)에서 주로 생산되는 고급 비단인 하카타오리 중에서도 최상품을 이르는 말 띠를 맸다. 요로케 무늬는 멀리에서 보면 무늬가 없는 걸로 보일 만큼 자잘한 무늬여서, 폭이 넓은 두 줄짜리 띠의 줄무늬가 선명하게 눈에 띈다. 빛깔은 기모노가 연한 홍매 색깔, 띠는 더 연한 붉은색에 검은색 독고獨鈷밀교에서 쓰는 불구(佛具) 중 하나. 구리나 쇠로 만든 양끝이 뾰족한 막대인데, 이것으로 번뇌를 쳐부순다고 한다와 화롱花籠불구의 일종. 불공이나 법회에서 독경을 하면서 줄지어 걸어가며 연꽃을 본뜬 종이를 뿌리는 것을 산화(散華)라 하는데, 이때 사용하는 꽃을 넣는 그릇을 말한다 자수가 두드러져 보인다. 나막신 끈도 이 띠를 자른 자투리 천을 써서 맞추었다. 띠를 매는 끈은 검정색에 가까운 짙은 보라색으로 하였고, 장식용 깃은 백매白梅의 하얀색이고 자세히 보면 매화 자수가 놓여 있다. 기모노와 띠는 오타미에게서 빌린 것이지만 장신구는 모두 이날을 위해 오타미가 지어 주었다.

그리고 또 하나, 미시마야에서만 파는 물건인 어깨걸이를 곁들였다. 정원이나 뱃길은 아직 춥다며, 이 또한 오타미가 의견을 낸 것이다. 어깨걸이라 해도 폭이 한 필^{피륙의 길이를 재는 단위로 한 필은 길이 10.6미터, 폭 34센티미터 정도. 보통 일본옷 한 벌 감이 되는 길이다}만큼은 되고, 양쪽 끝에 장식 자수가 놓여 있다. 펼쳐서 두르면 목에서 등의 절반까지 덮여 추위도 막고 옷이 더러워지는 일도 막을 수 있는 물건이다. 빛깔은 또렷한 홍매 색깔. 처음에는 너무 선명해서 지나치게 화려하지 않을까 싶었던 오치카지만, 사람들로 붐비는 우메야시키에서는 편리한 표식이 됨을 나중에 깨달았다.

"많은 사람들의 눈에 띄도록 실컷 입고 다녀다오. 계절이 바뀔 때 요긴한 물건이니, 열심히 팔아 볼까 생각중이거든."

"어머나, 정말로 매화꽃의 정령 같아요, 아가씨."

"신타, 아가씨를 잘 모셔야 한다."

"들떠서 미아가 되면 안 돼, 신타."

숙부와 숙모와 오시마와 야소스케의 떠들썩한 배웅을 받으며, 오치카는 집을 나섰다. 신타는 오시마가 빨아서 풀을 먹인 다음 판자에 펴서 말려 준 겐로쿠 무늬^{겐로쿠 시대에 유행한 크고 화려한 옷 무늬. 메이지 시대에도 유행했다}의 나들이옷 차림에 새로 맞춘 신을 신었다. 끈은 매화가지 색깔이다. 작은 보따리를 등에 지고, 처음으로 멀리 나가는 길이라 얼굴을 붉히고 있는 모습이 귀엽다.

에치고야의 세이타로와 오타카와는 야나기바시 다리의 놀잇배집에서 만났다. 객선客船이 아니라 에치고야에서 마련한 놀잇배다. 뱃사공 외에, 우메야시키 구경에 대해 잘 아는 놀잇배집의 안내인 하나가 따라와 주었다.

오치카 역시 첫 유람이지만 이것이 사치스러운 유람이라는 사실은 안다. 안내인은 능란한 분위기를 띤 은발의 노인으로, 이름은 가쓰사부로라고 한다. 이런 주름진 얼굴이지만 우메야시키를 찾아가는 것이니 오늘은 매화가쓰라고 불러 주십시오, 하며 말을 꺼내는 솜씨도 매끄럽다. 배에서 가벼운 점심을 먹는 동안, 매화가쓰는 수로를 따라 보이는 풍경에 대한 설명부터 얘기를 주욱 끌어 나간다.

정월 이후 처음으로 만난 오타카는 봄을 맞아 한층 더 아름다웠고, 뺨에는 윤기가 돌았다. 새해부터 고우타_{손끝으로 켜는 샤미센에 맞추어 부르는 짧은 가곡}와 샤미센_{현이 세 줄인 일본 고유 현악기. 사각형의 납작한 동체 양쪽에 고양이 가죽을 대어 만든다}을 배우기 시작했다고 한다.

들려 달라고 하자, "실은 샤미센을 준비해 두었습니다" 하고 어느 틈에 은발의 노인이 끼어들어 말했다.

매화가쓰의 말에 오타카가 뺨을 붉히며 사양한다.

"그렇다면 매화 기운을 듬뿍 받고 돌아오는 길에 배 안에서 연주하시면 되겠지요. 약속해 주셔야 합니다."

재삼 청하자 수줍어하면서도 승낙했다.

오타카의 행복해 보이는 모습은 오치카의 눈에 더할 나위 없이 기쁘게 비쳤다. 곁에 있는 세이타로도 마찬가지이리라. 눈을 가늘게 뜨고 다정하게 오타카와 오치카에게 말을 거는 그의 모습에서 지금까지와 달라진 점은 보이지 않는다. 친한 척하지도 않고, 서먹서먹해하지도 않는다. 오타카를 손위 누이, 오치카를 손아래 누이로 대한다고도 할 수 있다. 다른 사람에게는 분명 그렇게 보이리라. 어머나, 사이좋은 세 남매구나, 하고.

마침 뱃길이다. 오치카는 오히데리 씨에 대해서는 덮어 두고 헤이타에 관해서만 이야기했다. 인연이 있어 미시마야에서 맡았던 견습 점원이 뱃사공이 된답니다. 매화가쓰도 에치고야의 두 사람 이상으로 흥미를 품고 적절히 맞장구를 쳐 가며 이야기를 끌어내 주었기 때문에 오치카는 헤이타와 신타가 사이좋게 지냈던 일도 풀어 놓았고, 딱딱하게 굳어 있던 신타 또한 매화가쓰가 능숙하게 대화에 끌어들여서 분위기는 한층 더 부드러워졌다.

"저도 뱃사공 출신이거든요."

견습 점원 양반, 당신이 미시마야의 대행수가 될 무렵이면 헤이타 씨는 저처럼 되어 있을 겁니다, 하며 매화가쓰는 일행을 웃게 했다.

매화가 한창인데다 날씨도 좋아서 우메야시키는 사람들로 몹시 북적거렸다.

배 안에서 오치카는 미시마야의 선물로 자신의 것과 똑같은 어깨걸이를 오타카에게 건넸다. 몹시 기뻐한 오타카가 얼른 그것을 어깨에 걸쳐 둘은 더욱 자매처럼 보였다.

어쨌거나 사방 수십 장丈한 장은 약 삼 미터에 이르는 광대한 정원이다. 볼 만한 곳을 놓치지 않도록 세심하게 안내해 주는 매화가쓰가 앞서고, 오치카와 오타카를 사이에 두고 뒤에 세이타로, 그리고 그 옆에 신타가 붙어 서서 활짝 핀 매화나무를 올려다보며 인파 속을 한가로이 거닐며 즐겼다.

풍경이 어찌나 좋은지 처음부터 할 말을 잃은 표정이던 신타는 미토 미쓰쿠니 공_{도쿠가와 미쓰쿠니. 미토 번의 2대 번주로 도쿠가와 이에야스의 손자에 해당한다. 미토 고몬이라는 별칭으로 더 잘 알려져 있다}이 명명한 와룡매 앞에서 마침내 눈물을 짓고 말았다.

"이 세상에 이렇게 아름다운 것이 다 있군요……."

뺨을 적시는 신타에게 오치카는 코 푸는 종이를 내 주었다. 매화가쓰가 그에게 웃음을 짓는다.

"견습 점원 양반, 현세이기 때문에 아름다운 것이 많이 있는 거랍니다. 특히 당신 같은 어린 사람에게는요."

예, 하고 신타는 순순히 고개를 끄덕였다.

오타카는 오치카의 손을 끌고, 저쪽 좀 봐, 이쪽 좀 봐 하며 신이 나서 떠들어댄다. 신타한테도 비슷한 또래의 어린아이끼리 하듯이 말을 걸고, 대답하는 신타가 "에치고야의 아가씨" 하고 부르면, "어머나, 나는 아가씨가 아니야. 오타카라고 부르면 돼. 뭣하면 오타카야, 라고 해도 된단다"라며 빙그레 웃는다.

허둥거리는 신타야말로 매화꽃의 정령처럼 보인다고 생각하며 오치카도 미소를 지었다. 올봄, 처음으로 피었답니다.

어쩌다가 매화가쓰와 오타카와 신타가 먼저 가고, 오치카와 세이타로 둘이 남게 되었다. 그는 맑은 눈을 하고 오치카에게 고개를 끄덕이며 "어쩌면 싫은 것을 묻는다고 생각하실지도 모르겠습니다만" 하고 뜸을 들이더니, 그 저택의 정원도 이렇게 아름다웠습니까, 라고 물었다.

오치카는 바로 대답하지 못했다. 얼버무리려는 게 아니라 정말로 당장은 떠오르지 않았기 때문이다.

아름답긴 아름다웠지만 시간이 멈춘 그 저택의 정원에는 사람의 마음속에 울리는 것이 없었다. 나무와 풀이 넘치고 꽃나무에는 온갖 꽃이 피어 있었다. 벚꽃, 매화, 동백에 애기동백, 홍백의 철쭉. 꽃잎은 팔랑거리며 떨어졌지만 오치카의 마음은 움직이지 않았다.

"이런…… 생생한 풍경은 아니었어요."

오치카의 대답에 세이타로는 고개를 끄덕였다.

"그렇다면 역시 오길 잘 했네요."

세이타로의 부모님은 걱정했다고 한다. 매화가 활짝 핀 정원을 걷다가 혹시 오타카가 그 저택을 문득 떠올리면 어쩌나 하고.

"하지만 저는 괜찮을 거라 생각했습니다. 누님은 이제 그 저택과는 완전히 인연이 끊겼으니까요."

오치카도 고개를 한 번 깊이 끄덕였다.

매화나무 숲의 오솔길 옆에 매화를 배경으로 손님의 그림을 그려주는 초상화가가 붉은색 지우산을 펼쳐 놓은 채 걸상을 앞에 두고 있다. 오타카는 신타의 손을 끌고 지금 그곳에서 새침한 얼굴을 짓고 있는 젊은 아가씨 손님을 구경하는 중이다.

가까이 다가갔을 때 마침 오타카가 화가에게 말을 걸었다.

"저기요, 화가님. 이 어깨걸이를 아가씨의 어깨에 걸치면 더욱 빛깔의 대비가 좋지 않을까요."

함부로 끼어든 게 아니라 아무래도 오타카의 어깨걸이로 힐끗힐끗 날아오는 화가의 시선을 알아차렸던 모양이다.

"참으로 좋은 말씀이지만, 빌려도 되겠습니까."

"네, 기꺼이."

오타카는 손수 어깨걸이를 아가씨의 어깨로 옮기더니, 간다 미시마초의 주머니 가게 미시마야에서 만든 물건이랍니다, 하고 잘 울리는 목소리로 말했다. 주위의 구경꾼들도 호오, 하고 감탄한다.

"우리는 차를 마시고 올게요. 그림이 완성될 때까지 빌려 드리도록 하겠습니다."

미시마야랍니다, 미시마야, 하고 되풀이한다. 매화가쓰와 신타도 거기에 어울려, 모쪼록 잘 부탁드립니다, 하고 가락을 맞추어 말해 웃음을 샀다.

"누님, 어느새 그렇게 장사에 능해지셨습니까?"

세이타로의 칭찬을 받아 오타카는 기분이 좋다.

"나도 조금은 일을 해야지."

정원 주인이 차 솥에 끓여 내는 떫은 차는 이곳의 명물이다. 오타카와 오치카는 기념 선물로 매실 장아찌를 샀다.

"신타, 경단도 맛있지만 이따가 맛있는 음식을 먹을 거니까 말이야, 너무 많이 먹지는 마" 하고 오타카가 말했다.

"마, 맛있는 음식이요?"

"응. '다이시치'에 갈 거거든."

이름난 요릿집이다.

"저, 저도?"

"물론이지. 오늘은 신분에 상관없이 즐기는 자리야."

차 마시는 곳에서 한 번, 화가가 있는 곳으로 돌아가는 사이에 두 번, 오가다 만난 행락객이 오치카의 어깨걸이를 칭찬해 주었다. 오타카에게 선수를 빼앗긴 터라 이쪽도 분발해서 미시마야의 물건이라 말하고 다녔다.

마침 화가는 손님이 끊긴 사이 담뱃대로 담배를 한 대 피우는 중이었다. 어깨걸이에 대한 답례로 두 분을 그려 드리겠습니다, 라고 한다. 처음에 오치카는 당황하며 사양했지만 오타카가 꼭 부탁한다며 몸을 내밀었다.

"좋잖아요, 무엇보다 좋은 기념품이 될 거예요."

쑥스러웠지만 오치카도 새침한 얼굴을 하고 오타카와 나란히 섰다. 화가의 붓놀림은 훌륭하여, 순식간에 미인도가 완성되어 간다.

"아가씨들, 이제까지 중에서 제일 많은 구경꾼이 모였습니다."

매화가쓰는 의기양양했다.

산책을 마치고 매화가쓰가 일동을 다이시치에 데려다 준 후 선창에서 기다리겠다고 했다.

"네시에 모시러 오겠습니다."

즐거운 시간이 눈 깜짝할 사이에 지나가고 있었다.

"슬슬 배가 고프네."

대기실에서 안내를 기다린다. 오타카는 피곤한 기색도 없다. 신타를 상대로 어떤 요리가 나올까 하며 속닥거리고 있다.

그때 오치카는 맞은편 의자에서 낯익은 얼굴을 발견했다.

남녀와 젊은 아가씨로 이루어진 세 명 일행이다. 남녀는 각각 이헤에와 오타미와 비슷한 연배이고, 아가씨는 오치카보다 두세 살 위이리라.

알아차린 건 오치카만이 아니다. 상대방도 "어라", "어머나" 하듯이 눈을 깜박이며 서둘러 무언가 속닥거리더니, 이내 중년 부인이 생글생글 웃으며 말을 걸어왔다.

"기이한 만남이네요, 미시마야 아가씨."

오치카는 먼저 의자를 떠나 상대방에게 다가가서 정중하게 인사했다. 중년 남자도 허리를 굽혔다.

"이런 곳에서 뵈니 또 색다르군요."

늘 들러 주셔서 얼마나 고마운지, 라고 한다.

"저희야말로 신세가 많습니다."

오치카는 오타카와 세이타로를 돌아보며 말했다. "옆집 스미요시야의 주인이셔요."

미시마야의 옆집, 바늘 도매상 스미요시야의 주인 부부다. 남편은 센에몬, 아내는 오미치라고 한다.

오치카는 부부와 면식이 있고, 스미요시야에 외동딸이 있다는 사실도 알지만 그 딸을 만난 적은 없다. 지금 오미치와 나란히 선 이 아가씨가 외동딸인 모양이다. 눈언저리가 센에몬을, 갸름한 얼굴이 오미치를 많이 닮았다.

"오우메梅라고 합니다." 아가씨가 입을 열었다. "미시마야의 오치카 씨지요. 처음 뵙겠습니다."

생긋 웃으면 보이지 않게 될 정도로 가느다란 눈이지만, 거기에 뭐라 말할 수 없는 애교가 있었다.

세이타로와 오타카도 자리에서 일어섰다. 인사가 오간다. 신타는 누군가가 머리를 숙일 때마다 같이 꾸벅꾸벅 하느라 바쁘다.

"이 시기에 여기 들르셨다면 역시 우메야시키에 다녀오시는 길이 겠지요. 이헤에 씨와 오타미 씨는?"

"매화 구경은 가메이도의 천신님을 참배했을 때 이미 했다고 하셔서 오늘은 저만 왔어요."

오미치는 세이타로와 오치카의 혼담에 관한 소문을 알고 있으리라. 사정을 다 짐작한다는 듯한 얼굴이다.

"그래서 에치고야의 작은 나리와 함께 오셨군요."

스미요시야의 부부가 흐뭇하게 미소 짓는다.

"저희들은 이것이 이름 그대로 이월에 태어난 아이라서요. 매년 이 시기가 되면 우메야시키에 참배를 하러 온답니다."

센에몬에게 이것이라고 불린 오우메_{우메는 매화라는 뜻. 매화는 사월경(음력 이월)에 핀다}는 마치 그 꽃의 정령처럼, 머리에서 발끝까지 홍백의 매화 무늬로 치장했다. 호사스러운 옷차림이지만 아니꼽지는 않다. 좋은 집안에서 잘 자란 분위기가 몸에서 풍겨 와 매화 향기처럼 떠돌고 있었다.

―옆집 아가씨는 진짜 규중처녀야.

오타미가 이야기한 적이 있다.

―몸이 약한 것도 아닌데 여러 가지 사정이 있는 모양이더라. 여간해서는 밖에 나오지 않거든.

그 사정인지 무엇인지도 얼마쯤 알고 있는 듯한 말투였다.

"그래도 세 식구끼리 매화 구경을 하는 건 올봄이 끝이랍니다."

오미치가 말을 덧붙이자 오우메는 얼굴을 확 붉히며, 어머니도 참, 하고 중얼거린다.

오치카도 곧 알아챘다.

"아가씨의 혼사가 결정되셨군요. 축하드립니다."

축하드립니다, 하고 에치고야의 두 사람도 싹싹하게 인사했다. 오우메는 더욱더 홍매처럼 되어, 소매를 만지작거리며 수줍어한다.

"그 일로 미시마야에 한번 제대로 인사를 드릴 작정이었습니다. 이런 곳에서 가볍게 말씀드리게 되어 죄송합니다."

"당치도 않으셔요. 숙부님과 숙모님께 꼭 말씀 전해 두겠습니다."

마침 그때 하녀와 신발지기가 다가와 스미요시야 사람들을 안내하기 시작했다. 먼저 실례하겠습니다, 그럼 즐거운 시간 보내세요, 하고 서로 인사를 나누고 오치카 일행은 세 가족을 전송했다.

"어머나, 사랑스러운 아가씨네."

오타카는 자신의 일처럼 기쁜 듯 환한 웃음을 띠고 있다.

"퍽 아름다운 새아씨가 되겠지요."

그때 오치카는 묘한 장면을 보았다.

스미요시야의 세 가족이 차지했던 긴 의자 끝에서 이쪽으로 등을 돌린 채 앉아 있던 여자가 스윽 일어나 그들의 뒤를 따라간 것이다.

지금까지 일동이 시끌벅적하게 이야기를 나누고 있는 동안 돌아보지도 않던 여자다. 스미요시야 또한 소개해 줄 기색조차 없었기 때문에, 그냥 기다리는 다른 손님인 줄만 알았다. 그런데 지금 보니 여자는 스미요시야의 세 가족보다 조금 늦으면서도 떨어지지는 않도록 뒤를 따른다. 연한 보라색 기모노에 은회색 띠를 둘러, 화려한 오우메의 그림자 같다.

게다가 신발지기는 복도를 나아가는 스미요시야 사람들을 위해, "백매의 방, 네 분 들어가십니다~" 하고 안을 향해 소리를 질렀다. 그렇다면 저쪽은 네 명 모두 일행임이 분명하다.

이해가 가지 않았다.

오치카가 수상함을 느낀 건 스미요시야와 여자의 태도만이 아니다. 여자는 기모노의 색을 더욱 어둡게 한 짙은 보라색 오코소즈킨옛날에 여자가 외출할 때 쓰던 방한용 쓰개. 네모난 천에 끈을 달아 눈만 내놓고 머리와 얼굴을 쌌음으로 머리를 완전히 덮었다. 쓰개를 깊숙이 감아서 얼굴까지 그늘이 지고 만다.

아주 잠시지만, 사람이 아닌 것처럼 보이기까지 했다. 호리호리하니 키가 크고 허리가 날씬한 여자의 뒷모습도 희미한 느낌이다.

"저분, 일행이었군요."

세이타로와 오타카와 신타를 돌아보았지만 셋 다 눈치채지 못한 듯 오치카가 말하는 뜻을 모르는 모양이다.

"누구를 말하는 건가요?"

오타카가 멍하니 되물어서 오치카는 웃으며 얼버무리고 말았다.

오치카 일행에게도 안내하는 이가 다가왔다. 홍매의 방이다. 오타카는 기쁜 듯이 신타를 재촉하며 머뭇거리는 그를 격려하고 있다.

"무엇을 그리 사양하고 그래. 이런 기회에 어른스러운 행동을 익히도록 미시마야에서 조처해 주신 것인데."

신타는 쩔쩔매다가 잘 닦인 복도에서 발이 미끄러졌다.

"오, 오시마 씨도 그렇게 말씀하시긴 했는데요."

"그렇다면 괜찮잖니."

홍매의 방에 자리를 잡고, 신타에 대한 배려인지 야단스러운 상이 아니라 보기만 해도 즐거운 도시락처럼 차려진 요리를 앞에 두고 나서도, 오치카의 마음에는 개운하지 못한 기분이 남았다.

이튿날의 일이다.

아침 일찍부터 신타는 어제의 즐거웠던 일이나 기뻤던 일을 야소스케와 오시마에게 이야기하고 있다. 노련한 대행수와 하녀도 즐거운 듯이 듣고 있지만, "아가씨의 시중도 제대로 들었겠지?" 하고 못 박는 것도 잊지 않는다.

"우리도 옛날에 나리와 마님께서 요릿집에 데려가 주신 적이 있단다."

오시마가 그렇게 말해서 숙부와 숙모에게 이전부터 그런 습관이 있었음을 오치카도 처음으로 알았다.

"작업장의 직인들은 꽃놀이니 불꽃놀이 구경이니 단풍 구경이니 해서 때때로 모여 연회를 벌일 수 있지만, 우리처럼 안채나 가게에서 일하는 사람한테는 그런 기회가 없잖아? 그래서 나리가 조처해 주시는 게지. 다른 가게에서는 없는 일이야. 고맙다고 생각하렴."

오시마는 부지런히 일하면 또 그런 즐거운 일이 있을 거라고 일렀다. 신타가 더없이 얌전한 얼굴을 하더니, "네! 빨리 가게에 도움이 될 수 있도록, 저 습자소에도 열심히 다닐게요" 하고 작은 손을 맞잡으며 고개를 끄덕인다.

오치카도 아침식사 자리에서 우선 숙부와 숙모에게 어제의 일에 대해 감사를 드렸다.

이헤에와 오타미는 신타에 대해선 안심하고 있는 건지, 오로지 에치고야의 두 사람에 대해서만 듣고 싶어 했다.

"두 분 모두 잘 지내세요. 그보다 숙부님, 숙모님."

옆집 스미요시야 말인데요, 하고 오치카는 말을 꺼낸 뒤 다이시치에서의 일을 이야기했다.

"오우메가 시집을 가는 건 나도 알아요."

규중처녀가 드디어 규방에서 나가는구나, 하고 웃으면서 말한다.

"오미치 씨와 나는 작업장 쪽에서 종종 수다를 떨곤 하니까. 꽤 예전부터 이번 혼담에 대해 들었어요."

오타미의 말대로 둘은 친하다. 옆집이고, 바늘 도매상과 주머니를 만드는 일을 하는 사이인데다 나이도 비슷하니 자연히 친해져서 자주 어울리곤 하는 것이다.

오치카는 미시마야에 왔을 때 사정이 사정이었던 만큼 이웃에 인사를 다니지 않았다. 실제로 미시마야에 자리를 잡을 수 있을지 어떨지도 확실하지 않았기 때문이다.

따라서 스미요시야의 주인 부부와도 작업장에서 가끔 마주쳐 인사를 한 적이 있을 뿐이다. 어제 같은 만남이 없었다면 격식을 차린 말을 나눌 기회도 없었으리라.

"스미요시야가 오우메의 혼인을 맞아 일부러 인사를 하러 와 주신다면, 이참에 너를 소개하는 자리도 정식으로 마련해 볼까" 하고 이헤에가 말한다.

"순서가 뒤바뀌어서 오히려 거북한걸요, 그러지 마셔요."

사양해 놓고 나서, 오치카는 '오코소즈킨을 쓴 여자'에 대해 얘기했다.

"숙모님, 짐작 가는 데가 있으셔요? 아무래도 평범한 일행으로는 보이지 않았어요. 계속 마음에 걸리네요."

분명히 묘하구나, 하며 이헤에도 오타미를 바라본다.

"아무래도 짐작이 가는 구석이 있는 모양이군."

오타미는 솔직한 사람이라 분명히 '갑니다'라는 얼굴을 하고 있다.

"대충은요."

눈동자를 빙그르 위로 향하며 그렇구나, 하고 혼자 납득하고 고개를 끄덕인다.

"바깥에까지 데리고 나갔다면 세심하게 공을 들이는 게로구나. 오미치 씨도 이번만은 혼담을 지키고 싶다고 바라는 게지."

고생이 많겠네, 하고 중얼거린다.

오치카와 이헤에는 얼굴을 마주 보았다.

"혼자만 납득하다니 치사하구려. 우리한테도 가르쳐 주지 않겠소."

"숙모님, 무언가 아시는군요."

오타미가 둘을 번갈아 바라보며, "당신도 오치카도, 어지간히 호기심이 많은 사람들이었군요" 하고 시치미를 뚝 뗀다.

"하지만 내가 섣불리 입 밖에 내도 되는 이야기가 아니에요. 제대로 된 이유가 있으니까."

그렇고말고―하더니 또 한바탕 혼자서 고개를 끄덕이며 납득한다.

"가장 좋은 길은 오우메가 무사히 혼인을 올리고 나면 오미치 씨에게 흑백의 방으로 와 달라고 청하는 것이겠지."

오치카는 깜짝 놀랐다. "그런 이야기인가요?"

색다른 괴담 중에 하나가 될 정도의?

"너도 이상하게 여겼잖니."

"그건 그렇지만……."

"오미치 씨한테는 내가 부탁해 보마. 그이도 나한테 다 털어놓은 건 아닐 테니까. 어쨌거나 그동안 얼마나 답답했을까. 이쯤에서 어깨의 짐을 내려놓으려면, 오치카 네가 이야기를 들어 주는 게 오히려 친절한 일이 될지도 몰라."

오타미는 수수께끼 같은 말을 하는 김에, 너도 빨리 시집을 갈 마음이 들도록 재촉해 달라고 해야겠다며 쓸데없는 말까지 덧붙인다.

"그렇다면 숙부님, 숙모님, 이렇게 되었으니 저도 한 가지 말씀드릴게요."

흑백의 방에서 들은 이야기는 듣고 버리고, 이야기하고 버리는 것이라고, 오치카는 말했다.

"그러니 스미요시야에서 만일 답답함을 풀러 와 주신다면 이 오치카, 결코 그 이야기를 바깥에 흘리고 다니지 않겠습니다. 약속드리겠다고 전해 주셔요."

단호하고 진지한 얼굴이 된 오치카에게 이헤에와 오타미는 웃음을 터뜨렸다.

"어머나, 그렇게 힘주지 않아도 되는데."

"한 방 먹은 건 알겠다."

세이타로 씨에 대해서는 더 이상 묻지 않으마, 하고 이헤에는 말했다.

"포기한 것도 아니지만 말이야."

이런 걸 두고 포기할 때를 모른다고 한다.

"하지만 놀랍군. 옆집에도 신기한 이야기가 있다니. 등잔 밑이 어둡다는 말은 이럴 때를 두고 하는 것이겠지."

"세상은 좁아요, 여보."

저마다 그렇게 말한 뒤, 미시마야의 바쁜 하루가 시작되었다.

소중한 딸의 혼인 준비로 옆집은 꽤나 분주해지겠지, 하고 걸핏하면 귀를 기울이게 된 오치카지만, 스미요시야의 모습에 특별히 달라진 점은 없었다. 오시마에게 물어도 전혀 모르겠다고 한다.

다만 미시마야에 온 지 오래되어 오치카보다 이웃에 발이 넓은 오시마가 의외의 사실을 가르쳐 주었다.

"저 따위야 규중처녀 같은 스미요시야 아가씨의 얼굴을 뵌 적도 없지만."

오우메 씨가 몇 살일 것 같으셔요?

"스무 살 정도 아닐까요."

당치도 않다며, 오시마는 과장스럽게 온몸으로 고개를 저었다.

"스물여덟인가 아홉인가 되었을 겁니다."

오치카보다 열 살 이상이나 연상이다.

"설마! 도저히 그렇게는 보이지 않았어요."

"세상 풍파에 닿지 않았기 때문이에요. 뭔가를 배우러 다니지도 않았거든요. 습자는 물론이고 노래도 춤도 꽃꽂이도, 모두 스승을 집으로 불러서 배웠으니까요."

극단적인 규중처녀다. 금족禁足 같다.

"몹시 사랑스럽고 마음씨가 착해 보이는 아가씨였으니까."

나쁜 벌레가 꾀지 않도록 하려는 배려일까요, 하고 오치카는 말했다.

오시마가 목소리를 낮춘다. "그게 이미 늦어서, 한번 벌레에 먹힌 적이 있지 않나 하고 이웃에서는 계속 수군거려 왔어요. 그래서 가두어 두고."

가까운 곳에서 헛기침 소리가 났다. 둘이서 퍼뜩 돌아보니 야소스케다.

"오시마 씨도 그런 말을 하다니, 심술궂은 근처 참새 떼 같구려."

오시마는 혀를 쏙 내밀더니 목을 움츠리고 달아나면서, 우리 대행수님은 귀도 밝으셔~, 하고 콧노래를 한다. 오치카는 웃고 말았다.

나중에 오우메한테 미안한 마음이 들었다. 마냥 행복해 보이는 웃는 얼굴이 조금 부러워서, 심술궂은 마음이었던 건 내 쪽일지도 모른다.

삼월 십일이 되어, 다이시치에서 했던 말대로 스미요시야 부부가 미시마야에 인사를 하러 찾아왔다. 이헤에와 오타미가 맞이했고, 오치카도 하녀에서 주인의 조카딸로 변해 자리에 앉았다.

딱딱한 자리가 아니어서 이야기는 지극히 허물없이 진행되었다. 센에몬과 오미치가 이것저것 추어올리는 바람에 오치카는 약간 겸연쩍었다.

"우리 오우메도 오치카 씨 같은 한창때에 시집을 보내고 싶었지만."

서른이 다 되는 나이에 이르러서야 겨우 좋은 인연을 만났습니다, 하며 오미치는 오타미에게 미소를 지었다. 오타미도 다 안다는 얼굴로 미소를 지으며 고개를 마주 끄덕인다.

"그런 사연이 있다 보니 요란스러운 준비는 삼가게 되었습니다. 사돈댁에서 가족들끼리만 모여 조촐하게 치르기로 했지요."

화려한 신부 행렬은 없다는 얘기다.

"그래도 오우메를 보낼 때는 조금 소란스러워지겠지요."

"소란스럽기는커녕 기쁜 일이지요. 저희도 오우메 씨를 전송해도 될까요."

오타미의 물음에 스미요시야 부부는 눈을 마주 보며 기쁜 빛을 띠었다.

"그렇게 해 주시겠습니까."

"오우메도 기뻐할 겁니다."

신부 오우메는 십오일 오전 여덟시에 가마를 타고 스미요시야를 떠난다고 한다.

"뒷문으로 나가니까……."

오미치는 약간 목소리를 낮추고, 여기에서 또 오타미의 다 안다는 얼굴을 기대하는 듯한 눈을 했다.

오타미는 기대를 배신하지 않는다. "스미요시야의 관례로군요" 하며 아무렇지도 않게 받아들인다.

오치카는 내심 느낀 놀라움을 감추기 위해 문득 눈을 내리깔았다. 야반도주도 아니고, 신부가 집 뒷문을 통해 떠난다는 건 나이 어린 오치카에게도 기묘한 이야기로 들린다.

도대체가, 스미요시야쯤 되는 재산을 가진 상가의 외동딸 혼례에 신부 행렬이 빠진다는 것이 우선 이례적이다. 오우메가 나이가 많아서라는 이유도 궁색해 보인다. 이 모든 게 오타미가 얼마쯤 알고 있으면서도 '함부로 입 밖에 내도 되는 일이 아니다'라고 한 사정 때문이라고밖에 여겨지지 않는다.

—무엇이 있는 걸까?

또 심술궂은 눈짓이나 몸짓을 해서는 안 된다고 생각하면서도 흥미가 생겨났다.

"짐은 전날 보내시겠군요."

"예. 십사일인데, 이 일도 오전 여덟 시부터 합니다."

"그러면 그 전에 변변찮기는 하지만 미시마야에서 축하 선물을 보내도록 하지요."

오타미는 가슴 앞에서 양손으로 손뼉을 딱 치더니 옆에 앉은 이헤에를 올려다보았다.

"여보, 스미요시야로부터 이번 경사에 관한 이야기를 듣자마자, 나는 몰래 준비를 해 왔어요."

"짐작은 하고 있었소."

이헤에도 웃으며 스미요시야의 부부에게 말했다.

"이 사람이야 이런 일에는 실수가 없으니까요. 따님의 축하 선물로 어울리는 것을 준비해 두었을 겝니다."

오미치는 기쁜 나머지 살짝 눈물이 고인 듯했다.

"고맙습니다. 저기, 정말로 오타미 씨한테는 신세를 많이 졌어요."

그러고는 저도 모르게 이렇게 말을 흘렸다.

"이번만은 그 준비해 주신 게 허사가 되지 않을 것 같아서 저도 얼마나 기쁜지."

스미요시야의 센에몬이 약간 몸을 움츠렸다. 이헤에와 오치카는 둘 다 아무것도 듣지 못한 척했다.

두 안주인은 손을 맞잡을 듯한 기세다.

"그래서 말이지요, 오타미 씨. 실은 또 하나 청이 있어요."

"무엇인가요?"

"신부가 가마에 올라탈 때 오타미 씨께 '물 끼얹기'를 부탁하고 싶어요. 오타미 씨는 사내아이를 둘 낳으셨으니, 오우메도 닮을 수 있도록."

오타미는 두말없이 승낙했다. "알겠어요. 저한테 맡겨 주세요."

센에몬과 오미치는 그 후에도 자잘한 일들을 이것저것 의논한 뒤에 돌아갔다.

부부를 문 앞까지 전송한 오치카는 그곳에서 다시 한 번 놀라게 되었다.

"오치카 씨."

방금 나간 오미치가 걸음을 멈추고, 뭔가 결심한 듯이 발길을 휙 돌려 오치카 옆으로 되돌아온 것이다. 그러고는 재빨리 속삭였다.

"아가씨께서 들어 주신다는 괴담 대회 말인데요—."

오타미 씨한테서 들었어요.

"오우메가 시집을 가고 나면 저도 끼워 주셔요. 오늘은 여러 가지로 어린 오치카 씨가 묘하게 여기실 일이 있었겠지만, 모쪼록 그때까지는 마음속으로 참아 주시고요."

오치카는 부드럽게 입을 다물고 오미치의 눈을 보았다. 스미요시야 안주인의 눈동자는 또 젖어 있다.

"알겠습니다."

오치카는 목례하며 대답했다. 오미치는 안도한 듯이 고개를 끄덕이고, 한 발 앞서 가고 있는 남편을 쫓아 모퉁이를 돌아 사라졌다.

그 후로 미시마야도 왠지 모르게 흥겨워지고 들뜬 기분에 휩싸였다. 오타미의 들뜬 기분이 가게 전체로 퍼졌기 때문이다. 오치카도 오우메가 짐을 보내기 전까지 전달할 축하 선물 장만을 돕기 위해 평소보다 더 자주 가게와 작업장 사이를 오갔다.

짐을 보낸다는 것은 신부가 지참할 가구나 도구 및 옷 등을 먼저 시댁에 보내 두는 일을 말한다. 옛날에는 시집가는 당일에 했다고 하지만, 그러면 번잡해지기 때문인지 지금은 다들 전날에 해치워 버린다. 다만 여기에는, 짐을 운반하는 행렬은 갈 때와 돌아올 때 다른 길을 지난다거나 결코 되돌아가지 않는다는 등 옛날과 다름이 없는 규칙이 있다.

혼례 절차는 무가의 예식을 따르는 오가사와라 식_{무로마치 시대에 오가사와라 나가히데가 창시한 예의범절의 한 유파}이 주류이고, 그게 민간에도 침투해 오늘날과 같은 형태가 되었다고 한다. 그 사이에 간략화된 부분도 있고 덧붙여진 부분도 있다고 오타미가 가르쳐 주었다.

"마루센에 있을 때도 혼례를 본 적은 있지?"

가와사키 역참에 자리한 오치카의 본가를 말하는 것이다.

"있어요. 역참 내의 혼례도 있었고, 도이야바_{에도 시대에 가도의 역참에서 사람이나 말을 바꾸어 주는 등의 사무를 하던 곳}로부터 사람이나 말을 동원할 정도로 엄청난 신부 행렬을 본 적도 있지요."

마루센은 오래된 여관이기 때문에 그런 신부 일행이 쉬어 가는 곳으로 사용된 적도 있다.

"그러면 물 끼얹기도 알고 있겠구나."

떠나는 신부에게 물을 뿌리는 풍습이다.

"이야기로는 들었지만 우리 본가 쪽에서는 하지 않았어요."

"신랑을 돌로 치거나, 새색시의 가마에 돌을 던지거나 하는 풍습은?"

본 적도, 들은 적도 없다.

"그런 일도 하나요?"

"지방에 따라서는 있단다. 에도에서만 해도 여러 가지가 있거든. 신부를 보낸 후 꼭 오봉음력 칠월 십오일 전후의 백중맞이 날. 첫날에는 정원 앞이나 문 앞에 '무카에비'를 피워 조상들의 영혼을 집으로 인도한다 때처럼 문전에서 불을 피우는 곳도 있어."

저마다 까닭이 있는 혼례 풍습이지만 지금은 쇼군에 의해 금지되었다고, 오타미는 일러 주었다.

"그래서 본가 쪽에서는 하지 않은 걸까요."

"그럴 테지. 물 끼얹기도 사실은 안 되지만, 뭐, 집 안에서 몰래 할 테니까 갑자기 관리 나리가 달려오는 일은 없겠지."

금지당한 이유는, 저도 모르게 도를 넘거나 야만스러워지기 때문이라고 한다.

"돌로 친다는 건 그중에서 제일 그렇지. 경사스러운 일은 다른 사람의 시기를 부르는 법이기도 하단다. 연회에 초대를 받지 못한 사람들이 이런 관습을 틈타서 소동을 일으키는 경우도 있고."

"숙모님, 잘 아시네요."

"이것도 장사니까."

물 끼얹기는 여자가 달거리를 할 때 가족과는 별화別火(다른 불씨를 사용하는 것)부정을 타지 않도록 취사용 불을 따로 다루는 일. 또는 그 불를 쓰는 것에서 비롯되어, 달거리를 '불'에 비유하고 그것을 '물'로 끔으로써 자식의 잉태를 기원하는 행위다.

"아아, 그래서 오우메 씨도 아들을 낳을 수 있도록 해 달라고 숙모님한테 부탁하셨던 거군요."

"우리 집처럼 훌륭한 아들을 말이지."

오타미는 의기양양하게 말했다. 그러다가 그대로 살짝 굳어진다.

"그러고 보니 한때 도미지로를 스미요시야의 사위로 달라는 말이 있었는데."

갑자기 떠올린 것이다.

"완전히 잊고 있었네" 하며 본인도 겸연쩍어한다. "금세 흐지부지되고 만 이야기였거든."

여기에도 까닭이 있는 듯하다.

"스미요시야의 안주인께서 흑백의 방에 와 주시겠대요."

오미치가 속삭인 말에 대해 얘기하자 오타미는 기뻐했다. "몸이 바쁜 사람은 이야기가 빨리 통해서 좋다니까."

"그러니 지금은 저도 숙모님께 이것저것 묻지 않을게요."

"너도 말귀를 빨리 알아들어서 좋구나."

오우메의 짐을 보내는 일은 조용히 치러졌다. 봄 날씨는 변덕이 심하지만, 다행히도 좋은 날씨가 이어져 이튿날인 십오일도 화창했다. 이헤에와 오타미, 오치카는 정해진 시간보다 일찌감치 스미요시야로 갔다.

신부를 태울 가마는 이미 스미요시야의 뒤뜰에 와 있었다. 뒷문을 지날 수가 없어서 놀랍게도 생울타리의 일부를 제거했다. 생울타리니 그나마 쉽지, 판자담이었다면 부수었어야 할 판이다. 이렇게까지 해서 뒷문으로 나가는 데에 집착하니 상당한 관례인 것이다.

오치카는 이에 대해서도, 흑백의 방에서 이야기를 들을 때까지 참기로 하고 굳이 묻지 않았다.

가게의 문장이 들어간 하카마기모노 위에 입는 치마처럼 생긴 하의. 바지와 치마 두 가지가 있다를 입은 남자들은 시댁에서 오우메를 맞이하러 온 사람들이리라. 오우메의 부모는 이 가마를 따라갈 수 없다. 오우메를 따라 시댁에 들어가는 듯한 하녀 하나가 스미요시야의 가게 이름이 들어간 작은 고리짝을 짊어지고 가마 옆에서 대기하고 있다.

스미요시야에 새삼 축하 인사를 늘어놓으며 잠시 기다리는 사이에, 집 안에서 신부가 나타났다. 중매인인 부인에게 손을 이끌려 얌전히 걸어온다.

아름답다. 오치카는 숨을 삼켰지만.

—어라.

이상하다고 생각했다.

와타보시풀솜으로 만든 여자의 쓰개. 방한용이나 혼례 때 쓰였다 때문에 얼굴이 보이지 않지만, 저 사람이 오우메일까. 우메야시키에서 보았을 때보다 훨씬 더 키가 커 보인다. 온통 하얀 옷을 입고 있어서 느낌이 다른 걸까.

오타미가 앞으로 나아가 우아한 몸짓으로 들통의 물을 국자로 퍼서 하얀 옷의 어깨로 가까이 가져간다. 형식적인 것이니 직접 물을 철썩 뿌리지는 않는다. 다른 한 손을 국자에 대고, 거기에서 손끝으로 튕기듯이 물을 뿌렸다. 하얀 옷에 물방울이 반짝반짝 빛난다.

오타미의 키는 오치카와 비슷한 정도다. 우메야시키에서 본 오우메는 오치카보다 약간 몸집이 작았다. 그런데 지금 오타미는 살짝 발돋움을 하다시피 하며 신부의 어깨에 국자를 대고 있다.

역시 신부는 오우메보다 키가 크다.

게다가 이 호리호리하고 날씬한 허리. 오우메도 가냘픈 사람이었지만 지금 신부의 모습과는 달랐다.

오치카는 떠올렸다. 다이시치의 대기실에서 스미요시야의 세 가족 뒤를 그림자처럼 조용히 따라가던 여자. 그 여자와 이 신부는 몸집이 매우 비슷하지 않은가.

오치카는 물끄러미 숙모를 바라보았다. 가까이 있으면서도 오타미는 알아차리지 못하는 걸까.

그때 오타미가 와타보시 속을 들여다보는 자세로 웃음을 지으며 신부에게 무언가 말을 걸었다. 와타보시가 오타미 쪽을 향해 가볍게 고개를 마주 끄덕인다.

순간 오타미의 표정이 멈추었다. 웃음이 웃는 모양 그대로 굳어서 달라붙고 말았다.

즉시 중매인인 부인이 다가와 신부의 손을 잡고 가마로 이끈다. 선명한 감색 한텐에 홍백의 다스키를 맨 가마꾼이 공손하게 무릎을 꿇고 가마 앞뒤에 대기하고 있다.

오타미가 국자를 돌려주고 물러났다. 부엌문 밖에 나란히 서 있던 스미요시야의 센에몬과 오미치가 허리를 굽히며 오타미에게 깊이 머리를 숙였다.

그때 오치카는 더 놀라운 광경을 보았다.

부엌문 안쪽에, 부모의 등에 숨다시피 오우메가 서 있다. 물론 신부 차림은 아니다. 곁에서 시중을 드는 하녀로 착각할 만큼 수수한 옷차림이다.

오치카는 눈을 휘둥그렇게 떴다. 강한 시선을 알아차렸는지 오우메가 이쪽을 보았다. 한순간 눈과 눈이 마주쳤고, 오우메는 재빨리 안으로 쏙 들어갔다. 센에몬과 오미치가 얼굴을 들어서 오우메가 서 있던 곳을 감추고 말았다.

신부가 가마에 올라타는 참이었다. 무릎을 굽히고 양 소매를 손으로 걷고 있다. 중매인인 부인이 하얀 옷자락을 잡는다.

걷어 올린 가마의 발에 닿아, 와타보시가 약간 들려 올라갔다. 신부의 옆얼굴이 보인다.

오우메가 아니다. 다른 사람이다.

그러나 그뿐이라면 오치카는 더 이상 놀라지 않았을 것이다. 나자빠질 정도로 놀란 까닭은 다른 이유에서였다.

신부는 화장을 하지 않았다. 분도, 연지도 없다.

그 민낯은 엄청난 얼금뱅이였다.

오치카는 너무나 놀라 우두커니 선 채 그저 눈만 깜박였다.

가마가 나간다. 가마꾼들의 노래도 없는 조용한 행차다. 보기에 따라서는 장례식이랑 비슷하게도 보인다. 상황이 이렇다 보니 보내는 사람들, 행렬에 참가하는 사람들의 웃는 얼굴도 어딘가 가식적으로 느껴진다.

오타미가 소매를 잡아당길 때까지 오치카는 멍하니 있었다.

"자, 물러가자꾸나."

오늘은 숙모뿐만 아니라 숙부도 다 알고 있다는 얼굴이다. 오치카는 거역하지 않고, 스미요시야의 부부에게 어색한 축하 인사를 늘어놓고 거의 도망치듯이 걷기 시작했다.

떠날 때, 또 부엌문 그늘에서 오우메가 엿보고 있음을 알아차렸다. 양손을 모아 입가에 대고, 왠지 이쪽을 향해 기도를 올리는 듯한 모습이다.

뒷문을 통해 길로 나가자 그제야 오타미가 "왜 그러니, 그렇게 대놓고 놀라고" 하며 입을 열었다.

"곰보 얽은 얼굴을 처음 보았니?"

오치카는 입을 반쯤 벌린 채 몇 번이나 고개를 저었다.

곰보는 천연두의 흔적이다. 에도에서도, 오치카가 태어나고 자란 가와사키 역참에서도, 아니 이 나라 전체에서 결코 드문 일은 아니다. 천연두는 돌림병 중에서 가장 무섭고, 사람을 가리지 않는 병이다.

"이건 에도만의 방식이려나? 신부가 가마에 탈 때, 마를 쫓기 위해서 곰보가 있는 여자로 하여금 따라오게 한단다."

이헤에도 음음 하며 고개를 끄덕인다.

"하, 하지만 숙모님." 오치카는 저도 모르게 말을 더듬었다. "그 여자는 신부 차림을 하고 있었잖아요."

게다가 그 여자는.

"제가 다이시치에서 보았던 사람이에요."

이 세상 사람이 아닌 것처럼 소리도 없이, 오우메의 그림자처럼 숨어들던 여자다. 오코소즈킨은 곰보 얽은 얼굴을 가리기 위해서였을 터이다.

"그러니까 그게," 오타미는 목소리를 확 낮추었다. "스미요시야만의 방식이란다. 거기에 사정이 있는 거야."

안주인 오미치가 오랫동안 답답해했다는 사정이다. 조만간 흑백의 방에 와서 이야기하겠다던 사정이다.

미시마야로 돌아가자 이헤에는 이런이런 하며 소리 내어 한숨을 쉬었다.

"오시마, 오치카에게 물을 좀 가져다주겠나."

왠지 장례식에 다녀온 것 같구나, 하고 오치카의 마음을 대변해주었다.

어쨌든 스미요시야의 외동딸 오우메의 혼례는 무사히 끝난 듯하다.

캐물어 봐야 소용없다, 오미치 씨가 너를 찾아올 때까지 얌전히 기다리렴. 오타미가 타일러서 오치카는 그 후 억지로 마음에 뚜껑을 덮고 이것저것 생각하기를 그만두었다. 참아야 할 때라는 건 이런 경우를 위한 말이리라.

오치카 자신은 열여덟이 되는 지금까지는 천연두에 걸리지 않았다. 천연두에 걸리는 대상은 대부분 어린아이들이지만, 어른이 되었다고 해서 괜찮다는 보장은 없다. 따라서 앞으로도 방심은 금물이다. 본가인 여관 마루셴에서는 단골 술 가게의 며느리가 둘째 아기를 가졌을 때 천연두에 걸려, 모자가 모두 목숨을 잃고 만 슬픈 광경을 본 적도 있다.

천연두는 잔혹한 병이다. 우선 죽을병 부류에 속하고, 특히 어린 아이가 이 병으로 목숨을 잃는 일이 많다. 게다가 목숨은 건진다 해도 실명하거나, 심한 곰보 자국이 남는 경우도 있으므로 다른 돌림병과는 크게 다르다. 따라서 사람들은 이 병을 굉장히 두려워한다.

오치카가 자란 가와사키 역참은 에도와 가까운 여관 마을이기도 하고, 많은 사람이 드나들며 다양한 지식을 가져다주기 때문에 천연두가 돌림병이라는 사실이 잘 알려져 있다.

그러나 안다고 해도 막을 방법은 없다. 고작해야 어디에선가 천연두가 돌았다는 이야기를 들으면 한동안 그곳을 멀리한다는 정도밖에 수가 없는 것이다.

한편 천연두는 '천연두 신'이 일으키는 재앙이라는 신앙도 뿌리 깊다. 사람들은 천연두를 면하기 위해 천연두 신을 모시며 기도를 하고, 천연두에 걸리고 만 경우에는 조금이라도 가볍게 끝나게 해 달라고 또 기도를 한다. 이는 오치카가 태어나고 자란 곳에서도, 여기 에도에서도 다를 바가 없다.

그러고 보니 오치카를 에도로 보낼 때 부모님은 여러 가지를 염려했는데, 그중에 천연두도 있었다.

—미시마야 근처에 위치한 천연두 신을 모신 신사를 가르쳐 달라고 해서 가능한 한 빨리 참배를 가도록 해라.

—모처럼 지금까지 면해 왔잖니. 앞으로도 무사히 지나가도록 우리 또한 열심히 기도할 테니 너도 신심을 게을리해서는 안 돼.

그 무렵의 오치카는 자신의 몸이 어떻게 되든 상관없었고, 죽을병에 걸려 목숨을 잃는다면 차라리 행복하겠다 싶을 만큼 황폐해진 기분이었기 때문에, 건성으로 흘려들었던 것 같다. 지금에 와서는 부모의 마음을 모르는 자식이었던 게 죄송스럽다.

부모야 당연히 자식이 천연두에 걸릴까 봐 두려워하겠지만, 그 아이가 여자아이일 경우에는 보다 더 각별해진다. 몇 번이나 말했듯 곰보라는 흔적이 남기 때문이다.

속된 말로 여자아이의 미추는 천연두를 앓아 볼 때까진 결정할 수 없다고들 한다. 아무리 미인이라도 곰보 때문에 엉망이 되고 마는 경우가 있기 때문이다.

천연두 신이/ 홀딱 반한 아가씨/ 값이 처지네

그런 센류 하이쿠와 같은 형식인 5·7·5의 3구 17음으로 된 단시. 구어를 사용하며, 인생의 기미나 세태·풍속을 풍자와 익살로 묘사하는 것이 특징 까지 있을 정도다. 곰보가 많은 상가의 딸이 어마어마한 지참금을 내놓고 겨우 시집을 갔다는 이야기도 있다. 좋은 인연을 만난 아가씨가 혼례 직전에 천연두에 걸려 파혼을 당한다는 예도 있다.

—그 여자는.

오우메로 둔갑한 곰보 신부는 정체가 무엇일까. 마를 쫓는다는 역할도, 오치카에게는 가혹하게 여겨졌다.

수줍은 듯이 조심스럽게 피는 매화꽃이 지고 나면 천하에 벚꽃이 흐드러지게 피는 계절이 이어진다. 그 벚꽃이 찰나 동안 제 세상인 양 봄을 구가謳歌한 후에는 세상을 씻어낼 듯한 신록의 파도가 밀어

닥친다.

계절이 그 무렵이 되어서야 겨우 스미요시야의 오미치가 미시마야를 찾아왔다. 이웃 가게의 안주인으로서 찾아왔다거나 오타미와 '수다를 떨기' 위해서 온 게 아니라, 흑백의 방에 손님으로서 방문한 것이다.

오타미는 평소와 다른 기색도 없이 밝은 얼굴로 오미치를 맞이했다.

"저는 흑백의 방에 함께 있을 수 없는데, 괜찮으시겠어요?"

별로 엄격한 규칙이 있지는 않다. 본래 친한 사이인 오타미와 오미치라면, 둘이 나란히 맞은편에 앉은 상태에서 오미치가 이야기해 주어도 오치카는 상관없다. 하지만 오미치는 잠시 허공을 응시하더니, "예, 오늘은 저 혼자서 이야기할게요. 오타미 씨 앞에서는 역시 부끄러우니까요" 하고 대답했다.

"그렇다면 방해는 하지 않을게요. 가 보겠습니다."

오타미는 유쾌하게 웃으며 자리를 피했다. 곧 오시마가 다과를 가져왔고, 얌전히 인사를 한 뒤에 물러갔다.

봄이 지나 바깥은 초여름 날씨다. 홑옷 차림을 하기에는 아직 이르지만 양지에서는 자칫하면 땀이 밸 정도로 강한 햇빛이다. 흑백의 방도 통풍이 잘 되도록 정원에 면해 있는 장지문을 크게 열어 두었다.

이헤에의 취향으로 미시마야의 정원은 자연 그대로인 정취가 강하다. 그래서 지난가을, 어디에선가 만주사화가 무심코 섞여 들어와서 꽃을 피웠어도 이상하게 보이지 않았다. 그 덕분에 별난 괴담 대회가 시작된 것이다.

지금은 철쭉이 한창이다. 하얀 철쭉과 붉은 철쭉이 한 그루씩 나란히 피어 있다.

"저 철쭉." 오미치가 그쪽을 응시하며 가리켰다. "우리 정원에도 똑같은 한 쌍의 산철쭉이 있어요. 땅 주인의 취향인데, 홍백이라 조짐도 좋으니 섣불리 바꾸어 심지 말고 계속 꽃을 피우게 해 달라고 하시더군요."

스미요시야도 미시마야와 마찬가지로 빌린 집이라고 한다. 나란히 자리한 이 두 채의 집은, 구조도 넓이도 정원의 풍경도 거의 비슷한 모양이다.

"이곳에 살기 시작한 건 저희들이 삼 년 빨라서, 현재 십오 년이 됩니다. 미시마야가 이사를 오시기 전에 이곳은 종이 도매상이었지요."

그 종이 도매상이 따로 집을 지어 나간 차에, 미시마야가 들어왔다.

"그러고 보니 나이도 제가 오타미 씨보다 세 살 위였지요."

평소에는 잊고 살지만요, 하고 오미치는 조금 수줍은 듯이 입가에 손가락을 댔다.

"각자 화재도 당하지 않고 큰 재난도 없이, 서로 사이좋게 처마를 나란히 하고 장사를 해 올 수 있어서 행복했어요. 정말로 감사하게 생각합니다."

곱씹듯이 찬찬히 중얼거린다. 오치카는 그 표정과 말투에 섞인 일말의 쓸쓸함을 느꼈다. 게다가 마치 작별 인사라도 하는 말투다.

"예, 앞으로도 이웃끼리 잘 부탁드립니다."

오치카가 손을 모으고 머리를 숙이자 아니나 다를까, 오미치는 이렇게 말을 이었다.

"그게 말이지요, 오치카 씨. 스미요시야는 조만간 가게를 접을 거예요. 우리는 본가로 돌아가게 되었거든요."

역시 정말로 작별 인사였다.

"숙모님은 그 사실을……."

"아직 이야기하지 않았어요. 저도 안타까워서."

오미치는 그제야 정원에서 오치카의 얼굴로 시선을 옮겼다.

"여기에는 여러 가지로 복잡한 경위가 있답니다. 피상적으로 말씀드리는 정도로는 지어낸 이야기라고 여기실 법한 경위가요."

그래서 좀처럼 말하지 못하는 것이다.

"오타미 씨는 지금까지 제 불평을 많이 들어 주셨지만, 이 경위 중에서는 극히 일부에 지나지 않아요."

오미치는 살짝 쓴웃음을 짓고 마루마게후두부를 약간 평평한 타원형으로 틀어 올린 기혼 여성의 머리 모양의 살짝 언저리를 손가락으로 눌렀다.

"요컨대 오우메의 혼담이 이루어지는가 싶으면 실패하고, 이루어지는가 싶으면 실패하기를 반복해서 본인도 저희도 가슴이 미어지는 기분을 맛보아 왔다는 이야기입니다만…… 오치카 씨도 눈치는 채셨지요?"

문득 오미치의 머리카락에서 흰머리가 눈에 띈다. 밝은 방에 마주앉아 가까이에서 보고 있기 때문일까. 아니, 아니, 그거라면 오우메가 시집가기 전에 인사하러 왔을 때도 이런 상황이었다.

짧은 시간 동안 오미치가 늙은 걸까.

"일전에 이야기해 주셔서 조금은."

"오타미 씨한테서는 듣지 못하셨나요."

"숙모님은 스미요시야 마님께서 흑백의 방에 오실 때까지 아무 말도 하지 않겠다고 하셨습니다."

오미치의 눈이 기쁜 듯이 가늘어졌다.

"오타미 씨다워요. 귀에는 홈통이, 입에는 자물쇠가 달린 분이지요."

'귀에는 홈통'은 쓸데없는 말은 흘려듣는다는 뜻일 테고, '입에는 자물쇠'는 물론 입이 무겁다는 뜻이리라.

오미치는 찻잔을 들어 올리다가 고개를 갸웃거렸다.

"그런 오타미 씨이기 때문에" 하고 찻잔을 향해 말한다. "저도 깊은 곳에서부터 털어놓기를 꺼렸는지도 모르겠어요. 믿어 주지 않는다면 슬플 테고, 믿어 준다 해도 그로 인해 오타미 씨가 저를 피하게 된다면 더 슬플 테니까요."

그 마음은 오치카도 안다.

"불가사의한 이야기를 마음에 품고 있는 사람이라면 모두 같은 고민을 지니고 있지 않을까요. 저는 그렇게 생각해요."

오미치는 시선을 들더니, "어머나" 하고 작은 목소리로 말하며 미소를 지었다.

"괴담을 들어 주시는 당신이 그렇게 말씀하신다면 그렇겠지요. 사람이 고민하는 것은 어차피 비슷비슷할 테니까요."

어깨의 긴장이 풀린 모양이다.

"이번에야말로 오우메가 시집을 가서 자리를 잡는다면, 지금까지의 모든 일은 남편과 제 마음속에만 담아 둘 생각이었어요. 하지만 그러면 왠지 목이 꽉 막힐 것 같기도 했지요. 한 번 정도는 토해내고 싶었어요. 그렇더라도 아무에게나, 아무 곳에서나 토해낼 수는 없지요. 마침 그때 오타미 씨가,"

―괴담 대회에서 늘어놓으면 되잖아요.

"우리 남편이 색다른 것을 좋아해서 하고 있으니 언제든지 찾아오라고 권해 주었어요. 이야기를 듣는 사람이 조카따님이라는 사실에 처음엔 당황했지만요."

오치카는 살짝 몸 둘 바를 몰라 했다.

"하지만 그게 낫겠지요. 남편도 그리 말하더군요. 마귀할멈 같은 할머니나 중 냄새 나는 스님을 상대하기보다는 훨씬 이야기하는 보람이 있지 않겠느냐, 뭣하면 자기가 가겠다면서."

오미치의 웃음이 밝아졌다. 오치카도 마주 웃으며 가볍게 목례했다.

"고맙습니다. 흑백의 방에서 나누는 대화는 이야기하고 버리고, 듣고 버리는 것이 규칙이랍니다."

오미치는 고개를 끄덕이고 한번 호흡을 가다듬었다.

"처음부터 말씀드리자면 한참을 거슬러 올라갑니다. 삼십일 년 전, 제가 본가의 차남인 남편에게 시집을 왔을 때부터니까요."

바늘 도매상 스미요시야의 본가는 혼초에 있다. 에도에서 가장 번화하고, 가장 수가 많고 종류가 다양한 도매상이 처마를 나란히 하고 있는 거리다. 스미요시야는 큰 가게는 아니지만 그중에서도 고참으로 꼽히는 편이다. 센에몬의 아버지가 4대째고, 형 다에몬이 5대째다.

"남편과는 한 살 터울인 형제였는데, 서로 사이좋고 건강하게 자랐습니다."

형제는 잇달아 아내를 얻었다. 오미치의 손윗동서는 오루이라고 한다. 동서끼리도 한 살 차이로, 역시 성격이 비슷하고 마음도 맞았다.

"제각기 가정을 꾸린 장남과 차남이 한 지붕 아래에서 사는 건 드문 일이지만요. 그만큼 사이가 좋았어요. 북적북적해서 좋다고 할 만큼."

형제의 아버지, 스미요시야의 4대째 주인이 병을 앓아 장사에서 손을 뗀 탓도 있어 다에몬과 센에몬은 서로 돕고 지혜를 모아 가며 장사에 힘썼다. 오루이와 오미치도 마음을 합쳐 안채 일을 도맡아 했고, 둘이서 시어머니도 정성껏 모셨다. 스미요시야는 이대로 주인 형제가 이끄는 가게로 번성해 가리라고 모두가 생각했다.

그러나—.

"혼인한 지 이 년 만에 형님 부부가 겨우 아이를 가졌습니다."

달이 차자 쌍둥이가 태어났다.

"서로 꼭 닮은 귀여운 여자아이 쌍둥이였어요."

오미치의 눈가에 살짝 그늘이 졌다.

"오치카 씨는 아실까요. 옛날부터 상인은 쌍둥이를 싫어하는 경향이 있습니다."

상가뿐만이 아니다. 무가에서도 그렇다. 오치카도 그런 경향이라면 제법 안다. 마찬가지로 여관 손님들에게서 주워들은 지식이다.

"알고 있어요. 그래서 어떻게 되었다는 일은, 제 주위에서는 없었지만요."

꼭 닮은 쌍둥이는 '집안을 나눈다', '재산을 나눈다'고 하여 꺼린다. '짐승의 배'라는 몹시 불쾌한 표현을 쓸 때도 있다. 개나 고양이는 한 번에 많은 새끼를 낳기 때문이다.

"자식이 많은 건 행복한 일인데, 왜 쌍둥이만 나쁜 말을 듣는지 모르겠어요" 하고 오치카는 말했다. "'재산을 나누는' 게 아니라 '재산이 고스란히 두 배가 된다'고 생각하면 경사스러운 일일 텐데요."

오미치는 웃었다. "그렇군요. 모든 일은 말하기 나름, 생각하기 나름이지요. 다만 정말로 어려운 점이 있는지도 몰라요."

"어려운 점이라고요."

"네. 한 살이라도 나이 차가 나면 형제와 자매로 위아래가 나뉩니다. 돈도 그렇고 집을 지을 때도 그렇고, 재산을 물려줄 때도 그게 기준이 되잖아요? 하지만 쌍둥이는 위아래를 구분할 수가 없으니까요."

집안에 말썽이 일어나는 원인이 되기 쉽다는 뜻일까.

"그래서 개나 고양이 같다는 악담은 나중에 덧붙여졌어요. 왜냐하면 개나 고양이는 쌍둥이 정도가 아니라 훨씬 더 많이 낳으니까요."

술술 말하면서도 오미치의 눈빛은 어둡다.

"본가의 시어머니는 딱히 까다로운 분은 아니었지만 신심이 깊으셨어요. 아니, 신심이 아니지요, 미신입니다."

오루이가 낳은 첫 손녀인 쌍둥이를 몹시 싫어하고 두려워했다. 그

때까지는 마음에 들어 한 듯한 오루이 또한—.

"우마^{牛馬} 같다며, 당장 멀리하셨어요. 태어날 때부터 도성에서 자라서 소나 말이 어떻게 새끼를 낳는지 본 적도 들은 적도 없으시면서 말이지요. 소나 말은 좀처럼 쌍둥이를 낳지 않는답니다."

그러는 오미치는 잘 알고 있다.

"저는 농가에서 태어났어요. 본가의 먼 친척에 해당하는 집인데, 제 자랑 같지만 대지주였기 때문에 아가씨처럼 곱게 자랐답니다. 하지만 촌 아가씨니까요. 시골티 나는 일도 많이 알아요."

오치카는 이 시원시원한 사람이 젊은 새색시였을 무렵, 지금 같은 말투나 몸짓이나 표정으로 미신에 눈이 먼 시어머니와 직접 담판하는 모습을 쉽게 떠올릴 수 있었다.

—어머님, 그런 말씀은 형님한테 너무 심해요. 어머님의 말씀은 이치에도 맞지 않고요. 소나 말도 그렇게 쌍둥이를 낳진 않아요. 어머님은 모르시잖아요.

"그래도 이치가 통하지 않는 것이 신심, 이 아니라 미신이어서."

쌍둥이를 둘러싸고 스미요시야는 생각지도 못한 암운에 휩싸이게 되었다.

"아버님은 이미 돌아가신 터라 어머님을 타이를 사람이 없었습니다. 꾸짖어 줄 사람도 없지요. 어머님은 입에서 나오는 대로, 형님도 쌍둥이도 더 이상 얼굴조차 보기 싫다고 우기기만 하셨어요."

화내고 고민하며, 다에몬과 센에몬은 머리를 맞대고 논의했다.

"그래서 남편 센에몬과 제가 쌍둥이 중 하나를 양녀로 들이고 분가하기로 결정했습니다. 어머님께 어떻게든 그걸로 좀 용서해 달라고 하려고요."

 옛날부터 이럴 때는 쌍둥이 중 하나를 수양 자식으로 보내거나, 일단 다른 집에 맡겼다가 다시 양자로 들이는 등의 변통수가 있다고 한다. 미신에는 미신 나름의 구제책이 있다고나 할까. 스미요시야의 경우는 형제 부부끼리 사이가 좋은 터라, "다른 곳에 보내 버리는 것보다 훨씬 좋잖아요. 저희도 이의는 없었지요. 분가에 대해서도, 언젠가는 생각해 봐야 했을 테니까요" 하고 오미치는 말했다.

 이렇게 해서 오하나와 오우메라 이름 붙인 쌍둥이 여자아이는 따로따로 자라게 되었다.

 "다만 그 무렵에는 분가라고 해도 형식적인 것이었어요. 본가 근처에 집을 빌려 남편과 저와 오우메 셋이서 그리로 이사를 했습니다. 남편은 매일 가게에 다니고, 오루이 형님은 오하나를 안고 오우메에게 젖을 주러 저희 집에 다녔지요."

 오루이와 오하나는 해가 떠 있는 동안에는 거의 오미치네 집에서 함께 지내곤 했다.

 "어쨌거나 어머님은 쌍둥이를 낳은 형님까지 싫어하게 되셨으니까요. 본심으로는 내쫓고 싶어 했으니 형님도 본가에 있으면 바늘방석에 앉은 기분이었겠지요. 도망치듯이 저희 집에 와서 해 질 무렵 본가로 돌아갈 때는 돌아보고 또 돌아보며 눈물을 짓곤 했습니다."

 그 상태는 일 년 후, 오루이가 장남 고이치로를 낳을 때까지 계속되었다고 한다.

 "후계자가 될 사내아이의 얼굴을 보고 그제야 어머님도 마음이 누그러지셨겠지요. 맥도 빠지셨는지 고이치로가 기엄기엄하기도 전에 덜컥 돌아가시고 말았습니다."
　다만 임종을 맞기 직전에 다짐을 놓는 일은 잊지 않았다.
　―내가 죽었다고 해서 오우메를 본가로 불러들였다간 용서하지 않겠다. 쌍둥이를 허락한 것은 아니야. 내 눈은 속일 수 없다.
　"고집 센 분이었어요." 오미치는 탄식했다. "돌이켜 보면 단순히 미신 때문만은 아니었을지도 몰라요. 역시 시어머니라는 존재는 이래저래 며느리가 미운 게지요."
　아련한 눈빛이 된다. 아직 경험이 없는 오치카는 모두가 다 그런 건 아니겠지요, 라고 말하려다가 그만두었다.
　"형님은 지금도 가끔 임종 때의 어머님 얼굴이 꿈에 나온다고 해요. 이렇게, 흰자를 드러내고 말이지요. 쌍둥이를 허락한 것은 아니라며 으름장을 놓으신다더군요."
　―내 눈은 속일 수 없다.
　"아주버님도 남편도, 자신들의 어머니이니까요. 어이도 없고 새삼 화도 났겠지만 죽고 나면 모두 부처님입니다. 가엾게 느끼는 부분도 있었겠지요."
　숙연해지는가 싶던 오미치의 눈매가 이내 날카로워진다.
　"하지만요, 완전히 부처님이 되어 주신다면 다행이겠지만 그렇게 되지 못하면, 살아 있을 때보다 오히려 더 번거롭지요."
　시어머니의 이상한 염念이 남아 오하나와 오우메에게 해를 입히지는 않을까. 특히 오루이는 그 일을 두려워했다.
　"저도 불안했어요. 그 할멈이라면 그럴 수도 있겠다 싶었고요."
　인정사정없는 말이지만 절실하다. 오치카도 고개를 끄덕였다.

"알 것 같아요."

저도 모르게 몹시 진지하게 맞장구를 쳤다.

"남자들과도 열심히 교섭해서, 이번에야말로 진짜 분가하여 스미요시야를 두 곳으로 만들기로 했습니다. 단골 거래처에도 정식으로 인사를 하고 조금 가진 땅도 둘로 나누었지요."

오우메는 정식으로 센에몬과 오미치의 딸이 되었다. 이 부부는 그 후로도 자식이 없었기 때문에 결국 오우메는 분가의 외동딸이 된 것이다.

"그 무렵에 우치칸다로 이사를 했어요. 가마쿠라초에 위치한 집이었지요."

분가는 본가에 뒤지지 않을 만큼 번성했다. 센에몬은 장사에 뛰어난 수완을 보였다.

"가마쿠라초의 집이 낡고 비좁아진 탓도 있어서 십오 년 전에 여기로 이사를 왔답니다."

한숨 돌리는 오미치를 위해 오치카는 차를 새로 끓였다.

오미치는 즐거운 듯이 오치카의 손놀림을 바라보며 말했다.

"아까 아가씨가 말씀하셨지요."

쌍둥이는 재산을 나누는 게 아니라 재산을 두 배로 불리는 것이라고 생각하면 된다고.

"좀 아는 분이구나 싶었어요."

"고맙습니다."

"우리 생각도 같았어요. 장남과 차남이니 각각 본가와 분가라고 부르게 되기는 하겠지만, 둘로 나뉜 거면 양쪽 다 분발해서 큰 가게로 만들자. 재산을 불리자. 그러면 가게는 두 배가 된다. 두 배로 만들어 보이면 돌아가신 어머님의 분노도 가라앉겠지."

보통 피를 나눈 사이라 해도 특히 재산이 얽히면 그렇게 생각할 수는 없는 법이라 다툼이 일어난다. 스미요시야의 다에몬과 센에몬 형제와 그들의 아내는 마음이 맞고 사이가 좋아 서로를 배려할 수가 있었기 때문에 행복했다.

"오하나와 오우메도 가능한 한 똑같이 키우자고 생각했어요. 위아래가 생겨서도 안 된다고요. 오하나에게 해 줄 수 있는 건 오우메에게도 해 주자. 오하나가 가지고 있는 것은 오우메에게도 갖게 해 주자."

두 딸은 부모가 둘씩 있는 셈이 된다.

"게다가 두 아이도 사이가 좋아서, 외모가 거울에 비춘 것처럼 똑같을 뿐만 아니라 성미도 똑같았어요."

같은 것을 갖고 싶어 하고 같은 것을 싫어한다. 같은 것을 배우고 싶어 하고 같은 것을 게을리한다. 두 아이가 철이 들고 약간 장난기가 생기게 될 무렵의 일이다.

"열 살쯤이었을까요, 습자소에서 돌아오는 길에 둘이 몰래 바꿔치기를 했어요. 그리고 태연하게 오우메가 본가로, 오하나가 우리 집으로 돌아왔는데."

저녁 식사 때 본인들이 혀를 내밀며 자백할 때까지 어느 집에서도 누구 하나 꿰뚫어 보지 못했다.

"이때는 늘 상냥한 형님도 안색을 바꾸며 화를 냈습니다. 저도 놀라 나자빠질 뻔했지요. 왜냐하면,"

바꿔치기를 했다고 하지만 오우메가 잠시 본가에 들어간 것이다.
"형님은 만일 오우메에게 무슨 일이 일어난다면 알아차리지 못한 자신의 탓이라며 얼굴이 새파래졌어요. 그러고는 바꿔치기하자는 말을 꺼낸 쪽이 오하나라고 하자, 심하게 야단을 쳤지요."

쌍둥이는 서로를 감쌌고 부둥켜안고 울며 사과했다.

"물론 그 아이들은 어머님이 임종 때 하신 말씀에 대해서는 몰라요. 두 아이 귀에 들어가도 되는 말이 아니니까요. 우리는 단단히 덮어 두었어요. 그래도 형님의 진심이 전해졌겠지요."

―죄송해요, 어머니, 숙모님. 이제 다시는 안 그럴게요.

―약속할게요. 죄송해요.

기특하고 사랑스럽고 가엾은 광경이다. 이렇게 듣는 것만으로도 가슴이 저리다. 얘기하는 오미치의 눈가도 젖어 갔다.

"우리는 넷이서 손가락을 걸고 약속했습니다."

손가락을 걸고 약속해, 거짓말을 하면 바늘 천 개를 사암~킬게요

오루이와 오미치와 오하나와 오우메.

"두 번 다시 그런 장난은 치지 않는다. 오하나는 분가에 가도 되지만 오우메는 본가에 발을 들여놓지 않는다. 굳게 약속했습니다."

그래도 그 후 한동안 오루이와 오미치는 오우메의 몸에 이상이라도 생기면 어쩌나 싶어 살아 있는 기분이 아니었다. 시어머니의 흰자를 드러낸 얼굴과 괴로운 호흡 아래로 내뱉던 말이 문득 되살아나는 것이다.

―쌍둥이를 허락한 것은 아니야. 내 눈은 속일 수 없다.

"다행히 이때는 아무 일도 없었습니다."

쌍둥이 자매는 쑥쑥 자랐다. 구김살 없고 아름답게, 그리고 사이좋게.

본가와 분가. 거울에 비춘 듯한 아가씨들이 자라는 두 집.

"양쪽 다 하나부터 열까지 똑같았어요. 가게의 번성도, 행복한 모습도."

오미치는 그렇게 말하며 살짝 웃었다.

"다만 본가에는 고이치로가 있잖아요. 오하나의 동생 말이에요. 오우메에게는 없지요. 그래서 균형을 맞추기 위해 우리도 사내아이를 양자로 들일까 몇 번인가 진지하게 생각했답니다."

그러나 이루어지지는 않았다.

"너무 어려웠어요. 고이치로를 많이 닮은 아이가 아니면 의미가 없으니까요."

오치카는 놀랐다. "아, 그렇게까지 철저히 하려 하셨나요?"

"그래야지요." 오미치는 입가 한쪽을 휘며 웃었다. "가게가 두 배가 되지 않잖아요. 닮지 않은 사내아이를 들이면 오히려 균형이 무너질 거예요."

모든 것을 똑같게 하여 가게를 두 배로 만든다. 그게 쌍둥이를 위해, 오우메를 지키기 위해 도움이 된다.

이렇게 되면 돌아가신 시어머니의 말은 거의 저주다.

이야기가 시작된 후로 오미치는 다에몬과 센에몬의 어머니를 '시어머니' 혹은 '어머님'이라고 부를 뿐 이름은 말하지 않았다. 그런다고 이야기가 막히는 건 아니고, 며느리 입장에서는 '시어머니'라고 부르는 편이 얘기하기 쉬우리라는 생각은 들지만—.

아니다. 말하고 싶지 않은 것이다. 시어머니의 이름은 스미요시야를 묶고 있는 저주의 이름이다.

오미치는 찻잔을 가까이에 내려놓고 얼굴을 들었다. "그런 일까지 신경을 쓰면서 여러 가지로 안배했는데도."

얄궂은 일이 일어났다고 한숨과 함께 내뱉었다.

"마침 저희가 이쪽으로 이사 와서 자리를 잡은 무렵입니다. 십오 년 전 여름으로, 장마가 끝나고 얼마 안 있어서지요."

오하나와 오우메는 열네 살이었다.

"부모의 눈으로 보아서 그렇긴 하겠지만, 귀여운 어린아이가 넋을 잃을 만큼 아름다운 아가씨로 바뀌기 시작할 즈음이었는데."

갑자기 오하나가 죽었다.

"병이었습니다."

양 어깨를 움츠리며, 오미치가 원통한 듯이 눈썹을 찌푸린다.

"몸이 안 좋아졌는가 싶더니 겨우 닷새 만에 세상을 뜨고 말았어요."

순간 오치카는 말을 꺼냈다. "천연두인가요?"

저도 모르게 말하고 만 까닭은 곰보 얼굴의 신부를 보았기 때문이다. 왠지 모르게 관련이 있을 듯싶었다.

오미치도 짐작하고 있으리라. 오치카의 시선을 받아들이더니 그대로 천천히 고개를 젓는다.

"오하나도 오우메도 둘 다, 천연두는 다섯 살 때 걸렸어요. 운 좋게도 아주 가볍게 끝났지요. 마진холь 때도 그랬습니다. 같이 걸리고 같이 나았어요."

"그러면—."

"여름 감기였습니다."

겨우 여름 감기로 오하나는 급사했다.

"형님 말로는 어라, 기침을 하는구나 싶더니 높은 열이 났고, 어라어라 하는 사이에 중환이 되었다고 합니다."

속된 말로 '여름 감기는 개도 안 걸린다'고 한다. 그만큼 드물고, 좀처럼 없는 일이기 때문이다. 그 대신 드물게 걸리면 무거운 병이 된다.

"슬픔이고 뭐고 어안이 벙벙할 따름이었습니다."

기분 탓인지 오미치가 그렇게 말했을 때 눈동자의 빛깔이 엷어졌다. 당시의 허무한 마음이 거기에 나타나 있다.

오치카는 묻지 않을 수 없었다.

"하지만 오우메 씨는,"

오미치는 크게 고개를 끄덕이며 대답했다.

"다행히 건강했습니다."

마진도 천연두도 둘이 함께 걸렸는데 여름 감기는 오하나만을 덮친 것이다.

그러나 오하나를 장사 지낸 후에는 오우메 또한 위태로웠다. 종일 울며 지내고 식사도 하지 않아 점점 쇠약해졌기 때문이다.

"저도 함께 울었습니다. 형님도, 여기다가 오우메까지 잃는다면 살아갈 수 없다, 제발 기운을 내 달라며."

두 어머니에게 안겨 끈질기게 설득당했다.

"겨우 오우메도 마음을 다잡았습니다."

그러나 오미치와 오루이는 긴장을 풀 수가 없었다. 지금까지 무엇이든 똑같이 해 온 오하나와 오우메였으니까. 한쪽이 어이없게 세상을 뜨고 만 이상, 남은 오우메도—하고 생각했다.

"그저 시기가 어긋나 있을 뿐인지도 모르잖아요."

오루이와 오미치는 오우메에게서 눈을 떼지 않고 철저하게 감시하며 한편으로는 머릿속에 떠오르는 모든 신불에게 참배를 드렸고, 용하다는 평판을 들으면 기도사나 무녀 등에게도 달려갔다. 아낌없이 돈을 썼고 어떤 고생도 마다하지 않았다.

"가세가 기울어도 좋다. 우리 손으로 오우메를 지켜내야 한다고, 형님과 저는 서로 맹세했지요."

아름답고 고마운 어머니의 사랑이다.

하지만.

"이런 말씀을 드리기는 뭣하지만 조금…… 엉뚱하다는 기분이 드네요." 오치카는 말했다. "그 경우, 이번엔 대체 무엇으로부터 오우메 씨를 지키는 건가요?"

스미요시야 사람들은 가게를 두 배로 만들어서 시어머니의 분노로부터 두 딸을 지키려고 해 왔다. '배'에 집착하였기 때문에 두 아이에게 똑같은 것을 주고, 똑같은 환경에 놓이도록 노력했다. 모든 것을 똑같게.

하지만 수명이란 사람의 힘으로는 어떻게도 할 수가 없다. 오하나가 죽었다고 해서 반드시 오우메도 뒤를 쫓으리라는 법은 없다. 마진이나 천연두에 함께 걸린 까닭은 둘이 사이가 좋아서 함께 있는 일이 많았기 때문에 우연히 그리 된 것이다. 오하나를 죽인 여름 감기에서 오우메가 도망칠 수 있었던 것도 우연일 뿐이다.
 그렇다, 세상에는 우연이라는 것이 존재하는 법이다.
 이를 잊고 오하나에게 일어난 일이 반드시 오우메에게도 일어난다고 무턱대고 두려워하는 건 본말 전도가 아닐까. '두 배'와 '똑같이'에 집착한 나머지 거기에 휘둘려서, 무엇이 목적인지를 잃어버린 것이다.
 오미치는 웃음을 터뜨렸다.
 "예, 아가씨 말씀이 맞아요."
 지금은 압니다, 하고 말을 잇는다.
 "정말로 어느샌가 우리는 이상한 방향으로 헤매 들어가고 있었습니다."
 오미치와 오루이뿐만이 아니었다. 다에몬과 센에몬도 마찬가지여서 그 무렵 스미요시야의 본가와 분가는 오우메를 단단히 에워싸고 싸움에 대비하는 요새처럼 긴장하고 있었다. 그런데—.
 —모두 이상해.
 말을 꺼낸 이는 다름 아닌 오하나의 동생 고이치로였다. 당시 열세 살이었다.
 —오하나 누님이 죽었다고 해서 어째서 오우메 누님도 죽는다는 거야? 어머니와 숙모가 하는 말이나 행동이 전부 이상하잖아.
 어리지만 대를 이을 아들이다. 그 한마디가 길을 헤매던 어른들을 제정신으로 돌려놓았다.

"우리도 그 말에 정신이 들었습니다."

왜 무턱대고 두려워하나. 자신들은 무엇을 하고 있는가.

시어머니의 분노와 저주가 무섭긴 하지만, 오하나가 죽은 지금에 와서는 도리어 저주가 옅어지지 않았을까.

"어머님이 허락하지 않겠다며 미워하던 쌍둥이는 하나가 없어지고, 오우메만 남았습니다. 이렇게 되면 본가도 분가도 없지요. 후계자인 고이치로와 마찬가지로 오우메도 소중한 스미요시야의 딸입니다."

요절한 오하나의 몫까지 오우메를 행복하게 해 주자. 그리 생각하는 게 도리가 아닌가.

"단번에 마음을 고쳐먹었지요. 이렇게 되었으니 차라리 스미요시야를 원래대로 합치자는 이야기로도 흘러갔습니다."

오우메는 친부모와도, 길러 준 부모인 숙부 및 숙모와도 함께 살 수 있다. 동생인 고이치로와도 더 이상 떨어져 있을 필요가 없다.

"본가와 분가를 하나로 합쳐야만, 자, 보셔요, 재산이 두 배가 되었습니다, 하고 어머님께도 가슴을 펴고 말할 수 있고요."

그 집착은 사라지지 않은 셈이다.

오우메와 고이치로가 둘 다 강하게 원하기도 해서 이듬해 여름, 오하나의 상이 끝났을 때 정식으로 결정되었다.

"본가에서는 앞으로 여섯 식구가 되는 것이니 집을 증축하자, 하는 김에 오래된 창호도 바꾸어서 몰라볼 정도로 만들자며."

문득 오미치는 멀리 있는 밝은 빛을 바라보는 듯한 표정을 지었다.

"즐거웠습니다. 집을 재건축하는 일은 처음이었기 때문에 목수나 창호상과 상의하는 일만으로도 신기하고 겸연쩍었지요."

오루이와 오미치는 꿈을 이것저것 너무 부풀리다가 남편들에게 꾸중을 들었을 정도였다.

"건축 도락은 도락의 극치라 할 정도로 돈을 들이려고 하면 끝이 없다더군요. 당신들, 그 돈이 어디에서 나온다고 생각하냐면서."

물론 그렇게 꾸중을 하는 다에몬과 센에몬도 즐거워 보였다고 한다.

"지금 생각하면 우리 모두 그렇게 즐거운 쪽으로 눈을 돌리며 마음을 달래려 했던 겁니다."

다에몬과 오루이의 마음속에는 녹지 않는 갈등이 있었다. 오하나를 잃은 아픔은 깊다. 그러나 그렇기 때문에 오우메와 함께 살 수 있게 되었다. 딸 하나를 잃고 딸 하나를 되찾았다. 더 이상 잃은 오하나를 떠올리며 한탄만 하고 싶지 않다. 하지만 오우메를 얻은 기쁨에 잠기자니, 순간 오하나가 가엾어진다.

"이는 당사자인 오우메도 마찬가지였겠지요. 오히려 그 아이가 가장 복잡한 기분이었을지도 모릅니다."

당시 오미치에게 몰래 이런 말을 흘린 적이 있다고 한다.

―제가 바란 일이지만, 너무 행복해서 오하나한테 미안한 기분도 들어요.

"저는 저대로 오우메를 위해서는 잘된 일이라고 생각하는 반면, 조금쯤 질투하는 마음도 있었습니다."

아아, 역시 친부모가 더 좋은 걸까 싶은 것이다. 행복으로 빛나는 오우메의 웃음을 보며 오미치는 문득 가슴이 저리는 걸 느꼈다.
"친부모와 함께 살 수 있게 되니 이렇게 거리낌 없이 좋아하는구나. 지금까지 나도 진짜 내 배 아파 낳은 아이처럼 키워 왔다고 생각했는데, 어쩌면 부족했을지도 몰라. 저도 모르게 남편 센에몬에게 불평을 늘어놓았다가 꾸중을 듣기도 했습니다."
―시시한 소리 마시오. 오우메는 우리 또한 친부모와 똑같이 생각하기 때문에 앞으로도 함께 살고 싶다고 바라는 게 아니겠소.
"너무 설교 같은 말투라 저도 발끈했지요. 그래서 대꾸했어요." 오미치는 말을 이었다. "지금은 비교하지 않는다 해도 함께 살게 되면 싫어도 비교하게 될 거예요. 아아, 우리는 친부모가 아니구나, 하고 매일매일 몸으로 느끼게 될 거라고요, 라고."
기세를 멈출 수가 없어서, "다 함께 살자니, 좋은 생각이 아니에요. 우리한테는 괴로울 뿐이지. 당신도 알면서"라고 모조리 털어놓고 말았다.
센에몬은 얼굴이 하얘져서 입을 다물었다. 그 후로 부부는 이 일에 대해선 아무 말도 하지 않았다. 그러나 표면적으로는 평온한 채, 본가를 증축하는 일은 착착 진행되었고 재료도 창호도 갖추어져, 단풍이 들기 시작할 무렵에 드디어 공사가 시작되었는데―.
"그래서 말이지요."
밝았던 오미치의 목소리와 표정이 갑자기 그늘로 들어간 것처럼 어두워졌다.
"그런 일이 일어났을 때, 저는 순간 생각했어요. 혹시 남편이 사주한 일이 아닐까. 이 사람도 본심으로는 본가로 돌아가는 게 싫어졌지만 이제 와서 그런 말을 꺼낼 수도 없으니 이런 번거로운 방법을 쓰진 않았을까 하고."

오치카는 천천히 물었다.

"그런 일이라니요?"

이번에는 그늘 속에서 양지를 바라보는 것처럼, 오미치는 눈부신 듯이 눈을 반쯤 감았다.

"오하나가 돌아왔어요."

처음에는 스미요시야 사람들도 알아차리지 못했다. 알아차린 이들은 본가에 드나들던 목수와 창호상의 직인 들이다.

"그렇기 때문에 저 역시 남편이 그 사람들에게 사정을 설명하고 이야기를 지어내게 했을지 모른다고 여겼던 거예요."

직인들은 가끔 스미요시야 안에서 '아가씨'와 마주치곤 했다. 즉 집 안에서 어린 아가씨를 발견하고, 자연스럽게 이 집의 따님이리라 짐작했다. 그래서 정중하게 인사도 하고 신경도 써 주었다.

"본가에서는 일부러 오하나가 죽었다는 사실을 말하지 않았으니까요. 직인들도 불단을 보고, 아아, 새 위패가 있구나, 하고 생각했지만 그뿐이었겠지요. 조금 전 정원 앞에서 안녕하십니까, 하고 말을 건 소녀가 그 죽은 사람일 거라고 생각할 리는 없으니까요."

그래서 당장은 알지 못했다. 공사를 진행해 가는 동안 어쩌다가 직인들의 입에서 '아가씨'의 이야기가 나왔고, 이를 들은 스미요시야에서는—.

"뭔가 이상하다, 저 사람들이 말하는 '아가씨'는 대체 누구일까, 하고 그제야 소란이 일어난 것입니다."

오치카는 작게 고개를 끄덕이고 나서 온화한 목소리로 끼어들었다. "혹시 직인분들이 본 사람은 오우메 씨가 아닐까요? 오하나 씨가 죽고 나서는 오우메 씨도 본가에 드나드셨을 테니까요."

오미치는 등을 곧게 펴고 턱 끝으로 선을 그리듯이 힘차게 고개를 저었다.

"아니요, 오우메가 아니에요."

오우메일 리가 없어요, 하고 오미치는 주먹을 쥐고 더욱 고개를 저었다.

"우선 말씀드리겠는데, 오하나가 죽은 후에도 오우메는 본가에 드나들지 않았어요. 제가 못 하게 했지요. 오루이 형님도 본심은 오우메를 당장이라도 데려가고 싶었겠지만, 자기 쪽에서 말을 꺼내지는 않았습니다."

한편으론 센에몬과 오미치에 대해 조심스러워하는 마음이 있었을 테고.

"무엇보다 어머님의 염이 무서웠기 때문이에요."

허락한 것이 아니라는, 죽을 때 내뱉은 원한의 말이다.

"그래서 한번은 둘로 나눈 스미요시야를 다시 하나로 합치는 가치 또한 있던 것이지요. 그러면 오우메 혼자서 본가로 돌아가게 되는 것이 아닙니다. 재산이 두 배인 새 본가를 만들어서, 그곳에 우리가 다 함께 산다는 형태라면 어머님의 유언에 등을 돌리는 것은 아니니까요."

복잡하지만 이치로 따지면 그렇게 될까. 어려운 문제다.

"게다가 여자아이의 모습이 달랐어요."

오미치의 눈빛이 바뀌었다. 숨을 들이켜고 어깨에 힘을 준다.

"옷이 달랐어요. 그 말을 듣고 저희도 앗 하고 깨달았을 정도니까요."

직인들이 본 스미요시야의 '아가씨'는 나팔꽃 무늬 유카타에 물색 띠를 맸다. 아침이건 낮이건 저녁이건, 정원에서 보아도 방에서 만나도 복도에서 마주쳐도, 늘 그런 옷차림이었다고 한다.

"정원에 단풍이 물들 무렵이었어요. 계절에 어긋나도 한참 어긋나지 않습니까."

나팔꽃 무늬는 오하나가 특히 좋아하던 유카타 무늬였다. 저승으로 가는 여행길에도 입었다.

"여름에 죽었으니까요. 새로 나팔꽃 무늬의 유카타를 지어서 입혀주었지요."

물색 띠와 함께.

"직인들도 이상하다고 여기긴 했대요. 하지만 대뜸 유령일 거라고는…… 상상도 못 했겠지요."

그들은 아가씨가 늘 유카타를 입는 까닭은 병자이기 때문일 거라고 짐작했다. 게다가 이 '아가씨'는 아무 말도 하지 않는다. 우리가 인사를 해도 대답조차 없다. 문득 나타나 이쪽을 보고 있는가 싶으면, 또 갑자기 사라진다. 어지간히 부끄럼이 많은 성격이거나 아니면 무슨 마음의 병일지도 모른다. 그렇게도 생각했기 때문에—.

"더더욱 본가 사람들에게는 말하지 않았던 거지요. 이 댁에 조금 상태가 이상한 아가씨가 계시지요, 그렇게 말을 꺼내기는 어려웠을 테니까요."

얘기를 접한 다에몬과 오루이는 경악했다. 물론 분가에서도 큰 소동이 일어났다. 하지만—.

"아까도 말씀드렸다시피 저는 다른 생각을 품고 있었기 때문에 오하나가 저세상에서 돌아왔다고 여기지는 않았습니다."

대신 남편에게 다그쳐 물었다. 당신, 오우메로 하여금 무서워서 본가로 돌아가고 싶지 않다는 말을 꺼내게 하려고 이상한 뒷공작을 하고 있는 거 아닌가요.

"남편은 화를 냈어요. 당치도 않은 소리 말라며, 기세가 대단했지요. 하지만 저는 물러나지 않았습니다. 틀림없이 남편이 꾸민 일이라 확신했으니까요."

아니, 그렇게 믿고 싶었던 건지도 모르겠다고 오미치는 말을 곱씹듯 고쳐 말했다.

"어쨌거나 오우메는 울었습니다. 오하나가 돌아왔다, 오하나의 혼이 본가로 돌아왔다. 그리워서 우는지 무서워서 우는지, 본인도 모르는 것처럼 울었습니다. 가엾고 불안해서 저도 자주 마음이 흐트러지곤 했지요."

하지만 곧 스미요시야에 나타나는 유카타 차림의 소녀는 틀림없이 오하나이며, 단순히 잘못 봤거나 누군가가 획책한 일이 아님이 분명해졌다.

"오하나가 우리 집에도 왔거든요."

우선 하녀가 보았다. 계절에 맞지 않는 유카타 차림의 어린 아가씨가 뒷문 옆에 서 있었다. 잎이 말라 떨어진 나무 너머로 물색 띠가 또렷하게 보였다.

"우리 집에서도 본가의 소동은 숨길 수가 없었습니다. 하녀도 알고 있었지요. 한눈에 누구인지 알아보았다더군요."

빨래를 하던 하녀가 숨을 헐떡이며 맨발로 집 안에 뛰어들어 왔다.

―본가의 아가씨예요!

저기에, 저기에, 하고 거품을 물며 뒤쪽을 가리킨다.

―새하얀 얼굴을 하고, 눈을 반짝 뜨고 서 계셨어요!

그러고는 공포에 질린 나머지 졸도하고 말았다.

"저는 뒷문으로 달려갔습니다."

지금도 달리고 있는 것처럼 오미치의 호흡이 거칠어진다.

"아무도 없었어요. 저는 정원 앞을 이리저리 찾아보았고, 달려온 가게 사람들도 함께 오하나의 이름을 부르면서 심지어 툇마루 밑까지 들여다보았지요."

그러자 이번에는 집 안에서 꺅 하고 비명이 퍼졌다. 오우메의 목소리였다.

"그때 남편도 제 옆에 있었는데, 남편의 얼굴에서 핏기가 가시는 소리가 들리는 것 같았습니다."

부부는 앞다투어 고꾸라질 듯이 오우메의 방으로 달려갔다. 오우메는 구케다이_{기모노 등을 바느질할 때 천을 팽팽히 당기기 위해 한쪽 끝을 매달아 두는 대}를 내놓고 바느질을 하던 참이었는데, 다리가 반쯤 풀린 듯이 꿰매다 만 기모노 위로 쓰러져 있었다.

"어머니, 지금 저기에."

오하나가 있었어요, 하고 오우메도 손가락으로 가리켜 보였다. 손의 떨림이 멈추지 않는다.

"저기 장지문 그늘에서 얼굴을 불쑥 내밀었어요. 분명히 오하나였어요. 저와 꼭 닮은 얼굴인걸요, 잘못 볼 리가 없어요, 라면서."

―게다가 그 나팔꽃 무늬 유카타!

놀람과 공포 때문에 오우메는 울지도 못하고 그저 숨을 헐떡일 뿐이었다고 한다.

"안아 일으켰을 때 오우메의 손이 어찌나 차가운지, 그 아이까지 죽은 사람이 되어 버린 듯했습니다."

오미치는 이야기하면서 몸을 떨었다. 양 팔꿈치를 손바닥으로 감싸며 몸을 움츠린다.

오치카는 달래듯이 조용히 물었다. "그때 오하나 씨는 그냥 얼굴만 보여 주었을 뿐이었나요? 무언가 말하거나 행동하지는 않았고요?"

그때는요, 하고 오미치는 고개를 끄덕였다.

"하지만 그 후로 자주 나타났어요. 차츰 말을 하거나 우리의 눈앞에서 돌아다니게 되었습니다. 살아 있었을 때와 똑같이 웃기도 했어요. 그렇지만―."

"저기, 오치카 씨."

오미치는 무릎을 움직여 오치카 쪽으로 몸을 기울였다.

"대체 그게 살아 있는 사람인지 아니면 유령인지, 어떻게 구분할 수 있다고 생각하셔요?"

오치카는 지금까지의 자신의 체험을 돌아보았다.

"겉모습은 다르지 않았어요." 오미치는 말을 이었다. "생전 모습 그대로였지요."

 오치카가 에치고야의 오타카 사건에 얽혀 만나게 된 유령들도 그랬다. 이쪽은 그 사람들이 이미 죽었다는 사실을 알기 때문에 유령임을 알 수 있다. 하지만 만일 몰랐다면?

 오치카가 만난 착한 유령들이나, 그립고 애처로운 유령들은 살아 있는 사람과 분간이 가지 않았을지도 모른다.

 "유카타만 입고 있지 않았다면, 오하나 씨도 분간이 가지 않을 정도로 생생해 보였나요?"

 "그게, 말이죠. 네, 그랬어요."

 오미치는 조금 어색하게, 무언가를 말하지 못했다는 듯한 기색으로 고개를 끄덕였다.

 "그러니 직인들이 알아차리지 못했던 것도 무리는 아니지요. 그 사람들은 우리와는 달리, 늘 힐끗 보았을 뿐이고요."

 하지만 자세히 보면 알 수 있어요.

 오미치가 갑자기 오치카에게 얼굴을 가까이했다. 눈을 한껏 부릅뜨고 있다.

 "계속 이러고 있거든요."

 눈을 깜박이지 않아요.

 "처음에 하녀가, 본가의 아가씨가 눈을 반짝 뜨고 있었다고 소리친 것도 그걸 말한 거였어요. 그 오하나의 가장 이상한 점을 올바르게 알아본 것이지요."

 유령은 눈을 깜박이지 않는다? 오치카는 그렇지는 않을 거라고 내심 의아하게 여겼다. 그 오하나의 유령만 그런 건 아닐까?

"게다가 목소리도 조금 작았어요. 멀다고 할까요."

오미치는 웃음소리도 멀었다고 말했다.

"눈을 깜박이지 않은 채 웃는 거예요. 깔깔 하고."

"즐거운 듯이 웃나요?"

"네. 살아 있을 때와 똑같이."

그 모습이 무엇보다 무서웠다—며 오미치는 양팔로 몸을 감싸 안았다.

"말할 때도 악의가 없었어요. 정말로 생전 그대로, 잠깐 놀러 왔다는 듯이. 숙모님 안녕하세요, 오늘은 날씨가 좋네요, 하면서."

"본가에서는 어땠는지요."

"그쪽에서도 아주버님과 형님 앞에 갑자기 모습을 보였어요. 웃기도 하고 말하기도 했다더군요."

두 눈을 크게 뜬 채로.

"오하나도 오우메도 금(琴)을 배웠습니다. 같은 스승에게 배웠지요. 수업이 있는 날에, 본가의 금이 놓여 있는 곳 옆에 나타나서."

—어머니, 오늘은 수업이 있으니까 그 전에 복습을 해 두어야 해요.

"그렇게 말하는가 싶더니 갑자기 사라져서, 당황한 오루이 형님이 우리 집에 심부름꾼을 보냈어요."

그보다 일찍, 오하나는 분가의 오우메 앞에 나타났다.

"같이 복습을 하자고 오우메에게 권하는 거예요. 오우메는 새파래져서 도망쳤지요."

오하나의 유령이 출몰한 후로 오우메는 밤에도 제대로 자지 못하고 점점 쇠약해져 갔다.

"사이가 좋았던 쌍둥이 한쪽이 저세상에서 돌아왔다…… 그냥 그뿐이라면, 설령 유령이라 해도 조금은 기쁜 일일지도 모르지요. 반가운 일일지도 모르고요. 눈을 깜박이지 않는 모습에도 그러다가 익숙해졌을지 모릅니다. 하지만 오하나와 오우메의 경우는 사정이 사정이었으니까요."

오치카도 충분히 짐작이 갔다.

―너무 행복해서, 오하나한테 미안한 기분도 들어요.

오하나가 죽는 바람에 남은 오우메는 전부를 얻었다. 두 부모의 애정, 스미요시야의 부(富). 오우메와 함께 살기를 바란 귀여운 남동생 고이치로까지도.

"오우메는 내심 켕겼던 거예요."

이 세상에 존재하는 행복의 정해진 몫 중에서, 오하나의 몫까지 차지하고 말았다. 둘이서 나누어야 했던 것을 독차지하고 말았다.

"게다가 오우메는 드디어 본가의 부모님 곁으로 돌아가려던 차였습니다."

틀림없이 나를 원망하고 있겠지. 원한이 있기 때문에 저세상으로 가지 못하고 돌아온 거야. 오우메는 무턱대고 그렇게 단정해 버렸다.

"하지만," 오치카는 고개를 갸웃거렸다. "당사자인 오하나 씨―의 유령은 전혀 악의가 없다고 하셨지요?"

원망하는 말 한마디도 하지 않는다. 생전 그대로, 즐거운 듯이 본가에서 살며 분가에 놀러 오고 있을 뿐이다.

"그렇습니다. 그래서 귀엽기도 하고, 요령이 없는 것 같기도 하고."

오미치는 굵은 한숨을 내쉬었다.

"그래서 제가," 하고 가볍게 가슴을 두드리며 말한다. "마음을 먹었지요. 이렇게 되면 직접 본인에게 물어보는 수밖에는 없다고요."

유령에게 물어보자. 왜 저세상으로 가지 못하고 나타났느냐고.

"이치로 따지자면 본래 오하나의 부모가 해야 할 일이겠지만요. 아주버님도 형님도 오하나가 가엾다며 늘 훌쩍훌쩍 울기만 할 뿐이고 전혀 의지가 되지 않았기 때문에, 제가 그 역할을 맡았어요. 다른 사람에게 맡겨 두기만 해서는 속이 탈 뿐이었으니까요."

오치카는 놀라지 않았다. 주위 사람들의 근성 없는 태도에 속이 타서 에잇 하고 결심을 했다는 건 어느 모로 보나 이 사람답다는 기분이 들었다.

"그래서 어찌 되었나요?"

오치카가 매우 진지한 표정으로 재촉하자 오미치는 가볍게 턱을 당기며 미소를 지었다.

"오치카 씨도 배짱이 두둑한 분이군요."

저는 그런 사람이 좋아요.

"오타미 씨와 많이 닮았어요."

"그럴지도 모르지요." 오치카도 미소를 지었다.

오미치가 오하나와 마주한—말하자면 대결한 그날, 에도에는 눈이 내렸다.

"이월 말의 눈이었습니다. 함박눈을 모란눈이라고 하잖아요. 정말 맞는 말이에요. 새하얀 모란 꽃잎 같은 눈이 팔랑팔랑 내렸지요."

유키미 장지 너머로 이를 바라보던 오미치는 처음으로 깨달았다.

"오하나의 몸이 반쯤 투명했어요. 그 아이의 몸 맞은편으로 내리는 눈이 보이더군요."

순간 눈물이 흐를 것만 같았다.

"아아, 이 아이는 역시 이 세상 존재가 아니구나, 하고 새삼스럽게 가슴이 턱 막혔습니다."

오하나의 유령이 가진 옷이 하나뿐이라 이 추위에 유카타 한 벌만 걸친 것도 가여웠다.

오늘은 너에게 중요한 용건이 있으니 갑자기 사라지지 말아 다오, 하고 오미치는 말을 꺼냈다.

"평소처럼 오우메에게 놀러 온 기분인지 오하나는 생글생글 웃고 있었어요."

여전히 눈은 계속 뜨고 있다.

―저기요, 숙모님.

사랑스러운 웃음을 띤 채 깜박이지 않는 눈으로 허공을 바라보며 오하나의 유령은 중얼거렸다.

―뜰에 나가서 오우메와 함께 눈 토끼를 만들고 싶어요.

눈이 많이 쌓였는걸요, 라고 한다.

―단팥죽이 먹고 싶네요. 숙모님의 단팥죽은 맛있어서 참 좋아요.

"아이들이 어렸을 때 추운 날에는 자주 단팥죽을 만들었지요."

―숙모님, 그 빨간 솜옷은 어디에 있어요? 오우메 거랑 똑같은 거요.

얼어붙은 얼굴로 앉아 있는 오미치 앞에서, 오하나는 차례차례 그런 말을 꺼내며 즐거운 듯이 떠들어댔다.

"저는 계속 듣고 있었어요. 오하나는 맥락 없는 이야기를 이것저것 늘어놓았지요. 거기에 귀를 기울이다가 퍼뜩 깨달았습니다."

지금까지는 오하나가 나타났다고 하면 다들 허둥거리며 소란을 피우느라 그녀의 말을 제대로 듣지 않았다. 그녀의 몸짓을 똑바로 쳐다보지도 않았다.

그래서 몰랐다.

"이것은 오하나의 유령 따위가 아니다. 저는 깨달았습니다."

유령이라고 할 만큼 실체가 있는 것이 아님을.

"실체가 있는 것?"

유령한테 하기에는 자못 어울리지 않는 말이다.

"그러니까 말이지요."

스스로도 썩 와 닿지 않는지 오미치 또한 초조한 모양이다. 말로 표현되지 않는 것을 어떻게든 표현하기 위해 바쁘게 손짓한다.

"유령은 말하자면 사람의 혼이잖아요. 혼이기 때문에 애석함과 원한을 품고 있지요. 살아 있는 사람과 똑같이 감정을 가졌고 거기에 따라서 움직이잖아요?"

오치카가 알고 있는 범위에서는 그렇다.

"네, 그렇게 생각해요." 고개를 끄덕이고 서둘러 말을 이었다. "이 참에 말씀드리는데, 제가 아는 유령—망자들은 무서운 원한을 품었더라도 사람처럼 보였어요. 그러니까 눈도 제대로 깜박거렸다는 말씀이에요."

오미치는 앉은 채로 펄쩍 뛰어오를 듯이 무릎을 쳤다. "그래요!"
 그거예요, 하며 기세가 등등해진다.
 "그러니까 우리는 착각했던 거예요. 눈을 깜박이지 않으니까 유령이라니, 말도 안 되는 착각이었지요."
 모습은 사람과 똑같지만 눈을 깜박이지 않는 것은, 따로 있다.
 "무엇일 것 같나요?"
 오치카는 금방 대답을 찾아냈다. 이쪽도 눈앞이 환하게 밝아진 듯하다.
 "인형이군요!"
 "네, 네, 네!" 오미치는 손뼉을 쳤다. "네, 맞아요. 인형이에요. 제 눈앞에 앉은 오하나의 유령 같은 존재는, 우리가 기억하고 있는 오하나의 추억을 모아서 누덕누덕 기워 만든 인형이었어요!"
 그래서 말하는 데에 악의가 없었다. 두서가 없었다. 의도도 느끼지 못했다. 뚝뚝 끊기는 말이나 사소한 몸짓. 이것들을 모아 놓았을 뿐이니.
 "하, 하지만."
 어지간한 오치카도 곤혹스러워졌다. 유령 같지만 유령은 아니고, 실체가 없는 인형이라고?
 "그런 걸 누가 어떻게 만들 수 있지요?"
 오미치의 얼굴에서 썰물이 빠지듯 기쁜 빛이 사라졌다. 눈이 날카로워지고 입가의 선이 굳는다.
 "이 세상 사람은 할 수 없지요."
 유키미 장지가 있는 방에서 오하나와 마주 앉아, 이건 인형이다,

속이 텅 빈 꼭두각시에 지나지 않는다는 사실을 오미치가 깨달은 그 때였다.

오하나의 모습이 일그러졌다. 반쯤 투명하던 몸이 윤곽부터 무너지기 시작했다.

"수면이 흔들리면 거기에 비친 사람의 그림자도 일그러져 사라지고 말지요? 그것과 꼭 같았습니다."

놀라고 기가 막혀 아무 말도 하지 못하고, 그저 입을 벌린 채 지켜보는 오미치 앞에서 오하나는 완전히 사라졌다. 어디에선가 소리가 들려왔다.

"네, 마치 제 귓속에 직접 울린 듯했어요."

죽은 시어머니의, 임종 때 그 고통스러운 목소리가.

―오우메를 본가로 들이려고 했지.

나는 허락하지 않겠다고 말했는데.

―너희들, 약속을 어기려 했지. 내 눈은 속일 수 없다.

시어머니의 말을 외어 보이는 오미치의 목소리의 잔향이 사라질 때까지 오치카는 꼼짝도 할 수 없었다.

흑백의 방에 싸늘한 공기가 떠돈다.

"돌아가신 시어머니가…… 그 염이 오하나 씨의 인형을 조종하고 있었다고요?"

오미치는 아래턱을 바싹 당겨 어금니를 악물고 고개를 끄덕였다.

"그렇게 해서 우리를 괴롭히고 있었던 거예요."

스미요시야 사람들의 마음속에 있던 오하나의 추억을 끌어모아, 오하나와 닮은 환상을 만들어냈던 것이다.

"처음에는 얼핏얼핏 나타날 뿐이었는데 우리가 직인들에게서 이 야기를 듣고, 그건 오하나의 유령이다! 라며 소란을 떨기 시작하고 나서는 훨씬 자주 나왔고 말도 하게 되었어요. 이 또한 추억으로 만든 환상이었기 때문이에요."

 오하나를 떠올리는 사람의 수가 늘고 그 염이 강해질수록 환상도 보다 그럴 듯하게 되어 갔다는 뜻이다.

 "어쩜 그렇게 집념이 깊을까요. 어쩜 그렇게 심술궂은 방식일까요."

 웃음에는 문득 어떤 것을 떠올리며 짓는 웃음이란 게 있는데, 지금의 오미치는 문득 어떤 것을 떠올리며 분노하고 있다.

 "분하지만 간교한 방식이기도 하지요. 그렇지 않나요? 만일 어머님의 유령이 우리 앞에 나타나서, 너희들이 약속을 어겼으니 벌을 내리겠다고 말했다면 어땠을까요."

 스미요시야 사람들은 두려워했으리라. 아아, 업이 깊구나, 하며 놀라고 한탄했으리라.

 "하지만 슬퍼하지는 않았겠지요. 가엾게 여기지도 않았을 테고요. 형님과 저는 두려워하지도 않았을지 몰라요. 그냥 화가 날 뿐이겠지요. 이 빌어먹을 할망구, 아직도 끈질기게 그런 소리를 하는 거냐, 하고."

 분노가 띤 기세 때문에 말도 험해졌다.

 "하지만 오하나가 상대라면 다르지요. 예, 우리 모두 오하나에게는 약해요. 오하나의 모습을 한 존재가 나타났기 때문에 우리는 슬프고 괴롭고 양심의 가책을 느끼는 등, 고민하지 않아도 되는 문제까지 고민하고 말았어요."
　확실히 그렇다. 오치카도 동감이다.
　대체로 스미요시야의 두 부부와 오우메는 서로를 깊이 배려하고 결속이 강한 나머지, 간혹 잘못된 믿음으로 내달리고 멋대로 허둥거리고 마는 경향이 있다. 오하나가 갑자기 세상을 떠났을 때 다음은 오우메 차례인가 하고 흥분한 일이 좋은 예다.
　"그건 그렇고, 어머님의 유령도 꽤 공들여 심술을 부리셨네요."
　농을 할 생각은 털끝만큼도 없지만 저도 모르게 중얼거리고 말았다. 말해 버리고 나서야 잘못했구나, 기분이 상하지 않았을까 싶었지만, 오미치는 "한가해서 그래요" 하고 내뱉듯 대답했다. "사령死靈은 달리 할 일이 없으니까요. 우리를 괴롭히기 위한 이유만으로 얼마든지 힘을 쓸 수 있겠지요."
　지나치게 진지한 말투여서 오치카도 대꾸할 말이 없었다.
　"그런데 그때 고이치로가 재미있는 말을 하더군요."
　이번에도 역시 스미요시야 내에서 가장 냉정했던 사람은 대를 이을 아들이었다.
　―그 오하나 누님, 어딘가 이상하다고 생각은 했지만.
　그렇구나, 할머니가 둔갑했던 거구나.
　"하지만 숙모님, 둔갑해 있었다면 정말로 할머니인지 아닌지도 수상해요, 진짜 정체는 여우나 너구리일지도 모르지요, 라고요."
　오치카는 참지 못하고 웃고 말았다. 오미치도 여전히 화가 난 눈이었지만 작게 웃음을 터뜨렸다.
　"말을 참 잘하지요. 아주버님과 남편은 완전히 그렇게 믿어 버렸다니까요. 뭐, 남자들 입장에서 보자면 자신의 어머니가 저주를 한다고 생각하고 싶지는 않을 테고, 마침 도망칠 길이 발견된 셈이에요."

그렇다, 고이치로의 말이 옳다. 여우나 너구리 같은 요괴가 오하나로 둔갑했음이 분명하다. 그렇다면 무녀나 수험자에게 부탁해 퇴치할 수 있을 거라며 용기백배했다.

"그래서 퇴치를?"

아니요, 아니요, 하고 오미치는 코웃음을 치며 말했다.

"그런 짓을 하기도 전에 어머님이 우리 꿈에 나타났어요."

스미요시야 사람들이 모두 똑같은 꿈을 꾼 것이다.

"이번에는 잔재주 없이 어머님 그대로의 모습이었지요. 꿈의 내용은 사람에 따라 조금씩 달랐던 모양이지만 요점은 하나였습니다."

너희들을 용서한 것은 아니라는, 그 원망의 말이다.

"특히 저와 형님에게는 아주 정성을 들여 심술궂은 말을 했어요."

─가게를 두 배로 만들어 보이겠다고? 오하나와 오우메를 똑같이 훌륭하게 키워내고 말겠다고? 참으로 우습구나.

"오하나는 죽었고 너희들의 계획은 깨졌다. 그래도 나는 용서하지 않아. 오우메를 본가에 들인다면, 당장이라도 죽이고 말 테니 두고 봐라."

오미치의 어투에도 박력이 있다.

"아아, 그리고 고이치로는 꾸중을 들었다고 합니다. 뭐가 여우고 너구리냐, 할머니의 말을 믿지 못하는 게냐, 이 불효막심한 녀석, 하고."

그런 일까지 있었다면 조금 어이가 없다. 우스운 이야기로 넘기기엔 쓰디쓰다.

오치카는 한숨을 쉬었다.

"돌아가신 시어머니께서 어째서 그렇게까지 여러분을 저주하려는 걸까요."

오미치는 오치카를 바라보며 머리카락을 슬쩍 손가락으로 빗고 가볍게 머리를 숙였다.

"죄송해요. 앞으로 시집가게 될 오치카 씨를 겁줄 생각은 아니지만."

이유 따위는 없답니다, 라고 한다.

"이야기를 시작할 때 말씀드렸지요? 본래 시어머니라는 존재는 이래저래 며느리가 미운 법이에요. 며느리도 시어머니가 귀찮지요. 세상의 이치라고 할까."

오치카는 맞장구를 칠 수도 없었다.

"하지만 매일 서로 으르렁거리고 살면 괴롭잖아요. 그래서 모두 밉네, 마음에 안 드네, 성가시네, 하면서도 어떻게든 서로 굽히고 양보하고 체념하고, 결국에는 서로 용서해 가는 거지요. 예, 그런 것일 거예요."

그러나 거기까지 다다르기 전에 스미요시야에서는 불행한 엇갈림이 일어났다.

"시어머님은 까다로운 사람이 아니었다고 말씀드렸지요. 그것은 사실입니다. 오히려 얌전한 사람이었어요. 저도 형님도, 오하나와 오우메가 태어나기 전까지는 시어머니와 말다툼 한번 한 적이 없습니다."
 그런 만큼 오루이가 쌍둥이를 낳은 순간, 불길하다, 이제 우리 집에는 둘 수 없다, 나가라, 거슬린다고 난리를 치는 시어머니의 모습은 놀랍기도 하고 한심하게 보이기도 했다.
 "당장은 믿을 수가 없었어요. 이 사람은 대체 왜 이러는 걸까, 이게 본성일까 하고, 처음에 저는 화를 내거나 한탄하기보다 여우에 홀린 듯한 기분이었으니까요."
 본래부터 심술궂은 사람이면 며느리 쪽도 거기에 대비했을 것이다. 익숙해져 갔을 테고.
 "하지만 어머님의 경우는 완전히 표변했으니까요."
 마음이 더 심란할 수밖에 없다.
 "미신을 내세워서 한다는 일은 요컨대 며느리 구박이에요. 제게는 그렇게밖에 생각되지 않았습니다."
 속된 말로 '말을 하지 않으면 뱃속이 답답해진다'고 한다. 평소에 잠자코 무엇이든 삼키는 사람이 사실은 심지가 굳고 번거로운 법이라고 오미치는 생각했다. 아아, 싫다.
 "결국 남편과 제가 오우메를 데리고 나감으로써, 말하자면 어머님과 거래를 한 셈입니다. 하지만 저는 원망하고 있었고 오우메를 위해서도 화를 내고 있었지요. 젖을 먹이러 왔다가 울며 돌아가는 형님이 가엾어서 분노는 쌓여 갈 뿐이었고요."
 오치카는 입을 다물고 조용히 무릎에 손을 올려놓은 뒤 말을 이어 가는 오미치를 바라보았다. 흑백의 방에서는 이럴 때가 있다. 사람이 자신의 이야기를 할 때, 이야기함에 따라 처음에는 입 밖으로 꺼내지 못했던 내용이 줄줄 나오는 것이다. 이야기 자체가 힘을 얻어 덮여 있던 것을 뒤집고 숨겨져 있던 것을 밝은 곳으로 끌어낸다.

"형님도 저만큼 노골적이지는 않았지만 물론 화가 났어요. 이쪽에 그렇게 시키면 감정이 있으니 어머님께도 전해지지 않을 리가 없지요."

서로 부지런히 마음을 굴려 검은 눈덩어리처럼 크게 키웠다. 그것이 시어머니가 죽을 때에 예의 유언이 되어 또렷하게 나타나고 말았다.

"임종을 모독하는 것마냥 무서운 말이지요. 꼴사납다고도 생각했어요. 속도 뒤집혔고요."

그렇다면 가게를 두 배로 만들고 오하나와 오우메를 똑같이 훌륭하게 키우려는 것도—.

"그렇게 해서 용서를 받으려는 기특한 마음이 아니었습니다. 적어도 저는 그 할망구에게 질 수야 없지, 두고 봐, 라는 심정이었어요."

오미치는 단숨에 딱 잘라 말하더니 문득 정신을 차리며 갑자기 부끄러워했다.

"정말 심한 며느리지요."

그 목소리에 젖은 울림은 없었다.

오치카는 쓱 자리를 떠나, 오미치에게 반쯤 등을 돌리고 나가히바치^{직사각형의 상자 모양의 나무로 된 화로. 서랍과 주전자 등이 딸려 있으며, 거실에 두고 썼다}와 주전자를 향해 앉아 새로 차를 끓였다. 천천히, 조용히 움직였다. 그 사이에 오미치도 조금 마음을 가라앉히리라.

게다가 오치카도 생각을 정리해 보는 중이다.

덤불 속에서 바늘 천 개 • 225

오미치가 들려준 이야기는 정말로 유령 이야기일까.

오치카 자신은 이곳에서 이야기로 들었을 뿐만 아니라 불가사의한 체험도 했다. '유령'이라고 부를 수밖에 없는 존재와 만난 적도 있다. 죽은 사람이 생전 모습과 목소리를 그대로 가진 채 오치카의 눈앞에 나타나 친근하게 말을 걸고 웃거나 눈물을 흘리기도 했으며, 서로를 격려하기도 하고 서로에게 용서를 청한 적도 있다.

한편으로는 원령이나 악령으로 생각되는 존재와 맞닥뜨린 적도 있다.

물론 오치카의 경험도 결코 다양하다고는 볼 수 없다. 자신의 한정된 견문만 가지고 오미치의 이야기를 판단하는 건 경솔하고 난폭한 짓임을 충분히 인지해야 한다.

하지만 여기까지 쭉 듣고 나서도 스미요시야를 둘러싼 오미치의 이야기는 왠지 와 닿지가 않는다.

오하나의 인형 같은 환상을 만들어낸 뒤, 환상임을 꿰뚫어 보자 정체를 드러내고 원망의 말을 늘어놓았다니. 사람들의 꿈에 나타나 화를 내고 꾸짖고 위협했다니.

정말로 스미요시야의 시어머니 유령이었을까.

실은 글자 그대로 꿈에 불과할 뿐이지 않을까. 꿈이라는 말이 어울리지 않는다면 '마음'이라고 바꾸어 불러도 좋으리라.

죽은 시어머니의 마음이 아니다. 불행하게도 요절한 오하나의 마음도 아니다. 그걸 지켜본 스미요시야 사람들—그중에서도 오미치와 오루이라는, 며느리이자 어머니인 두 여인의 가슴에 깃든 '마음'이다.

유령 이야기에 이치를 요구하는 게 애초에 잘못일지도 모른다. 하지만 오치카는 아무래도 이 이야기 속에서 불편함을 느꼈다. 사람의 마음의 움직임으로서 앞뒤가 매끄럽게 맞지 않는 듯한 기분이 드는 데가 있다.

―만일 내가,

시어머니의 망념이 되어, 자신을 거역한 며느리나 아들들을 괴롭히려고 가엾게도 일찍 죽은 오하나의 모습을 빌려 나타난다면.

―결코 인형으로는 보이지 않는, 제대로 된 오하나 씨가 될 테지.

오루이가, 오미치가 한 번 보기만 해도 눈물을 지으며 달려와 껴안으려고 손을 내밀고 싶어지는 오하나를 만들 것이다.

오우메를 놀라게 하고 두렵게 하려면 생전 오하나의 모습 그대로 나타나 그 목소리 그대로 오우메에게 말을 걸어, 어째서 나만 이런 신세가 되었을까―하고 한탄하게 하는 편이 훨씬 효과가 있으리라.

눈을 계속 뜨고 있고, 나비처럼 팔랑팔랑 덧없고, 시답잖은 말만 흩뿌리는 오하나는 애초부터 엉성해도 너무 엉성하다. 그런 어중간한 모습을 빌려 이 세상에 나타나야 할 이유가 스미요시야 시어머니의 망념에게 있을까.

아까 오치카는 오미치에게 말했다. 어머님은 꽤 공을 들여 심술을 부리셨네요, 하고. 그러자 오미치는 되받아치듯이 곧장 대답했다. 사령은 한가하고 달리 할 일이 없기 때문이라고.

거의 우스갯소리 같은 말일 뿐만 아니라, 살아 있는 인간의 핑계로 크게 치우친 생각이지 않을까. 게다가 오미치의 말투에는 전혀 망설임이 없었다. 확고하게 단정하고 그 자리에서 내뱉는 말이었다.

그에 대해 오치카와 깊이 이야기를 나누고 싶지 않아서 도망치듯 던지는 말처럼 들리기도 했다.

사실은 오미치도 이상하다고 느끼는 게 아닐까. 머리로는 분명하게 생각하지 않는다 해도 마음속 깊은 곳에서는 자신의—나아가서는 스미요시야 사람들이 다 함께 공유하고 있는 이 이야기, 이 해석의 이상함을 깨닫지 않았을까.

돌아가신 시어머니의 유령이니 원념이니, 그런 건 사실 어디에도 없는 게 아닐까. 존재하는 것은 오직 스미요시야에 살고 있는 사람들의 마음뿐. 눈을 깜박이지 않고 유카타 한 벌만 입고 다니는 오하나의 환상도 거기에서 생겨난 게 아닐까.

그렇게 생각해 보면 제일 먼저 오하나의 환상을 봤던 이가 바깥에서 스미요시야 본가로 들어온 직인들이었다는 대목에서 깊은 의미를 찾아낼 수도 있을 듯싶다. 오하나의 환상은 왜 그녀를 잃고 비탄에 잠겨 있는 그리운 부모님 곁에 제일 먼저 나타나지 않았을까. 그녀에 대한 그리움과 떳떳지 못한 마음으로 번민하는 오우메의 머리맡에 서 있지 않았을까. 어째서 인연도 연고도 없는 목수나 창호상 직인들의 눈에 처음으로 보였을까?

사정을 조금도 모르는 그들이 하는 말이라면 스미요시야의 누구도 의심할 까닭이 없기 때문이다.

아니, 실제로는 오미치도 한 번 이를 의심하는 태도를 보였다. 남편 센에몬이 본가로 돌아가겠노라 한 결정을 후회하고, 없던 일로 돌리기 위해 직인들에게 거짓말을 퍼뜨리도록 지시하지 않았을까 하고. 하지만 유카타 차림의 오하나가 마침내 스미요시야 사람들 앞에도 나타남으로써 그렇지 않다는 것이 '확실해'졌다.

오치카는 역시 이 꼼꼼한 순서가 마음에 걸린다.

게다가 오미치의 이러한 의심에는 공교롭게도 당시 스미요시야 분가와 본가, 그리고 오우메의 본심이 나타나 있는 듯하지 않은가.

오미치와 센에몬은 오우메가 낳아 준 부모와 살게 되면 자신들이 외로워질지도 모른다며 두려워했다. 하지만 이는 그들 부부만의 불안이 아니었다. 오우메와 동생 부부의 강한 유대를 보면서 오루이와 다에몬도 질투를 느끼고, 거기에 끼어들기 어려울지도 모른다고 두려워했다—그런 근심이 전혀 없었을 리 없다.

물론 이들 부부에게 근심과 불안만 있지는 않았으리라. 기쁨도 기대도, 오우메의 행복을 바라는 마음도 강했다. 그렇기 때문에 나쁜 쪽의 감정은 결코 드러내서는 안 되었던 것이다.

오우메도 마찬가지다. 두 부모를 갖는 상황이 그저 무조건 기뻤을 리는 없다. 똑같이 양쪽과 화목하게 살아갈 수 있을까. 자신이 원인이 되어 두 부모가 반목하는 일이 생겨서는 안 된다. 정신 똑바로 차리고 살아가야 하는데, 자신이 잘할 수 있을까. 그녀에게도 번민은 있었으리라.

게다가 오우메는 다른 누구보다도 무겁게, 죽은 오하나에 대한 가책을 짊어지고 있었다. 오우메가 시어머니의 유언 내용 또한 전혀 몰랐을 리 없다. 오미치는 끝까지 숨겼다지만 오하나도 오우메도 언제까지나 물정 모르는 어린아이가 아니다. 자라면서 자신들의 조금 특별한 처지에 대해 둘이서 남몰래 의견을 나누는 일도 있었으리라. 몰래 알아내려고 마음만 먹으면 고참 고용살이 일꾼들을 통해서라도 얼마든지 가능할 터이다.

오우메가 오하나에 대해 느끼는 가책이 혹시 할머니가 남긴 저주에 대한 공포에서 비롯되지는 않았을까. 그렇다면 이 또한 노골적으로 입 밖에 낼 수는 없다.

말하려 해도 할 수 없는 복잡한 몇 가지 마음이, 이상한 오하나의 환상을 만들어냈다. 그것을 유령이라 부르고, 죽은 시어머니의 망념이 조종한다고 해석함으로써 스미요시야 사람들은 아슬아슬하게 본심을 내뱉지 않고 어디에도 균열을 만들지 않을 수 있었다―.

"아아, 향이 좋네요."

기분 좋은 얼굴로 오치카가 끓인 차를 맛보며 오미치는 한숨 돌리고 있다.

"정말로 말이지요……."

손바닥으로 찻잔을 소중한 듯이 감싼 뒤 그 손을 무릎에 올려놓으며 오미치는 정원에 시선을 주었다.

"맛있는 차, 예쁜 철쭉, 좋은 날씨. 그런 작은 것이 바로 행복이지요. 하지만 고민을 하나라도 안고 있으면 어떻게 해도 그런 것들을 보지 못하게 되고 말아요. 부족한 일, 힘든 일, 고민스러운 일만으로 머리가 가득 차 버려서."

오치카는 조용히 고개를 끄덕여 보였다.

"어쨌든 그런 경위로,"

오미치는 조심스러운 손놀림으로 잔을 내려놓고 얼굴을 들었다.

"본가와 분가를 하나로 만들자는 계획은 포기했습니다."

그럴 수밖에 없다. 당연하다.

"본가의 공사는 도중에 내팽개칠 수도 없어서 완성시켰지만요."

본가와 분가를 합치려던 계획을 포기한 순간, 직인들도 오하나의 유령을 보는 일이 없어졌다고 한다. 역시 당연하다. 그럴 필요가 없어졌기 때문이다.

"결국 원래의 생활로 돌아갔는데……."

오치카는 오미치에게 한 가지 묻고 싶은 것이 있었다. 고이치로에 대해서다. 오하나와 오우메의 동생인 이 사람(당시에는 아직 '이 아이'였겠지만)은, 결속이 강한 나머지 하나의 착각에 물들기 쉬운 스미요시야 안에서 오로지 혼자만 냉정한 시선을 유지했다. 오하나가 어이없게 죽은 뒤 다음은 오우메라며 허둥거리는 어른들의 경솔함을 지적하여 차분함을 되찾게 한 일은 큰 공이다.

그런 고이치로도 오하나의 '유령'을 보았을까. 고이치로는 이 사건에 대해 어떤 의견을 말했을까. 계속 궁금해서 귀를 곤두세워 왔지만, 지금까지 오미치의 이야기에 고이치로는 등장하지 않았다. 오미치가 일부러 고이치로에 대한 얘기만 빼놓았을 리는 없지만 몹시 마음에 걸린다.

묻기도 어렵다―고 생각하며 호흡을 재는 동안에도 오미치는 이야기를 계속했다.

"겨우 차분해졌을 무렵에 고이치로가 병에 걸리고 말았습니다."

거참, 이렇게 나오다니.

"대체 어쩌다가."

"모르겠어요. 무슨 병인지 확실하지가 않았거든요. 다만 미열이 계속 나고 머리가 아프다고 하더군요. 약을 먹여도 영양가 있는 음식을 먹여도, 전혀 좋아지지 않았어요."

모두가 불안을 곱씹고 있을 때, 당사자 고이치로가 말을 꺼냈다.

―꿈속에서 할머니를 만났어요.

"할머니가 고이치로야, 스미요시야를 지키기 위해 일가의 고민거리인 오우메의 목숨을 끊어라, 하고 명령했다더군요."

―본가와 분가는 모든 것이 똑같다. 오하나와 오우메도 하나부터 열까지 똑같게 하겠다고 네 부모들은 맹세했어. 그리고 스미요시야를 두 배로 만들겠다고, 듣기 좋은 소리를 했지.

하지만 오하나는 이제 없다.

―오우메만 남아 맹세는 깨졌다. 내 분노를 가라앉힐 길이 없구나. 이제 후계자인 네 손으로 오우메를 주살하여, 부디 나를 성불시켜 다오.

망령이 애원했다고 한다.

"그래서 고이치로 씨는,"

"설마 따를 리가 없지요. 오우메를 죽이다니, 그런."

오미치는 눈을 부릅떴다.

"그래도 어머님은 매일 밤마다 고이치로의 꿈에 나타나, 채근하고 괴롭혔다더군요. 고이치로가 그것만은 봐 달라고 부탁해도 전혀 들어주지 않았습니다."

이대로는 고이치로의 목숨이 위험하다. 그는 점점 야위고 쇠약해져 자리에서 일어나지도 못했다.

"그래서 결국 우리는 고이치로를 본가에서 내보내기로 결정했어요."

"양자로 보내셨나요?"

"네." 오미치는 침통하게 아랫입술을 깨물었다.

"어머님이 고이치로를 괴롭히는 까닭은 그 아이가 스미요시야의 후계자이기 때문입니다. 그럼 후계자가 아니게 만들면 되지요."

"고이치로 씨는 쉽게 받아들이던가요."

"네. 가게를 걱정하기는 했지만, 목숨과는 바꿀 수 없다고, 특히 오우메가 매달리다시피 설득했으니까요."

단 하나뿐인 동생의 일인걸.

"가마쿠라초에 본가의 단골 거래처일 뿐만 아니라 집안끼리도 친하게 지내는 도시마야라는 다다미 도매상이 있습니다. 고이치로를 그곳에 맡기게 되었지요."

처음에 도시마야는 복잡한데다 이상하기 짝이 없는 스미요시야의 사정에 당황했지만, 앓아누운 고이치로의 얼굴을 보더니 즉시 승낙했다.

"도시마야에는 딸밖에 없으니, 장래에 고이치로를 사위로 맞아들이겠다고 말해 주셨어요."

스미요시야를 나간 고이치로는 순식간에 기력을 회복했다. 한 달쯤 지나자 건강해졌고 도시마야에서의 생활에도 무리 없이 익숙해졌다.

"우리에게는 오우메 하나만 남은 셈입니다."

오미치의 말투가 질질 끄는 듯이 무거워졌다. "게다가 오우메와 함께 어머님의 분노도 그대로 남고 말았어요."

"남았―다니."

오미치는 저도 모르게 되물은 오치카를 음울한 눈빛으로 마주 보았다.

"이번에는 오루이 형님이 꿈을 꾸었어요. 또 어머님이 나타나서, 너희들은 스스로 한 맹세를 깬데다 내 소원도 들어주려 하지 않는다며 심하게 욕을 했다더군요."

두 부부는 머리를 맞대고 생각했다. 대체 어떻게 하면 끈질긴 시어머니의 분노에서 오우메를 지켜낼 수 있을까.

"그래서 제가 말했어요."

오미치의 눈에 어두운 빛이 깃든다.

"어머님이 그렇게나 약속을 깼다, 약속을 깼다고 내세운다면 약속대로 해 주자고. 본가도 분가도 더욱 장사를 열심히 해서 똑같이 재산을 불리자고. 그리고 오하나도 원래대로 돌려놓자고."

"돌려놓는다고요?"

"죽은 사람이 다시 살아나는 건 아니잖아요."

그래서 인형을 만들었다.

"이쪽도 어머님 흉내를 냈지요. 오하나를 꼭 닮은 인형을 만들어 본가에 두고 아주버님과 형님이 함께 사는 거예요. 우리가 오우메와 사는 것처럼, 완전히 똑같이 생활하는 겁니다."

이를 위해 실력 있는 인형사를 고용했다.

"다행히 오우메라는 살아 있는 견본이 있으니까요. 비싼 재료에도 돈을 아끼지 않았습니다. 덕분에 우리조차 숨을 삼킬 정도로 훌륭한 인형이 만들어졌지요."

이렇게 오하나와 오우메는 다시 나란히 섰다.

"아주버님과 형님은 금세 익숙해졌어요. 본가의 고용살이 일꾼 중에는 기분 나쁘다며 무서워하는 사람도 있었지만, 그런 사람은 곧장 그만두게 했기 때문에 곧 우리 사정을 이해하고 인형도 '아가씨'로 모셔 주는 사람만 남았습니다."

오루이는 심지어 사랑하는 자기 딸이 돌아왔다며 기뻐했다.

"인형이라고 해서 그냥 가만히 놔두지만은 않았어요. 식사 때는 부모와 함께 상에 앉았고, 밤에는 제대로 옷을 갈아입혀 잠자리에 들게 했지요."

피부는 비단. 머리카락은 진짜를 심었기 때문에, 화장도 할 수 있고 머리 모양도 바꾸어 묶을 수 있다.

"한창 그럴 나이니까 꽃꽂이니 춤이니 하는 것도 배워야지요. 오우메가 배우는 것은 오하나의 인형도 배웠습니다."

다만 스승의 집으로 다니게 되면 아무래도 많은 제자들의 눈에 띄기 때문에 여러 가지 지장이 있다. 그렇기에 스승을 집으로 불러서 배웠다.

그제야 오치카는 납득했다. 그래서 오우메는 스미요시야에 틀어박혔구나. 바깥에 나갈 수 없는 사정이 있었구나.

"그러면 전에 다이시치에서 뵈었을 때 같은 경우에는요?"

"우리가 오우메를 데리고 어딘가로 외출을 하면, 즉시 본가에서도 오하나의 인형을 데리고 같은 곳에 갑니다."

가마에 태워서 옮겨 가는 것이다.

"그러니 오우메도 자주 나갈 수는 없어요. 찾아간 곳에서 싫어하는 경우도 있으니까요."

인형을 데려오다니, 깜짝 놀라는 경우가 있는 것도 당연하다.

"다이시치는 사정을 잘 이해해 주었기 때문에 계속 이용해 왔지요."

"그래도 인형 오하나 씨는 우메야시키의 정원을 산책할 수는 없겠지요?"

"짓궂은 말씀을 하시네요."

오미치도 살짝 웃었다.

"예, 그래요. 그럴 때는 어쩔 수 없지요."

오우메는 매화가 한창인 정원을 걷는다. 오하나의 인형은 가마에 탄 채 우메야시키 주위를 빙 돈다. 물론 부모도 함께.

"하지만 우리도 그냥 감이나 어림짐작으로 '이 정도라면 괜찮다', '이래서는 오하나와 오우메가 똑같다고 할 수 없다'고 구분했던 건 아니에요. 제대로 된 표식이라 할까, 구분하는 기준이 있었습니다."

'바늘'이었다고 한다.

"바늘이라니…… 스미요시야에서 파는 물건인 바늘 말인가요?"

"네. 다른 바늘이 또 있나요?"

오미치는 눈에 힘을 주고 왠지 노려보듯이 오치카를 바라보며 대답했다. 눈동자에 깃든 어둠이 한층 더 짙어졌다.

"우리가 오하나와 오우메에게 주는 것이 똑같지 않으면, 오하나의 몸에 바늘이 꽂히는 거예요."

인형 오하나의 팔다리뿐만 아니라 이마나 뺨, 목덜미에까지 수많은 바늘이 꽂힌다고 한다.

"처음 보았을 때는 형님도 졸도할 뻔했대요. 무리도 아니지요. 셀 수 없을 정도로 수많은 바늘이 어디에서인지도 모르게 나타나 오하나에게 꽂혀 있으니까요."

바늘겨레나 다름없었다고, 오미치는 그 모습을 떠올린 듯이 몸을 떨며 말했다.

"아무리 딸로 대한다 해도 본가의 오하나는 인형입니다. 스스로 돌아다닐 리도 없어요. 어쩌다가 주위 사람들이 갑자기 자리를 비우거나, 지켜보지 못할 때도 있겠지요. 그런 틈새에 바늘이 꽂히는 겁니다."

그게 '표식'이라고 한다.

"오하나와 오우메가 똑같지 않다고 어머님이 알려주시는 거예요."

게다가 바늘이 꽂히는 일은 전조이기도 했다.

"오하나에게 바늘이 꽂히면 빠를 때는 두 시간도 지나지 않아서, 늦는다 해도 하룻밤 후에는 오우메에게 이변이 일어났지요."

오우메의 이마나 뺨이나 목덜미, 손발, 요컨대 오하나의 몸에 바늘이 꽂혀 있던 부분에 새빨간 습진이 생긴다.

오싹하니 등줄기에 끼치는 소름을 느끼면서도 오치카는 목소리를 높여 물었다.

"마치 수많은 바늘에 찔린 흔적 같은 습진?"

그렇게 생각할 수밖에 없다.

아까보다 한층 더 세게 아랫입술을 깨물며 오미치는 깊이 고개를 끄덕였다.

"—많이 아프겠군요."

오미치가 또 고개를 끄덕인다. 관자놀이에 힘이 들어갔다.
"너무 참혹해서 똑바로 쳐다볼 수가 없을 정도였습니다."
인형 오하나의 몸에 꽂히는 바늘의 수는 그때마다 달랐다.
"두 딸의 차이가 클수록 바늘 수도 늘어나는 거예요."
예를 들어 바늘이 처음 나타났을 때는 이런 식이었다.
"둘에게 새 기모노를 지어 주었어요. 물론 똑같은 기모노로 하고 싶었지요. 하지만 오우메가 마음에 들어 한 피륙이 한 필밖에 없어서요. 금사로 짜여 있는 이치마쓰 무늬두 가지 색의 정사각형이 교대로 배치된 격자무늬였는데…… 별수 없이 오하나의 기모노는 은사로 짜인 이치마쓰 무늬를 골랐습니다."
그런데 기모노가 완성되어 오자마자 오하나의 왼쪽 뺨과 오른쪽 팔꿈치 아래로 빼곡하게 바늘이 꽂혔다. 얼마 안 있어 오우메도 같은 부위에 습진이 생겼다.
"그 정도라면 가벼운 편이에요. 아주 심할 때는 습진이 몸 전체에 퍼지고 높은 열이 올라 앓아눕기도 했지요."
오우메가 가르침을 받는 샤미센 스승의 학생들이 그간 배운 재주를 발표하기 위한 모임을 열게 되어, 오우메가 꼭 나가고 싶다고 두 부모에게 졸랐을 때의 일이다.
"요릿집을 통째로 빌리고 손님도 많이 초대해서 매우 시끌벅적한 발표 모임이 될 거라 하여, 오우메도 무리인 줄 알면서 졸랐지요. 늘 새장 속의 새 같은 신세인 아이가 가엾어서 우리도 안 된다고 밀쳐낼 수는 없었습니다."
스승에게 부탁하고 돈도 싸 보내어, 오우메만 무대를 두 번 밟을 수 있도록 조치해 두었다.

"첫 번째는 오우메로, 두 번째는 오하나로 등장하면 된다. 우리가 그렇게 이름을 나누어 부르면 되겠지, 하고. 돌이켜 보면 어리석은 생각이지만 당시에는 시어머니 원령의 눈을 속일 수 있겠다 여겼어요. 오우메의 소원도 들어주고 싶었고요."

여기에 이르러서 처음으로 오미치는 '원령'이라는 말을 썼다.

발표 모임에 참가한 오우메는 당시 열여섯 살이었다. 순진하고 아름다웠다. 가타기누고소데 위에 입는, 어깨에서 등으로 걸쳐지는 소매 없는 옷를 입고 짙은 화장을 하고 뺨에 홍조를 띤 오우메를 보고, 손님들이 감탄의 탄성을 질렀다고 한다.

그러나—.

"오우메로서 발표를 마치고 다음은 오하나로 나가려고 대기실에서 쉬고 있을 때였습니다. 아이의 손에 습진이 생겼더군요. 놀란 형님이 본가로 심부름꾼을 보냈는데 마침 본가에서 여기로 달려오던 하녀와 도중에 딱 마주쳤어요."

—오하나 아가씨의 온몸에 바늘이 꽂혀 있습니다!

결국 오우메는 두 번째 무대를 밟지 못했다. 습진이 순식간에 퍼져 눈꺼풀까지 덮치는 바람에 설 수도 걸을 수도 없게 되고 만 것이다.

"제가 안아서 가마에 태웠어요. 그때 오우메는 제대로 말도 할 수 없었습니다."

이야기하는 오미치의 눈가가 어느새 촉촉하게 젖었다.

"완전히 나을 때까지 한 달 가까이 걸렸을까요. 의원님도 무엇이 잘못되어서 이런 습진이 덜컥 나타났는지 전혀 모르겠다며 고개를 갸웃거릴 뿐이었습니다. 그야 그렇겠지요."

오미치는 코멘소리로 말하며 어깨를 축 늘어뜨렸다.

"발표 모임을 둘러싼 소동은 오하나의 몸에 제일 처음 바늘이 꽂히고 나서 세 달쯤 후의 일이었어요. 그 일을 계기로 우리는 진심으로 지긋지긋해져서 더 이상 잔재주는 부리지 않기로 했습니다. 그래도 일 년 정도는 아직 요령이 없어서, 사소한 일로 실수를 저지르는 통에 오우메를 괴롭게 하고 말았지요."

아무리 조심해도 미처 막지 못하는 경우가 있었다고 한다.

"본가에 새로 들어온 하녀가 오하나의 인형을 우습게 여겨서 말이지요. 어차피 인형이니까 고자질할 일도 없겠다 싶었는지 정해진 대로 돌보지 않은 바람에 오우메가 괴로워한 적도 있습니다."

분가의 오우메가 머리를 감으면 본가에 있는 오하나의 인형도 머리를 감긴다. 머리 모양을 바꾸어 묶으면 똑같이 바꾸어 묶는다. 햇것이 오우메의 밥상에 오르면, 곧 오하나의 밥상에도 올린다. 본가와 분가는 이를 위해 하녀나 견습 점원을 자주 보내어 이야기를 주고받았다.

"배우는 것은 어떻게 하셨나요?"

"스승의 인품에 따라 달랐지요. 입이 무겁고 이해해 주는 스승이라면 어느 정도까지는 이쪽의 사정을 털어놓은 다음, 오우메와 오하나의 인형을 나란히 앉혀 놓고 수업을 해 달라는 부탁을 할 수 있었습니다. 그게 어려운 경우에는 수업 때마다 본가에서 분가로 오하나의 인형을 몰래 실어 날라 옆방에 숨기도록 했고요."

"그렇게 해도 지장이 없었군요."

오미치는 쓴웃음을 지었다. "바늘은 꽂히지 않았어요. 하지만 오 하나의 인형이 나란히 앉아 있으면 스승 쪽에서 역시 기분이 나빠 참을 수 없으니 그만두게 해 달라고 말한 적도 있습니다."

가르치는 스승뿐만 아니라 스미요시야에 드나드는 기모노 가게나 방물 가게 등의 상인에게도 "모두 신경을 써서 사례도 하고, 때로는 입막음을 위한 돈을 지불해야 했습니다. 고생이 많았지요"라고 한다.

전부 짐작이 가고도 남는다. 하지만 누구보다도, 기분 전환을 하러 훌쩍 산책을 나가는 일조차 뜻대로 할 수 없는 오우메가 가장 고생했으리라.

"바늘은 늘 갑자기 나타났나요?"

오미치는 약간 눈을 가늘게 뜨며 그렇게 물은 오치카를 바라보았다.

"비유하자면 '덤불 속에서 몽둥이'라고 할까요."

갑자기 무슨 일이 일어난다, 또는 튀어나온다는 뜻의 비유이다.

"정말 그 비유 그대로였습니다. 저와 형님은 '덤불 속에서 바늘 천 개'라고 말하곤 했어요."

오미치는 가볍게 억양을 붙여 작은 목소리로 노래했다.

"거짓말을 하면, 바늘 천 개를 사암~킬게요."

새끼손가락을 걸 때 부르는 노래다.

"그 바늘 천 개가 덤불에서 튀어나오는 거예요. 원령이 숨어 있는, 우리들 살아 있는 사람은 발을 들여놓을 수 없는 캄캄한 덤불에서요. 바늘 도매상의 시어머니가 얄미운 며느리들에게 거는 저주로는 딱이지요."

옛날에 어린 오하나와 오우메가 손가락을 걸며 함께 부른 적이 있는 동요가 저주로 변해 스미요시야를 덮고 있다—.

"그래도, 설령 원령이라도 바늘은 어디에선가 조달해야 하지 않나요?"

오치카는 가능한 한 온화하게 물을 생각이었지만 오미치는 눈썹을 날카롭게 추켜올렸다.

"조달이라는 말이 어울리는지 어떤지는 모르겠지만, 네, 그렇겠지요. 하지만 바늘은 우리가 파는 물건입니다. 내다 팔 만큼 많이 가지고 있어요. 잊으셨나요?"

그렇게 말하더니 비꼬듯이 웃었다.

"가게 앞에도 광에도 얼마든지 쌓여 있어요. 어머님은 그 바늘들을 쓴 거지요."

"확인해 보셨는지요."

"그야 당연히 했지요."

오미치는 곧장 대답했지만 조금 움츠러든 듯한 기색이다.

"확인하고 말고 할 것도 없이, 오하나의 몸에 바늘이 꽂혔을 때는 반드시 상품용 바늘이 흐트러져 있었으니까요. 봉해 두었던 나무 상자가 열려 내용물이 빠져나왔어요."

스미요시야는 팔기 위한 바늘을 열 개씩 종이로 싸서 오십 봉[책], 백 봉 단위로 작은 나무 상자에 넣어 보관했다.

"그 나무 상자가 열려 있었다고요?"

"예."

"종이 꾸러미는 찢어져 있었나요? 깔끔하게 벗겨져 있었나요?"

오미치는 의아한 표정으로 오치카를 쳐다보았다. "찢어져 있었을 때도 있고, 깔끔하게 벗겨져 있었을 때도 있어요. 어느 쪽이든 마찬가지잖아요."

목소리가 높아진다. 오치카는 가볍게 머리를 숙이고, 그렇군요, 하며 미소를 지었다.

"시시한 것을 여쭈었네요. 이야기를 중간에 끊어서 죄송합니다."

둘은 찰나, 서로의 눈 깊은 곳을 들여다보듯이 마주 보았다.

오치카는 결코 '시시한 것'을 물었다고 생각하지는 않았다. 몹시 중요한, 이 이야기의 가장 핵심적인 부분을 건드렸다고 여겼다. 그렇기 때문에 오미치의 목소리도 뾰족해진 게 아닐까.

오하나의 몸에 바늘이 꽂힐 때마다 스미요시야에서 파는 물건이 사용되었다. 실체가 있는, 이 세상의 물건이 쓰였다.

그렇다면 이는 원령의 짓이 아니라 이 세상에 살아 있는 누군가의 짓이라 해도 전혀 지장이 없을 터이다. 오치카는 이를 묻고 싶었다.

하지만 오미치는 받아들여 줄 마음이 없는 모양이다. 갑자기 성난 빛을 띤 그 얼굴이 오미치의 본심을 잘 나타낸다.

별난 괴담을 듣는 사람의 역할은 찾아온 사람의 이야기를 그저 듣는 데 있다. 더 깊은 이야기를 듣기 위해서 질문을 던지기는 해도 토론을 하거나, 하물며 설복시키거나, 상대방의 생각을 바꾸려 해서는 안 된다. 그런 짓을 해 봤자 아무런 이득도 없다. 적어도 오미치의 경우는. 하여 오치카는 순순히 물러나기로 했다.

"그러면 그 후로 지금까지 스미요시야에서는 계속 그—관습이라고 할까요, 약정이라고 할까요."

"저주를 피하는 일이지요." 오미치는 재빨리 말했다. "지벌을 막는 것이기도 하고요."

"계속 이런 일을 하시면서 오우메 씨를 지켜 오셨군요. 오우메 씨도 그저 참기만 하셨고요."

고생스러우셨겠어요, 하고 오치카는 마음을 담아 입에 올렸다. 그 마음에 거짓은 없다.

오미치에게도 통한 모양이다. 표정이 누그러지고 눈가가 또 촉촉해진다.

"귀여운 딸을 위해서입니다. 부모가 자식을 위해서 하는 고생이야 당연한 도리지요. 하지만 오우메가 정말로 가엾어서……. 참고, 또 참으면서."

오미치는 눈가를 눌렀다.

"그래도 만사가 다 해결된 건 아니었어요. 이미 알아채셨겠지만 아무리 엄격하게 감시하며 지벌을 막으려 해도, 오우메가 성장함에 따라 어떻게 할 수도 없는 어려운 일이 생겼습니다."

분명히 있다. 단 한 가지.

"오우메 씨의 혼담 말이군요."

나이가 차면 어디론가 시집을 가야 한다.

"인형 오하나에게 똑같은 혼담을 댈 수가 있겠습니까. 둘을 완전히 똑같이 할 수가 있겠습니까."

오미치의 목소리에 한탄이 섞였다. 이 또한 여기 온 후 처음이다.

"오우메는 우리를 배려해서 평생 시집가지 않겠다고, 계속 스미요시야에, 아버지 어머니 곁에 있겠다고 말해 주었지요. 하지만 그러면 그 아이가 너무 가엾지 않습니까. 어느 하나 본인의 잘못은 없어요. 어쩌다 보니 무서운 우연으로 저주를 받고 말았을 뿐인데."

그래도 오우메가 스무 살이 될 때까지는 두 부모도 큰맘 먹고 움직일 수가 없었다. 섣부른 짓을 했다가 이번에야말로 오우메가 목숨을 잃게 된다면 아무리 후회해도 소용없는 일이다. 오로지 오우메를 품에 숨기고 소중히 지키는 일에 전념했다.

"하지만요, 오치카 씨는 아직 모르시겠지만 아무리 세상 사람들로부터 숨기려 해도—아니, 숨기기 때문에 더더욱, 오우메에게 나이를 먹는다는 건 몹시 가혹한 일이었습니다."

한창 꽃다운 나이임을 아무에게도 알리지 못하고, 화사한 기분도 가슴 두근거리는 만남도 없이, 헛되이 보내야 하니.

"게다가 어느 날 저는 생각했어요. 오우메는 오히려, 어떻게 해서라도 시집을 가는 편이 좋지 않을까. 그렇잖아요. 시집을 가면 오우메는 스미요시야 사람이 아니게 됩니다. 스미요시야 사람이 아니게 되면 어머님의 저주에서도 도망칠 수 있지 않을까요."

오치카는 고개를 끄덕였다. "하지만 그러면 가게는 대가 끊기고 말겠네요."

오하나는 죽고 고이치로는 다른 집에 양자로 갔다. 스미요시야의 대를 이을 사람은 오우메뿐이다.

"상관없어요!" 하고 오미치는 말했다. 거의 고함에 가까운 목소리였다.

"오우메를 행복하게 해 주지 못한다면 스미요시야의 재산 따위 의미가 없습니다. 가치도 없어요. 우리는 좀 더 일찍 그렇게 결심해야 했어요."

두 부모는 몰래 상의하고 또 상의해 가며 주의 깊게 혼처를 찾기 시작했다.

"다행스럽게도 스미요시야는 에도에서 꽤 이름을 알린 가게입니다. 이쪽이 마음을 먹으니 혼담은 차례차례 들어왔어요."

여러 혼담들 중에서 이렇다 할 사람을 고르고 또 골라, 오우메가 처음으로 맞선 자리에 나간 것은 막 스물한 살이 된 초봄의 일이다.

"오우메도 기뻤겠지요. 하지만 처음에는 나가겠다고 하지 않았어요. 무서웠을 테고, 또 우리를 고생시킬까 봐 저어하더군요. 그래서 틀림없이 문제가 없도록 하겠다, 괜찮으니 안심하고 우리에게 맡겨 달라고 설득하여 승낙을 받아냈습니다."

지금 오치카한테 이야기하는 오미치의 말투에는 오우메를 설득했을 때도 틀림없이 이랬으리라 짐작되는 기세가 있었다.

"아주버님인 다에몬 님은 젊은 시절부터 다도에 대한 소양을 쌓았습니다. 오루이 형님도 다도에 대해 잘 알았지요. 그 스승이 연결해 준 혼담인데, 상대방도 같은 스승의 제자로 료고쿠 야겐보리에 자리한 과자 가게의 후계자였습니다."

젊은 남녀는 스승의 새해 첫 다회茶會 자리에서 얼굴을 마주하게 되었다.

"피부가 희고, 그야말로 품격 있게 빚어낸 과자처럼 잘생긴 도련님으로, 나이는 오우메와 같은 스물하나였습니다. 둘이 나란히 있으니 마치 히나 인형매년 삼월 삼일, 여자아이의 무병장수와 행복을 기원하는 명절. 히나마쓰리에 진열하는 인형. 옛날의 천황·황후를 중심으로 좌우대신·궁녀·음악 반주자 등을 상징하는 일본 고유의 옷을 입힌 인형이다 같 았어요."

오미치는 황홀한 듯이 아득히 먼 곳을 바라보는 눈을 했다.

"상대방은 금방 오우메를 마음에 들어 했습니다. 예, 그렇게 될 줄 알았어요. 우리 오우메니까요."

가슴을 펴고 의기양양하게 말하는 오미치는, 그저 딸을 자랑하는 어머니의 얼굴을 하고 있다.

"오우메에게도 이의는 없었지요. 첫사랑이었습니다."

그러나 혼담이 성사될 듯하자 그다음부터가 문제였다.

"우리는 서둘러 인형을 또 만들었습니다."

과연, 하고 오치카는 알아챘다. "오우메 씨의 상대를 꼭 닮은 인형이로군요?"

그 도련님 인형을 오하나 인형의 신랑으로 삼으려 한 것이다.

"인형 부부를 본가의 젊은 부부로 대하면 되잖아요. 분가의 오우메는 시집을 간다. 본가의 오하나는 신랑을 들인다. 흔히 있는 형태니까요."

확실히 당연한 방식이다. 당사자인 오하나가 인형만 아니라면.

"아주버님과 형님은 각오를 단단히 다지고 있었어요. 저와 남편도 한마음이었지요. 인형 부부를 인형으로 여기지 않고 살아 있는 사람을 대하듯 하며 살아간다. 전부 오우메를 위해서."

게다가 이 인형과 연극을 하며 살아가는 생활에 종지부를 찍을 날이 올 수도 있다.

"아까도 말씀드렸지만 오우메가 시댁 사람이 되면 어머님의 저주도 미치지 않을지 모르니까요."

스미요시야의 두 부모는 우선 그 기한을 시집간 오우메가 첫 아이를 낳을 때까지로 전망해 보았다.

"그런 계획이 있기 때문에 오우메 씨한테도 괜찮으니 맡겨 달라고 말씀하셨던 거군요."

"예, 그렇고말고요."

강하게 대답하고 나서, 오미치는 갑자기 얼굴을 일그러뜨렸다.

"하지만…… 계산대로는 되지 않았습니다."

신랑의 인형을 본가로 운반해 오고, 오하나와 첫 대면을 마친 다음 날 아침의 일이다.

"오하나의 온몸에 바늘이 꽂혔습니다."

예전 발표 모임 때를 떠올리게 하는 수의 바늘이었다.

"오우메 씨는."

"예, 이미 그날 오전에 앓아누웠어요."

너무 분해서, 분해서, 하며 오미치는 주먹으로 무릎을 탁 하고 내리쳤다.

"무엇이 부족하다는 거지요? 무엇이 똑같지 않다는 거지요? 저는 속이 뒤집혀 견딜 수가 없는 나머지 어머님의 위패에 향을 집어던져 버릴까 생각했을 정도예요."

심한 습진으로 오우메의 아름다운 얼굴은 부어올랐다. 고열이 나고 또다시 목숨이 위태로운 지경까지 내몰렸다.

"겨우 회복했을 무렵에는 오우메도 진심으로 겁을 먹었습니다. 혼담은 거절해 달라며 울었지요."

 전보다 더 깊숙이 집에 틀어박히고, 한때는 창으로 바깥을 바라보는 일조차 없었다고 한다.

 "우리는 또 궁리했어요."

 오하나는 신랑을 들이고 오우메는 시집을 간다는 차이가 잘못이었을까. 그렇다면 분가에서도 데릴사위를 들이자.

 "그러면 오우메는 스미요시야에서 나갈 수 없게 되지만, 행복해진다면 상관없지요."

 "시험해 보셨군요?"

 "오우메를 격려해서 그럴 마음을 먹게 하기까지 일 년 가까이 걸렸지만요."

 이번에도 역시 상대를 찾는 데에는 고생하지 않았다. 두 번째 맞선도 결과가 좋아서 사위는 당장이라도 결정될 것 같았다.

 "그래서 또 인형을 만들었습니다."

 "만들었더니요?"

 오미치는 한층 더 얼굴을 찌푸리며 대답했다.

 "또 바늘이 꽂혔습니다."

 첫 번째 때만큼의 수는 아니었지만 오우메의 얼굴은 부어올랐고 한동안 일어서지 못했다.

 뚫어져라 바라보는 오치카에게 오미치가 악다문 듯한 잇새로 말했다.

 "오우메도 오루이 형님도 울기만 할 뿐이었지만, 이래봬도 저는 지기 싫어하는 성미랍니다. 오우메를 위해서도 여기서 물러날까 보냐고 마음을 다졌지요. 심술궂은 어머님의 집요한 원념에 묶여서 그렇게 착한 아이가 사랑 하나도 이루지 못한 채, 애석하게 시집도 가지 못하고 혼자 살아야 한다니, 그런 불행이 있어도 될 리가 없잖아요."

문득 그때 일을 떠올리고 분노가 치밀어 눈가가 경련한다.

"무엇이 잘못이었을까. 무엇이 똑같지 않았을까. 저는 생각에 생각을 거듭했습니다."

오미치는 주먹을 굳게 쥐고 가슴에 댔다.

"상대방의 인형을 만드는 데 시간이 걸린 게 문제였을까. 아니면 상대방의 인형이 당사자와 닮지 않아서일까. 닮기는 했어도 인형으로서의 완성도가 떨어져서가 아닐까."

꼽아 보듯이 말할 때마다 주먹으로 가볍게 가슴을 친다.

"오하나를 만들 때에는 오우메라는 견본이 있었습니다. 하지만 맞선 상대의 인형은 우리가 상대방을 만났을 때 보고 기억한 얼굴이나 체격에 의지할 수밖에 없지요. 그래서 꼭 닮은 인형을 만들 수는 없었어요. 그렇다고 너무 수고를 들이면, 오우메의 혼담 쪽이 진행되고 말지요. 오하나의 신랑이 결정되기 전에 오우메의 신랑만 결정되는 셈이나 마찬가지잖아요."

오미치가 주먹으로 가슴을 칠 때마다 자연히 오치카도 한 번씩 고개를 끄덕이고 만다.

"네, 네, 그래서."

"우선은, 어떻게든 직인을 독촉하자. 그리고 맞선 이야기가 결정될 즈음이 되면 무슨 구실을 붙여서라도, 아니면 몰래 은밀하게라도 화가를 불러 상대방의 초상화를 그리게 하자. 인형 직인한테 초상화를 견본으로 삼게 하면 되지 않을까 하고."

"그러면 또 맞선을?"

그럴 의도는 없었지만, 오치카의 물음에 '오우메 씨가 불쌍하다'는 울림이 있었나 보다. 오미치는 날카롭게 오치카를 바라보더니 갑자기 어깨를 축 늘어뜨렸다.

"오우메한테는 정말로…… 가엾은 일이었지만요."

"계속하셨군요?"

"아이의 행복을 위해서였어요."

오치카의 귀에 그 항변은 '시어머니에게 질까 보냐'로 들렸지만.

"실패해서 바늘이 꽂히면 앓아누워 괴로워하는 사람은 오우메지요. 그 아이 입장에서는 질색을 할 만도 합니다. 저도 알아요. 그런 무서운 얼굴은 하지 말아 주셔요."

오치카는 저도 모르게 자신의 뺨을 만졌다.

"아니, 실례했습니다. 저 같은 것이 탓할 생각은 털끝만큼도 없어요. 다만—."

오미치는 풀이 죽어서 "네에" 하고 말했다.

"습진으로 인한 괴로움을 견디는 일도 힘들겠지만, 맞선 상대에게 아련한 연심을 품자마자 없었던 일이 돼 버리는 고통을 두 번이나 겪은 일 또한, 오우메 씨에게는 더 이상 없을 정도의 괴로운 경험이었으리라 생각해요."

맞선을 다시 볼 때마다 그런 괴로운 마음도 쌓이게 된다.

"저 역시…… 충분히 알고서 한 일이에요."

지금까지 오미치의 목소리 중에서 제일 작고 쉰 목소리였다.

"그래서 충분히 시간을 두었습니다. 오우메를 격려해서 다시 일으켜 세우는 데에 그만큼의 시간이 걸렸고요."

"그러면 그 후에도 맞선을."

"인형을 만드는 데 공을 들이면서, 두 번째 맞선이 있은 후 이 년 반 동안 세 번 시험해 보았어요."

세 번 다 바늘이 꽂혔다. 몇 번째이고 바늘의 수는 적어서 오우메의 목숨에 지장은 없었지만, 며칠 동안은 아픔과 가려움 때문에 괴로워했다.

"오우메는 이제 포기하겠다고 했어요."

두 손 들고 말했다. 무리도 아니다. 도합 다섯 번이나 용케 분발했다고, 오치카는 오히려 감탄했다.

"외람된 말씀이지만 다른 수단은 고려하지 않으셨는지요. 예를 들면 고이치로 씨처럼 오우메 씨도 다른 집에 양녀로 보내신다거나."

스미요시야의 대가 끊겨도 좋다면 그런 방법이 있지 않은가.

오미치는 풀이 죽은 채 원망스러운 듯한 눈초리로 오치카를 보았다.

"우리가 그런 생각을 하지 않았을까 봐요?"

천천히 고개를 젓는다.

"소용없었어요. 양녀로 보내자는 이야기가 나오기만 해도 오하나의 몸에 바늘이 꽂혔지요."

게다가 오우메가 몹시 싫어했다.

"이제 와서 외톨이가 되는 건 무섭다면서."

두 부모와 헤어지고 싶지 않다는 뜻이다.

"생각해 보면 그 무렵에 오우메는 이미 스물네댓 살이었어요. 세상 사람들이 보기에 한창때가 지난 처녀지요. 게다가 그 아이는 스미요시야 바깥을 모릅니다. 다른 사람들과 섞인 적도 없고요."

시집가서, 사랑하고 사랑받으며 의지할 수 있는 남편이 생기고 아이를 바랄 수 있다면 모를까, 그런 기쁨은 하나도 없이 그저 홀로 다른 집에 가게 된다면 어떻게 해야 할지 모르겠다며 울었다고 한다.

그 마음을 모르는 바는 아니지만 오치카는 (얼굴에 나타내지 않도록 주의하면서) 마음속으로 고개를 갸웃거렸다. 지금의 힘든 상황으로부터 어떻게든 도망치자, 이 꼼짝달싹할 수 없는 상태를 어떻게든 해 보자고 생각했다면 몇 살을 먹었든 간에, 세상 물정 모르는 사람이라고 창피를 당할지언정, 스스로 움직여 볼 정도의 기운을 냈어야 하지 않을까. 다른 누구도 아닌 자신의 행복을 위한 일이다.

―그게 저주가 저주인 이유일까.

저주의 속박에 긍정적으로 살아갈 힘이 서서히 사라져 간다. 그저 시간만 지나가고, 결단을 내려야 할 때를 놓치고 만다.

―나도 남의 말을 할 처지는 아니지.

오치카는 등골이 오싹해졌다.

"그래서 결국,"

오미치의 목소리가 들려서 오치카는 예, 하며 자세를 바로 했다.

"우리는 결심했어요. 아니, 이건 우리 남편이 꺼낸 말인데요."

일이 이렇게까지 되었으니 처음부터 맞선 상대한테 전부 털어놓아 버리자고.

"지금까지의 경위를요?"

"네. 오하나의 인형도 보여 주자고요. 그러고 나서 간곡하게 부탁하는 거지요."

오우메는 이러이러한 사연을 짊어진 처녀입니다. 오우메를 아내로 맞이하고 싶다면 모쪼록 오하나의 인형도 데려가 주십시오. 그리고 오우메를 아끼듯, 오하나의 인형도 아껴 주시면 안 되겠습니까.

"오우메의 남편은 오하나의 남편. 그러면 완전히 똑같아지잖아요?"

"그런 상의를 하셨더니―."

오미치는 크게 고개를 끄덕였다. "바늘은 꽂히지 않았어요."

저주의 이치에 들어맞았던 걸까?

"남편은 사정을 전부 알고 그래도 좋다는 남자가 아니면 오우메를 맡길 수 없다고 했어요."

이번에 오우메가 경사스럽게 시집을 갈 때까지, 그 후로 맞선을 본 횟수는 여섯 번이 넘는다.

"전부 다 성사될 뻔했어요."

처음에는 잘 흘러갔다.

"모두 오우메에게 반했으니까요. 그까짓 인형 한두 개, 게다가 오우메 씨를 꼭 닮은, 오우메 씨의 소중한 언니의 인형이니 기분 나쁠 일도 없다. 반드시 소중히 대하겠습니다, 하고."

그러나 막상 혼례가 다가오면 형세가 이상해지고 만다.

"신랑도 천애 고아는 아니니까요. 본인이 괜찮더라도 주위에서 싫어하는 바람에 혼사가 좌절된 경우도 있습니다. 신랑 본인도, 처음에는 위세가 좋았는데 혼례가 다가옴에 따라 점점 기가 꺾이는 경우도 있었고요."

스승들도 충분한 사례금을 받고 모든 정황을 알았어도, 나란히 앉아 있는 오우메와 오하나의 인형을 점점 견딜 수 없게 되어 도망치는 경우가 있었다.

"부부가 되는 일이라면 더욱 그렇지요."

이것이 오우메의 혼담이 성사될 뻔하다가 취소되고, 성사될 뻔하다가 취소된 사정의 전말이다.

"차라리 에도를 떠나는 편이 좋을지도 모르겠다는 생각에, 일부러 교토에서 맞선 자리를 소개받은 적도 있지만······."

그래도 이 교토의 신랑은 혼례 닷새 전까지는 버텼다고 한다.

"오하나의 인형에게 입힐 신부 의상을 완성했을 때 결국 기가 꺾이더군요."

씁쓸한 말투지만 오미치의 얼굴에는 웃음이 있었다. 그래서 오치카도 마주 미소를 지었다.

"그런데 이번에, 여섯 번째에 겨우 성취된 건 말이지요, 오치카 씨."

곰보 얼굴의 여자 덕분입니다.

"천연두에 걸려 얼굴이나, 눈에 띄는 부위에 심한 곰보가 남는 건 매우 불행한 일이에요. 특히 여자의 경우에는 아무리 미인이라도 다 소용이 없어지고 마니까요. 이처럼 슬픈 일도 없지요."

말을 마친 오미치가 살짝 고개를 갸웃거린다.

"오치카 씨는 신부 행렬에 그런 여자를 동행시켜서 '마를 씻어내는' 역할을 맡긴다는 관습을 알고 계셨나요?"

"오우메 씨가 가마에 타실 때 숙모님께서 가르쳐 주셨어요. 고향에서는 본 적이 없는 관습이었지요."

"지방에 따라서 여러 가지로 차이가 있으니까요. 그럼 깜짝 놀라셨겠네요."

"예." 한순간 망설였지만 오치카는 솔직하게 말을 이었다. "조금 잔인한 일처럼 보이기도 했고요."

"저도 그렇게 생각해요. 아름다운 새 신부와 나란히 가면서 곰보 얼굴을 드러내는 역할을 짊어진 여자는 얼마나 괴로울까요. 하지만 애초에 어째서 이런 관습이 생겼는지를 떠올려 보면, 무조건 잔인하게 여길 일만도 아니랍니다."

왜 곰보 얼굴이 마를 쫓는 것일까.

"천연두 신은 역병신 중에서도 특히 강한 힘을 갖고 있다고 하지요."

천연두가 무서운 병이기 때문이다.

"그리고 천연두에 걸려서 심한 곰보가 남은 사람은 그 몸에 천연두 신의 힘을 다른 이들보다 많이 받은 사람이랍니다."

따라서 곰보와 함께 사악한 것이나 마를 쫓아낼 수 있는 강한 힘도 얻었다는 뜻이 된다.

"신의 힘의 일부를 받아 가호를 입은 셈이니까요."

"신의 가호……."

"예. 곰보는 그 증거예요. 천연두 신의 사자使者라는 증거. 그 힘으로 다른 재앙이나 역병을 물리치는 거지요."

그래서 정중한 대우를 받는다.

"우리도 그분—이제 이름으로 불러도 되겠지요. 오카쓰 씨라는 사람인데, 그분을 매우 융숭하게 대접했어요."

오우메를 지켜 주는 동안은 신의 사자이고, 신과 같은 위대한 존재이니 사람의 이름으로 부르길 꺼렸다고 한다.

오미치는 생긋 웃었다. "그래도 보통은 가마 행렬에 따라와 주는 정도지요. 관습으로는 그래요. 신부 행렬이라는 경사스러운 일에 마가 끼지 못하도록 대비한다는 의미밖에 없지만요."

스미요시야 분가는 거기에서 한 발 더 나아갔다.

"여섯 번째 맞선 이야기가 나왔을 때 오카쓰 씨를 우리 집에 들어와 살게 했습니다. 언제나 오우메 옆에 바싹 붙어 있어 달라고 했지요."

그렇게 해서 '스미요시야의 저주'로부터 오우메를 수호해 주었다고 한다.

"그러면 다이시치에서 함께 계셨던 까닭도."

"네. 집에서부터 따라와 주셨으니까요."

오치카는 저도 모르게 되물었다. "하지만 그때 여러분은 오카쓰 씨가 일행이 아닌 양 행동하시던데요."

신의 사자라며 존경하고, 정중하게 대하는 모습으로는 보이지 않았다. 오카쓰가 그 자리에 없다는 듯한 태도였다.

오미치는 태연했다.

"그야 격의 없이 친하게 지내기도 이상하잖아요. 우리는 평범한 사람이지만 오카쓰 씨는 달라요."

귀신은 '존경하지만 멀리한다'는 것이다.

"실은 말이지요, 그렇게 저주를 피하면 되지 않을까 하는 생각은 고이치로의 머리에서 나왔어요."

그는 작년 봄 정식으로 다다미 도매상 도시마야의 사위가 되었다.

"데릴사위로 들어갔으니 신부 행렬은 없었지만, 혼례 때 중매인의 소개로 오카쓰 씨가 신부와 함께 있었어요."

덕분에 탈 없이 성대한 혼례를 치렀다고 오미치는 기쁜 얼굴로 말을 이었다.

"고이치로도 그걸 계기로 떠올린 모양이에요. 오카쓰 씨를 스미요시야에 들이면 오우메를 지킬 수 있지 않을까 하고."

스미요시야 사람들에게는 예상도 못한 제안이었다.

"머리로 생각한 만큼 잘 풀릴 거라고도 여기지 않았지요. 혼례 때나 하는 관습으로 저주를 막아내다니. 요술 방망이도 아니고, 그렇게 편리하게 막 부릴 수 있을 리 없다고 의심하는 마음이 더 컸어요."

그러나 몇 번이나 슬픈 파혼을 맛보고 슬슬 서른이 되어 가는 오우메가 말했다.

"모처럼 고이치로가 말해 줬으니 시험해 보고 싶다면서······. 매달리는 듯한 눈을 하고 얘기하더군요. 그래서 우리도 오카쓰 씨에게 와 달라고 청하기로 했습니다."

그리하여 오우메는 여섯 번째 맞선을 보았다.

"네 번째, 다섯 번째 때는 처음부터 망설이는 오우메를 설득하느라 크게 고생을 했어요."

여섯 번째 맞선 때 오우메는 말했다고 한다.

―어머니, 이번이 마지막이에요.

"이번을 마지막으로 저는 이제 맞선은 보지 않겠어요, 라고. 그렇기 때문에 고이치로의 말대로 해 보자, 밑져야 본전이라는 기분이었겠지요."

이때의 오우메는 과감했다.

"오카쓰 씨에게 의지하는 이상, 오카쓰 씨의 힘에만 매달리고 다른 잔재주는 부리지 말아 달라고 했어요."

그래서 상대방에게 저주에 대해서 밝히지 않았고, 오하나의 인형도 보여 주지 않았다. 맞선 자리의 옆방에 오하나의 인형을 데려다 놓지도 않았다. 전적으로 인형을 배제했다.

"대신 오카쓰 씨에게 함께 있어 달라고 했습니다."

그래도 또 바늘이 꽂힌다면, 차라리 깨끗하게 체념할 수 있을 것 같다고 오우메는 말했다.

이번에도 이야기는 술술 진행되었다. 과거에도 저주의 바늘 천 개만 꽂히지 않았다면 오우메가 맞선에서 실패한 적은 없었다. 상대는 늘 오우메에게 반해 혼담이 성사되기를 바랐으니까.

"그래서 바늘은요?" 오치카가 물었다.

오치카를 똑바로 바라보며, 일부러 기대를 갖게 하듯이 뜸을 들이고 나서 오미치는 대답했다.

"꽂히지 않았어요."

맹세코 하나도, 하고 자랑스럽게 말한다.

"혼담이 성사되고, 오우메가 시집갈 준비를 시작하고 나서도 바늘은 꽂히지 않았어요. 그때까지의 일이 전부 거짓말 같더군요."

혼담에서 제외하기는 했지만, 본가에서는 오하나의 인형을 손바닥 뒤집듯 소홀하게 대하지 않았다. 다에몬과 오루이가 죽은 딸의 모습과 똑같은 이 인형에게 완전히 정이 들었던 탓도 있다.

"매일 옷을 갈아입히고, 함께 밥상 앞에 앉고, 지금까지 하던 대로 똑같이 행동했어요. 그리고 계속 상태를 지켜보았지요."

바늘이 꽂힐 기색은 전혀 없었다.

"그래도 좀처럼 긴장을 풀 수는 없었어요. 계속 조심했습니다. 짐도 조용히 몰래 보냈고, 신부 행렬을 부엌문으로 내보낸 이유도 여기서 우리가 실컷 사치를 하면 또 저주가 강해져서, 오카쓰 씨의 힘으로도 씻어낼 수 없게 될지도 모른다고 걱정했기 때문이에요. 정말 살얼음을 걷는 기분이었답니다."

그러나 다행히 전부 기우로 끝났다. 오우메는 무사히 시집갔다.

"그날 오카쓰 씨가 신부 의상을 입고 가마에 올라타고 가셨지요?"

"예. 조심, 또 조심해서 그렇게 했어요. 가장 중요한 때니까요."

"시집을 가신 곳에서 오우메 씨는."

오미치의 뺨이 웃음으로 부드럽게 누그러졌다. "잘 지내고 있어요. 행복하게요."

"오카쓰 씨는 함께 계시지요?"

고개를 끄덕였지만 오미치는 이렇게 말했다. "지금은 안 계세요. 바로 그저께, 정중하게 돌려보냈습니다."

그저께 새벽, 오루이가 꿈을 꾸었기 때문이다.

"어머님이 나타나서 말했대요."

―분하지만 힘이 달려 너희들에게 졌다. 오우메는 남의 집 사람이 되어 버렸고, 스미요시야는 이제 대가 끊기겠지. 앞으로는 너희 좋을 대로 하려무나.

"왜일까요, 꿈속에서도 그림자가 많이 엷어져 있었다더군요."

조금 불쌍하지요, 하고 그다지 불쌍히 여기지 않는 얼굴로 코웃음을 치며 중얼거린다.

"어쨌거나 이걸로 모두 다 잘 되었어요. 오카쓰 씨에게는 아무리 감사해도 모자라지요."

그런가. 그 여자는 훌륭하게 역할을 다하고 떠난 건가, 하고 오치카는 숙연하게 생각했다.

"우리는 남은 넷이서 함께 살기로 결정했어요. 다만, 본가도 분가도 가게는 접을 거예요. 한동안은 뒤처리를 하느라 바쁘겠지요."

단골 거래처에 인사를 다니고, 고용살이 일꾼들의 장래를 결정해 주어야 한다.

"앞으로 어떻게 하실 건가요."

오미치는 몹시 밝은 표정으로 눈을 들었다.

"장사를 그만두어도, 모아 둔 돈도 있고 자그마한 집도 있으니까요. 넷이서 오하나의 명복을 빌며 조용히 살아가려고요."

조상의 공양도 빼놓지 않을 거라고, 미소를 지으며 덧붙인다.

"넷이나 있으니 은퇴 생활도 시끌벅적하겠지요. 하기야 아주버님 부부는 불문에 들어가고 싶어 하는 눈치더군요."

오하나와 오하나의 인형을 위해서요―.

"인형은 계속 본가에 있었지만, 그저께부터 우리 보리사菩提寺조상 대대의 위패를 안치하여 명복을 비는 절에 맡겼습니다. 부수거나 태우려고 했는데 형님이 내키지 않은 모양이에요. 스님은 그렇게 하는 편이 좋다고 권하셨지만요."

좀처럼 깨끗이 받아들일 수가 없었겠지요, 하며 오미치도 조금 쓸쓸해하는 듯했다.

"어머나, 이야기가 길어졌네요."

떨쳐 버리듯이 등을 펴더니 앉은 자세를 바로 하며 손을 가지런히 모은다.

"그것도 기괴한 이야기를. 아니, 오치카 씨는 더 무서운 이야기를 알고 계시려나요."

오미치는 무거운 짐을 내려놓아 가뿐해 보인다.

"이 별난 괴담 대회는 시작한 지 얼마 안 됐기 때문에, 저도 많은 이야기를 듣지는 못했어요. 상당히…… 기괴한 이야기였습니다."

진짜 저주나 지벌이나 유령에 관한 이야기인지 가늠하기가 어려웠다는 점이 특히.

"한 가지 여쭈어도 될까요."

"그러셔요. 제가 무언가 이야기하지 않은 대목이 있나요?"

"아니요, 오카쓰 씨에 대해서입니다."

오치카의 마음의 눈에 그 늘씬한 모습이 떠오른다.

"그분은 자신이 가진 힘에 대해서 어떻게 생각하고 있을까요. 집안분들과 그분의 힘에 관해 이야기를 나눈 적이 있나요?"

당치도 않다며 오미치는 손을 저었다.

"과분하고 황송해서, 그분께 의지하는 처지에 따지는 듯한 그런 행동을 할 수 있었겠습니까."

오카쓰는 온화하고 조용하며 말이 없는 여자라고 한다. 오우메는 곧 익숙해졌지만, 그래도 친하게 마음을 터놓는 사이는 아니었다.

"소중한 수호신이니까요. 우리는 한 발짝 물러나서 늘 공손히 모셨습니다."

오카쓰는 불편하지 않았을까. 그런 대우에 익숙했을까.

역병신의 수호를 얻어 사람들이 매달리는 입장이란 어떤 것일까. 같은 사람의 몸이면서 마를 쫓고 화를 물리치는 사자라며 믿음을 얻는다. 존경을 받지만 사람들은 멀리하고, 역할이 끝나면 홀로 떠나갈 뿐—.

"오카쓰 씨도 가족이 있겠지요."

고개를 갸웃거리는 오미치는 얼버무리려는 게 아니라 정말로 모르는 눈치였다.

"나이로 보면 자녀가 있을지도 몰라요."

"그 사람은 혼인하지 않았을 거예요. 데려갈 사람이 있을 리 없잖아요."

오카쓰에 대한 감사의 마음은 있어도 그것과 이것은 다른지 딱 잘라 말한다. 오하나의 인형에 대한 마음과는 달리 이쪽은 전환이 빠르다.

"어머나, 오치카 씨."

무엇을 떠올렸는지 오미치는 갑자기 눈을 깜박였다.

"혹시 오카쓰 씨를 고용할 생각이신가요?"

오치카는 놀랐다. 무슨 뜻이지?

"고용한다니 무슨 말씀이신지."

"그러니까 마를 쫓기 위해서 말이에요. 당신도 꽃다운 나이에 이런 괴담 대회 같은 것을 혼자 맡아서 하다 보면 무서운 일도 있지 않겠어요? 오카쓰 씨 같은 수호신이 옆에 있어 주면 마음이 든든할 테지요."

고려해 보지도 않은 일이다. 하지만 분명히 그럴듯한 생각일지도 모른다.

그것보다 오치카는 점점 더 오카쓰를 만나고 싶어졌다. 가능하다면 이곳에 오게 해서 느긋하게 이야기해 볼 수 없을까.

오카쓰의 입장에서 본 사정을 들어 보아야만, 비로소 이 이야기가 끝나는 것이 아닐까.

"평소에 오카쓰 씨는 어떤 생활을 하고 계시나요?"

말하자마자 오미치에게는 물어도 소용없음을 깨달았다. 곤란해하고 있다.

"도시마야에서 중매인을 해 주신 분이라면 아실까요."

"그보다," 오미치는 왜인지 복도 안쪽을 엿보는 듯한 몸짓을 했다. "오타미 씨한테 물어보시지요."

"네? 숙모님께요?"

"예. 이 댁은 도안 씨와 교류가 있지요?"

직업소개꾼인 두꺼비 노인이다.

"네, 그런데요."

"고이치로의 혼례 때, 도안 씨의 연줄로 오카쓰 씨를 고용했거든요. 그런 사람을 주선하는 것도 역시 직업소개꾼이 하는 일이지요.

우리도 도안 씨에게 알선료를 지불했으니까요."

두꺼비 노인이 그렇게 발이 넓은가. 장사 범위도 넓은 걸까.

"그러니까 오타미 씨에게 도안 씨를 불러 달라고 하면 그가 오카쓰 씨에 대해서 알려 주지 않을까요."

이날, 오치카가 숙부와 숙모와 함께 앉은 저녁 밥상에는 밥이 아니라 죽이 올랐다. 오시마를 물러가게 하고, 오타미가 직접 차렸다. 식구끼리만 앉은 밥상이다.

"저녁 무렵에 오미치 씨가 돌아갈 때 보니 오치카 네가 많이 피곤한 기색이어서 말이다."

부드러운 죽은 식감이 좋았고 몸도 따뜻하게 해 주었다. 숙모의 배려가 기쁘다.

"고맙습니다."

스스로는 별로 피로를 느끼지 못했다. 다만 여러 생각할 거리가 많이 남아 있어서 침울해 보였으리라. 오치카와는 반대로 미시마야를 떠나는 오미치의 발걸음은 가벼웠고, 씩씩해 보일 정도였다.

흑백의 방에서 손님이 이야기를 하면 그다음에는 숙부와 숙모에게 들려주는 것도 오치카의 역할이지만, "복잡한 이야기라면 얘기하는 수고도 들겠지. 굳이 오늘 중에 서둘러 가르쳐 주지 않아도 된다" 하고 이헤에는 조심스럽게 일렀다. 오타미도 고개를 끄덕인다. 하지만 말과는 반대로 숙부와 숙모의 눈은 초롱초롱—이라고 하면 실례되는 말이지만 상당한 흥미로 빛났다. 이웃 스미요시야에서는 대체 무슨 일이 일어나고 있었던 걸까.

오치카는 소상하게 털어놓았다.

이야기를 다 듣고 나자 이혜와 오타미는 짠 것처럼 깊은 한숨을 쉬었다.

"큰일을 했구나."

오타미는 갑자기 일어서서 찬장을 열고, 풀 먹인 끈으로 묶인 예쁜 과자 상자를 꺼냈다.

"오늘 오미치 씨가 가져다준 혼례 축하 답례품이야."

뚜껑을 열어 보니 홍백의 찹쌀떡이 들었다. 반쯤 비어 있다.

"간식으로 사람들에게 나누어 주었는데, 나머지는 오치카 네게 주마. 피로를 푸는 데에는 단것이 제일이지."

오치카는 웃고 말았다.

"혼자서 이렇게 많이 먹어 치우면 순식간에 찹쌀떡처럼 동그래질 텐데요."

"그래도 우선 홍과 백을 하나씩 먹으렴. 행복을 나누는 거니까."

그렇게 말하면서도 오타미의 말투는 조금 씁쓸하다.

"정말로, 이번에야말로 오우메가 무사히 시집을 가서 다행이야."

"숙모님은 혼담이 엎어지는 이유에 대해선 조금도 모르셨군요."

"연애만이 아닌 번거로운 사정이 있다는 정도만 알았지."

"그야, 당신과 오미치 씨가 홍매紅梅 전병을 먹고 차를 마시면서 할 수 있는 이야기가 아니니까."

"어머나, 무슨 소리예요. 우리는 일터에서 그렇게 노닥거린 적 없어요."

수다를 떤다고 해도 떠는 방식이 있다. 고용살이 일꾼들 앞에서 어떻게 그러겠느냐고, 오타미는 남편에게 진지하게 항변했다.

"알겠소, 알겠어." 이헤에는 과장스럽게 달래는 척하더니, "그런데 당신은 누구 짓이라고 생각하시오?" 하고 목소리를 낮추어 물었다.

"오하나의 인형에 열심히 바늘을 꽂았던 이는 누구일까."

오타미도 남편의 눈을 탐색하듯이 마주 보았다. "당신이야말로 누구일 것 같아요?"

오치카는 찹쌀떡을 먹으면서 숙부와 숙모의 얼굴을 번갈아 바라보았다.

이헤에가 먼저 손을 들었다. "남자인 내게는 어려운 수수께끼지만, 역시 수상한 쪽은 오루이 씨가 아닐까."

"그야, 물론." 오타미는 한숨을 쉬었다. "하지만 오미치 씨도 수상해요. 본가에 드나들 수 있을 테니까요."

범인이 한 명이라는 보장은 없다고 둘이서 입을 모아 말한다. 하나하나의 경우에 각각의 이유와 범인이 있을 테고, 있어도 이상하지 않다.

"초기에 바늘을 꽂은 건 오루이 씨일 테지. 오하나를 대신해 발표 모임에서 사람들이 추어올릴 오우메의 행복을 질투한 거요."

"인형 오하나에게 이입하고 만 것이지요."

"하지만 그런 이유라면 본가의 다에몬 씨도 마찬가지일 터."

"스미요시야 안에서는 언제부터인가 이 저주가 당연한 것이 되고 말았잖아요. 그러면 누가 무엇을 위해서 이용해도 이상하지는 않아요."

오치카는 입가를 닦고 열심히 이야기를 주고받는 숙부와 숙모 사이에 끼어들었다.

"하지만…… 인형에게 바늘이 꽂힐 때마다 오우메 씨는 몹시 괴로운 일을 당하는데요. 그런 잔인한 일을 친부모든 키워 준 부모든, 부모라는 사람들이 바랄까요?"

이헤에와 오타미는 둘 다 눈을 휘둥그렇게 떴다.

"오치카, 모르는 게냐?"

"오하나의 인형에 바늘이 꽂히는 것과 오우메에게 습진이 나타나는 것은 전혀 다른 이야기야."

습진은 오우메의 마음에서 나오는 증상이란다—하며 오타미가 주먹으로 가슴을 두드려 보였다.

"인형에게 바늘이 꽂혔다는 사실을 알고 오우메가 아아, 오하나가 화내고 있다, 자기를 원망하고 있다고 생각하니까 습진이 나타나는 게지. 오루이 씨나 오미치 씨가 바라든 바라지 않든 상관없이 말이다."

"저주란 그런 것이란다."

"게다가," 하고 기세 좋게 말을 잇다가, 오타미는 망설이듯이 입술을 적셨다.

"게다가, 무엇인가요." 오치카는 재촉했다.

"이런 말을 하면 너도 이 숙모를 참으로 심술궂은 사람이라 여길지도 모르겠지만, 오우메가 습진으로 괴로워하는 것을 오루이 씨나 오미치 씨가 늘 슬퍼하기만 했으리라는 보장은 없어."

그 점이라면 오치카도 짐작했다.

"서로를 질투했기 때문이지요?"

예를 들면 오미치가 오루이와 오우메 모녀를 질투한 마음은 그대로 오미치와 오우메를 질투하는 오루이의 마음으로 뒤바꿀 수 있다. 오우메는 친어머니인 나보다 양어머니를 더 좋아하는 걸까, 하고.

만사가 그런 식이다. 사랑한다고 생각하면 그만큼 미워지는 일도 있을 터. 저주라는 봉인으로 스미요시야라는 그릇 속에 갇힌 두 부모와 한 명의 딸은, 죽은 시어머니와 오하나라는 두 망령까지 끌어안고 계속해서 부글부글 끓고 있었다.

오타미는 오치카를 뚫어져라 바라보았다.

"저기요, 여보."

오치카에게 시선을 둔 채 이헤에의 손을 잡는다.

"우리 오치카도 짧은 시간 동안에 세파에 찌들었어요."

"음, 대단하구려."

이헤에는 오타미에게 손을 맡긴 채 웃음을 터뜨렸다. 오치카는 꽤 마음이 켕겼다.

"덕분에 이대로 가다가는 세파에 너무 찌들어서 닳고 닳을 것만 같아요."

"자, 그리 말하지 말고 계속해 주시오. 이 괴담 이야기는 참으로 흥미롭구려."

결국은 질투가 뿌리에 있는 것이라고, 오타미는 마음을 다잡고 말했다.

"한 명의 딸에 두 부모. 하나의 재산을 나누어 만든 두 개의 가게. 겉으로야 어쨌든 속으로는 서로 경쟁하고, 서로 비교하고, 지고 이기기를 반복했겠지요. 그러다가 서서히 쌓여 가는, 입 밖에 낼 수 없는 것을 어디에선가 무언가의 형태로 밖에 토해내야만 하게 되었어요. 그것이 '덤불에서 튀어나오는 천 개의 바늘'이에요."

바늘을 머금은 어둑어둑한 덤불 속에는 스미요시야 사람들 모두가 숨어 있었다.

"저는 오미치 씨와 마음이 맞고 그 사람을 좋아해요. 하지만 좁은 세상이니까요. 스미요시야에 관해 귀에 거슬리는 소문을 들은 적이 있지요."

사실 본가와 분가 사이는 그다지 매끄럽지 못하다. 본가의 며느리인 오루이라는 사람은 마음이 약해서, 손아랫사람인 분가의 며느리 오미치에게 이리저리 휘둘리는 것을 원망스럽게 생각하고 있다. 다에몬과 센에몬 형제도 그러해서, 다에몬은 본래의 가게의 재산을 둘로 나눈 것을 지금도 납득하지 못하고 있다—.

"소문이 진실인지 본인들이 말하는 게 진실인지, 저는 몰라요. 양쪽 다 조금씩 사실이고 조금씩 거짓이거나, 불리한 부분을 생략했거나 작은 일을 과장스럽게 부풀리거나 했겠지만."

저에 대해서도 세상 사람들이 뭐라고 수군거리고 있을지 알 수 없고요, 하며 오타미는 갑자기 얌전한 얼굴이 되었다.

"그러니 이 일은 좋은 교훈이지요."

"우리한테도 아들이 둘 있으니 말이오."

이헤에가 신음하듯이 말하며 목덜미를 긁적였다.

"언젠가 그 녀석들이 색시를 얻고—즉 남의 집에서 남의 집 사람이 들어와서 새 가정을 만들면, 지금까지 생각도 해 보지 못한 일로 실랑이를 하거나 다투는 일도 있겠지."

"각오해 두어야지요."

"그런 때에 억지로 참으면 그 무리가 쌓이고 또 쌓여서 언젠가는 뼈대가 삐걱거린다는 건가."

오타미는 도리어 화가 난 듯이 목소리를 돋우었다. "오루이 씨도 오미치 씨도, 쌍둥이는 안 된다고 잔소리를 늘어놓는 시어머니가 그렇게 미웠다면 그때 그 자리에서 드잡이라도 해서 싸웠으면 좋았을 거예요. 동서지간이라도 마음에 들지 않으면 서로 할퀴기라도 하는 편이 좋았을 텐데. 어설프게 참으니까 일이 꼬이는 거예요."

이헤에가 살짝 눈썹을 올렸다 내렸다 한다.

"말은 그렇게 하지만 말이오. 좀처럼 다들…… 세상의 며느리들이 당신처럼 위세 좋게 살 수는 없는 법이오."

오치카는 조심스럽게 말을 보탰다. "결국 이 이야기에 유령이 나설 자리는 없었군요. 지금까지 중에서 가장 세속적인, 그렇기 때문에 남의 일 같지 않은 이 세상의 이야기였어요."

그런 오치카를 찬찬히 바라보며, "어떻게 하지" 하고 오타미가 중얼거렸다.

"만일 이이치로와 도미지로가 오치카를 두고 다툰다면, 당신은 어느 편을 들 건가요?"

오치카는 밥상 위의 그릇을 흐트러뜨릴 만큼 허둥거리고 말았다. 이헤에는 큰 소리로 웃었고, 오타미는 웃을 일이 아니라며 혼자서 뻗장댄다.

"그, 그런 재미없는 농담보다 숙모님, 도안 씨에게 부탁을 좀 해 주셔요."

서로 '좋은 얼굴'을 보이려 노력한 나머지 어떻게 하면 '좋은 얼굴'을 그만두고 얼굴을 찌푸릴 수 있는지 알 수 없게 되어 버린 스미요시야 사람들을 구해 준, 얼금뱅이 얼굴의 신의 사자, 오카쓰에 대한 것이다.

"꼭 만나 보고 싶은가 보구나."

"네. 그러지 않으면 제 가슴의 답답함은 사라지지 않아요."

알겠다며, 이혜에가 맡아 주었다.

그러나―.

"그렇더라도 잠시 기다리는 편이 좋겠구나. 스미요시야가 떠난 후라야 오카쓰라는 사람도 우리 집에 들르기가 수월할 게야"라고 해서, 오치카는 열흘 정도 기다려야 했다. 그래도 열흘로 끝난 까닭은 스미요시야가 참으로 새가 날아오르듯이 분주히 가게를 접고 이사를 갔기 때문이다.

―이제부터는 두 부부가, 그래도 역시 '좋은 얼굴'로 서로 기대며 살아가겠지.

바늘을 숨긴 덤불은 이곳에 두고 떠나는 것이다. 오치카는 빈집이 된 옆집 지붕을 바라보면서 생각했다. 이제 이대로 여기에 남겨져 있기를, 하고.

오카쓰를 맞이할 때 흑백의 방의 꽃꽂이로 창포를 장식했다. 단오절이 되려면 아직 좀 더 있어야 한다. 하지만 이른 아침부터 근처 습자소에 다니는 견습 점원 신타가, 통학길에 위치한 수로 가장자리에

한 무더기의 창포가 자라고 있다고 가르쳐 주어서 보러 갔다가 그 순진한 초록색이 보기 좋아서 조금 꺾어 왔다.

서 있는 자세가 아름다운 그 사람에게는 창포가 잘 어울리리라.

다이시치에서 스쳐 지나갔을 때와 똑같이, 오카쓰는 오코소즈킨으로 머리를 완전히 덮어 얼굴의 절반을 가렸다. 고개를 살짝 숙이고 부엌문을 통해 안으로 들어와, 가만가만 걸어서 흑백의 방으로 발을 내딛는다.

"무례를 용서하십시오."

목례를 하고 나서 오코소즈킨을 벗었다.

오치카가 숨을 삼키는 일은 없었다. 눈도 깜박이지 않았다. 새삼 잘못 볼 수가 없는 얼굴이다. 하지만 놀라지 않았다면 거짓말이다.

이렇게 가까이서 마주 보니 오카쓰는 아름다웠다. 그야말로 인형처럼 이목구비가 단정하다. 피부도 비칠 듯이 하얗고, 칠흑 같은 머리카락은 숱이 많고 매끄럽다.

천연두의 신은 미인을 좋아하시는 모양이다.

"오카쓰라고 합니다."

미소를 짓자 눈가에 희미한 잔주름이 졌다.

직업소개꾼인 도안 노인은 미시마야의 이 취미에 대해 오카쓰에게 자세히 언급해 둔 모양이다. 장황한 서론은 필요 없었다.

오치카는 입을 열었다. 스미요시야의 일. 스미요시야에 관한 오치카의 생각. 숙부와 숙모가 나누었던 대화. 모두 숨김없이 털어놓았다. 오카쓰가 다정하게 고개를 끄덕이며 열심히 들어서 오치카는 홀로 떠들었다. 흑백의 방에서 오치카가 이렇게 입을 놀린 건 오시마한테 신상에 관해 들려주었을 때 이후로 처음이다.

마치 마음속을 전부 비우듯 쏟아낸 다음 "그래서 꼭 오카쓰 씨를 뵙고 싶었어요" 하고 말했다.

한숨 돌리자 뺨이 화끈거리고 목이 말랐을 정도다.

오카쓰는 숨을 헐떡이며 밖에서 집으로 돌아와, 다녀왔습니다, 어머니, 오늘은 이런 일이 있었어요, 하고 얘기하는 어린아이를 보듯이 눈에 웃음을 담고 오치카를 바라보고 있다.

"이 댁의 주인님도 마님도."

그리고 아가씨도—.

"현명하시군요."

목소리도 농염하고 아름답다.

"스미요시야에서 제안했던 역할은 저도 지금껏 해 본 적이 없었기 때문에 아무리 도안 씨의 소개라 해도 처음에는 단호하게 거절할 작정이었습니다. 저로서는 도저히 도움이 되지 않으리라 여겼으니까요."

그래도 오미치는, 한 번이라도 좋으니 오우메를 만나 달라, 그리고 그 아이를 가엾다고 생각한다면 곁에 있어 달라고 직접 호소하고 울며 매달렸다고 한다.

"스미요시야를 찾아뵙고 곧 생각이 바뀌었습니다."

이때 오우메가 습진을 앓고 있던 건 아니지만.

"되풀이해서 습진이 생긴 자리는 특히 피부가 부드러운 팔 안쪽 같은 곳이었는데, 희미하게 멍이 들었더군요. 오우메 님은 제게 그 상처를 보여 주셨지요."

몸이 떨릴 정도로 애처롭게 여겨졌다.

"그래서 맡으신 거군요."

오카쓰는 자그마하게 묶은 이초가에시_{여자 머리 모양의 일종. 정수리에서 모은 머리를 좌우로 갈라 반원형으로 틀어 맨 것}를 기울이며 얌전히 고개를 끄덕여 보였다.

"저는 신의 사자도, 신의 힘을 나누어 받은 사람도 아닙니다."

그냥 행운의 부적이지요.

"행운의 부적……."

"저 같은 사람에게 마를 쫓는 힘이 있다고 믿어 주는 분들이 계시면, 그곳에서는 역할을 다할 수가 있습니다. 행운의 부적이란 그런 겁니다."

혼례나 신부 행렬에 불려 가는 까닭도 관습을 믿는 사람들이 있기 때문이다.

"요즘은 그런 분들이 적어졌어요. 오히려 경사스러운 자리에서 저 같은 사람이 시중드는 걸 꺼리는 분들이 늘어났을 정도지요."

그러니 이 관습도 머지않아 사라져 가겠지요, 라고 한다.

"스미요시야 일은 행운의 부적으로서의 제 마지막 일이 될지도 모른다고 생각했습니다."

"거북하시지는 않았는지요. 신처럼 모셔져서."

"아니요, 아니요." 오카쓰는 눈을 가늘게 떴다. "신줏단지 모시듯이 떠받들어졌던 건 아닙니다. 그랬다면 몸 둘 곳도 없었을 테고요."

대개는 오우메 옆에 있으면서 말동무가 되어 주거나 함께 바느질을 하거나, 오우메가 악기를 배울 때에 참석하기도 했다. "저도 금을 조금 탈 줄 알기 때문에 오우메 님과 함께 연주하면서 즐길 때도 있었지요."

 가까이에서 대화하다 보니 느끼는 바가 있었다. 무례하게 오카쓰의 신상에 대해서 캐물을 수는 없지만 이 사람은 혹시 무가 출신이 아닐까. 그게 아니면 적어도 궁중이나 다이묘의 저택에서 일한 적이 있지 않을까.

 "아가씨의 귀에 금을 연주하는 소리가 들린 적은 없었는지요."

 오치카는 약간 얼굴을 붉혔다. "옆집이니 틀림없이 들렸겠지요. 제가 채신없이 소란스럽게 구느라 알아차리지 못했을 뿐이고요."

 "평소 아가씨는 바쁘신 게로군요."

 곰보는 오카쓰의 얼굴뿐만 아니라 목덜미까지 흩어져 있다. 하지만 오카쓰가 지금 손을 들어 입가를 누르자, 수수한 등꽃 색깔의 기모노 소매가 살짝 흐트러지면서 손목 안쪽이 보였다. 명주처럼 하얀 피부다.

 왜 오카쓰가 입가를 눌렀는가 하면, 즐거운 듯한 웃음이 삐져나오려는 걸 꾹 참으려 했기 때문이다.

 "오우메 님은 아가씨에 관해 자주 말씀하시곤 하셨어요."

 "저에 관해?"

 다이시치에서 만날 때까지, 이쪽은 오우메에 대해 전혀 몰랐는데.

 "새장 속의 새인 오우메 님에게 바깥세상의 소문은 무엇보다 큰 즐거움이었겠지요. 이웃 미시마야에 어리고 귀여운 아가씨가 있다, 그 사람이 처음 왔을 때는 우리 행수나 대행수까지 몰래 얼굴을 보러 갔다. 대단한 미인인 모양이다. 그런데 어찌 된 셈인지, 하녀 같은 옷차림을 하고 하녀처럼 일한다고 한다."

―별난 아가씨네.

"그런 것까지 소문이 났군요."

참지 못하겠는지 오카쓰는 부드러운 목소리로 웃었다.

"오우메 님이 하도 말씀하셔서 저도 이웃 아가씨는 어떤 분일까 신경이 쓰여 견딜 수가 없더군요."

직접 뵙게 되어서 기뻐요. 새삼 머리를 숙이고 얼굴을 들었을 때 오카쓰는 쓸쓸한 듯한 눈빛을 띠고 있었다.

"오우메 님은 틀림없이 활기차게 매일을 보내는 아가씨가 몹시 부러우셨겠지요. 좋지 않은 소문은 없었으니까요."

오우메는 마치 짝사랑하는 사람처럼 만난 적이 없는 오치카에 대해 알고 싶어 했고, 즐겨 이야기했다고 한다.

"그만큼 오우메 님은 어린아이처럼 솔직하고 꾸밈이 없는 아가씨였지요."

사랑스럽게 여기는 말투다.

"그래서 저도 짧은 시간 동안에 스미요시야의 사정을, 그쪽에서 알려준 내용 이상으로 깊은 데까지…… 아니, 그쪽에서 들려주지 않으려 했던 부분까지 알아차릴 수 있었습니다."

오우메의 마음을 알고, 스미요시야의 매일의 생활을 알고, 오미치를 알고 센에몬을 알고,

"저도 아가씨가 짐작하신 것과 똑같이 생각했습니다. 스미요시야의 저주의 바늘은, 일단 틀림없이 이 세상 사람의 손에 의해 저질러진 짓이겠지요. 다만 그 사람이 한 명으로 한정되어 있지는 않으며, 무시무시한 흉계를 꾸미고 있는 것도 아닙니다."

오치카는 깊이 고개를 끄덕였다. 한 번만이 아니라 두 번, 세 번이나 고개를 끄덕였다.
"저주에 사로잡혀 있을 뿐이에요. 그러니 그것을 끝내려면 누군가가 다른 주문을 걸면 되지요."
스미요시야라는 닫힌 그릇을 여는, 새로운 주문을. 실은 스미요시야 사람들도 마음속에서 원하던 바였으니까.
"그게 제가 해야 할 일이었습니다."
행운의 부적이기 때문에 할 수 있는 일.
"알고 나면 어려운 일은 아닙니다. 다행히 저는 행운의 부적으로서는 이골이 났고요."
"그 두꺼비 도안 씨가 확실하게 보증하는 분인걸요."
"예, 고맙게도."
둘이서 눈을 마주 보며 웃었다.
"역시 뵐 수 있어서 다행이에요."
"이렇게 이야기를 하게 해 주시니 저도 속이 후련해집니다. 역시 지금까지 한 적이 없던 큰일을 벌여 마음에 잔뜩 쌓인 게 있었으니까요."
아가씨를 뵙고서야 비로소 알았습니다, 라고 한다.
"저어, 오카쓰 씨."
말하기 어려운 대목에 이르러 오치카도 짝사랑을 고백하는 사람처럼 가슴이 두근거렸다.
"앞으로…… 어떻게 하실 건가요."
계속 행운의 부적 일을 생계 수단으로 살아갈 작정이냐고는, 역시 물을 수 없다.

"가족분들이라든가."

오카쓰는 온화하게 대답했다. "저는 가족과 인연이 멀어서요."

혼자라는 뜻이다.

"그러면 저어."

허둥지둥하는 오치카에게, 오카쓰가 고개를 갸웃거리며 미소를 짓는다.

"다음에는 저희 가게에 와 주시는 건."

오카쓰는 다정한 웃음을 그대로 띤 채 말했다. "아가씨는 괴담 이야기를 듣고 계시지요."

"네."

"혼자서는 마음이 불안하고 무서워질 때가 있으신지요. 그래서 저 같은 부적—마를 쫓는 행운의 물건을 찾으시는지요."

오치카는 강하게 고개를 저었다. "아닙니다! 그렇지 않아요. 저는 무서운 기분이라면 이미 맛보았어요. 이 세상의 것이 아닌 존재와 싸운 적도 있습니다. 모두 저의 자업자득이었지요. 그러니 오히려 무서운 기분을 맛봄으로써 그 업이 떨어져 나간다고 할까."

말로 잘 표현할 수가 없어서 애가 탄다.

"혼자서도 아무렇지 않아요. 아무렇지도 않지만, 다만 오카쓰 씨에게는……."

한층 더 다정하게 오카쓰는 물었다. "제 처지를 가엾게 여기고 위로해 주시려는 생각이신지요."

"아니요, 그렇지 않아요!"

저도 모르게 새된 목소리로 항변하고 말았다.

팽팽하게 긴장된 듯한 짧은 틈이 있고 나서, 오카쓰가 방바닥에 양손을 모았다.

"용서해 주십시오. 아가씨가 그런 기분이실 거라고는, 저 역시 조금도 생각하지 않습니다."

"죄송해요."

오치카는 작게 말했다. 왠지 어린아이로 돌아간 듯한 기분이다.

"역시 저 혼자서는 마음이 불안한 건지도 몰라요. 그렇게 생각한 적은 없었지만요."

"지금까지 신기한 이야기를 들으셨는데도요?"

"네. 하지만 스미요시야의 저주는 유령이나 지벌이나, 죽은 사람의 원념이나, 그런 종류의 이야기가 아니었어요. 그래서 오히려 더 무서웠어요."

오카쓰는 천천히 고개를 끄덕였다. "유령다운 유령이라면, 늘 이 세상 사람들이 필요할 때에만 나타난 시어머니 유령 정도였지요."

"그렇지요? 필요할 때에 베갯머리에 서서."

오카쓰는 깔깔 웃었다. "꿈에 대해서만은 나중에 확인해 볼 수가 없으니까요. 꿈에서 보았다고 하면, 그러십니까, 라고 할 수밖에 없지요."

오치카는 몸을 내밀었다. "스미요시야 분들이 한꺼번에 같은 꿈을 꾸었다는 건 어떻게 생각하셔요?"

"누군가 한 분이 말씀하시고 다른 분들이 맞추셨겠지요. 아니면 서로 이야기를 하다 보니 정말로 같은 꿈을 꾸었다고 착각했는지도 모르고요."

"그 꿈이, 그때는 그분들에게 필요했기 때문인가요?"

"저는 그렇게 생각한답니다."

오치카도 그렇게 생각한다. 더욱더 오카쓰가 좋아졌다.

"그러면 오하나 씨의 유령은 어떨까요? 결과적으로 시어머니의 짓이 되고 말았지만, 처음에는 그 집에 드나들던 직인들이 유카타를 입고 물색 띠를 맨 오하나 씨의 모습을 분명히 보았다고."

오카쓰의 웃음은 흔들리지 않는다. "정말로 직인들이 보았는지 어떤지, 알 수 없지요."

그렇다. 오치카가 들은 것은 어디까지나 오미치의 '이야기'다.

"저는 오우메 님에게서 그 무렵의 일을 조금 다른 내용으로 들은 적이 있고요……."

오카쓰는 약간 아련한 눈을 했다.

"그 대목을 이야기하실 때 오미치 님이 아가씨에게, '처음엔 본가로 돌아가기 싫어진 남편 센에몬이 직인들에게 뭔가 언급한 뒤 그렇게 시킨 게 아닐까 생각했다'고 말씀하셨지요?"

사실 그게 진실이 아닐까 하고, 오카쓰는 말한다.

"설핏 진심이 나온 셈이군요."

오치카의 말투가 약간 심술궂었나 보다. 오카쓰가 기분 상해하지 마셔요, 하고 달랜다.

"오카쓰 씨는 지금까지 유령이나 요괴 같은 것을 보신 적이 있으셔요?"

오카쓰는 고개를 저으며 오치카를 바라보았다.

"단 한 번도?"

"네, 없습니다."

"하지만 오카쓰 씨는 분명히 마를 쫓는 행운의 부적이라고."

"제가 짊어지고 있는 것을 믿어 주시는 분께는 행운의 부적으로서 도움이 되어 드리지요."

오치카는 튕긴 듯이 앉은 자세를 바로 했다. "그렇다면 부디 제게도 힘을 빌려 주셔요!"

이 세상의 마에도, 저세상의 마에도, 오치카가 똑같이 물러서지 않고 맞서 나가기 위해서 오카쓰가 곁에 있어 주면 좋겠다. 이야기를 나누는 동안 그런 기분이 점점 더 강해졌다.

"아가씨께는 아가씨께 힘이 되어 드리고, 아가씨를 지켜 주시는 분들이 계시지 않습니까."

분명히 숙부가 있고 숙모가 있다. 오시마도 있다. 오타카도 세이타로도 있어 주리라.

하지만 거기에 오카쓰도 있어 주었으면 좋겠다.

오치카는 쓸데없는 말은 하지 않고 그저 머리를 숙이고 있었다. 이윽고 온화한 오카쓰의 목소리가 들려왔다.

"도안 씨께 들었는데…… 이 댁에서 하녀를 한 명 구하신다고요."

오치카의 눈앞이 밝아졌다.

"예, 지금도 찾고 있어요."

그렇다면, 하고 오카쓰는 고개를 끄덕였다.

"저를 하녀로 고용살이를 시켜 주시지 않겠습니까. 그렇게 해서 늘 아가씨 곁에 있어 드리지요. 아가씨께 가까이 오는 마를 쫓아 드리겠습니다."

생긋 웃으며 말한다. "아가씨가 괴담 이야기를 듣는 일에 질리시거나, 시집을 가시거나, 언젠가 저라는 행운의 부적이 필요 없어지시게 될 그날까지."

흑백의 방에서 처음으로 오치카는 손뼉을 치며 기뻐했다. "고마워요!"

"아니, 아가씨. 혼자서 결정하시면 안 됩니다. 나리와 마님께 허락을 받으셔야지요."

"허락이라면 받아 올게요!"

아마도 그렇게 흐르고 있을 거라 짐작은 했단다—.

놀라기는커녕 오타미는 다 알고 있다는 얼굴이다. 흑백의 방에서, 안주인이 새로 온 하녀를 대하기에 어울리는 위엄을 이미 갖추고 오치카 옆에 앉아 있다.

"우리 남편이 슬슬 오치카에게도 도와줄 사람이 필요할 거라고 했고."

다 내다보고 계셨구나. 이러니 숙부님에게도 숙모님에게도 방심할 수가 없다.

"아아, 이제 마음 맞는 수다 친구였던 오미치 씨와는 작별이라 여기고 있었는데. 그 사람, 예상도 못한 선물을 남겨 주었구나."

결정은 시원스럽게 내려졌다. 하지만—.

"하지만 오카쓰, 행운의 부적으로서의 생업은 이제 그만두는 건가?"

"네. 이런 좋은 기회가 아니어도 그만두기로 결심한 차였습니다. 도안 씨한테도 말해 두었지요."

"그건 또 어째서."

"저는 오랫동안 신부 행렬을 따라다녔지만 이번에 스미요시야의 일을 하면서 처음으로 신부 의상을 걸쳐 보았습니다."

그때, 이걸로 그만두기에 딱 좋다, 이 일에서는 손을 씻자고 결심했다고 한다.

"그래. 그렇구나, 그만두기에 딱 좋아."

왠지 오타미는 곱씹듯이 말했다.

"당신은 아름다운 신부였어."

"고맙습니다."

흑백의 방의 천장을 올려다보며, 오타미가 후우 하고 숨을 내쉬더니 쓴웃음을 짓는다.

"그때는 얼마나 깜짝 놀랐는지 몰라. 신부 의상은 다른 사람이 입고 있고, 당사자인 오우메는 어디에 있나 봤더니 가마 속에 몸을 웅크리고 숨어 있지뭐야."

어! 하고 오치카는 소리쳤다. 오타미와 오카쓰가 나란히 펄쩍 뛰어오를 정도로 큰 목소리다.

"오우메 씨가 가마에 타고 있었나요?"

오타미와 얼굴을 마주 보고, 오카쓰가 당황한 기색으로 고개를 끄덕인다.

"네. 제가 신부 의상을 입은 건 시댁에 무사히 도착할 때까지 조심, 또 조심해서 오우메 님을 지키기 위해서였지요."

스미요시야 내에서 오우메의 아름다운 신부 차림을 보이면, 또 덤불에서 바늘이 날아올지도 모른다고 오미치가 걱정했기 때문이다.

"조심이 지나쳤지만 말이야. 뭐, 지금에 와서야 그 마음을 모르는 바도 아니야."

그 자리에서는 놀란 기색을 드러내지 않으려고 한껏 태연한 척했지만, 꽤나 힘들었다고 오타미는 말했다.

"그래서 나도 그 이후로 오미치 씨가 이곳에 와서 뭐가 어찌 된 일인지 밝혀 주기를 애타게 기다렸지."

"그래도 시집을 가는 분은 어디까지나 오우메 님입니다. 그러니 가마에는 함께……."

그렇다면 오치카가 부엌문에서 본 여자는 누구였을까?

오치카는 식은땀을 흘리며 그때의 일을 둘에게 설명했다. 몸종처럼 수수한 옷차림을 한, 오우메와 얼굴이 꼭 닮은 여자에 대해서.

잠시 침묵이 흐른 후에 오타미가 입을 열었다.

"오하나야."

달리 누가 있겠니?

"이번에야말로 누구에게도 방해받지 않고, 오카쓰라는 행운의 부적의 보호를 받으며 오우메가 행복해질 수 있도록 말이다."

전송하고 있었던 거야.

지켜보고 있었던 거야.

하지만 어째서 오치카를 향해 절을 했을까?

"소란스럽게 해서 죄송합니다, 하고 사과한 게 아닐까?"

오타미는 농담처럼 말했지만, 정신을 차려 보니 오카쓰가 눈물을 글썽거리고 있다. 다정하시기도 하지—라고 중얼거리며 손가락으로 눈가를 살며시 닦는다.

오치카는 깨달았다. 오타미의 소매 사이로 보이는 손목 언저리에 소름이 돋아 있다.

"아이구, 무서워라" 하며 온몸을 떤다.

역시 유령도 나오고 말았다.

"아무리 다정한 혼이라도, 나는 저세상의 존재는 싫더라!"

오타미는 미시마야의 새 하녀를 딱 부러지게 돌아보았다.

"오카쓰, 모쪼록 잘 부탁하네. 오치카와 미시마야에는 당신이 필요해."

주獸
안暗
・

あんじゅう

에도에 장마가 찾아왔다.

잔뜩 흐리고 축축해서 기분이 울적해진다.

고향에 있을 무렵에도 오치카는 이 계절을 좋아하지 않았다. 묘하게 몸이 나른하고 식욕이 없는데다 부지런히 움직이기가 힘들기 때문이다.

"날씨 탓이 아니라 슬슬 피로가 쌓여서 그렇겠지. 푹 쉬려무나."

숙부와 숙모가 어리광을 받아 주어, 오치카는 미시마야에 온 이후 처음으로 온종일 침실에 누워서 처마를 때리는 빗소리를 듣는 사치를 맛보았다.

다행히 이 무렵에는 오카쓰도 미시마야의 생활에 완전히 익숙해졌다. 오치카는 마음이 쓰이기는 했지만 일손이 모자랄 걱정은 하지 않고 쉴 수 있었다.

오카쓰는 말하자면 오치카가 직접 '발탁'한 사람이라, 처음 얼마

동안 오타미는 끊임없이 신경을 썼다.

—오시마가 질투하지 않으려나.

하지만 쓸데없는 걱정이었다. 각자 속세의 산전수전을 헤쳐 온 오시마와 오카쓰는 곧 서로 한 수 접어주는 사이가 된 모양이다. 그 모습이 마치 두 검호劍豪 같다고 평한 이는 이헤에다.

오히려 수고가 드는 쪽은 대행수 야소스케를 비롯한 남자들과의 관계였다. 일터의 직인 중에도, 여자들은 오카쓰를 시원하게 받아들였지만 남자들은 오카쓰의 곰보 얼굴이 애처로워서인지, 아니면 기분이 나빠서인지, 아무래도 어려워한다.

오카쓰는 익숙한 듯 신경 쓰지 않는 기색이다. 자신을 싫어하는 자리에 억지로 가까이 가지도 않는다. 자연히 일터에 관한 일은 오시마가 많이 맡게 되었고, 오카쓰는 미시마야의 안채를 맡게 되어 분담도 매끄럽게 이루어졌다.

"사이가 좋은 건 좋지만, 규범상 오시마를 우두머리 하녀로 삼아야 할까."

오타미가 말을 꺼내자 두 사람은 말했다고 한다.

"하녀들의 우두머리는 오치카 아가씨예요."

"저희는 아가씨의 수하입니다."

오치카로서는 고맙기도 하고 짐이 무겁기도 하다.

어찌 되었든 이러한 미시마야에, 추적추적 비가 내리는 어느 날 뜻밖의 일이 일어났다.

견습 점원인 신타는 매일 아침 여덟시부터 정오까지 근처에 위치한 습자소習字所에 다닌다.

습자소는 오전 일곱시부터 시작해 점심시간을 사이에 두고 오후 두시까지 수업을 하지만, 신타는 가게 일이 있기 때문에 스승에게 이런 형태로 다녀도 괜찮다는 허락을 받았다. 그래도 상가의 견습 점원이 습자소에 다니는 일은 드물기 때문에 아이들 사이에서 괴롭힘을 당할까 봐 오시마는 상당히 걱정했다.

"미시마야에서는 당연한 일이, 다른 곳에서는 그렇지 않아요. 아니, 미시마야가 신기하다고 봐야죠."

고용살이 일꾼의 처우에 후하다는 뜻이다.

우선 평상시의 식사에 관해 쩨쩨한 소리를 하지 않는다. 간식도 매일 나온다. 게다가 무슨 절기가 돌아오면 요릿집에 데려가거나 주인의 부담으로 유람을 보내 주고, 병에 걸리면 곧 의원을 부른다. 이런 일들이 신기하다고 한다.

"물론, 여기와 똑같이 잘해 주시는 가게도 있습니다. 하지만 적어요. 보통은 고용살이 일꾼들에게 더 엄하게 대하는 게 당연한 일이지요."

"우리도 일을 시킬 때는 엄하게 대하잖아요."

"그거랑 이건 얘기가 달라요."

습자소에는 다양한 집안에서 온 아이들이 다니기 때문에 신타는 가난한 나가야에도 시대에 평민들이 모여 살던 공동 주택 형식의 건물. 이웃들끼리 교류가 잦은 구조인지라 하나의 공동체와도 같아. 고유 이름을 가진 곳도 많았다의 아이들과도, 상가의 아들이나 딸들과도 책상을 나란히 하고 앉게 된다. 무가의 자식들도 있을지 모른다. 그런 가운데 자신이 혜택을 받고 있다는 사실을 모르고 신타가 미시마야 내부의 일을 덜컥 이야기한다면, 어느 결에 질투를 사거나, 건방지다, 호사를 누린다며 미움을 받게 될지도 모른다.

"괜찮아, 아이들은 아이들끼리 잘해 나가는 법이야."

야소스케는 웃었지만 오시마의 걱정은 좀처럼 그치지 않았다.

당사자인 신타는 매일매일 무척 즐겁게 공부하고 있다. 친구도 생긴 모양이다. 그래서 오시마도 겨우 긴장을 풀기 시작했을 무렵—.

신타가 다쳐서 돌아왔다.

"신타, 대체 어찌 된 일이니!"

오치카와 오카쓰는 일터에 점심 도시락을 가져다주고 돌아온 참이었다. 오치카가 뒷문을 열려고 했을 때, 안에서 오시마의 비명 같은 물음이 들려왔다.

허둥지둥 뛰어 들어가 보니 오시마가 쪼그려 앉아 신타를 끌어안고 있다.

"아, 아가씨."

끌어안긴 신타는 몹시 부끄러운 표정으로 곤란해했다. 하지만 그 얼굴은 분명히, "어머나, 아주 시퍼렇구나"라고 할 만큼 오른쪽 눈 언저리가 새파랗게 부어올라서 눈이 반쯤 가려져 있다. 코도 부었고 코피도 흐른다.

오시마는 벌써 목소리에 울음이 섞여 있다.

"다른 데 다친 곳은? 너, 이마에도 혹이 생겼잖니! 달리 아픈 데는? 없니? 말해 봐!"

"그렇게 어지럽게 흔들어 대면 신타의 눈이 빙글빙글 돌겠어요."

오카쓰가 웃으면서 끼어들었다. 오시마에게는 미안하지만 오치카도 웃음을 터뜨렸다. 다친 본인도 쑥스러워한다. 오른손을 등 뒤로 감추었는데, 보니 젖은 수건을 움켜쥐고 있다. 오시마에게 들키기 전에 조금이라도 어떻게든 손을 쓰려고 한 모양이다.

"잠깐 거기 앉으렴. 오시마 씨, 약상자를 부탁해요. 연고가 필요하겠네요."

오카쓰가 솜씨 좋게 오시마를 떼어냈다. 오시마는 큰일이다, 큰일, 하고 소란을 떨며 고꾸라질 듯이 복도를 달려간다.

"죄송합니다."

신타의 이마에 난 혹은 멋지게 불룩 부풀어 있다. 빨개진 이마가 따끔따끔 아플 것 같다. 코피도 아직 흐른다. 오치카는 서둘러 수건을 다시 적셔 코밑에 대 주었다.

"세상에, 세상에, 요란하게도 싸웠네."

오카쓰는 재빨리 다정한 손놀림으로 신타의 상처를 살펴보았다. 오카쓰는 어린아이를 돌보는 일에도 능숙하다. 그러고 보니 신타도 남자 나부랭이면서, 행수를 비롯한 다른 남자들은 신경 쓰지도 않고 금세 오카쓰와 친해진 걸 보면 그것도 능력인지 모른다.

"여기저기 상처가 보이긴 하지만 뼈는 무사하군요."

"싸우지 않았어요." 신타는 허둥지둥 말했다. "아니, 변명이 아니에요. 하지만 싸우지 않았어요. 나오한테도 나쁜 뜻은 없었고요."

"나오라는 아이한테 당한 거니?"

"그러니까 나오는 잘못이 없다니까요!"

안색을 바꾸며 감싸는 신타를 보고, 오치카와 오카쓰는 서로 눈짓을 교환했다. 오타미가 약상자에 야소스케까지 이끌고 다가와, "뭐야, 이 정도 상처라면 침 발라 두면 낫겠네. 그보다 오시마, 빨리 사람들 점심을 부탁하네"라고 해서 자세한 경위는 점심식사와 함께 듣게 되었다.

신타가 다니는 습자소는 두 길을 건너 시라카베초에 있다. 작은 집을 빌려서 운영중이고, 밖에 '습자소'라는 간판만 있을 뿐 명칭은 따로 없지만 근방에서는 '시즈카도코로'라고 부른다. 스승이 시즈카라는 이름의 여선생인데다가, 이 스승이 몹시 엄하여 제자들이 공부하는 동안 한눈을 팔거나 수다를 떨려고 하면, 즉시 자를 휘둘러 따끔하게 야단을 치므로 다들 숨을 죽이고 조용히_{일본어로 '시즈카'는 '조용하다'라는 뜻이다} 공부한다—는 데에서 붙은 별명이다.

시즈카 선생은 나이가 꽤 많다. 고케닌_{에도 시대에 쇼군 직속의 하급 무사. 녹봉이 백석 이하로 경제적으로 곤궁한 경우가 많았다}의 미망인으로, 남편을 여읜 뒤 생계를 위해, 그리고 일상생활에 활력을 돋우기 위해 습자소를 열었다는데 무가 사람이어서 할머니라고는 해도 몸이 꼿꼿하다. 읽고 쓰기, 주산뿐만 아니라 예의범절에도 엄하다. 따라서 제자들은 무서워하지만 부모들에게는 평판이 좋다. 특히 여자아이를 시즈카 선생에게 맡기면 어떤 시골뜨기라도 닷새 만에 궁이나 무가의 하녀처럼 만들어 준다고 할 정도다.

처음엔 신타도 매우 무서워하여 이런 습자소에 오래 다닐 수 있을까 걱정했지만, 엄한 스승 밑이기 때문에 제자들 사이에 유대라고 할까, 서로의 고생을 위로한다는 마음이 생겨나 익숙해지고 나니 하루하루가 즐거운 모양이다. 배우는 일도 재미있어 한다.

그때, 벌써 스무날쯤 전이 될까. 조금 사연이 있는 신입생이 들어왔다. 바로 나오—나오타로라는 아이다.

"나오는 혼조 미도리초에 있는 나가야에서 살았는데요."

부모와 나오타로를 합해 세 식구지만, 아버지는 어느 무가 저택에서 요닌用人에도 시대에 막부, 다이묘, 하타모토 가에서 금전의 출납과 잡무를 맡아보던 사람으로 일했기에 평소에는 어머니와 둘이서 생활했다. 어머니는 근처의 식당 일을 도우며 날품팔이를 했다. 검소하고 사이좋게 살았는데 그만—.

"지난달에 나오의 아버지가 화재로 돌아가시고 말았어요."

단오가 지난 뒤 얼마 되지 않았을 무렵, 한밤중에 고이시카와 마장 근처에서 화재가 일어났다. 그 주변은 민가도 있지만 주로 사원이나 작은 무가 저택이 늘어선 지역이다.

"아버지가 고용살이를 하던 저택이 화재의 근원지였대요."

촛불 끄는 걸 잊어버린 모양이다. 불이 난 저택과, 옆집의 빈 저택이 통째로 탔고 주위의 몇 채는 불을 끄기 위해 허물어야 했다. 야간에 일어난 큰 화재였다.

"나오의 아버지 외에도 젊은 종자와 하녀가 죽었대요."

무가 저택에 고용된 요닌이라고 하면 시정 사람인 주제에 위세를 부리네, 돈 문제가 지저분하네, 하고 좋지 않은 평판을 듣는 경향이 있지만 나오타로의 아버지는 성실하고 충직한 사람이었다. 그런 성정 때문에 도망치는 게 늦지 않았나 짐작하고들 있다.

남겨진 모자는 어쩔 줄을 몰랐다. 나오타로는 열한 살이니 이제 철없을 나이는 아니지만 어른처럼 일할 수 있는 나이도 아니다. 어머니 혼자 날품팔이를 해서는 모자가 먹고살기 어렵다.

"그래서 나오는 야오노에 양자로 들어갔어요."

"어? 야오노라니, 그 야오노?"

바로 앞에 있는 채소 가게다. 전체적으로 값이 비싸기 때문에 오타미가 마음에 들어 하지 않아 미시마야와는 거래가 없다. 비싼 만큼 품질은 좋다. 큰 요릿집을 단골 거래처로 삼아 번성하고 있는 가게다. 말이 난 김에 덧붙이자면 콧대도 높다. 가난뱅이는 상대하지 않는다. 오시마도 그런 태도가 아니꼽다며 싫어한다.

"야오노의 주인이 나오 아버지의 사촌 동생이래요."

야오노는 자식이 없어서 전부터 양자를 찾고 있었다.

"그러고 보니 들은 적이 있네요."

동네 소문에 밝은 오시마는 제대로 알고 있었다.

"양자로 삼으려면 조금이라도 핏줄이 이어져 있는 쪽이 좋지만, 좀처럼 생각대로 되지 않는다며 안주인이 한탄하고 있다던가."

싫어하는 것치고는 잘 안다.

"그럼 나오가 양자로 가는 이야기도 갑자기 튀어나온 게 아니라 전부터 있었겠네."

"그런 모양이에요." 신타는 고개를 끄덕였다. "나오는 야오노로 가는 걸 싫어했고 아버지 어머니도 절대로 보내지 않겠다고 말하곤 했지만, 이렇게 되었으니 어쩔 수 없다고."

나오타로의 어머니는 다른 가게에 들어가 살면서 하녀로 고용살이를 하고 있단다.

"야오노도 심술궂네. 기왕이면 어머니도 함께 받아 주지 말이야."

"그러면 어머니가 둘 있는 셈이 되어서 이래저래 복잡하니까요."

눈을 치켜뜨는 오시마에게 오카쓰가 온화하게 말한다. 오치카도 내심 '맞아, 스미요시야 같은 일이 또 일어날지도 모르지'라고 생각했다.
 "나오의 어머니 입장에서 보자면 모자 둘이서 힘든 생활을 하느니 나오가 야오노의 훌륭한 후계자가 되는 편이 낫다고 생각하는 게 자연스럽지요."
 그야 그렇지만, 하며 오시마는 입을 삐죽거린다.
 "야오노가 그런 마음을 파고들었단 걸 용서할 수가 없는 거야, 나는."
 오치카가 물었다. "혈연이라고 해도 여러 가지로 까다롭게 따질 법한 야오노에서 양자로 바랄 정도이니, 나오는 틀림없이 좋은 아이겠지?"
 읽고 쓰기도 잘하고, 야무진데다 빠릿빠릿하다. 몸도 튼튼하다고 한다.
 "―하지만요." 신타가 말을 흐린다. "나오는 조금 이상해요."
 "어떻게 이상한데?"
 "그러니까 그, 역시 여러 가지로 힘들어서 그런 걸 거예요."
 열한 살짜리 아이가 어느 날 갑자기 아버지를 잃고 잡아떼지듯 어머니로부터 떨어져, 가난해도 즐거운 나가야 생활에서 풍요롭지만 갑갑한 양가※※ 생활로 억지로 옮겨간 것이다.
 주위에는 모르는 어른들뿐이다. 괴롭다. 쓸쓸하다. 어머니가 그립다. 하지만 참아야 한다는 건 알고 있다. 그래서 참고 있지만, 가끔 폭발하듯이 밖으로 터져 나오고 만다.
 "붙임성 있고 착한 녀석이에요. 화재에 대해서도 나오가 직접 가르쳐 주었어요. 어디에서 왔는지, 어째서 야오노의 자식이 되었는지. 다만 어쩌다가 갑자기 화를 내거나 울거나 하면, 손을 댈 수조차 없고 뭐가 뭔지 알 수 없게 되어서."

계기는 늘 사소한 일이라고 한다. 제자들끼리의 별것 아닌 대화나, 시즈카 선생의 훈계나, 누군가가 웃었다거나 놀려댔다거나, 아무튼 사소한 일이다.

오늘도 그랬다. 수업이 끝나고 신타가 돌아갈 준비를 할 때 아마 나오타로가 같이 돌아가자고 말을 걸었던 모양이다. 하지만 때마침 신타는 듣지 못해서 대답을 하지 않았다.

"고랑 다카랑 얘기를 하고 있었거든요."

다른 동무들과 시끄럽게 떠들던 중이었다. 수업이 끝나면 시즈카 선생도 야단을 치지 않는다. 신타에게는 하루 중 가장 즐거운 한때다.

"저는 몰랐는데, 나오가 몇 번이나 저를 불렀나 봐요."

그것이 잘못이었다. 결국 초조해진 나오타로가 날뛰기 시작했다고 한다.

뭐가 뭔지 모르는 사이에 마구 얻어맞던 신타는, 시즈카 선생이 자를 가지고 달려오고 주위 동무들도 달려들어 나오타로를 붙들어준 덕에 겨우 살았다. 그래도 나오타로는 자신을 누르는 손을 뿌리치고 여전히 들개처럼 신타에게 달려들려고 했다.

"시즈카 선생님이 어쨌든 너는 빨리 돌아가라고 하셔서."

신타는 상처도 치료하지 못하고 한달음에 도망쳐 돌아왔다.

"지금쯤 나오, 단단히 야단을 맞고 있겠지요……."

고개를 푹 숙이는 신타는 얻어맞은 몸보다 마음이 훨씬 더 아파 보인다.

"너도 참 사람이 좋구나. 남자가 미간이 깨졌는데. 더 화를 내야지."

오시마가 질타해도 아무런 대답이 없다. 오시마도 재미있다. 미간이 깨진 것도 아닌데.

"나오도 가엾네요."

오카쓰가 중얼거린다. 얌전한 말투는 여전하다.

"의지할 데라곤 부모뿐이었는데, 혼자가 된 지 아직 한 달도 지나지 않았잖아요? 머리도 마음도 복잡할 수밖에요. 안 그래도 점점 까다로워질 나이고요."

"너는 까다로워지지 말아 다오, 신타, 사람들에게 폐가 되니까."

이런 대화를 듣고 있노라면 오시마와 오카쓰가 마음이 맞는 이유를 알게 된다. 오시마의 튀어나온 부분과 오카쓰의 들어간 부분이 적당히 들어맞는 것이리라.

"나오는 야오노에서 어떻게 지내는 걸까. 신타, 뭐 들은 거 있니?"

신타는 풀이 죽어서 눈을 들었다.

"저도 가게에서는 어떤지 몰라요. 하지만 처음에 시즈카 선생님한테 왔을 때는 주인어른이 가지고 계시는 그 요괴 그림 같았어요."

미시마야 주인 이헤에는 무슨 변덕인지 요괴 그림을 딱 한 장 가지고 있다. 이름난 화가의 작품이라고 하는데 가끔 꺼내서 걸어 두면 바로 그 자리에만 햇빛도, 사방등의 불빛도 닿지 않는 그림이다.

"우리랑 같이 노는, 게 아니라 공부를 하면서 점점 나아졌어요.

도깨비가 아니게 되었는데."

새로운 친구들이 마음의 지지대가 되었겠지.

"게다가 '진코 학원'의 아오노 선생님이 와 주시면 나오는 훨씬 기운이 넘쳐요. 틀림없이 그게 진짜 나오일 거라고 생각해요."

그게 누구니? 하고 여자 셋이 물었다.

"나오가 미도리초에서 살았을 때 다닌 습자소의 선생님이에요."

나오타로의 처지를 걱정하여, 아이가 시즈카 선생에게로 옮겨 간 후에도 가끔 어찌 지내는지 보러 온다고 한다.

"나오는 영문을 알 수 없는 상태가 되면 시즈카 선생님한테 야단을 맞아도 멈추지 않아요. 하지만 아오노 선생님이 타이르시면 정신을 차리거든요."

그렇다 보니 처음에는 쓸데없는 짓이라며 싫어하던 시즈카 선생도 요즘은 아오노 선생에게 의지하는 모양이다.

"나오가 어지간히도 그 선생님을 잘 따랐나 보다."

아오노라는 선생도 낯선 타인들에게만 둘러싸여 살게 된 나오타로가 가엾어서 버려둘 수 없는 것이리라. 이삼일 간격으로 혼조에서 간다 시라카베초까지 얼굴을 내민다고 하니 성실한 사람이다.

"남을 잘 돌보는 선생님이네."

"네, 다정한 선생님이에요" 하며 신타도 그제야 안심한다. "나오가 아오노 선생님한테 제가 제일 사이좋은 친구라고 말했더니, 선생님이 저한테 나오타로를 잘 부탁한다고 말씀하셨어요."

"그러면 잘 부탁받았으니 의리를 발휘해야겠네. 신타는 오늘 일로 나오에게 화내지 않을 거지?"

"네."

"하지만 어물어물 봐주면 안 돼. 금세 날뛰고 주먹을 휘두르다니, 좋지 않아. 나오는 우선 신타에게 제대로 사과를 해야 해. 그리고 앞으로도 사이좋게 지내면서 신타는 나오가 진짜 나오가 될 수 있도록 도와주어야지."

오치카는 연장자인 오시마와 오카쓰를 제쳐 두고 설교를 하긴 했지만, 이런 경우 신타의 가족인 미시마야로서는 어떻게 해야 좋을지 전혀 짐작이 가지 않는다.

이헤에와 오타미는 어린아이의 싸움은 그냥 내버려 두라고 한다. 요란하게 소란 떨지 말라고.

그래도 되는 걸까 고심하는데, 오후 두시가 지났을 무렵에 시즈카 선생이 약간 당황한 표정으로 미시마야를 찾아왔다. 신타가 얼마나 다쳤는지 걱정되기도 하고, 거칠게 돌려보낸 일도 사과하려고 온 것이다.

일부러 와 주셔서 고맙다고 말하면서도 꽤 노골적으로 귀찮아하는 듯싶은 숙부와 숙모 대신, 오치카가 시즈카 선생과 만났다. 과연 할머니이기는 하지만 자세부터가 다르다. 등에 자가 들어 있는 것 같다. 지나치게 말라서 팔 같은 곳은 뼈가 불거진 느낌이지만 제자를 야단칠 때는 이 손도 꽤 잘 휘어지리라.

"싸움이라기보다 나오타로가 까닭도 없이 신타에게 덤벼들었으니, 잘못은 나오타로한테 있습니다. 이 댁에서도 모쪼록 신타를 야단치지 마십시오."

알고 있습니다, 하고 오치카는 대답했다.

"나오타로는 어떻게 될까요?"

"제 쪽에서 단단히 야단쳐 두었지만."

부모가 어떻게 할지는 모른다. 대답한 시즈카 선생도 눈썹을 찌푸렸다. 마치 야오노에 유쾌하지 않은 구석이 있다는 듯이.

이튿날, 신타는 어색하게 걸어서 습자소에 갔다. 나오타로는 나오지 않았다.

그 이튿날도 나오지 않았다.

사흘째, 신타의 이마에 난 혹은 들어가고 멍도 옅어졌지만 나오타로는 오지 않았다.

"습자소를 그만두려나."

"그럴지도 몰라요……."

그렇다면 더욱 걱정된다. 야오노에 갇혀 친구도 만날 수 없게 된다면, 나오타로는 더욱 외로워져서 날뛰지 않을까.

"어쩌면 이런 소동을 일으키다니 괘씸하다며 야오노에서 쫓아내 버렸을지도 몰라요. 그러면 나오는 또 도깨비처럼 되고 말 텐데."

"너무 나쁜 쪽으로만 생각하지는 말아라, 신타."

오시마는 오시마대로 전혀 소식이 없는 야오노에 기분이 상했다.

"시즈카 선생님도 신타에게는 잘못이 없다고 하셨고, 게다가 그렇게 크게 다쳤는데. 우리와 저쪽 모두 가게를 하는데다 엎어지면 코 닿을 가까운 곳에 있어요. 모르는 척할 필요가 있을까요."

그러는 사이에 닷새가 지났고, 오늘도 나오는 오지 않았다며 신타가 풀이 죽어 돌아온 그날 오후의 일이다.

"아가씨, 나오가―."

신타에게 사과하러 왔다고 한다.

말을 전하러 온 오카쓰는 깜짝 놀란 얼굴이다.

"선생님이 따라오셨어요."

시즈카 선생이 아니라 혼조의 선생.

"아아, 나오의 옛날 선생님이군요."

"무사님이에요, 아가씨. 낭인봉록을 잃고 섬길 주인이 없는 무사인 것 같지만요."

습자소의 스승으로는 양쪽 다 드물지 않다. 그런데 오카쓰는 왜 깜짝 놀랐을까.

"신타를 만나겠다며 부엌문 쪽에 와 계셔요."

흐름상 이럴 때는 오치카가 나서야 한다. 신타를 데리고 서둘러 부엌문으로 나갔다.

봉당의 마루 옆에 까까머리 남자아이가 서 있다. 신타보다 몸집이 훨씬 크고 어깨도 다부지다. 그런 만큼, 당장이라도 울음을 터뜨릴 듯이 시옷자로 휜 입가만이 어린애답다.

"나오! 선생니임!"

신타가 소리를 지르며 까까머리와, 그 옆에 서 있는 감색 바탕의 가스리 물감이 살짝 스친 듯한 무늬를 규칙적으로 배치한 직물 하카마 차림의 무사에게 달려갔다.

"선생님, 역시 와 주셨네요! 다행이다, 나오."

나오타로의 입가가 더욱 휘었다. 신타의 목소리를 들은 순간 참을 수 없어졌으리라. 눈가에 눈물이 고여 간다.

그러자 하카마 차림을 한 남자는 나오타로의 머리에 손바닥을 올려 고개를 꾸벅 숙이게 했다.

"이렇게 신타한테 사과하고 싶다는구나. 나오타로, 울기 전에 할 말이 있지 않니?"

미, 미, 미아, 미안해애, 하며 나오타로가 몸을 움츠린다. 그대로 작게 웅크려서 사라져 버리고 싶다는 듯이.

"뭐야, 뭐야, 나오 울지 마."

신타는 친구답게 나오타로의 어깨를 툭 치며 기쁜 듯이 달려들었다. 진심으로 안도해서 활짝 웃는 얼굴이다.

신타에게 '선생니임'이라고 불린 사람은 오치카를 돌아보더니 머리를 숙였다.

"인사가 늦었습니다. 저는 혼조 가메자와초의 습자소 진코 학원의 아오노 리이치로라고 합니다. 뜻밖의 소동이 나서 신타에게 참으로 미안합니다. 늦게나마 스승으로서 제자가 한 짓을 사과하려고 함께 오게 되었습니다."

신타도 미시마야도, 나오타로에게 앙금이 있을 리 없다(오시마는 조금 다를지도 모르지만). 두 아이의 화해는 금방 끝났다. 오치카는 선생이 직접 방문해 준 데 대해 정중하게 감사를 드리고, 나오타로한테는 앞으로도 신타와 사이좋게 지내 달라고 말했다.

"실은 그게," 하고 아오노 선생은 말했다. "나오타로는 시즈카 선생님께 당분간 출입을 금지당했습니다."

행실 바르게, 다른 아이들과 사이좋게 공부할 수 있게 될 때까지 '시즈카도코로'에 와서는 안 된다.

"파문인가요?"

시즈카 선생의 엄격한 얼굴을 떠올리며 오치카는 저도 모르게 물었다.

"아니, 파문이라고까지야."

아오노 선생이 저도 모르게 그런 듯 쓴웃음을 짓는다. "습자소에서 장난꾸러기에게 벌을 주기 위해 종종 쓰는 방법입니다."

"그렇구나, 그래서 아오노 선생님이 나오의 선생님으로 돌아온 거구나." 신타는 재빨리 이해했다. "좋겠다, 나오."

"근신이 풀릴 때까지만이야. 게다가 나도 엄하게 가르칠 테니까."

나오타로는 단단히 반성해야 한다며, 스승다운 눈을 하고 아이를 내려다본다. 나오타로는 차렷 자세를 하고 있다.

"이제 그렇게 날뛰지 않도록 나, 단련할 거야."

고지식한 태도로 약속한 뒤, 마지막으로 또 아오노 선생에게 머리를 눌러 꾸벅 숙이고 나서 돌아갔다. 신타는 아쉬운 듯이 둘을 배웅하러 갔다. 그 사이에도 뭔가 이것저것 말을 건다.

오치카는 마루 가장자리에서 아까의 오카쓰와 똑같이 눈을 깜박거리고 있는 자신을 깨닫고 혼자서 웃고 말았다. 오카쓰 씨는 그래서 놀랐던 걸까.

시즈카 선생은 할머니다. 본래 습자소나 학문소의 선생은 대체로 나이가 많은 사람이다. 습자소 일도 장사이고, 제자를 상대한다고 해도 그 뒤에는 저마다 부모가 있다. 스승이란 어느 정도의 관록이 없으면 할 수 없다. 그러니.

나이 많은 할아버지나 아저씨 같은 선생님일 줄 알았는데 진코 학원의 아오노 리이치로는 젊은 무사였다. 습자소 선생으로는 무사도 낭인도 드물지 않지만, 젊은 사람은 좀처럼 없다.

기모노도 하카마도 상당히 오래되었는지 목깃은 너덜너덜했고 바느질한 곳은 상해 있었다. 상투는 보기 싫지 않을 정도로 정돈되어 있었지만, 사카야키에도 시대에 남자가 이마에서 머리 한가운데에 걸쳐 머리털을 밀었던 부분가 자란 낭인의 머리 모양이다. 그게 또 멋지게 어울렸다. 하루 이틀 낭인 생활을 한 모습이 아니다. 키는 큰 편이었지만 약간 여위어서, 제대로 먹고 있는 것처럼 보이지도 않았다.

하지만 말투가 시원스럽고 눈매가 맑은 젊은이였음은 틀림없다.

—저렇게 젊은 분이 선생을 할 수 있나?

게다가 나오타로와 신타의 모습을 보면 아이들이 잘 따르는 모양이다. 짧은 대화를 나누는 동안 오치카는 허둥거리기만 했다.

"어라, 아가씨."

뛰어서 돌아온 신타는 공손하게 발을 모으고 인사를 했다. "걱정을 끼쳐서 죄송했습니다."

"화해하게 되어서 다행이구나."

오치카는 쑥스러워서, 오타미가 할 법한 말을 흉내 내어 보았다.

"아오노 선생님은 꽤 젊으시네."

"진코 학원에는 큰 선생님이 따로 계시고, 아오노 선생님은 작은 선생님이래요."

아아, 그렇다면 조금은 납득이 간다.

"깜짝 놀랐어."

"예에." 눈을 크게 뜬 신타는 뭔가 즐거워 보인다. "선생님도 깜짝 놀라셨어요."

"왜?"

"저분이 정말로 마님이냐고, 저한테 물으셨어요."
상대방도 오해와 착각을 한 모양이다.
"신타, 제대로 설명해 드렸니?"
"네. 오치카 아가씨는 우리 가게의 우두머리 하녀예요, 라고 말씀 드렸어요."
"오히려 알기 어렵잖니."
"그래서인가, 선생님이 고개를 갸웃거리면서 돌아가시더라고요."
묘한 가게라고 여겼겠구나. 오치카는 살짝 목을 움츠렸다.
미시마야에서 이런 화제에 달려드는 이는 역시 오시마다.
"어째서 저를 불러 주시지 않았습니까, 아가씨."
"오시마 씨는 바빴잖아요."
"출입 금지라니, 시즈카 선생님이 야오노와 다투기라도 하셨을까요?"
"모르지요."
"왜 혼조의 선생님만 따라오고, 가장 중요한 부모는 모르는 척할까요?"
"글쎄요."
"어째서 묻지 않으셨어요. 아오노 선생님이라면 다 아실 텐데."
"그런 걸 물어도 재잘재잘 얘기해 줄 것 같은 선생님이 아니었어요."
나오타로가 옆에 있었다. 쓸데없는 말을 했을 리가 없다.
"좋아요. 그러면 제게 맡겨 주셔요."
아무도 아무것도 맡기지 않았건만, 야무지게 일을 하는 이 또한 오시마다. 며칠 내에 이웃의 소문을 모아 왔다.

"야오노의 부부가 거만한 소리를 해서 시즈카 선생님을 화나게 했대요."

'부부'라니, 야오노의 주인님과 마님이라고 말하는 것이 어떨까.

"나오타로의 버릇이 나쁜 것은 아랑곳하지 않고, 제자에게 휘둘리는 시즈카 선생님 쪽이 미덥지 못하다고 반박을 하더래요. 시즈카 선생님이 노발대발하는 바람에."

습자소 운영은 장사이긴 하지만 스승은 손님인 제자들보다 훨씬 격이 높다. 이 점에서 다른 장사와는 크게 다르다. 그런 만큼 선생은 큰소리치는 게 당연하고 공경을 받는 게 당연하다. 게다가 무가의 격식을 등줄기에 넣은 할머니인 시즈카 선생이니, '채소 가게 주인 따위'가 말대꾸를 해서 화가 치민 것도 무리는 아니다.

"제대로 크게 싸워서 나오타로가 정말로 파문당할 뻔했는데, 아오노 선생님이 중간에 끼어들어 양쪽에 머리를 숙이며 달랬다고 하네요."

게다가 아오노 선생은 야오노와 담판을 지어, 당분간 선생이 야오노에 다니며 나오타로에게 읽고 쓰기와 행실을 가르치기로 합의를 보았다.

"야오노는 습자소를 바꾸면 될 일이라고 생각했던 모양이지만."

그러면 나오타로가 안고 있는 불안은 그대로 남고 만다. 모처럼 '시즈카도코로'에서 사귄 동무들과 헤어지게 되면 전보다 더 나빠질지도 모른다. 의지할 곳 없는 나오타로의 마음에 어떻게든 힘을 줄 만한 게 없다면, 아무리 시간이 지난들 양부모에게도 야오노에도 익숙해질 수 없다.

"참으로 남 돌보기를 좋아하는 선생님이지요. 아니면 섣불리 끼어들었다가 물러날 수 없게 된 걸까요."

"틀림없이 다정한 분이라서 그러셨을 거예요."

상냥한 말을 하는 이는 오카쓰다.

"저도 아오노 선생님을 만나 보고 싶었어요. 신타가 꽤 따르는 듯해서요."

"부모보다 제자 쪽에 더 가까울지도 모르는 나이라고 하니까 잘 따르겠지요. 근처에서 보았다는 사람한테 들었는데, 바람만 살짝 불어도 날아가 버릴 것 같은 덜 익은 호리병박_{창백한 말라깽이를 말할 때 쓰는 비유}이라면서요."

덜 익은 호리병박…… 이었던가.

"애당초 이번 경우엔 화를 내는 시즈카 선생님 쪽이 이치에 맞고 정당해요. 중재했다고 하면 듣기는 좋지만 야오노 따위에게 꾸벅꾸벅 머리를 숙이다니. 아오노라는 선생님은 심지가 물러 터졌다니까요."

평소에는 오시마도 이런 독설을 늘어놓지 않는다. 이번에 기세가 멈추지 않는 까닭은 오직 야오노가 얄밉기 때문이다.

"야오노의 부부 놈들, 미시마야는 우리 손님도 아니고 신타는 견습 점원일 뿐이다, 고작해야 견습 점원에게 혹을 좀 만들었기로서니 우리가 머리를 숙일 필요는 없다고 지껄이고 다닌다니까요."

마침내 '부부 놈들'이 되었다.

"그냥 맘대로 말하라고 내버려 두면 되잖아요."

"되긴 뭐가 돼요, 아가씨! 야오노는, 미시마야 주인은 지금이야 이름난 가게인 척 거드름을 피우지만 고작해야 십 년 전에는 조릿대를 짊어지고 다닌 비천한 봇짐장수였다, 그런 말까지 한다니까요."

오시마의 화내는 모습에, 오치카는 오카쓰와 신타와 함께 앞으로 이 이야기는 셋이서 비밀스럽게 하자고 의견을 모았다.

"세상은 어렵네요, 아가씨."

신타도 한 가지 배운 모양이다.

이 별난 괴담 대회를 시작한 당초에 이혜에는, "닷새에 한 명씩, 이야기할 사람을 맞이하겠다"고 말했다.

돌이켜 보면 참으로 속 편한 생각이었다. 거의 처음으로 만나는 사람과 마주 앉아 친밀하게 이야기를 듣는다는 건 피곤한 일이다. 점점 그 점을 깨닫게 되어 요즘은 이야기할 사람을 맞아들이는 간격이 길어졌지만, 이번처럼 오랫동안 흑백의 방이 빈 경우는 처음이다. 이혜에는 다음 이야기가 듣고 싶어진 듯하다.

"도안 씨에게 말을 해 봐도 될까. 울적한 장마도 곧 끝날 게다."

그러나 오치카한테는 곧장 "좋아요"라고 대답하기 어려운, 아니, 대답하고 싶지 않은 사정이 있었다.

다름 아닌 야오노의 나오타로와 진코 학원의 스승 아오노 리이치로의 그 후 이야기 때문이다.

야오노와 미시마야는 엎어지면 코 닿을 거리이기 때문에 오치카는 그 후 몇 번인가 길가에서 아오노 선생의 모습을 보곤 했다. 야오노에 가는 길인지, 야오노에서 돌아오는 길인지, 책이나 문구를 싼 듯한 보자기를 들었다. 혼조의 습자소에서 아이들을 가르치면서 짬을 내어 다니는 것이니, 시간을 내기도 어려우리라. 선생의 모습이 보이는 시각은 제각각이었는데 늘 빠른 걸음으로 걷고 있었다. 선생의 기모노와 하카마뿐만 아니라 나막신도 꽤 오래돼 보였다.

나오타로와 함께였던 적도 있다. 나오가 선생님을 바깥까지 전송하러 나온 듯했다. 나오타로는 미시마야에 사과하러 왔을 당시에도 까까머리였지만, 선생님을 전송하러 나왔을 때는 어린 중처럼 반질반질하게 깎은 머리여서 놀랐다. 열한 살이나 되었으면 어린아이라도 보통은 머리를 묶는데, 그렇다면 저 머리에는 무슨 까닭이 있지 않을까.

그렇다…… 까닭이다. 어딘가 냄새가 난다.

나오타로의 혼란의 뿌리에는 무언가 한층 더 깊은 사정이 숨겨져 있을지도 모른다. 그저 갑자기 양부모의 집에 들어가 생활이 바뀌었기 때문이라고 하기에는 부족한 기분이 든다. 그래서 아오노 선생도 나오타로에게서 눈을 떼지 못하는 게 아닐까.

지나친 생각일까. 하지만 오치카도 그냥 어림짐작으로 그렇게 생각하는 건 아니다.

나오타로의 아버지가 목숨을 잃은 화재. 불이 난 저택과, 옆의 빈 저택이 타 버렸다고 한다. 불탔다는 '빈 저택'이 우선 마음에 걸린다.

예전 안도자카 언덕의 빈 저택은 지금도 오치카의 마음에 새겨져 있다. 저택은 현란한 어둠을 안에 감추고 있었다. 그렇기 때문에 사람의 마음을 끌었다. 그 마음이 이 세상의 것인지 저세상의 것인지는 전혀 관계없이.

그 후로 빈 저택이라고만 하면 오치카의 가슴은 술렁거린다. 게다가 이번 일은 세 명의 목숨을 빼앗은 화재와 얽혀 있다. 불도 없는데 연기가 난다는 얘기가 아니다. 불이 꺼진 후에 심상치 않은 연기 냄새가 떠도는 듯하여 견딜 수가 없다.

하기야 이것만으로는 억측에 불과할지도 모른다. 마음에 걸리는 점은 또 하나 있다.

가게 앞에 나가서 일할 때가 있는 신타는 오치카보다 더 자주 아오노 선생을 보곤 하는 모양이다. 만나면 인사하고, 이야기도 한다. 나오가 어떻게 지내는지 알고 싶기도 하고, 좋아하는 선생님을 만나면 기쁜 법이니 신경도 쓰고 있을 터이다.

어느 날, 함께 빨래를 정리하고 있는데 신타가 오치카에게 이런 말을 했다.

"아가씨, 요전에 아오노 선생님을 뵈었을 때 선생님이 물어보시더라고요."

—미시마야 주인이 괴담을 모으고 계신다는 소문이 사실이냐?

"사실이에요, 나리의 취미인데 듣는 사람은 아가씨지요, 하고 가르쳐 드렸더니 또 깜짝 놀라셨어요."

"어머나." 오치카는 새침한 표정을 지었다. "어떻게 우리 가게의 일을 알고 계실까."

"저는 얘기하지 않았어요. 시즈카 선생님의 습자소에서 들으셨겠지요."

괴담 대회를 시작할 때, 이헤에가 엄청나게 기합을 넣고 이야기할 사람을 모집한다며 돌아다닌 바람에 지금은 습자소의 아이들까지 알고 있다. 나머지는 이를 진지하게 받아들이느냐 마느냐의 차이일 뿐이다.

신타의 말투로 보건대 아오노 선생은 진지하게 물은 모양이다. 어린아이를 놀리는 말투가 아니었던 듯하다. 게다가 신타에게 괴담을 이야기하는 자리에 함께한 적이 있느냐고도 물었다. 아니요, 괴담을 듣는 일은 아가씨만 하실 수 있는 중요한 역할이니까요, 라고 대답하자 놀라움을 뛰어넘어 골똘히 생각에 잠기더란다.

그런 사람이라면 남들이 하는 얘기에 덩달아 떠드는 게 아니다. 이것이 바로 오치카가 맡은 냄새다. 나오타로한테도, 그리고 야오노에도 무언가 있다. 아오노 선생은 이미 아는지도 모른다—.

그 후 며칠이 지났다.

오후 네시를 알리는 종소리가 무겁게 웅얼거리는가 싶더니 서풍이 강해지고 구름이 몰려들어 해가 흐려졌다. 이내 우르릉우르릉 하는 불온한 소리가 들려왔다. 하늘을 올려다본 뺨에 미지근한 빗방울이 툭 떨어진다.

장마가 끝날 무렵의 뇌우雷雨다. 각자 맡은 자리의 빨래를 걷은 뒤, 방의 덧문을 닫는다. 그 사이에도 비가 투둑투둑 떨어진다. 바람이 으르렁거린다. 오치카는 부뚜막의 연통을 닫으러 달려갔다.

번쩍. 이를 쫓아 벼락이 친다. 미시마야 안쪽에서 새된 비명이 일었다.

"꺄아아아아아~!"

오카쓰가 웃으면서 부엌으로 얼굴을 내밀었다.

"오시마 씨는 한달음에 벽장 안으로 도망쳐 들어가 버렸어요."

"벼락을 몹시도 싫어하니까요."

벼락을 피하기 위한 모기장_{민간에서 벼락을 피하는 방법 중 하나로, 모기장 속에 들어가 절분 때 뿌리는 콩을 먹었다}을 늘어뜨릴 여유도 없이, 모기장을 내던진 채 벽장에 틀어박히고 말았다.

"제가 있으면 뇌수雷獸도 가까이 오지 않으니 무서워할 필요가 없는데 말이에요." 오카쓰는 아무렇지도 않게 행운의 부적다운 모습을 보였다.

하늘의 둑이 무너졌나 싶을 정도로 세찬 비가 내리기 시작했다. 비 냄새가 확 피어오른다.

그러자 이번에는 뒤뜰 쪽에서 다른 목소리가 들려왔다. '꺄아'와 '와아'가 섞여 있는 새된 목소리다.

"배꼽이, 배꼽이_{일본에는 '벼락이 치면 배꼽을 숨겨야 한다'는 오랜 전승이 있는데, 이는 귀신이 배꼽을 떼어 가기 때문이라고 한다}!"

야단을 떨며 뒷문으로 뛰어 들어온 신타는 혼자가 아니었다. 아오노 선생과 함께다. 머리카락도 얼굴도 젖었고, 기모노의 어깨는 색깔이 달라졌다.

"아가씨, 선생님께서 비를 피하실 수 있도록 모셔,"

왔습니다, 라고 말하기도 전에, 우르릉쿵쾅!

가깝다. 오시마의 찢어지는 비명이 울려 퍼진다.

"끄아아아아아~!"

신타가 오카쓰에게 달려들었다. 오치카는 한 손으로 눈을 가렸다.

"—참으로 보기 흉하구나."

죄송합니다, 하는 신타를 두고 눈을 돌리니 선생이 시선을 아래로 향한 채 웃음을 참고 있다.

이렇게 해서 뇌우가 지나갈 때까지 삼십 분 정도, 오치카는 또 아오노 리이치로와 얼굴을 마주하게 되었다. 나오타로는 잘 지낸다, 빨리 야오노에서 안정을 찾고 습자소로 돌아가고 싶어 한다, 신타가 가끔 야오노의 뒷담을 몰래 뛰어넘어 얼굴을 보여 주면 무엇보다 기뻐하며 힘을 얻는 모양이라는 얘기를 들었다.

"신타도 참."

"자주는 아니에요. 가끔이에요. 저, 일을 게을리하는 건 아니라고요!"

벼락은 그쳤지만 부슬비가 계속 내려서 오치카는 선생에게 우산을 가져가라고 권했다. 고맙게 빌려 가겠습니다, 하며 받아 든 선생은, 역시 말랐지만 덜 익은 호리병박은 아니라고 생각되었다. 다만 굳이 말하자면 동안이라 미덥지 못해 보이는―경향은 있다.

구름이 갈라지고 햇빛이 돌아올 무렵, 오치카가 방의 덧문을 열고 있는데 오카쓰가 스윽 다가와 속삭였다.

"아오노 선생님, 근자에 또 찾아오실 거예요."

"우산이라면 천천히 돌려주셔도 되는데."

"아니요, 흑백의 방에 이야기를 하러 오실 거예요."

오치카는 눈을 깜박이며 오카쓰의 얼굴을 마주 보았다. "어떻게 알지요?"

오카쓰는 미소를 지었다. "돌아가실 때 제게 물으셨어요. 실례인 줄 알면서도 여쭙겠는데, 이 댁에서는 무언가 까닭이 있어서 이야기를 모으고 계시는지요, 하고. 그래서 아가씨께 직접 여쭈어 보십시오, 라고 말씀드렸답니다."

 푸른 하늘에 햇살이 눈부시다. 흑백의 방에서 바라다보이는 미시마야의 아담한 정원에 있는 나무와 풀도 여름의 도래를 기뻐하는 듯하다.
 오치카는 도코노마의 수반*을 조금 특이하게 꾸몄다. 긴 광저기 콩을 꽂은 것이다. 광저기 콩은 가을이 제철인 식재료지만, 이 계절에는 어린 깍지를 먹는다. 오늘 아침에 미시마야에 출입하는 채소장수가 가져다준 줄기 달린 깍지가 운치 있어 보여, 밥상에 올리기보다 눈으로 즐기자고 생각했다. 게다가 오늘 이야기를 할 사람에게는 이런 것이 더 어울리리라.
 우선, 진코 학원의 아오노 리이치로가 단벌 신세는 아님을 알게 되었다. 기모노와 하카마를 다른 걸로 갈아입었다. 상한 상태는—전의 옷보다 조금 낫다는 정도일까.
 미시마야의 단골손님 중에는 무가 저택도 있지만, 그런 곳은 용건이 생기면 이쪽을 불러서 미시마야가 직접 찾아뵙기 때문에 평소 객실에는 도刀를 놓는 받침대가 준비되어 있지 않다. 오시마가 헛방에서 공손하게 꺼내 온 받침대는 호사스러운 조각을 새긴 훌륭한 물건이었다.
 아니나 다를까, 선생은 곤란해했다.
 "거참, 이것은,"
 저한테는 조금 분수에 맞지 않습니다, 하며 결국 두 자루의 도를 자신의 옆에 놓았다. 간소한 도다.

도의 주인 쪽도 상석에 앉게 되자 자리가 불편한 모양이다.

"다시 인사 올리겠습니다. 저는 오치카라고 합니다. 주인 이헤에의 조카딸 되는 사람입니다."

오치카가 단정하게 손가락 세 개를 바닥에 짚어 절을 하자 선생은 안절부절못했다.

"아오노 리이치로입니다. 폐가 많습니다."

오카쓰가 다과를 가져와 인사를 한 뒤 조용히 물러갔다. 억누를 수 없다는 듯이 활짝 웃고 있는 까닭은, 결국 선생을 이곳으로 끌고 온 게 오카쓰의 공이기 때문이다.

오카쓰가 수수께끼를 던지자 그 후로 선생은 고민한 모양이다. 신타와 이야기하고, 신타의 연줄로 다시 오카쓰와 이야기하고, 망설인 끝에 이렇게 흑백의 방을 찾았다. 결국 오치카의 후각은 틀리지 않았던 셈이다.

"제가 이야기를 듣게 될 터인데, 흑백의 방에서는 이야기를 하고 버리고, 듣고 버리는 것이 규칙입니다. 결단코 다른 곳에 발설하지 않는답니다. 모쪼록 안심하셔요."

알고 있습니다, 하고 아오노 선생은 대답했다.

"오카쓰 님께 이 댁의 규칙과 약속에 대해서 들었습니다."

"예."

"다만, 그."

말하려다가 입을 다문다. 눈가에도, 무릎에 올려놓은 손에도 힘이 들어가 있다.

오치카는 조용히 기다렸다. 이럴 때, 이야기하는 사람은 어디서부

안주 • 317

터 시작해야 할지 망설이게 마련이다.
 이내 결심한 듯 아오노 선생은 눈을 들었다.
 "저는 에도 사람이 아닙니다. 에도에서 살게 된 지 겨우 이 년이 채 못 되지요. 예전에는 나스현재의 도치기 현 북동부 일대를 가리키는 옛 지명 조린 번에서 녹을 받아먹었습니다."
 야슈도치기 현을 가리키는 옛 지명에 자리한 작은 번이라고 한다.
 "고향에서는 오카쓰 님처럼 역병신이 건드린 표식이 짙게 남아 있는 이들을 각별히 존경했습니다."
 오치카는 고개를 끄덕였다. "신위神威를 나누어 받아, 모든 마와 더러움을 씻어내는 힘을 가지고 있기 때문이로군요."
 그 말을 듣고 선생의 눈매가 누그러졌다.
 "역시 에도에서도 마찬가지입니까."
 "네. 하기야 요즘은 그런 풍조도 옅어지고 있다더군요."
 허나 미시마야에서는 아니라고, 오치카는 말했다.
 "오카쓰 씨는 흑백의 방을 지켜 주는 소중한 사람입니다. 다른 분들로부터 불가사의한 이야기를 듣고 모으는 것이니 실수가 있어서는 아니 되며, 모은 마魔에 미시마야가 홀리는 일이 있어서도 안 되지요."
 습자소의 젊은 선생은 눈에 띄게 안도한 모습이다.
 "그렇다면 다행이군요. 실은 오카쓰 님을 뵈었을 때 혹시 하고 생각했습니다. 그냥 괴담을 모으고 있을 뿐인 정도라면 유행하는 취미, 여흥에 지나지 않겠지만."
 "오카쓰 씨가 있으니 미시마야의 괴담 대회는 허세나 호기심이 아니라고 생각하셨군요."

"이리저리 재어 본 것 같아서 죄송합니다."

선생은 다시 긴장했다.

"하지만 이 이야기에는 나오타로의 이후—앞날이 걸려 있습니다. 그러니 본래는 바깥에서 함부로 해도 되는 이야기가 아닙니다. 저 혼자의 재량으로 판단할 수 있다면야 가장 바람직하겠지만, 풋내기인 제 손으로는 약간 감당할 수 없는 무게이기도 하고요."

솔직하게 자백하자면 조언이 필요하다. 면목이 없다는 듯이, 그러나 정직하게 아오노 선생은 말했다.

"괴담을 모을 정도의 분이시라면 지금까지 수많은 이야기를 들으셨겠지요. 어지간한 일에는 놀라지 않으실 테니 제게 부족한 지혜를 채워 주실 수 없을까 하고, 외람되지만 부탁드리려는 겁니다."

땀을 흠뻑 흘리고 있다.

늠름하다든가, 억센 풍모의 사람은 아니다. 표연하다는 말이 잘 어울린다. 하지만 나오타로를 위한 변민에는 진심이 있어, 헛된 것으로는 보이지 않았다.

"허나 듣는 이가 어린 계집이라 아무래도 불안을 끊어내지 못하시겠군요."

"아니, 결코 오치카 님을 가볍게 여긴 건 아닙니다."

"네, 알고 있어요."

오치카의 웃음에 선생은 진지한 얼굴을 했다.

"이렇게 이야기를 듣다 보면 무섭지는 않으십니까."

무서운 일이라면 자신이 저지른 일, 자신에게 닥친 일이 가장 무섭다. 거기에 비하면 이곳에서 듣는 이야기는 훨씬 온화하다. 하지만 그 일은 이제 마음의 광 속에 넣어 두고, 볕에 쬐일 때도 혼자서 하기로 결심했다.

"실은 저도 아직 겨우 여섯 개의 이야기를 들었을 뿐입니다. 오카쓰 씨 같은 사람이 곁에 있어 주어야 한다는 것도 바로 얼마 전에 깨달았지요."

진짜 무서움을 느끼려면 아직 좀 더 있어야 하지 않겠습니까, 하고 오치카는 대답했다.

"여섯 개라. 제가 일곱 번째로군요."

아오노 선생은 고개를 끄덕이며 말했다.

"그렇다면 이야기 여섯 개분의 지혜를 이 일곱 번째 이야기에 빌려 주십시오. 그렇지 않더라도 본래 오치카 님께는 저보다 좋은 지혜가 있을 터입니다."

왜일까?

"저도 이런 풋내기지만, 오치카 님은 더 어리, 아니, 젊으시지요."

어리다는 말을 들을 뻔했다. 그렇다면 선생은 열여덟 살인 오치카와 나이 차가 얼마나 난다는 걸까. 얼굴만 동안일 뿐 의외로 나이가 많은 걸까.

"저는 선생님보다 나오와 가깝다는 뜻이로군요."

"그렇지요. 게다가 제가 아무리 어리다고 해도 나오타로의 스승이라는 입장입니다. 무슨 일이든 스승의 눈으로 내려다보고, 스승의 머리로 생각하고 말지요. 완전히 나오타로의 입장이 되지 못하여 결국엔 손을 잘못 쓰게 될지도 모릅니다."

고지식하구나. 그리고 따뜻하다. 오치카는 충분히 납득했다. 아이들이 왜 이 선생을 따르는지도 알 것 같았다.

"알겠습니다. 저는 지금부터 나오가 되었다 생각하고 이야기를 듣도록 하지요."

"황감합니다."

아오노 선생은 목례를 한 번 하고 몸이 딱 굳었다.

눈만 옆으로 움직여 툇마루부터 시작해 정원 쪽을 살핀다. 오치카도 정원으로 시선을 보냈다. 이제 장마가 완전히 끝난 모양이다. 햇빛이 눈부시다. 하지만 그뿐이다.

"실례." 선생이 하카마 자락을 떨치고 일어섰다. 큰 걸음으로 툇마루 쪽으로 나아가 양손을 허리에 대고 섬돌 바로 앞의 철쭉 덤불을 응시하는가 싶더니, "이 녀석들!" 하고 일갈했다.

덤불 속에서 부스럭거리던 무언가가 환성과 놀란 소리와 함께 굴러 나왔다. 작은 그림자가 하나, 둘, 셋.

"여기서 무엇을 하는 게냐!"

그림자 세 개가 한 덩어리가 되어 급히 도망쳐, 다른 덤불로 뛰어드는가 싶더니 하나, 둘, 셋 하고 머리를 내밀었다.

"역시 너희구나."

긴타, 스테마쓰, 요시스케!

아이들은 왓 하고 자지러졌다.

"쳇, 들켰네."

"작은 선생님, 눈이 날카로워지셨네요!"

"스테, 네가 엉덩이를 긁어서 그래."

오치카는 가슴에 양손을 대고 눈을 크게 떴다. 아니, 실은 더 심각한 상태였다.

"작은 선생님, 그렇게 큰 소리를 내니까 아가씨 눈알이 튀어나왔잖아요."

고집이 세 보이는 아이가 손가락으로 가리키자 오치카를 돌아본 아오노 선생은 깜짝 놀랐다.

"이거 큰일이로군!"

오치카의 심장이 입에서 튀어나올 것만 같다. '요시스케'라는 이름에 기습을 당했기 때문이다. 머릿속이 새하얗다.

잠시 후, 간신히 숨을 쉴 수 있게 되었다. 아오노 선생은 오치카 옆에 한쪽 무릎을 꿇고 있고, 세 장난꾸러기들은 툇마루에 약삭빠르게 달라붙어 있다.

"죄송합니다, 이제 괜찮아요. 조금 놀랐을 뿐이니까요."

'요시스케'는 드문 이름이 아니다. 이런 일은 언제든 마주칠 수 있다. 당황하고 마는 자신이 한심하다.

아오노 선생의 얼굴은 창백했다.

"죄, 죄송합니다."

당황한 나머지 혀도 제대로 돌아가지 않는다. 그 모습을 힐끗 보고 이번에는 아이들이 실실 웃는다.

"이런 걸 뭐라고 하더라."

"나 알아."

"나도. 바람둥이 기름지옥지카마쓰 몬자에몬의 인형극(조루리) 제목. 가부키로도 상연되었다. 기름 가게 주인 도쿠베에의 방탕한 바람둥이 아들 요헤에가 돈 때문에 여자를 죽이는 장면이 가장 유명한데, 실랑이를 벌이다가 기름병을 엎어 기름 범벅이 되면서 살해하는 장면이다."

"또, 무, 무슨 이상한 소리를!"

선생은 처지가 몹시 불리하다. 오치카는 참지 못하고 웃음을 터뜨리고 말았다.

발소리와 오카쓰의 목소리가 난 뒤 당지 문이 열렸다. 뒤에서 오시마도 들여다본다.

"어머나, 어머나."

"무슨 소란이랍니까? 어머나, 너희들은 어디에서 왔니?"

이 녀석들은 제 제자들인데, 평소부터 장난이 심해 애를 먹고 있습니다, 하지만 정말이지 이런 실례를 저지르리라고는 생각도 못하여—선생은 진땀을 흘리며 변명한다. 아이들은 깔깔 웃으며 기죽지도 않고 오치카와 하녀들에게 애교 있는 웃음까지 던진다. 뻔뻔스럽기도 하고 우습기도 하여 미워할 수가 없다.

"작은 선생님이 오늘도 나오한테 가나 싶었는데."

"방향이 다르더라고요."

"게다가 이런 곳에서 별스러운 만남을 다 갖고."

수상한데에, 하고 세 장난꾸러기들은 가차 없이 말한다.

"너희들, 말이다."

빨개졌다 파래졌다 하는 선생한테는 미안하지만, 오시마도 오카쓰도 웃느라 정신이 없다.

"선생님, 뒤를 밟히셨군요."

"전혀 알아차리지 못하셨어요? 체면이 말이 아니네요."

시끄럽게 떠들어 대는 소리를 들었는지 정원 쪽에서 신타가 불쑥 들여다보았다.

"어라, 긴타, 스테, 요시잖아!"

안 돼, 이런 곳에 들어오면, 하며 허둥지둥 달려왔다.

"죄송합니다, 아가씨. 이 녀석들은 나오가 진코 학원에 있을 때 사이가 좋았던 동무들이에요."

"지금은 신타의 동무이기도 한 게로구나."

"동무라기보다 일당이지."

야오노에 숨어 들어갔을 때 알게 된 사이라고 한다.

"신타가 담장을 기어 올라간 것까지는 좋았는데 내려올 수가 없게 되었거든요. 우리가 도와주었지요."

고맙다, 하며 오치카는 웃었다.

"뭘요, 대단치 않아요."

셋 중에서는 가장 몸집이 작은 아이가 코밑을 문지르며 뺨을 붉히고 오치카를 황홀한 듯 바라보았다.

"신타가 자랑하던 아가씨, 정말로 미인이네."

아까부터 말이 청산유수이던 고집쟁이 꼬마가 옆에서 그 아이의 머리를 철썩 때리더니 선생님처럼 꾸짖었다.

"요시스케, 여자를 밝히는 것도 정도껏 해라."

오치카를 '미인'이라고 칭찬해 준 이 아이가 요시스케일까. 또 가슴 깊은 곳이 아프다.

등에 손바닥의 온기가 느껴졌다. 오시마다. 눈짓으로 '괜찮으셔요?' 하고 묻는다. 이중에서 오치카한테 '요시스케'가 어떤 의미인지를 알고 있는 사람은 오시마뿐이다.

알아차려 준 것이다. 오치카도 눈짓으로 '괜찮아요' 하고 대꾸한 뒤, 문득 아오노 선생의 얼굴을 보았다. 식은땀을 석 되나 흘린 건 그렇다 치고, 역시 무언가 알아차린 듯 깊이 생각하는 눈빛이다.

그 눈은 곧 오치카를 비껴갔다. 선생은 툇마루에 있는 세 아이를 돌아보더니 굵은 목소리로 말했다.

"너희들, 언제부터."

끝까지 듣기도 전에 세 아이가 대답한다.

"처음부터."

선생의 어깨가 힘없이 축 늘어졌다.

"지금까지 몇 번이나 야오노에 숨어들었니?"

"몇 번이더라, 스테?"

"몰라. 요시, 알아?"

"으음, 매일은 아니었지."

어깨를 늘어뜨리는 것만으로도 모자라서, 아오노 선생은 손으로 눈을 가렸다. 오치카와 다른 이들의 보는 눈이 없었다면 머리를 끌어안았으리라. 보다 못한 신타가 "죄송합니다" 하며 몸을 움츠린다.

고집쟁이 긴타는 물러나지 않았다. 오히려 입을 삐죽거리며 선생에게 덤벼들었다.

"하지만 작은 선생님. 나오가 불쌍하잖아요. 언제까지 그렇게 갇혀 있어야 해요?"

"너희들이 방해하지만 않으면 조만간 밖으로 나올 수 있을 게다."

"그럼 학원으로 돌아올 수 있어요?"

대답이 막힌 선생에게 삼인조가 다그친다. "나오는 나쁜 녀석이

안주 • 325

아니에요. 조금 뻿성을 냈을 뿐이지."

"맞아요! 어째서 작은 선생님은 나오를 버렸어요? 작은 선생님답지 않아."

아오노 선생은 탄식하며 팔짱을 꼈다.

"누가 버렸단 말이냐. 버리지 않았으니 이렇게 보러 다니고 있지 않니."

"그런 건 번거로워요. 얼른 나오를 데리고 돌아오면 되잖아요?"

"그런 메기수염 관리 따위가 그렇게 무서워요!"

생각지도 못하게 나오타로를 둘러싼 사정의 일부가 흘러나온 듯하다. 이번에는 미시마야의 여자들 쪽이 허둥거릴 차례였다.

오치카가 슬쩍 엿본 아오노 선생의 옆얼굴은 갑자기 해에 그늘이 진 것처럼 어둡고 험악해져 있었다.

아무래도 그 자리를 통제할 수가 없게 된 바람에 그날은 그대로 끝났다. 날을 다시 잡았다.

그때까지 오시마는 맹렬히 일했다. 혼조 가메자와초의 진코 학원에 대해 여러 가지를 듣고 온 것이다. 미시마야에 숨어든 장난꾸러기 간자들과도 잠깐 사이에 친해진 모양이다.

"아오노 선생님은 진코 학원에 고용된 선생이에요. 진짜 스승은 가도 신자에몬이라는 나이 든 무사님인데, 중풍으로 오른손을 쓸 수 없게 되어서 대신할 선생을 들인 거지요."

그래서 제자들은 아오노 리이치로를 작은 선생님이라고 부른다.

"작은 선생님이 모시던 나스 조린 번의 주가(主家)는 몬마 가라고 하는데, 삼 년쯤 전에 영지와 녹봉을 몰수당했대요. 요즘 같은 세상에 낭인이 다음 주군을 만나는 건 어지간한 연줄이 있지 않고서야 어려운 일이니까요. 작은 선생님은 진코 학원에서 거두어 주셔서 다행이지 않았을까요."

젊은데다가, 삼인조에게 호되게 당하는 모습까지 보고 말았으니 오시마의 말투는 가차 없다.

"고용된 신분이니 벌이도 시원치 않을 테고, 게다가 허수아비 같은 무사님이시니."

무사님이라고 말하기는 하지만 물론 존경하는 말투는 아니다.

"나이는 스물여덟이 되셨다고 하는데 아내는 없어요. 예전에, 시집을 갔다가 이혼한 제자의 어머니와 염문이 난 적이 있지만, 터무니없는 착각이었다고 긴타가 그러더군요."

―작은 선생님은 돈과도 여자와도 인연이 없어요.

"그런데 작은 선생님이 아가씨와 만나는 모습을 보고 아이들도 흥분했던 거지요. 뒤를 졸졸 쫓아다니는 이유도 작은 선생님을 좋아하기 때문일 거예요."

"사정은 알겠는데 오시마 씨, 말이 조금 지나쳐요."

가만히 타이르는 오치카에게 오시마는 쿡 하고 웃어 보였다.

"한 가지는 좋은 소문을 말씀드릴까요. 아오노 님은 검술 실력만큼은 뛰어나대요."

쓸데없는 소문까지 듣고 말아 오치카는 괴담 대회를 다시 시작할 때에 약간 허둥거렸다. 다시 흑백의 방의 손님이 된 아오노 리이치로도 처음에는 그저 사과하기만 했으니 피차일반이었던 셈이지만.

"오늘 그 아이들은요?"

"안심하십시오. 단단히 묶어 두고 왔습니다."

힘주어 말하는 모습이 우습다.

"묶어 두다니, 설마 기둥에라도."

"아니요, 감시하는 사람이 있습니다. 교넨보중의 이름이나 아호 뒤에 '보(坊)'를 붙여 호칭 혹은 경칭으로 사용한다라는 승려, 아니 가짜 중이지만요."

"가짜 중?"

"수상한 자—는 아니지만 저보다 훨씬 녀석들에게 위엄이 서는 자입니다. 세 놈을 데리고 미꾸라지라도 잡으러 가서 해 질 무렵까지 상대해 줄 겁니다."

가짜 중이 미꾸라지를 잡는다고?

"잘 모르겠네요."

"그렇지요, 모르시겠지요."

죄송하다고, 작은 선생은 또 사과했다.

나오타로의 입장이 되겠다고 약속했기 때문에 그 후 오치카도 나름대로 생각해 보았다. 오치카는 가을이 되면 에도에 올라온 지 만 일 년이 되지만, 별로 외출을 하지 않기 때문에 간다 부근에 대해서밖에 모른다. 스미다가와 강 건너편인 혼조는 멀다.

나오타로가 어머니와 함께 살았고, 장난꾸러기 삼인조와 같이 놀았고, 작은 선생에게 읽고 쓰기를 배웠던 동네는 어떤 곳일까 상상해 보았다.

야소스케와 오카쓰에게 물으니 매립하여 새로 간척한 땅이라 축축하고 큰물이 자주 난다고 한다. 풍기도 좋지 않다. 무가 저택이 있지만 하급무사들이 사는 집뿐이다. 가난한 나가야가 많다. 간다 부근과는 비교도 되지 않을 만큼 가난하다―고 심하게 말했다.

그런 곳에 진코 학원이 있다.

"하지만 왠지 즐거울 것 같아요." 오치카는 미소를 지으며 말했다. "그러니 나오는 작은 선생님이나 친구들이 그리워서 견딜 수 없겠지요."

나오타로가 돌아가고 싶어 하는 습자소는 시즈카 선생의 습자소가 아님을 오치카도 충분히 알게 되었다.

"나오는 본래 성미가 급한 아이인가요?"

작은 선생은 고개를 저었다. "두 달쯤 전에 아버지를 여의고 나서부터 그리 되었습니다."

아이들끼리 싸우거나 농지거리를 할 때, 나오타로는 다른 아이들이 아버지를 비방하거나 중상해도 그 오명을 씻을 방법이 없어서 초조해하고 혼란스러워했다고 한다.

"오명에…… 중상?"

험악한 이야기다. 눈썹을 찌푸린 오치카 앞에서 작은 선생은 갑자기 앉은 자세를 바로 했다.

"마침 잘 되었군요, 거기서부터 말씀드리기로 하지요. 상당히 복잡한 이야기이기 때문에 어디서부터 시작해야 할지 고민이었는데, 어쨌거나 그 대목이 일의 발단이니까요."

나오타로 아버지의 이름은 요헤이라고 한다.

"요닌으로 일하던 고이시카와의 저택에는 혼자 들어가 살았지만, 가끔 볼일을 보는 김에 왔다며 처자식이 있는 나가야에 들르곤 했기 때문에 저와도 면식이 있었지요."

실은 친했다.

"서책을 좋아하고 마음씨도 좋은 분이었습니다."

그렇게 말한 뒤 작은 선생은 약간 괴로운 표정을 지었다.

"그런데 그분이 불을 질렀다는 의혹을 받게 되었습니다. 그를 포함해 세 목숨을 뺏은 화재는 요헤이 씨가 일으키지 않았나 하고요."

오치카는 눈을 크게 떴다. 역시 화재가 얽혀 있나.

"요닌이 왜 자신이 일하는 저택에 불을 지르겠어요."

"주인의 재물을 몰래 훔쳐서 소동을 틈타 도망치려 했다는 의심을 받은 거지요."

"그런데 실패해서 자신도 불에 타 죽고 말았다?"

오치카의 물음에 작은 선생은 고개를 끄덕였다. "간계를 꾸미다가 자업자득으로 불에 타 죽었다. 그런 오명을 쓰고 말았습니다" 하고 무뚝뚝하게 말한다. 사람에게 허투루 씌워도 되는 종류의 의심이 아니다. 나오타로가 화내는 것도 당연하다.

"나오의 아버지에게 누가 그런 의심을 품고 있나요? 확실한 증거는?"

"아니, 잠시만 기다려 주십시오. 차차 말씀드리겠습니다."

가볍게 손을 들어 오치카를 제지하고, 작은 선생은 이야기의 방향을 바꾸었다.

"오치카 님은 무가 저택의 요닌이 어떠한 일을 하는지 아십니까?"

"자세히는 모릅니다. 다만 고향인 가와사키 역참에서 무사님을 모시는 요닌은 모두 농가 사람들이었어요."

작은 선생의 얼굴에 웃음이 떠올랐다. "녹봉으로 받은 쌀을 돈으로 바꾸어 집안의 모든 변통을 맡는 게 요닌의 일입니다. 셈을 우습게 보고 거들먹거리기만 하는 무사로서는 좀처럼 할 수 없는 일이지요. 오히려 농민이나 상인 쪽이 익숙하답니다."

재주 있는 요닌을 거느리면 같은 녹봉이라도 살림살이가 달라진다고 할 정도로 요닌은 집안의 돈 문제를 한 몸에 맡고 있는 중요한 역할이다. 자연히 유능한 요닌은 서로가 데려가려고 하여, 동시에 여러 집에서 고용살이를 하는 경우도 드물지 않다.

요헤이 역시 실력 있는 요닌이었다. 그도 본래는 상가商家의 사람이었다고 한다.

"야오노 주인과 사촌지간이라고 들었는데요ㅡ."

"그렇습니다, 요헤이 씨도 옛날에는 채소 가게의 주인이었지요."

가게는 혼조 기쿠카와초에 있었다. 대문이 한 간間[척관법에서 길이의 단위로, 한 간은 약 1.82미터이다] 반인 작은 채소 가게였지만 장사는 잘 됐다.

"야오노 쪽이 본가이고 요헤이 씨는 분가의, 그것도 말단이다 보니 재산에도 차이가 있었지만 그렇다고 소원해질 정도까지는 아니어서 친척끼리 원만하게 지냈다고 합니다. 이에 대해서는 오나쓰 씨한테서도 들었습니다."

오나쓰는 나오타로의 어머니다. 지금은 야오노에 나오타로를 빼앗기고 고용살이 하녀로 내몰리고 만 사람이다ㅡ라고 단정 지어서는 안 되는 걸까.

"그런데 팔 년 전, 생각지 못한 재난으로 요헤이 씨는 가게를 잃었습니다."

나오타로가 세 살 때다. 새해를 맞이한 후 얼마 안 있어, 이웃에서 난 불이 옮겨 붙어 가게의 절반이 불에 탔다. 그래도 초봄까지는 간신히 돈을 마련하여 새 가게를 시작하려고 했다. 그런데—.

"그 돈을 도둑맞고 말았어요."

이 일에 대해서는 요헤이도 자세하게 이야기하기를 꺼렸다.

"아무래도 아주 친한 사람, 요헤이 씨가 믿었던 인물에게 속은 모양입니다. 그럴 경우 심하게 욕을 하고 다니기도 하지만, 오히려 다른 이에게 말하고 싶어 하지 않는 경우도 있겠지요."

요헤이는 오히려 속은 자신의 안이함을 분하게 여겼다고 한다.

"허나 당시에는 그런 느긋한 말을 하고 있을 수 없었습니다. 빨리 생계를 꾸릴 길을 찾지 않으면 처자식과 함께 굶어 죽을 판이었지요."

엎친 데 덮친 격으로 도둑맞은 돈에는 요헤이가 빚을 내어 마련한 몫도 포함되어 있어서 변제까지 무겁게 덮쳐 왔다.

"빚만 없었다면 무일푼으로 푸성귀 봇짐장수에서부터 다시 시작해도 됐을 텐데, 하고 요헤이 씨는 말했습니다."

빚까지 갚으려면 하루 벌어 하루 먹고사는 봇짐장수로는 아무래도 부족하다. 가게를 낼 여력은 어디를 어떻게 쥐어짜도 나오지 않는다. 기특한 전주錢主가 있을 리도 없다.

"곤란에 처해 있을 때 무가 저택의 요닌으로 일해 보지 않겠느냐는 제안을 받았습니다."

채소 가게 손님 중에 발이 넓은 사람이 있었는데, 그가 요헤이의 장사 재능과 부지런함을 높이 사서 잘 해내리라 기대한 것이다.

"고향에서 보고 들으셔서 아실지도 모르겠지만, 요닌과 같은 역할을 맡은 이에게는 처리하기에 따라 봉록과는 별개의 수입도 생기는 법입니다. 대개의 사람들이 깔보는 뇌물 따위와는 다른 수입이지요."

빚을 떠안고 있는 요헤이에게는 무척 매력적인 일터였다.

그는 곧 결단을 내렸다. 오나쓰와 나오타로를 미도리초의 나가야로 보낸 후에, 자신은 보따리 하나를 짊어지고 새로운 생업으로 들어섰다. 그리고 기대에 잘 부응했다. 일의 순서를 배우는 요령도 빨랐다.

"순식간에 다른 저택에서도 살림을 맡아 달라고 부탁받았지만, 요헤이 씨는 여러 집 일을 맡아 하더라도 어디까지나 처음 모신 가문이 주인이라면서 그 저택에서 거처를 움직이지 않았습니다."

한데, 하고 작은 선생이 문득 곤란한 얼굴을 했다.

"요헤이 씨가 주인으로 모신 무가 저택 말인데요…… 이름을 말씀드리지 않으면 이해하기가 어려우실까요."

오치카는 알아챘다. 가문의 이름을 말하는 데에 꺼려지는 부분이 있는 것이다.

"그러면 가짜 이름을 붙이지요."

"적당한 이름이면 되겠습니까."

작은 선생은 여전히 당혹스러워한다.

"'나마즈히게_{메기수염이라는 뜻}'는 어떨까요."

오치카는 생긋 웃어 보였다.

"그 아이들이 말했지요. 그대로 쓰면 안 될까요."

작은 선생은 아이들에게 타박을 들었을 때의 일을 떠올렸는지 부끄러운 듯이 목을 움츠렸다.

"예, 그러면 그 이름으로."

"요헤이 씨는 계속 나마즈히게 님의 저택에서 생활하셨겠군요."

"팔 년 남짓 동안, 완전히 저택의 일원으로 자리를 잡았습니다. 당주께서도,"

말하다가 조금 부끄러워하며 정정한다.

"나마즈히게 님도 요헤이 씨를 신뢰하여 집안 살림을 거의 전부 맡겼던 모양입니다."

"나마즈히게 님은 신분이 높은 관리이신가요?"

분노한 삼인조는 그저 '관리'라고만 말했지만.

"잘 기억하고 계시는군요."

작은 선생은 쓴웃음을 지었다.

"마치부교쇼에도 시대 평민 지역의 치안을 책임지는 최고 기구나 효조쇼에도 막부의 최고 재판소와 관계가 있는 관직은 아닙니다. 그럭저럭 오래된 가문이겠지만 명문가도 대신의 가문도 아니에요. 돈이 철철 남아도는 집은 아니지요."

그렇기 때문에, 하고 작은 선생은 목소리를 낮추었다.

"이번 일도 돈으로 마무리가 되었습니다."

"무슨 말씀이신지요."

"나마즈히게 가는 요헤이 씨가 화재를 저질렀다고 굳게 단정했습니다. 그가 주인의 재물을 훔치려 한 것도 틀림없는 사실이다. 뿐만 아니라 화재 이전에 요헤이 씨가 했던 일까지 샅샅이 뒤져, 거기에도 횡령 사실이 있다고 주장했지요."

"그러면 요헤이 씨는."

"당사자가 죽었어도 죄는 죄입니다. 주인 쪽에서 고발하면 속수무책이지요. 오나쓰 씨와 나오타로도 무사할 수는 없어요."

궁지에 몰린 절박한 모자에게 구원의 손길을 내민 사람은 야오노의 주인 부부였다.

"나마즈히게 님께 돈을 쌓아 놓고, 요헤이 일가를 용서해 달라며 끊임없이 머리를 숙였지요."

나마즈히게는 강경하여 처음에는 미동도 하지 않았지만 야오노의 갸륵한 태도와, 뭐니 뭐니 해도 쌓아 놓은 금화의 수—이럴 때는 대놓고 '뇌물'의 향긋함이라 부르고 싶지만—가 효험이 있어 마침내 공격을 그만두었다.

"저택의 화재는 방화가 아니라 요헤이의 실수로 일어났지만, 목숨을 바쳐 불을 끄기 위해 노력한 공을 보아 그 실수를 탓하지 않는다. 표면적으로는 그런 형태로 결말이 났습니다."

"오메쓰케무사의 위법을 감찰하던 직명 님께 그런 이야기가 통하던가요."

마을 사람들의 죄과罪科를 적절하게 벌하는 역할은 마치부교쇼가 맡지만, 무가의 경우는 오메쓰케가 관할한다.

작은 선생은 씁쓸한 얼굴을 했다. "시정의 경우와 다르지 않습니다. 나마즈히게 님이 싸움을 그만두겠다고 하면, 관청은 그것을 물리면서까지 요헤이 씨를 붙잡아 가지는 않지요."

그래도 쉬운 거래는 아니었으리라.

"야오노가 요헤이 씨 일가를 위해 큰돈을 썼네요."

"그렇습니다. 허나 공짜는 아니었지요. 대신 요구 사항이 있었습니다."

오치카에게도 이야기의 내용이 보이기 시작했다.

"나오를 원했군요."

돈으로 아이를 사는 셈이다.

"야오노가 나오타로를 양자로 원한다는 말을 꺼낸 건 그때가 처음이 아닙니다. 거슬러 올라가면 팔 년 전, 요헤이 씨가 장사에 실패하여 가게를 잃었을 때 곧장 양자 얘기가 나왔다고 합니다."

요헤이와 오나쓰는 거절했다. 세 살인 나오타로는 아직 눈을 뗄 수도 없는 어린아이였다.

한편 야오노는, 진정 귀여운 외아들을 위한다면 함께 길거리에 나앉기보다 나오타로만이라도 자신들 집으로 보내라고 했다. 아무것도 모르는 어린아이일 때 양자로 보내는 편이 양부모와도 친해지기 쉽다는 둥 제멋대로인 말도 늘어놓았다.

"요헤이 씨는 몹시 화를 내며, 가게는 잃었지만 세 식구가 길거리에 나앉을 일은 절대로 없다고 대꾸한 뒤 야오노와 연을 끊었습니다."

요헤이는 끊었다고 생각한 연이라 해도, 야오노에서는 끊을 마음이 없었다. 사촌지간임은 지울 수 없는 사실이라 지난 팔 년 동안 틈만 나면 다가와 말을 꺼내고, 나오타로가 가엾다느니 부모로서 한심하다고 생각하지 않냐느니, 하지 않아도 될 말을 늘어놓으며 간섭을 계속해 왔다고 한다.

"요헤이 씨가 요닌 일을 하여 가족이 제대로 살아갈 수 있게 되었는데도 계속 비꼬는 말을요?"

오치카가 되묻자 작은 선생은 잠시 생각에 잠긴 얼굴이 되었다.

"작더라도 가게를 가지고 있던 상인이 그 가게를 잃어버렸을 때는, 그저 벌이가 없어진다고만 할 수 없는 의미가 있는 모양입니다."

마치, 하고 손가락으로 콧등을 긁으며 말을 이었다.

"무사가 녹봉을 잃는 것이 그저 생계 수단을 잃는 것 이상의 불명예인 이치와 비슷하겠지요. 저는 주가를 잃고 떠도는 몸이 되었어도 이렇게 먹고는 살지만, 누군가가 무사로서 가슴을 펴고 자랑할 수 있는 삶이냐고 묻는다면 대답하기가 조금 곤란하지요."

야오노도 요헤이의 그 부분을 찌른 것이다. 어떻게든 생활을 꾸려나가고 있다 해도 네가 몰락했다는 사실에는 변함이 없다. 나오타로에게 훌륭한 아버지가 아니게 되었다고.

오치카는 눈을 크게 떴다.

"저는 무가 저택의 요닌이나 습자소의 선생님이나 모두 훌륭한 직업이라고 여깁니다. 그곳에서 역할을 다하고 주위 사람들이 의지하거나 따른다면, 부끄러울 일이 뭐가 있겠습니까."

야오노에는—하고 저도 모르게 말투가 뾰족해지고 만다.

"그런 거만한 데가 있어요. 우리는 나가야의 아낙네들을 상대로 채소를 파는 사람들과는 격이 다르다, 하고 거들먹거리고. 그래서 우리 집에서는, 숙모님도 오시마 씨도 싫어하지요."

작은 선생은 재미있다는 듯이 미소를 지었다.

"나오타로도 자주 그렇게 말합니다. 지금의 오치카 님과 똑같은 얼굴을 하지요."

오치카는 자신의 표정을 깨닫고 부끄러워졌다.

"죄송해요, 어린아이 같은 말씀을 드렸네요."

작은 선생은 신경 쓰지 않았다.

"나오타로가 화를 내는 것도 당연합니다" 하고 말을 이었다. "오나쓰 씨도 나오타로를 야오노에 보내기로 결정하기까지는 매우 고민하고 괴로워했을 테고, 지금도 후회하는 구석이 있을지 모릅니다. 하지만 요헤이 씨를 잃고 이번에는 정말로 모자가 길거리에 나앉게 생겼으니 달리 방법이 없었겠지요. 그래서 나오타로한테도 잘 타일렀습니다만."

가장 중요한 야오노가 그것을 모른다.

"열한 살이나 된 사내아이, 게다가 지금까지 이런저런 일이 있어서 마음을 터놓지 않는 아이입니다. 머리로는 어느 정도 납득해도 마음이 따라가지 못하는 건 어쩔 수 없지요. 자, 오늘부터 양부모께 잘해라, 양부모를 존경하라고 해도 나오타로가 예, 알겠습니다, 하고 따를 리가 없어요."

이럴 때는 어른답게 느긋이 마음을 먹고 눈이 녹기를 기다리는 게 상책인데.

"야오노의 주인 부부는 '급한 성미는 손해를 본다'는 말을 모르는 모양입니다. 그들을 따르지 않는 나오타로를 보며 초조해져서, 절대로 해서는 안 되는 일을 하기 시작했습니다."

우선 자신들이 얼마나 큰 은혜를 베풀었는지 나오타로한테 강조하기 시작했다.

"우리가 큰돈을 내고 나마즈히게 님의 비위를 맞추지 않았다면 네 아버지는 죄인이 되어 시체가 시중에 내걸렸을 테고, 어머니는 덴마초에도 시대 죄인을 가두는 감옥이 있던 곳로 보내졌을 게다—."

나마즈히게에게 내민 돈 외에, 야오노는 요헤이가 죽었을 때 조금 남아 있던 빚도 대신 갚아 주었다.

"양쪽의 돈을 합하면 네가 평생 일해도 갚을 수 없을 만큼의 액수가 된다. 너는 아직 땀 흘려 돈을 벌어 본 적이 없으니 고마움을 모르겠지만, 이게 얼마나 큰 은혜인지 가슴에 손을 대고 잘 생각해 보아라, 하고."

하아—, 오치카는 기가 질려 한숨을 쉬었다.

다음에는 나오타로의 존경을 사기 위해 아이가 그리워하는 친부모를 깎아내리려 했다.

"나마즈히게 님은 제대로 꿰뚫어 보고 계셨다. 요헤이는 요닌이라는 지위를 이용하여 주인의 재물을 빼돌렸다. 오나쓰는 알면서도 묵인했을 뿐만 아니라 뒤에서 남편을 부추겼다."

그러니 그 화재도 역시 요헤이의 짓이다. 요헤이는 자신의 횡령이 탄로 날까 허둥대다가, 저택을 통째로 태워 버리면 횡령의 증거도 사라지리라는 짧은 생각으로 불을 지르고 말았다. 그로 인해 목숨을 잃은 건 인과응보다.

"네 부모는 둘 다 도둑에 악당이다, 그런 부모 밑에 있으면 너도 제대로 자랄 수 없다고, 틈만 나면 나오타로에게 욕을 했습니다."

오치카는 또 뾰족해지려는 입을 손으로 눌렀다.

"나오타로는 머리가 꽤 좋은 아이라서."

작은 선생의 말투가 씁쓸해졌다.

"그렇게 말하면 무언가 증거가 있느냐, 있다면 내놓아 보라고 양부모에게 달려든 적도 있다고 합니다만."

 항변을 받자 야오노 주인은 더욱 발끈했다. 증거라면 있다, 있지만 부모로서 너를 배려하기 때문에 보여 주지 않는 것이다, 이 은혜도 모르는 녀석아, 하며 주먹을 쳐든다―.

 오치카는 입을 누르고 있던 손을 들어 눈을 가렸다.

 "진흙탕 싸움이지요." 작은 선생은 말했다. "하지만 야오노는 나오타로를 몰아세우면 언젠가 그 아이가 꺾여서 순종하게 되리라 기대하고 있어요. 다른 방법을 떠올리지 못하기 때문에 그렇게 믿을 수밖에 없는 것이겠지만요."

 나오, 가엾게도, 하고 오치카는 중얼거렸다.

 "아버지에 대한 욕이라면 나오타로도 처음 듣는 건 아닙니다. 화재가 일어난 후 야오노가 개입해 일을 수습해 줄 때까지, 나마즈히게 님 쪽에서 몇 번이나 사람을 보내 오나쓰 씨를 다그치곤 했으니까요."

 "저택 사람이 찾아온 건가요?"

 "아니, 그럴 때는 무가도 그 지역 오캇피키를 편리하게 이용하지요."

 그 편이 나가야에 사는 마을 사람들에게는 효과가 있기 때문이다.

 "오나쓰 씨는 얌전한 분이지만 어머니란 강한 법이어서, 그때마다 분명하게 항변하고 나오타로에게도 네 아버지는 그런 사람이 아니라고 말해 주곤 했습니다."

 고이시카와 변두리에서 위세를 부리고 있는 그 오캇피키는 장난꾸러기 삼인조가 '얼룩 두꺼비'라고 별명을 붙인 끈질긴 할아버지로,

오나쓰를 꽤 지저분하게 괴롭힌 모양이다. 그래도 결코 굽히지 않고 항변을 계속했다. 그러자ㅡ.

"속이 탔는지 나마즈히게 님 본인이 찾아온 적도 있습니다."

요헤이가 저택에서 빼돌린 금품을 오나쓰가 숨기고 있는 게 확실하니 조사한다는 구실이었단다.

"쫓아내느라 매우 애를 먹었습니다."

"작은 선생님이 쫓아내셨나요?"

그렇게 묻다가 오치카는 퍼뜩 생각이 미쳤다.

"그렇구나! 그때 그 장난꾸러기 삼인조도 작은 선생님을 거들었군요. 그래서 아이들이 나마즈히게 님을 아는 거고요."

작은 선생은 뭐라고 대답하기 어려운 듯한 얼굴을 했다. 말해 버리고 싶지만 말하기가 꺼려진다는 눈치다.

"어떻게 쫓아냈는지 소상히 들려 달라고 하지는 않을게요."

오치카는 눈치를 살폈다.

"아주 살짝 말씀해 주셔도 되고요."

"뭐, 그." 작은 선생은 이번엔 손가락으로 입가를 벅벅 긁었다.

"나마즈히게 님의 하카마 자락에 쥐 불꽃놀이＊불꽃놀이의 일종. 지름 약 삼 센티미터의 고리 모양으로, 땅 위를 뱅글뱅글 돌며 불꽃을 낸다를 던진다거나."

오치카는 웃음을 터뜨렸다. "어머나, 신났겠네요."

작은 선생의 눈빛도 밝아졌다. "그렇지, 아까 말씀드린 가짜 중 교넨보, 그 양반에게도 도와 달라고 청했습니다. 마침 우연히 들렀던 터라."

교넨보라는 가짜 중은 정해진 거처 없이 떠돌이 생활을 하고 있는

데, 가끔 변덕스럽게 진코 학원에 나타난다고 한다.

"하지만 우리들이 할 수 있는 일은 거기까지. 쫓아낸다고 해도 그때뿐이지요. 결국 오나쓰 씨와 나오타로의 장래를 위해서는 야오노의 제안을 받아들일 수밖에 없었습니다."

이런 경위를 거쳐 현재 나오타로는 야오노에서 생활하고 있다. 열한 살짜리 사내아이가 혼란스러워하는 것도 무리는 아니다.

"나오타로는 '너희 아버지는 도둑이 아니다'라는 어머니의 말을 굳게 믿고 있습니다. 나가야에서 살았을 때는 모자의 편을 들어 주는 사람들도 많았고요."

진코 학원 사람들과 이웃 주민들이다.

"하지만 나오타로가 혼자 야오노에 오고 나서는 분위기가 달라졌습니다. 아이의 양부모가 소리 높여 요헤이 씨와 오나쓰 씨를 욕하지요. 그 욕이 야오노의 고용살이 일꾼들을 통해 밖으로도 새어 나가고요. 그러면 숙덕거리는 사람도 나타납니다."

나오타로는 은밀하지만 차가운 바람을 맞으며, 낯설고 새로운 얼굴들에만 둘러싸여 있다. 마음이 이리저리 흔들리고 사소한 일에도 발끈하여 목소리가 거칠어지거나 난폭해지고 만다.

몸을 둘 곳, 마음이 자리 잡을 곳이 전혀 없다.

그렇기 때문에 아오노 리이치로는 걱정하며 시간을 내어, 닳은 나막신을 신고 야오노에 찾아오곤 하는 것이다. 오치카는 마음 한구석이 따뜻해짐을 느꼈다.

"그래도 나오타로는 그럭저럭 잘 견디고 있습니다."

스스로에게도 인지시키듯 한 번 고개를 끄덕이며, 작은 선생은 말했다.

"그 아이는 아버지를 믿고 있고 어머니의 말씀도 믿고 있습니다. 요헤이 씨는 도둑이 아니며 불을 지를 만한 사람도 아니에요. 나오타로는 그 사실을 굳게 마음에 담고, 요즘은 거기에 자물쇠를 채우는 법을 익힌 모양입니다."

차츰 양부모와도 타협을 지을 수 있게 되리라고 한다.

"야오노의 부부에게도 결코 악의는 없습니다. 그들 나름대로 나오타로를 위한 길을 생각하고 있어요. 다만 지나치게 일방적이고 서툴 뿐이라, 그들도 손해를 보고 있지요."

말하자면 어린아이를 다룰 줄 모르는 것이다.

"언젠가 나오타로를 야오노의 후계자로 삼고 싶다는 마음에 거짓은 없어 보입니다. 이 또한 무가와 비슷한데, 가게를 가진 상인에게는 '집안을 계승하는'—그것도 가능하면 혈연에게 물려준다는 데 큰 의의가 있는 모양입니다."

"나오한테는 여러분의 든든한 응원도 있고요" 하며 오치카는 미소를 지었다. "우리 신타도 미약하나마 노력하고 있더군요."

"하지만 일을 게을리해서는 안 되지요."

작은 선생이 쩔쩔매서 오치카는 저도 모르게 쿡쿡 웃었다.

"너무 눈에 띈다 싶으면 따끔하게 야단을 치겠습니다."

"잘 부탁드립니다."

공손하게 서로 머리를 숙인 것을 계기로 오치카는 차를 새로 냈다. 작은 선생은 그 손놀림을 찬찬히 지켜보며 갑자기 말투를 바꾸었다. 목소리가 낮고 무거워졌다.

"나오타로의 가장 큰 번민은 일의 진상을 알 수가 없다는 데에 있습니다."

오치카는 시선을 들었다. "나마즈히게 님 저택에서 일어난 화재의 진상 말이지요?"

실수로 난 화재였을까. 정말로 방화였을까. 방화라면 누가 범인이고, 무엇 때문에 불을 질렀을까.

작은 선생은 자세를 바르게 했다. "지금까지 나마즈히게 님의 저택에서 일어난 화재라고 말씀드렸습니다만, 실은 조금 다릅니다."

불이 난 곳은 나마즈히게의 저택이 아니었다. 옆집의 빈 저택이라고 한다.

오치카의 가슴이 울렁거렸다. 이웃의 빈 저택에서 왠지 모르게 냄새가 난다고 느낀 나의 감은, 역시 틀리지 않았던가.

"요헤이 씨, 그리고 함께 불에 타 죽은 나마즈히게 님의 젊은 종자와 하녀—이 셋의 시체도 실은 빈 저택에서 발견되었습니다. 즉 불이 났을 때 셋 다 빈 저택에 있었다는 얘기가 되지요."

셋은 불길에 쫓겨 나마즈히게 님의 저택으로 도망쳐 돌아가려고 했으나 그러지 못하고, 불에 타 무너져 내린 지붕과 대들보 밑에 깔려 목숨을 잃었다. 발견 당시 시체의 모습으로 보아 그렇게 여길 수밖에 없었다고 한다.

오치카도 등을 곧게 편 채 몸이 굳었다.

"오치카 님."

"네?"

"눈빛이 변하셨습니다."

오치카는 당황하며 눈을 깜박였다.

"사람이 살지 않는 저택에는 무언가 요사스러운 것이 있거나, 수상한 소문이 따라다니는 법이지요. 그래서."

처음 이야기를 들었을 때부터 '옆집의 빈 저택'이 마음에 걸렸다고 솔직하게 털어놓았다.

"오치카 님이 지금까지 들으신 이야기 중에도 빈 저택에 얽힌 이야기가 있었는지요."

"네. 그냥 들었다기보다…… 저 자신과도 관련이 있는 이야기입니다."

작은 선생은 어떤 이야기냐고 묻지 않고, 선선히 납득한 표정으로 고개를 끄덕였다.

"그렇군요. 역시 이곳에 찾아오기를 잘한 것 같습니다."

지금부터 할 이야기는—하고 작은 선생은 한층 더 목소리를 낮추었다.

"오나쓰 씨도 나오타로도 모릅니다. 하지만 모르는 채로 괜찮은지 어떨지."

고민스럽다는 얼굴이다. 오치카도 앉은 자세를 바르게 했다.

"나마즈히게 님 저택 옆에 있는 빈집은 인근 사람들이 '수국 저택'이라 부르는 곳입니다. 사람이 살지 않게 된 지 그럭저럭 십오륙 년은 지났지요. 기와가 떨어졌고 기둥은 쓰러졌으며 다다미는 썩었고 마룻귀틀은 느슨해졌어요. 황폐해진 저택이라기보다 이미 폐가 그 자체입니다. 주위를 에워싼 토담도 여기저기 무너져, 황폐해질 대로 황폐해진 정원을 길가에서도 쉽게 들여다볼 수 있을 정도입니다."

등롱이 서 있고 연못이 있고 가산假山이 있으며 거기를 에워싸고 흐르는 물이 있다. 예전에는 훌륭한 정원이었겠지만 지금은 과거의 그림자를 떠올리기 어렵다. 야와타노야부시라즈지금의 지바 현 이치카와 시에 있는 대나무 숲. 폭 이십 미터 정도의 좁은 숲이지만 에도 시대부터 여기에 들어가면 나오지 못한다는 전설이 있다 숲이나, 아니면 요괴가 산다는 소문이 있는 야나기와라의 제방도쿄 지요다 구 만세이바시 다리에서 간다가와 강을 따라 아사쿠사바시 다리에 이르는 길 같은 풍경이었다. 그중에서도 수국이 이상할 정도로 우거져서 몇 개의 무리를 이루었고, 장마철이 되면 셀 수 없을 정도로 많은 꽃이 핀다. 그래서 수국 저택이라고 불렸다.

"이름만 들으면 풍류 있고 아름다운 저택이네요."

"실제로 수국이 한창일 무렵의 정원 풍경은 절경이라 해도 좋을 정도라고 합니다. 요헤이 씨도 말한 적이 있습니다."

"요헤이 씨만이 아니라 진코 학원에는 제자들의 부모가 자주 드나듭니다. 그중에는 아이와 책상을 나란히 놓고 읽고 쓰기를 배우는 부모님도 있습니다."

그래서 제자들과 자연스럽게 그들의 부모님 이야기를 하는 경우도 많다.

"부모님의 형편을 알아 두는 일도 선생님에게는 무척 중요한 일이겠군요."

"뭐, 그 때문에 여러 가지로 귀찮은 일에 휘말릴 때도 있지만."

그렇게 말하며 또 콧등을 긁적였다.

"유쾌한 일도 있습니다."

역시 진코 학원은 재미있는 곳 같다.

"그래서 나오타로와도 근래에 아버님을 뵈었는지, 건강하게 잘 지내시는지 종종 이야기하곤 했지요. 그런데 어느 날 이런 말을 하더군요."

―우리 아버지가 모시는 저택 옆에는 요괴 저택이 있어요.

"정원에 수국이 가득 피는 저택이에요, 라고."

이 대목에서 왠지 작은 선생의 표정이 딱딱하게 굳었다. "이상하다고 생각했습니다. 그 후 우연히 요헤이 씨가 들러 주셨을 때 이쪽에서 말을 꺼내어 물어보니 그렇다고 대답해 주시더군요. 고이시카와 마장 근처의 빈 저택인데, 정원에 참으로 훌륭한 수국이 피지만 오랫동안 사람이 살지 않아 몹시 황폐해져 있다. 무언가 사정이 있어서 버려졌겠지만 이웃 사람들이 딱히 저택에 대해 수군거리지는 않으며, 요괴 저택이라는 소문도 그저 누군가 지어냈을 겁니다, 라면서."

―괴이한 일이 일어나는 것도 아닙니다.

그래서 작은 선생도 더 이상은 묻지 않았고, 요헤이한테도 쓸데없는 얘기는 하지 않았다고 한다.

마음에 걸리는 말투다.

"그러니까 얘기하지 말아야 할 쓸데없는 무언가를, 선생님은 알고 계셨군요."

되묻는 오치카의 눈을 보며 작은 선생은 천천히 입을 열었다.

"네. 저는 알고 있었습니다."

요헤이를 만나기 전부터 수국 저택을 알고 있었다. 그곳이 왜 빈 저택이 되었는지, 왜 지금도 빈 저택인지, 사연이나 사정을 모두 알고 있었다고 한다.

오치카는 놀라면서도 짐작되는 바가 있었다.

"수국 저택은 혹시, 이전에 나스 조린 번 소유의 저택이었던 건가요?"

호오—하며 작은 선생이 입을 반쯤 벌렸다.

"과연. 그리 여길 수도 있겠군요."

한바탕 고개를 끄덕이며 말을 이었다.

"분명히 저의 주가인 몬마 가의 마지막 당주는 영지민들에게 악귀니 사신이니 하며 두려움의 대상이 된 인물이었습니다. 그 포악함 때문에 나스 조린 번은 멸망했지요. 내키는 대로 무고한 사람들을 무수히도 거리낌 없이 죽이는 사람이었기 때문에, 나라에서 허가한 진야에도 시대에 성을 갖지 못한 다이묘의 저택는 물론이고 에도에 두었던 몬마 가의 저택에 원한을 가진 유령이 한둘쯤 나타난다 해도 전혀 이상하지 않지요."

아니, 참으로, 하며 무릎을 탁 쳤다.

"지금까지 생각해 보지도 못했지만 참으로 있을 법한 일입니다. 돌이켜 보면 우리는 지금도 유령을 짊어지고 살아가는 셈이나 마찬가지니까요."

깊이 감탄한 듯했지만 그의 말투는 갑자기 날카로워졌고, 눈은 어둡게 그늘졌다. 아무래도 나스 조린 번의 영지가 몰수된 데에는 상관없는 사람이 섣불리 물어서는 안 되는 사정이 얽혀 있나 보다. 오치카는 생각지도 않게, 찔러서는 안 되는 작은 선생의 마음속 어느 한 점을 찌르고 만 모양이다.

"그래도 제 어림짐작은 틀린 것이지요?"

오치카가 무릎을 약간 내밀며 목소리에 힘을 실어 묻자, 작은 선생은 제정신으로 돌아왔다.

"예? 으음, 그러니까."

"작은 선생님께서 수국 저택을 아시는 연유는."

"제, 제 스승님께서 그 저택을 아셨기 때문입니다. 저도 스승님께 들었지요."

"어머나" 하며 오치카는 고개를 끄덕였다.

"진코 학원의 큰 선생님이신."

"가도 신자에몬 님과, 사모師#님이신 하쓰네 님입니다."

둘의 이름을 말하며 작은 선생의 눈빛이 밝아졌다.

"부부가 둘 다 담력이 세다면 세고, 별나다면 별나고, 비뚤어졌다면 비뚤어진 분들이라, 수국 저택을 알고 계셨을 뿐만 아니라 일 년 남짓 그곳에서 살기도 하셨지요."

반쯤은 감탄하고, 반쯤은 기막혀 한다. 그 표정의 움직임만 보아도 작은 선생이 큰 선생 부부를 존경하고 친근하게 여기는 한편, 상당히 휘둘리고 있음을 짐작할 수 있었다.

"다만 스승님은 무가 저택에서 요닌으로 일하는 나오타로의 아버지가 그 저택의 이웃 주민이 되었다는 사실까지는 몰랐습니다. 제가 요헤이 씨한테서 수국 저택에 관해 들은 건 정말로 우연이었지요."

요헤이에게도 옆집에 불과하다. 늘 화제로 삼을 리도 없다.

그렇습니다—하고 작은 선생은 크게 고개를 끄덕였다.

"이 우연이 만만치가 않습니다."

한쪽 뺨을 솜씨 좋게 일그러뜨려 보인다.

"무슨 말씀이신지요."

"수국 저택의 사연을 알면, 요헤이 씨에게 일어난 비극에 관해서 대강은 짐작이 갈 것입니다. 즉 나오타로가 알고 싶어 하는 일의 진상에 다가갈 수 있다는 얘기지요."

오치카는 몸을 뒤로 젖혔다. 뭐야, 그렇다면.

"당장이라도 나오에게."

가르쳐 주면 되지 않나요, 하고 말하려다가 입을 다물었다. 작은 선생이 여주를 씹은 얼굴을 하고 있다.

"이야기하면 나오타로가 믿을까요."

"믿기 힘든 이야기인지요."

"몹시 희한하고 기괴합니다."

"이 세상의 이야기가 아니라는 뜻인지요."

작은 선생은 또 여주를 씹은 얼굴이 된다. "이 세상 것 같기도 하고, 저세상 것 같기도 합니다."

눈가가 다시 어둡게 그늘진다.

"그런 종류의 이야기이니, 확실한 증거도 없습니다."

믿느냐 믿지 않느냐에 달려 있다.

"게다가 스승님과 제가 전부터 우연히 알고 있었다고 하면, 나오타로는 더더욱 믿지 않겠지요."

그래서 우연이 만만치 않다고 한 것이다.

"어린아이란 뜻밖에 이치를 따지는 생물입니다. 어른이 잘난 척 설교를 늘어놓으면서 말하는 것과 행동하는 것이 다르면, 금세 발견하여 끽소리도 못 하게 하지요."
 오치카의 머리에 왠지 장난꾸러기 삼인조의 얼굴이 떠올랐다.
 "그렇군요" 하며 차분하게 고개를 끄덕였다.
 오치카의 머릿속을 읽었다는 듯 작은 선생은 갑자기 풀이 죽었다. 아무 말도 하지 않았는데 통한 걸 보면, 정말로 그 세 아이 때문에 애를 먹고 있는 모양이다.
 "하지만 나오는 작은 선생님을 몹시 따르고 있어요. 그러니 작은 선생님의 말씀이라면."
 아니요, 하며 작은 선생은 고개를 저었다.
 "제가 나오타로를 격려하고 위로하기 위해 지어냈다고 생각하겠지요."
 과연, 오치카도 바로 항변할 수가 없다.
 "몇 번이나 말씀드리지만, 영리한 아이입니다."
 "영리하기 때문에 더더욱, 작은 선생님의 말씀이 진실인지 아닌지 잘 꿰뚫어 볼 수 있겠지요."
 "우연히 알게 되었다고 말해도요?"
 "그러면 그 우연이라는 부분만 바꾸지요. 작은 선생님이 여러모로 조사하셔서 진실을 알아냈다고 말해 주면."
 "거짓을 말하라고요?"
 작은 선생의 눈이 얼핏 차가워졌기 때문에 오치카는 당황했다.
 "……죄송해요."
 구경꾼이 있었다면 재미있는 광경이었으리라. 흑백의 방의 손님과 이야기를 듣는 사람 모두 어깨를 축 늘어뜨리고 한숨을 쉰다.

"작은 선생님."

"예에."

"세상은 넓은 듯해도 좁은 법입니다." 오치카는 말했다. "그러니 우연도 일어나지요."

오치카가 지금 흑백의 방에서 이러고 있는 것도 우연이 계속된 만남 덕분이다.

"그렇지!" 하며 손뼉을 탁 쳤다. "작은 선생님이 말씀하시려는 게 우연히 알게 된 것인데다 건너 들은 얘기라 무게감이 떨어진다면,"

아오노 리이치로는 한순간 '너무 솔직하게 말하는군' 하는 표정을 지었다.

"큰 선생님이 나오에게 말씀해 주시면 되지 않을까요."

오치카의 말에 이번에는 '저도 그 정도는 생각했어요'라는 얼굴을 했다.

"……안 되나요?"

"부탁해 보았지만 매몰차게 거절당했습니다."

―너 혼자 어떻게든 해라.

―스승으로서 리이치로 씨의 실력을 보여 줄 때로군요.

부부는 금실도 좋게 그리 말했다고 한다.

작은 선생은 역시 휘둘리고 있다.

그러나 오치카는 가슴이 후련해졌다.

"알겠어요. 그래서 작은 선생님이 이곳에 오셨군요."

기괴하고 희한한 이야기를 모으고 있는 미시마야에서 자신의 이야기가 과연 얼마나 통할까. 신기하게 여길까, 지루하게 여길까. 꾸며낸 이야기처럼 들릴까.

괴담 대회에 참가하는 이유로는 다소 특이하다. 하지만 이치는 통한다. 오치카조차 '믿을 수 없다'며 실소할 이야기라면, 나오타로에게 들려줄 필요조차 없다.

거기까지는 말하지 않았지만, 작은 선생은 나오타로가 '지어낸 이야기'라고 여길까 봐 두려워하는 건 아니리라. '지어낸 이야기'라고 생각하더라도, 매일같이 이런저런 일에 맞서 어른이 되려고 버티고 있는 나오타로가 그만 그 이야기로 스스로를 납득시켜 버릴까 우려하는 것이다.

"이런 걸 시험해 볼 자리는 다른 곳엔 없지요. 그래서 저희에게."

"아니, 연습을 해 보겠다는 뜻은 아니고요."

"네, 네. 그래도 저는 희한하고 기괴한 일에 귀가 조금은 익숙해졌답니다. 게다가 처음에 선생님도 말씀하셨잖아요. 저라면 나오와 가깝다고, 나오의 입장이 될 수 있을지 모른다고."

작은 선생은 눈을 치떴다. "참으로 희한한 얘기랍니다."

"알겠습니다."

아오노 리이치로는 긴 한숨을 한 번 쉬더니 "그 수국 저택에는," 하고 이야기를 시작했다.

"사람이 아닌 존재가 살고 있었습니다. 스승님과 하쓰네 님은 그것에게 '구로스케'라는 이름을 붙였다고 하더군요."

구로스케, 안주暗獸라고 불러야 할까.

이야기는 십칠 년 전으로 거슬러 올라간다.

그 해에 가도 신자에몬은 쉰 살이 된 것을 계기로 장남 조이치로에게 가문을 물려주었다.

가도 가의 지위는 가카에이레로, 대대로 고부신들을 모시는 일을 해 왔다. 가카에이레는 대대로 관직이 대물림되는 하타모토나 고케닌과는 달리 그 대에서 끝나는 봉직이기 때문에 신자에몬의 장남도 형식적으로는 새로 고용되는 셈이었다. 신자에몬이 아버지의 뒤를 물려받았을 때도 그랬지만, 다행히 승인을 받아 신자에몬은 어깨에서 큰 짐을 내려놓은 기분이었다.

고부신은 삼천 석 이하의 녹봉을 받으며 직책이 없는 하타모토와 고케닌들을 말한다. 관직에 올라 막부의 정치에 참여할 수 없는, 소위 말하는 관직에서 떨어져 나간 무사 집단이다. 막부에서 '고부신금金'이라는 녹봉을 받고, 다시 그 녹봉의 액수에 따라 수당금을 상납하는 형태로 '봉공'한다. 하는 일 없이 돈만 받으며, 그 돈에서 약간의 상납금을 바침으로써 봉공하는 모양새를 취한다―는 셈이라, 자신의 재능이나 실력 하나로 벌어서 세상을 살아가는 상인이나 직인들 입장에서 보면 실로 불가사의한 제도이다.

그러나 이게 태평성대를 살아가는 하급 무사들의 실정이었다. 무사는 본래 군인이고, 전쟁이 없는 평화로운 세상에서 그들이 비빌 언덕은 많지 않다.

고케닌은 구 할가량이 마흔아홉 가마니 이하의 적은 녹봉을 받는 자들이다. 녹봉만으로는 생활이 어려워질 뿐이다. 고부신일 경우에는 더욱 그러하다. 언제까지나 무직 신세를 면치 못한 채 살고 싶지 않다며 야쿠카타(사무직)·반가타(군무軍務) 관직에 앉으려고 열심이지만, 그렇게 쉽게 관직에 앉을 수는 없다. 차라리 단단히 각오하고 내직이나 부업에 힘쓴다거나, 예능을 갈고 닦아 스승이 되어 그쪽에서 이문을 얻는 자도 생긴다.

그래도 가도 가는 그나마 처지가 나은 편이었다. 고부신을 모시는 일은 녹봉 자체는 쉰 가마니 삼인 부지扶持무사가 가신이나 고용살이 일꾼에게 지급하던 쌀. 무사 한 명의 하루 표준 생계비를 쌀 다섯 홉으로 산정하고 한 달에 한 되 다섯 홉, 일 년에 한 섬 여덟 되, 가마니로 바꾸면 다섯 가마니를 지급하는 것을 일인 부지라고 불렀다에 지나지 않지만, 다섯 조組로 나눈 고부신 내의 온갖 자질구레한 상담, 행실 단속, 모든 청원이나 신고의 중개 등, 조 내의 온갖 잡일을 담당하는 자리여서 약간이나마 사례금이나 선물 등의 부수입이 생기기 때문이다.

그러나 어차피 직책이 없는 집단 내의 일을 전담하는 역할이란 사실에는 변함이 없다. 게다가 그 위로는 고부신조 조장小普請組組頭, 고부신조 감독관小普請組支配이라는 직책이 있는데, 가도 가는 신자에몬의 조부 때부터 삼 대가 일했어도 하나 위의 관직인 조장으로는 올라갈 수조차 없었다. 잔잔한 바다의 조각배처럼, 그 지위에서 움직일 수가 없다. 출세의 남풍도 영달의 해류도, 가도 가가 있는 곳으로는 다가오지 않았던 것이다.

신자에몬의 아내 하쓰네도 고부신인 고케닌의 셋째 딸이다. 신자에몬이 스물네 살, 하쓰네가 열여덟 살 때 혼인하여 지금까지 함께 살아왔다. 부부 사이에는 아들 하나와 딸 둘이 있다. 장녀는 가도 가와 격이 같은 고케닌에게, 차녀는 상가로 시집을 갔다. 이 차녀의 시댁이 소개하여, 조이치로도 상가의 딸과 혼인하게 되었다.

사돈댁의 재력은 가도 가에게 든든한 원군이 되었다. 이 며느리의 성격이 상냥하고 만사에 남편을 앞세우며 사치하는 구석이 없는 점도 다행이었다. 시누이에 해당하는 차녀와는 본래 친했고, 장녀와도 곧 잘 지내게 되었다. 신자에몬과 하쓰네가 자세히 모르는 부분에서도, 장녀는 차녀와 며느리에게 꽤 신세를 지고 있는 듯했다.

이렇게 해서 검소함과 가난함 사이를 왔다 갔다 하며 살아온 가도가의 생활은 안정되었다. 잔잔한 바다를 빠져나온 조각배가 온화한 바닷가에 도착했다고 할까.

신자에몬이 은퇴 이야기를 꺼냈을 때 장남 부부는 크게 놀라며 입을 모아 뜻을 거두어 달라고 청했다. 아버님은 정정하시고, 쉰 살에 은퇴는 너무 빠르시다며.

그러나 신자에몬은 오히려 늦었다고 여겼다. 아들 부부가 낳은 손자가 일곱 살이 될 때까지—라는 일념으로 견디다 보니 이 나이가 되고 말았다고 생각했다.

신자에몬은 몸집이 작다. 몸집이 작은 남자는 성급하다고 흔히들 말하는데, 그도 그랬다. 은퇴에 대해선 조이치로가 아내를 맞이했을 때 하쓰네한테는 털어놓았다. 일은 이미 격월로 아들과 나누어 맡고 있다. 신자에몬이 없어도 아무런 지장이 없다.

하지만 이때는 하쓰네가 너무 이르다고 타일렀다.

"적어도 첫 손자의 얼굴을 보고 나서 하셔요."

그러나 금으로 삼은 짚신을 신고 찾아다녀도 찾지 못하리라는 평판의 훌륭한 며느리는 얄궂게도 좀처럼 아기를 갖지 못했다. 부부 사이가 좋으니 걱정할 필요는 없었지만, 세상에서는 '시집와서 삼 년 동안 아이가 없으면 끝'이라 하며, 대를 이을 사내아이를 낳는 일이야말로 무가 며느리의 첫째가는 임무다.

애를 태우는 동안 두 해가 지나, 삼 년째에 겨우 첫째 아이를 얻었다. 신자에몬과 하쓰네의 첫 손주는 여자아이였다.

그 이듬해, 마침내 사내아이를 얻었다. 신자에몬은 안도와 기쁨 속에서, 하쓰네에게 또 은퇴 이야기를 꺼냈다. 아내는 다시 남편을 달랬다.

"아기는 아직 신의 품 안에 있어요. 그렇게 서두르면 안 됩니다."

하쓰네의 불안은 적중했다. 아이는 그해에 마진으로 어이없게 세상을 떠났다.

그 후 사내아이가 태어날 때까지 가도 가의 두 부부는 또 기다렸다. 건강한 첫 울음소리를 들었지만 신자에몬도 이번에는 쉽사리 긴장을 풀지 못했다. 이 손자가 하쓰네가 말하는 '신의 품'을 빠져나와 이 세상 사람이 되는 나이에 다다를 때까지, 진득하니 더 기다렸다.

따라서 겨우 때를 맞이한 신자에몬의 마음속에는 조금의 미련도 없었다. 게다가 지금의 가도 가는 그가 가문을 물려받았을 때보다 훨씬 좋은 처지에 있다.

태평성대에는 무사의 출세에도 돈이 든다. 때를 잡아 조장이나 감독관에게 선물을 보내고 부지런히 기분을 맞추어 두지 않으면 얼마 안 되는 좋은 기회는 얻을 수 없다. 지금껏 가도 가의 형편으로 출세까지는 바랄 수 없었지만, 이제는 다르다.

"나는 이미 충분히 나이를 먹었다. 출세의 기회는 네가 살리도록 해라."

가난한 고케닌인 가도 가를, 그래도 무가라는 이유만으로 존경해 주는 며느리의 친정을 위해서도 그편이 좋다고 장남을 설득했다.
 그 마음에 거짓은 없었다. 하지만 은퇴를 바라는 신자에몬의 마음 속에 그 외의 이유가 없었다고 하면 거짓말이다.
 가도 신자에몬은 사람을 싫어했다.
 그는 자신의 임무를 과하지도 부족하지도 않게 잘 수행해 왔다. 따라서 사람과 교제하는 게 불편하다거나 서툴다는 건 아니리라. 하려고 마음만 먹으면 얼마든지 사람들과 어울릴 수 있다.
 그럼에도 불구하고 그는 사람이라는 존재가 성가셔서 견딜 수가 없다. 사람은 모두 거짓말쟁이다.
 사소한 충돌에서도 쌍방이 각자 자신에게 유리하도록 일을 왜곡하며 주장하기를 망설이지 않는다. 이득이 되는 일에는 앞뒤 가리지 않고 달려들고, 일을 그르치면 시종 변명을 늘어놓거나 다른 사람에게 책임을 떠넘기려고 한다. 옹졸하고, 교활하고, 한심하다. 그런 주제에 욕심은 많다.
 신자에몬의 이러한 속내를 알고 있는 사람은 하쓰네뿐이다. 자식들 앞에서 그는 말수가 적지만 따뜻한 아버지였다. 일을 할 때는 성실하고 근면했다. 곤란에 처한 사람에게는 손을 내밀어 주고, 화가 나 있는 사람은 잘 달래고, 실수한 자에게는 적절한 조언을 건넨다. 그의 직업적인 면에서 귀감이 될 만한 부지런한 사람이었다.
 그러나 속으로는 그를 이렇게 돌아다니도록 강요하는 사람들을, 세상을, 진심으로 싫어했다.
 그뿐만이 아니다. 사실 신자에몬은 자기 자식, 자기 손자조차도 진심으로 사랑스럽게 느낀 적이 없다. 밉지는 않다. 소홀히 한 적도 없다. 실제로 자식이나 손자들은 그를 잘 따른다. 하지만 그한테는 어딘가 몸 깊은 곳에서 솟아오르는 듯한 정애情愛가 부족했다.

세상 사람들은 자식이나 손자를 눈에 넣어도 아프지 않을 만큼 귀엽다고 말한다. 하지만 신자에몬은 한 번도 실감한 적이 없었다. 사랑스럽게 여기는 마음의 반대쪽 면에는 항상 귀찮음과 성가심이 따라다녔다.

하쓰네만이 이 또한 전부 알고 있었다.

"당신은 그렇게 말씀하실 정도로 차가운 사람이 아니에요."

웃으며 흘려 넘기고 덧붙인다.

"산속 깊은 곳에 들어가서 신선이 되고 싶은 것도 아닐 테고요."

산에는 서책이 없으니까요.

그렇다, 가도 신자에몬이 더없이 사랑하는 것은 이 세상에서 단 하나, 서책이었다.

그는 글을 좋아하여, 이 세상에 있는 책을 모조리 읽고 싶어 하는 사람이었다. 아내 하쓰네는 그의 그런 바람을 이해하고 함께해 주는, 말하자면 동지 같은 존재였다.

신자에몬에게 은퇴란 세상이라는 감옥으로부터의 해방이나 마찬가지였다. 앞으로는 매일 실컷 서책에 탐닉하고, 귀찮은 인간관계를 피해 살아갈 수 있다.

장남 부부는 상응하는 은퇴 비용을 고려하고 있던 모양이다. 신자에몬은 그마저 거절했다.

"그러면 아버님이 좋아하시는 서책을 사들일 수도 없습니다."

걱정하는 조이치로를 향해 신자에몬은 웃었다.

"지금까지처럼만 하면 된다."

　서책은 사려면 값도 나가고 수도 적다. 하지만 빌리고자 하면 세책實冊 가게는 얼마든지 있을뿐더러 직접 필사본을 만들 경우 종잇값과 먹값만으로 밑천은 충분하다. 사실 신자에몬은 벌써 십 년쯤 전부터 몇몇 서책 도매상이나 세책 가게와 상의하여 필사본을 만드는 내직을 해 왔다. 병법서나 역사서, 의학서 등이 그의 장기 분야이고, 그런 종류의 책을 다루는 서책 도매상에서는 그를 크게 의지했다.
　그는 그냥 글씨를 베끼는 정도가 아니라 그 서책의 내용을 잘 파악하고 알기 쉽게 풀어서 사람들에게 가르쳐 줄 만큼의 실력이 있었다. 서책 도매상이나 세책 가게의 상인들은 책을 상품으로 하면서도 대체로 글을 모른다. 다루는 물건의 진정한 가치를 알면 보다 양질의 손님을 잡아 더 잘 팔 수 있을 텐데―하고 안타까워하던 차에 무심코 말을 꺼냈는데, 아니나 다를까 도움이 되었다며 감사를 받고, 그러다가 상인들 쪽에서 그에게 가르침을 청하게 되었다. 신자에몬은 상인들의 요구에 응했고, 대가로 돈을 받을 때도 있는가 하면 갖고 싶은 서책을 손에 넣을 때도 있었다.
　가난한 하타모토나 고케닌이 내직에 힘쓰는 일은 드물지 않지만, 그렇다고 서슴없이 활개를 쳐서는 곤란하다. 아버지에게서 물려받아 장남에게 넘겨줄 가도 가를 생각하면, 신자에몬으로서는 자신이 내직하여 얻는 벌이를 세상에 내놓고 얘기하기는 꺼려졌다. 그러나 은퇴하고 나면 사정은 달라진다.
　한편으로 그는 지난 이 년쯤 전부터 독학으로 네덜란드 어를 공부해 왔다. 의학서를 접하다 보니 아무래도 네덜란드 어를 모르고서는 새로운 지식은 따라잡을 수 없겠다고 실감했기 때문이다. 어쨌거나 독학이고, 이미 젊지는 않은 몸이라 진도는 더디다. 그래도 요즘은 어떻게든 사전을 한 손에 들고 원서를 번역할 수 있는 정도까지 다다를 수 있었다. 이렇게 되면 내직의 폭은 더욱 넓어진다. 물론 난학蘭學에도 시대 중기 이후 네덜란드 어를 배우고 서양 학술을 연구한 학문을 난학이라고 불렀다을 멋대로 배워 퍼뜨리면 금제에 걸리기 때문에 한층 더 은밀하게 해야 하지만, 은퇴해 버리면 이러한 일을 하기에도 비교적 마음이 편해진다.

잘만 하면 오히려 녹봉을 받던 시절보다 더 편하게 살 수 있다. 신자에몬에게는 은퇴 생활의 '승산'이 있었다. 주판을 튕겨 보면 충분히 가능하다.

신자에몬의 은퇴 후 계획을 들은 하쓰네는 또 즐거운 듯이 웃으며 이렇게 평했다.

"이런 일로 먹고살려고 하다니, 역시 당신은 사람을 싫어한다기보다 그저 사람과 사귀는 데에 서책의 중재가 필요할 뿐인 게 아닌가요."

듣고 보니 그런 기분도 들었지만, 그것을 인정하고 싶지는 않은 신자에몬이었다.

"저도 새로운 생활을 기대하고 있어요. 둘이서 어디로 갈까요. 낡고 더러워도 비와 이슬만 피할 수 있다면 상관없어요. 하지만 뜰은 넓었으면 좋겠네요. 작물을 많이 기를 수 있을 테니까요."

하쓰네는 단순히 뜰 가꾸기를 좋아하는 정도를 넘어 재주 좋게 밭을 일구어, 가도 가의 밥상에 오르는 푸성귀는 대부분 마당의 밭에서 딴 것이었다. 남는 작물은 팔아도 괜찮은 수준이었다.

그렇다. 가장 큰 문제는 신자에몬과 하쓰네가 은퇴 후에 살 집을 어디에서 구하느냐였다.

빌릴 만한 적당한 집을 찾을 연줄이라면 얼마든지 있다. 내직을 통해 교류가 있는 상인들에게 한마디하자 모두 자기 일처럼 찾아 주었다.

신자에몬 쪽에는 어려운 조건은 없다고 생각했다. 갑자기 나가야 생활로 내려갈 마음은 없지만, 이는 무사의 체면 때문이라기보다 이웃의 소란스러움이 싫을 뿐이다. 한적한 장소이기만 하다면 제대로 된 대문이나 문이나 담장이 있어야 한다고 고집할 생각은 털끝만큼도 없다. 사방등을 세운 여염집 골방이라도 좋다. 다만 산더미처럼 모은 서책을 둘 곳이 필요하며, 넓은 뜰을 갖고 싶다는 하쓰네의 바람도 이루어 주고 싶다. 그렇게 되니 부부의 눈은 자연히, 동쪽으로는 혼조·후카가와 부근의 새로 간척한 땅, 서쪽으로는 센다가야나 롯폰기 방면을 향하게 된다. 양쪽 다 무가 저택과 논밭이 섞여 있는 조용한 땅이다.

그러나 장남 부부가 여기에 의외로 강경한 조건을 붙였다. 지금가도 가가 사는 아카사카 신마치에서 너무 멀리 떨어진 곳이 아니었으면 좋겠다. 조이치로는 아직 젊고 손자도 어리다. 신자에몬과 하쓰네가 오가는 데에 반나절이나 걸리는 곳으로 옮겨가 버리면 이래저래 불안하고 적적하다는 것이었다.

이렇게 되면 혼조·후카가와 방면은 안 된다. 아카사카 신마치의 서쪽을 찾아보았지만 좀처럼 적당한 곳이 나오지 않았다. 이 부근에는 빌릴 집이라는 말 대신, 빌릴 저택이라고 할 만한 규모의 훌륭한 집이 많고 그만큼 집세도 비싸다. 신자에몬이 튕긴 주판의 셈으로는 치를 수 없다.

본래 고케닌이 사는 동네는 정해져 있다. 배령저택이나 배령주택이라 불리는 곳이며 에도에 몇 군데나 지어져 있다. 그중에서도 가문의 격이나 관직에 따라 사는 집이 달라진다. 다만 관직이 없는 고케닌은 이곳에서 살 수 없다. 일반 가옥을 빌려야 하는데, 그래도 무가지武家地 안에서 요리아이에도 시대에 삼천 석 이상의 하타모토로서 보직이 없는 사람나 고부신이 많이 모이는 곳은 자연스럽게 정해진다. 아카사카 신마치도 그중 하나였다.

신자에몬은 몇 번인가 조이치로를 설득했다. 언젠가 네가 책임 있는 관직을 얻게 되면 어딘가의 배령저택으로 옮길 것이다. 아니, 그럴 기개를 가져 주지 않으면 곤란하다. 그러면 나와 하쓰네가 은퇴해서 어디에 살든 상관없지 않느냐고.

그러나 조이치로는 납득하지 않았다. 앞을 알 수 없는 일을 담보로 무슨 말씀을 하시느냐고 항변한다. 신자에몬은 완고하다기보다 옹고집인 이 주장을 꽤 의아하게 여겼고 또 기분도 상했다. 아들은 아들 나름대로, 실은 비뚤어진 아버지가 은퇴를 기회 삼아 나쁜 의미로 속세를 떠나려는 눈치를 보이자 걱정했던 것이다. 그걸 안 하쓰네는 굳이 둘 사이를 중재하지 않았다―라는 사실을, 신자에몬은 좀 더 나중에 알게 된다.

이거 곤란해졌다, 하고 초조하고 있을 때 솔깃한 이야기 하나가 들어왔다.

신자에몬이 내직으로 상대하는 인물 중에 모로호시 지카라라는 자가 있다. 자신의 성姓을 쓰고 두 자루 칼을 찬 무사지만, 신자에몬은 이 이름이 본명이라 믿지 않았고 그가 진짜 무사인지 어떤지도 수상쩍다 여겼다.

본인은 군학자軍學者라고 말하고 다닌다. 하지만 사숙私塾을 연 건 아니고 제자도 없다. 사는 곳도 고이시카와라고만 들었고 확실하지가 않다. 그를 신자에몬에게 소개한 서책 도매상도 단골손님이라고만 할 뿐 정체에 대해서는 잘 모르는 모양이다.

다만 모로호시는 홀몸이 아니라 여자가 있어서, 그 여자의 벌이에 의지해 생활한다는 소문이 있다. 언제 얼굴을 마주쳐도 가난한 고케닌인 신자에몬보다 번지르르한 옷차림이다. 허우대도 훌륭해서, 세상 사람들은 군학자라는 그의 말을 쉽게 믿는 눈치였다.

그러면 그는 무엇을 생업으로 삼고 있을까. 소위 말하는 '군기軍記 이야기꾼'으로, 특히 태평기太平記일본 고전 문학의 하나. 남북조 시대를 무대로 고다이고 천황 즉위부터 가마쿠라 막부의 멸망, 겐무의 신정(新政)과 그 붕괴 후의 남북조 분열, 간노의 난, 2대 쇼군 아시카가 요시아키라의 사망과 호시카와 요리유키의 재상 취임까지(1318~1368)의 이야기를 쓴 군기다 이야기가 특기였다. 학문이라기보다는 오락을 위해, 서민을 상대로 역사 이야기를 들려주는 장사다. 예능이라고 할 수도 있다. 따라서 모로호시 지카라는 예명일지도 모른다.

나이는 신자에몬보다 대여섯 살 정도 어려 보인다. 눈썹도 수염도 짙고, 아랫배가 튀어나와 있어 묘한 관록이 떠돈다. 목소리의 울림과 발음도 좋아서 신자에몬 또한 그의 군기 이야기를 듣고 감탄한 적이 있다. 하쓰네는 한 번 듣고 반해 버렸다. 실제로 그가 단골손님이 마련한 자리에서 이야기할 때에는 여자 손님들이 많이 몰려든다고 한다. 본인도 그걸 알고 있어서 잘 마시고 잘 논다. 참 엉뚱한 군학자도 다 있다.

본래 신자에몬과 성격이 맞는 인물은 아니다. 의심스러운 남자다. 다만 모로호시는 묘하게 붙임성이 있다. 또 무대에 오르면 나야말로 천하제일의 군학자다, 라는 얼굴로 유창하게 이야기를 늘어놓지만, 뜻밖에 겸허한 구석도 가지고 있었다.

자신에게는 배움이 없다고, 처음 대면한 신자에몬한테 분명히 말했다. 잠깐 대화를 나누어 본 것만으로 신자에몬도 알아챌 수 있었다. 모로호시 지카라가 자신의 인생 속에서 학문이나 역사를 접한 것은 지극히 젊은 시절에 한정되어 있으리라. 나머지는 그 후로 이어진 삶 속에서 습득한 벼락 지식이나 얻어들은 지식을 이것저것 합쳐서 만든 사이비 학문이다. 그렇게 해서 어엿한 군기 이야기꾼이 되었을 것이다.

―저는 군기 이야기꾼이라는 직업에 일생을 바칠 각오입니다.

내버려 두면 이 나라의 성립과 역사를 모른 채, 짐승처럼 멍하니 먹고 자면서 살아갈 뿐인 중생에게 군기를 통해 사람이 나아가야 할 길을 가르치겠노라고 열변했다.

―허나 그러기에는 배움이 조금 모자랍니다.

그래서 스승을 찾고 있다. 꼭 신자에몬의 제자로 들어가고 싶다고 한다.

신자에몬도 이런 듣기 좋은 말을 그대로 받아들일 만큼 사람이 좋지는 않다. 애초에 사람을 싫어하고 신용하지 않는다.

군학자를 사칭하고, 중생을 가리켜 짐승이라고 말하는 등, 아주 혼자 잘났구나. 네 쪽이야말로 술을 마시고 여자 엉덩이나 쫓아다니는 짐승이 아니냐고 코웃음을 치며 흘려 넘길 수도 있었지만, 한동안 찾아오는 모로호시의 열의에 마음이 약해져 시험 삼아 이야기를 시켜 보고 부지불각에 감탄하고 만 게 잘못이었다. 제대로 배우고 싶다, 글을 읽고 싶다는 그의 마음에 (실제보다 부풀린 점은 있다고 해도) 거짓은 없어 보여, 마지못해 하면서도 친해졌다. 하기야 모로호시 쪽은 끊임없이 '가도 선생님'이라고 부르지만 신자에몬은 그를 제자로 인정한 기억이 없다.

그런 남자가 고이시카와 마장 근처에 적당한 빈집이 있다고 말해 줬다.

들어 보니 가부키 문두 기둥 위에 가로장을 건너지른 지붕 없는 문에, 판자담을 둘렀고 정원이 넓은 저택이라 한다. 지은 지 십 년 정도 되었는데 사연이 있어서 지난 삼 년 동안 사람이 살지 않았다. 그래서 황폐해지기는 했지만 손질을 하면 충분히 기분 좋게 살 수 있으리라.

신자에몬은 우선 저택의 주인에 대해 물었다. 모로호시는 주인이 누구인지는 말할 수 없다고 한다.

"주선자는 땅의 대리 관리인입니다. 간베에라는 노인인데, 이 사람과 의논하시면 됩니다."

"왜 주인을 밝히지 못하나?"

"사정이 있습니다."

모로호시는 자신의 타고난, 충의가 두터운 강아지 같은 눈을 이리저리 굴리며 의미심장하게 신자에몬과 하쓰네의 얼굴을 보았다.

하쓰네가 집세를 물었다. 모로호시의 대답을 듣고 더욱 놀랐다.

"나가야의 집세 정도가 아닙니까."

"마찬가지로 아까 말씀드린 사정 때문입니다."

신자에몬과 하쓰네는 얼굴을 마주 보았다. 하쓰네는 거스름돈을 속이려고 하는 장사치의 손을 보는 것처럼 눈을 가늘게 떴다.

"어떤 사연인가?"

그렇게 묻는 신자에몬을 향해 모로호시는 자세를 바로 하며 연극처럼 헛기침을 했다.

"선생님, '군자는 괴력난신怪力亂神을 이야기하지 않는다'고 하지요?"

이번에는 신자에몬이 눈을 가늘게 떴다. "공자의 가르침과, 빈 저택에 무슨 관계가 있는 게로군."

모로호시 지카라는 교묘하게 거스름돈을 속인 장사치처럼 씩 웃었다.

"—나옵니다."

예의 빈 저택에는 유령이 나온다고 한다. 그 때문에 사람이 살지 못하고 삼 년이나 빈 채로 방치되었다.

"주인도 그냥 손 놓고 있지만은 않았습니다. 정화도 하고 굿도 하고 몇 번인가 스님이나 기도사를 불러 보기는 하였으나, 유령은 사라지지 않았습니다. 차라리 저택을 부숴 버릴까 싶었지만, 여전히 유령이 나오는데 부수면 지벌을 입을지도 모릅니다."

신자에몬은 "흥" 하고 웃었다.

"누구의 유령이 나오나요?" 하고 하쓰네는 진지한 얼굴로 물었다.

모로호시는 실실 웃던 웃음을 지우고 목소리를 낮추었다. "전에 이곳에 살았던 무가의 마님이십니다."

"저택 주인의 아내란 말인가."

"아니, 그 부분은 봐주십시오. 말씀드릴 수 없습니다."

끝까지 신원을 밝힐 수 없다고 한다. 즉 그만큼 신경을 쓸 정도의 가문이라는 냄새를 풍겼다.

"그분은 왜 유령이 되셨지요? 불행하게 돌아가셨나요?"

모로호시는 기다렸다는 듯이 몸을 내밀었다. "본래 몸이 약한 분이셨거든요. 아이도 갖지 못했고, 거기에 남편이 하녀를 건드려서 사내아이가 태어났습니다."

어머나, 하며 하쓰네는 입가를 가렸다.

"마님은 더욱더 입장이 좋지 않았지요. 남편과의 사이도 나빠졌고요. 한편 측실이 된 하녀는 전횡을 일삼아, 마님을 거리낌 없이 업신여겼습니다."

숨 막힐 듯한 생활 속에서, 비극이 일어났다. 어느 무더운 여름밤, 마님이 갑자기 피를 토하며 쓰러져 사흘 밤낮을 괴로워하다가 숨을 거둔 것이다.

"몸이 약한 사람이었다고 해도, 분명히 수상한 급사였습니다. 마님이 독을 마시지 않았나 하는 소문이 났지요."

손을 쓴 이는 남편일까, 측실일까. 아니면 둘이서 짰을까.

신자에몬은 또 코웃음을 치며 말했다. "그래서 그 마님이 유령이 되어 나온다는 얘기군."

그 스스럼없는 말투에 모로호시는 기쁜 듯이 짙은 눈썹을 꿈틀거렸다.

"그렇습니다. 저택 사람들이 죽은 마님의 모습을 보게 되었지요. 게다가 낮이고 밤이고 가리지 않고."

남편도 측실도, 죽은 사람의 그림자를 무서워하게 되었다. 남편은 술에 빠졌고 측실은 야위고 쇠약해졌으며, 그때까지 얌전하던 아기도 밤이면 밤마다 겁을 먹고 울어 댔다.

"그래도 반년 정도는 버텼지만 결국 참지 못하고 허둥지둥 집을 옮기고 말았습니다. 그런데 말이죠."

주모자라고 할 수 있는 남편과 측실이 떠나도 유령은 저택에 남았다. 이번에는 인근 주민들이 여자의 모습을 보았다.

"어떨 때는 마당 앞에, 어떨 때는 툇마루에 멍하니 서 있답니다. 생전 모습 그대로지만,"

이 세상의 존재가 아님은 한눈에 알 수 있다. 우선 그림자가 엷다. 그리고—.

"마님의 얼굴을 모르는 사람이라도 왠지, 아아, 돌아가신 마님이구나, 하고 알 수 있어요. 그런데 여자의 이목구비는 아무리 자세히 살펴보아도 확실하지 않습니다. 보면 볼수록 알 수 없게 되지요. 마치 놋페라보^{키가 크고 얼굴에 눈, 코, 입이 없는 귀신}처럼."

희끄무레한 윤곽만이 어렴풋이 떠올라 보인다고 한다.

"게다가 전부 흐릿한데도 마님의 기모노 색깔만은 또렷하게 도드라져 보여요. 어두운 밤에도 보인답니다."

어떻습니까, 이 세상의 존재가 아니겠지요, 하며 모로호시 지카라는 왠지 활기가 넘친다.

"그 유령을 본 사람에게 무언가 해는?"

그만두면 좋을 텐데, 하고 신자에몬이 생각하자마자 하쓰네가 열심히 물었다.

"큰 해는 없습니다. 적어도 소문으로 나진 않았지요. 고작해야 한동안 오한이 들었다는 정도입니다."

신자에몬은 탄식했다. 공자가 『논어』에서 괴력난신을 말하지 말라고 가르친 것은 함부로 거론해서는 안 된다는 뜻이다. 결코 귀신을 부정해도 된다고 가르친 게 아니다. 하지만 이렇게 신이 나서 이야깃거리로 삼아도 된다고 가르친 것도 아니다.

"지카라." 신자에몬이 망연히 말했다. "자네, 나를 스승이라고 치켜세우면서 시험하려는 게로군."

신자에몬은 유학자가 아니지만 유학도 공부하는 사람이기는 하다. 모로호시는 그런 그의 눈앞에 유령이 나오기 때문에 집세가 싼 저택을 매달고, 자, 이 괴력난신을 선생님은 어떻게 하실는지요, 하며 재 보고 있다.

화가 난다기보다, 어차피 이 정도 인물이었나 하고 기가 막힌 기분이 들었다.

모로호시 지카라는 크게 당황했다. 엉덩이로 슬슬 뒤로 물러나더니 땀을 흘리며 엎드린다.

"당치도 않습니다! 저는 다만 선생님이라면 그 저택을 거처로 삼고, 그 지력과 담력으로 저택에 묶여 있는 불행한 마님의 마음을 쉽게 위로해 주실 거라는 생각에."

"말은 하기 나름이지."

신자에몬이 그렇게 내뱉는다고 해서 주저앉을 사이비 군학자가 아니다. 또 먹이를 조르는 강아지 같은 눈빛이 되었다.

"허나 나쁜 이야기는 아닙니다. 어쨌거나 집세가 쌉니다. 고이시카와라면 우선 무사님이 은퇴해서 살기에도 괜찮은 곳이 아닙니까."

덧붙여 그 김에 저택에서 정말로 무슨 일인가가 일어난다면—.

"이야깃거리도 되겠지요."

"자네 무대에 말이지."

"아니요, 아니요, 선생님의 '미모록^{眉毛錄}'에 말입니다."

가도 신자에몬은 꽤 오래전부터 자신의 신변잡기나 에도의 사건을 적어 기록해 왔다. 단순한 일지로서, 처음에는 이름 따위 붙이지 않았으나 하쓰네가 그러면 멋이 없다고 말하여 최근에 '시간 때우기로 눈썹^{眉毛}을 뽑는 일과 비슷한 소소한 이야기'라는 뜻을 담아 '미모록'이라는 이름을 붙였다.

신자에몬은 몹시 못마땅한 얼굴이다. 하쓰네는 웃고 있다. 진지하게 질문하던 것에 비해 전혀 무서워하는 모습이 아니다.

"하쓰네, 당신은 괜찮소?"

떫은 얼굴을 한 채 물어보니 네, 하고 대범하게 고개를 끄덕인다.

"가엾은 여인이기는 하지만, 원망할 상대는 이미 떠났습니다. 우리한테 앙심을 품을 이유가 없지요. 만일 나타난다면 이야기 상대가 되어 줍시다. 가슴속 답답함은 다른 사람한테 털어 놔야 풀리는 법이에요."

이어서 이렇게 말했다.

"저는 지금도 가끔 돌아가신 부모님의 기척을 가까이 느낄 때가 있어요. 이 세상 사람인 저는 저세상 사람인 그 마님과 통할 수 없다고 해도, 항상 저와 함께 있는 부모님의 영혼이 도와주시겠지요."

하쓰네 님은 과연 마음씨가 고우십니다, 하고 모로호시가 치켜세웠다.

"그렇지, 그 마님은 특히 수국을 좋아하셔서, 철이 되면 정원에는 셀 수 없이 많은 수국이 흐드러지게 핀다고 합니다."

그래서 그 저택을 '수국 저택'이라고 부른다.

"아름답겠네요" 하며 하쓰네는 미소를 지었다.

이러한 사정으로—.

"스승님과 하쓰네 님은 수국 저택에서 생활하시게 되었습니다."

작은 선생은 한숨을 돌리며 식은 차를 마셨다.

십칠 년이나 된 옛날 이야기다. 지금은 늙었고, 오시마가 듣고 온 바에 따르면 제자들이 '해골 선생'이라 부르고 있는 진코 학원의 큰 선생도 당시엔 중년의 나이. 문무에 통달한 무사가 유령 따위를 무서워할까 보냐고 웃어넘기는 건 이해가 가지만, 오치카는 아내인 하쓰네라는 사람의 대범함에 놀라고 있었다.

"무가의 마님은 모두 그렇게 배짱이 두둑하신가요?"

그렇게 묻자 작은 선생은 조금 곤란해했다.

"그렇지는 않습니다. 하쓰네 님도 담이 세다기보다는 글쎄요, 뭐라고 할까 그."

콧등을 긁으며, 몇 살이 되셔도 소녀 같은 분이에요, 하고 말했다.

"소녀."

"아니, 이렇게 말하면 오치카 님께 실례가 될까요. 어쨌거나 스승님도 하쓰네 님도, 저로서는 도저히 당해낼 수 없는 분들입니다."

정말이지 전혀 당해낼 수가 없어요, 라고 진지한 눈이 호소한다. 오치카는 미소를 짓지 않을 수 없었다.

작은 선생은 부끄러웠는지 이야기의 방향을 바꾸었다. "처음 스승님에게서 이 일화를 들었을 때는 그냥 듣기만 하고 신경 쓰지 않았지만 요헤이 씨의 일이 있고 나서는 역시 마음에 걸려서 찾아가 보았습니다. 그 김에 부근을 돌아다니며 조금 물어보기도 했는데, 인명을 잃은 화재가 있은 후여서인지 모두 꽤 입이 무거웠어요. 알맹이 있는 내용은 듣지 못했습니다."

그때 작은 선생은 주위 사람들 중에 고이시카와와 인연이 있는 인물이 한 명 존재한다는 사실을 떠올렸다고 한다.

"제자의 어머니입니다. 고케닌의 집안에서 태어나 혼조의 상가로 시집을 갔는데, 그 부인의 친정도 고이시카와에 있습니다."

알아보니 수국 저택의 사연을 알고 있었다.

"부인은 그 마님이 갑작스럽게 죽고 유령의 소문이 나기 시작했을 무렵 마침 막 철이 들 나이였기 때문에, 이웃에서 끊임없이 돌았던 소문을 똑똑히 기억하고 있다며 가르쳐 주셨습니다."

같은 고이시카와라고 해도 동네는 넓다. 실제로 그 부인도 수국 저택을 직접 알지는 못했다. 그저 소문뿐이다. 그만큼 풍문이 퍼졌던 것이다.

"그 소문에 따르면 수국 저택에서 일어난 수상한 사건은 유령 출

몰 외에도 더 있었다고 합니다."

문 앞을 지나가면 가끔 신음이 새어 나온다고 한다.

"밤이면 밤마다 여자 유령이 흐느껴 운다—는 게 아닙니다. 그저 낮이든 밤이든 간에 으르렁거리는 듯하기도 하고 신음하는 듯하기도 한, 때로는 중얼거리는 듯한 목소리가 띄엄띄엄 들려온다고."

무슨 말을 하는지는 알아들을 수 없다.

"마님의 목소리는 아닌가요?"

"알 수가 없었답니다." 작은 선생은 고개를 갸웃거렸다. "물론 유령의 소문과 금세 연결되어, 마님의 원한에 찬 목소리라며 야단인 사람들도 있었다고 하지만요."

목소리를 직접 들은 사람들 사이에서는 견해가 갈렸다.

"남자 목소리라는 사람도 있는가 하면, 아니, 여자라고 주장하는 사람도 있어요. 개중에는 어린아이의 목소리로 들렸다는 이도 있고요."

"소문이 퍼지다 보니 점점 살이 붙고 말았는지도 모르겠네요."

"말씀하신 대로, 나중에 해석이나 지어낸 이야기도 들러붙어서 부풀어 갔겠지요. 다만 또 하나, 이상하다고 할까, 기묘한 이야기가 있습니다."

정체불명의 목소리가 새어 나와 인근을 떠들썩하게 만든 건 그 무사와 측실이 수국 저택에서 도망쳐 나간 후의 일이라는 것이다.

그것도 보름이나 한 달 후가 아니다. 소문이 퍼지기 시작했을 때에는 수국 저택이 빈 지 벌써 일 년 가까이 지난 상태였다고 한다.

오치카는 조금 어안이 벙벙했다.

"확실한가요?"

작은 선생은 크게 고개를 끄덕였다.

"저한테 이 추억 이야기를 해 주신 부인은 미신에 깊이 빠지는 성격도 아닐뿐더러 소문을 퍼뜨리고 다니는 수다쟁이도 아닙니다. 애초에 이런 옛날 이야기는 지금까지 누구한테도 털어놓은 적이 없다고 했습니다."

소란스러운 이야기다. 다 큰 어른이 주절주절 입에 올릴 수 있는 내용이 아니다.

"다만 똑똑히 기억하고 있다, 왜냐하면 당시에 이 소문을 꺼냈다가 부모님께 따끔하게 야단을 맞았다―그런 소문에 호들갑을 떨다니 무가의 여자가 해서는 안 될 경박한 행동이라며 엄하게 꾸중을 들었기 때문이라시며."

오치카도 몇 번인가 고개를 끄덕였다. 칭찬받은 일이나 꾸짖음을 들은 일이 어린 마음에 강하게 남는다는 사실은 이치에 맞는다.

"그 무렵 퍼져 있던 소문 중에는 마님의 유령과, 일 년이나 지난 뒤 들리기 시작한 기이한 목소리를 연결 짓는 해석도 있었겠지요?"

작은 선생은 살짝 눈을 크게 떴다. "과연 오치카 님은 이해가 빠르시군요."

진코 학원의 스승에게 칭찬을 들었다.

"마님의 유령이 일 년을 들여 마침내 미운 남편과 측실을 죽였지만, 그로 인해 결국 서로를 저주하게 된 세 사람의 혼은 깊은 원한에 묶여 수국 저택에 갇히고 말았는데, 그 목소리는 성불하지 못하고 현세에 매여 한탄하고 슬퍼하는 세 망혼亡魂의 목소리라는 해석이 붙었습니다."

오치카는 눈을 깜빡이고 나서 저도 모르게 웃었다.

"잘 이어 붙인 이야기네요."

작은 선생도 눈을 깜박거렸다.

"동요하지 않으시는군요."

그러더니 턱에 손을 대고 작은 목소리로 중얼거렸다.

"하기야 요시노 님도 웃고 계셨으니."

말해 버리고 나서 혀라도 깨문 것처럼 얼굴을 찌푸렸다. "이거 안 되겠군."

"무엇이 안 되나요?"

"사람의 이름을 말하지 않고 이야기하기란 의외로 어려운 일이군요."

즉 작은 선생에게 이 옛날 일을 들려준 부인의 이름이 요시노라는 뜻이리라.

흐음, 하고 오치카는 생각했다.

습자소의 선생이란 보통 제자의 어머니와 이름을 부를 정도로 친해지고 그러는 걸까. 미시마야의 경우를 떠올려 보면 조금 맞지 않는 듯한 기분이 든다. 이 근방에서 숙모 오타미를 '오타미 씨'라고 부르는 사람은 어지간히 친한 사이인 이들로 한정되어 있다. 이웃끼리 교류하는 정도라면 모두 '미시마야 씨'나 '미시마야의 안주인'이다.

요시노 님, 이라. 무언가 마음에 걸린다. 무엇일까. 애당초 나는 어째서 이런 생각을 떠올렸을까.

이쪽이야말로, 이거 안 되겠군, 이다.

"그건 그렇고 곤란한 소문이로군요. 일 년이나 지났으면 어떤 흉사가 있었던 집이라도 슬슬 세간의 관심이 식으려 할 무렵이잖아요. 그런데 또 들쑤셔졌으니."

작은 선생은 무릎을 탁 쳤다. "정말 그렇습니다. 실은 수국 저택도 새로운 소문이 나기 시작하기 전에는, 겨우 새로운 세입자를 찾아낸 터였는데,"

없던 일이 되고 말았다. 수국 저택은 더욱 불길한 저택으로 격하되었다.

"나중에 스승님과 하쓰네 님이 그 저택을 빌릴 때까지 계속 빈집이었습니다."

그 사이가 대략 이 년. 저택은 더욱 황폐해지고 정원에는 덤불이 우거졌지만, 장마철에는 수국만이 엄청난 기세로 흐드러지게 꽃을 피워 아름답다기보다는 음산한 광경을 연출하게 되었다.

"다만 목소리가 들리기 시작하면서 유령을 보았다는 소문은 시들해져 간 모양입니다만."

그건 그것대로 또 번거로웠다.

"주선을 맡은 간베에라는 관리인은 수국 저택의 유래를 알면서도 태연하게 이사 오려고 하는 스승님과 하쓰네 님을 허세 부리는 가난한 고케닌이라며 우습게 여겼겠지요."

―망혼도 사람의 모습을 하고 있는 동안에는 아직 이야기가 통하겠지만, 목소리만 남으면 도리어 만만치 않답니다.

이렇게 위협했다고 하니 심술궂은 사람이다.

"그래서 만만치 않았나요?"

단적으로 묻는 오치카를 보며 작은 선생은 관자놀이를 벅벅 긁었다.

"그게……."

가도 신자에몬과 하쓰네가 수국 저택에 자리를 잡을 때까지 꼬박 사흘이 걸렸다. 수고가 드는 짐의 대부분은 서책이었다.

수국 저택은 넓었다. 신자에몬과 하쓰네는 사전에 집을 살펴보고 사용할 곳과 닫아 둘 곳을 정했지만, 열지 않을 방이라도 한 번은 통풍을 시키고 볕을 들이지 않으면 직성이 풀리지 않는 하쓰네라, 가도 가의 하인과 하녀를 동원해 부지런히 일했다.

부산스럽고 바쁘게 지내는 동안은 유령이고 뭐고 없다. 사정을 듣고 무서워하던 하녀조차 저택의 황폐한 모습에 기막혀하기는 했어도 수상한 존재를 보거나 기척을 들었다며 난리를 치는 일은 없었다. 하인들은 정리가 끝나고 신자에몬과 하쓰네만 남기고 돌아가게 될 즈음에야 겨우 수국 저택의 사연에 신경을 쓸 여유를 되찾았다.

"어르신도 마님도, 정말 괜찮으시겠습니까."

"무엇이 안 괜찮단 말이냐."

뚱한 신자에몬을 보고 하인이 어쩔 줄 몰라 한다. "제가 앞으로도 정원을 손질을 하러 찾아뵙겠습니다."

"신경 쓸 필요 없다. 꼭 일손이 필요할 때는 부를 테니. 자네들은 조이치로나 단단히 지켜 주게."

때는 봄으로 정원에는 새싹과 신록이 넘쳤다. 이 하인이 제멋대로 우거진 수국 무더기를 베어내려 하자 신자에몬은 말렸다. 사람에게 버림받은 이 저택을 지켜 온 것은 수국 무더기다. 함부로 베는 건 무례한 짓이라고 생각했다.

결국 그렇게 부부 둘만이 남았다.

"조용하네요."

하쓰네의 말대로 닷새가 지나도 열흘이 지나도, 그들의 신변에 괴상한 일은 일어나지 않았다.

유령은 나오지 않는다. 거미 새끼라면 나왔다. 이사를 왔을 때에는 온통 거미줄투성이였으니까.

예의 신음인지, 원한에 찬 목소리인지 또한 들려오지 않았다. 가끔 대들보나 마룻귀틀에서 삐걱거리는 소리가 나지만, 많이 망가진 저택이니 이상하게 여길 일도 아니다.

신자에몬과 하쓰네는 수국 저택에 있는 많은 방 중 절반 정도밖에 쓰지 않는다. 특히 이층 방은 전부 닫았다. 닫은 방은 다다미를 걷어내고 덧문도 단속해 두었다. 오로지 닫혀 있기만 한 방이 되지 않게끔 달력에 표시를 하여 순서대로 통풍을 시키지만, 사용하지 않는 곳은 빛이 들지 않는다. 그래서 낮에도 부부가 사는 곳 이외는 어둠에 휩싸여 있다.

그래도 이렇다 할 일은 없었다.

"유령의 유자도 없군."

신자에몬이 시시한 말장난을 던졌을 정도로 고요했다.

부부뿐만이 아니다. 이사와 은퇴를 축하한다며 술통을 들고 찾아온 모로호시 지카라도 집요한 소문과는 반대로 편안한 분위기에 맥이 빠진 모양이다.

"싼 값에 좋은 집을 빌린 셈이 되었군요."

저택 안을 이리저리 둘러보고, 순식간에 자신의 공으로 삼으려 한다. 그가 가져다준 얘기이니 신자에몬도 내버려 두었다.

"방이 남아도네요. 제가 집세를 내기 힘들어졌을 때는 좀 재워 주셔도 되겠는데요."

"안 되네."

"선생님은 차가우셔요."

"자네가 가까이 오면 나보다 더 차가운 유령이 돌아올 걸세."

정원에는 새가 자주 찾아왔다. 참새 떼는 시끄럽지만, 야산처럼 가지가 우거진 나무들 사이로는 아카사카 신마치의 저택에서는 본 적도 없는, 날개 색깔이나 꼬리 모양이 진귀한 새들도 찾아온다. 하이쿠3구(句) 17음(音)의 짧은 시. 주로 자연을 주제로 한다를 조금 지을 줄 아는 하쓰네에게는 마음이 즐거워지는 손님들이었다.

수국 저택이라는 별명 때문에 눈에 띄지 않았던 다른 꽃들도 인사하듯이 핀다. 겹벚나무가 꽃을 피우고, 유채꽃이 피고, 나무에 얽혀 나긋나긋하고 강하게 뻗어 있던 덩굴에서 큼직한 등꽃이 늘어진다. 신자에몬이 도감을 펴 보아도 이름이나 종류를 알 수 없는 들풀도 사랑스러운 빛깔을 띠었다.

신자에몬과 하쓰네는 저택에 쉽게 익숙해졌다. 삼 년 동안이나 적막 속에 버려져 있던 저택이 이제야 주인을 얻어 기뻐하는 것 같기도 했다.

드나드는 서책 도매상이나 세책 가게 사람들 중에는 소문을 알기에 흠칫흠칫 떨며 찾아오는 이도 있었다. 하지만 한번 발을 들여놓고 나면 자연 그대로의 정취와 화려한 아름다움이 뒤섞인 정원의 풍경에 놀라고, 쓰레기와 먼지와 거미집이 사라진 저택의 깔끔하고 안락한 모습에 안도하여 두 번째 방문부터는 쉽게 오해를 버렸다. 마을을 돌아다니는 장사치들 역시, 처음에는 뻐딱한 자세를 취하며 새로운 주민인 부부를 의아하게 여기는 눈치였지만 하쓰네가 꼼꼼히 챙겨 주는 사이에 그런 기색도 사라졌다. 유령을 본 적이 있다는 봇짐장수마저, 못 알아볼 뻔했습니다, 하며 눈을 휘둥그렇게 떴다.

"역시 아무리 훌륭한 저택이라도 사람이 살지 않으면 안 되는군요."

그러고 보니 어르신과 마님이 오신 후로는 희한한 신음도 뚝 그쳤습니다—.

"죽은 이의 그림자가 생생한 사람의 기 앞에서 얌전히 물러간 모양이군요."

조금 미련이 남은 듯한 말투이기는 했지만, 모로호시 지카라도 그렇게 판단하고 더욱 흐뭇해했다.

봄이 가고 상쾌한 바람과 맏물 가다랑어를 팔러 다니는 봇짐장수의 목소리가 지나가면 장마가 찾아온다. 추적추적 내리는 빗속에서, 수국 저택의 정원은 지금이야말로 자신의 진가를 보여 줄 때라는 듯이 빨간색, 파란색, 흰색, 보라색의 수국으로 호사스럽게 치장하여 신자에몬과 하쓰네를 즐겁게 해 주었다. 저택의 별명은 공연한 게 아니었다. 참으로 이곳은 수국이야말로 주인인 저택이었다.

"비의 울적함을 잊게 해 주네요."

하쓰네는 매우 기뻐하며 시간이 날 때마다 정원을 걷거나 툇마루에 서서 지칠 줄 모르고 감상했다.

"그러고만 있으면, 이번에는 당신 모습을 마님의 유령으로 착각하는 경솔한 놈이 나타날 거요."

신자에몬이 웃으며 타일러도, 그건 그것대로 유쾌하지요, 하며 하쓰네 또한 웃었다.

그런데—.

매일 청소와 손질을 게을리하지 않아 저택의 일이라면 자신의 손바닥처럼 훤히 알게 된 하쓰네가 처음으로 이상한 말을 하기 시작했다.

"요즘 기척을 느껴요."

부엌이나 우물가에 서서 일을 하고 있을 때. 비질이나 걸레질을 하고 있을 때. 정원의 수국 무더기 속에 들어가 있을 때.

"무언가가 제 모습을 살피고, 그늘에서 몰래 이쪽을 훔쳐보고 있는 듯한 기척이……."

짐승일까요, 라고 한다.

"왜 그리 생각하시오."

"살아 있는 것의 기척이니까요."

신자에몬은 일부러 놀려 보았다. "유령이 아닐까?"

하쓰네는 겁먹는 기색도 없이 단호히 고개를 저었다.

"아니요, 분명 살아 있는 것이에요."

게다가 여보, 이제 와서 말하는 거긴 하지만, 하며 진지한 얼굴이 된다.

"이 저택에는 쥐가 없어요. 처음에 둘러보러 왔을 때만 해도 각오하고 있었지요. 아아, 꼴을 보아 하니 쥐가 많이도 살겠구나, 하고.

산더미처럼 많은 쥐약이 필요하겠지, 마음이 무겁구나, 그리 짐작했습니다."

그러나 이사를 와 보니, 새나 거미 새끼가 숱하게 다가와 둥지를 틀어도 쥐는 전혀 보이지 않았다.

"이상하지 않습니까."

실은 신자에몬도 이미 눈치챘다. "나는 도마뱀이나 도마뱀붙이 덕분일 거라고 생각했는데."

정원석 사이나 처마 밑에서 자주 보인다.

"도마뱀이나 도마뱀붙이가 먹는 건 벌레나, 고작해야 작은 새겠지요. 쥐는 사냥하지 않아요."

"그러면 고양이가 있어서일까."

아무래도 근처에 고양이를 키우는 저택이 있는지, 가끔 수국 저택의 정원으로도 길을 잃고 들어온다. 아니, 고양이한테는 이 정원도 자신의 영역일지 모른다.

"흰색에 검은색과 갈색 점박이 무늬가 있는 삼색 고양이지요? 저도 본 적이 있지만."

글쎄요, 그 한 마리가 홀로 이렇게 쥐를 깨끗이 처리할 수 있을까요, 하며 하쓰네는 납득하지 않는다.

"분명히 살아 있는 것의 기척이란 말이오?"

"네. 제가 눈치채고 주위를 보면 서둘러 도망치는 기색이에요."

무엇일까, 하며 신자에몬도 조금 진지하게 생각에 잠겼다.

"짐승이라."

족제비나 오소리 종류라면 이 근처에 있어도 이상하지는 않다. 수국 저택에는 오랫동안 사람이 없었고, 신자에몬과 하쓰네가 살게 되고 나서도 출입하지 않는 곳이 많다. 그런 것들이 한두 마리 들어와서 살고 있을지도 모른다.

"저는 너구리가 아닐까 싶은데요."

둔갑을 하잖아요, 라고 한다.

"유령이나 이상한 신음도 너구리가 둔갑한 것이었다면 말이 되고요."

신자에몬은 웃었다. "바보 같은 소리. 그런 이치라면 더더욱 오소리지. 그 마님의 유령은 얼굴 생김새가 확실하지 않고 놋페라보 같았다고 하지 않소."

예로부터 놋페라보로 둔갑하는 건 오소리로 정해져 있소.

"그렇게 정해져 있나요?"

"그렇고말고."

하쓰네도 웃으며, 당신이 그렇게 말씀하신다면 그렇겠지요, 하고 물러났다.

"어쨌거나 무언가 나쁜 짓을 할 것 같으면 혼을 내 주어야 하오. 앞으로는 나도 신경을 쓰지."

"하지만 짐승 쪽이 우리보다 먼저 둥지를 틀었을지도 몰라요."

"집세는 우리가 내잖소."

그런 대화를 하고 나서 며칠 후의 일이다.

아침부터 내리던 가랑비가 오전에 그친 뒤 살짝 해가 났다. 미지근한 남풍이 불어 무덥다. 신자에몬은 서재에 앉아 있기만 해도 등이 축축하게 젖었다. 바쁘게 돌아다니며 일하는 하쓰네는 더욱 그래서, 못 참겠어요, 라고 투덜거렸는데, 오후 두시가 지났을 무렵 갑자기 바람이 북풍으로 바뀌는가 싶더니 먹구름이 뭉게뭉게 몰려왔다.
 불길한 소리가 하늘에서 울려왔다.
 "어머나, 큰일이네."
 하쓰네는 빨래를 걷기 시작했다. 신자에몬도 서재와 거실의 덧문을 닫으려고 복도로 나갔다. 그때 정원의 수풀과 나무 사이를 화살처럼 가로지르는 것이 있었다.
 하얀 바탕에 검은색과 갈색 점박이 무늬가 있는 그 삼색 고양이다. 산책 도중에 뇌우를 만난 것이리라. 하쓰네가 있는 빨래 말리는 곳을 향해 달려갔기 때문에, 신자에몬도 저택 바깥쪽을 도는 복도를 따라 그곳으로 발걸음을 옮겼다.
 하쓰네가 양손으로 빨래를 안고 있다. 벌써 빗방울이 떨어지기 시작했다. 정원 징검돌의 색깔이 반점 무늬로 덮여 간다. 삼색 고양이는 그 징검돌 앞쪽에 있는 우거진 잡초 사이에 납작하니 몸을 숨기고 있다. 어떻게 아느냐면 꼬리만 바짝 서 있기 때문이다.
 "하쓰네, 거기에 고양이가 있소—."
 신자에몬이 말을 걸었을 때 고양이가 하악 하고 으르렁거렸다. 알아차린 하쓰네가 돌아보자, 고양이는 풀숲에서 튀어나와 등을 동그랗게 말고 온몸의 털을 세우며 또 으르렁거렸다.
 신자에몬은 놀랐다. 고양이는 하쓰네에게 으르렁거리는 게 아니다. 하쓰네 바로 뒤, 툇마루 안쪽의 유키미 장지 그늘을 향해 위협하고 있다. 눈을 치뜨며 이빨을 드러내고, 당장이라도 덤벼들 기세지만 꽁무니를 빼고 있는 모습으로 보이기도 한다.

갑자기 하늘을 뒤덮은 비구름 때문에 정원은 어두컴컴하다. 불빛이 없어서 저택 안은 더욱 어둡다. 빨래 말리는 곳 쪽으로 난 툇마루는 남향이고, 안쪽 방은 부부의 침소다. 신자에몬이 복도에, 하쓰네가 빨래 말리는 곳에 내려가 있으니 달리 누가 있을 리도 없다.

하지만 고양이는 여전히 어둠을 향해 으르렁거렸다.

신자에몬은 고양이가 위협하는 곳을 보았다. 하쓰네는 고양이 쪽으로 다가가려다가 남편을 알아채고 똑같이 침소를 돌아보았다.

그때.

침소와 툇마루를 나누는 장지 뒤에서 어둠이 날름 삐져나왔다. 삐져나왔다고밖에는 달리 표현할 방법이 없다. 침소의 어둠보다 더욱 어두운 것이 거기에 숨어 있다.

머리 위에서 번개가 쳤다. 하쓰네가 저도 모르게 목을 움츠렸다. 그 찰나, 신자에몬은 보았다.

갑작스러운 번갯불 밑에서, 장지 뒤에 숨어 있는 것의 윤곽이 떠올랐다. 새카만 어둠 덩어리다. 열 살쯤 되는 어린아이만 한 크기로, 형태는 일정하지 않다. 그냥 덩어리로 보일 뿐이다.

삼색 고양이가 으르렁거린다기보다 비명을 질렀다. 이어서 울린 천둥소리에도 지워지지 않을 정도로 새된 소리였다. 순식간에 펄쩍 뛰어오르다시피 달아난다.

그때 신자에몬은 들었다. 고양이 소리와도 천둥소리와도 다르다. 하쓰네의 목소리도 아니다.

오아아, 로 들렸다.

새카만 덩어리가 장지 뒤에서 데구르르 굴러 안쪽으로 도망쳐 들어갔다. 신자에몬한테는 그리 보였다. 그래서 순간적으로 생각했다.

지금 그것은 저 검은 덩어리의 목소리다. 벼락에 오아아 하고 놀라며 도망친 것이다.

하쓰네가 양팔 가득 빨래를 안고 툇마루로 올라가려고 한다. 신자에몬은 맨발로 정원에 뛰어내려 달려갔다.

"침소에 들어가지 마시오!"

다짜고짜 아내의 소매를 잡아끌고 바깥 복도로 끌어올렸다. 쏴아 하고 비가 내리기 시작했다.

"왜 그러셔요, 당신."

눈을 동그랗게 뜨는 하쓰네를 끌어안고, 신자에몬은 침소의 어둠에서 눈을 떼지 않았다.

"당신, 방금 그것을 보지 못했소?"

"방금이라니, 무엇인데요?"

땀에 젖은 신자에몬의 등이 싸늘해졌다. 무엇이냐는 물음에 무엇이라고 대답하면 좋을까.

"검은 것이오. 장지 그늘에 있었소. 벼락에 놀라서 울더군."

어머나—하며 하쓰네도 남편을 부둥켜안는다.

"기척을 느끼지 못했소? 방금 그것이, 당신이 전에 말했던 짐승일지도 모르는데."

그러나 짐승의 형태는 아니었다.

"어떤 모양이었나요?"

"그냥 덩어리요. 어둠 덩어리인데."

비유를 하자면, 하고 신자에몬은 열심히 고민했다. 어떻게 표현하면 좋을까.

"사람 아이만 한 크기에, 짚신 같았소."

말하고 나니 참으로 그럴 듯했다. 짚신이 둔갑한 것이다.

심호흡을 한 번 하고서, 하쓰네가 웃음을 터뜨렸다. 빗소리와 천둥소리 아래로, 깔깔대는 웃음소리가 굴러간다.

"짚신이라고요? 세상에, 별일이네. 그런데 짚신으로 둔갑하는 것은 너구리인가요, 오소리인가요?"

―방심했다.

가도 신자에몬은 얼굴을 찌푸렸다.

―이런, 내가 왜 이리 성급했을꼬.

아내 옆에서 팔에 소름이 돋고 등골이 오싹해졌을 뿐만 아니라, 아내가 웃을 만한 말을 지껄이고 말았다.

전부 착각이다. 갑작스러운 소나기에 저택 안팎이 어두워져, 미처 인지하지 못했던 무언가의 그림자가 형태를 이룬 듯 보인 것이다. 오아아라고 들린 '목소리'도 물론 목소리가 아니라 빗소리에 섞여 집이 삐걱거린 소리인 게 분명하다.

애초에 신자에몬은 수국 저택의 유령 이야기부터 믿지 않았다. 우습게 여긴다거나, 유령을 보았다는 사람들의 소문을 부정한 것도 아니다. 본 사람도 있으리라. 다만 그것은 눈의 착각이다. 그리고 이야기를 들은 사람들은 자신도 본 듯한 기분에 물들고 만 것이다.

유령의 얼굴이 흐릿하고 확실하지 않은 이유도, 당사자인 마님의 얼굴을 모르는 사람이 많다는 사실을 생각해 보면 오히려 납득이 간다. 이러이러한 이목구비라고 설명했는데 정작 마님과는 전혀 닮지 않은 얼굴이라면 이야기가 시들해지고 만다. 이럴 때는 '평평했다'고 말한다—그렇게 생각하는 편이 자연스럽다.

저택에 사람이 없어지고 나서 들리기 시작했다는 괴상한 목소리의 정체도 바람 소리이거나 새나 짐승의 울음소리가 아닐까 짐작했다. 사람이 살지 않는 저택이 상하기 시작해 생각지 못한 틈새가 생기거나, 기와와 회반죽이 벗겨져서 변덕스러운 소리를 냈으리라. 짐승에 대해서도, 이사를 와서 정원에서 고양이의 모습을 보았을 때에 역시나 싶었다. 고양이가 발정기나 영역 싸움을 할 때 내는 소리는 몹시 이상하게 들리기도 한다. 저 저택은 수상하다, 무언가 나온다고 믿고 있는 사람들의 귀에는 특히나 더 이 세상 것이 아닌 존재의 목소리로 들렸을 법하다.

괴력난신을 함부로 말하는 것이 아니라 제대로 이야기한다. 그 점을 유념하면, 수국 저택에서 일어났(다고 하)던 괴상한 일은 전부 설명할 수 있다. 다만 그 설명으로는 진정되지 않는 마음이 있는 한, 아무리 가르치고 꾸짖고 비웃어도 소용이 없다. 그래서 신자에몬은 잠자코 있었던 것이다.

그런데.

—지금은 내가 눈의 착각에 현혹되고 말았구나. 귀까지 현혹되었어.

머리가 식고 나니 자신이 지껄인 말이 부끄럽다. 이곳에 몰래 숨어서 살고 있다면 오소리일 거라고, 고사*를 들어 하쓰네에게 큰 소리를 쳤을 때와 똑같이, "내가 본 그 요괴 같은 건, 정말로 짚신이었을지도 모르지" 하고 말해 보았다.

"물건도 백 년이 지나면 요물로 변하는 경우가 있소. 이 저택 어딘가에 오래된 짚신이 떨어져 있을지도 모르오."

고작해야 지은 지 십 년 정도인 이 저택에 백 년이 넘은 물건이 있을 리도 없는데, 그러면 주의 깊게 찾아보지요, 하고 하쓰네는 순순히 대답했다.

"저는 옛날에 돌아가신 어머니에게 아궁이 청소를 게을리하면 나쁜 것이 들끓어 나온다고 배웠어요. 역시 물건을 함부로 대하면 요괴가 된다는 가르침이었겠지요."

그 후로도 몇 번인가 강한 뇌우가 쏟아졌고, 그것을 경계로 장마는 끝났다. 여름이 오기를 기다렸다는 듯이, 아카사카 신마치에서 조이치로 부부가 자식과 함께 나팔꽃 화분을 들고 찾아왔다.

"아버님도 어머님도, 지금쯤이면 자리를 잡으셨을까 싶어서요."

조이치로는 무난하게 그리 말했지만, 실은 아내가 이 저택의 풍문을 두려워하여 가까이 오고 싶어 하지 않았다는 사실을 나중에 몰래 털어놓았다.

일곱 살의 손자는 처음에는 얌전히 있었지만, 드넓고 여느 곳과는 분위기가 다른 저택을 재미있어하여 이리저리 뛰어다녔다. 어디에서 듣고 배웠는지, 덧문을 닫고 사용하지 않는 방에 발을 들여놓고, 할아버님, 이 저택은 열리지 않는 방특히 불길하다고 여겨 잠가 놓은 방을 가리킨다투성이네요, 라고 말한다. 슬슬 뇌우가 몰아치던 그날의 '눈의 착각'에서 벗어나던 중인 신자에몬은 크게 웃었다.

장남 일가는 긴 여름의 하루를 느긋하게 쉬며 보냈지만, 저택 여기저기가 어두워지기 시작하자 며느리는 안절부절못하며 차분함을 잃었다. 불빛이 필요해지기 전에 돌아가고 싶었는데, 라며 본심도 무심코 흘러나왔다.

돌아갈 때에 손자가 측간에 갔다. 저택 북쪽에 있는 측간 주변은 이미 어둑어둑했다. 며느리가 따라갔다가 잠시 후 창백해져서 돌아왔다.

"측간 옆 남천 나무 그늘에 무언가 숨어 있었어요."

이쪽의 기색을 살피는 것 같았다고 한다. 분명히 기척을 느꼈단다.

손자도 같은 말을 했다. "고양이인가 싶어서 쥐 울음소리를 흉내 내 보았는데 대답하지 않았어요. 그래도 꼼짝 않고 숨어 있는 듯해서, 작은 돌을 주워서 던졌지요."

"그랬더니 어찌 하더냐?"

"부스럭 하고 나무를 흔들면서 정원 안쪽으로 도망쳤어요."

손자는 무서워하지 않고 오히려 흥미를 느낀 모양이다.

하쓰네가 신자에몬의 얼굴을 보았지만 그는 모르는 척하고 있었다.

"이곳 정원은 보다시피 야산 같으니까. 무언가 짐승이 사는 모양이다. 덕분에 쥐가 없으니 다행스러운 일이지."

그러면 너구리일지도 모르겠네요, 하며 손자가 기뻐한다. 며느리만 한층 더 창백해졌다.

"하지만 크기가 컸어요."

자신의 띠 높이 정도를 손으로 나타내며 말한다.

"게다가 그런 새카만 짐승이 있을까요."

분명히 남천 나무 그늘, 그곳에만 저녁 어스름이 짙게 뭉쳐 있는 듯했다고 한다.

그날 밤 늦게 신자에몬은 촛불을 들고 측간으로 향했다. 반달이 뜬 밤으로, 평소에는 이럴 때 불빛 따위는 필요하지 않다. 굳이 그리 한 까닭은 으스스했기보다는 화가 나 있었기 때문이다.

여름 정원에는 낮의 더위가 고여 있고, 밤공기가 축축하게 달라붙어 온다.

신자에몬은 촛불로 남천 나무를 비추었다. 두 그루가 나란히 자라고 있다. 동산바치의 손길이 닿지 않아 아무렇게나 가지를 뻗고 있다. 잎은 빽빽하고, 가지는 몸집이 자그마한 신자에몬의 머리에 닿을 정도의 높이다.

캄캄한, 어둠이 뭉쳐 있는 듯한 것.

"탐탁지 않구나."

저도 모르게 소리 내어 말하고 있었다.

"여자와 어린아이를 놀라게 해도 무슨 공이 되지는 않을 터인데."

잘 생각해 보면 무엇 때문에 말을 걸었는지 모른다. 여기에 그것이 있는지 없는지도 확실하지 않은데, 신자에몬은 엄한 얼굴을 하고 있었다.

"네가 어떤 짐승인지, 아니면 요물인지는 모르겠으나 하고 싶은 말이 있다면 몰래 그러지 말고 나오너라."

그의 목소리를 듣는 것은 정원의 고요함뿐이다.

갑자기 바보 같다고 느껴 신자에몬은 쓴웃음을 지었다. 그런데 그때—.

"아와와아."

발치에서 소리가 났다. 섬돌 옆에 손 씻을 물을 떠 놓는 푼주가 있다. 반원형의 나무 뚜껑과, 자그마한 국자 하나가 위에 놓여 있었다.

그 국자가 툭 떨어졌다. 동시에 푼주 옆에서 무언가가 도망치는 기척이 났다.

신자에몬은 촛불을 비춰 뒤를 쫓았다. 촛불이 던지는 좁은 빛의 테두리 구석에, 시커먼 덩어리가 스륵스륵 옷자락을 끌다시피 하며 물러가는 모습이 비쳤다.

신자에몬은 그 자리에 못 박힌 듯 서 있었다. 손이 저려서 불빛이 흔들릴 때까지, 얼마나 촛불을 높이 쳐들고 있었는지 모른다.

방금 그것은 무엇일까.

또 목소리가 났다. 이번에야말로 잘못 들은 게 아니다. 당황한 듯한, 겁먹은 것 같은 목소리였다.

―겁먹은 것 같은?

내게 야단을 맞았기 때문일까. 아니면 내 모습 자체에 겁을 먹었을까. 그렇다면 풍문은 반대고, 요물답지 않다.

하쓰네한테는 말할 수 없었다. 어떻게 말해야 할지 결심이 서지 않았던 것이다.

하지만 굳이 결심을 하는 수고도 필요 없었다. 이튿날 저녁때 아내 쪽에서 이런 말을 꺼냈기 때문이다.

"죄송해요. 오늘 저녁상에 찬이 적지요?"

밥에 장아찌, 작은 생선포뿐이다.

"실은 도로로지루마나 참마 등을 갈아서 맑은 장국 등으로 묽게 한 요리를 만들고 있었어요. 하지만 흘리고 말아서."

도로로지루는 신자에몬이 좋아하는 음식이다.

"단단하고 맛있어 보이는 마였어요. 강판에 갈고 양념절구에 넣은 후 국물을 섞으려고 했는데, 잠시 눈을 뗀 틈에."

양념절구가 뒤집혀 마가 전부 쏟아지고 말았다.

"제가 실수한 게 아니에요. 장난을 친 거지요."

하쓰네는 곤란해한다. 하지만 눈가는 웃고 있었다. 이야기를 듣는 신자에몬은 얼어 있는데, 하쓰네는 느긋하다.

"무엇이 장난을 쳤다는 게요."

"그러니까 일전에 당신이 말씀하셨던 거요."

예, 아마 그것이 그런 걸 거예요, 하며 혼자서 고개를 끄덕인다.

"짚신 같다고 하셨는데 정말로 그 말 그대로더군요. 하지만 움직일 때는 모양이 바뀌었어요. 뭐라고 할까요, 이렇게 몽글몽글."

"하, 하쓰네."

하쓰네는 허둥거리는 남편을 아랑곳하지 않는다.

"어디가 손이고 발인지, 얼굴조차도 알 수 없어요. 하지만 위아래는 있는 것 같더라고요. 개수대 가장자리에 기대다시피 하고 양념절구를 들여다보고 있었어요."

그때 하쓰네가 돌아보았기 때문에 그것은 당황하며 물러섰다. 그러다가 양념절구를 엎고 말았다고 한다.

"머리에서부터—라고 할까, 위에서부터 마를 뒤집어쓰고 매우 허둥거리며 달아났어요. 도망치는 속도는 **빠르더군요**. 몽글몽글이라고 할까 스륵스륵이라고 할까, 흐르듯이."

당신, 제정신이오? 신자에몬은 저도 모르게 목소리를 높였다.
"제정신일 거예요. 아직 해가 떠 있는 시간에 일어난 일이라, 제가 이 눈으로 똑똑히 보았으니까요."
그다음 이야기도 있다고 한다.
"진한 마였던 탓에 저도 강판에 갈 때 손이 간지러웠어요. 그것을 옴팡 뒤집어썼으니, 진짜 살아 있는 것이라면 매우 애를 먹지 않을까 싶더군요."
아니나 다를까, 한동안 귀를 기울이고 있자니 가느다란 울음소리가 들려왔다.
"가려워서 괴로워하고 있었어요."
하쓰네는 목소리에 의지해 쉽사리 그것이 숨어 있는 어두운 곳을 찾아냈다. 부엌 옆의 작은 방인데 판자가 깔려 있어서 솥이나 식기 등을 넣어 두는 헛방으로 쓰는 중이었다.
"바닥에는 마 자국이 나 있었어요."
시커먼 것은 선반과 나무 상자의 그늘에 숨어서 울고 있었다. 끊임없이 꿈틀거리며 몸부림을 치는 듯 보였다.
"그것 보렴, 마는 건드리면 간지럽단다, 하고 말했더니 부들부들 떨면서 작아지더군요."
우선 우물로 가서 몸을 씻고 온 다음, 식초 물을 만들어 줄 테니 그 물을 뒤집어쓰렴. 하쓰네는 양손을 허리에 대고 내려다보며 엄한 얼굴로 말했다. 그리고 나서 길을 열어 주자 시커먼 것은 풀 죽은 모습으로 움직여 우물가로 나갔다.
"통에 식초 물을 가득 만들어서 쫓아갔지만 눈에 띄지 않았어요.

안주 • 395

아직 바깥이 밝았기 때문일까요."

별수 없이 "자, 식초 물이다" 하고 큰 소리로 말한 다음 우물 주위의 덤불 그늘에 통을 놓고 되돌아가는 척한 뒤 그늘에 앉아 상황을 살폈다.

이윽고 통 속의 식초 물이 찰박찰박 튀기 시작했다. 자세히 보니 검은 것이 통 가장자리에서 움직인다.

―잘 씻어야 한다.

하쓰네가 얼굴을 내밀며 말을 걸자, 그것은 통의 식초 물에 파문을 일으키며 놀라더니 천천히 미끄러져 나왔다.

"보니까 눈이 부신 기색이어서……."

"눈이 부셔?"

신자에몬은 겨우 끼어들었다.

"네. 해님을 싫어하나 보지요."

―이렇게 혼이 났으니 이제 장난치면 안 돼.

하쓰네의 말에 그것은 "하와아" 하는 목소리로 대답했다.

"있잖아요, 여보."

하쓰네의 눈빛은 매우 밝았다.

"그것이 무엇이든, 한 가지는 분명해요. 그것은 어린아이예요. 아직 어린 것이지요."

작은 선생이 일단 입을 다물자 즐거운 침묵이 흘렀다.

"하쓰네 님이라는 마님은―."

오치카는 할 말을 찾으며 고개를 갸웃거렸다. 그만 미소를 짓고 만다.

"대담하면서도 다정한 분이시군요."

사랑스럽다고도 말하고 싶다.

작은 선생은 수줍은 듯이 웃었다. "사물을 그다지 어렵게 생각하지 않는 분입니다. 만사에 까다로운 스승님과 함께 살려면 그럴 수밖에 없다고 말씀하신 적이 있지요."

사람 아이만 한 크기에 짚신과 비슷하고, 시커멓고, 움직일 때에는 몽글몽글 부들부들 떠는 괴상한 생물을 만나면 보통은 어려운 생각을 하기보다 먼저 다리가 풀리고 만다.

"그 검은 생물은 마가 신기해서 다가왔겠지요. 하지만 먹으려고 하지는 않았나요? 생물이라면 무언가를 먹을 텐데요."

작은 선생은 눈을 깜박거렸다.

"역시 오치카 님은 이런 종류의 이야기에 익숙하시군요."

그런 부분을 신경 쓴 사람은 처음입니다, 라고 한다.

"아무래도 그 검은 생물은 살기 위해서 먹을 것이 필요하지는 않았던 모양입니다. 그래도 먹을 것을 주면 좋아했다고 하지만."

"좋아해요?"

"네. 그런 점도 어린아이와 닮았는데, 특히 마른 과자를 좋아했다더군요. 색깔이나 모양이 예쁘기 때문이겠지요."

대개 마른 과자는 꽃이나 잎, 때로는 새나 물고기 모양 등을 본떠만든다. 색깔도 가지가지다. 시커먼 생물은 그 과자를 좋아했다고 한다.

"먹지는 않고 보금자리로 가져가 놓아두었다고 합니다. 가끔 하쓰네 님이 살펴보러 가면, 완전히 눅눅해지고 만 과자가 흩어져 있었다네요."

"보금자리라면."

"수국 저택 안의 사용하지 않는 방입니다. 하쓰네 님이 꿰뚫어 보신 대로 그것은 햇빛을 불편하게 여기고 어둠을 좋아했습니다."

지붕 밑으로 올라가거나 바닥 아래로 숨어들 때도 있었다.

"해가 지고 나면 저택의 곳곳이 어두워지기 때문에 스승님이나 하쓰네 님 바로 옆까지 다가올 수 있었습니다―뭐, 빛을 불편하게 여긴다고 해도 순식간에 죽어 버릴 정도는 아니었다고 합니다."

마 소동 때도 부엌에는 불이 켜져 있었지만 도구나 가구의 그늘에는 어둠이 있었다. 그런 곳을 골라 부들부들 떨며 이동하고, 어둠에서 머리(인 듯한 것)만 쏙 내놓는 식이다.

상상하면 이 또한 귀엽다. 아니, 실제로 오치카가 그 자리에 있었다면 도저히 하쓰네처럼 행동할 자신은 없지만.

"죄송합니다, 이야기가 조금 앞서 나갔군요" 하며 작은 선생은 가볍게 머리를 숙였다. "그런데 '마 소동'은 어디까지나 하쓰네 님만 겪은 일입니다. 스승님이 직접 눈으로 보시진 못했지요. 그러니 이야기가 아무리 생생하고 그럴 듯해도, 처음에 스승님은 믿으려 하지 않으셨답니다."

―하쓰네, 사람은 눈을 뜨고 있어도 꿈을 꿀 때가 있소.

"그런 말씀을 하셔서 하쓰네 님이 토라지셨다더군요."

군자는 괴력난신을 말하지 않는다. 경솔하게 말하지 않고, 그대로 받아들이지 않는다.

"하지만 그까짓 일로 풀이 죽고 말 만큼 하쓰네 님도 마음이 약하지는 않았지요."

또 웃는 얼굴이 된 작은 선생은 기분이 좋은 듯한 목소리로 말을 이었다.

"그렇다면 확고한 증거를 보여드리지요, 하며 그 시커먼 생물을 길들이기 시작했답니다."

"길들인다고요?"

"하쓰네 님이 부르면 나타나도록 길들일 작정이셨다는군요."

시커먼 생물이 마른 과자를 좋아한다는 점도 그런 과정에서 발견했다.

"들개나 도둑고양이를 먹이로 회유하는 일과 비슷하지요."

다만 이쪽은 호기심이 있지만 먹이를 필요로 하지 않는 생물이기 때문에 꽤 어렵다.

"대략 한 달 동안, 방법을 바꾸고 물건을 바꾸면서 시험해 보았다고 합니다."

시커먼 생물은 식초 물로 가려움을 없애 준 은혜를 아는지, 하쓰네를 친근하게 느끼는 듯 그녀가 혼자 있으면 가까이 다가왔다. 빨래나 바느질을 하다가 문득 얼굴을 들면 장지 그늘에서 시커먼 짚신이 엿보고 있었다고 한다.

"하지만 스승님 앞에는 나타나지 않았어요. 하쓰네 님이 서둘러 스승님을 불러도 허둥지둥 도망쳐 버렸답니다."

하쓰네는 점점 오기가 생겼고, 가도 신자에몬은 아내가 이상해졌다며 걱정하는 지경까지 이르렀다.

"스승님도 며느리와 손자가 한 얘기도 있고, 본인 역시 수상함을 느낀 경험이 있으니 완전히 부정하실 수는 없지요. 그래도 하쓰네 님이 눈을 빛내며 하루 종일 요물을 쫓아다니니, 역시 걱정도 되셨을 겁니다."

단둘이면 이런 때에 눈앞이 보이지 않게 되기 쉽다. 만일 하녀라도 한 명 있었다면 양쪽 다 머리가 냉정해졌을 테지만.

―당신, 사람이 변해 버렸구려.

―당신이 믿어 주지 않으니까 그렇지요!

말다툼만 해서는 출구가 없다.

"스승님은 자신의 마음이 흐트러지는 데에 불안을 느꼈고, 또 하쓰네 님이 어린아이라고 단언하는 요물에게 이렇게까지 열중하는 까닭은 아들이나 손자들과 떨어져 살다 보니 적적해서가 아닐까 하고, 숙연하게 돌이켜보기도 하셨다더군요."

오치카는 가도 신자에몬도 다정한 사람이라고 생각했다.

"하지만 그 후," 하고 작은 선생은 무릎을 탁 쳤다.

"하쓰네 님이 옳았다고, 마침내 스승님도 납득―안도할 수 있게 되었습니다."

신자에몬이 감기에 걸려 앓아누운 일이 계기였다.

"높은 열이 며칠 동안 계속되었고, 마을 의원을 불러 약을 받았지만 전혀 효과가 없었지요."

하쓰네는 불안하고 겁이 났다.

"스승님은 몸집은 작지만 건강한 분이셨고, 그때까지는 코감기조차 좀처럼 걸리지 않으셨거든요. 나중에 중풍으로 쓰러지셨지만, 그

때도 발작에서 깨어나자 곧장 배가 고프다고 말씀하셨을 정도라고 하니까요."

 그런 신자에몬이 열에 들떠 자리에 누운 채 측간에도 제대로 가지 못했다.

 "평소에 건강한 사람일수록, 몽둥이가 부러지듯이 덜컥 죽을 때가 있지요. 하쓰네 님은 그런 불온한 생각을 떠올리면 불안으로 가슴이 짓눌리는 듯해 부엌에서 혼자 눈물로 소매를 적시곤 하셨는데."

 그러자 시커먼 생물이 나타났다. 하쓰네 쪽으로 조금씩 다가와, 무언가 호소하고 싶은 듯이 부들부들 움직인다.

 ―내가 울고 있으니 걱정이 되는 게로구나.

 "하쓰네 님은 그렇게 생각하고, 눈물을 닦고 기운을 내어 그것을 설득했습니다."

 ―너 같은 이 세상의 이치에서 벗어난 생물을, 우리 남편은 인정하지 않는단다. 인정하지 않기 때문에 직접 눈으로 보면 놀라고, 대체 어찌 된 까닭으로 태어났는지 궁금해서라도 향학심을 불태울 테지. 그러면 병도 날아갈 거야.

 "이치로 따져서 옳은 구실인지 아닌지는 제쳐 두고, 하쓰네 님의 애원은 요물한테도 통한 모양입니다."

 하쓰네는 시커먼 생물을 데리고 신자에몬의 머리맡으로 달려갔다.

 "그때 처음으로 스승님도 요물을 보았습니다."

 오치카는 일부러 가볍게 농담을 던져 말허리를 잘랐다. "이번에는 높은 열 때문에 있지도 않은 것이 보인다고 생각하시지 않았나요?"

작은 선생은 활짝 웃었다. "말씀대로, 그런 말로 항변하셨다고 합니다."

그러나 요물은 신자에몬의 머리맡에서 떠나지 않았다. 꾸벅꾸벅 졸다가 일어나면, 늘 그곳에 있다. 머릿병풍의 그늘에 숨어 오도카니 앉아 있는 것처럼 보인다.

"또 한 가지 신기한 일은, 요물이 스승님의 베갯머리에 있자 금세 열이 내리기 시작했다는 겁니다."

고금의 문헌을 통해 신자에몬도 요물을 만난 사람이 그 독기를 쐬어 열병에 걸린다는 이야기라면 알고 있었다. 이 경우는 완전히 반대다.

"그렇게 높던 열이, 이틀도 지나지 않아 거짓말처럼 내렸다는군요. 멀쩡하게 회복되어 머리도 안광도 날카로움을 되찾으셨지요. 그래도 여전히 시커먼 생물은 그곳에 있었습니다."

그렇게 말하는 작은 선생은 아마 가도 스승의 흉내를 내려는지, 살짝 몸을 뒤로 젖히며 말했다.

"이래서는 나도 꺾이지 않을 수 없구려, 하고."

오치카는 작은 선생과 한목소리로 웃었다.

"그 후로 수국 저택에는 스승님과 하쓰네 님과 이 요물이, 두 사람과 한 마리가 사이좋게 살게 되었다는 것입니다."

한 번 친숙해지고 나니 시커먼 생물은 신자에몬을 두려워하지 않게 되었다. 그가 글을 읽고 있으면 다가온다. 미역을 감고 있으면 다가온다. 말을 걸면 낯을 가리는 어린아이처럼 순식간에 작아지지만, 도망쳐 버리는 일은 없어졌다.

"스승님은 이것을 '안주嚅獸'라고 불렀습니다."

처음에는 짐승이라고 딱 잘라 말하길 망설였다고 한다.

"그야말로, 죽어서 이 세상을 헤매고 다니는 어린아이의 영혼일 수도 있다며."

그러나 그런 것치고는 형상이 지나치게 이상하고, 몸의 크기에 비해 지혜는 턱없이 부족하다. 마에는 진저리가 난 모양이지만 부엌의 식재료에 흥미를 보이다가 그릇을 엎는 일은 그 후에도 종종 있었다. 목욕탕의 아궁이에 들어가 재투성이가 되어 놀다가, 하쓰네에게 꾸지람을 들은 적도 있다.

안주는 여러 가지 일에 흥미를 보였으나 하쓰네가 한번 별 생각 없이 데마리_{장난감의 일종. 둥글게 뭉친 솜을 속에 넣고, 표면을 색실로 휘감친 것인데 손으로 치며 놀았다}를 치면서 데마리 노래를 불렀더니 몹시 마음에 들어 했다.

"그러다가 직접 데마리를 굴리면서, 하쓰네 님께 노래를 불러 달라고 조르게 되었습니다."

하쓰네는 데마리를 능숙하게 치는데 안주는 그러지 못한다. 그냥 굴리면서 놀 뿐인데, 밝은 곳으로 굴러가 버려서 정신없이 쫓다가 빛에 몸을 움츠리고 도망친 적도 있다고 한다.

―지혜는 모자라는군.

신자에몬은 생각했다.

―우선은 개나 고양이와 같은 종류이거나, 그 이하다.

그래서 짐승이라고 한 것이지만, 하쓰네는 이를 가엾게 여겼다.

―적어도 이름이라도 붙여 줍시다.

시커먼 생물이니 구로베에黑兵衛, 구로타로黑太郎_{구로(黑)는 일본어로 '검다'는 뜻이}

다를 고려해 보다가 결국—.

"구로스케로 결론이 났군요."

오치카가 생긋 웃으며 말했다.

"작고 귀여운 느낌이 들어요."

한자는 붙이지 않았다. 히라가나_{일본의 고유 문자} 쪽이 어울린다고, 신자에몬이 결정을 내렸다.

구로스케는 가끔 "아와아"라든가 "우와아"로 들리는 '목소리'를 냈다. 갓난아기의 옹알이와 비슷하다.

"이쪽이 무언가 말을 하면 대답으로 목소리를 낼 때도 있었습니다."

게다가 몇 번이나 핫쓰네한테 데마리 노래를 불러 달라고 조르는 동안에 가락을 외운 모양이다. 어느 날 구로스케가 저택의 어디에선가 곡조가 어긋난 데마리 노래를 웅얼거리자, 가도 부부는 얼굴을 마주 보았다.

—노래를 익힐 수 있다면, 말을 가르칠 수 있을지도 모르지.

실제로 구로스케는 "구로스케" 하고 부르면 자신을 부르는 소리임을 알았다.

"스승님은 의욕이 넘쳤어요. 그때까지는 어린아이를 가르친 적이 없었기 때문에, 저택에 드나드는 서책 도매상에게 습자소에서 쓰는 교본을 주문해 가져오게 하더니, 자신도 처음부터 차근차근 스승 역할을 하기 시작하게 되었습니다."

서책 도매상은 가도 님, 이곳에서 습자소라도 여실 작정이십니까, 하며 의아하게 여겼다고 한다.

"스승님의 가슴속에는 구로스케와 자유롭게 의사소통을 할 수 있게 되어 여러 가지를 묻고 싶다는 마음이 있었습니다."

너는 어디에서 왔느냐. 언제부터 이곳에 있었느냐.

구로스케야, 네 정체는 무엇이냐?

"유감스럽게도 구로스케는 그렇게까지 똑똑하지는 않았던 모양입니다."

작은 선생은 자신의 일인 것처럼 머리를 긁적였다.

"수업은 순조롭게 진행되지 않았습니다."

그래도 고심하고 궁리를 거듭하며 교육을 하는 신자에몬 옆에서, 하쓰네는 매일을 즐겁게 보냈다.

"그냥 구로스케가 재미있고 귀여웠다고 하셨습니다."

하쓰네가 마음을 쓴 것은 구로스케가 좋아하는 것과 싫어하는 것이다. 마른 과자를 몹시 좋아한다. 마는 가려워서 싫어한다. 생선을 굽는 연기는 싫어한다. 갓 지은 하얀 쌀밥의 김은 좋아한다.

"식초 물을 뒤집어쓴 일을 기억하는 건지, 스승님이 미역 감는 모습을 흉내 내려는 건지, 자주 대야에 들어가 있기에 구로스케용 대야를 사 주었더니 잘 때는 거기에 들어가서 잤다고 합니다."

"잔다고요?"

"네. 해가 있는 동안에는 잠을 잔다는군요. 사람과는 밤낮이 반대지요."

잠을 잔다면 역시 생물이다. 새삼 그렇게 생각하는 오치카에게 작은 선생은 고개를 끄덕였다. "만지면 매끈매끈하고 따뜻해서, 분명히 생물의 감촉을 느꼈다고 합니다."

구로스케는 새를 좋아했다.

"마당에 새가 모이면 나무 그늘의 어둠 속에 있다가 다가가서 새들이 도망치곤 했다고 합니다."

하쓰네에게는 구로스케가 기뻐하도록 아침에 쌀가루나 잡곡을 마당에 뿌려 새를 불러 모으는 습관이 생겼다. 그러는 동안 구로스케가 몇몇 새의 울음소리를 능숙하게 흉내 낸다는 사실을 알아차렸다. 그 재주를 칭찬해 주자 기뻐하며 몇 번이나 흉내를 냈단다. 밤중에도 흉내를 낼 때가 있어서, 이웃에서 수상하게 여기니 해가 지면 울음소리 흉내는 그만두라고 타일렀다.

"한편 개나 고양이, 그리고 쥐는 몹시 질색했고, 그런 짐승들도 구로스케를 싫어하는 기색이었다는군요. 수국 저택에 쥐가 둥지를 트는 일이 없었던 까닭은 구로스케가 살고 있었기 때문입니다."

구로스케는 꽃도 좋아했다. 밤이 되면 자주 정원의 나무에 올라가기에 높은 곳도 좋아하나 보다 싶었는데 그건 아니었다.

"달이나 별을 좋아했답니다."

빛은 싫어하지만 밤하늘을 수놓는 희푸르고 아득한 빛은 좋아했다. 높은 가지에 올라가 밤하늘을 올려다보며 아침까지 노래를 했다고 한다.

"하쓰네 님이 아이들이 달밤에 그림자밟기 놀이를 할 때에 부르는 노래를 가르쳐 주었더니, 그것도 전부 익혔다고 합니다."

다만 아무리 가르쳐도 말은 신통치 않았다. 단순히 소리로 기억했기 때문이리라. 거기까지가 한계였다.

"그것도 이웃이 수상하게 여기는 원인이 되겠지만, 스승님도 하쓰네 님도 구로스케의 노래를 금지하지 않았습니다."

새벽에 그 노랫소리에 문득 잠에서 깰 때가 있었다. 베개를 베고 누운 채 가만히 귀를 기울이고 있으면, 절절하게 가슴을 울리는 기분이 들었다고 한다.

활달하던 작은 선생의 얘기는 이 대목에서 조금 기세가 떨어졌다.

"하쓰네 님은 하이쿠를 지으시는데,"

당시 수국 저택에서도 몇 개의 시를 읊었다. 하쓰네는 이 저택 이야기를 들려줄 때 작은 선생에게 시를 적어 놓은 공책을 보여 주었다. 그런데—.

"노래하는 구로스케를 읊은 하이쿠는 보여 주시지 않았습니다."

떠올리면 너무 애달프니까—라고 하쓰네는 말했다.

이야기에 조금씩 그늘이 보이기 시작했다. 오치카는 천천히 고개를 끄덕인 뒤 잠시 침묵했다가 말했다.

"두 분은 구로스케와 행복하게 사셨군요."

"생각지도 못하게 바쁜 은퇴 생활이었지요."

"수국 저택도 기뻐했겠네요. 아아, 시끌벅적해졌구나, 하고."

별 생각 없이 한 말에 작은 선생이 놀란 모양이다. 갑자기 눈을 크게 떴다.

"저택이 기뻐합니까?"라고 중얼거리더니, 그렇군요, 하며 고개를 끄덕였다.

"한편 스승님은 구로스케 본인에게서는 아무것도 듣지 못했지만 서책을 뒤지고, 때로는 지인의 지혜를 빌리면서 구로스케의 정체를 알아내기 위해 노력하셨습니다. 고금에 요물 이야기는 수도 없이 많지만 구로스케와 비슷한 존재는 눈에 띄지 않았어요. 몸이 시커멓다는 점을 제외하면 '놋페라보'라는 요괴를 닮았다고 해도, 그것은 사람을 놀라게는 해도 사람을 따르지는 않지요."

구로스케는 대체 무엇일까. 여전히 수수께끼였다.

"스승님은 구로스케에 관해서는 다른 사람에게 말하지 말자고, 하쓰네 님과 입을 맞추었습니다."

물론 하쓰네에게 이의는 없었다. 굳게 입을 닫고 구로스케를 지킬 작정이었다.

―구로스케는 낯을 가리고, 겁이 많아요. 소란스러운 구경꾼 따위는 질색일 거예요.

"드나드는 상인들을 제외하면, 애초에 손님이 오지 않는 저택입니다. 스승님의 은퇴는 은거라는 사실을 가족들도 잘 알고 있었지요. 또 가도 가의 며느리는 전에 방문했을 때의 일이 어지간히 무서웠는지, 수국 저택에 가까이 오고 싶어 하지 않았어요. 손자가 보고 싶으면 이쪽에서 아카사카 신마치로 찾아가면 될 일이고요. 이것도 스승님과 하쓰네 님에게는 무척 다행스러운 일이었습니다."

상인은 볼일이 끝나면 얼른 돌려보내 버리면 되고, 구로스케도 신자에몬과 하쓰네가 그들과 이야기하고 있을 때는 섣불리 가까이 오려고 하지 않았다.

"물론 하쓰네 님이 그렇게 타이르기도 했지만."

말하다 말고 작은 선생은 조금 망설였다.

"확실히 구로스케는 낯을 가렸던 모양입니다. 스승님 앞에 모습을 나타낼 때까지도 그토록 애를 먹였으니까요."

지금의 망설임은 무엇일까. 오치카는 입 밖에 내어 묻지는 않았지만 마음속에는 적어 두었다. 잠시 사이를 두고 물어보았다.

"그러면 모로호시 님께도 사정을 말하지 않고 숨기셨나요?"

가도 신자에몬의 자칭 제자라는 군기 이야기꾼 말이다.

작은 선생은 쓴웃음을 지었다. "그 양반에 대해서는 스승님도 크게 고민했다고 하셨습니다."

모로호시 지카라의 방문은 늘 갑작스럽다. 빈손으로는 오지 않는다. 가르침을 청하고 싶다는 구실과 함께 술병을 들고 온다. 또는 계절 안주를 손에 들고, 술은 스승에게 얻어내러 온다.

언제나 기분이 좋은 남자이고, 태생은 알 수 없지만 악인은 아니다. 신자에몬도 하쓰네도 그 점은 알고 있다.

"하지만 여러 가지 의미로 목소리가 큰 양반이지요."

어쨌거나 생업이 생업이다.

"만일 구로스케의 존재를 안다면, 아무리 단단히 입막음을 해도 소용없다. 악의는 없더라도 어디에선가 무심코 이야기하고―선전하고 말겠지."

게다가 모로호시에게는 여전히, "그런데 그 마님의 유령은 어찌 되었습니까? 전혀 나타나지 않습니까?" 하고 문득 생각났다는 듯 다시 들쑤시는 구경꾼 같은 구석이 있다. 따라서 부부가 수국 저택으로 옮기고 나서는 아카사카 신마치에 있었을 때보다 더 자주 방문했다.

"곤란하셨겠네요" 하며 오치카도 눈썹을 찌푸렸다.

"그렇다고 해서 갑자기 멀리하려고 하면 오히려 수상하게 여기겠지요. 캐고 다니기를 좋아하는 양반이기도 하거든요."

그런 사람은 어디에나 있다. 마음씨는 착하지만, 무언가 눈이 번쩍 뜨이는 진기한 이야기나 사건에 정신을 못 차리고, 소란스럽게 굴지 않으면 참지 못하는 성미다.

"어쩔 수 없다, 모로호시가 찾아오면 지금까지 하던 대로 대하고, 교제도 변함없이 계속하자. 단 구로스케에게는 더 단단히 타일러, 모습을 보이지 않도록 조심하자."

불안은 남지만 달리 방법도 없다.

"하지만 모로호시 님의 방문이 두세 번 계속되고, 그것을 어떻게든 무사히 넘기던 중에 하쓰네 님은 눈치를 챘습니다."

—구로스케는 모로호시 님을 좋아하지 않는 모양이에요.

"상인들의 경우와는 달리, 그냥 낯을 가려서 가까이 오지 않는다는 것 이상으로 싫어하는 기색을 보였다는군요."

오치카는 마음에 떠오른 생각을 솔직하게 말해 보았다.

"어린아이는 대개 주정뱅이를 싫어하지요."

작은 선생은 웃음을 터뜨렸다. "정말이지 오치카 님은 눈치가 빠르십니다."

구로스케는 취해서 고성방가를 하고, 큰 소리로 학문을 늘어놓는 모로호시 지카라의 소란스러움을 싫어했다. 그가 오면 숨어 버리고, 하쓰네가 몰래 불러도 나오지 않는다. 만 하루 밤낮을 숨어 있기도 했다.

"좋아하는 마른 과자 봉지를 보여 주거나 데마리를 굴리면서 부르면 겨우 나타났어요. 그런 때에 구로스케는 토라진 것 같기도 하고 풀이 죽은 것 같기도 한 기운 없는 모습이어서, 하쓰네 님은 마음이 아팠다고 했습니다."

신자에몬은 술이 세지만 혼자서 마시는 일은 없다. 수국 저택에 술 냄새가 피어오르는 것은 모로호시 지카라가 왔을 때뿐이다. 구로스케에게는 술이 독인가 하는 생각도 했지만, 마시다 남은 데운 술이 들어 있는 술병에는 아무렇지도 않게 다가간다.

"구로스케가 싫어하는 대상은 어디까지나 주정뱅이지, 술 자체가 아님을 알았습니다."

오치카는 진지한 얼굴로 말했다. "저도 주정뱅이는 싫어해요."

"그러면 단단히 주의해야겠군요."

말해 버리고 나서, 듣고 나서, 어라 하는 느낌으로 두 사람은 침묵했다.

"제 본가인 여관에서는 주정뱅이 때문에 꽤나 애를 먹었답니다."

왜 허둥거리고 있을까, 나는. 오치카는 서둘러 말을 이었다. "주정뱅이 쪽은 기분이 좋아서 어린아이를 상대해 주려는 걸 텐데, 참으로 대하기가 난처했습니다."

그렇겠지요, 하고 작은 선생도 묘하게 힘이 들어간 목소리로 말했다.

"그럼…… 오치카 님은 그, 다소는 주정뱅이의 추태를 알고 계시겠군요."

"네."

"그렇다면 다음 이야기를 말씀드리기가 쉬워지겠습니다. 그들은 그, 너무 많이 마셔서 실수를 할 때가 있지요?"

오치카는 떫은 얼굴을 지었다. "뒤처리가 큰일이지요."

"맞습니다. 하쓰네 님도 이 대목을 이야기하실 때는 지옥의 옥졸 같은 얼굴을 하고 계셨으니까요."

이월 말, 눈이 조금씩 흩날리는 날이었다고 한다. 평소처럼 술병을 들고 찾아온 모로호시 지카라는, 이런 날씨에는 데운 술을 마셔야 한다며 과음했다가 속이 나빠졌다. 측간에 가려고 일어섰지만 비틀거리다가 때를 맞추지 못했다.

"툇마루에서 굴러떨어져, 그 자리에서 위 속에 든 것을 올리고 만 모양입니다."

순간적으로 툇마루 밑에 얼굴을 처박고 토했기 때문에 오물은 눈에 띄지 않았다. 부끄럽기도 하고 귀찮기도 해서, 모로호시 지카라는 입만 헹구고 모르는 척하기로 했다.

"눈은 쌓일 만큼 내리지는 않았지만, 얼어붙을 듯한 추위 때문에 냄새도 나지 않았을 테지요. 하쓰네 님도 이튿날 아침에 청소를 할 때조차 알아차리지 못했습니다."

구로스케는 늘 그렇듯이 모로호시가 오자 곧 숨어 버려 모습이 보이지 않았다. 이번의 주정뱅이 모로호시는 평소보다 더욱 시끄러웠다고 하쓰네도 진저리를 냈으니 구로스케도 어지간히 싫었나 보다고 생각하며, 깊이 신경 쓰지는 않았다.

하지만 그대로 이틀, 사흘이 지나도 구로스케가 대답을 하지 않는다면 이야기는 다르다. 하쓰네의 마음은 불안으로 흐려졌다.

"온 저택 안을 다니며 불러 봐도 구로스케가 대답하지 않아, 스승님도 거들어 두 분이서 찾아다녔습니다."

지붕 밑에도 올라갔다. 정원수를 하나하나 올려다보며 말을 걸었다. 툇마루 밑도 들여다보았다.

"그러다가 툇마루 밑 땅바닥에 흩뿌려져 완전히 말라 달라붙어 있는 오물과, 그 안에서 몸이 움츠러든 구로스케를 발견하셨지요."

모로호시 지카라가 술판을 벌였을 때 구로스케는 하필이면 거기에 숨어 있었던 모양이다.

"그러면 오물을 뒤집어쓰고."

"제대로 뒤집어쓰지는 않았을지 몰라도, 튈 정도로 가까이에 있었던 게지요."

구로스케는 분명히 쇠약해져 있었다.

"그냥 겁을 먹거나 싫어서 몸을 움츠리고 있는 게 아니었어요. 몸이 절반 정도로 쪼그라들었다고 합니다."

불러도 나타나지 않을 수밖에 없었다. 구로스케는 혼자 힘으로 움직일 수조차 없었던 것이다. 그래서 그대로 궁지에 빠져 있었다. 가도 부부는 한겨울에 땀을 뻘뻘 흘리며 구로스케를 툇마루 밑에서 끌어냈다.

"얼어붙어서 추울지도 모르겠다며 대야에 더운 물을 받아 옆에 놓아 주었지만 기어 올라가지도 못했답니다."

가엾게도. 오치카는 저도 모르게 얼굴을 찌푸렸다.

"스승님과 하쓰네 님은 그 전에도 구로스케에게 손을 대신 적이 있었습니다."

늘 매끈매끈하고 따뜻했으며 생물의 느낌이 있었다고 한다.

"하지만 안거나 들어 올리거나 하신 적은 없었습니다. 그럴 기회도 없었지요."

하지만 이때만은 보다 못한 신자에몬이 구로스케를 안아 대야에 넣으려고 했다. 그러다가 놀라고 말았다.

"구로스케는 먼지를 모아 놓은 것처럼 가볍고, 뭐라고 할까……넝마를 뭉쳐 놓은 것처럼 텅 비어 있었다고 합니다."

부부는 구로스케를 씻기고 따뜻하게 해 주고 나서, 대야에 넣어 캄캄하게 한 부엌 옆방에서 쉬게 했다.

잠시 후, 구로스케의 가느다란 울음소리가 들려왔다.

"소리를 낼 만큼 기운이 돌아왔다는 뜻이었겠지만."

함께 울고 싶어질 듯한 목소리였다.

"하쓰네 님은 어딘가 아픈 데가 있는 모양이다, 주정뱅이의 토사물 때문에 구로스케가 병에 걸리고 말았다며 화를 냈다가 걱정했다가, 아무튼 기세가 무서우셨다고 합니다만."

신자에몬은 섣불리 상관하지 말고 가만히 내버려 두라고 명령했다.

―짐승은 다소의 상처 정도는 스스로 핥아서 낫게 하는 법이오.

"차가운 말이다, 구로스케는 짐승이 아닙니다, 하며 하쓰네 님은 또 화를 냈지만 의원을 부를 수는 없고 음식을 먹지 않는 생물에게 약이 효험이 있을지 없을지도 알 수 없지요. 스승님의 말대로 할 수밖에 없었던 셈인데."

그러나 신자에몬의 마음속에는 다른 생각도 자리 잡고 있었다.

―구로스케는 작아졌소.

오치카는 고개를 갸웃거렸다. "그러니까 그것은 모로호시 님 때문이잖아요?"

아니요, 하고 작은 선생은 고개를 저었다.

"모로호시 님의 토사물이 없어도, 아니, 토사물, 토사물 해 대서 죄송하지만."

―처음으로 만났을 때보다 구로스케는 작아지고 있소.

그 인식은 바늘처럼 따끔하게 신자에몬의 마음을 찔렀다.

구로스케는 애초에 형태를 정하기가 어려운 생물이다. 짚신 같다는 비유도 그렇게 보일 때가 많기 때문이고, 움직일 때는 송충이와 비슷하고, 대야에 들어가 자고 있을 때는 대야에 딱 맞는 모양이 된다. 데마리를 굴리며 놀 때는 데마리와 똑같이 동그래진다.

그런 만큼 크기도 무게도 눈대중으로는 짐작하기 어렵다. 따라서 신자에몬의 이 인식도 이치가 아니라 순전히 체감에 의한 것이었다.

"무슨 말씀을 하시나 했더니."

당신의 착각이에요, 하며 하쓰네는 상대하지 않는다.

"모로호시 님께 그런 일을 당하기 전까지 구로스케는 처음에 나타났을 때 그대로였어요. 크기가 달라졌을 리 없어요."

분명히 모로호시의 실수 때문에 구로스케는 약해지고 말았다. 하지만 그런 일이 있었기 때문에 더더욱, 신자에몬은 새삼 구로스케를 찬찬히 관찰했던 것이다. 그리고 장마가 끝날 무렵 처음 만났을 때부터 올 이월의 눈이 내리던 날까지, 구로스케가 조금씩 야위어 왔다는 결론을 내리기에 이르렀다.

의논보다는 재 보는 편이 빠르다.

그러나 구로스케는 좀처럼 낫지 않았다. 소동 이후 하쓰네는 자주 침소 옆에 있는 캄캄한 방에 들어가 말을 걸어 격려하거나 쓰다듬어 주었지만, 이내 구로스케는 대야를 빠져나가 어디론가 숨어 버렸다. 가끔 아픔을 견디다 못해 신음하는 듯한 목소리가 들려오니 저택 안에 있는 것은 분명하다. 안색이 변한 하쓰네가 찾으려고 하자 신자에몬이 말렸다.

"다친 짐승은 내버려 둬야 하오."

"짐승이 아닙니다!"

하쓰네는 또 화를 냈지만 당사자가 나타나지 않으니 어찌 할 수도 없다. 날마다 걱정하면서 기다리다가, 결국 구로스케가 다시 부부 앞에 모습을 나타내기까지는 열흘이 걸렸다.

하쓰네는 눈물을 지으며 기뻐했지만 신자에몬의 가슴에는 또 새로운 바늘이 따끔하게 꽂혔다.

구로스케는 얼핏 보면 원래의 모습 그대로다. 부부에게 걱정을 끼쳤음을 알고 있는지 애교를 부리듯이 몸을 흔들흔들 하고, 말을 걸면 꾸벅 고개를 숙인다.

하지만 지금까지와는 분명히 달라진 점이 있었다. 하쓰네가 몹시 기뻐하며 어루만지거나 껴안으려 하면, 구로스케는 그 손이 닿는 찰나 약간 움츠러들었다. 마치 사람이 뜨겁게 달구어진 주전자를 가까이 들이대면 저도 모르게 몸을 빼는 모습과 비슷했다.

신자에몬의 마음속 바늘에서는 서서히 불안이 배어 나오기 시작했다. 그것은 즐거웠던 지난 반년 남짓 동안 가끔 생각하다가 막혀, 어느새 생각하기를 그만두었던 의문과 통해 있다.

구로스케는 대체 무엇일까?

봄, 벚꽃도 한창때를 지나려고 하던 어느 날, 혼자 서재에 있던 신자에몬에게 구로스케가 다가왔다. 하늘은 두터운 구름에 덮여 있어 독서를 하려면 대낮부터 불빛이 필요할 만큼, 구로스케가 움직이기에 좋은 날씨였다. 구로스케는 완전히 건강을 회복한 듯 보였다.

때마침 하쓰네는 장을 보러 나가고 없었다. 신자에몬은 사방등을 멀리 떨어뜨려 놓고 구로스케를 도코노마의 지가이다나두 장의 판자를 좌우에서 아래위로 어긋나게 댄 선반. 도코노마 옆에 설치한다 옆으로 불렀다. 도코노마라고 해도 서화는 없고 서책만 높이 쌓여 있을 뿐인데, 이곳의 기둥을 자 대신 쓰려 한 것이다.

"구로스케, 가능한 한 똑바로 몸을 펴고 서 보아라."

부들부들 꿈틀꿈틀 하느라 잘 되지 않는다. 저도 모르게 손을 내밀어 끌어올리려고 했을 때, 신자에몬은 분명히 확인했다.

역시 구로스케는 그의 손에 움츠러들었다.

어떻게든 똑바로 세워 구로스케의 머리 꼭대기가 닿는 기둥 부분을 먹으로 표시했다.

"앞으로 가끔 이렇게 네 키를 재기로 했다. 알겠지."

구로스케는 기둥에 찰싹 달라붙은 채 부들부들 떨었다.

"얘야, 구로스케."

하쓰네에게는 비밀이라고, 신자에몬은 목소리를 낮추어 말했다.

"결코 야단치거나 화내지 않을 테니 가르쳐 다오. 너는 사실은 나나 하쓰네가 만지는 것을 별로 좋아하지 않는 게지?"

구로스케는 기둥을 따라 스윽 움츠러들더니 찹쌀 경단처럼 동그래졌다. 사람의 아이라면 무릎을 껴안고 웅크려 앉은 모습과 비슷하려나.

"지금까지는 나와 하쓰네를 위해서 참아 주었던 게 아니냐. 하지만 그 주정뱅이 때문에 네 몸이 약해지고 말았다. 그 일이 계기가 되어, 이제까지처럼 참기가 힘들어진 게 아니냐?"

구로스케는 더욱 동그랗고 작아졌다. 사람의 아이라면 껴안은 무릎 사이로 머리를 파묻어 버린 모습이리라.

"다시 한 번 말하지만 나는 결코 화를 내는 게 아니다. 하쓰네도 그래. 네가 귀여우니까, 네가 건강하기를 바라니까 사실을 알고 싶은 거야."

구로스케는 조용히 웅크리고 있었다.

신자에몬은 잠시 생각했다. 마음속에서 바늘이 따끔따끔 찔렀다.

"미안하지만 구로스케. 내게는 어떻게 해서라도 확인하고 싶은 사실이 있다."

신자에몬은 오른손을 내밀어 구로스케 앞에서 그 손바닥을 펴 보였다.

"지금부터 나는 너를 만질 것이다. 조금 세게 만질 거야. 알겠지?"

구로스케는 움직이지 않았다. 신자에몬은 스스로 결단을 내리기 위해 한 번 고개를 끄덕인 다음, 웅크린 구로스케의 머리 꼭대기에 손바닥을 대고 눌렀다.

그때와 같은 텅 빈 감촉은 없었다. 온기도 있다. 하지만 이전에 어쩌다가 구로스케를 만졌을 때에는 좀 더 밀도 있는 느낌이 들었던 것 같다. 신자에몬의 눈에 구로스케는 역시 야위고 몸이 성글어진 것처럼 보인다.

천천히 다섯을 셀 동안, 신자에몬은 구로스케를 손바닥으로 눌렀다. 그리고 나서 손을 떼고 숨을 삼켰다.

구로스케의 머리 꼭대기가 신자에몬의 손바닥 모양과 크기 그대로 움푹 패여 있다.

"미안하구나, 구로스케."

신자에몬은 자신의 목소리가 떨리는 걸 느꼈다.

"이제 가도 된다."

구로스케는 휙 하고 다시 몸을 움츠리더니, 놀랄 만한 속도로 서재를 가로질러 살짝 열려 있던 유키미 장지를 통해 툇마루로 도망쳤다. 아무래도 바닥 아래로 숨어든 모양이다.

하쓰네가 장을 보고 돌아와 말을 걸 때까지, 신자에몬은 혼자서 멍하니 주저앉아 있었다. 사방등의 위치를 원래대로 해 놓는 것조차 잊고 있었다.

그 이후로 딱 나흘 밤낮, 구로스케는 다시 모습을 보이지 않았다. 정확하게 말하면 하쓰네 앞에는 나타나지 않고 하루에 한 번, 신자에몬이 서재에 혼자 있을 때만 나타났다. 그리고 움푹 팬 자국을 보여 주었다. 신자에몬이 고개를 끄덕이면 또 어디론가 숨어 버린다.

신자에몬은 하쓰네에게, 구로스케도 봄의 낮잠을 즐기느라 요즘은 자주 마루 밑에서 자고 있으니 찾지 말라고 둘러댔다.

―구로스케는 내가 무엇 때문에 손바닥으로 눌러 보았는지 알고 있다.

하쓰네가 손바닥 모양으로 움푹 팬 자국을 본다면 왜 그런 짓을 했느냐고 화를 낼 테니 숨어 있는 것이다.

 이는 신자에몬의 지나친 생각이 아니었다. 나흘 밤낮이 지나고, 움푹 팬 자국이 거의 눈에 띄지 않게 되어서야 구로스케가 하쓰네 앞에도 나타났기 때문이다.

 신자에몬의 가슴에 안개가 드리우기 시작했다. 불안의 안개가 아니라 불안을 덮어 가리기 위한 안개다. 직시하고 싶지 않은 인식이 생겨나고 있었다. 그것은 이제 바깥에서 찔러 오는 작은 바늘이 아니었다.

 나도 하쓰네도, 터무니없는 잘못을 저질러 온 게 아닐까.

 술렁거리는 가슴을 안고도 신자에몬은 여전히 침묵했다. 마음속에 깃든 어떤 가설을 정리할 만한 시간도 필요했고, 하쓰네의 마음을 생각하면 어중간하게 입 밖에 낼 수 있는 일이 아니었다. 할 수만 있다면 다시 한 번 이 가설을 뒷받침할 만한 증거를 찾을 기회도 갖고 싶었다.

 그러나 그러기 위해서는 또 구로스케를 아프게 해야 한다. 틀림없이 그렇게 되리라는 어두운 확신이, 신자에몬에게 있었다.

 겉으로는 일상이 바뀌는 일도 없었다. 그저 신자에몬은 하쓰네에게는 비밀로 하고 보름에 한 번 꼴로 구로스케의 크기를 재는 일을 계속했다. 구로스케는 신자에몬의 의도를 알아차리고 그가 서재에서 부르면 곧 나타나 얌전히 기둥에 달라붙어 섰다.

 봄이 지나고, 여름이 지나고, 가을을 맞이할 무렵에는 분명해졌다.

 구로스케는 조금씩 작아지고 있었다. 게다가 그 야위어 가는 속도, 쪼그라드는 속도가 빨라지고 있다. 그걸 확인하기 위해 보름에 한 번 재던 것을 열흘에 한 번으로 당기고, 또 닷새에 한 번으로 당겨도 그때마다 구로스케는 확실하게 키가 작아지고 있었다.

이 해 중추명월의 달구경 잔치가 열린 날은 구름 하나 없는 맑은 날씨였다. 하쓰네는 구로스케를 기쁘게 해 주려고 작년보다 더 장식에 공을 들여, 경단 외에도 예쁜 과자를 많이 사들였다.

부부는 수국 저택의 툇마루에서 구로스케와 보름달을 올려다보았다. 하쓰네는 하이쿠를 몇 수 읊었고 신자에몬은 이 나라와 당나라의 보름달에 얽힌 오랜 일화들을 이야기했다. 하쓰네가 노래하면 구로스케도 노래했다. 툇마루 가에 놓은 물을 담은 대야에는 눈부신 보름달이 비쳤다.

"오늘밤에는 구로스케가 좋아하는 달님이 이 툇마루에 내려오셨네. 이대로 하룻밤 머무시도록 대야를 둘까?"

밝게 말을 거는 하쓰네에게, 구로스케도 마당의 나무 위에서 아바아 하고 대답했다.

"과자가 많이 있는데 어째서 나무에서 내려오지 않을까."

작년 중추명월의 달구경도 이 툇마루에서 했다. 구로스케는 툇마루에 있는 부부의 발치에서 가끔 기쁜 듯이 빙글빙글, 부들부들 떨면서 달을 올려다보았다. 그런데 올해는 계속 정원수의 한 가지에 올라간 채, 나뭇잎 그늘에서 꼼짝도 하지 않고 있다.

"구로스케에게 올해의 이 달은 너무 눈이 부신 게지. 작년에는 구름이 더 많이 끼어 있었으니."

사실은 다른 이유가 있으리라 짐작하면서도, 신자에몬은 그렇게 말했다. 어쩌면 하쓰네도 알아차리지 않았을까 하는 기대와 두려움이 목까지 치밀어 올랐다.

왜냐하면 이 무렵 구로스케의 몸은 일일이 재어 보지 않아도 봄보다 훨씬 작아진 것이 분명했기 때문이다. 마침 모로호시 지카라 때문에 약해지고 말았을 때의 크기로 돌아가 있었다. 평상시 신자에몬보다 많은 시간을 구로스케와 함께 보내고 있는 하쓰네가 알아차리지 못할 리 없다고 생각했다.

"저기, 여보."

부부가 마주 앉아 나누던 잔을 조용히 상에 올려놓고, 하쓰네가 남편을 향했다.

"제가 한 가지 사과드릴 일이 있습니다."

"무엇이오."

"요즘 쭉 모로호시 님이 오시지 않지요. 잔뜩 취했던 그때 이후로 발길이 뜸해지셨잖아요."

신자에몬은 음 하고 대답했다.

"의아하게 여기셨지요."

제가, 앞으로는 우리 집에 드나들지 말아 달라고 부탁드렸습니다.

"삼월 초의 일이었어요. 또 그러한 일이 있으면 싫을 것 같았어요. 제멋대로 굴어서 죄송해요."

보름달 빛을 받은 하쓰네의 얼굴이 창백하다. 내리깐 눈꺼풀은 비칠 듯이 투명하다. 신자에몬은 미소를 지었다.

"변덕스러운 사람이라, 나도 의아하게 여기지는 않았소. 모로호시는 순순히 쫓겨났소?"

하쓰네는 고개를 끄덕였다. "이곳은 은퇴하여 사는 곳이라 조용히 지내고 싶다고 말씀드렸더니, 알겠습니다, 하고 곧 돌아가셨습니다. 다만 스승님께 학문에 지나치게 골몰하지 마시고 건강하시라고 전해 주십시오, 라고 말씀하셨어요."

"그 후로는 소식이 없었으니 당신의 마음이 통한 게로군. 그자도, 예의는 바르지 못하지만 나쁜 사람은 아니오."

알고 있어요, 하고 하쓰네가 말했다.

정원의 나무 꼭대기에서 구로스케가 동요를 부르기 시작했다. 구슬프게 가지 사이를 지나는 그 노랫소리에 부부는 조용히 귀를 기울였다.

그로부터 며칠 후의 일이다.

평소처럼 신자에몬이 서재에 있는데, 부엌 쪽에서 하쓰네가 앗 하고 소리를 질렀고 이어서 커다란 소리가 났다. 물건이 굴러떨어지는 소리였다.

신자에몬은 부엌으로 달려갔다. 하쓰네는 없었다. 놀라서 우두커니 서 있는데, 헛방으로 쓰는 작은 방에서 여보, 여보, 하고 하쓰네가 부른다. 당황해서 뒤집어진 듯한 목소리다.

왜 그러시오, 하며 작은 방에 발을 들여놓다가 신자에몬도 앗 하고 소리를 질렀다.

나무 상자 몇 개가 바닥에 떨어져 있다. 아무래도 선반이 빠진 모양이다. 나무 상자의 뚜껑이 날아가고 안에 든 그릇과, 채워 놓은 왕겨까지 튀어나와 난잡한 광경이다. 그 사이에 하쓰네가 옆으로 쓰러져 있고, 또 그 몸 위를 구로스케가 덮고 있었다.

"무슨 일이오!"

신자에몬은 하쓰네에게 달려가 아내를 부축해 일으켰다. 하쓰네가 단단히 구로스케를 껴안고 있어서 구로스케와 함께 안아 일으키게 되었다.

"구로스케가, 구로스케가."

하쓰네는 넋이 나가 당장이라도 울음을 터뜨릴 기색이었다. "저를 감싸 주었어요."

선반이 빠져 나무 상자가 하쓰네의 머리 위로 떨어졌을 때, 옆에 있던 구로스케가 순간적으로 하쓰네에게 달려들어 지켜 주었다고 한다.

"다쳤을지도 모릅니다. 구로스케, 구로스케!"

하쓰네는 이름을 부르며 계속해서 구로스케를 흔들어 본다. 구로스케는 축 늘어져서 꼼짝도 하지 않았다.

"당신, 다친 곳은?"

"그보다 구로스케를!"

신자에몬은 하쓰네에게서 구로스케를 떼어 안아 들고 안채로 달려갔다. 뒤따라 온 하쓰네가 방으로 들어오는 햇빛을 막기 위해 허둥지둥 덧문을 닫는다.

늘 들어가는 대야에 구로스케를 넣자, 신자에몬의 이마에서 식은 땀이 배어 나왔다. 구로스케의 몸에 상처는 보이지 않는다. 하지만 다시 텅 비어 있었다.

대야와 비교해 보니 역시 구로스케는 대번에 알아볼 만큼 줄어들어 있다. 그런데도 지금 대야 안으로 쏙 들어가지 못하고 칠칠치 못하게 삐져나와 있는 것은, 그럴 만한 힘도 없기 때문이리라.

게다가 그 몸에는 신자에몬과 하쓰네의 손자국이 나 있다.

방을 완전히 어둡게 하고 대야로 달려오는 하쓰네를 보니, 안색이 창백하고 이마를 베여 한 줄기 피를 흘리고 있다. 신자에몬은 아내의 손을 잡았다.

"당신, 상처를 치료해야겠소."

"하지만."

"괜찮으니 오시오."

떠메다시피 데리고 나와, 사다 둔 약으로 간단한 치료를 마쳤을 무렵 하쓰네는 눈물을 흘리고 있었다.

"저 때문입니다. 구로스케는 저를 감싸느라 그리 되었어요."

"알겠소, 알겠소. 좀 조용히 누워 계시오."

일어나려는 하쓰네를 꾸짖고, 신자에몬은 발소리를 죽여 구로스케 곁으로 돌아갔다.

어둠 속에서 부르자 구로스케가 움직이는 기척이 느껴졌다. 신자에몬은 무릎에서 힘이 빠질 정도로 안도했다.

"아아, 다행이다."

희미하게, 거품을 내뿜는 듯한 "아와와" 하는 목소리가 들렸다.

"구로스케, 고맙다. 하쓰네는 무사하구나. 다친 데는 없단다. 네 덕이다."

또 "부부우" 하는 목소리가 났다.

신자에몬은 호흡을 가다듬었다. 마음의 눈을 돌리고, 직면하고 싶지 않다며 도망쳐 온 것을 입 밖에 내기 위해서다.

"너는 얼마나 다쳤을까. 미안하지만 나는 모르겠다. 하지만 구로스케, 네가 낫기 위해서는 나와 하쓰네가 가까이 가지 않는 편이 나은 게 아니냐. 그렇지? 내 생각이 틀리지 않다면, 무엇이든 좋으니 소리를 내어 대답해 다오."

낮부터 덧문을 단단히 닫은 방의 갑자기 생겨난 어둠 속에서, "아바아" 하는 대답이 들려왔다.

신자에몬은 그제야 이마의 식은땀을 닦았다.

"알겠다. 알겠어, 구로스케."

병이나 부상으로 약해진 어린아이에게 말을 걸듯이, 천천히 말했다.

"나도 하쓰네도, 이 방에 가까이 오지 않으마. 푹 쉬려무나. 움직일 수 있게 되어서, 만일 이곳보다 편한 어둠이 있다면 그리로 피해 있으렴. 절대로 찾아다니지 않을 테니 안심해라."

말하는 내내 신자에몬은 가슴이 메었다. 나의 가설은 틀리지 않았다. 정확했다. 어떻게 해야 할까. 하쓰네에게 어떻게 말하면 좋을까.

"아까는 부득이하다고 해도 너를 만져서 미안했다. 괴로웠지."

신자에몬의 눈꺼풀 속에는 구로스케의 몸에 남은 손자국이 잔인할 정도로 또렷하게 새겨져 있었다.

우부부부 하고 구로스케는 작게 목소리를 냈다. 신자에몬이 처음으로 듣는 목소리였다.

울고 있다고 생각했다.

"전부 다 미안하구나."

그런 말을 남기고 신자에몬은 당지 문을 닫았다. 그 자리에서 웅크린 채 한동안 움직일 수가 없었지만, 구로스케를 위해 일어섰다.
 남편의 얼굴을 보자, 누워 있던 하쓰네가 벌떡 뛰듯이 일어났다.
 "구로스케는?"
 "걱정하지 마시오. 다치지 않았소. 몸에 상처는 없었으니까. 소란을 피우면 안 되오. 가까이 다가가서도 안 돼. 가만히 놔두시오."
 "하지만 아까는 불러도 대답하지 않았어요. 축 늘어져서."
 "내가 이야기를 하고 왔소. 괜찮을 거요. 자, 당신은 조금 더 쉬도록 하시오. 얼굴이 새파랗군. 나는 헛방을 치우고 오겠소."
 선반이 떨어지다니 목수 놈이 일을 날림으로 했군, 하며 신자에몬은 화를 내 보였다.
 "여보" 하며 하쓰네는 눈을 깜박였다.
 "눈가가 빨개지셨어요……."
 "왕겨가 눈에 들어갔소."
 신자에몬은 손으로 얼굴을 문지르며 아내에게 등을 돌렸다.
 날이 밝자 신자에몬은 하쓰네를 서재로 불러 정식으로 자신의 가설을 털어놓기로 했다. 꾸물거리며 질질 끈다고 해도 괴로운 마음에는 변함이 없다. 미루면 미룰수록 안타까워진다.
 하쓰네는 믿지 않았다. 놀란 듯이 눈을 크게 뜨고, 다음에는 웃어 보이고, 그러고 나서 화를 냈다. 나중에는 신자에몬이 무슨 말을 해도 고집스럽게 "아니요, 아니에요" 하며 고개를 저을 뿐, 어린 계집아이처럼 토라졌다.
 신자에몬은 이렇게 말했던 것이다.

"구로스케는 확실히 야위고 작아지고 있소. 나와 당신 때문이오. 구로스케에게는 우리가 내뿜는 사람의 기운이 독이라오"라고.

그래서 부부와 친밀하게 지내 온 지난 세월 동안 조금씩 야위어 갔다. 모로호시 지카라의 토사물 때문에 병에 걸렸다. 오늘 구로스케가 저렇게 축 늘어진 이유도 나무 상자에 다쳐서가 아니다.

"그것에게 상처 따윈 없었소. 그런 말랑말랑한 생물이, 나무 상자 정도의 단단한 물건에 부딪쳤다고 해서 별일이 있을 리 없지."

다른 무엇보다도 구로스케를 해치는 것은 사람의 기다.

"토사물은 실로 사람의 기 덩어리나 다름없소. 그래서 구로스케는 그렇게 앓아눕고 만 것이지."

하쓰네가 얼굴을 반짝 들고 신자에몬을 노려보았다. "그래도 쉬었더니 나았잖아요. 우리가 간호해서—."

이번에는 신자에몬이 날카롭게 고개를 저으며 아내를 제지했다.

"아니, 그렇지 않소. 나도 당신도, 구로스케를 간호한 적은 없소. 씻겨서 대야에 넣어 주었을 뿐이지. 게다가 기억하겠지? 그 직후 구로스케는 대야에서 도망쳐 완전히 회복될 때까지 우리 앞에 나타나지 않았소."

하쓰네의 눈이 치켜 올라갔다. "당신, 그 말씀은."

"그렇소. 구로스케 본인도 나나 당신에게 가까이 가면 몸에 나쁘다는 사실을 알고 있소. 알면서도 평소에는 참고 있었지."

신자에몬은 초봄부터 구로스케의 크기를 재 왔음을 털어놓고 구로스케가 분명히 야위고 작아져 간다는 사실을 가르쳐 주었다. 시험 삼아 구로스케에게 손바닥을 대 보니, 또렷하게 패어 자국이 남았다는 사실도 얘기했다.

"오늘도, 알아차리지 못했소? 축 늘어진 구로스케를 옮겨 대야에 넣었을 때, 그것의 몸에는 나와 당신의 손자국이 나 있었소."

하쓰네의 입가가 떨렸다.

"그렇다면 오늘 구로스케가 저리 된 것은 저를 감싸느라 몸을 나무 상자에 세게 부딪친 탓이 아니라, 저를 감싸느라 저에게 닿았기 때문이라는 말씀이십니까."

신자에몬은 말없이 고개를 끄덕였다.

하쓰네의 입가가 시옷자로 축 처지고, 흠칫거리며 심하게 떨렸다.

"제가 구로스케를 껴안은 게 잘못이었다고요?"

참다못한 듯이 손으로 입을 누르더니 울음소리를 냈다.

"어찌 그리 심한 말씀을 하십니까. 저 때문이라니."

"당신 때문이 아니오. 나 때문도 아니고. 누가 잘못한 것도 아니오."

신자에몬은 아내를 똑바로 바라보았다.

"하쓰네, 당신은 지금까지 구로스케의 정체에 대해서 생각한 적이 있소?"

하쓰네는 소매를 움켜쥐고 얼굴에 대더니, "생물입니다" 하며 다짜고짜 말을 이었다. "당신과 저를 잘 따르는, 귀여운 생물입니다. 그걸로 충분해요. 정체니 뭐니 하는 말도 싫습니다."

그렇군, 하고 신자에몬도 말했다. 그 가라앉은 목소리에 하쓰네도 남편의 얼굴을 보았다.

"나도 싫소."

이런 것을 생각하고 싶지는 않았다.

"하지만 생각이 미치고 말았소. 게다가 내 가설은 아무래도 옳은 듯하오."

음, 틀림없이 옳을 것이오, 하고 말하는 신자에몬의 목소리도 갈라졌다.

"구로스케의 정체는 말이오, 하쓰네."

이 저택이오.

"이 수국 저택의 혼—저택의 기운이오."

사람에게는 기가 있다. 물건에도 기가 있다.

"정확하게 말하자면, 물건은 사람이 사용함으로써 기가 깃든다고 해야 할까."

오랜 세월 사람의 손에 사용되어 충분한 기가 깃든 물건은, 그래서 때로 요물로 변하는 경우가 있다.

"저택, 집이라는 큰 것도 사람이 사용한다는 점에서는 작은 기물과 마찬가지일 테지. 빗이나 국자에 기가 깃든다면, 저택에 기가 깃들어도 이상하지는 않소."

그리고 때로는 요물로 변한다.

"아니면 요물을 만들어 내거나."

어느새 하쓰네는 소매를 내리고 신자에몬을 바라보고 있었다. 그 눈의 분노가 누그러져 있다.

"그것이 구로스케라는 말씀이십니까."

신자에몬은 깊이 고개를 끄덕였다.

"기억하시오? 우리가 소개를 받았을 때 이 저택은 지은 지 십 년,

허나 사정이 있어 지난 삼 년은 사람이 없는 빈집이었다고 했소."

"네, 그리 들었습니다."

"사람이 없게 된 이유는 전에 살았던 무가의 마님이 이상한 죽음을 당하여 그 유령이 나오기 때문이었지. 허나 하쓰네."

신자에몬은 아내에게 웃음을 지었다.

"우리는 여자의 유령 따윈 지금까지 한 번도 보지 못했잖소."

하쓰네도 힘차게 고개를 끄덕였다. 그러더니 조금 부끄럽다는 표정을 지으며 말했다. "처음에는 저도 살짝 기분이 나빴어요. 어쨌거나 이 넓은 저택에 당신과 단둘이니, 유령이 무섭다기보다는 조용한 분위기가 무서웠다고 해야겠지만."

하지만 구로스케가 나타나 부부를 따르게 되고 나서는 완전히 기분이 바뀌었다.

"저택 어디에 있든 어떤 불안도 없었습니다. 어두운 장소에 들어갈 때도 구로스케가 곁에 있어 주면 마음이 든든했고, 그래서 아무런 볼일이 없으면서도 함께 저택 안을 여기저기 거닐며, 유령님, 계신다면 나와 주셔요, 하고 부른 적도 있지요."

어린아이 같은 행동이었어요, 하며 하쓰네도 그제야 희미하게 웃었다.

그런 이야기는 처음 듣는다. 신자에몬은 아내가 구로스케를 데리고, 구로스케에게 밝게 말을 걸며 유령님, 유령님, 하고 불빛도 없이 어두운 저택을 돌아다니는 모습을 떠올렸다. 소녀처럼 장난기 가득한 얼굴을 하고, 발걸음도 가볍게.

"즐거웠겠군."

"네, 즐거웠어요."

유령은 나타나지 않았지요—하고 하쓰네는 말했다.

"어차피 그 유령은 마님의 죽음에 양심의 가책을 느낄 만한 이유를 가지고 있던 자들이 만들어낸 환영이었겠지."

인근 사람들은 유령이 아니라 그 환영을 보았다. 아니, 본 듯한 기분에 물들어 있었다.

"그러니 이 저택에게 유령 소문은, 말하자면 억울한 누명이었소."

신자에몬은 방의 천장을 올려다보고, 복도 끝까지 빙 둘러보았다. 하쓰네도 따라서 똑같이 시선을 움직였다.

"흉사가 일어나거나 사람이 죽어서, 살던 사람이 떠나는 건 어쩔 수 없는 일이오. 하지만 그 후, 이 저택은 까닭 없는 유령 소문 때문에 사람들이 싫어하고 꺼려하여 버림받게 되었소. 저택은 아무 잘못도 하지 않았는데, 사람들은 멀리하고 두려워하며 손가락질을 하고, 싫어하기만 했지."

수국 저택은 어떤 기분이었을까.

—외롭다.

사계절이 바뀌고 정원의 풍경이 바뀐다. 꽃이 피고 바람이 불고 비가 내리고 무지개가 뜬다. 길에는 봇짐장수의 목소리가 오간다. 주위의 저택들은 사람들의 일상생활로 가득 차 있는데, 수국 저택만 고독 속에 방치되어 있다.

"저택이 마침내 사람을 그리워하게 되었다 해도, 전혀 이상하지 않지."

그렇다. 그 마음이 요물로 변했다. 그게 바로 구로스케다.

"그것은 처음 모습을 보였을 때부터 우리에게 해를 끼칠 뜻은 한 조각도 가지고 있지 않았소. 겁이 많고 주의 깊게 행동하기는 했지만, 우리에게 강한 흥미를 품고 있었소."

―사람이다.

―와아, 사람이 왔다.

―이곳에 살아 줄 사람이 왔다.

아무도 없는 저택 안, 정적과 어둠에서 태어나 정적과 어둠밖에 몰랐던 구로스케는 자못 기뻤으리라.

"우리에게도 해를 끼칠 뜻이 없을뿐더러, 구로스케를 싫어하는 기색도 보이지 않자 한결같이 잘 따라 준 것이오."

신자에몬의 말에 하쓰네의 눈이 빛났다. 조금 전까지 풀이 죽어 노파처럼 등을 구부리고 있었는데, 지금은 등을 곧게 펴고 바르게 앉아 있다.

"그렇습니다! 예, 당신의 말씀이 옳겠지요."

손뼉을 치며 춤을 출 것처럼 기뻐한다.

"그러니 안 될 것은 전혀 없지 않습니까. 지금까지 하던 대로 사이좋게 살아갈 수 있어요."

신자에몬은 당장은 대답하지 않았다. 하쓰네의 기쁜 빛이 그 얼굴에서 사라질 때까지 입을 다물고 기다렸다.

"―무엇이 안 되는 것이지요?"

이윽고 하쓰네는 그렇게 물으며 손을 내렸다.

신자에몬은 말했다. "구로스케는 이 저택이 사람을 그리워하는 마음이 만들어낸 요물. 일시적인 목숨이오."

사람 없는 저택의 먼지와 티끌이, 어둠과 정적으로 빚어져 형태를 이룬 것이다.

"하지만 저택 그 자체는 아니오. 구로스케에게는 구로스케의 목숨이 있소."

"그래서요?" 하쓰네는 초조한 듯이 손가락을 비틀었다. "분명하게 말씀해 주셔요."

"사람에 비유하는 편이 알기 쉽겠지. 하쓰네, 우리가 고독하다, 외롭다, 사람이 그립다는 생각을 한다고 칩시다. 거기에 가족과 친구가 나타나지. 그러면 어찌 되겠소?"

"더 이상 사람을 그리워하지 않게 되지요."

"그렇지. 외롭다는 기분은 사라져서 없어지게 되오."

하쓰네는 불안한 듯이 손끝을 입가에 댔다.

"이 집도 마찬가지요. 수국 저택은 우리라는 주인을 얻어 만족했소. 그러니 더 이상 외로움을 느끼지 않지."

"그래서? 그래서 구로스케도 사라지고 만다고요? 야위고 작게 쪼그라들어서, 언젠가는 먼지로 돌아가고 만다는 뜻입니까?"

하쓰네가 매달리듯이 내민 손을, 신자에몬은 가만히 잡았다.

"그런 뜻이오."

괴로움을 견디며, 신자에몬은 마주 매달리듯이 아내의 손을 잡고 말을 이었다. "이 저택의 고독이 만들어낸 구로스케는 저택이 고독하지 않게 된 지금, 말하자면 '뿌리'를 잃었소. 저택의 고독을 없애고 쓸쓸함을 씻어낸 나와 당신이라는 사람의 기운은, 이제 구로스케에게 오히려 해가 되는 것이오."

사람을 그리워하는 '마음'에게 사람은, 그것을 없애는 존재다.

얼마나 얄궂은 이야기인가.

"만일 우리가 지금까지 구로스케를 알아차리지 못하고 그것에게 가까이 가는 일도 없이 살아왔다면, 구로스케는 조만간 사라졌을 것이오. 이 저택에게 구로스케는, 이미 과거의 마음 덩어리가 우연히 뭉쳐 형태를 이룬 것에 불과하니 말이오."

그러면, 하고 하쓰네는 목이 메었다.

"알아차리지 못하는 편이 나았을까요. 구로스케와 친해지지 않았더라면 좋았을 거라는 말씀이십니까."

"좋았을 거라고 말하고 싶지는 않소. 하지만 그 편이 괴롭지는 않았을 테지."

서로 말이오—하고 신자에몬은 낮게 중얼거렸다.

하쓰네는 방바닥에 손을 툭 떨어뜨리며 얼굴을 숙였다.

"말씀이 심하십니다."

신자에몬은 아내의 떨리는 어깨에서 시선을 피했다.

"그렇다면 앞으로 어찌하라는 말씀이십니까? 구로스케를 위해서, 우리가 이 저택을 떠나야 할까요."

"그리하겠소?"

단적인 물음에 하쓰네는 결연하게 고개를 저었다. "아니요, 떠나지 않을 것입니다. 왜냐하면."

당신이 옳다는 보장은 없으니까요.

"당신도 착각을 할 때가 있겠지요."

"그렇구려. 내 가설이 틀렸을 수도 있소."

나도 그러기를 바란다는 말을 삼키고, 신자에몬은 고개를 끄덕였다.

"그렇다면 저는 이곳에서 움직이지 않겠어요. 구로스케 곁에 있겠습니다."

"그러시오. 하지만 잊지 마시오. 구로스케는 알고 있다오."

생물에게는 무엇이 자신에게 해가 되는지 알아차리는 힘이 있다. 구로스케는 지혜가 얕지만, 세월이 그 얕은 지혜에 작용하여 체감을 통해 알려 주는 바가 있었다.

"그래서 구로스케는 몸이 약해졌을 때 우리의 눈이 닿지 않는 곳으로 숨어 버리는 거요. 우리의 기를 뒤집어쓰지 않을 곳으로."

"이제 되었어요."

하쓰네가 귀를 막았기 때문에 신자에몬은 목소리에 힘을 주었다. "작년과는 달리 올해 달구경을 할 때 구로스케가 가까이 오지 않았던 이유도 그것이 알고 있었기 때문이오. 나나 당신에게 가까이 가면 몸이 약해지고 만다는 사실을."

그러니 찾지 마시오. 가까이 가지 마시오. 손대지 마시오. 우리가 이 저택에 살면서 저택에 사람의 기를 주는 것조차도, 구로스케에게는 좋지 않소.

"당신은 심술궂어요!"

하쓰네는 그렇게 소리치고 서재에서 뛰쳐나갔다. 신자에몬은 혼자 남아 큰 한숨을 쉬며 손으로 이마를 눌렀다. 쌓아올린 서책 더미가 말없이 그를 에워싸고 있었다.

닷새가 지나고, 열흘이 지나고, 스무 날이 지나도 구로스케는 모습을 나타내지 않았다. 저택 어딘가에 단단히 숨었는지, 기척조차 느껴지지 않는다. 혹시—하고 신자에몬은 최악의 상황을 떠올리기도 했다.

하쓰네는 여전히 오기를 부리며 매일 저택 여기저기의 어둠을 향해 구로스케, 안녕, 이라든가, 몸은 어떠니, 하늘이 이런 걸 보면 오늘은 비가 올 테니 너는 지내기가 좋겠지, 하고 다부지게 말을 걸곤 했다. 대답이 없어도 그 목소리는 밝았고, 웃는 얼굴이 애처로웠다. 그렇다고 해서 위로할 말도 찾을 수 없다. 갑갑한 나날이 이어졌다.

이렇게 한 달이 지난 뒤, 부부는 간신히 구로스케의 목소리를 들었다.

밤중이었다. 구로스케는 노래하고 있었다. 가늘고 불안한 곡조의 노래다. 정원이다, 정원에 있다.

누워 있던 가도 부부는 벌떡 일어났다. 하쓰네가 신이 나서 툇마루로 달려 나간다.

"구로스케!"

정원수의 절반 정도는 이미 마른 잎을 떨어뜨려 알몸이었다. 구로스케는 일부러 그런 시든 나무에 올라가, 달빛에 그 몸의 윤곽을 또렷하게 드러내며 데마리 노래를 부르고 있었다.

"아아, 다행이다. 완전히 건강하게."

하쓰네의 목소리가 거기에서 끊겼다.

구로스케는 작아져 있었다. 하쓰네를 감쌌던 그때의 절반 정도밖에 되지 않는다. 게다가 달빛이 몸 여기저기를 투과하고 있다. 엷어진 것이다.

부부를 알아차리고 구로스케는 노래를 멈추었다. 부들부들 몸을 떨며 서툴게 가지를 타고 내려왔다. 땅바닥에는, 내려온다기보다 털썩 떨어지더니, 느릿느릿 덤불 그늘로 숨었다.

그 어색한 동작에 신자에몬은 목소리를 삼켰다. 구로스케는 그렇게 나무를 잘 탔는데. 달밤에 정원에서 놀 때는 재빨리 어둠에서 어둠으로 이동하여 눈부신 달빛을 피하곤 했는데.

하쓰네가 양손을 축 늘어뜨리고 휘영청한 달빛을 받고 있는 모습이 유령처럼 보였다.

"―약해졌어요."

음, 하고 신자에몬은 대답했다.

"저렇게, 작아져서."

이제 완전히 원래대로 돌아갈 만한 힘이 없어진 것이다.

"어떻게 하지요." 하쓰네는 손으로 얼굴을 덮었다. "당신 말씀이 옳았어요."

덤불 속에서 구로스케가 다시 노래하기 시작했다. 괜찮아요, 괜찮아요, 건강해졌어요. 보세요, 노래할 수 있어요.

"알았다, 구로스케."

신자에몬은 노랫소리를 향해 말을 걸었다.

"나도 하쓰네도 안도했다. 모습을 보여 줘서 고맙구나."

그래도 그가 아내의 어깨를 안고 침소의 덧문을 닫을 때까지, 가느다란 노랫소리는 계속되었다.

"―그로부터 닷새 안에."

눈을 내리깔고 열심히 듣던 오치카는 작은 선생의 목소리에 얼굴을 들었다.

"스승님과 하쓰네 님은 수국 저택을 떠났습니다."

서둘러 짐을 꾸렸고, 제대로 옮길 만한 곳도 없었다.

"땅의 관리인 간베에가 여기저기 알아봐 주어서 간신히 발견한 곳은 간장 도매상의 빈 창고였다고 합니다. 스승님은 그래도 괜찮으니 어쨌든 이 저택을 나가고 싶다고 주장하셨다더군요."

물론 연극이었습니다, 라고 한다.

"수국 저택에는 분명히 소문의 유령이 출몰한다. 모습이 무시무시하고, 요기가 대단하여 더 이상은 하루도 견딜 수 없다."

이곳은 사람이 살 만한 곳이 아니다.

"그렇게 소동을 피워 두면 수국 저택은 앞으로도 계속 빈 저택이 되겠지요. 나서서 이 집에 살려고 하는 사람이 나타나지 않겠지요. 구로스케는 안심하고 살 수 있습니다."

사람의 기 때문에 사라져 버리는 일은 없으리라.

"스승님은 하쓰네 님과 상의하여 말을 맞추고, 매우 교묘하게 이 연극을 벌였습니다."

이별의 슬픔 때문에 백발이 늘어난 신자에몬과 얼굴이 반쪽이 된 하쓰네의 모습도 도움이 되었다. 게다가―.

"구로스케가 약해져서 모습을 감춘 후, 하쓰네 님은 종종 상심한 얼굴로 정원을 바라보며 툇마루에 쓸쓸히 서 계셨습니다. 그 모습이 또."

저택 인근의 사람들 눈에는 그 마님의 유령처럼 보인 모양이었다!

부부가 "실은 지금까지 애써 참아 왔지만 이 저택은 무섭다"고 자백하자, 그제야 그 소문이 귀에 들어온 것이다.

"정말이지 전화위복이었습니다."

아니, 이렇게 말해도 되는 걸까요, 하며 작은 선생은 콧등을 긁적인다. 오치카도 가만히 웃었다.

"방법은 여러 가지니까요."

"그렇습니다. 망령이 뭐냐고 코웃음을 치면서 들어가 살던, 은퇴했다고는 해도 어엿한 무사가 일 년 남짓 만에 이렇게까지 두려워하게 되었다. 무사의 체면을 내던지고, 이제 못 견디겠다며 맨발로 도망쳐 나왔다. 주위 사람들은 두려워 떨었겠지요."

게다가 가도 신자에몬은 용의주도했다.

"약이 너무 잘 들어서 집주인이 수국 저택을 부숴 버리자는 마음을 먹지 않도록 연극을 더하는 걸 잊지 않았습니다."

─그 마님의 망령은 저승에 가지 못하고 떠도는 혼이지만 이 저택을 안주할 곳으로 정했소. 만일 이 저택이 없어진다면, 혹은 섣불리 정화하려고 한다면 망령이 원한과 분노에 불타 무슨 짓을 저지를지 알 수 없습니다.

"이로써 집주인은 저택에 손댈 수 없게 되었습니다. 신은 건드리지 않으면 동티가 나지 않는다, 지요."

수국 저택은 평안했다.

"그래도 스승님 부부와 마찬가지로 구로스케도 섭섭했겠지요. 괴로웠겠지요."

저도 모르게 물은 오치카에게, 작은 선생은 어린아이를 가르치는 듯한 눈을 했다.

"스승님은 구로스케를 이렇게 타일렀다고 합니다.

—얘야, 구로스케.

섭섭하냐.

나도 섭섭하다.

너는 또 혼자가 되겠지. 이 넓은 저택에서 홀로 살게 될 게다.

하지만 구로스케. 같은 고독이라도, 그것은 나와 하쓰네가 너를 만나기 전과는 다르다.

나는 너를 잊지 않을 거다. 하쓰네도 너를 잊지 않을 게야.

멀리 떨어져서 따로 살더라도 늘 너를 생각하고 있을 게다. 달이 뜨면, 아아, 이 달을 구로스케도 바라보고 있겠지, 하고 생각할 게다. 구로스케는 노래하고 있을까, 하고 생각할 게다. 꽃이 피면, 구로스케는 꽃 속에서 놀고 있을까, 하고 생각할 게다. 비가 내리면, 구로스케는 저택 어딘가에서 이 빗줄기를 바라보고 있을까, 하고 생각할 게다.

얘야, 구로스케. 너는 다시 고독해질 게다. 하지만 이제는 외톨이가 아니란다. 나와 하쓰네는 네가 이곳에 있다는 사실을 알고 있으니까.

곱씹을수록 슬프고, 그리고 다정한 말이다. 오치카는 몇 번이나 고개를 끄덕였다.

작은 선생은 분위기가 숙연해지자 쑥스러웠는지, "그렇지" 하며 약간 목소리를 높였다. "스승님과 하쓰네 님이 빈 창고로 거처를 옮기자, 간베에한테서 이야기를 들었는지 모로호시 지카라가 달려왔다고 합니다."

그는 몹시 진지하게 스승 부부의 몸을 걱정하고 있었다.

—제자 된 몸으로 이런 말씀은 드리기 어려워서 입을 다물었습니다만.

"스승님과 하쓰네 님은 전부터 분위기가 이상했어요. 만날 때마다 안색이 창백하고 모습이 희미한 느낌이고, 무언가 이 세상의 존재가 아닌 듯한 기색을 띠게 되셨습니다. 역시 수국 저택이 좋지 않은 거라고 생각은 했지만 입 밖에 내지 못하고 번민하고 있었습니다."

"하지만 그것은." 오치카는 고개를 갸웃거렸다. "모로호시 님의 착각이겠지요. 가도 님 부부가 마음고생으로 야위기 시작했을 때에는 이미 모로호시 님을 멀리하고 계셨으니까요."

작은 선생도 고개를 갸웃한다. "그렇게 딱 잘라 말해도 될까요."

오치카는 알 수가 없었다.

"구로스케가 아무리 귀여워도, 역시 이 세상의 이치에서 벗어난 존재라는 사실에는 변함이 없습니다. 사람이 그러한 것과 친하게 지내면 어딘가에 해가—해라는 말이 심하다면, 무리가 생긴다고 할까요. 수국 저택에서 보낸 세월 속에서, 구로스케가 약해지는 한편으로 스승님과 하쓰네 님 역시 조금씩 생기를 잃어 가고 있었는지도 모릅니다."

다만 본인들은 깨닫지 못했다. 구로스케와의 신기하고 귀중한 교류에 열중해 있었기 때문이다.

모로호시 지카라는 여태껏 그를 따뜻하게 대해 주었던 하쓰네가 손바닥 뒤집듯 차갑게 그를 멀리한 까닭도 수국 저택 때문이라 여겼다. 스승님과 하쓰네 님은 그 저택에 씌어, 삼켜지고 말았다면서.

"그래서 부부가 저택을 나오자마자 크게 안도하며, 또 술을 잔뜩 마셨다고 합니다."

질리지도 않는 양반이다. 하지만 미워할 수 없다는 느낌도 든다.

그렇게 세월은 흘렀다.

"이야기는 이제 요헤이 씨에게로 돌아갑니다."

작은 선생의 말에 오치카는 자세를 고쳐 앉고 무릎 위에 양손을 모았다.

"구로스케는 계속 수국 저택에 있었어요. 스승님과 하쓰네 님이 구로스케를 위해서 떠났으니, 구로스케는 사라지거나 먼지나 티끌로 돌아가지 않고 저택에서 살고 있었을 겁니다."

실제로 수국 저택 주변에서는 기묘한 소문이 끊이지 않았다. 한밤중에 어린아이의 노랫소리 같은 것이 들려온다. 지붕 위에 시커먼 그림자가 웅크리고 있었던 적이 있다. 아무도 없을 정원의 나무 사이를, 무언가가 재빠르게 가로지를 때가 있다—.

"횡사하신 마님의 망령이라는 이야기를 뛰어넘어, 수국 저택은 어엿한 요괴 저택이 되어 있었습니다. 세월이 지나면서 인근 사람들이 더욱더 두려워하고 꺼리는 존재가 되었지요."

노랫소리도 검은 그림자도, 구로스케일 것이다.

"아무도 없는 수국 저택은 그 세월 동안, 계속 사람을 그리워했습니다. 그 말은 구로스케가 다시 저택에 뿌리를 내렸다는 뜻이지요. 말하자면 구로스케가 수국 저택의 주인이 된 셈입니다."

하지만 이 주인은 저택을 손질할 수가 없다. 사람의 손이 닿지 않

안주 • 443

는 수국 저택은 확실하게 망가지고 황폐해져 가고 있었다.

"소위 말하는 저택의 수명이 다할 때가, 구로스케의 목숨이 다할 때였다. 저는 그리 생각합니다."

작은 선생은 오치카를 보았다.

"그런데 처음 이야기를 시작할 때 제가 말씀드렸지요. 화재가 일어난 후 인근을 돌아다녔을 때 나마즈히게 님을 꺼려서인지, 셋이나 되는 목숨을 길동무로 데려간 수국 저택을 두려워해서인지, 다들 하나같이 입이 무거워 신통한 이야기는 듣지 못했다고요."

"네, 그러셨지요."

"따라서 지금 말씀드리려는 소문은 제가 직접 들은 내용이 아닙니다. 더 어울리는 사람이—라고 할까, 코가 좋은 사람이 가르쳐 주었습니다."

그 지역 오캇피키라고 한다.

오치카는 눈을 깜박거렸다. "하지만 오캇피키라면 나마즈히게 님의 앞잡이가 된 사람이 아닌가요?"

"그 지역 주민의 움직임에 눈을 빛내고 있는 오캇피키는 한 명이 아닙니다" 하고 작은 선생은 말했다. "그들의 영역은 복잡하니까요. 게다가 돈과 힘을 가진 자에게 아양을 떨며 일을 왜곡하는 동업자를 참지 못하고, 수상한 일이라면 조사에 착수하는 기골의 소유자도 있습니다."

작은 선생은 요헤이의 횡사에 답답함을 느끼고 일대를 어슬렁거리다가 그런 오캇피키를 만났다고 한다.

"나마즈히게 님의 앞잡이도, 제가 만난 오캇피키도, 이름은 덮어

두겠습니다. 만에 하나라도 미시마야에 폐가 생기면 안 되니까요."

다만, 하고 미소를 짓는다.

"요헤이 씨는 직업상 발이 넓었어요. 인품이 성실했고 인망도 있었습니다. 그러다 보니 저와 똑같이 그의 죽음에 마음이 아파 왜 그런 사태가 일어났는지 조사하고 싶어 한 이도 있어서―."

오치카가 앞질러 말했다. "그중에 우연히 오캇피키가 있었군요."

"그렇습니다."

하지만 이름이 없으면 불편하겠네요.

"코 옆에 눈에 띄는 사마귀가 있는 사람이니, '사마귀 행수'라고 부르기로 하지요."

사마귀 행수는 잠깐 사이에, 작은 선생이 다리가 뻣뻣해지도록 돌아다녀도 알아내지 못했던 일들을 몇 가지나 찾아냈다. 떡은 역시 떡집이 잘 만드는 법이다.

"그에 따르면, 요헤이 씨와 함께 죽은 종자와 하녀는 아무래도,"

말하기 어려운 기색이었기 때문에, 오치카는 또 앞질러 말했다. "연모하는 사이였나요."

"뭐, 그렇습니다." 그렇게 말하더니 콧등을 긁적이며 덧붙였다. "저는 지금, 서로 만나고 있었다고 말하려 했는데요."

그러나 놀랍게도 나마즈히게 님 또한 이 하녀를 마음에 두고 있었다. 정실이 있는 저택의 지붕 아래에서 집요하게 손을 대려고 했다.

"뭐, 하녀에게 손을 대는 주인에 관한 얘기야 드물지도 않지요. 시정이나 무가나 똑같습니다."

하녀는 열심히 지혜를 쥐어짜내 나마즈히게 님의 징그러운 손을 피해 가며 일했지만, 어쨌거나 엄연히 위아래의 차이가 있다. 마침내 도망칠 수 없게 되어 하녀는 겁을 먹었고 종자는 고뇌했다.

결국 둘은 도망치기로 했다. 저택에서 도망칠 작정이었다.

"둘은 수국 저택을 은밀한 만남의 장소로 이용했답니다. 옆집이고, 다른 사람들이 두려워하여 가까이 가지 않는 저택이니 참으로 편리했겠지요."

그곳에서 만나 상의를 계속하며, 조금씩 소지품을 가져와 준비를 했던 모양이다.

"사마귀 행수가 죽은 하녀와 사이가 좋았던 고참 하녀한테서 들은 바로는, 그냥 도망쳐 버리면 어떻게든 트집을 잡아 추격대를 보낼 수도 있으니 매우 신중해야 한다고, 그 하녀가 얘기했다더군요."

오치카는 눈썹을 찌푸리지 않을 수 없었다. "나마즈히게 님은 그런 짓까지 할 정도로 집념이 깊은 분일까요."

작은 선생은 또 말하기 어려운 모양이다.

"이런 일이 벌어지면 앞뒤를 구분하지 못하게 되는 양반이 있는 법입니다."

받아들여 주지 않는 여자에 대한 사랑의 마음이라기보다 '하녀 주제에 주인에게 거역하느냐'는 분노가 더 클지도 모른다. 어쨌거나 이기적인 소리다.

오치카는 몸을 내밀었다. "요헤이 씨는 이 일을?"

작은 선생은 고개를 끄덕였다. "요헤이 씨는 사정을 잘 알고, 두 사람을 동정하고 있었습니다. 하녀가 나마즈히게 님의 손에서 벗어나려 했을 때도 몇 번이나 도와주었답니다. 이것도 고참 하녀가 얘기해 주었습니다."

요헤이 씨는 조금씩 나마즈히게 님의 눈 밖에 났겠구나.

"그러면 그날 밤, 수국 저택에 세 사람이 모여 있었던 이유도……."

다 함께 만나서 앞으로 어떻게 할까, 언제 도망칠까, 어떻게 뒤처리를 할까 하는 의논도 그곳에서라면 찬찬히 할 수 있다. 수국 저택에만 숨어들면 어떻게든 자유롭게 행동할 수 있다.

이것도 단순한 추측은 아니다. 사마귀 행수가 사람들한테 들은 바에 따르면, 화재가 일어나기 한 시간쯤 전에 수국 저택 안에서 얼핏얼핏 흔들리며 움직이는 불빛 두 개를 지나가던 어떤 이가 목격했다. 그는 도깨비불이라 짐작하고 한달음에 달아났다고 한다.

"그래서 더욱 캐 보니 화재 이전에, 나 역시 도깨비불을 보았다, 나도 보았다, 하는 사람이 몇이나 있었다고 합니다."

그 불은 종자와 하녀가 만날 때 사용하던 불빛이 분명하다. 달이 있든 없든, 사람 없는 저택에서 만날 때에 불빛을 빼놓을 수는 없다.

평범한 촛불의 불빛도 도깨비불로 보인다. 사람의 착각은 이만저만 곤란하지가 않지만 주인의 눈을 피해 숨어드는 두 사람에게는 연막이 되었다.

"불이 났던 밤에는 그렇게 밀담을 하다가 실수로 촛불이 쓰러져, 근처 물건에 불이 옮겨 붙고 만 걸까요."

작은 선생은 팔짱을 낀 채 대답하지 않는다.

"수국 저택은 많이 망가져서, 가도 님 부부가 계셨을 때보다 훨씬 약해져 있었겠지요" 하고 오치카는 말을 이었다. "그래서 작은 불에도 금방 대처할 수 없었던 게 아닌지요."

작은 선생은 후우 하고 숨을 내쉬고 팔짱을 풀었다.

"오캇피키는 참으로 대단한 사람들입니다. 아니, 마음이 올바른 오캇피키는, 말입니다."

"네. 그렇지요."

"여러 가지를 찾아내고 사람들에게 하나하나 꼼꼼하게 물어보았더군요. 그중에 마음에 걸리는 사실이 있었습니다."

그날 밤, 수국 저택에서 불이 나기 전에 울부짖는 여자의 목소리와 꾸짖는 듯한 남자의 노성을 들은 사람이 있다고 한다.

"여자의 비명은 하녀의 목소리겠지요. 그럼 남자의 노성은 누구의 목소리일까요."

하녀가 연모하는 종자나, 두 사람에게 가세한 요헤이가 몰래 만나는 자리에서 바깥까지 새어 나갈 정도의 노성을 질렀을까.

오치카는 등골이 오싹해졌다.

"설마, 나마즈히게 님이라는 말씀이신지요."

하녀의 동정을 끈질기게 살피다가, 도망치려는 두 사람의 현장을 잡으려고 했을까.

"그렇다면 당연히 칼도 뽑았겠지요."

거기에서 작은 선생은 갑자기 이야기의 방향을 바꾸었다.

"구로스케는 몰래 만나 온 젊은 남녀, 그들을 도우려 준비를 하는 요헤이 씨를 이미 알아차리고 있었을까요?"

"그, 그야 알아차렸겠지요. 어라, 사람이 왔네, 하고."

긴 공백 후, 드디어 이 저택에 다시 사람이 찾아왔다. 이번에는 어떤 사람일까.

"하지만 구로스케도 지혜가 생겼습니다. 스승님이 가르치기도 했고, 구로스케 자신도 사람에게 가까이 가면 어떻게 되는지 몸으로 알고 있었어요. 그러니 그들 앞에 모습을 나타내는 일은 없었겠지요."

"죽은 하녀도 만일 수국 저택에서 이상한 것을 보았다면 틀림없이 동료에게 얘기했을 테니까요."

"그렇습니다. 그런 이야기가 남아 있지 않은 걸로 미루어 보면, 구로스케는 아마 숨어 있었겠지요."

―사람이 왔지만 가까이 가서는 안 돼.

―사람에게 모습을 보여서는 안 돼.

이제 수국 저택의 주인이 된 구로스케는 머지않아 저택의 수명이 다할 때까지, 다정했던 가도 부부의 추억과 함께 어둠에 숨어 살아가려고 했다.

"하지만." 작은 선생은 목소리를 낮추었다. "위급한 경우에는 어땠을까요."

위급한 경우―하고 오치카는 중얼거렸다.

"수국 저택에 있는 사람들 사이에 말다툼이나 실랑이가 일어나고, 누군가가 다른 누군가를 해치려 한다는 것을 알았다면."

오치카는 양손으로 뺨을 감쌌다.

"구로스케는 사람을 그리워하는 존재입니다. 스승님과 하쓰네 님을 통해서 사람의 다정함도 알고 있습니다. 그렇기 때문에 마음이 다정한 생물이었습니다."

불이 나기 전에 들렸다는 노성이, 도망치려는 남녀를 처치하려고 쳐들어온 나마즈히게 님의 목소리였다면.

"누가 누구의 적이고, 누가 누구에게 화가 났는지 알지 못해도, 구로스케는 모습을 나타내지 않았을까요."

―안 돼, 안 돼.

―사람이 울고 있어. 사람이 다투고 있어.

―말려야 해.

"주인은 신분의 차이를 잊고 거역하는 남녀를 베어 죽여도 용서가 됩니다."

그것을 말리려 하는 자 역시 처치해도 상관없다.

서로 사랑하는 남녀와, 그들의 편을 드는 요헤이를.

작은 선생은 입 끝으로만 희미하게 웃었다.

"스승님과 하쓰네 님은 그런 분이니, 구로스케와 마주쳐도 놀라 자빠지지는 않으셨습니다. 하지만 보통 사람이라면 다르지요."

시커먼 어둠 덩어리가 갑자기 나타나 덤벼든다면.

구로스케가 떨어지는 나무 상자로부터 하쓰네를 감쌌을 때와 똑같이, 궁지에 몰린 젊은 두 사람이나 끼어들려고 하는 요헤이를 지킬 생각으로 나타났다 해도 사람 쪽에서는 알 도리가 없다.

"모두 당황한 나머지……."

오치카는 중얼거리고, 두 눈까지 손으로 덮었다.

"앞뒤를 잊고 도망치다가 촛불을 떨어뜨려서."

"불이 났겠지요" 하고 작은 선생은 고개를 끄덕였다. "적어도 셋이나 되는 인원이 그 자리에 있었고 눈앞에서 불이 났는데 전혀 끄지 못하고 나란히 불타 죽었다는 건, 실은 납득이 가지 않는 이야기입니다."

그러나 요물의 출현에 깜짝 놀라 제각기 도망쳐 다녔다면 이야기는 전혀 달라진다.

"게다가 오치카 님도 말씀하셨다시피, 수국 저택은 망가지고 약해져 있었습니다."

바닥이 빠지고 기둥은 기울어 있었다. 도망쳐 다니던 사람들은 저택의 어둠에 방향을 잃었다. 불길이 도는 속도는 빠른 반면 어둠은 짙다.

"그래도 정원으로 도망쳐 나가 쏜살같이 나마즈히게 님의 저택으로 달아났다면, 목숨만은 건질 수 있었을지도 모릅니다. 실제로 나마즈히게 님은 무사했습니다. 하지만 요헤이 씨를 비롯한 세 사람에게는, 나마즈히게 님의 저택으로 도망쳐 돌아가도 여전히 목숨을 위협하는 사정이 존재하고 있었을," 작은 선생은 단숨에 잘라 말하고, "―지도 모르지요"라고 말을 이으며 약한 웃음을 지었다. "불이 나면 누구나 당황해서 방향을 잃는 법이라고 하니, 너무 지나친 짐작을 해도 안 되겠지만."

오치카는 손을 내리고 물었다. "만일 그날 밤 셋이 화재에서 도망칠 수 있었다 해도, 남녀가 도망친다는 계획이 탄로난데다가 만약 불을 낸 죄까지 덮어썼을 경우에는 무거운 죄를 물어야 했을까요?"

"물론입니다. 도주를 획책하고, 게다가 불까지 질렀으니까요."

"불을 지르지는 않았는데."

"나마즈히게 님이 그리 주장하면 통합니다. 주종의 신분 차이란 그런 게지요."

"그러면 책형이나 효수에."

작은 선생이 천천히 고개를 끄덕인다.

"또 하나, 사마귀 행수가 캐내 온 흥미로운 이야기가 있습니다."

손가락을 세우며 목소리를 낮춘다.

"오나쓰 씨의 나가야에 쳐들어왔을 때, 나마즈히케 님은 기세가 대단했고 풀이 죽은 기미라곤 전혀 없었지만."

화재가 난 이후 나마즈히케 님은 밤의 어둠을 싫어하게 되었다고 한다.

"화재를 당해 임시 거처에 머물고 있는 나마즈히케 님께 위로차 찾아온 사람들이 의아하게 여겼다고 합니다. 왜 저렇게 많은 불을 켜는 걸까. 저러면 기름 값만 해도 상당하겠다 하며."

오치카는 작은 선생의 눈을 보았다.

"구로스케를 보았기 때문이군요?"

"그럴지도 모릅니다."

"어둠에서 튀어나온 구로스케를 보고 놀라, 어둠이 무서워서 견딜 수 없게 된 것이군요!"

"그럴지도 모릅니다." 되풀이하고, 작은 선생은 오랜만에 싱긋 웃었다. "구로스케가 두고 간 선물일지도 모르지요."

두고 간 선물이라.

"구로스케는 어떻게 되었을까요."

"저택은 이제 없습니다. 흔적도 없이 불타고 말았어요, 오치카 님."

"하지만 무사히 도망쳤을지도 모르잖아요? 어둠을 틈타 어디론가 도망쳐서."

그다음 말은 이을 수 없었다.

"생명이 있는 존재는 언젠가 반드시 죽지요" 하고 작은 선생은 말했다. "요물로 영원히 사느니, 오히려 죽는 편이 구로스케에게는 행복할 거라고, 아니, 옳을 거라고 저는 생각합니다."

이 세상에서 수국 저택이 사라졌을 때, 저택의 주인이었던 구로스케도 함께 사라졌다. 목숨을 다하고 사라졌다.

"가도 님과 하쓰네 님은 이 이야기를 전부 알고 계시지요."

"네."

"두 분도 작은 선생님과 똑같이 생각하고 계시는지요."

"제 이야기에는 추측이 너무 많다고 꾸지람을 들었지만" 하며 쓴웃음을 짓는다. "두 분 모두, 구로스케는 죽고 말았을 거라고 납득하셨습니다."

수국 저택은 이제 없다. 구로스케도 없다. 그것으로 되었다. 괴로워도 슬퍼도 이제 되돌릴 수 없다. 가도 신자에몬은 그렇게 말했다고 한다.

잠시 동안 오치카는 말없이 생각했다. 큰불 속에서 구로스케는 고통스러웠을까. 뜨거웠을까.

그것은 구로스케가 하늘로 올라가기 위한 불이었다. 이 세상의 이치에서 벗어난 존재지만 이 세상 사람의 정에 묶여, 신기한 목숨으로서 수국 저택에 살고 있었다. 구로스케는 저택과 함께 승천한 것이다.

"작은 선생님." 오치카는 얼굴을 들고 말했다.

"가도 님과 하쓰네 님은 수국 저택이 있던 곳에 가 보셨나요."

"아니, 찾아가지는 않으셨을 텐데요."

"찾아가 주셔요. 다 함께 찾아가 주셔요."

구로스케는 틀림없이 가도 부부에게 작별 인사를 하고 싶을 것이다.

"나오도 데려가 주셔요. 구로스케는 나오에게 사과하고 싶을 테니까요."

―악의는 없었어.

―도와주고 싶었을 뿐인데.

―미안해.

"나오타로를…… 말입니까."

"네. 작은 선생님, 정신 차리셔요!"

차라리 그 등을 한 대 탁 때리고 싶다.

"어째서 나오가 이 이야기를 지어낸 이야기라고 생각하겠어요. 다른 누구보다 구로스케의 마음을 가장 잘 이해할 수 있는 사람은 나오가 아닙니까!"

며칠 후―.

오치카는 매일 구로스케를 생각했다. 길가의 그림자를 보며 생각하고, 밤에 사방등 불빛이 닿지 않는 어둠을 보며 떠올렸다.

이헤에와 오타미에게도 구로스케의 이야기는 특별히 슬프고 가슴을 울렸던 모양이다. 이헤에는 오치카에게, 괴담을 모으는 건 괴이한 이야기를 모으는 것이 아니라 사람의 마음을 모으는 것 같다고 말했을 정도다.

이야기하는 사람이 이야기를 마치고 흑백의 방을 나가 버리면 오치카와의 인연은 끊긴다. 이야기가 그 후에 어찌 되었는지 좇을 수는 없고, 할 수 있다 해도 그리해서는 곤란하다. 이야기하는 사람이 흑백의 방에 두고 간 이야기가 흑백의 방에서 밖으로 나가지 않도록 지키는 것이 오치카의 역할이다.

그래도 야오노의 나오타로가 잘 지내고 있는지 어떤지, 신타에게 물어보는 정도라면 괜찮지 않으려나.

"머리카락이 많이 자랐어요."

신타는 제일 먼저 그렇게 말했다.

"전에 박박 밀었거든요."

"응, 박박 민 모습은 나도 보았어. 그런데 머리를 왜 그랬을까."

"나오한테 땜통이 생겨서요."

꼴사나워서 차라리 머리를 박박 밀어 버렸다고 한다.

"그 머리카락이 다시 자랐는데, 이번에는 땜통도 생기지 않은 모양이에요."

"다행이구나."

조금씩 강해지고 있는 것이리라. 극복하고 있는 것이리라.

나오타로와 구로스케는 닮았다. 어리고, 고독하지만 그 고독을 견뎌야 한다. 아무런 잘못도 하지 않았지만 혼자서 견뎌야 한다.

가도 신자에몬이 구로스케를 타이른 말은 그대로 나오타로를 위로하는 말도 된다. 너는 고독하지만 외톨이는 아니다. 네가 이곳에 있는 것을, 너를 생각하는 사람은 알고 있다. 떨어져 있기는 해도 올려다보는 달은 같다. 바라보는 꽃은 같다. 떨어져 있어도 그것을 의지와 위로로 삼아 살아가자.

"아가씨, 왠지 쓸쓸해 보이시네요."

오시마도 오카쓰도 그렇게 말했다. 입 밖에 내지는 않지만 숙모 오타미도 똑같이 느끼고 있는지, 가끔은 연극 구경이라도 갈까 하고 평소 같으면 하지도 않을 말을 꺼냈다.

"쓸쓸한 게 아니고 심심한 거예요."

오치카는 웃으며 그렇게 대답했다.

"하나의 이야기가 끝나 버리고 이렇게 심심하게 느낀 적은 처음이에요."

"그건 아가씨, 그 작은 선생님이,"

만면에 희색을 띤 오시마를 가로막으며 오카쓰가 태연하게 동의한다.

"그 기운 넘치는 아이들, 또 놀러와 주면 좋겠네요."

"장난꾸러기 꼬마들 말인가요? 당치도 않아요, 정원을 어지럽혀서 곤란하다고요."

두 하녀가 나중에 오치카의 귀에 들어가지 않는 곳에서,

"아가씨는 오랜만에 젊은 아가씨다운 가슴 설렘을 느낀 거예요. 오카쓰 씨는 모르겠지만, 이건 축하할 일이랍니다."

"분명히 저는 모르지만, 그래도 오시마 씨, 그런 말은 얼굴을 맞대고 하는 게 아니에요."

라는 대화를 하고 있었다는 것을, 오치카는 의외로 귀가 밝은 신

타에게서 들었다. 신타는 그 김에 물었다.
"가슴 설렘이 뭐지요?"
"가슴이 설레는 거야."
 고개를 갸웃거리는 신타 몰래, 그러고 보니 나는 에도에 와서 처음으로 미시마야 바깥에 흥미를 가졌구나—하고 생각했다. 모르는 동네의 생활. 모르는 사람들의 관계.
 나도 가도 신자에몬이 생각한 수국 저택처럼, 이 미시마야를 마음의 은퇴지로 삼으려고 했는데.
 —하지만 가도 님은 수국 저택을 나온 후 어린아이들을 상대하는 습자소를 시작하셨어.
 사람과의 교류를 싫어했던 까다로운 분이 어른보다 더 다루기 어려운 아이들을 모아다가 가르치게 되었다.
 사람은 변한다. 나도 변할까. 변할 수 있을까. 오치카는 그런 생각도 했다.
 그때 또 아오노 리이치로가 찾아왔다.
 그는 안채로 안내하려는 오치카와 오카쓰를 온화하게 제지하며 말했다.
"오늘은 신기한 이야기의 뒷이야기를 하려고 온 것이 아닙니다. 나오타로가 어떻게 지내는지 알려 드리기 위해서 찾아뵈었습니다."
 오치카는 부엌문 쪽에서 작은 선생과 마주했다.
"어제, 함께 다녀왔습니다" 하고 작은 선생은 말을 꺼냈다.
"수국 저택이 있던 빈 땅은 햇볕이 반사되어 눈이 부실 정도였습니다."

아직 머리카락이 별로 없는 나오타로의 머리가 뜨거워지고 말겠다며 하쓰네가 수건을 덮어 주었는데, 그 모습이 귀엽고 우스워서 다 함께 웃었다고 한다.

"나오타로도 같이 웃었습니다."

오치카 님의 말씀이 옳았습니다, 라고 한다.

"자기도 구로스케를 만나고 싶다며, 구로스케와 사이좋게 지낼 수 있었을 텐데, 라고 하더군요."

―하지만 그것은 안 되는 일이지요. 구로스케에게는 독이 되니까.

그렇게 말하며 문득 무언가 생각난 듯이 웃는 작은 선생의 눈빛이 밝다.

"나오타로는 스승님께, '큰 선생님도 구로스케와 헤어질 때는 울었어요?'라고 물었습니다."

"가도 님이 뭐라고 대답하시던가요?"

"울 리가 있느냐, 라고."

그러자 하쓰네가, "아니요, 틀림없이 울었어요" 하고 태연하게 끼어들었기 때문에 나오타로는 또 웃었다고 한다.

"유감스럽게도 마른 땅에 구로스케의 기척은 조금도 남아 있지 않았습니다. 여기에, 바람을 타고 어디에선가 희미하게 데마리 노래가 들려왔다―고라도 말씀드릴 수 있다면 괴담의 마무리로 어울릴 테지만요."

오치카도 미소를 지으면서 천천히 고개를 저었다.

"모두 함께 찾아가신 것만으로도 충분히 아름다운 마무리라고 생각해요."

이제는 없는 구로스케와, 틀림없이 서로 통한 무언가가 있었을 것이다. 좋은 작별이 되었으리라.

함께 가고 싶었는데, 라고 생각했다.

"그리고 한 가지, 말씀드리지 않았던 게 생각났습니다."

가도 신자에몬이 자신의 옛날 이야기를 한 것은, 요헤이의 수상하고 슬픈 죽음을 알고 그 일이 수국 저택과 관련이 있음을 알아챈 후가 아니다. 그보다 전에, 아직 요헤이가 건강하고 팔팔하게 살아 있을 무렵, 작은 선생은 스승으로부터 구로스케의 이야기를 들었다.

"스승님이 언제, 무엇 때문에 제게 이 이야기를 하셨느냐면."

아오노 리이치로가 진코 학원을 맡기로 정해졌을 때였다고 한다.

"특별히 깊은 이유도 없이, 제가 스승님께 물었습니다. 선생님은 어떤 계기로 습자소를 시작하셨습니까, 하고."

그 대답을 위해 가도 신자에몬은 구로스케의 이야기를 했다.

―옛날에 나는 사람을 싫어했다. 비뚤어지고 고독을 좋아해서, 그저 학문에만 매진하는 걸 마음 깊은 곳에서 자랑스러워했지. 이 세상에는 어리석은 놈들만 넘쳐난다, 나는 내 귀중한 시간을 할애해 가며 어리석은 자들이 헤엄치는 속세라는 연못에 몸을 담글 생각은 없다고 말이다.

당치도 않은 자만이었어.

"세상에 섞이고, 좋든 나쁘든 사람의 정에 닿지 않는다면, 학문이 무슨 소용이고 지식이 무슨 소용이겠느냐. 구로스케는 그것을 가르쳐 주었다. 사람을 그리워하면서도 사람 옆에서는 살 수 없는 그 기교한 생명이, 내 오만에 충고해 준 것이다."

그래서 가도 신자에몬은 만년晩年에 아이들과 함께 살아가기로 한 것이다.

사람은 변한다. 몇 살이 되어도 변할 수 있다. 오치카는 마음속으로 강하게 생각했다.

"신세 많이 졌습니다."

작은 선생은 머리를 숙이며 말했다.

"나오타로가 안정되었으니, 저도 야오노에 갈 기회는 없어질 겁니다. 한번 고맙다는 인사를 드리고 싶었어요."

"우리 신타는 나오와 계속 사이좋게 지내고 있어요. 모쪼록 걱정하지 마셔요."

"황감합니다."

떠날 때에, 작은 선생은 문득 생각이 미쳤다는 듯이 칼자루에 손을 대고 돌아보았다.

"오치카 님, 만일 앞으로—."

네? 하며 오치카는 고개를 갸웃거렸다.

"아니, 아닙니다."

작은 선생은 부끄러운 듯이 아래를 내려다보더니 다시 목례를 하고 바쁘게 떠났다.

앞으로, 라는 말 뒤에 무슨 말이 남아 있었을까. 왜 끝까지 말하지 않고 갔을까. 마음에 걸려 오치카는 좀처럼 뒷문에서 움직일 수가 없었다.

그때.

방금 아오노 리이치로가 나가면서 꼼꼼하게 닫고 간 판자문이 덜컹 하고 움직였다. 또 덜커덩 하더니 한 치쯤 열렸다.
"여닫이가 나쁘네."
"쉿! 소리 내지 말라니까."
틈새에서 하나, 둘, 셋, 눈알 세 개가 위아래로 나란히 자리를 잡고 집 안을 들여다본다.
오치카는 웃음을 터뜨렸다. 세 개의 눈알은 당황한 듯이 쏙 들어갔다.
"열어도 돼. 들어오렴."
말을 걸자 장난꾸러기 삼인조, 긴타와 스테마쓰와 요시스케가 새끼 토란이 데굴데굴 구르듯이 뛰어 들어왔다.
"또 작은 선생님의 뒤를 밟았구나. 들키지 않았니?"
"우리는 나오네 집에 온 거예요."
"그런데 우연히 작은 선생님이 이곳에 들어가는 모습을 봐서."
"미시마야 아가씨."
애교 넘치는 요시스케가 입 꼬리를 옆으로 잡아당기며 씨익 웃음을 지었다.
"오늘도 미인이시네요."
"어머나, 고마워."
시끄럽게 떠들고 있자니 오시마가 소리를 듣고 다가왔다. 순식간에 눈이 뾰족해진다.
"이것 봐! 이 꼬맹이들, 뭘 하는 게냐!"
"와! 도깨비 여자다!"
"누가 도깨비 여자야!"

얼른 흩어져서 달아나는 아이들을, 오시마가 마당비를 손에 들고 쫓는다. 그렇게 달아났나 싶었는데, 요시스케가 잽싸게 문으로 돌아왔다.
"미시마야 아가씨, 또 봐요."
웃는 얼굴로 손을 팔랑 흔들고 사라졌다.

으르렁거리는 부처・あんじゅう

미시마야의 여름은 바쁘게 지나갔다.

옷이 바뀌면 장신구를 새로 바꾸려는 손님이 늘어난다. 해마다 유행하는 색깔이나 모양도 바뀌고, 무엇보다 간지干支가 바뀌기 때문에 새로운 것, 그 해에 어울리는 것을 사려는 고마운 손님들이 미시마야를 많이 찾아와 주었다.

덕분에 오치카도 바빴다. 수국 저택과 구로스케 이야기를 들은 이후로 문득문득 울적해지던 기분도 시간이 지나는 동안 나아졌다.

하기야 이쪽은 시간의 약 덕분만은 아닌 듯하다. 잘 듣는 약은 따로 있었다.

하나는 나오타로가 완전히 밝아졌고, 시즈카 선생의 허락을 받아 묶을 수 있을 정도로 머리카락이 자랐을 무렵에 다시 '시즈카도코로'에 다니게 된 것이다. 매일 아침 신타를 데리러 오고 점심에는 함께 돌아온다. 그러고 나서 오치카와 사이좋게 이야기를 나눈다. 오치카는 짧은 대화라도 그날 무엇을 배웠는지, 어떤 재밌는 일이 있었는지를 아이의 입에서 생생하게 들을 수 있는 게 즐거웠다.

또 하나는 나오타로가 건강해진 후에도 진코 학원의 삼인조가 야오노에 계속 다니고, 미시마야에도 얼굴을 보여 주는 일이다. 요시스케의 "또 봐요"는 그냥 애교가 아니었던 셈이다.

혼조 가메자와초에서 간다 미시마초까지는 아이의 걸음으로 대원정이다. 그래서 자주는 아니지만 불쑥 나타나서는 우스운 말을 꺼내거나 재미난 짓을 하고, 오시마에게 들켜 야단을 맞고 달아나기도 하고, 오카쓰에게 몰래 과자를 받거나 조르느라 시끌벅적하다.

요컨대 오치카는 미시마야 바깥에 작은 친구들이 생긴 것이다.

다섯 중에서 가장 어른스러운 나오타로. 고집이 센 긴타. 말솜씨가 청산유수인 스테마쓰. 애교 넘치는 요시스케. 그리고 미시마야의 신타는 그들을 연결해 주는 역할이다. 때로는 장난꾸러기 삼인조가 저지른 일의 뒤처리를 하는 역할이기도 하다. 아아, 죄송해요, 아가씨(대행수님, 오카쓰 씨, 오시마 씨)—는 그의 상투적인 입버릇이 되고 말았다. 본인도 이를 즐기고 있다. 보람이 있으리라.

대행수는 어떤가 하면, 야소스케도 어느새 이 삼인조와 낯이 익어 가끔 사소한 볼일을 시키고는 심부름 삯을 주기도 한다. 처음에 그걸 알았을 때 역시 신타가 '자신의 일을 도둑맞고 말겠다'며 질투하지 않을까 걱정한 오치카지만, 공연한 걱정이었다. 야소스케는 안배하는 법을 잘 알고 있고, 신타도 신타대로 이해하고 있다.

"그 녀석들은요, 모두 집이 가난하고 형제도 많으니까요."

아빠나 엄마를 도와서 열심히 일한다. 미시마초를 찾을 때도, 갈 때나 올 때나 멍하니 걷지는 않는다. 불쏘시개가 될 만한 것을 줍거나 버려진 낡은 물건을 뒤지거나, 길에서 어린아이라도 할 수 있는 일을 찾아내서 수고비를 벌거나 하는데, 그렇게 민첩할 수가 없다.

"저는 우리 집이 가난해서 일찍부터 고용살이를 나와야 한다고 생각했는데, 아니더라고요. 먹는 입이 하나 줄면 꾸려 나갈 수 있을 정도의 가난은 가난 축에 들지 않아요. 진짜 가난은 가족 모두가 필사적으로 서로를 먹여 살려야 하는 거예요."

숙연히 말하는 신타는 가게 바깥에서 동무를 얻어 한층 더 어른스러워진 듯하다.

"대행수님은 나오한테는 긴타네하고는 다른 말투를 써요. 야오노의 후계자니까."

물론 용무를 부탁하고 심부름 삯을 주는 일도 없다. 나오타로에게 언젠가 그가 되어야 할 바람직한 상인으로서의 행동거지를 가르치고 있는 것이다.

"하지만 아직 그런 건 우리들 사이에서는 상관없으니 어렵게 대하지 말래요. 언젠가 제대로 알아야 할 때가 온다는 사실만 기억하고 있으라고."

야소스케는 '대행수'라는 직함과 가정을 꾸린 것과도 같다—고 이혜에는 자주 말한다. 그 말대로 일밖에 모르는 홀몸으로, 가족은 없다. 그런 대행수가 어린아이 다루는 법을 알고 있다니 이상하긴 하다.

"나는 그냥 친구면 될까."

"네. 하지만 저한테는 아가씨니까 그 점은 잊지 말아 주세요."

그 여름 동안 흑백의 방은 새롭게 손님을 둘 맞이했다. 첫 번째는 오치카의 울적함이 아직 남아 있을 무렵이었고, 두 번째는 울적함이 완전히 가셨을 무렵이다.

하지만 어느 쪽도 괴담에 속하지는 않았다.

앞서 이야기한 사람은 어느 상가의 작은 안주인인데 처음으로 갖게 된 아기를 막 잃고 난 후였다. 아기는 달을 채우지 못하고 태어났고, 작은 안주인의 산후 회복도 좋지 못했다고 하니 지나치게 이른 죽음은 누구의 탓도 아니다. 비운이다.

잔혹하지만 그렇게 생각할 수밖에 없다(고 오치카는 나중에 오타미에게 위로를 받았다).

작은 안주인은 죽은 아기가 밤마다 돌아오기 때문에 젖을 주고 있다고 말했다. 벌써 두 달이나 그러는 중이며, 아기가 자라고 있다고 한다. 결코 유령이 아니다. 무릎에 올려놓거나 안으면 무게도 냄새도 느껴진다고 한다.

아기가 얼마나 귀여운지, 달콤한 냄새가 얼마나 향긋한지, 작은 안주인은 부드럽게 미소를 지으며 열렬하게 이야기했다. 단 한 가지 걱정이 있는데, 남편도 시부모님도 아기의 모습을 보지 못하는 모양이라 말했다.

오치카는 처음부터 끝까지 온화하게 작은 안주인의 이야기를 들었다. 충분히 다 이야기하고 나자 작은 안주인은 같이 따라온 하녀와 함께 밝은 얼굴을 하고 떠났다. 그와 교대하듯이 그녀의 남편이 몰래 미시마야를 찾아와 오치카는 오타미와 함께 그를 만났다. 그때는 흑백의 방을 쓰지 않았다.

오치카는 작은 안주인으로부터 들은 이야기를 그에게 전했다. 얼굴이 핼쑥해진 작은 주인은 어깨를 축 늘어뜨렸다.

"집에서 한 것과 같은 이야기를 했군요."

작은 안주인은 시어머니와 사이가 나쁘다고 한다. 아기가 배 속에 있는 동안에도 심하게 괴롭힘을 당했다. 하기야 시어머니 쪽은 '예의범절을 가르쳤다'고 말하고 있다.

"그래서…… 조산을 하고 만 까닭도 어머니 때문이라고 원망하여, 집에서 일부러 그런 이상한 말을 하는지도 모르겠다고 여겼습니다만."

이를 확인하기 위해 '괴담 대회'라는 엉뚱한 일을 하고 있는 미시마야에 젊은 아내를 보낸 것이다.

"도안 씨한테도 이야기할 사람을 좀 더 꼼꼼하게 골라 달라고 해야겠구나."

힘없이 축 늘어져 돌아가는 작은 주인을 지켜보며 오타미는 부루퉁하게 말했다.

"하지만 그 작은 안주인이 다른 사람들의 눈에는 보이지 않는 아기가 얼마나 귀여운지, 하고 싶은 만큼 이야기할 수 있었으니 다행이다."

"그걸로 조금은 좋은 방향으로 나아가 주면 좋겠는데."

그다음에 온 손님은 마흔 정도 된, 몸집이 작고 말쑥한 옷차림을 한 남자였다. 상인이라고 하는데, 신원은 숨겼다. 상관없다. 도안 노인의 소개로 온 게 분명하기 때문에 오치카는 아무런 경계도 하지 않고 남자와 마주 앉았다.

하지만 가장 중요한 이야기가 좀처럼 나오지 않았다. 서두가 길어지는 경우도 있음을 오치카 또한 모르는 바 아니지만, 이 상인은 유인을 해도 미끄럽게 스르륵 빠져나가, 반대로 오치카의 신상을 캐는 듯한 질문을 던지곤 했다.

결국 "오늘은 아무래도 이야기할 기분이 나지 않습니다. 내일 다시 찾아뵙겠습니다" 하고 돌아갔다.

이튿날도 자신의 이야기는 하지 않고 소소한 잡담 사이로 탐색하는 듯한 말만 할 뿐이었다. 그러다가, "아가씨의 인품을 알게 되었으니, 내일이라면 이야기할 수 있을 듯한 기분이 듭니다" 하고 또 그냥 돌아갔다.

사흘째가 되었다. 상인은 역시 요리조리 피할 뿐이고, 이번에는 미시마야의 장사나 안채의 일을 캐물으려고 한다.

사전에 짰기 때문에 오치카는 새로 차를 내려고 온 오시마에게 신호를 보냈고, 오시마는 도안 노인의 가게로 신타를 보냈다. 두꺼비 같은 직업소개꾼은 가마를 타고 미시마야로 달려와 흑백의 방에 나타났다.

도안 노인은 남자를 흑백의 방에서 끌어내 이헤에가 입회한 가운데 매섭게 다그쳤다. 아무래도 미시마야와 같은 장사를 하는 경쟁자에게 고용된 자로, 미시마야의 내정을 캘 목적을 가진 듯했다.

"정말이지 면목이 없습니다."

도안 노인은 그 시커먼 두꺼비 얼굴을 더욱 부풀리며 사과했다.

"제가 속임수에 걸려들다니."

남자를 고용한 방물 가게는 도안 노인의 오래된 손님이라고 한다.

그 주인이 말을 거들었고, 당사자의 행동거지가 말쑥하여 깜박 속고 만 것이다.

"노련한 도안 씨도 가끔은 당할 때가 있군."

이헤에는 웃으며 그다지 마음에 두지 않는 기색이다. 그러나 오타미는 매서웠다.

"전의 그 가엾은 젊은 안주인까지 해서 연속으로 두 번이에요. 도안 씨도 이쯤에서 한 번 사람 보는 눈을 다시 기르셔야겠어요."

도안 노인도 지고만 있지는 않았다.

"갓난아기의 유령 이야기는 어엿한 괴담입니다. 그러니 연속으로 두 번은 아니지. 게다가 미시마야는 요전에 나를 통하지 않고 손님을 들였지 않습니까. 이 실책으로 딱 비긴 셈이에요."

진코 학원의 아오노 리이치로를 말하는 것이다.

"어머나, 도안 씨, 알고 계셨어요?"

"단골 거래처의 일은 아는 법입니다."

그러고는 오치카를 날카롭게 노려보며 말했다.

"앞으로도 그런 일을 할 생각이라면 단단히 조심해야 할 거요. 낯모르는 타인을 가게 안채에 들이는 것이오. 다행히 이번에는 큰일이 나지 않았지만 다음에도 그러리라는 보장은 없소."

오치카는 얌전히 네, 하고 대답했지만 마음속으로는 혀를 쏙 내밀었다. 이러니저러니 해도 도안 씨 본인이 이 실책에 가장 속이 타들어 갔으리라. 분한 나머지 오치카에게 분풀이를 한다.

"그건 그렇고, 우리도 이름값이 올랐군. 경쟁자가 간자를 보내다니."

느긋한 이해에는 그런 말을 하다가, 이쪽은 이쪽 나름대로 오타미에게 야단을 맞았다.

"하지만 아가씨, 그 두꺼비 영감의 말도 일리는 있어요."

그렇게 말한 이는 오시마다.

"미시마야 안을 염탐하기 위해, 괴담을 이야기하겠다는 구실로 아가씨를 만나려는 놈들이 나타난다고 해도 이상하지는 않으니까."

놀랍게도 오카쓰 역시 이에 동의했다. 도안 노인의 충고는 옳다고 한다.

"저희들도 단단히 조심해서 지켜보겠지만……" 하며 근심스러운 얼굴을 한다.

오치카는 어이가 없었다. "우리 장사를 캐려는 속셈이야 그렇다 쳐도, 저를 만나 봐야 무슨 소용이 있겠어요."

"세상에, 아가씨. 안에 틀어박히기만 하시니까 세간의 소문을 모르시는군요. 아가씨는 요즘 '미시마야의 수수께끼 간판 아가씨'로 완전히 유명해지셨답니다."

그게 도대체 뭐야?

"누가 그런 소문을 퍼뜨리고 있어요? 오시마 씨 아니에요?"

슬쩍 째려보며 물었지만 두 하녀는 진지하게 고개를 젓는다.

"아가씨도 완전히 세간과 상관이 없는 건 아닙니다. 에치고야와의 교류도 있고요."

"세이타로 씨와의 혼담 이야기도" 하고 오카쓰까지 말한다. "아가씨의 마음이 어떻든, 그쪽은 적극적이니 당연히 소문이 나지요."

오치카가 미시마야 안채에서 나가지 않으니 더욱더 수수께끼처럼 보이는 거라고 한다.

"조금은 바깥에 나가서 무어라도 배우셔요. 그 편이 결국은 번거롭지 않은 길입니다."

과연, 이는 조금 뜨끔했다. 수수께끼의 간판 아가씨라니, 듣기에는 좋지만 왠지 구경거리 같지 않은가.

수국 저택을 나와 습자소를 시작한 가도 신자에몬의 일도 머리를 스쳤다. 사람은 변할 수 있다는 사실 또한 다시 한 번 상기했다.

하지만—시간이 걸리는 건 걸리는 거다.

그런 생각을 하고 있자니 침울하게 보인 모양이다. 평소처럼 미시마야에 들른 나오타로가 감기에 걸리셨느냐고 묻는다.

"아가씨, 기운이 없어 보이세요."

오치카는 웃는 얼굴로 얼버무리고 화제를 바꾸었다. "전부터 생각했는데, 나오와 애들이 나를 '아가씨'라고 부르는 건 이상하지 않니?"

"그럼 어떻게 부르지요?"

생각해 둘게요, 하며 너글너글하게 웃는다.

그 답은 곧 알았다. 이튿날 얼굴을 보인 장난꾸러기 삼인조가 "오치카 누님, 감기 나았어요?" 하고 대뜸 물었기 때문이다. '미시마야 아가씨'는 어디론가 사라졌다.

"영양가 있는 음식이 먹고 싶으면 미꾸라지 구이를 가져다줄게요."

"너희들이 만드는 거니?"

"네. 미꾸라지를 잡아서, 배를 갈라 굽는 거예요."

소쿠리로 뜨는 게 아니라 맨손으로 미꾸라지를 잡는 거예요, 하며 셋이서 제각기 손짓 발짓으로 가르쳐 주었다. 그러고 보니 아오노 리이치로도 미꾸라지라도 잡으러 가느니 운운하는 이야기를 한 적이 있는데.

"특이한 방식이구나. 누군가한테 배운 거니?"

"응. 교넨보 아저씨한테."

그 이름도 작은 선생에게 들은 기억이 있다. 떠돌이 가짜 중이라고 했다.

"그 스님은 어떤 분이야?"

"스님이 아니에요, 가짜니까."

"만나 보고 싶어요?"

저마다 말하는 스테마쓰와 요시스케를, "잠깐만" 하고 몸집이 큰 긴타가 굵은 팔로 가로막았다. 이 아이가 두목격이다. "너희들, 작은 선생님한테 들었지? 교넨보 아저씨는 어디서 어떻게 보아도 수상하니 미시마야에 가까이 가게 해서는 안 된다고."

그런 말을 했구나. 그렇다면 더욱더 알고 싶어진다.

"하지만 작은 선생님이 그 교넨보 님에 대해서 살짝 얘기해 주셨어."

세 아이는 과장스럽게 한탄했다.

"하여간 작은 선생님도 어수룩하다니까."

"말하지 않으면 좋았을 텐데."

"입이 가벼워서 원."

또 실컷 험한 소리를 듣는 작은 선생이지만, 아이들의 말이 옳다.

하지만 그때 작은 선생은 교넨보라는 가짜 중이 이 아이들을 봐주고 있다고 하지 않았던가. 애당초, 이야기를 하는 김에 문득 입을 뚫고 나와 버렸을 정도니 분명히 수상한 인물이라 해도 작은 선생은 마음을 터놓고 있는 것이리라.

오치카는 교넨보를 만나 보고 싶어졌다. 또 나를 통하지 않는 손님을, 하고 도안 노인이 노려보겠지만, 뭐 어떤가. 두 번이나 꽝을 뽑았으니 이쯤에서 분위기를 바꾸고 싶은 참이다.

"우리 숙부님은 별난 이야기를 모으고 있어. 그 이야기를 듣는 게 내가 하는 일이지. 교넨보 님은 여러 지방을 여행하시지? 무언가 재미있는 이야기를 알고 계실지도 모르겠구나."

"오치카 누님, 신기한 일을 하네요."

"맞아. 숙부님이 별나셔서."

곁눈질을 하는 긴타와, 홋토코_{한쪽 눈이 작고 입이 삐죽 나온 우스꽝스러운 남자의 탈}처럼 입을 쑥 내미는 스테마쓰 옆에서 요시스케가 바싹 다가왔다.

"아저씨는 마침 돌아온 참이니까 데려올 수도 있어요. 하지만 무섭지 않아요?"

"무서운 사람이니?"

"겉모습은 무서워요. 내가 경호해 줄까요?"

바보, 치사해, 너 혼자 뭐야, 하고 나머지 두 아이가 크게 허둥거린다.

"요시는 능글맞다니까" 하며 긴타는 화를 냈다. "오치카 누님의 중요한 일이라고. 교넨보 아저씨는 안 돼."

"어째서 안 되는데."

스테마쓰가 작게 중얼거렸다. "무슨 얘기를 해도 지어내니까."

하아…… 그런 가짜 중인가. 작은 선생님은 어째서 그런 인물과 친하게 지낼까.

"그러면 지어낸 이야기라는 걸 알고 들으면 괜찮겠지?"

장난꾸러기들이 눈과 눈을 맞추며 서로 상의한다. 오치카는 세 아이를 손짓으로 가까이한 뒤 목소리를 잔뜩 낮추었다.

"작은 선생님한테는 비밀로, 응?"

어쩔 수 없네, 하며 긴타는 떫은 얼굴로 양보했다. 하지만 눈은 빛나고 있다.

"우리가 같이 있을게요." 스테마쓰가 되바라지게 허리에 손을 댄다.

"그러니까 말했잖아, 경호라고" 하며 거드름을 피우는 이는 요시스케다.

"그럼 결정되었네."

오치카는 세 아이와 손가락을 걸고 약속했다.

그로부터 며칠 후, 완연한 가을이 되어 아침부터 푸른 하늘에 아름다운 비늘구름이 낀 날의 일이다.

"아가씨."

오시마가 뭔지 도무지 알 수 없는 음식을 입에 넣고 말았다는 얼굴로 오치카를 부르러 왔다.

"또 곰이 왔어요."

아니, 이번에는 곰이라기보다 도깨비 같아요, 가사를 입었고 뿔은 없지만요, 하고 뭔지 도무지 알 수 없는 음식을 씹은 듯한 말투로 말한다.

"정말로 아가씨가 말씀하셨던 스님인가요?"

흑백의 방의 다음 손님은 스님이에요, 라고 오시마에게 이야기해 두었다.

"아마도요. 어디에 계셔요?"

"가게 바로 앞이에요. 길 한가운데에 떡 버티고 서서 우리 간판을 노려보고 있어요."

그건 확실히 희한하다.

부엌문을 통해 서둘러 밖으로 나간 오치카는 판자담을 빙 돌아 그 모퉁이에 숨어서 미시마야 정면을 살펴보았다.

오늘도 손님들이 시끌벅적하게 드나든다. 차양에 단 커다란 노렌_{상점 출입구에 가게 이름을 써 넣어 드리운 천}에 가을 해가 환창하게 빛나고 있다.

그리고 거기에 분명히 있었다.

미시마야의 간판을, 미시마야의 손님들을 노려보다시피 하며 승려 행색의 덩치 큰 남자가 떠억 버티고 서 있다. 다리를 딱 버티고, 어깨를 펴고, 다른 사람이 곁을 지나가도 미동조차 하지 않는다. 오히려 지나가는 사람들 쪽이 기분 나쁜 듯 피하고 있다.

키는 육 척도 넘겠다. 몸이 두꺼워 몸 둘레가 오치카의 세 배는 돼 보인다. 넉넉한 가사도 어깨와 팔에 솟아오른 살을 감추지 못했다.

작은 선생도, 장난꾸러기 삼인조도 가짜 중이라 했다. 그런 색안경을 꼈기 때문인지도 모르지만, 불도에 귀의한 사람치고는 조금 지나치게 사나운 모습이다. 정기가 넘친다고 하면 좋게 들린다. 나쁘게 말하자면 기름지다. 목에 건 대염주가 불구가 아니라 무기처럼 보인다.

—수험자랄까, 야마부시_{산야에 기거하며 수행하는 중}랄까.

아니, 가짜 중이다.

오치카는 주위를 둘러보았다. 아저씨를 데려오겠다, 경호를 맡겠다고 한 삼인조가 함께 있을 텐데. 눈에 띄지 않는다.

에라 모르겠다, 이렇게 되면 어쩔 수 없다. 오치카는 옷깃을 가다듬고, 총총히 덩치 큰 남자에게 다가가 정중하게 말을 걸었다.

"저, 스님."

승려 차림의 남자는 미시마야의 정면을 응시하며 움직이지 않는다. 가까이서 보니 대머리에도 입 주위에도 머리카락과 수염을 깎은 자국이 새파랗다. 더더욱 세속적이다.

"저, 스님."

오치카는 한 발짝 더 다가가 올려다보며 말을 걸었다. 천장의 검댕을 털어낼 때처럼 발돋움을 해야 했다.

"스님은 교넨보 님이시지요?"

오치카의 행동에 가게 앞의 손님들이 몸을 돌려 이쪽을 보았다. 그 머리 너머로 파랗게 질려서 입을 반쯤 벌린 야소스케의 얼굴도 보인다.

덩치 큰 남자의 한 아름이나 되는 수박만 한 머리가 불쑥 움직였다. 오치카를 내려다보는 두 눈알도 달걀만 한 크기다. 그 속에서 메추리알만 한 검은 눈동자가 형형하게 빛난다.

피부는 거칠고 구릿빛으로 그을었다. 굵은 눈썹 위, 왼쪽 뺨, 턱

밑—몇 군데의 오래된 흉터가 보인다. 좌우로 크게 튀어나온 두꺼운 귀. 왼쪽 귓불 끝이 잘린 것처럼 없다.

오치카의 심장이 약간 튀어 올랐다. "네, 빈승이 교넨보입니다. 추측건대 당신은 미시마야의 오치카 님."

덩치 큰 남자는 그렇게 말하더니 활짝 웃었다.

"미시마야의 오치카 누님이 아니신지요."

안심이 되어 오치카의 뺨도 허물어졌다. 덩치 큰 남자의 목소리는 굵지만, 큰북 소리처럼 탄력이 있어서 듣기 좋은 울림이다.

"네, 오치카입니다. 오늘은 저를 찾아와 주신 것이지요?"

음, 하며 교넨보는 신음했다.

"인사가 늦어서 참으로 실례했습니다. 긴타도 여러 번 다짐을 놓았는데 말입니다. 빈승은 풍채가 수상하고 용모가 괴이하니 가게 앞에서 방문을 알려서는 안 된다, 반드시 뒷문으로 돌아가라고."

예에, 하며 오치카는 고개를 끄덕이고 몰래 손짓으로 야소스케에게 신호를 보냈다. 괜찮아요, 괜찮아. 야소스케가 입을 뻐끔거린다.

"한데 아무래도 신경이 쓰여서 그만 여기에서 발길이 멈추고 말았습니다."

교넨보는 두꺼운 가슴 앞에서 두툼한 팔로 팔짱을 끼더니, 발을 바꾸어 디디며 뿌리를 내린 듯이 길에 버티고 섰다. 그의 팔에 닿은 대염주가 좌르륵 하는 소리를 냈다. 색깔과 닳은 정도로 보아 오래 사용한 물건인 듯하다.

"가게 위에 묘한 무리가 끼어 있군요." 교넨보는 말했다.

오치카도 덩치 큰 남자가 응시하는 곳으로 시선을 들어 보았다.

미시마야의 간판과 기와지붕이 보인다. 푸른 가을 하늘 아래, 별반 특이한 기색은 없다. 물론 무리도 구름도 끼어 있지 않다.

"근자에 가게 안에서 이상한 일은 없었는지요? 수상한 사람이 찾아왔다거나, 뜻을 알 수 없는 서찰이 왔다거나."

수상하다고 한다면 지금 여기에 있는 당신이 제일 수상해요—라고 말하고 싶은 참이지만 오치카는 자제했다.

"아니요, 특별히 마음에 걸리는 일은 없습니다."

"없습니까?"

교넨보는 눈썹을 찌푸리고 입가를 일그러뜨린다. 그 자리에서 조금도 움직일 기색이 없다.

그때 조금 전까지 오치카가 숨어 있던 판자담 모퉁이에서 머리가 불쑥불쑥 튀어나왔다. 긴타, 스테마쓰, 요시스케까지는 놀랍지 않지만 그들의 맨 위에 오카쓰의 얼굴이 올라가 있다. 당장이라도 웃음을 터뜨릴 듯 즐거워 보인다.

"아저씨."

양손을 관처럼 만들어 입에 대고, 세 아이가 부른다.

"아저씨, 그만둬요."

"이쪽으로 와요."

"빨리, 빨리."

오카쓰도 웃음을 참으면서 오치카에게 손짓한다.

"오, 요 녀석들."

교넨보도 알아채고 커다란 눈을 깜박거렸다.

"정말 발이 빠르네. 벌써 따라잡은 게냐."

아무래도 교넨보는 경호 역할의 세 아이를 도중에 따돌리고 온 모양이다.

"저어, 괜찮으시면 안으로 드시지요."

오카쓰가 끊임없이 손짓을 해서, 오치카도 교넨보를 재촉했다. 덩치 큰 남자는 그제야 움직이기 시작했다. 사람이 걷는다기보다 석불이나 거목이 움직이기 시작한 듯한 박력이 있다.

"아이들을 따돌리고 가 버리더래요."

오카쓰가 재미있다는 듯이 속삭인 뒤, 앞장서서 뒷문으로 안내한다. 교넨보는 삼인조에게 잔뜩 불평을 들었다.

"미안, 미안, 이것 봐라, 잡아당기지 마."

이 또한 거목이 참새가 모여들어 귀찮아하는 것 같다.

오카쓰가 부엌문 쪽에서 교넨보의 발을 씻겨 주자, 삼인조는 얼른 정원으로 돌아갔다. 승려 차림의 덩치 큰 남자는 부엌 마루 끝에 걸터앉아도 거구가 더욱 눈에 띄어, 익숙한 주방 도구나 가구가 작아 보인다.

"저는 오카쓰라고 합니다. 이 댁 하녀지요."

교넨보 발의 먼지를 씻어내고 마른 수건을 내밀며, 오카쓰는 미소를 지었다.

"스님, 지금까지 몇 번인가 이 댁 앞을 지나가셨지요? 저는 뵌 적이 있어요."

교넨보는 호오—하며 눈을 크게 뜨기는 했지만 놀란 기색은 없다. 역시, 하고 중얼거렸기 때문에 오치카 쪽이 더 놀랐다.

"역시, 라니 무슨 뜻인지요."

옆에 무릎을 꿇은 오치카의 물음에 교넨보는 엄하게 대답했다.
"빈승은 전부터 꼬맹이들에게 들어 알고 있습니다. 이 댁의 오카쓰 님은 오치카 님을 지키는 역할이라고 하더군요."
별난 괴담을 듣는 아가씨의 부적이시지요, 하고 덧붙인다.
오카쓰는 수줍어하며 눈을 내리깔았다.
"죄송해요, 아가씨. 저 아이들이 이번에 아가씨의 경호를 맡는다고 해서, 그렇다면 아가씨의 부적인 저도 끼워 달라고 말했거든요."
오치카의 친구인 꼬맹이들은 오카쓰와도 완전히 사이가 좋아진 것이다.
"그러면 부적 역할이신 분께 여쭙겠는데" 하고 교넨보는 오카쓰에게 얼굴을 향했다. "요즘 가게 안팎에서 수상한 기척을 느끼지 못했습니까."
아까 오치카에게도 던진 물음이다. 오카쓰의 대답도 오치카의 대답과 같았고, 둘은 얼굴을 마주 보았다.
"그렇군요."
교넨보는 굵은 목소리로 또 신음하고 턱을 꼬집으며 생각에 잠겼다.
"그러면 내 생각이 지나쳤나……. 아니, 신경 쓰지 마십시오."
교넨보가 일어서서 흑백의 방으로 걸어가자 복도가 삐걱삐걱 울렸다.
흑백의 방에서는 장난꾸러기 삼인조가 툇마루에 들러붙어 대기하고 있다. 신타도 끼어 있다. 물론 신타는 툇마루에 달라붙어 있지는 않았다. 손으로 앞치마를 쥐어짜며 곤란해하고 있다.

"죄송해요, 아가씨. 있지, 아가씨가 손님과 흑백의 방에 계실 때는 방해하면 안 돼."

교넨보의 발은 다다미를 밟아도 삐걱삐걱 소리를 낸다. 그가 우뚝 버티고 선 채 툇마루를 내려다보더니 크게 고개를 끄덕였다.

"그 말이 옳다. 꼬맹이들, 가 봐."

장지가 떨릴 듯이 지잉 울리는 목소리인데도 삼인조는 전혀 아랑곳하지 않았다.

"또 그런 말을 하네."

"아저씨, 저질렀잖아요."

"오치카 누님, 아까 그게 아저씨의 장기에요."

"그거라니?"

되물으며 척 보니 교넨보는 '큰일났다'는 표정이다. 커다란 얼굴이 초조해한다.

"가게나 집 앞에 서서 노려보다가, '안 된다, 안 돼, 수상한 기가 떠돌고 있구나' 하며 그 집에 들어가는 거예요. 그리고 수상한 기를 씻어내 주겠다면서 돈을 뜯어내는 거지요."

"뜯어낸다는 말은 지나치구나."

"그럼 뭐라고 하는데요. 구워삶다?"

"속인다?"

"홀린다?"

"더더욱 듣기 안 좋구나!"

오치카와 오카쓰는 깔깔 웃었고, 교넨보는 거북한 듯이 억센 손으로 머리를 스윽 문질렀다.

"참으로 면목 없지만, 분명히 애들 말대로 이 가짜 중은 예전에 그렇게 세 치 혀로 세상살이를 한 적이 있지요. 하지만 지금은 아닙니다."

완전히 마음을 고쳐먹었습니다—하며 커다란 몸을 굽혀 보였다.

"그 계기를 만들어 준 이가 다름 아닌 아오노 작은 선생이지요. 그 후로 막역한 사이가 되었고요."

오치카는 교넨보에게 자리를 권했다. 도코노마를 등지고 털썩 앉은 교넨보가 이번에는 마치 거대한 바위처럼 보인다.

오늘은 아직 어린 밤송이가 달린 밤나무 가지를 화기에 장식해 두었다. 교넨보의 목에는 한 알 한 알이 그 밤송이도 무색해질 만큼 커다란 염주가 걸려 있다. 교넨보가 움직여서 염주가 흔들리면, 굳게 입을 다문 풋풋한 밤송이도 희미하게 흔들린다.

"그런데 댁에서는 기괴하고 희한한 이야기를 모으고 계신다고요."

오치카가 고개를 끄덕이며 입을 열려고 하자 덩치 큰 남자는 손바닥을 펼쳐 제지했다.

"괴담 대회를 하시는 연유를 제게 밝혀 주실 필요는 없습니다. 저는 이 댁에 제 이야기를 하기 위해서 찾아왔으니까요."

또 하나, 하며 두툼한 뺨을 허물어트린다.

"이번을 기회로 꼬맹이들이 그렇게 따르는 미시마야 아가씨의 존안을 뵙고 싶다는 속셈도 있었습니다만."

오카쓰도 함께 흑백의 방에 있기 때문에 마음을 써 준 오시마가 다과를 가져왔다. 얌전히 들어왔지만 먼저 상석에 앉은 교넨보의 거구에 눈을 부릅떴고, 이어서 툇마루의 삼인조를 보고 순식간에 그 눈을 부라렸다.

"너희들!"

삼인조는 으악 하며 달아났고 그 뒤를, "아아, 죄송해요" 하며 신타가 쫓아갔다.

"마침 잘 되었어요, 오시마 씨."

오치카는 무릎을 돌려 수습하듯이 말했다. "여기 계시는 교넨보 님이 오늘 흑백의 방의 손님이셔요."

교넨보가 공손하게 머리를 숙였다. "곰이라기보다 도깨비 같은 중이지요. 뿔은 없지만."

오시마는 더 이상 눈을 부릅뜰 수가 없는지 몸까지 함께 뒤로 젖혔다.

"드, 들렸나요?"

"뭐, 어림짐작이지만 자주 듣는 말이라서요."

실례했습니다, 하며 오시마는 허둥지둥 자세를 바르게 했다.

"오시마 님이라고 하십니까. 한 가지 부탁을 드려도 되겠습니까."

오시마는 교넨보가 아니라 오치카의 얼굴을 보았다. 무엇인지요, 하고 오카쓰가 묻는다.

"빈승이 이곳에서 이야기하는 동안, 저 꼬맹이들을 수하로 부려먹어 주시면 안 되겠습니까?"

"그건…… 상관없습니다만."

"고맙습니다."

교넨보는 정중하다.

하지만 아가씨, 하며 오시마는 수상하다는 눈빛을 했다.

"괜찮을까요?"

오시마는 아무래도 이런 정체를 알 수 없는 승려와 오치카가 단둘이 자리하게 되는 것을 걱정하는 모양이다.

그러자 또 눈치 빠르게 교넨보가 앞질러 말했다. "제멋대로인 청을 드리자면, 빈승의 이야기를 오카쓰 님께도 들려 드리고 싶군요. 그러니 오카쓰 님을 빌리는 만큼 꼬맹이들을 마음껏 부려 주셨으면 하는 것입니다."

"아가씨만 허락하신다면."

응, 하고 오치카가 고개를 끄덕이자 마지못한 기색으로 물러가면서 당지문을 닫으려던 찰나, 이번에는 팔을 걷어붙이는 것마냥 단단히 벼르는 듯한 얼굴이 되었다. 삼인조는 각오해 두는 편이 좋겠다.

오카쓰는 온화하게 물었다.

"제가 이야기를 함께 들어도 괜찮을는지요. 평소처럼 복도나 곁방에 대기하고 있다가—."

"괜찮아요, 오카쓰 씨."

"흑백의 방에서 이야기를 듣는 사람은 아가씨 한 분이라는 게 규칙입니다."

"오늘은 특별히 그 규칙을 옆으로 치워 놓기로 하지요." 오치카는 그렇게 말한 뒤 교넨보를 보았다. 가짜 중의 검은 눈동자는 얼굴 생김새와 마찬가지로 크고, 으늑히 빛났다. 하지만 이상하게도 위압감은 없었다. 이 사람의 눈은 그 아이들의 눈과 비슷하다고 생각했다.

"교넨보 님이 그리 말씀하시는 데에는 분명 상응하는 이유가 있을 테니까요."

교넨보는 웃음을 띠었다.

"이해해 주시니 더욱더 고맙습니다."

"그 아이들을 멀리 떨어뜨려 놓은 까닭도 어린아이 귀에는 들려주고 싶지 않은 이야기여서."

"그런 이유도 있지만, 꼬맹이들한테 진지한 얼굴을 하는 제 모습을 보이기가 조금 부끄러워서요."

교넨보와 삼인조가 얼마나 사이가 좋은지 알 수 있는 대목이다.

"게다가 아까 제가 말씀드린 이 가게에 끼어 있는 묘한 무리. 입에서 나오는 대로 한 소리가 아닙니다."

연극이 아니다. 사기도 아니다.

"분명히 제 눈에는 그렇게 보였습니다. 마음에 걸립니다. 허나 갑자기 믿어 달라고 하기는 어렵겠지요. 아니, 믿지 않는 쪽이 이치에 맞습니다. 어쨌거나 저는 가짜 중이니까요."

그러니―하고 교넨보는 무릎을 모으며 앉은 자세를 바로 했다. 다시 대염주와 어린 밤송이가 흔들린다.

"우선은 제 이야기를 들어 보시는 편이 좋으리라 생각합니다. 그러려면 수호 역인 분도 함께 계시는 게 좋겠지요."

교넨보의 이야기를 통해 그의 됨됨이를 이해하고, 그에 따라 믿을지 말지를 결정하라는 뜻이다.

"알겠습니다."

오치카와 오카쓰는 나란히 머리를 숙였다. 기분 탓인지 오카쓰의 옆얼굴이 경직돼 보인다. 부적으로서 한 발짝 더 들여놓은 역할에

긴장하는지도 모른다.

교넨보가 온화하게 말했다. "오카쓰 님은 천연두 신의 신부가 되신 모양이군요."

직설적인 물음이다.

오카쓰는 "네" 하고 대답했다. 곰보가 얽은 얼굴을 숙이지 않고, 이쪽도 똑바로 교넨보를 마주 보았다.

"아름다우시군요." 교넨보는 차분하게 말했다. "천연두 신은 미녀를 좋아하시지요. 천연두 신의 눈에 든 자에게는 터무니없는 재앙이지만 신들은 때로 우리 중생이 부조리하다고밖에 여기지 않는 선택을 하십니다. 그 부조리를 견디고 극복하기 위해 사람에게는 부처님의 가호가 필요한 것입니다. 신과 부처는 닮은 것 같지만 다르고, 다른 것 같지만 인간의 지혜를 뛰어넘은 힘이라는 점에서는 같지요. 흡사 오른손과 왼손처럼 합쳐서 하나가 되는 것이기도 합니다."

울림이 좋은 목소리의 설교에 오치카도 오카쓰도 약간 멍해졌다.

"이런 말씀을 드리기도 하면서"라고 하며 교넨보는 활짝 웃었다.

"이 가짜 중은 세상살이를 해 왔습니다. 스무 해도 넘었지요."

교넨보가 태어난 곳은 먼 북쪽의 산골 마을이라고 한다. 기후가 나쁘고 산은 험하며, 토지는 척박하고 마을은 가난했다.

"제 생가는 소위 말하는, 가난한 집안은 자식이 많다는 말에 딱 들어맞는 집이라, 먹느냐 못 먹느냐라기보다는 먹지 못하는 날이 더 많았습니다."

그래서 교넨보는 집을 나와 절로 도망쳐 들어갔다. 절이라면 그나마 먹을 수는 있으리라 짐작했다.

"하지만 중의 수행이란, 지혜가 없는 어린아이가 머리로 생각한 것보다 훨씬 준엄하더군요. 배불리 먹고 싶다는 속셈만으로 도망쳐 들어간 꼬마는 도저히 감당해낼 수 없었지요."

꾸지람을 듣고, 얻어맞고, 엄하게 교육을 받고, 그래도 사미는 되지 못한 채 절에서 허드렛일이나 하는 견습으로 어떻게든 절에 매달려 있다가 결국 싫증이 난 교넨보는 어느 날 스님의 가사와 염주와 불경을 슬쩍 훔쳐 절에서 도망쳤다.

"그렇지, 탁발용 징과 밥그릇도 훔쳐서 품에 넣었습니다."

참으로 죄송한 일이라며 크게 웃는다.

"나이는 열다섯. 교넨보라는 이름도 그때 멋대로 붙였는데."

동시에 부모에게서 받은 이름은 버렸다. 이제 생각나지 않는다고 한다.

잊었을 리가 없지만 떠올리지 않는 것이라고 오치카는 생각했다.

"그 후 여러 지방을 떠돌아다녔지요."

가사를 입고 염주를 손끝으로 굴리고, 징을 치면서 탁발을 하고, (실은) 어깨 너머로 배운 독경을 하는 깡마른 소년을 정말로 수행승이라고 믿은 사람이 얼마나 있었는지는 알 수 없다. 그래도 그의 찢어진 신과 먼지투성이 행색과, 순진해 보이는 파랗게 깎은 머리에 손을 합장하며 시주를 해 주는 사람들이 있었다. 어디에나 있었고 끊기는 일은 없었다.

"뭐야, 밭을 갈고 또 갈아도 작물이 나지 않아서 우리를 굶기기만 했던 땅을 버리고 나니, 먹고사는 일도 그리 어렵지 않구나. 어린 마음에 그리 생각하고 부모 형제에 대한 미련도 버렸지요. 오히려 마을에 매달려 있는 그들을 동정하는 마음이 들 정도였어요."

나는 철새다—그렇게 생각했다.

가고 싶은 곳에 가고, 좋을 대로 산다—그렇게 생각했다.

"수행승 차림은 이를 위한 방편. 제대로 살아서는 살기 힘든 이 세상을 살아남기 위한 방편이었지요."

뭐가 신이냐, 뭐가 부처냐고 우습게 여겼다. 지금까지 한 번이라도, 신불이 굶주리는 우리에게 자비를 베풀어 준 적이 있던가.

"그런데 수행승을 사칭하면 이렇게나 쉽게 세상을 살아갈 수 있다. 태어나서 처음으로 부처가 내게 도움이 되어 주었구나 하고, 돌이켜 보면 가소롭기도 한 건방진 생각을 했습니다."

떠돌아다니는 곳에서는 가짜 중이라는 사실을 들키지 않도록 단단히 조심하며 행동했지만 한 해, 두 해가 지나자 방랑 생활이 몸에 익고 중 행세도 경지에 이르게 되었다. 그러자—.

"그때까지 경원하던 절에도 기숙을 청하게 되었지요. 여행하는 수행승이라고 똑같이 말하면 어디에서나 곧 묵게 해 주더이다. 중이라는 인간들은 사람을 의심할 줄 모르는구나 하고, 어이없게 여겼지요."

기숙한 절에서 그 절의 규칙이나 종파에 맞추어 빈틈없이 행동하고, 불경을 읽으며 독경이나 설법을 들은 뒤, 그다음에 흘러들어 간 곳에서 당장 그것을 선보여 더욱 가짜 중 행세를 연마했다.

"절이란 참으로 편리한 곳이더군요."

오치카는 어떻게 대답해야 좋을지 당혹스러웠지만 오카쓰는 서슴지 않고 밝게 웃는다.

"교넨보 님께 지혜와 담력이 있기 때문에 그런 흉내도 가능했겠지요."

"호오" 하며 교넨보는 눈을 빛냈다.

"지혜와 담력이라."

"네. 가는 곳마다 종파에 맞춘다고 말로 하기는 쉽지만, 막상 하려고 들면 어려울 테지요."

"하긴 요령이 좋아서 배우는 속도도 빨랐지요. 게다가,"

교넨보는 앞니를 전부 드러내 보이며 웃었다.

"못된 꾀가 많았지요."

"그 못된 꾀가 못된 꾀인 줄 알면서도, 언젠가는 이 젊은이가 진심으로 불도에 귀의하는 일이 있을지도 모른다—며 교넨보 님을 거두어 준 절도 있을지 모르겠네요."

교넨보는 잠시 오카쓰에게 넋을 잃은 모습이다.

"당신은 아름다울 뿐만 아니라 심성이 착한 분이군요."

오치카는 어깨를 으쓱했다. 오카쓰는 고맙습니다, 하며 눈을 내리깔았다.

"그렇게 사 년째 수행승인 척을 계속하던,"

교넨보는 시선을 먼 곳으로 던졌다.

"어느 가을 초엽의 일이었지요."

깎은 머리의 푸르스름함도 간신히 옅어진 교넨보는 유랑 도중 뜻밖의 사고로 어느 산골 마을에 머물게 되었다.

"고개를 넘다가 산길에서 발이 미끄러져 얕은 못으로 굴러떨어지고 말았지요."

깊은 산속으로, 군데군데 사슬을 잡고 바위를 건너야 하는 어려운 지형이라 몇 번이나 길을 잃을까 불안해지는 곳이었다.

"나중에 마을 사람에게 들었는데, 봄에서 가을까지의 정해진 때밖에 지날 수 없는 길이라고 합니다. 그 지방 사람밖에 모르고, 보통 여행자가 다니는 길이 아니었지요. 제가 승려 차림을 하지 않았다면 부정한 방법으로 관문을 빠져 나가려는 자로 오인할 뻔했다더군요."

험한 길에 어지간한 교넨보도 지치고 배가 고팠다.

"미끄러지는가 싶더니, 앗 하고 소리를 지를 새도 없이 제대로 굴러떨어졌어요."

정신이 들어 보니 못의 물소리가 들렸다. 몸은 반쯤 낙엽과 돌에 파묻혀 있고 다리가 움직이지 않는다. 억지로 움직이려고 하면 신음이 나올 만큼의 아픔이 스친다. 온몸이 삐걱거렸다. 품에 넣은 불경과 목에 건 염주는 무사했지만 손에 들었던 그 외의 소소한 짐은 어디론가 흩어지고 말았다.

"어쩌지도 못하고 아픔으로 신음하고 있는 사이에 점점 해가 기울어 갔지요. 이 깊은 산속에서 이러고 있다가는 짐승에게 잡아먹혀 죽는 꼴이 되겠다 싶어, 처음으로 간담이 서늘했습니다."

마침 산에서 마을로 돌아가는 나무꾼이 지나가는 길에 쓰러져 있는 교넨보를 겨우 알아차리고, 마을에서 남자들을 모아 구하러 와 주었다. 그 무렵에는 해가 완전히 저물어 있었다.

"판잣집 같은 집이 스무 채 정도 모여 있을 뿐인, 작은 산골 마을이었습니다. 마을 이름은—."

갑자기 교넨보가 망설였기 때문에 오치카는 끼어들었다. "이름은 말씀하시지 않아도 됩니다."

"아니, 상관없습니다." 교넨보는 싱긋 웃었다. "말씀드려도 지장 없습니다. 이미 사라져 버린 마을이니까요."

다테나리館形라고 한다.

"본래는 '다테나시館無'였다나요. 즉 야카타다테는 작은 성이나 저택을 가리키는 뜻 으로 야카타로 발음되기도 하며, 야카타 님은 그 가문을 대표하는 자 혹은 다스리는 자를 말한다. 즉, 다테나시는 주인인 야카타가 없는 땅이란 뜻이다 님도 없는 황폐한 마을이었습니다."

그런 마을에도 절은 있었다. 고신지라는 염불사염불종의 절. 염불종은 염불 삼매에 의해 극락왕생을 구하려는 종파인데, 교넨보는 그곳으로 옮겨져 보살핌을 받게 되었다.

"이곳 스님이 말이지요."

말하다가 교넨보는 또 아까의 '큰일 났다' 하는 얼굴을 해 보였다.

"얼굴 생김새가 어마어마했습니다. 안광이 형형하다고 할까, 사람을 꿰뚫어 보는 듯한 강한 눈빛을 가져서."

바로 안 되겠다고 생각했다.

"이 스님에게 걸리면 아주 사소한 말로도 내 가짜 중 행세가 전부 탄로 나고 말겠구나, 하고 알아차렸지요."

그때까지도 여행지에서 안광이 날카로운 그런 류의 인물과 마주친 적이 있다. 자신의 정체를 간파당할 듯한 위기에서 간신히 도망친 경험도 있다.

교넨보는 한 가지 계책을 생각했다.

"못으로 굴러떨어질 때 다리를 다쳤을 뿐만 아니라 머리를 세게 부딪혀서 자신의 태생도, 수행승으로서의 행동거지도 불도의 지식도, 전부 깡그리 잊어버렸다―는 척을 하기로 했지요."
 가짜 중 행세를 잠시 쉬고 기억을 잃은 척하기 시작한 것이다.
 "그래서 잘 되었나요?"
 소녀처럼 숨을 죽이며 오카쓰가 물었다. 교넨보는 공을 자랑하는 듯한 얼굴로 실실 웃었다.
 "그야 저도 노련하니까요."
 실제로 머리를 부딪힌 건 새빨간 거짓말이 아니며, 커다란 혹도 생겼기 때문에 그럴 듯한 연극을 하기란 어려운 일이 아니었다고 한다.
 "게다가 저는 바보 행세라면 중 행세보다 더 능숙했습니다. 어릴 때 밭일이나 장작 줍는 일을 게을리해서 아버지나 어머니에게 꾸중을 들으면, 종종 바보 행세로 얼버무리곤 했거든요."
 그러십니까, 하며 오카쓰는 감탄했다. 옆에서 오치카는 우스워 견딜 수가 없다는 얼굴이다. 결코 칭찬받을 만한 이야기가 아닌데도 오카쓰가 "과연"이라고 말하니까.
 하지만 이름만은 제대로 교넨보로 불렸다. 품속에 든 불경에 그의 이름을 적어 두었기 때문에, 잊어버린 척하고 있어도 주위에서 그렇게 가르쳐 주었던 것이다.
 ―제 이름이 교넨보입니까. 그렇습니까. 전혀 기억이 나지 않습니다.
 ―깎은 머리에 가사를 입고 불경을 지니고 있었으니, 저는 승려였겠지요. 하지만 무엇 하나 떠오르지 않습니다.
 ―부처님을 모시는 몸인데, 면목 없습니다.

"어지간한 스님의 안광도 제 연극에 현혹되어 둔해졌겠지요. 까다로운 소리 하지 않고, 다시 여행을 할 수 있을 때까지 이곳에 머물며 정양하는 편이 좋다고 권해 주었습니다."

이 또한 악운에 강하다고 해야 할지, 다친 왼쪽 다리의 복사뼈도 부러지지는 않았다. 고약을 붙여 주고 며칠 쉬자, 평평한 곳이라면 벽을 짚고 절뚝절뚝 걸을 수 있을 정도가 되었다. 이 고약은 몸 여기저기에 생긴 타박상에도 잘 들었다.

교넨보는 이런 식으로 신중하게 기억을 잃은 사람 행세를 하며 고신지에서 지내게 되었다.

"스님의 이름은 가쿠넨이라고 하는데, 나이는 그렇지, 쉰 살 정도였을까요."

위장부偉丈夫였다고 한다.

"그 무렵에는 저도 아직 호리호리한 젊은이였으니까요. 가쿠넨 스님은 올려다보아야 할 만큼 커다란 남자로 보였습니다."

가쿠넨 스님은 목소리도 좋았다. 고신지에는 어린아이 하나가 안에 숨을 수 있을 만큼 커다란 범종이 있다. 스님이 본당 옆의 종루에 있는 그 종을 아침저녁으로 치곤 했다.

"그 종소리에 지지 않을 정도로 스님의 독경 소리도 잘 울렸습니다. 처음 듣자마자 대단한 스님이구나 하며 새삼 탄복했습니다."

"하지만 스님이 직접 타종을?"

오치카가 고개를 갸웃거리자 교넨보는 크게 고개를 끄덕였다.

"고신지에 다른 이는 없었습니다. 중은 가쿠넨 스님 한 명뿐이었지요."

그렇다고 망한 절인가 하면, 그건 좀 다르다. 건물은 낡았지만 구석구석 손질이 잘 되어 있었다.

"절의 취사나 잡일은 마을 사람들끼리 매달 당번을 정해 절에 들어와 살면서 착실히 처리해 주었습니다. 가쿠넨 스님의 시중도 다 함께 부지런히 들고요. 저도 그렇게 보살핌을 받았습니다. 만사에 부주의한 데가 없었지요."

절에서 공양하는 식사도, 물론 사찰 요리지만 결코 형편없지는 않았다. 잡곡이 섞였기는 해도 쌀밥이 나왔고 산의 식재료가 밥상을 풍성하게 장식했다.

"쇠락한 마을이 아니었나요?"

오치카의 물음에 교넨보는 문득 진지한 얼굴이 되었다.

"쇠락하기는 했습니다. 하지만 가난하지는 않더군요."

오히려 교넨보가 지금까지 떠돌아다닌 산골 마을 중에서는 단연 부유한 축에 속했다.

"어쨌거나 깨닫고 보니 위장부인 스님뿐만 아니라 매일 절에 드나드는 마을 사람들도 살집이 좋고 튼튼해 보이더군요. 먹을 것이 충분했던 덕분이겠지요."

처음에는 교넨보도 우연히 지금이 가을 추수기여서 그런 모양이라고 짐작했다. 하지만 점차 마을 사람들과 친해지고 익숙해짐에 따라 알게 되었다.

"다테나리는 주위를 에워싼 산의 은총으로 윤택했던 겁니다."

"하지만 야카타 님도 없는 마을이잖아요?"

오카쓰가 이상하다는 듯이 중얼거린다. 오치카도 의아하게 여겼다. 그런 두 아가씨를 진지한 얼굴로 바라보며, 교넨보는 약간 목소리를 낮추었다.

"그건 뭐, 계략이라고 할까요."

"계략?"

"제 추측도 섞여 있지만 아마 틀림없을 겁니다. 다테나리의 기원은 전쟁이 계속되던 무렵, 전쟁에서 도망친 자들이 만든 마을입니다. 숨은 마을이지요."

그래서 바깥에는 가난한 척하며 타지인을 가까이하지 않았고, 내부의 결속을 단단히 하여 가끔 찾아오는 위정자들의 압력으로부터 마을을 지켜 왔다고 한다.

"풍요로운 마을임이 알려지면 순식간에 수탈을 당할 테니까요."

그래도 세상이 평화로워지면, 아무리 깊은 산속이라도 길은 통해 있으니 계속 은둔 마을일 수는 없다. 다테나시라는 마을의 이름을 다테나리로 고친 것도 그 무렵이리라.

그리고 그 땅을 다스리는 위정자와 타협하면서 마을의 평온을 지키기 위한 궁리가, 실은 고신지에 있었다.

"가쿠넨 스님은 절을 지키는 동시에 야카타 님—쇼야 역할도 했던 거지요."

본래 산골 마을처럼 규모가 작은 마을에서는 절의 입지가 강하다. 스님의 권한도 크다. 과거장축은 이의 속명, 법명, 사망 연월일 등을 기록한 장부으로 사람이 들고 나는 것을 감시하고, 온갖 분쟁을 중재하며 큰일을 결정할 때 지휘를 한다. 거기에 세금 관리까지 더해지면 쇼야와 다를 바 없다.

"마을에는 한조라는 이름의 촌장도 있지만 그치도 가쿠넨 스님의 충실한 오른팔이었지요. 중요한 일은 모두 스님이 처리했습니다."

번주의 권위를 뒷배로 삼은 쇼야나 다이칸이 아니라, 옛날부터 이 땅에 뿌리를 내리고 사람들의 경애를 받아 온 절이 다스린다. 그게 다테나리라는 마을의 형태였다.

"다른 마을에서 며느리나 사위를 들일 때도, 마을의 처녀를 다른 곳으로 시집보낼 때도, 전부 가쿠넨 스님이 승낙하지 않으면 결정되지 않았습니다. 마을에서 태어나는 아이의 이름도 가쿠넨 스님이 지었지요."

어지간한 쇼야보다 더 높을지도 모른다.

"항간에는 속세에 찌든 파계승도 드물지 않습니다만."

교넨보가 매우 진지하게 덧붙였기 때문에, 오카쓰와 오치카는 무의식중에 웃음을 터뜨리고 말았다. 교넨보도 문득 깨닫고 박박 민 머리를 스윽 어루만진다.

"뭐, 제가 할 말은 아닐 테지요."

가쿠넨 스님은 그런 부류가 아니라 청렴한 승려였다. 사람들의 경애를 받기에 어울리는 인물이었다.

"게다가 스님은 의술에도 소양이 있었습니다. 제 다리를 낫게 해 준 고약도 스님이 제조했지요. 그 외에도 몇 가지 독자적으로 만드신 약이 있는데, 마을로 가지고 내려가면 좋은 값에 날개 돋친 듯이 팔렸다고 합니다."

그 수익금은 다테나리의 귀중한 현금 수입으로, 번에 상납금으로 바치기도 하고 마을의 공유 재산이 되기도 하였다.

"일상생활에 필요한 물건은 마을 내의 교환으로 충분했기 때문에."

다테나리에서는 평범하게 생활하는 한 돈이 필요한 일이 없었다고 한다. 따라서 마을 사람들도 금전에는 담백했고, 모두 느긋했다.

오카쓰가 호오, 하고 말하며 뺨에 손을 대었다.

"모두가 풍요롭게 살 수 있다니 동화에 나오는 도원향 같네요."

하지만 오치카는 묘하게 딱딱한 교넨보의 표정이 마음에 걸렸다.

"저도…… 그리 생각했습니다. 마을 사람들의 온정이 가슴에 사무치기도 했고요."

오카쓰의 소박한 감탄을 해치지 않도록 부드러운 말투로 대답하고, 또 씨익 웃는다.

"파계승도 못 되는 가짜 중인 제가 이 절에서, 이 스님 밑에서 진짜로 수행을 쌓아 다테나리 사람들과 함께 살고 싶다고 생각했을 정도지요."

속임수와 방랑 생활을 버리고 여기에 뿌리를 내릴까. 그러기 위해 이대로 과거 일체를 잊어버린 척하며, 자신도 지금까지의 일은 가슴 깊은 곳에 묻어 놓고 완전히 새롭게 태어날까.

오카쓰가 눈을 깜박이며 교넨보를 보았다.

"하지만 그리하시지는 않았군요."

교넨보는 고개를 끄덕이지도, 대답을 하지도 않고, 잠시 사이를 두기 위해서인지 식은 차에 입을 댔다.

"상처가 나아가자 자주 마을 안을 돌아다녔습니다."

이어진 목소리는 기분 탓인지 아까보다 무거웠다.

"아직 한쪽 다리로 깽깽이걸음을 하는 상태였지만 고신지의 음식 덕분에 힘은 붙었거든요. 마을 여기저기에서 할 일을 찾아내 거들었습니다."

그때 몸에 익힌 솜씨로, 교넨보는 지금도 한쪽 다리로 서서 능숙하게 장작을 팰 수가 있다고 하니 재미있다.

"제가 할 수 있는 일은 무엇이든지 했습니다. 모르는 것은 마을 사람들이 하나하나 가르쳐 주기도 했지요."

다테나리에도 추수 시기가 찾아왔다. 논이 황금색으로 물들었다.

"산속 깊은 곳이라 논은 대부분 계단식이었고, 하나하나는 손바닥만큼 좁았습니다. 그래도 마을 사람들이 고생에 고생을 거듭하며 산을 깎고 땅을 고르고 물을 끌어다가 만든 소중한 논이었지요."

다테나리는 산의 은총을 받은 곳이었지만 논의 수만은 적었다. 그래서 쌀 보유량이 충분하지 않았으며 잡곡을 밥에 섞어 먹었다.

"하지만 소출은 풍부해서 가을 햇빛 아래, 마을을 에워싼 논이란 논에는 온통 벼이삭이 파도치고 있었습니다. 참으로 아름다운 광경이었지요."

교넨보는 이상한 사실을 깨달았다.

"계단식 논 중 몇 뙈기에 뻥 뚫린 곳이 있더군요."

애초에 그곳만 모내기를 하지 않은 것이리라. 물조차 끌어오지 않아 땅이 바싹 말라서 갈라졌다.

"경작할 수 있는 논이 한 뙈기라도 더 필요한 곳일 텐데, 대체 어떻게 된 일일까 의아하게 여겼습니다. 젊었을 때라 뭘 모르기도 했고, 이제 마을 사람들과 얼굴도 익은 터였기 때문에 별 생각 없이 물어보았습니다."

저 밭은 어째서 비었느냐고.

오치카는 약간 몸을 내밀었다. 문득 보니 오카쓰도 열심히 귀를 기울이고 있다.

"그러자 이상하게도 여태껏 싹싹하고 느긋하기만 하던 마을 사람들이 왠지 대답을 꺼리는 겁니다."

말을 이랬다저랬다 하며 확실하게 대답하지 않는다. 뿐만 아니라 무심코 대답을 하려던 사람을 눈짓으로 제지하는 이도 있었다.

"저도 마을의 금기를 건드리는 질문이었구나 하고 알아차렸습니다."

교넨보는 특유의 금기나 풍습을 가진 마을이 존재한다는 사실을 그때까지의 여행 경험으로 알고 있었다.

"그 후로 묻지 않았습니다. 저는 마을의 호의에 기대어 얻어먹고 있는 타지 사람이니까요. 분수를 알아야지요."

추수가 완전히 끝난 뒤, 이윽고 숯지기나 사냥꾼들도 산을 내려올 무렵이 되자 마을은 겨울을 날 준비를 시작했다.

그런 가운데 이변이 일어났다.

"그 무렵에는 이미 다리도 나아서 아침저녁으로 가쿠넨 스님과 함께 근행을 하게 되었습니다."

내내 기억을 잃은 척했기 때문에 독경을 하는 방법, 목탁을 치는 방법을 비롯한 모든 동작을 처음부터 다시 배웠다.

"아침 근행은 새벽에 시작됩니다. 그러던 어느 날 스님과 제가 몸단장을 하고 본당으로 갔는데, 그곳에 한 젊은 남자가 안색을 바꾸며 뛰어들어 왔습니다."

 정확히 말해 '안색을 바꾸며'란 표현은 말이 그렇다는 것이고, 실은 그 남자에겐 바꿀 만한 안색도 없었다. 창백하고, 허수아비처럼 비쩍 말랐다.

 "좁은 산골 마을입니다. 절과 마을은 그다지 멀리 떨어져 있지도 않지요. 그런데 남자는 벌써 숨이 가빠 게거품을 뿜으며, 본당 툇마루에 도착하기도 전에 쓰러지고 말았습니다."

 교넨보는 달려가 남자를 안아 일으켰다. 그러고는 더욱 놀랐다.

 "저는 모르는 남자였습니다. 처음 보는 얼굴이었지요. 고작해야 스무 세대도 안 되는 마을인데. 게다가 저는 여기저기에서 허드렛일을 거들었기 때문에 마을 아이들의 별명까지 전부 알았을 정도입니다."

 순간 자신과 똑같이 산에서 조난을 당한 여행자가 도움을 청하러 왔나 싶기도 했다. 하지만 그런 것치고는 분위기가 이상하다.

 "남자는 맨발인데다 변변치 못한 솜옷을 걸쳤는데, 속에는 하얀 홑옷 한 벌만 입고 있었습니다."

 닳고 헤져 보풀이 인 솜옷에는 낙엽이 달라붙어 있었다. 남자의 발에는 작은 찰과상이 가득 나 있고 피가 배어 나온다.

 "어쨌거나 마을 사람은 아니다, 어디의 누구든 간에 어지간히 위급한 일이 있어 뛰어들어 온 모양이다. 이거 큰일이다, 하며 저는 스님을 돌아보았습니다."

 또 깜짝 놀랐다. 가쿠넨 스님이 툇마루에 우뚝 서서 젊은 남자를 노려보고 있었기 때문이다.

"아직 애송이였다고는 해도 만사에 뻔뻔스러운 제가, 저도 모르게 소변을 지릴 뻔했을 정도의 형상이었습니다."

본래 안광이 날카로운 스님이다. 그것이 더욱 날카로워져, 마치 도깨비 같은 얼굴이었다.

놀라움은 거기서 그치지 않았다. 그달의 당번인 남자가 부엌에서 본당으로 얼굴을 내미나 싶더니 우왓 하고 소리치며 나자빠지고 만다. 가쿠넨 스님은 돌아보지도 않고 "소란 피우지 말게!" 하고 꾸짖었다.

교넨보가 어리둥절해 있는 사이에 고신지의 산문을 지나 몇 명의 남자들이 본당으로 달려왔다. 촌장 한조를 선두로, 부지런하고 성품이 좋은 마을 남자들이 이른 아침부터 성난 기색을 드러내고 있다. 우뚝 서 있는 가쿠넨 스님과 그 남자를 안고 있는 교넨보를 보고 크게 허둥거리던 남자들이 일제히 그 자리에 엎드려 이마를 땅바닥에 댄 뒤 저마다 소리쳤다.

"스님, 죄송합니다!"

"저희가 단단히 주의하고 있었는데."

"이 녀석이 빗장을 빼고 도망쳐 나왔습니다!"

한조와 남자들도 일어나자마자 온 모양인지, 잠옷 위에 솜옷이나 찬찬코솜을 넣은 소매 없는 하오리를 걸쳤을 뿐인 차림새다. 하지만 안색이 창백하고 겁에 질려 있는 까닭은 이른 아침의 한기 때문은 아닌 것 같았다. 모두 스님의 분노를 두려워하는 기색이다.

가쿠넨 스님은 교넨보의 팔 안에 축 늘어져 있는 젊은 남자로부터 눈을 떼지 않은 채 그제야 입을 열었다.

"도로 데려가게. 두 번 다시 도망치지 못하도록 앞으로는 파수꾼을 세우게."

네! 하고 한조 일행은 입을 모아 대답했다. 눈을 크게 뜨고 굳어 있는 교넨보에게 다가오더니 말없이 젊은 남자를 떼어내 데려가려고 한다.

교넨보는 제정신으로 돌아왔다. "기, 기다려 주십시오. 제발 기다려 주십시오."

스님과 마찬가지로 얼굴부터가 달라지고 만 한조 일행은 병든 소 같은 눈으로 교넨보를 보았다. 목덜미에 한기를 느끼면서도 교넨보는 품 안의 젊은 남자를 고쳐 감싸며 몸째로 가쿠넨 스님을 향했다.

"스님, 대체 무슨 일입니까. 이 사람은 죄인입니까. 설령 그렇다 해도 너무 가혹한 처사가 아닙니까."

스님은 대답하지 않았다. 한조 일행도 입을 다물고 있다.

그때 교넨보의 품 안에서 핏기 없는 젊은 남자가 몸을 꿈틀거렸다. 마르고 갈라진 입술이 벌어지고 무언가 말하려 한다. 교넨보는 귀를 가까이했다.

"요, 용서해, 주십시오."

고통스러운 듯한 호흡과 구분이 안 갈 정도로 약한 목소리다. 하지만 그 절박한 호소는 교넨보의 귀뿐만 아니라 심장에까지 닿았다.

"부디 용서, 를. 스, 님."

교넨보는 달려들 듯한 기세로 가쿠넨 스님에게 호소했다.

"스님, 이 사람은 용서를 청하고 있습니다! 이렇게 약해질 대로 약해졌는데도 스님의 용서를 청하고 있습니다. 그런데 어째서 다시,

어디로 데려가라고 하십니까."

가쿠넨 스님은 천천히 발을 내딛어 맨발로 툇마루에서 내려왔다. 그 압도적인 체구와 기백에 교넨보도 무심코 숨을 삼켰고, 한조 일행은 또 허둥거리며 한 발짝 물러났다.

"교넨보."

스님은 의연했다.

"자네는 여행 도중 이 다테나리에 들렀을 뿐인 몸일세. 마을에는 마을의 관습이 있어. 말을 삼가게."

교넨보는 압도되면서도 스스로를 질타하여 목소리를 돋우었다. "하지만 스님, 어떤 관습이든 그것이 부처님의 자비에 합당하지 않다면, 저는."

"자네가 뭔데."

되받아치는 스님의 입가에 희미하지만 잘못 볼 리 없는 냉소가 떠올랐다.

"자네는 부처님의 자비가 어떠한 것인지 안다는 얘긴가."

아, 들켰구나, 하고 교넨보는 깨달았다. 가쿠넨 스님은 그가 가짜 중임을 이미 꿰뚫어 본 것이다.

"저, 저는."

역시 말문이 막히고 힘이 빠졌다. 즉시 한조가 앞으로 나서서 교넨보의 팔에서 젊은 남자를 빼앗았다.

"그러고는 셋이 달려들어 질질 끌다시피 데려가고 말았습니다."

이야기하던 교넨보가 한숨 돌리자, 마른침을 삼키고 있던 모양인 오카쓰가 오치카를 보았다. 뺨이 굳어 있다. 행운의 부적으로 오랫동안 살아 왔고 이 미시마야에서는 오치카의 부적 역할을 자임하는 오카쓰지만, 이런 이야기를 직접 듣기는 처음이다.

"괜찮아요?" 하고 오치카가 물었다.

오카쓰는 마음이 약해진 것마냥 "예" 하며 미소를 지었다. 그러고는 교넨보의 커다란 얼굴을 바라보며 마치 지금 자신의 눈앞에 그 가엾은 남자가 있는데도 아무것도 해 줄 수 없다—는 듯이 손을 비틀며 물었다.

"그 사람은 어찌 되었습니까? 대체 어떤 나쁜 짓을 해서 그런 벌을 받게 되었는지요."

교넨보는 두툼한 어깨를 사과하듯이 움츠려 보였다.

"그게…… 저도 알 수가 없었습니다."

남자들이 사라지자 스님은 아무 일도 없었다는 얼굴을 해서 말을 붙여 볼 수도 없었다. 절에서 바깥으로 나가 보아도, 한조와 남자들이 미리 귀띔을 해 두었는지 어제까지 친했던 마을 사람들 또한 손바닥 뒤집듯 차가운 기색이었고, 교넨보의 눈을 피해 수군거렸다. 교넨보도 겉으로는 아무렇지 않은 척, 지금까지 하던 대로 지낼 수밖에 없었다.

"가쿠넨 스님은 제게 절에서 나가라고 말하진 않았습니다. 저도 나갈 마음은 없었지요. 아니, 자백하자면 불현듯 겁이 나서 도망쳐 버리고 싶다고 생각은 했지만, 지금 오카쓰 님이 말씀하신 것과 같은 의혹에 사로잡혀 움직일 수가 없었습니다."

의심과 불안을 안은 채 가슴만 답답해져 갔다.

"닷새쯤 지난 뒤 스님이 저녁 초대를 받아 한조의 집에 가셨습니다. 나중에 돌이켜 보면 이 또한 선후책을 강구하기 위한 모임이었 겠지만, 어쨌거나 저는 고신지에 남아 절을 지키게 되었지요."

본당에서 본존인 낡은 아미타 불상과 마주 보며 혼자 우두커니 있는데 그달 당번인 남자가 교넨보 곁으로 다가왔다. 할 이야기가 있으니 부엌으로 오라고 한다.

"소동이 일어났을 때 놀라 자빠지고 만 남자로, 이름은 이노스케라고 했습니다. 마을에서 가장 오래 산, 일흔이 넘은 할아버지였는데 옛날에는 사냥꾼이었고 총포의 명수였다더군요. 백발백중인데다가, 한 발 쏘면 두 마리 새가 떨어졌다나요."

그러나 이미 당시에는 파낸 나무뿌리를 연상시키는 바싹 마른 할아버지였다. 부엌 구석에 돗자리를 깔고 교넨보와 마주 앉은 그가, 어디에 숨겨 두었던 건지 술이 든 깨진 술병을 들고 이가 빠진 밥그릇에 부어 권하면서, "자네, 가짜 중이지" 하고 갑자기 말했다. 탓하는 말투는 아니지만 웃고 있지도 않다.

교넨보는 당황하지 않았다. 가쿠넨 스님에게 들었느냐고 되묻자 이노스케는 술로 입을 축이고 나서 고개를 저었다.

"스님께선 남의 험담 따윈 하지 않네. 자네 얼굴을 보았을 때부터 알아차렸어. 마을 사람들은 어떤지 모르겠지만, 나는 가짜를 보면 가짜인 줄 알 수 있네."

그렇다면, 하고 교넨보도 술에 손을 댔다.

"사실 지금이야 대단한 술꾼이지만 그 무렵에 저는 아직 술맛을 몰랐습니다. 허나 당시에는 마셔 두는 편이 좋겠다 싶었습니다."

둘은 입을 다문 채 술을 마셨다. 안주는 작은 접시에 덜어 둔 짭짤

한 된장뿐이다. 이윽고 이노스케의 얼굴이 붉어졌고, 교넨보는 조금 어지러워지기 시작했다.

"스님께선 자네에 대해서는 내버려 두어라, 어차피 뜨내기라고 하시지만."

눈가와 뺨은 붉은데, 눈빛은 차라리 비참할 정도로 어두워진 이노스케는 나직하게 이야기하기 시작했다.

"가짜 중이라면 더더욱 앞으로 갈 곳에서 이 마을의 험담을 실컷 하고 다니지 않을까 생각하니 속이 뒤집히네. 그러니 가르쳐 주지. 하지만 이 일은 반드시 자네 마음속에만 담아 두게. 그러지 않으면 나는 죽어서도 좋은 곳에 가지 못하고 자네 베갯머리에 서서 저주할 테니."

교넨보는 저도 모르게 웃었다.

"할아버지, 당장이라도 돌아가실 것처럼 말씀하시네요."

맞다고, 이노스케는 밥그릇을 손에 들고 고개를 끄덕인다.

"배에 응어리가 있거든. 나는 이제 얼마 남지 않았어. 그러니 이 세상에 남길 흔적으로, 타지 사람인 자네에게 가르쳐 주려는 걸세."

젊은 남자는 도미이치라고 한다. 나이는 스물다섯이고 오하쓰라는 아내가 있으며, 그 오하쓰의 배에는 부부 사이에 처음으로 생긴 아기가 있다. 슬슬 여섯 달이 되었을 무렵이다—라고 이노스케는 말했다.

"부부 어느 쪽도 죄인은 아닐세. 그저 제비뽑기에 당첨되었을 뿐이야."

"제비?"

마을의 관습이라고, 이노스케는 말을 이었다. "이 마을이 다테나시라고 불렸을 무렵부터 내려온 아주 오래된 관습이지."

그 관습을 '반작反作'이라고 한다.

"자네도 이미 알겠지만 이 마을은 산의 은혜로 먹고살고 있네. 새도 짐승도 나무 열매도 산나물도 약초도, 모두 산에서 나지. 산의 신이 주시는 선물일세."

다만 쌀만은 산에 없다. 따라서 마을 사람들은 산을 깎아 밭을 만들어 왔다.

"산의 신 덕분에 먹고사는데, 그 신의 영역을 깎아 논으로 바꾸어 온 것일세. 그러니 답례를 해야지."

이 마을에는 대략 십 년에 한 번가량 평년의 두 배 정도의 수확이 나는 해가 찾아온다. 그 엄청난 풍작이 '반작'의 시기가 된다.

"풍작 이듬해에 논을 일 년 동안 쉬게 하지. 쉬게 해서, 산의 신께 땅을 돌려 드리는 걸세."

그래서 '반작'이다.

"하지만 역시 논을 전부 쉬게 하면 우리는 쌀 한 톨도 먹을 수 없게 되네. 어느 논을 쉬게 할지, 모두 모여서 제비뽑기를 하는 거야."

제비뽑기는 봄에 볏모를 만들 무렵에 고신지에서 행한다. 이번에도 그랬다. 그리고 도미이치가 당첨되었다.

"'반작'에 당첨된 사람은 일 년 동안 절대로 밭을 만들어서는 안 되네. 제비뽑기에 당첨되면 신변을 정리한 뒤, 이듬해 봄까지 저쪽 산에 틀어박혀 살지."

이노스케는 절 북쪽에 있는 한층 높은 산을 대강 가리켜 보였다.

"틀어박혀 살 오두막에는 가재도구가 갖추어져 있으니 생활하기 곤란할 일은 없네. 틀어박혀 있는 동안에는 산에서 뭔가를 채취하는 일도 물론 안 되기 때문에, 꼼짝 않고 틀어박혀 산의 초목마냥 조용히 살아야 하지."

잠깐만요, 하고 교넨보는 가로막았다. 어차피 정체는 들켜 버렸고, 술도 들어가 조심스러워하는 마음이 사라졌다.

"사람은 초목이 될 수 없어요. 먹을 것이 필요하지요. 실제로 그 도미이치라는 남자는 비쩍 말랐잖아요."

이노스케는 등을 웅크리고 밥그릇을 들여다보다시피 하며 더욱 나직하게 대답했다.

" '반작' 동안에는 마을에서 먹을 것을 날라다 주어 모두가 부양하네. 우리는 자신이 먹을 것을 줄여서라도 오두막에 가져다주지."

"그렇다면 도미이치는 어째서 야윈 겁니까."

이노스케는 토라진 눈으로 교넨보를 노려보았다.

"그 녀석은 관습에 불만을 가져서 마을 사람들을 원망하고 있네. 부양해 주지 않아도 된다, 내 밭을 만들게 해 달라고 주장하면서. 먹을 것도 썩히거나 버리면서 먹으려 하지 않네. 그래서 야위고 말았지. 이기적인 놈이야."

그 항변이 너무나 노여워서 교넨보는 목소리가 잘 나오지 않았다.

"그러면…… 도미이치가 끊임없이 스님께 했던 사과는 지금까지의 그런 행실을 고칠 테니 용서해 달라는 뜻인가요?"

"그럴 테지" 하고 대답한 뒤 이노스케는 축축한 소리를 내며 코를 킁킁거렸다.

교넨보는 곤란해졌다. 만일 이노스케의 말대로라면 잘못은 마을의 관습에 함부로 저항하는 도미이치에게 있을 것이다. 이야말로 타지 사람은 끼어들 수 없는 사정이다.

그래도—역시 위험하다.

"한조 씨와 마을 남자들은 빗장이 어쩌니 하는 말을 했어요. 스님도 앞으로는 도망칠 수 없게 지키라고 했고. 도미이치와 마누라는 오두막에 갇혀 있는 겁니까?"

"도망치려 하니 어쩔 수 없지."

"도망치면 안 돼요?"

"안 돼! 관습을 지키지 않으면 산신님이 마을을 버리시고 마네."

이노스케의 목소리에서 분노가 사라지고 절박한 공포의 울림이 섞였다.

"산신님이 화가 나시면 이런 자그마한 마을 따윈 잠시도 버티지 못할걸세."

교넨보는 생각에 잠겼다. 이렇게 듣고 보니 마을 쪽에 일리가 있는 듯싶다.

"이봐요, 할아버지. 관습이 얼마나 중요한지는 타지 사람인 나도 알아요. 하지만 도미이치는 팔팔한 젊은이잖아요. 일 년이나 일하지 않고 돌과 나무에 섞여 꼼짝 않고 틀어박히라니, 잔인한 얘기 아닙니까? 마누라의 배에는 아기도 있을 거예요. 산은 마을보다 추울 테고, 이래저래 불안할 테고."

이노스케는 말없이 더욱 등을 웅크렸다.

"그 제비뽑기인지 뭔지를 어떻게든 좀 더 모두의 편의를 봐주며

시행할 수는 없었을까요? 예를 들면 할아버지, 당신 같은 사람이 제비를 뽑으면 일 년 동안 푹 쉴 수 있는 거잖아요. 그렇게 융통성을 발휘할 수는 없어요?"

"타지 사람은 몰라." 이노스케는 내뱉었다. "알아 달라는 생각도 하지 않네. 하지만 자네가 방해하면 곤란해."

"방해 따윈 하지 않아요."

교넨보는 정말로 그런 생각으로 말했다. 자기 같은 젊은이가 가볍게 끼어들어서 어떻게 할 수 있는 일이 아니다.

"그날 이후 스님은 도미이치를 용서하셨을까요."

이노스케는 턱 끝을 내밀다시피 하며 부루퉁하게 고개를 끄덕였다.

"그래요? 그렇다면 됐습니다. 나도 이 이야기는 듣지 않은 것으로 하지요."

마침 술병의 술도 바닥이 났다. 조촐한 술자리는 거기에서 끝났다.

"지금 이렇게 돌이켜 보면—."

교넨보는 천천히 말하더니 얼굴을 들고 오치카와 오카쓰를 보았다.

"그때 이노스케 할아버지는 무언가 더 말하고 싶다는 표정을, 아직 털어놓지 못한 내용이 남았다는 얼굴을 하고 있었습니다. 저도 궁금한 점이 있었고요. 하지만 저는 애송이였고 지혜가 얕았지요. 이 별난 관습에 약간 겁이 나기도 했습니다. 더 이상 파고들어 질문

할 수가 없었지요."

고신지에서의 교넨보의 생활은 원래대로 돌아갔고, 어색했던 마을 사람들과의 관계도 그가 아무 일도 없었던 양 행동하는 사이에 점차 풀려 갔다.

하지만 한편으론 이제 이곳을 떠나자, 물러날 때가 되었다는 생각도 강해졌다.

"겨울이 와서 길이 막히기 전에 마을을 떠나자. 매일 아침 일어나면 그렇게 결심하고, 하지만 끝내 실행으로 옮기지 못한 채 해가 졌지요. 그런 일이 반복되었습니다."

역시 도미이치와 오하쓰라는 젊은 부부가 마음 어딘가에 걸렸다. 이듬해 봄, 산의 오두막에서 무사히 내려오는 그들의 모습을 확인하고 싶다는 기분이 있었다.

"꾸물거리는 사이에 첫눈이 내렸습니다. 게다가 이노스케 할아버지가 앓아눕고 말았지요."

그의 배에 있다는 응어리가 드디어 곪아서 잘못된 것이다.

"다른 모든 이들이 입을 다물었던 '반작'에 대해 털어놓았을 때 보았던 할아버지의 그 어두운 눈빛을 저는 잊지 못했습니다."

비록 가짜 중이지만, 이노스케를 간병한 뒤 죽은 이의 머리맡에서 독경이라도 한번 해 주고 떠나자. 그렇게 마음을 굳히고 결국 교넨보는 다테나리에서 해를 넘겼다.

그러나 마을의 소박한 정월 장식을 치운 지 얼마 되지 않아 또 변사가 일어났다.

"이번에는 저도 짐작했으니까요. 그렇게 깜짝 놀라기만 하지는 않앉지요."

한조 일행이 눈길용 채비를 갖추고 오두막이 있다는 북쪽 산으로 허겁지겁 올라갔다. 돌아왔을 때에는 덧문짝에 누군가를 싣고 있었다.

"곧장 고신지로 운반해 왔습니다."

도미이치의 아내 오하쓰였다. 배 속의 아기도 죽었다고 한다.

"가쿠넨 스님이 저를 가까이 가지 못하게 해서 시신을 보지는 못했지만 사정은 알았지요."

덧문짝 위의 시신에는 눈을 막기 위해 도롱이를 덮어놓았다. 그러나 교넨보의 눈에는 그저 덧문짝에 도롱이를 올려놓은 것처럼 보일 뿐이었다. 산달이 가까운 여자인데 부풀어 오른 배도 보이지 않았다.

그날 도미이치의 야윈 모습이 떠올랐다.

"저는 애가 타서 견딜 수가 없더군요. 오하쓰와 배 속의 아기는 틀림없이 굶어 죽었습니다. 오두막의 젊은 부부는 그 후로도 갇혀서, 기갈飢渴에 시달린 게 분명해요. 마을 사람들은 전부 알면서도 죽도록 내버려 두었습니다. 아니, 다 함께 젊은 부부를 말려 죽인 거지요. 저는 그렇게 생각했습니다."

이제 느긋하게 누군가를 붙들고 물어보고 있을 때가 아니다. 결심이 선 교넨보는 남몰래 북쪽 산에 오르기로 했다.

"한조 씨 일행이 지나간 길을 아직 알아볼 수 있었거든요. 다리는 이미 나았고, 원래 험한 길에는 익숙했으니까."

절도 마을도 오하쓰와 아기의 뒤처리로 소란스러워서 다행히 보는 눈은 없었다. 날씨도 맑았다. 교넨보는 눈길에 새하얀 입김을 내뿜으면서 산을 올라, 그다지 고생하지도 않고 오두막 같은 건물을 찾아냈다.

"본래는 숯지기가 쓰는 오두막이었겠지요. 변변치 못한 판잣집이었습니다. 하지만 창도 문도 바깥쪽에 튼튼한 격자와 빗장이 달렸더군요."

아무리 보아도 틀어박혀 사는 용도의 구조라기보다 가두기 위한 구조였다.

"스님이 명령한 파수꾼은 없었습니다. 이자도 오하쓰가 죽었기 때문에 한조 일행과 함께 마을에 내려갔을지도 모르지요. 어쨌거나 제게는 뜻밖의 행운이었습니다."

교넨보는 빗장을 빼고 덜컹거리는 문을 활짝 연 뒤, 도미이치의 이름을 부르며 안으로 들어갔다. 몇 겹으로 판자를 대어 막은 창으로부터는 한 줄기 빛도 비쳐들지 않는다. 낮인데도 오두막 안은 어두웠다. 오직 문의 햇빛만을 등지고 교넨보는 그 자리에 우뚝 섰다.

"도미이치는 오두막 안쪽의 마루방에서 봉당을 등진 채 웅크리고 있었습니다."

얼핏 보기에 어린아이 같았다. 그만큼 작아져 있었다.

"아무리 불러도 대답이 없더군요. 다가가서 어깨를 흔들자 겨우 얼굴을 들었지만."

도미이치는 망령처럼 바싹 여위었고 머리카락만이 아무렇게나 자라 있었다.

"으늑히 빛나는 눈으로 저를 올려다보면서."

―당신, 누구요.
"묻는 목소리는 노인의 것처럼 쉬어 있었습니다."
교넨보의 손바닥에 도미이치의 튀어나온 어깨뼈가 만져졌다.
"마치 아귀 같더이다."
혼자서 서지도, 걷지도 못할지 모른다. 게다가 도미이치는 족쇄를 차고 있었다.
"단숨에 화가 치밀더군요."
그렇게 말하는 교넨보의 목소리와 표정은, 장지 너머로 가을 햇빛이 밝게 비쳐들고 어디에선가 낙엽을 태우는 향긋한 냄새가 흘러와 희미하게 떠도는 흑백의 방에서 겨울 산처럼 얼어붙어 있었다.
"뭐하는 거냐, 도망치자. 내가 업고 도망쳐 주겠다, 이대로는 너도 말라 죽고 말아, 하고 고함쳤습니다."
그러나 도미이치는 움직이지 않았다. 으늑히 빛나는 눈은 교넨보를 보고 있지 않았다. 어딘가 멀리, 하늘을 바라보았다.
―나는 이곳에서 오하쓰와 아기의 명복을 빌 것이오.
"아무리 거친 목소리로 설득해도, 고개를 힘없이 흔들며 그렇게 되풀이할 뿐이었습니다. 초조해진 제가 도미이치를 어깨에 짊어지고 밖으로 나왔을 때 마을 남자들이 오두막으로 몰려왔습니다."
교넨보가 절에서 사라졌음을 깨닫고 쫓아온 것이다. 남자들은 저마다 손도끼를 들었고, 개중에는 총을 겨누는 자까지 있었다.
"아무래도 이노스케 할아버지가 제게 사정을 말했노라 털어놓은 모양이더군요. 속수무책이었지요."
도미이치는 오두막으로 돌려보내졌고, 교넨보는 죄인처럼 허리에

밧줄이 묶인 채 산을 내려와 고신지로 돌아왔다.
"그대로 죽임을 당할 줄 알았지만."
절에 도착하자 가쿠넨 스님은 교넨보의 밧줄을 풀어 주라고 남자들에게 명령했다.
둘은 본당의 아미타 불상 앞에서 마주 앉았다.
어리석은 놈, 하고 가쿠넨 스님은 말했다고 한다.
"마을에는 마을의 관습이 있다고 말하지 않았나. 왜 끼어들었지?"
어떻게 내버려 둘 수 있느냐고, 교넨보는 고함쳤다.
"뭐가 '반작'이냐, 뭐가 산신님이냐. 전부 엉터리다. 당신들이 하고 있는 짓은 단순한 살인이 아닌가."
가쿠넨 스님은 눈썹 하나 까딱하지 않았고, 교넨보가 사납게 소리치면 소리칠수록 조용해졌다.
"이 악귀, 살인자, 하고 제가 고함치고 소리치다가 숨이 차서 멈추자, 그제야 입을 열었습니다."
본존의 존귀한 미소를 비춘 듯이 온화한 얼굴로 스님은 말했다.
"분명히 다테나리에서 '반작'의 관습은 끊긴 지 오래되었네. 하지만 엉터리는 아니야. 이번 일은 옛 관습의 형식에 따라, 다른 목적을 위해서 한 걸세."
대체 어떤 목적이었을까.
"전부터 도미이치는 마을의 골칫거리였네."
다테나리가 풍요롭다는 사실을 조카마치나 다른 마을에 말하고 다닌다. 멋대로 약을 만들어 상인 흉내를 내며 팔고 다녀 그 대금을 자기 품에 넣는다.

으르렁거리는 부처 • 517

"종국에는 오하쓰의 부모 형제를 다테나리로 불러 함께 살게 하고 싶다는 말을 꺼냈네. 오하쓰의 친정은 산 너머에 자리한 마을에 있지."

스님은 허락하지 않았다. 한 가족을 불러들이면 얼마 안 있어 한 가족으로는 끝나지 않게 된다. 다테나리가 풍요로운 마을임이 알려지면 욕심을 내는 사람들이 와글와글 몰려올 것이다.

"다테나리가 풍요로운 까닭은 지금껏 사람들이 피눈물 나는 노력을 해 왔을 뿐만 아니라 각자가 자신의 욕심을 버리고 한정되어 있는 산의 은총을 똑같이 나누려는 올바른 마음가짐을 가졌기 때문일세. 하지만 바깥에서 타지 사람이 들어와 인구가 늘면—먹는 입이 늘면 말일세, 교넨보. 가짜 중인 자네도 어떤 일이 일어날지 정도는 짐작이 가겠지."

옛날의 고생을 모르는 타지 사람들은 지금 이곳에 존재하는 풍요로움에만 눈이 어두워져서 자신의 욕심을 위해 싸우기 시작하리라. 마을의 모습이 바뀌고 말 것이다.

하지만 도미이치는 이해하지 못했다.

"마을의 평화를 해치는 자는 벌해야만 하네."

교넨보는 기가 막혔다. 벌도 벌 나름이다. 꾸짖고, 타이르고, 바로잡으면 되지 않는가.

"그러니 자네더러 어리석은 자라고 하는 걸세. 우리라고 그리하지 않았겠나."

꾸짖어도 타일러도 도미이치는 듣지 않았다. 자기는 잘 살고 싶다. 자신의 가족도 잘 살게 해 주고 싶다. 그리고 잘 살고 있다는 것을 자랑하고 싶다고 단단히 마음먹은 젊은이에게는 마을의 테두리가 보이지 않았다. 꾸짖으면 침을 튀기며 항변하고, 타이르면 조롱하고 코웃음을 치며 자신의 주장만을 늘어놓았다.

—이 마을에는 바보들만 모여 있다. 어째서 돈을 더 벌어 마을을 크게 만들려고 하지 않지? 앞으로는 돈이 중요한 세상이 온다. 산골 마을도 그저 먹을 것만 충분하다고 만족해서는 안 된다.

"그래서 우리도 결심을 하고 손을 써야 했네."

그 논리가 마음에 들지 않는다고 무턱대고 도미이치를 붙잡아 벌해서는 제대로 된 본보기가 되지 않는다. 제재에는 이치가—구실이 필요하다. 그래서 '반작'이라는 관습을 동원했다.

"그러면 제비도 정말로 뽑았습니까. 어차피 도미이치가 당첨 제비를 뽑도록 손을 쓰지 않았습니까."

"그렇다네." 스님은 인정했다. "내가 그리 시켰네. 마을을 위해서 일세."

집과 논을 빼앗고 북쪽 산에 한 해 동안 도미이치와 오하쓰를 가둔다. 충분히 먹고살 정도는 아니지만 굶어 죽는 일은 없도록 하면서, 그동안 도미이치가 머리를 식히고 회개하기를 기다릴 작정이었다.

"하지만 도미이치는 굶주리고 있었어요" 하고 교넨보는 말했다. "오하쓰와 배 속의 아기도 굶어 죽었잖습니까. 먹을 것이 부족했던 겁니다. 어째서."

스님은 묵묵히 교넨보에게서 시선을 피했다. 교넨보는 다그쳐 물었다. 이제 가짜 중이라는 약점이고 뭐고 없었다.

"마을 사람들은 도미이치의 머리가 식으면 된다고 여기지는 않았어요. 그 녀석이 마음에 들지 않아서 죽어 버렸으면 좋겠다고 생각한 거예요. 처음부터 그럴 작정은 아니었다고 해도, 그 녀석과 오하쓰를 가두고 지지든 볶든 마음대로 할 수 있다고 여겼을 때부터 고삐가 풀리고 만 거예요!"

사람의 고삐. 사람의 양심이다. 누군가의 위에 군림하고 그 생사여탈을 쥐었을 때, 그 고삐가 어이없이 풀릴 때가 있다. 특히 무리를 믿고 일을 벌일 때에는.

"그래도 당장 죽여 버리면 재미가 없지요. '반작'의 관습과 당신의 위광을 방패로 삼아, 사람들은 도미이치와 오하쓰를 괴롭혔어요."

그때까지의 도미이치가 건방지고 얄미운 젊은이였던 만큼, 굶어서 약해지고 감시하는 사람들의 자비를 청하는 그의 모습은 그들을 속 시원하게 해 주었으리라.

"마을 사람들은 도미이치와 오하쓰를 살리지도 죽이지도 않고 굶기면서, 둘이 서서히 약해져 가는 모습을 바라보며 즐겼던 거라고요!"

가쿠넨 스님은 정면에서 교넨보를 바라보았다. 그 눈에 깃든 빛이 교넨보를 쏘았다.

"그것이 바로 제재라는 걸세."

마을의 평화를 어지럽히는 자에게 어울리는 벌이다.

"도미이치가 뼈저리게 느끼려면, 마을 사람들의 증오를 모아야만 했네. 도미이치에 대한 마을 사람들의 분노야말로 식혀 주어야만 했던 걸세!"

교넨보는 목소리를 돋우어 대꾸했다.

"당신은 그것이 부처님의 가르침이라고 말할 수 있습니까? 사람을 미워하고, 괴롭히는 짓이."

스님은 동요하지 않았다.

"가짜 중 주제에 잘난 척 지껄이는군."

교넨보는 스님의 분노를 온몸으로 느꼈다.

"이 마을의 부처님은 우리가 지키고 모셔야 하는 약한 부처일세. 우리는 이 손으로 산을 개간하고, 절을 짓고, 부처님의 모습을 본떠 만든 불상을 모셔 왔네. 그냥 앉아서 부처의 길을 설법하기만 해서는 산골 마을의 생활은 꾸려 나갈 수 없어. 이 다테나리에서는 부처님 또한 마을의 테두리 안에서만 계시는 것일세. 나는 부처님 앞에서 무엇 하나 부끄럽지 않아!"

고향을 버린 부평초 같은 신세인 교넨보는 여기에 대꾸할 말을 찾을 수가 없었다.

"그래도 오하쓰를 죽게 하고 만 일에는 후회가 남네. 나도 오늘부터 아침저녁으로 오하쓰와 아기의 명복을 빌고, 도미이치가 마음을 고쳐먹기를 기도하겠네."

가쿠넨 스님은 의연하게 말했다. 본당의 아미타 불상은 그저 조용히 미소 짓고 있었다.

"그 후 교넨보 님은 어찌 하셨는지요."

오치카 또한 망연자실한 상태에 빠져 있는 사이에 오카쓰가 새로 차를 끓이면서 조용히 물었다.

"다테나리에 더 머무르셨습니까?"

교넨보는 고개를 끄덕였다. "어차피 저 혼자서는 겨울 산을 넘을 수 없습니다. 이노스케 할아버지도 마음에 걸렸고요."

다행히 교넨보에게 마을의 비밀을 알려 주었다며 이노스케가 벌을 받는 일은 없었다. 노인은 이미 자리에서 일어나지 못했고, 교넨보가 찾아가면 소리조차 내지 않고 울었다.

교넨보는 노인의 베갯머리에서 물었다. '반작'의 관습이 예전에 정말로 있었는지, 지어낸 것이 아니냐고.

"정말로 있었네, 내가 어렸을 때는 있었어. 스님은 거짓말을 하시지 않았네, 하고 할아버지는 눈물을 흘리면서 말했습니다."

―그래도 옛날에는 방식이 달랐네. 제비를 뽑은 집은 산에 틀어박혀 산신님의 자식이 되지. 마을 사람 모두가 정성껏 부양했네.

"즉 본래의 '반작'에서, 당첨된 사람은 모습이 보이지 않는 산신님을 내려 받는 그릇이 되는 겁니다. 신의 대리로서 한 해 동안 귀한 대접을 받지요. 물론 갇혀서 굶는 일 따윈 없습니다. 마을에서 올라온 공물로 충분히 먹고살 수 있습니다."

"그래서 '반작'은 풍년이 든 후에 행해졌군요?" 하고 오치카는 대꾸했다.

"그렇습니다. 스님은 절에 남아 있던 문서를 통해 그 관습의 효능을 알았겠지요. 하지만 오래 산 할아버지는 그것을 올바르게 체험한 적이 있었습니다."

그렇기 때문에 마음이 켕겨서 교넨보에게 사실을 털어놓지 않을 수 없었다.

"나는 더 빨리 죽어야 했다면서, 할아버지는 울고 또 울었습니다."

마을의 이런 모습은 보고 싶지 않았다면서.

"저는 이렇게 된 이상 봄까지 붙어 있으면서 도미이치가 죽임을 당하지 않도록 단단히 감시하자고 결심했습니다."

그래서 이노스케에게 귓속말을 했다.

―할아버지, 할아버지가 쓰던 총을 나한테 빌려 줘요.

"할아버지의 아들은 사냥꾼이 되지 않았고, 총은 명인의 총으로서 소중하게 보관되고 있다고 전에 얼핏 들었거든요."

오치카와 오카쓰가 나란히 눈을 깜박거렸기 때문에 교넨보는 쓴웃음을 지었다.

"뭐, 당시나 지금이나 제게 총에 대한 소양 같은 건 없습니다. 다만 여차하면 위협하는 데에 쓸 수 있을지 모른다고 생각했지요. 어쨌거나 마을의 남자들은 몸이 튼튼하고, 저는 혼자입니다. 무엇이든 좋으니 무기가 필요했어요."

이노스케에게서 빌린 총과 화약과 총알을 멍석에 싼 뒤 절로 가져와 침소 마루 밑에 숨기고, 교넨보도 결심을 다졌다.

"그 후 마을 사람들과 저는, 서로 아무것도 모르는 체하면서 너구리와 여우가 둔갑 겨루기를 하는 듯한 나날을 보냈지요. 하지만."

그리 오래 가지는 않았다.

"그달 말의 일이었습니다."

도미이치를 감시하던 남자가 혼자서 고신지를 찾아왔다. 요즘 도미이치가 오두막에서 이런 것을 만든다며, 꾸러미를 푼 뒤 꺼내어 스님에게 보여 준 물건은 변변치 못한 불상이었다.

"불상이라고 해도 얼핏 보아서는 그냥 장작개비에 지나지 않았습니다. 하지만 자세히 보면 곁에 부처님의 모습이 떠올라 있었지요."

나무껍질의 주름과 마디 모양 때문에 그런 모습이 보였다. 그 위에 먹으로 덧그린 것이다.

"남자의 말로는 도미이치가 이로리_{방바닥의 일부를 네모나게 파고 재를 깔아 취사용, 난방용으로 불을 피우는 장치}에 때려고 한 장작 하나를 가리키며 거기에 부처님이 있다고 해서, 꺼내어 보여 주었더니."

―보시오, 여기에.

"손가락으로 부처님의 모습과 얼굴을 가리켜 알려 주더랍니다. 과연 찬찬히 보니 부처님의 모습으로도 보였지만, 가르쳐 주지 않으면 도저히 알 수 없을 정도였지요."

왠지 모르게 태우기 껄끄러워 그대로 옆에 치워 두었더니, 도미이치가 이리저리 살펴보며 그 장작을 쓰다듬더란다.

"하룻밤이 지나도 여전히 장작개비를 소중한 듯이 어루만지고 있었습니다. 그러더니 붓에 먹을 묻혀서 좀 달라, 이 부처님을 따라 그려서 모습을 드러내게 하고 싶다고, 머리를 꾸벅꾸벅 숙이며 부탁했다는 겁니다."

―오하쓰와 아기의 공양이 될 터이니.

"그런 말을 들으니, 둘의 죽음에 얼마간 잠자리가 사나운 기분이었던 남자로서도 무작정 거절할 수는 없었겠지요. 붓과 벼루와 먹을 가져다주었더니 도미이치는 기뻐하며 장작개비의 나무껍질 위에 부처의 모습을 그렸다고 합니다."

그 후 며칠 사이에 도미이치는 또 하나, 장작개비에서 부처님을 발견하고 덧그렸다. 이번에는 모습이 더 또렷했다. 도미이치의 태도는 얌전했다. 게다가 그리는 것이 부처님이다.

"그중 하나를 가지고 돌아와 스님께 보여 드리려 했던 겁니다."

가쿠넨 스님은 칭찬하지도 꾸짖지도 않았다.

"다만 파수꾼 남자가 도미이치가 이 부처님을 고신지에 놓아 주었으면 한다고 말하자, 단호하게 거절했습니다."

—이 절에는 둘 수 없네. 장작은 장작이야. 태워 버리게.

"저도 신경이 쓰여서 실물을 보여 달라고 했습니다. 분명히 부처님의 모습으로 보였습니다. 먹으로 덧그린 솜씨가 좋았지요."

교넨보는 이것을 자신에게 달라고 남자한테 부탁했다.

"이노스케 할아버지에게 줄 거라고 했더니 파수꾼도 승낙했습니다."

이노스케는 기뻐하며 그 장작개비를 베갯머리에 놓았다. 교넨보는 그 부처 앞에서 함께 염불을 외어 주었다.

"조금이라도 할아버지의 마음이 편해졌으면 싶어서 없는 지혜를 쥐어짜낸 거였는데."

며칠 후 경악할 만한 소식이 날아왔다.

"자리에만 누워 있던 이노스케 할아버지가 일어났습니다."

교넨보는 달려갔다. 이노스케는 이부자리를 개고 단정하게 옷을 갈아입은 채 이로리 불을 쬐는 중이었다. 책상다리를 하고 앉아 다리 사이에 손자를 앉혀 놓았는데, 거짓말처럼 혈색이 좋아져 있었다.

으르렁거리는 부처 • 525

"도미이치가 그린 그 장작개비 부처님 덕분이라더군요."

배의 응어리가 작아졌다. 아픔도 없다. 밥도 먹을 수 있고 열도 내렸다.

―나는 부처님의 힘으로 나았네!

"분명히 나았습니다."

아까의 오시마와 똑같이, 교넨보는 뭔지 도무지 알 수 없는 것을 씹은 듯한 말투로 얘기했다.

"좁은 마을이다 보니 순식간에 소문이 났습니다. 그것참, 영험하다며 도미이치의 목불님을 모시는 이가 있는가 하면, 반신반의하는 이도 있었지요. 자기도 그 목불을 갖고 싶다는 사람이 있는가 하면, 그런 바보 같은 말이 어디 있느냐, 그 목불은 여우나 너구리가 둔갑한 게 분명하다, 도미이치는 산에 갇혀 있는 동안 여우나 너구리에게 씌었을 거라고 말하는 사람도 있었지요."

양쪽이 말다툼을 벌여 시끄러웠다.

"마을 사람들이 소란을 피우기 시작하자 가쿠넨 스님은 몹시 기분 나빠하며 한조 씨를 꾸짖었습니다. 이노스케 할아버지에게서 그 장작개비를 빨리 빼앗아 이로리에 태워 버리라면서."

한조는 목숨이 오락가락하던 이노스케가 나은 모습을 직접 눈으로 보았다. 따라서 얼마쯤 도미이치의 목불에 마음이 움직이고 있었다. 그런 한편으로 가쿠넨 스님이 무섭고, 스님의 권위에는 거역할 수 없다.

어쩔 수 없다. 마지못해 이노스케의 집으로 찾아갔다.

"할아버지를 설득해서 목불을 빼앗으려 했지요. 할아버지는 거역하지 않고 부처님의 모습이 나타나 있는 장작개비를 얌전히 내밀며 이렇게 말했습니다."

―한조, 당신 이것을 불에 태우려는 생각이지. 목불님은 다 알고 계시네. 하지만 그럴 수는 없을걸세. 당신이 목불님을 손에 들면, 그 손이 올라가지 않게 될 테니 말이야.

"실제로 그리되었습니다."

목불을 손에 든 한조는 갑자기 비지땀을 흘렸고, 팔을 들기는커녕 손가락조차 움직일 수 없었다.

"그 일로 한조 씨도 완전히 넘어가고 말았습니다. 뭐, 목불의 신자가 되었다는 거지요."

한조는 스스로 도미이치의 오두막에 올라갔다. 그동안 도미이치는 장작 속에서 부처님의 모습을 두 개 더 발견하고 덧그려 놓은 상태였다. 한조는 도합 세 개의 목불을 안고 마을로 돌아왔다.

"가쿠넨 스님한테는 비밀로 하고, 그 목불을 몸이 좋지 않아 괴로워하는 사람들에게 주고 기도를 하라고 시켰지요. 자, 어찌 되었는지 아십니까."

교넨보는 양팔을 크게 펼치고 커다란 눈을 이리저리 굴려 보였다.

"그런 사람들도 순식간에 몸이 나았습니다."

무릎의 아픔이 사라졌다. 치통이 나았다. 어린아이의 끈질긴 기침이 멎었다. 심지어 태어날 때부터 있었던 반점이 사라졌다는 사례까지 나왔다.

"목불님이 영험하다는 평판이 높아지자, 처음에는 곁눈질하고 있던 사람들도 술렁거리기 시작했습니다. 신심이라기보다 욕심이지요. 정말로 그런 효험이 있다면, 하고 머릿속으로 떠올려 보는 게 인지상정 아니겠습니까."

사흘이 멀다 하고 한조는 도미이치의 오두막에 다녔다. 도미이치는 온화한, 그야말로 본인 또한 부처님이 된 듯한 얼굴을 하고 부지런히 목불을 찾아내어 그랬다. 한조도 부지런히 그것을 가지고 돌아왔고, 목불은 계속 영험함을 보여 주었다.

"겨울철의 산골 마을입니다. 몸 어딘가가 약간 불편하지 않은 사람을 찾는 게 어려울 정도였지요. 그런 이들이 차례차례 낫는 겁니다. 그렇지," 하며 교넨보는 쓴웃음을 지었다.

"여자 중에는 오랫동안 고민거리였던 사마귀가 떨어졌다며 기뻐하는 사람도 있었습니다."

도미이치의 목불이 작은 산골 마을의 모든 집에 퍼지기까지 보름도 걸리지 않았다.

"그때까지 스님은 어떻게 하고 계셨나요. 전혀 알아차리지 못하셨을 리는 없을 텐데요."

오치카의 물음에 교넨보는 쓴웃음을 지우고 뺨의 긴장을 풀려는 듯이 커다란 손가락으로 턱을 빙글빙글 문질렀다.

"무언가 이상한 분위기는 눈치채셨겠지요. 하지만 촌장인 한조 씨가 마을 사람들을 잘 단속해서 가쿠넨 스님의 귀에 들어가지 않도록 신경을 썼으니까요. 스님도 꼬리를 잡기는 어렵지 않았을까요. 이런 일은 그 현장을 잡지 않는 한 어떻게든 변명이 통합니다. 그야말로, 평상시의 신심 덕분에 건강해졌습니다, 스님 덕분입니다, 라고 뻔뻔스럽게 주장하면 가쿠넨 스님도 꼬투리를 잡을 수가 없지요."

고신지만 따돌림을 당하고 있었던 것이다. 교넨보 자신도 이노스케 할아버지와의 관계가 없었다면 도미이치의 목불이 일으키는 수많은 '영험'을 샅샅이 알 수는 없었을 거라고 한다.

"다테나리 사람들은 결속이 단단하고 조심성이 많습니다. 그야말로 어떤 때에도."

설령 그게 마을에서 최대의 권위를 가진 가쿠넨 스님의 뜻에 반하는 일이라 해도.

"그렇다고 해서 목불을 향한 갑작스러운 신심에 물든 사람들이 가쿠넨 스님을 소홀히 대한 건 아닙니다. 스님의 위광은 여전했고, 다만 목불님에 관한 일만 비밀로 한 셈이지요."

"다테나리의 스님은 다이칸이나 마찬가지니까요."

"맞습니다. 고신지도 중요하고 목불님이 가져다주는 이익도 중요하지요."

교넨보의 말투는 장난스러웠지만, 그 눈빛은 더욱 어두워져 있다.

"허나 사람의 마음이란 참으로 변덕스럽지요."

목불 덕분에 도미이치에 대한 사람들의 미움도 구름이 걷히듯이 사라져 갔다.

"게다가 목불만이 아니라 목불을 찾아내 그리는 도미이치 본인도 부처님이다. 직접 얼굴을 뵙고 기도를 드리고 싶다는 말을 꺼내는 사람까지 나타나는 판이었습니다. 그렇게 미워하고 경멸하고 괴롭혔는데."

마을 사람들의 태도가 일변해도 도미이치의 기특한 태도에는 변함이 없었다.

"여전히 뼈와 가죽밖에 없었지만 밥이 충분해지자 조금은 기운이 돌아왔습니다. 그래도 오두막에서 도망치려고 하지는 않더군요. 매일 장작을 어루만지며 거기에서 부처님의 모습을 찾았지요."

한조의 명령으로 족쇄도 풀렸다. 도미이치가 자신이 직접 주위를 돌아다닌다면 숲 속에서 더 존귀한 부처님을 찾을 수 있을 것이라는 말을 꺼냈기 때문이다.

―다테나리 마을을 모든 재앙에서 지켜 주고 더욱더 번영하게 해 주실 부처님을 찾아내고 말겠습니다.

"이 산 어딘가에 그런 부처님이 계신다, 도미이치에게는 그 부처님이 부르시는 목소리가 들린다면서."

이렇게 해서 도미이치는 매일 해가 떠 있는 동안 눈에 덮인 북쪽 산속을 배회하게 되었다. 거기에는 감시를 위해서가 아니라, 그가 길을 잃거나 얼어 죽는 일이 없도록 시중을 들 남자가 따라갔다.

그런 종자의 수는 날마다 늘어 갔다. 모두 도미이치를 돕고 싶다며 스스로 북쪽 산에 들어가는 것이다.

―부처님은 그렇게 쉽게 찾을 수 없습니다. 시간이 얼마나 걸릴지도 모릅니다. 여러분, 그래도 괜찮으십니까. 도와주시겠습니까.

마을 사람들은 온화하게 묻는 도미이치의 손을 잡고 어깨를 빌려 주어 부축하며 그를 따랐다.

"한 달쯤 지났을 무렵에는, 날씨가 좋은 날이면 집을 지킬 노인과 아이들만 남겨 두고 모두 도미이치를 따라가게 되고 말았습니다. 평상시 같으면 곰과 똑같이 느릿느릿 겨울잠을 자야 할 산골 마을이 매일같이 사냥을 나가는 것처럼 소란스러웠지요."

이렇게 되니 아무래도 구멍이 생겼다. 발단은 고신지의 그달 당번이 자신도 산에서 부처님을 찾는 일에 끼고 싶다며 멋대로 절을 빠져나온 일이다. 덕분에 전부 탄로 나고 말았다.

가쿠넨 스님은 불같이 화를 냈다.

"마을 사람들도 역시 당황했지요. 본당의 본존 앞에 나란히 줄지어 엎드렸습니다."

가쿠넨 스님은 그저 사람들을 꾸짖는 정도에서 그치지 않고, 각자가 집에 안치해 둔 도미이치의 목불을 전부 고신지에 바치라고 엄하게 명령했다. 스님이 직접 태워 버릴 셈이었다.

"저는 사람들 뒤쪽에서 간담이 서늘해짐을 느끼며 지켜보고 있었습니다."

간담이 서늘했던 까닭은 물론 그 자리에서 오가는 대화가 엄청나게 긴박했기 때문이다.

하지만 단지 그 때문만은 아니었다.

"얼마 전부터—."

말을 하던 교넨보는 이마에 굵은 주름을 지었다.

"그렇지, 마침 도미이치의 목불이 마을 사람들의 신심을 모으기 시작했을 무렵일까요. 제 귀에 기묘한 소리가 들리더군요."

밤중에 마을이 잠들어 조용해지면 어디에선지 모르게 들려온다.

"처음에는 산골 마을의 겨울에 익숙하지 않은 제 귀가 바람 소리를 잘못 들은 모양이라 여겼습니다. 하지만 자주 듣다 보니 아무래도 그렇지 않다는 생각이 들었습니다."

오카쓰가 눈을 가늘게 뜨며 속삭이듯이 물었다.

"어떤 소리인가요?"

교넨보는 오카쓰를 빤히 보았다. 그의 목소리도 한층 더 낮아졌다.

"작은 웃음소리요."

마을 여기저기에서 누군가가 웃고 있다.

"한 사람, 두 사람 웃는 겁니다. 저쪽인가 싶어 귀를 기울이면 그치지요. 하지만 이번에는 다른 방향에서 들려옵니다. 기분 탓으로 돌리고 자려고 하면 또 웃고요. 참다못해 이불을 걷어차고 벌떡 일어나면 웃음소리도 뚝 그칩니다."

오치카는 오카쓰와 얼굴을 마주 보았다.

"밤마다 그랬나요?"

"희한하지요."

"푹 주무시지 못한 건 아닌지요."

"그게 말이지요" 하고 교넨보는 턱을 꼬집었다. "도미이치가 '더 존귀한 부처님을 찾겠다'는 말을 꺼내고, 마을 사람들이 모두 따라가고 나니 웃음소리도 그쳤습니다. 쥐 죽은 듯 조용한 눈 내리는 밤에도 전혀 들리지 않았습니다."

그래서 역시 기분 탓이었나 보다 싶었는데—.

"수상한 웃음소리가 그때 다시 들려온 겁니다."

가쿠넨 스님이 불러내서 마을 사람들은 갓난아기까지 전부 고신지에 모여 있었다.

"그래서 마을의 집은 전부 텅 빈 상태였습니다. 아무도 없었지요. 그 집들에서, 즉 고신지 바깥에서 그 웃음소리가 되살아나 다시 들려온 겁니다."

작게 소곤소곤, 그러나 우후후, 오호호, 아하하, 하고 많은 사람들이 웃는 목소리다. 결코 잘못 듣지 않았다.

"또 한 가지 희한한 점은 아무래도 그게 저 혼자에게만 들리는 듯하다는 것이었습니다."

제일 먼저 무언가 말을 꺼냈을 가쿠넨 스님도, 촌장 한조도, 한조 바로 뒤에 앉아 머리를 숙이고 있는 이노스케 할아버지도 전혀 모른다는 얼굴이다.

텅 빈 집에서 누가 웃고 있는 걸까?

왜 아무도 알아차리지 못할까?

"그날은 날씨가 좋아서 눈이 쌓여 있어도 햇볕은 미지근한 정도였는데, 저는 식은땀을 흘리고 있었습니다. 스님의 설교는 끝도 없이 계속되었지만 그래도 나중에 겨우 기분이 풀렸는지, 그럼 지금부터 모두 집으로 돌아가 도미이치의 목불을 가져오라며 일단락 지었을 때."

바닥에 이마를 대고 있던 이노스케가 갑자기 몸을 일으켜 스님을 날카롭게 노려보았다.

"당신은 정말로 우리의 목불님을 태워 버릴 셈인가."

교넨보가 아는 할아버지와는 다른 사람처럼 박력 있는 목소리로 말했다.

"당신이라는 말에, 가쿠넨 스님도 순간 숨을 삼키고 말았습니다. 그러자 할아버지는 우뚝 서서."

스님에게 손가락을 들이대며 큰 소리로 외쳤다.

"부처님의 벌을 받을 것이다!"

그래, 부처님의 벌을 받을 것이다. 한 남자가 따라 외치며 일어섰다. 부처님의 벌을 받을 거야, 하고 여자가 소리치며 그 뒤를 따랐다. 차례차례, 실에 당겨진 듯 마을 사람들이 일어나 가쿠넨 스님에게 손가락질을 하며 한목소리로 고함치기 시작했다.

"부처님의 적이다! 이곳에 있는 것은 부처님의 적이다!"

사람들은 가쿠넨 스님을 에워싸고 그 테두리를 서서히 좁혀 갔다.

교넨보는 고개를 숙였다. "부끄러운 말이지만 저는 힘이 빠져 주저앉고 말았습니다."

그가 끼어들어서 달랠 수 있는 소동이 아니었다. 얼간이처럼 주저앉아 있었다.

"가쿠넨 스님도 압도되었지요. 그래도 역시 마을의 권위자였습니다. 다가오는 마을 사람들 앞에서 손을 들고, 닥쳐라, 어리석은 놈들! 하고 일갈했을 때."

갑자기 정신을 잃고 털썩 쓰러졌다.

"생각지도 못한 사태에 머리로 피가 오른 게지요."

마을 사람들은 스님에게 우르르 몰려들었다. 교넨보는 한순간 그들이 합세하여 가쿠넨 스님에게 뭇매질을 하지나 않을까 걱정했다. 그러나—.

"기우였습니다. 사람들은 스님을 안아 일으키더니 큰일이다, 큰일이다, 하며 간호하기 시작하더군요."

그다음은 역시 좀 괴상했다.

"이번에는 한조 씨가 사람들에게 목불님을 모셔 와라, 모두의 목불님을 모아 스님을 고쳐 달라고 하자고 명령했습니다."

사람들은 소란스럽게, 하지만 질서 정연하게 움직이기 시작했다. 교넨보는 그저 입을 벌리고 지켜볼 뿐이었다.

"그래도 한 가지 깨달은 사실이 있었습니다."

이노스케 할아버지가 고함친 순간에 그 이상한 웃음소리가 뚝 그쳤다.

혼절한 가쿠넨 스님은 본당 본존 바로 앞, 늘 앉아서 독경을 하던 장소에 눕혔다. 각 집에서 모아 온 도미이치의 목불이 그 주위를 둥글게 에워싸 나간다. 잰걸음으로 드나들며 움직이는 사람들은 볼일이 있을 때는 말을 나누었지만 그 외에는 오로지 염불만을 외웠다.

"제게는 아무도 눈길조차 주지 않았습니다."

교넨보는 본당에서 도망쳤다. 우선은 절 뒤쪽의 덤불에 숨어 사람들의 움직임을 지켜보기로 했다.

"한조 씨는 물론이고 이노스케 할아버지도 사람들의 두목처럼 되어, 이렇게 해라, 저렇게 해라 하며 지휘했습니다. 축제처럼 소란스러웠지요."

그러다가 사람들은 고신지의 본존이 방해가 된다며 움직이려고 했다. 본당에서 내쫓으려는 것이다.

"이것은 가짜다. 목불님과 같은 장소에 둘 수 없다면서요."

이쪽은 목불이 아니며, 크기도 사람의 키보다 크다. 그렇게 쉽게는 움직일 수 없다. 그러자 사람들은 광목천을 가져와 그걸로 본존을 덮어서 가려 버렸다. 그러고는 불경이 들어 있는 상자를 열고 내용물을 멋대로 꺼내서, 어떻게 하나 봤더니 그걸로 본당 밖에서 모닥불을 지피기 시작했다. 가쿠넨 스님의 가사도 불 속에 던져 넣었다. 본당의 장식물도, 공물들도, 하나하나 태워 버렸다.

"입을 반쯤 벌리고 새하얀 얼굴로 기절해 있는 가쿠넨 스님 앞에서 모두가 그런 짓에 열중했던 겁니다."

겁을 먹고 움츠러들어 덤불에 숨어 있다 보니 해가 졌다.

"저는 몰래 침소로 돌아가 소지품과 이노스케 할아버지의 총을 꺼냈습니다. 부엌에서 여자들이 밥을 짓기 시작했기에 그 눈을 피해 주먹밥을 훔쳤지요."

교넨보는 고신지의 마루 밑에 숨었다. 머리 위에서는 사람들의 발소리, 절 안의 물건이 부서지거나 벗겨지는 소리, 끊임없이 염불을 외는 소리가 이어졌다.

"추위 때문이 아니라, 저는 이가 딱딱 부딪힐 정도로 부들부들 떨었습니다. 마루 밑에 끌고 들어온 멍석을 덮은 뒤 양손으로 귀를 누른 채 눈을 감고, 얼른 사람들이 제정신으로 돌아와 주기를 바라며."

거구의 가짜 중은 이 대목에서 부끄러운 듯이 웃어 보였다.

"저도 마음속에서 필사적으로 염불을 외고 있었습니다."

밤이 왔다. 때마침 보름달이었다. 달빛 아래에서도 마을 사람들의 광기 어린 소동은 이어졌다. 마음이 풀릴 때까지 절 안을 치워 버리더니, 본당에 모여 소란스럽게 먹고 마시는 모양이다. 염불 외기를 그만두고 서로 대화도 나누었으나, 그 목소리가 이상하리만치 밝았고 걸핏하면 목불님, 목불님 하고 노래하듯이 되풀이했다.

그 밑에서 교넨보는 몸을 움츠리고 있었다.

"이제 가쿠넨 스님은 틀렸는지도 모른다. 저대로 죽었는지도 모른다. 나도 어떻게 될지 알 수 없다. 아침이 오면 산을 내려가자. 그런데 내려갈 수 있을까."

떨면서 이런저런 생각을 하고 가끔 교넨보 자신도 정신이 아득해지곤 하는 사이에 밤이 깊었다.

"발소리도, 목소리도 들리지 않게 되었습니다. 저는 드디어 다들 잠들었나 싶어 마루 밑에서 기어 나왔습니다."

달빛이 주위의 눈에 반사되어 충분히 대낮처럼 밝은데, 본당에는 수많은 촛불이 켜져 있다.

"슬쩍 들여다보니 가쿠넨 스님은 바닥에 반듯이 누운 채였습니다. 그 발치에서 한조 씨와 이노스케 할아버지와 몇몇 남자들이 자고 있더군요. 다른 사람들은 집으로 돌아갔겠지요. 부엌 쪽에서도 소리가 나지는 않았습니다."

교넨보는 숨을 죽이고 발소리도 죽인 채 본당 구석을 기어갔다. 가쿠넨 스님의 얼굴을 보고 숨을 쉬는지 어떤지만이라도 확인하고 싶었다. 곁눈질로 자고 있는 남자들을 살피면서 천천히 나아갔다.

"가쿠넨 스님의 주위에는 목불들이 자리 잡고 있었습니다."

무서워서 교넨보는 제대로 쳐다볼 수가 없었다.

"그때 들렸습니다."

쿡쿡.

"저는 딱 멈추었습니다. 그러자 또 들리더군요."

쿡쿡. 우후후.

"그 웃음소리가."

교넨보는 눈을 비비고 귓구멍에 손가락을 넣어 보았다. 믿을 수 없었기 때문이다.

"누가—무엇이 웃고 있는지, 그때 겨우 깨달았기 때문입니다."

도미이치의 목불들이다. 가쿠넨 스님을 에워싸다시피 놓인 목불들이 웃고 있다.

"장작개비의 마디와 껍질에 먹으로 그렸을 뿐인 부처의 얼굴입니다. 그런데 그게 분명히 눈을 뜨고, 입을 벌려 웃고 있었습니다."

쿡쿡. 우후후. 아하하.

"하나가 웃고, 그 옆이 웃고. 또 그 옆이 웃고. 바닥에 엎드린 채 얼어붙어 있는 제 눈앞에서 목불들이 웃기 시작했습니다. 그 목소리는 점점 커졌지요."

스무 개가 넘는 목불들이 나중에는 한목소리로 웃었을 때, 이번에는 한조가 웃기 시작했다. 이노스케 할아버지도 웃는다.

"이상했습니다. 모두 여전히 자고 있었거든요. 잠든 자세 그대로, 얼굴에만 웃음을 붙인 듯 깔깔 웃는 겁니다."

교넨보는 한 발짝도 나아갈 수 없었다. 목불들과 남자들의 웃음소리가 본당의 높은 천장에 울려 퍼진다.

"저는 일어서서 도망쳤습니다."

툇마루에서 뛰어내린 후, 마루 밑으로 몸을 반쯤 집어넣어 소중한 짐을 꺼내자마자 달음박질을 쳐서 산문을 지났다. 그러나 웃음소리를 뿌리칠 수가 없다. 뛰어서 고신지에서 멀어져도 웃음소리는 오히려 커진다.

"마을의 집집마다 사람들이 웃고 있었기 때문입니다."

여자도 어린아이도 노인도.

"틀림없이 이노스케 할아버지와 다른 이들과 마찬가지로 자면서 얼굴만 웃었겠지요. 그리 생각하니 저는 너무나 무서워서 확인할 기분도 들지 않았습니다."

달빛에 창백하게 빛나는, 눈 덮인 산골 마을에서 공포로 떨고 있는 이는 교넨보 단 한 사람.

"지금의 저였다면," 하고 덩치 큰 가짜 중은 머리를 긁적였다. "쏜살같이 뒤도 돌아보지 않고 도망쳤겠지요. 하지만 그 무렵의 저는 분별이 없었습니다. 그만큼 용기가 있었어요. 뭐, 만용이었습니다만."

게다가 교넨보의 손에는 이노스케 할아버지의 총이 있었다.

"이대로 혼자서 도망치면 마을이 어떻게 되어 버릴지 알 수 없다. 본래 일의 발단은 도미이치다. 도미이치의 목불이 이 재앙의 원흉이다. 저는 그렇게 생각했습니다."

그렇다면 도미이치를 퇴치해야 한다.

"은혜를 입은 이 마을을 버릴 수 없다. 애송이였지만 나름대로 의협심도 있던 거겠지요. 저는 도미이치를 만나야겠다고 생각했습니다. 아니, 퇴치한다고 하면 거창하지만, 어쨌거나 그놈을 만나 총을 들이대서 위협하면 목불을 이용해 마을 사람들을 홀리는 짓을 그만두게 할 수 있다—그 정도의 계획밖에 없었습니다."

보름달이 교넨보의 편을 들어 주었다. 얼어붙은 겨울 산에서 길도 잃지 않고 도미이치의 오두막까지 다다랐다.

"오두막의 문이 활짝 열려 있더군요."

엉거주춤한 자세로 총을 들고 들여다보니, 이로리에서 불이 타오르고 있다. 하지만 도미이치의 모습은 보이지 않는다. 이로리 주변에는 장작이 떨어져 있고, 창이 뜯겨 달빛이 비쳐들었다.

—그 녀석, 도망친 건가.

교넨보가 발길을 돌리며 숨을 내쉬었을 때, 등 뒤에서 목소리가 들려왔다.

"너, 무엇 하러 왔느냐."

교넨보는 총을 휘두르다시피 하며 돌아보았다. 아무도 없다. 마른 가지에 눈이 쌓인 나무들이 그저 조용히 늘어서 있을 뿐이다.

"이봐, 가짜 중, 너는 내 목불을 모시지 않는 게냐?"

도미이치다. 교넨보의 목이 꿀꺽 소리를 냈다.

"도미이치, 어디에 있느냐."

나오라고, 교넨보는 소리를 질렀다. 아랫배에 힘을 주었다고 생각했지만 뒤집어지고 새된 목소리가 튀어나왔다.

도미이치는 껄껄 웃었다.

"내가 무서우냐, 가짜 중."

이번에는 아까와 다른 방향에서 목소리가 들려왔다. 교넨보는 또 총을 휘둘렀다.

"그런 것은 내게 듣지 않는다."

봐라, 여기다. 또 다른 방향에서 목소리가 난다. 도미이치는 나무들 사이를 재빠르게 돌아다니고 있는 것이다.

"너, 마을 사람들에게 무슨 짓을 했지? 네 목불이야말로 가짜다. 마을 사람들이 제정신을 잃고 말았다고!"

교넨보는 한껏 노기를 담아 외쳤다. 도미이치는 그 말에 비웃듯이 대답했다.

"그래. 꼴좋게 되었군."

그 순간 교넨보는 확신했다. 아아, 역시 전부 도미이치의 보복이다.

"아내와 아기가 죽임을 당했으니 네가 화를 낼 만도 하다. 하지만 아무런 죄도 없는 여자와 아이들까지 홀리는 짓은 그만둬. 마을 사람들에게 복수해 봤자, 오하쓰도 아기도 살아 돌아오지 않아!"

"그런 건 나도 알아!"

소리친 도미이치는 또 다시 움직였다. 이번에는 교넨보도 기척을 감지했을뿐더러 움직임도 보았다. 나뭇가지가 툭 하는 소리를 냈고 눈이 떨어져 내렸기 때문이다. 믿기 힘든 일이지만 도미이치는 원숭이처럼 나무의 가지에서 가지로 뛰어 이동하고 있다.

"오하쓰도 아기도 돌아오지 않지. 그러니 마을 놈들도 똑같이 해 줄 테다."

두고 봐라, 가짜 중. 도미이치는 의기양양하게 웃었다.

"마을을 내려다봐. 저것은 이제 내 마을이다."

날씨만 맑으면 오두막이 있는 곳에서는 다테나리 마을이 내려다보인다. 교넨보는 그 말대로 경사면 가장자리까지 나아가 밤의 어둠 속을 바라보았다.

보름달과 별빛 아래에서 조용히 잠들어 있을 터인 마을의 집들에 불이 켜져 있다. 몹시 밝고 아름다운 광경이어야 한다. 그런데 어딘가 달랐다.

구름도 없고 안개도 없다. 이렇게 밤공기가 맑다면 집 바깥에 세워 둔 손수레까지 보일 터이다. 바지랑대까지 알아볼 수 있을 터이다.

그런데 이상하다. 마을의 모습은 흐릿하게 보이고 그저 불빛만이 빛나고 있다. 마치 비가 오기 전에 달 주위에 달무리가 끼듯, 다테나리 마을은 구름도 안개도 아닌 어두침침한 무언가에 완전히 덮여 그 속에 가라앉아 있었다.

고신지도 마찬가지다.

저 무리는 도미이치의 분노다. 도미이치의 원한이다. 그게 보인다. 똑똑히 보인다.

교넨보는 총을 든 손을 내렸다.

"이런 짓은 그만둬. 아무 소용도 없어."

교넨보는 거의 부탁하듯이 신음하며 말했다. 얼굴을 들고 오두막 주위의 나무들을 둘러보았다.

"분명히 나는 가짜 중이다. 하지만 너는 어떻지? 장작개비에서 부처님의 모습을 처음 발견했을 때는 어땠지? 너도 처음부터 원한이나 분노로 가득했던 건 아니겠지. 오하쓰와 아기를 위해서, 한 번은 부처님께 매달리려고 하지 않았나?"

암흑 속에서, 눈을 뒤집어쓴 나무들은 대답하지 않았다.

"이봐, 도미이치!"

달을 올려다보고 새하얀 숨을 내뱉으며 교넨보는 깊은 밤의 얼어붙은 산의 숲을 향해 소리쳤다.

"부처님의 자비를 믿어 줘! 네가 발견한 부처님은 지금도 네 안에 있다."

그때 밤공기가 크게 흔들렸다. 허둥거리는 교넨보의 눈앞에서 무언가 시커먼 것이 재빨리 하늘을 가로질러 판자를 얹은 오두막의 지붕 위에 내려섰다. 그 바람에 지붕에 올려놓은 둥근 돌이 덜그럭거리며 굴러떨어졌다.

도미이치였다. 달빛이 그 모습을 드러냈다.

아, 사람이 아니다. 언제부터 이렇게 되었을까? 머리카락은 흐트러지고 몸은 바싹 야위었으며 피부는 불에 그을린 듯이 시커멓고, 시타오비훈도시, 남자의 음부를 가리는 폭이 좁고 긴 천 하나밖에 걸치지 않았다. 등은 구부정하고 어깨와 팔꿈치의 뼈는 튀어나와 있으며, 갈비뼈가 도드라져 섬뜩하다.

다만 두 눈만이 형형하게 빛나고 있다. 그 눈으로 교넨보를 응시하더니, 한때 도미이치였던 그 이형異形의 존재는 귀까지 찢어질 듯이 입을 크게 벌리고 소리쳤다.

"이 세상에 부처 따위는 없다!"

절규와 홍소와 함께 그것은 교넨보에게 달려들었다. 교넨보가 순간적으로 쳐든 총은 가볍게 튕겨 날아갔다. 교넨보는 위를 향해 벌렁 나자빠졌고, 얼굴에 짐승 같은 악취가 나는 거친 숨을 느꼈다.

이형의 존재는 그 다리로 눈을 박차더니 높이 날아올라 나무들 사이로 뛰어들었다. 교넨보는 버둥거리다시피 몸을 일으켜 그것을 눈으로 좇았다. 스슥, 스슥, 하며 멀어져 간다. 산을 내려간다. 어찌 저렇게 빠르단 말인가!

"어떻게 하지도 못하고, 저는 그저 눈 속에서 나뒹굴고 있었습니다. 이윽고."

으르렁거리는 부처 • 543

아래로 멀리 떨어진 마을에서 총소리가 났다. 한 발, 두 발. 이어서 사람들이 고함치는 소리도 들려왔다. 물건을 부수는 듯한 난폭한 소리 또한 눈 덮인 산의 경사면을 타고 올라온다.

교넨보는 눈 위를 기어, 화승에 불을 붙일 새도 없어 아무런 도움도 되지 않았던 총을 지팡이 삼아 간신히 일어섰다.

고신지에서 불이 나고 있었다.

목소리를 삼키며 바라보는 동안 마을 여기저기에서도 불길이 훅 치솟았다. 팟팟 하고 터지는 소리가 이어졌다. 비명도 들렸다.

사람들이 날뛰고 이성을 잃고 절과 집에 불을 지르며 서로 싸운다. 자면서 웃고 있던 사람들이 이번엔 어떻게 된 걸까. 완전히 변한 도미이치의 정체를 목격하고 갑자기 공포에 사로잡힌 걸까. 아니면 이형의 도미이치가 사람들을 조종해 서로 싸우게 만든 걸까.

어느 쪽이든 무섭다. 하지만 교넨보는 생각했다. 적어도 사람들이 도미이치로부터 공포를 느끼고 제정신을 되찾아 인간이 아니게 된 그를 잡으려고, 또는 도미이치한테서 도망치려고 소란을 피우고 있는 것이길 바란다. 저것에게 조종당해 서로 죽이기 시작했다면, 구할 방도도 구원받을 방도도 없지 않은가.

지그시 응시해 보니 그것은 도망치려 허둥대는 사람의 그림자였다. 이를 쫓는 그림자도 있다. 그만둬, 그만둬, 하고 교넨보는 신음했다. 입술이 덜덜 떨려 목소리가 나오지 않았다.

풍경이 흐려져 간다. 어두침침해서 잘 보이지 않는다. 점점 보이지 않는다. 도미이치의 원한의 무리가 마을을 뒤덮는다. 사람들을 광란 속에 빠뜨려 간다.

귓가에서 바람이 소리를 낸다. 이상하다. 오늘밤에는 바람 같은 건 불지 않았는데.

바람 소리가 아니다. 목소리다. 교넨보는 별안간 얻어맞은 것처럼 깨달았다.

웃음소리다. 도미이치의 목소리다. 도미이치가 조종하는 목불들의 목소리다.

웃고 있다. 웃으면서 으르렁거리고 있다.

도미이치와, 그가 만든 목불의 외침이다.

교넨보는 보았다. 마을을 덮은 어두운 무리와 퍼져 가는 불바다가 만들어내는 연기가 서로 뒤섞여 피어오르는 그 한가운데에서, 커다란 눈동자를, 코를, 입을.

조금 전 도미이치의 얼굴이다. 웃는 목불들의 얼굴이다. 홍소다. 외침이다.

꼴좋게 되었다. 이 세상에 부처 따위는 없다.

―사람들을 구해야 해.

한 발 내딛었을 때 눈앞이 핑 돌아, 교넨보는 앞으로 쓰러졌다.

그대로 캄캄한 어둠에 삼켜져 뒷일은 알 수 없게 되었다.

덩치 큰 가짜 중은 입을 다물고 목에 건 염주를 가만히 손끝으로 굴렸다.

오치카와 오카쓰도 침묵했다. 무얼 어디서부터 어떻게 물어봐야 좋을지 알 수 없었다.

"이튿날, 해가 꽤 떠오르고 나서 이노스케 할아버지의 아들이 저를 발견했습니다."

교넨보는 얼어 죽을 뻔했다. 위험한 상황이었다.

"게다가 그때는 전혀 알아차리지 못했지만, 제 가슴에는 짐승이 발톱으로 할퀸 듯한 상처가 나 있었습니다. 어지러워서 쓰러진 까닭은 거기에서 피가 흘렀기 때문입니다."

도미이치가 낸 상처였다.

"고신지는 불에 타 무너졌고, 마을의 집들도 절반이 불탔습니다."

가쿠넨 스님과 한조는 죽었다. 이노스케 할아버지도 죽고 말았다. 다친 사람은 셀 수 없이 많고, 아이들은 겁에 질려 말도 하지 못했다.

"날이 밝고 소동이 가라앉자 모두 자신들이 뭘 어떻게 했는지, 왜 마을이 이런 꼴인지, 대체 무슨 일이 일어났는지 전혀 알지 못했습니다."

이노스케 할아버지의 아들이 교넨보를 발견한 건 순전히 행운이었다. 교넨보에 관한 일 따위는 마을 사람들의 머리에서 깨끗이 사라지고 없었다. 그저 한창 불이 났을 때 불에 쫓겨 산으로 도망쳐 들어간 사람이 얼어붙어 쓰러져 있지는 않을까 싶어 찾으러 와 본 것이었다.

"하룻밤이 지나고 전부 다 엉망진창이 되었지만, 사람들에게 그 정도 분별은 돌아왔던 게지요."

목불들은 고신지와 함께 불탔다. 하나도 남지 않았다.

"도미이치도 사라지고 말았습니다."

그의 이형의 모습을 본 사람은 교넨보뿐인 모양이다. 마을 사람들은 아무도 보지 못했고, 기억하지 못했다.
 다만 화재가 일어나는 동안 내내, 무언가 사람이라고는 생각되지 않는 거친 목소리가 크게 웃음을 터뜨리는 것을 들은 듯하다는 사람이 몇 있었을 뿐이다.
 "집을 잃고 그대로 다테나리에 머무를 수 없게 된 사람들이 산을 내려갈 때에 저도 데려가 주었습니다."
 가장 가까운 마을에서 또 절의 신세를 지며, 교넨보는 상처를 치유했다. 그 절도 염불사였지만 주지는 젊었다. 서른도 안 되었을 것이다. 교넨보의 정체를 의심하는 기색도 없이 친절하게 대해 주었다.
 "그렇다기보다, 내버려 둘 수 없을 정도로 그때의 저는 망연자실해하며 혼이 빠져나간 것 같은 모습이었겠지요."
 계속 머물다가 간신히 눈이 녹을 무렵에, 교넨보는 자신의 마음의 응어리를 풀기 위해 젊은 주지에게 경위를 털어놓았다.
 큰일을 당하셨군요.
 주지는 교넨보를 위로하고, 다테나리가 그 후 어떻게 되었는지 가르쳐 주었다.
 ─화재를 면한 사람들도 마을을 떠난다고 합니다. 산에도 강에도 봄의 징후가 전혀 보이지 않고, 눈은 단단하게 얼어붙었고, 밤이 되면 북쪽 산에서 불온한 바람이 불어 내려온다더군요. 사람이 살 수 있는 곳이 아니라면서.
 저것은 이제 내 마을이라고, 도미이치는 말했다. 그 말에 거짓은 없었다.

다테나리는 도미이치의 것이 되었다.

"이후로 저는 한 번도 그 땅에 가까이 가지 않았습니다."

도미이치는 지금도 다테나리에 있다. 틀림없이 있다. 으르렁거리고, 사람의 업을 비웃고, 칠흑 같은 이형의 모습을 한 채 그 산을, 그 숲을 마음껏 뛰어다니고 있는 것이다.

"그리고 지금도 그 분노는 사라지지 않았습니다."

오카쓰가 천천히, 무언가를 받아들인 것처럼 고개를 끄덕였다.

교넨보는 갑자기 부끄럽다는 표정으로 차를 한 잔 더 달라고 재촉했다.

"거참, 옛날 이야기를 한다는 건 어려운 일이군요. 없는 이야기를 지어내는 사기가 훨씬 더 쉬워요."

오치카와 오카쓰는 함께 웃었다.

"사기가 쉬운 까닭은, 자신은 믿지 않는 것을 말로만 술술 토해내어 다른 이로 하여금 믿게 만들려고 하기 때문입니다. 사실을 말하는 일이 어려운 까닭은, 자신도 믿기 힘든 일을 있는 그대로 전하려 하기 때문이겠지요."

목을 꿀꺽꿀꺽 울리며 새 차를 비우고, 교넨보는 두툼한 눈꺼풀을 깜박였다.

"다테나리에서의 경험은 확실히 기괴한 경험이었지만."

나쁜 일만은 아니었다고 한다.

"우선, 저는 그 후로 이상한 무리를 볼 수 있게 되었어요. 그날 밤에 마을을 덮고 있었던 듯한 무리를요."

누군가의 악의, 무언가 흉사가 있을 징조. 그런 것이 무리가 되어 눈에 보인다.

"그래서 그, 이 댁 일도 저는 진지하게 걱정하고 있습니다. 아니, 겁줄 생각은 아닙니다만."

또 한 가지, 하며 굵은 손가락을 세운다.

"정처 없는 제 여행에 목표가 생겼습니다. 목적이라고 해야 할까요."

그렇게 말하며 교넨보는 자신의 가슴속을 바라보듯이 눈을 내리깔았다.

"처음에 자백했다시피 옛날의 저는 뿌리부터 가짜 중이었습니다. 부처님의 가르침 따위는 믿지 않았지요. 하지만 도미이치의 일이 있은 후, 다시 돌아온 방랑 생활 속에서 생각해 보게 되었습니다."

정말로 이 세상에 부처는 없는 걸까.

"도미이치 같은 자를, 다테나리에서 일어난 것 같은 불행하고 슬픈 잘못을 저지르는 우리들의 어리석음을 가련히 여기고 구해 주시는 부처님은 어디에도 계시지 않는 걸까."

그때 다테나리에는 없었다.

"그래도 제가 이렇게 승려 차림을 하고 어깨너머로 배운 경을 읽으며 여행을 하면 공손히 절을 해 주는 사람이 있습니다. 가는 곳마다 절이 있고, 부처님의 불상이 있고, 많은 이들이 합장을 하지요."

그래서 교넨보는 생각했다. 지금까지 내가 만나지 못했을 뿐이다. 도미이치가, 다테나리 사람들이 만나지 못했을 뿐이다. 역시 부처님은 어딘가에 계시는 게 아닐까.

"그래, 부처님을 찾아보자."

부처님, 어디에 계십니까.

"찾고 또 찾으며 어디까지든 가자. 그리고 언젠가 부처님의 목소리를 듣게 된다면."

여기 있다, 교넨보.

"그러면 다테나리를 찾아가자. 그리고 도미이치에게 가르쳐 주자."

부처님은 계신다. 포기하지 마, 하고.

그날 미시마야의 저녁 식사 때 우선 오시마의 독무대가 펼쳐졌다. 그 장난꾸러기 삼인조를 어떻게 부려 먹고 그들과 어떻게 겨루었는지, 식사 시중을 들면서도 솜씨 좋게 손짓 발짓을 섞어 가며 늘어놓아 이헤에와 오타미를 크게 웃게 만들었다.

"하지만 어쩌니저쩌니해도 미워할 수 없는 애들이에요."

오시마가 그렇게 매듭을 짓고 물러간 후, 오치카는 숙부 부부에게 교넨보의 이야기를 들려주었다.

"오시마 때문에 너무 웃어서 먹은 밥이 도로 넘어올 뻔했는데,"

오타미는 그렇게 말하며 가슴을 쓸어내렸다.

"이 얘기를 들으니 도로 넘어온 밥이 목구멍에 걸리고 말겠구나."

이헤에는 그답지 않게 당장은 아무 말도 하지 않았다. 잠시 찬찬히 생각에 잠기고 난 뒤, 문득 눈가를 누그러뜨리며 오치카에게 물었다.

"교넨보 씨는 다테나리를 뒤로 한 후 다시 여행을 다니며 가짜 중 행세도 계속해 왔다는 거구나."

"그랬는데, 지금은 그만두었어요."

오치카는 감싸 줄 생각에 서둘러 말했다. 이헤에는 웃었다.

"탓하려는 게 아니다. 오히려 감탄했다."

"감탄?"

"음. 스님을 사칭하여 세상살이를 하다 보면 진짜 부처님이 화가 나서 나타나실지도 모른다. 교넨보 씨는 그런 마음이었던 게 아닐까."

이런 나를 부처님은 꾸짖지 않으실까. 이번에는 꾸짖지 않으실까. 다음은 어떨까. 언제가 되면 모습을 나타내시어 나를 꾸짖어 주실까.

"아아…… 그렇군요."

"하지만 사기는 사기예요."

오타미는 딱 잘라 말했다.

"당신도 의외로 사람이 좋다니까. 그렇게 해석해 주다니요."

"의외라 말하니 유감인데. 나는 원래 사람이 좋다니까."

오타미는 놀리듯이 곁눈질을 했다. "그저 다 좋다 좋다 해 줄 뿐인 게 아닌가요?"

"그보다 숙부님, 숙모님." 오치카가 서둘러 끼어들었다. "교넨보 씨가 보았다는, 우리 지붕에 드리운 이상한 무리 말인데요."

"그건 마음에 걸리는구나."

이헤에는 곧 진지한 얼굴로 돌아왔다.

"모두에게 문단속도 불조심도 게을리하지 않도록 단단히 일러두어야겠다."

"늘 조심하고 있어요." 오타미는 단호하게 대꾸했다. "왜 그러셔요, 그리 진지하게 받아들이시다니……. 당신도 오치카도 괜찮아요? 오치카야 뭐, 철석같이 믿어 버리는 마음을 모르는 바는 아니지만."

오타미의 곁눈질이 이쪽을 향했기 때문에 오치카는 고개를 끌어당겼다.

"어머나, 무슨 말씀이셔요?"

"교넨보 씨인가 하는 사람은 앞서 흑백의 방에 왔던 습자소 작은 선생님의 소개로 왔잖니. 막역한 사이이고, 교넨보 씨는 작은 선생님을 존경하고 있다며?"

"그런 모양이에요."

그러고 보니 거기에는 어떤 사정이 있을까.

"그러니까 너는 교넨보 씨가 수상해도 믿어 주고 싶다고 생각하는 게지."

무슨 말씀이셔요? 하고 오치카는 다시 한 번 되물었다. 오타미는 흐흥 하고 웃었다.

"그런 촌스러운 말은 할 수 없어."

"저기, 숙모님."

"나는 아오노 작은 선생님을 뵌 적이 없어서 말이다. 됨됨이를 모르니까, 도대체 어떤 분일지 이리저리 추측만 해 볼 뿐이지."

"오시마 씨한테서 무언가 들으셨군요."

"덜 익은 호리병박이라고 들었다. 어지간히 잘 자란 호리병박인가 보지."

괴롭히는 말투 같지만 오타미의 눈은 기쁜 듯이 빛났고 왠지 기분이 좋아 보인다.

오치카는 부엌으로 달아났다. 아궁이의 연통으로 새어드는 달빛이 눈부셔서 저도 모르게 문을 열고 올려다보니 하늘엔 보름달이다. 이 이야기의 마무리에 어울린다고 생각했다.

난담회, 후
별괴대그
·

あんじゅう

그 후 미시마야에는 이렇다 할 일도 없었다. 하루에 다다미 올 한 가닥씩만큼 해가 짧아져 가는 가운데, 바쁜 것도 즐거운 것도 대체로 크게 다르지 않았다.

다만 '대체로'라고 말하는 데에는 몇 가지 이유가 있다. 우선 장난꾸러기 삼인조가 더 자주 얼굴을 내밀게 되었다. 오치카를 찾아올 때뿐만 아니라, 근처에 있는 모습을 문득 보게 되는 것까지 합하면 거의 매일 본다. 야오노를 찾아온 것일지도 모르지만, 그렇다면 왜 저런 곳에 있는 걸까 싶을 때도 있다. 빗물통 그늘에 쪼그려 있거나, 문 옆에 달라붙어 있는 등 가지각색이다. 반드시 셋 다 함께 있지는 않고 제각각인 점도 마음에 걸렸다.

게다가 교넨보가 방문한 뒤 부근에서 아오노 리이치로의 모습 또한 두 번 보았다. 두 번 모두 오치카를 알아보지 못하고 어디론가 서둘러 가는 듯 빠른 걸음으로 지나쳐 갔다. 그러니 미시마야와는 상관이 없으리라. 없을 테지만, 이유도 없이 가슴이 덜컹 하고 말았다. 그렇다, 이유 같은 건 없다. 오타미의 놀림을 받았기 때문은 아니다.

거기다 또 하나, 왠지 야소스케의 눈치가 이상하다. 가끔 모습이 보이지 않는다. 외출할 때는 이러한 용무로 어디어디에 갔다가 언제쯤 돌아온다고 반드시 알려 주고 가는 사람인데, 말없이 사라진다. 질문을 받은 신타도, 모릅니다, 하며 이상해한다.

눈썰미가 좋은 오시마도 의아한지, "대행수님, 설마 이거라도 생긴 건 아니겠지요" 하며 새끼손가락을 세워 보였다. 설마 하며 오치카는 웃었지만, 나중에 그렇게 딱 잘라 말해서도 안 된다고 생각을 고쳤다.

여기에 또 더하여, 이헤에도 이상하다. 교넨보의 이야기를 들은 후 열흘이 지나도록 흑백의 방에 다음 손님을 초대하려 하지 않는다. 평소 같으면 벌써 말을 꺼냈을 무렵이라 오치카 쪽에서 떠 보았다.

"이번엔 어떻게 하나요. 도안 씨는 뭐라고 하던가요?"

그러자 음, 이라는 둥 아아, 라는 둥 건성으로 대답을 되풀이한 끝에 "머잖아 내가 그 방을 쓰고 싶으니 괴담 대회는 좀 쉴까"라고 한다.

별난 괴담 대회를 시작한 후 지금까지 이헤에가 바둑을 두기 위해 흑백의 방을 사용한 적은 없다. 이제 와서 또 무슨 일일까. 괴담 대회를 쉬다니, 무슨 바람이 분 걸까.

괴상하다고 생각하면서 청소를 한다. 이상하다고 생각하면서 요리를 한다. 그러다가 오치카가 괴상하네, 이상하지 않아? 하고 물으면, 여느 때라면 항상 진지하게 대답해 주던 오카쓰도 "아가씨, 생각이 지나치셔요" 하고 웃으며 상대해 주지 않는다.

마침내 오치카는 다스키를 벗고 손을 닦고 입을 헹군 뒤, 옷매무새를 가다듬고 신사에 참배를 드리러 가는 듯한 진지한 표정으로 길로 나가 미시마야를 정면에서 올려다보았다. 교넨보가 말하는 '이상한 무리'가 오치카의 눈에도 드디어 보일지 모른다고 기대하면서.

그런 편리한 일이 있을 리 없다. 마른 땅을 데굴데굴 굴러온 낙엽이 발등에 달라붙었을 뿐이다.

그런데 바로 그날 밤—.

초승달이었다. 해 질 녘부터 하늘에 구름이 낀 탓에 별도 보이지 않는다. 덧문을 닫을 때 달이 뜨지 않는 밤은 달이 있는 밤보다 쌀쌀하네, 하며 오시마와 오카쓰와 말을 주고받은 뒤 오치카는 잠자리에 들었다.

그 탓인지 묘한 꿈을 꾸었다.

오치카는 약간 높은 산의 경사면에 서 있다. 주위는 온통 구름이다. 주위를 에워싼 숲의 나무들도 하얗게 얼어붙어 빛나고 있다.

하늘에 달은 없다. 밤하늘은 캄캄하다. 그러면 이 불빛은 어디에서 오는 걸까. 게다가 이곳은 어디일까.

다테나리다.

이야기로 들었을 뿐인데도 어째선지 오치카는 알았다. 내려다보니 마을 집들의 지붕이 보인다. 손수레가 보인다. 빨래 너는 곳이 보인다. 저 훌륭한 산문과 가람은 고신지가 분명하다. 그렇게 생각하는데 종소리가 울렸다.

아아, 평온하던 무렵의 다테나리다.

얼마나 아름다운가. 어둠 속에서 조용히 잠들어 있다. 아무런 두려움도 없이 편안하게 꿈을 꾸고 있다. 꿈속의 오치카는 미소를 지으며 그 풍경을 바라보았다.

―부처님의 가호 덕분에 이렇게 밝은 게지요.

저편에서 들리는 목소리에 오치카는 밤하늘을 올려다보았다. 그러자 보름달 같은 동그랗고 커다란 것이 거기에 두둥실 떠 있었다.

교넨보의 웃는 얼굴이다.

이런 어이없는 일이, 라고 생각한 순간 꿈에서 깼다. 퍼뜩 눈을 뜨고, 숨을 내쉬고, 그러고 나서 저도 모르게 웃음을 터뜨리고 말았다. 참으로 이상한 꿈이구나.

그때.

어디에선가 소리가 났다. 달그락. 희미하지만 사람이 움직였거나, 무언가를 움직이는 소리다.

오치카는 누운 채 귀를 기울였다.

덜컹. 또 들렸다.

일어나려 했을 때 머리 위에서 소리가 났다. 처마 위? 이런 밤중에?

발소리다. 누군가가 처마 위를 걷고 있다.

오치카는 벌떡 일어났다. 그와 거의 동시에 오치카의 침실보다 훨씬 북쪽, 측간 근처에서 사람의 목소리가 났다.

"이놈!"

다다다 하고 처마 위의 발소리가 달려갔다. 달려서 멀어져 간다.

오치카는 침실의 어둠 속에서 손으로 더듬거리다가, 불을 켜는 일보다 덧문을 여는 게 먼저라는 생각이 들었다. 덧문을 잡은 순간 문밖에서, "거기다, 거기야! 이놈, 서라! 포박하겠다!" 하고 위협하는 듯한 굵은 남자 목소리가 들려와 그대로 동작을 멈추고 말았다. 포박하겠다? 포박하다니, 누구를?

"아가씨!"

오카쓰가 당지 문을 활짝 열어젖히며 침실로 뛰어들어 왔다. 훨씬 전부터 깨어 있었는지 유카타 위에 소매 없는 솜옷을 걸쳤고 눈을 또렷이 뜨고 있다. 어둠에 망설이는 기색조차 없이 곧장 오치카에게 달려들더니, "이쪽으로!" 하며 끌어안다시피 복도로 끌어냈다. 보니 복도 앞쪽에 이헤에와 오타미가 있다. 촛불을 들고 몸을 움츠린 모습이다.

"이쪽으로 오렴, 오치카."

오타미가 양손을 벌려 껴안아 주었다.

"오카쓰, 모두를 부탁하네!"

용감하게 말하는가 싶더니 이헤에는 복도를 따라 뒷문 쪽으로 달려갔다. 그 앞에서 야소스케의 고함이 들렸다.

"안 됩니다, 나리, 안 됩니다!"

"말리지 말게, 내 가게일세!"

덜컹 하고 덧문을 걷어차는 소리가 났다. 그러자 바람이 통하고, 바깥의 소리가 단숨에 밀려들어 왔다.

사람들이 어지럽게 섞여 고함치며 다투고 있다. 오치카는 아직도 꿈을 꾸는 모양이라고 생각했다. 평온한 다테나리가 아니라 소란이 일어난 다테나리다.

"이 녀석, 얌전히 굴어!"

들은 적이 없는 남자의 목소리가 날아오고, 쿵 소리가 나고, 누군가가 꺅 하고 비명을 질렀다.

"이제 하나 남았다!"

이건 교넨보의 목소리가 아닌가.

"작은 선생, 그쪽으로 도망쳤어!"

작은 선생? 어째서 다테나리에 아오노 리이치로가 있는 걸까? 저 둘은 다테나리에서 만난 걸까?

"조금도 무서워할 필요 없습니다."

정신을 차려 보니 오치카는 숙부와 숙모의 침소에 있었다. 오타미에게 안긴 상태이며, 오카쓰가 손을 단단히 잡아 주고 있다. 꿈이 아니다.

"여기 가만히 있으면 도적은 다른 분들이 붙잡아 주실 테니까요."

오카쓰의 눈은 보름달처럼 맑다.

"다음 초승달 뜨는 밤이 위험하다고, 작은 선생님이 미리 짐작하셨어요. 그래서 다 함께 잠복을."

"다 함께라니?"

바깥에서 놀란 듯한 고함이 들렸다.

"자자, 포박하겠다, 포박하겠다!"

아까도 들린 남자의 목소리가 낭랑하게 외쳤다. 또 쿵 하고 덧문이 쓰러졌다.

"꼴좋게 되었다, 한 마리도 남김없이 다 건져 올렸어, 이 계절을 모르는 금붕어 놈들!"

으하하핫 하고 교넨보의 목소리가 웃는다.

"금붕어치고는 눈매가 나빠요."

누군가가 그렇게 대꾸했다. 복도를 가볍게 달리다시피 하여 발소리가 다가온다. 이어서 "실례"라는 한 마디 말. 침소의 당지 문이 열린다.

다스키를 매고 하카마 양옆을 걷어 올려 허리띠에 질러 넣은 차림에, 맨발이 흙으로 더러워지긴 했으나.

"여러분, 무사하시지요?"

아오노 리이치로였다.

미시마야를 노리고 있었다.

'금붕어 야스'라는 별명으로 알려진 도적단 두목과, 그를 받드는 일당이.

이들은 몇 년 전 에도에서 몇 번인가 상가를 노린 강도짓을 저질러 관가로부터 쫓기게 되었다. 그 후 추격을 피하기 위해 에도를 떠났는지 행방이 묘연했다.

"관가에서도 이를 갈고 있었는데, 올 초봄에 가와고에 역참 쪽에서 매우 비슷한 수법의 강도 사건이 일어났습니다. 어라라 하며 눈썹을 추켜올리던 차에, 바로 지난달에 야스가 우시고메에 있는 친한 여자의 집에 들렀다는 소식을 받았기 때문에 이놈, 슬슬 수돗물이 그리워져서 돌아올 때가 됐구나 하고 짐작하던 중이었습니다."

그렇게 말한 이는 코 옆의 커다란 사마귀가 눈에 띄는 마흔 살가

량의 자그마한 남자다. 몸집은 작지만 행동거지만 보아도 그 몸이 강철처럼 단련되어 있음을 똑똑히 알 수 있다. 이쪽은 별명이 '붉은 한텐의 한키치'라는 오캇피키였다.

짓테에도 시대에 포리가 범인을 잡는 데 쓰던 쇠막대. 길이 약 사십 센티미터의 철봉으로, 칼이나 창을 막기 위해 손잡이 가까이에 갈고리가 달려 있고, 자루에는 보라·빨강·검정 등의 술을 늘어뜨려 그 빛깔로 포리의 소관을 밝혔다에 붉은 술을 달았지만 딱히 붉은 한텐을 입고 있는 건 아니다. 한키치의 고향인 사누키의 어느 마을에서는, 관아의 일을 하는 사람은 모두 붉은 한텐을 입는 관습이 있어서 거기에서 별명이 유래했다고 한다.

"그러던 차에 작은 선생님께 이상한 손님이 이 댁을 찾아왔다고 들었지요. 괴담을 들려준다며 들어왔는데 알맹이 있는 이야기는 하나도 하지 않고 가게나 안채의 일을 이것저것 캤다지 않겠습니까."

그게 선수先手였다고 한다.

"도적질을 저지르기에 앞서 매번 교묘하게 사전 탐색을 행하는 이를 들여보내는 것이 야스의 방식입니다. 그래서 저도 이크, 하고 눈치를 챘지요."

날이 밝아, 도적 일당은 관청으로 끌려가고 아무 일도 없었다는 듯 차분해진 후다. 아무래도 평소보다 가게를 조금 늦게 열었고 모두가 잠이 부족해 하품을 자주 할 테지만, 미시마야는 무사하다.

"그래서 여러분, 언제부터 우리 가게를 감시하고 계셨던 건가요?"

이헤에와 오타미와 오치카 셋은 미시마야의 객실에서 한키치, 교넨보, 아오노 리이치로와 마주 앉아 있다. 교넨보가 아까부터 목에 건 대염주를 신경 쓰는 까닭은 어젯밤의 난투 속에서 도적 중 하나가 염주를 끊어 버리는 바람에, 알들을 모아 끈을 꿰어 다시 만들었기 때문이다. 거는 느낌이 다른 모양이다.

오타미의 물음에 교넨보가 대답했다.

"제가 이 댁을 찾아뵌 날 밤부터입니다."

그 무리를 보았으니까요, 라고 한다.

"하기야 한키치 행수가 제 눈의 힘을 신용한 건 아닙니다. 작은 선생이 올린 보고가 효과를 발휘했지요."

아오노 리이치로는 아니요, 하고 대답했다. "한키치 씨에게 이상한 손님에 대해서 말한 사람은 제가 아닙니다. 그건,"

오치카는 알아채고 앞질러 말했다. "긴타와 스테마쓰와 요시스케지요?"

"훌륭하십니다." 작은 선생은 어깨를 움츠렸다. "아이들이 그 후로 이 댁에 폐를 끼치고 있다고 하니, 참으로 죄송합니다."

아이들은 누구에게 들었을까. 신타일까. 오치카는 웃음이 나와 덧붙여 말했다. "그 아이들도 우리 가게를 감시하는 일을 거들어 주었던 게 아닌지요. 요즘 묘하게 자주 보이더군요. 근처에 있으면서 우리 가게에는 가까이 오지 않고 빗물통 그늘에 숨어 있다거나."

"그런 일을 하고 있었단 말입니까."

한키치 행수는 유쾌한 모양이지만 작은 선생은 구멍이라도 있으면 들어가고 싶은 기색이다.

"그러면 감시고 뭐고 안 되지요. 오히려 눈에 띄고 있었군요."

"어쨌든 우리는 초승달이 뜨는 날 한밤중에 도적이 오리라 짐작했으니까요. 그 아이들이 위험한 일을 당할 거라는 걱정은 없었습니다. 하지만 자기들도 돕겠다고 우기며 말을 듣지 않아서."

기쿠가와초로 돌아가면, 어째서 자기들을 도적 잡는 일에 끼워 주지 않았냐고 투덜거리겠지요, 하며 사마귀 한키치 행수는 웃었다.

"저어, 혹시."

오치카가 묻기 전에 작은 선생은 고개를 끄덕였다. "그렇습니다. 한키치 씨는 나오타로의 아버지 요헤이 씨와 사이가 각별하여, 수국 저택의 일에도 힘을 빌려 주었습니다."

저와 요헤이 씨는 바둑 친구였습니다, 하고 한키치가 말하자 이헤에는 기뻐했다.

"이런, 행수님은 바둑을 두십니까!"

"즐기는 정도입니다만."

"그렇다면 다음에 꼭 한 판 두십시다."

"당신도 참, 그런 이야기는 나중에 하셔요."

오타미는 도적을 잡은 이야기를 아직 더 듣고 싶은 모양이다.

"우리 가게에 괴담을 이야기하러 온 남자도 금붕어 야스의 수하였던 건가요."

"아니, 아마도 돈으로 고용되었을 뿐인 자겠지요. 그 녀석도 한패였다면 노련한 도안 씨의 코가 무언가 위험한 냄새를 맡았을 테니까요."

"하지만 도안 씨, 못쓰겠네요."

작은 도깨비의 목이라도 딴 표정으로, 오타미는 말했다. "다음에 이 손해를 메워 달라고 해야겠어요."

한키치의 감은 금붕어 야스가 미시마야로 접근하고 있음을 알려

주었지만, 관청의 나리들을 움직이려면 감만으로는 부족했다.

"야스에게는 따르는 수하가 네댓은 있을 테고 그리되면 도합 여섯 명을 상대해야 합니다. 제 부하를 쓴다고 해도 손이 좀 부족하지요."

그래서 교넨보와 아오노 리이치로가 도우러 왔다.

"부탁을 받지 않았어도 저는 도울 작정이었습니다" 하며 교넨보는 코를 벌름거렸다.

"당신이 없어도 작은 선생으로 충분했어."

육인조 중 셋을 작은 선생이 처치했답니다, 하고 한키치가 가르쳐 주었다. 조금 전까지 숨을 구멍을 찾는 기색이었던 아오노 리이치로가 이번에는 그 구멍에서 튀어나올 것 같은 기세로 오치카에게 변명했다.

"베지는 않았습니다. 붙잡았을 뿐입니다. 게다가 야스를 잡은 사람은 한키치 씨고요."

오타미는, 과연 무사님이네요, 하고 예의 바르게 가다듬은 목소리로 칭찬했다. 그러고는 또 오치카를 곁눈질로 본다.

오치카는 그때, 무사하시지요, 하고 묻던 아오노 리이치로의 얼굴을 보고 순간적으로 무엇을 느꼈는지 떠올려 보려고 했다. 안심했다. 기뻤다. 가슴이 가벼워졌다. 여러 가지 마음이 뒤섞여 있어서 하나를 솜씨 좋게 건져 올릴 수가 없다.

그래서 결국.

—저 기모노와 하카마는 어떻게든 해야겠어. 역시 낡아서 구깃구깃하잖아.

그런 생각을 했지, 하고 덜 익은 호리병박 같은 작은 선생의 얼굴을 보면서 떠올려 본다.

"만에 하나 무슨 일이 있어서는 안 되기에," 한키치가 말을 이었다. "주인 어르신과 대행수님, 하녀 오카쓰 씨에게는 미리 사정을 털어놓았습니다. 그 때문에 요즘 대행수님의 행동이 수상하지는 않았습니까?"

야소스케는 종종 한키치나 진코 학원을 찾아가곤 했단다. 할 일은 전혀 없었지만 그저 가만히 있을 수는 없었으리라.

"대행수님이, 우리 나리는 그때가 되면 포박에 가세하려고 하실 테니 걱정이라고 하시던데."

이헤에는 태연하게 시치미를 뗐다. "저는 얌전히 있었습니다."

교넨보가 까발렸다. "기세가 넘친 나머지 정원으로 굴러떨어지셨지만요."

이헤에를 빼고 모두가 웃었다.

"숙부님, 사정을 아셨기 때문에 새로운 손님을 부르지 않으신 거로군요."

"음. 결말이 날 때까지는 그럴 기분이 들지 않았단다." 이헤에는 목덜미를 긁적였다. "그건 그렇고 나보다 훨씬 강한 사람이 우리 가게에 있더구나."

오시마라고 한다.

"오시마는 전혀 알아차리지 못한 채 오카쓰가 깨우러 갈 때까지 자고 있었다지뭐냐."

본인은 몹시 부끄러워하고 있다. 말이 난 김에 언급하자면 신타는 야소스케가 벽장에 밀어 넣어 두었다. 가게의 일대 사건이었는데,

하며 아까는 작은 선생의 소매에 매달려 엉엉 운 모양이다.

"정말로 일대 사건이었는데, 여러분 덕분에 이렇게 무사히 끝났습니다. 고맙습니다."

오타미가 방바닥에 손을 짚었다가 얼굴을 들더니 교넨보에게 웃음을 지었다.

"이것도 부처님의 가호겠지요."

교넨보는 커다란 얼굴로 마주 웃었지만 천천히 고개를 저어 보였다.

"마님, 이는 부처님이 하신 일이 아닙니다."

사람 세상의 묘한 인연이지요—라고 말한다.

"묘한 인연."

오타미와 오치카의 목소리가 겹쳐졌다. 교넨보는 쾌활하게 웃더니, 갑자기 옆에 앉은 아오노 리이치로의 얇은 어깨를 팡 때렸다. 거의 쓰러뜨리고 말 듯한 기세다.

"이 덜 익은 호리병박은 말이지요!"

"대체 무슨 짓을."

이번에는 어깨를 감싸며 놀라는 아오노 리이치로의 멱살을 꽉 잡아 오치카 쪽으로 불쑥 끌어당긴다.

"오치카 님께 큰 빚을 졌다. 이 마른 팔이라도 도움이 될 때가 있다면, 그때는 반드시 은혜를 갚아야 한다고 말하곤 했답니다."

이래 봬도 불영不影과 검술의 비법을 모두 전수받은 사람이라오! 교넨보는 자기 일처럼 의기양양하게 외치며 작은 선생의 멱살을 잡은 채 이리저리 흔들었다. 찌익 하고 작은 소리가 난다.

"어머, 기모노가" 하며 오타미가 놀란다.

오치카 또한 앗 하며 마음속으로 떠올렸다. 납득했다. 알았다. 그날, 나오타로가 이후 어떻게 되었는지를 알려주러 와서, 아오노 리이치로가 말하려다가 그만둔 말이 무엇이었는지를.

'오치카 님, 만일 앞으로—.'

무언가 곤란한 일이 있다면, 위급한 때가 있다면 제게 의지해 주십시오. 힘이 되어 드리겠습니다. 그리 말하고 싶었던 것이다.

하지만 태연하게 그런 말을 할 수 있는 사람이 아니다, 이 선생은.

"괴, 괴담을 듣고 모으는 일을 하다 보면,"

작은 선생은 호되게 흔들려 눈이 돌아갈 지경이다.

"어떤 놈들이 가까이 올지 모르니까요."

이헤에와 오타미가 크게 고개를 끄덕이더니 얼굴을 마주 보았다. 오타미가 입을 열었다.

"정말로 무슨 일이 일어날지 모르지요. 하지만 이로써 한층 더 마음이 든든해졌습니다. 여러분, 앞으로도 잘 부탁드립니다."

"알겠습니다!" 교넨보가 기운차게 대답한다.

"당신은 계산에 안 들어가, 가짜 중" 하고 한키치가 지적한다.

"나는 가짜 중이 아니야. 개심한 가짜 중이지!"

다시 일동이 웃음을 터뜨린다. 오치카는 문득 아오노 리이치로와 눈이 마주쳤다. 작은 선생은 아직도 부끄러워하는 듯했지만 그 눈에는 분명히 오치카가 의지할 수 있는 무언가가 깃들어 있었다.

그날 점심때가 지났을 무렵, 장난꾸러기 삼인조가 미시마야를 찾아왔다. 급히 달려왔다고 할지 날아왔다고 할지 어쨌거나 엄청난 기세로, 오자마자 제각각 먹이를 조르는 아기 새처럼 어젯밤의 전말을 듣고 싶어 했다. 오치카는 벽장에 들어가 있던 신타도 불러서 목격한 일은 목격한 그대로, 듣기만 한 일 또한 마치 보고 온 듯이, 이헤에가 마당에 굴러떨어진 사실도 오시마가 자고 있었던 사실도 빼놓지 않고 들려주었다.

"우리도 도적을 잡고 싶었는데."

"위험하지도 않은데."

"한키치 행수, 뭘 모른다니까."

소란을 피우고 있을 때 오카쓰가 만주를 산더미처럼 올린 대접을 가져왔다.

"밀정님들, 수고비예요."

신타도 먹으렴, 하고 말한다.

"먹고 나면 벽장문에 당지를 덧발라 두어야 한다. 걷어차려고 했다면서."

그야, 가게의 일대 사건이니까요.

"너희들, 오늘은 수업이 빨리 끝났니?"

삼인조는 만주를 입 안 가득 넣으면서 고개를 젓는다.

"멋대로 빠져나왔어요."

"왜냐면 작은 선생님이."

"꾸벅꾸벅 졸아서."

오카쓰가 너무나 재미있다는 듯이 웃는데다가, 덧붙여 "어떻게 졸고 계시니?" 하고 물어 삼인조가 또 능숙하게 그 흉내를 내는 바람에 오치카는 고개를 숙이고 말았다.
"금붕어 야스는 도적이 아니었을 때는 금붕어 장수였대요."
"등에 툭눈금붕어 문신이 있대요."
삼인조는 잘도 알고 있다.
"우리도 언젠가 문신을 해 볼까?"
"어머나, 그만두렴."
오카쓰는 타이르면서도 미소를 지었다.
"하지만 제일 강한 것을 새기고 싶다면, 내가 좋은 것을 알고 있단다."
"뭐예요?"
"오시마 씨."
도깨비 여자다아!

미시마야가 가까스로 강도를 면한 일은 순식간에 소문이 났다. 위로해 주려는 사람도 찾아오고, 그냥 손님도 오고, 구경하려는 손님도 온다. 에치고야에서도 심부름꾼이 와서, 오타카도 세이타로도 무사하다는 말을 듣고 가슴을 쓸어내리기는 했지만 직접 오치카를 만나고 싶어 한다는 얘기를 전했다. 조만간 찾아뵙겠다는 전언을 부탁한 뒤 심부름꾼을 전송하는 김에 오치카는 다시 미시마야 앞까지 나가 보았다.
교넨보는 이 지붕에 끼어 있던 수상한 무리는 완전히 사라졌다고 말했다.
"직업소개꾼인 도안이라는 사람은 아마 속았겠지만, 사전 탐색을 행한 남자를 이곳에 보낸 게 미시마야의 경쟁자라는 사실은 틀림없겠지요. 즉 결과적으로 거기가 도적을 안내한 셈이 됩니다."

가게가 잘 되면 원한을 산다. 누군가의 행복은 다른 이의 질투를 부른다.

"오카쓰 님은 든든한 분이고 외람되지만 우리도 있으나, 그래도 조심하십시오."

왜냐하면, 하고 교넨보는 이때 시치미를 떼는 듯한 진지한 얼굴로 오치카에게 말했다.

"오치카 님, 당신의 마음속에도 무리가 있으니까요. 쉽게 개지 않고, 또 당신도 쉽게 개기를 바라지 않는 무리가."

아무것도 털어놓지 않았는데, 그 가짜 중은 그렇게 말했다.

마음의 무리는 어둠에서 생겨나고 어둠을 부른다.

내 안에 그런 무리가 끼어 있다. 틀림없이 아직도 계속 끼어 있으리라.

언젠가 그것이 깨끗이 갤 때까지, 그러기를 바랄 수 있게 될 때까지―.

오치카의 괴담 대회는 계속될 것이다.

편집자 후기

열심히 만들었으니 잘 봐달라는 건 아니지만

　공동체 바깥으로 나온 등장인물이 기이한 사건과 조우하는 일로 공동체의 온기를 재확인하고 그 내부로 돌아가 구원받는 이야기가 초기 미야베 미유키 괴담의 모습이었다. 그때는 그저 기이하기만 하면 충분했다. 그럼으로써 인간 내면의 어두운 부분이 까발려져도 최종적으로는 가슴이 따뜻해지는 기분으로 읽을 수 있었다. 하지만 『얼간이』와 『하루살이』에 다다르면 착한 이라고 해서 반드시 구원받는다는 도식이 무너진다. 읽고 나서도 씁쓸한 기분이 남는다. 전환점이다. 그리고 『흑백』과 『안주』에 이르러 미야베 미유키의 괴담은 조금 더 진화한다. 괴담을 듣는 이에게 괴담을 들어야만 하는 이유를 만들어 준 것이다. 괴담을 들음으로써 상처받은 자신의 내면을 치료하는 것이다. 그것이 바로 종래의 '괴담'과 달리 '변조 괴담'이 된 이유다.

　『흑백』과 『안주』는 병렬적인 단편 단편이 모여 장편의 구조를 이루고 있으며 어느 책을 먼저 집어도 상관없게끔 각각을 독립적으로 구성해 놓았다. "『흑백』은 슬프고 무서운 이야기로 구성되어 있지만, 이걸로 '우와 무서워' 하고 생각한 후에 『안주』를 읽으면 좋은 느낌의 칵테일이 될 거라고 생각합니다. 역으로 『안주』를 읽으신 분들 중에,

괴기소설이면서 이렇게 귀여운 이야기뿐인 거야? 하고 생각하신 분들은 『흑백』으로 돌아와 보시면 매서운 이야기가 잔뜩 있습니다." 미야베 미유키는 현재 시리즈의 다음 권을 연재중이다. 연애를 하고 결혼을 하고 아이를 갖고, 작가인 자신과 함께 나이를 먹어 가는 오치카의 모습을 그릴 예정이라고 한다.

'독자 펀드' 얘기를 하지 않을 수 없다. 펀드를 조성하기로 결심한 데에는 사업적으로 바람직한 이유와 개인적으로 치사한 이유가 상당히 복합적으로 얽혀 있다. 어쨌거나 오천만 원이 모였고 이는 신작 『안주』에 대한 기대감의 발로라고밖에는 달리 설명할 도리가 없다. 열흘 만에 목표액이 다 모였을 때, 나는 생각했다. 이제 미야베 미유키를 만나러 가야겠다고.
그와의 만남에 대해서는 《Le Zirasi》 3호에 옮겨 놓는다. "부풀려진 새로운 정보가 초단위로 오고가는 현실 속에서, 사람에서 사람으로 귀에서 귀로 전해지는 이야기야말로 신뢰할 수 있지 않을까. 그렇습니다. 괴담의 이상적인 형태는 말하는 사람과 듣는 사람이 마주 보고 실시간으로 공유하는 것"이라는 작가의 집필 의도에 따라 '배우가 읽어 주는 소설, 안주'라는 낭독 공연도 준비해 보았다. 북 트레일러 인터뷰, 낭독 공연, 그냥 하는 말이 아니라 독자들의 지지가 없었다면 시도하기까지 꽤나 시간이 걸렸으리라. 감사의 마음을 전한다. 정말, 사무치게 고맙다.

김홍민 / 편집자

초판 1쇄 발행 2012년 8월 23일
초판 3쇄 발행 2017년 7월 5일

지은이 미야베 미유키
옮긴이 김소연

발행편집인 김홍민 · 최내현
책임편집 유온누리
편집 안현아
마케팅 홍용준
표지디자인 이혜경디자인
용지 화인페이퍼
인쇄 현문
제본 현문
독자교정 강연주, 구계원, 김정희, 백혜민

펴낸곳 도서출판 북스피어
출판등록 2005년 6월 18일 제105―90―91700호
주소 (03961) 서울특별시 마포구 방울내로 11길 43 101―902
전화 02) 518―0427
팩스 02) 701―0428
홈페이지 www.booksfear.com
전자우편 editor@booksfear.com

ISBN 978―89―91931―95―4 (04830)
  978―89―91931―29―9 (세트)

책값은 뒤표지에 있습니다.
파본은 구입하신 곳에서 교환해 드립니다.